卓牧闲——著

老兵新警

01

LAOBING

XINJING

作家出版社

目　录

1. 乌龙警情

从彩云之南回到黄海之滨。

一出站，韩昕就再次领教到老家冬夜彻骨的冷。室外至少零下三四度，堆在路边的积雪冻得坚硬，凛冽的寒风不断袭来，刮在身上像鞭子在抽，刮在脸上像刀子在割……回来得太匆忙，一件厚衣服也没准备，只能跟在部队拉练似的，背着行李一路小跑，直到快出汗了才放缓脚步。

四年没回来，周围的变化很大，大到几乎快认不出来了。但他现在既顾不上欣赏周围既熟悉又有些陌生的夜景，也顾不上感慨家乡这些年巨大的变化。因为就在此时此刻，身后跟着两个骑电动车的家伙，并且从火车站一路鬼鬼祟祟跟到了这儿！

前面正在修路，自行车道被彩钢瓦拦住了。想从机动车道上走必须跨过花坛，韩昕不想把身上搞得脏兮兮的，干脆从一排临街的商户门口绕。没承想这一绕竟绕了六七十米。再次回到紧挨着自行车道的人行道上，正寻思那两个家伙是从小路追过来，还是从机动车道上过来，就见那两个家伙已经超到了前面，甚至能依稀听见他们说话。

"白跟了吧，走吧，早点回去睡觉。"

"早知道在火车站那儿就应该动手，我们两个还对付不了他一个！"

"说不要轻举妄动的是你，现在说应该早点动手的又是你，就知道放马后炮，快冻死了，我先回去了。"

一阵寒风袭来，带来一股难闻的酒气。难道是酒壮尿人胆，见有人大半夜落单，想抢一票过个好年？见那两个家伙居然想跑，韩昕顾不上再想了，也顾不上再等，立马摘下登山包往边上一扔，斜插着冲过去，一把拉住矮个子的电动车。

"想跑？晚了！"

"做什么，你做什么？"

"少废话，老实点！"

韩昕眼疾手快，搂着矮个子脖子，猛地将他揪下电动车，顺势一个侧摔将他摁倒在地。只听见"砰"一声，矮个子的电动车因为失去控制，撞到了高个子的电动车上。高个子猝不及防，"哎呀"一声，摔倒在花坛上。

"你也不许动，给我老实点！"

韩昕回头警告了一声，见倒在地上的电动车行李箱上有两根皮筋，正打算松开下面的钩子，把矮个子的双手先捆起来，就听见矮个子嚷嚷着：

"你是谁啊，赶紧松开，让我起来，我是城管，派出所的人马上到，你想做什么……"

"你是城管，我还是公安呢！"

"我真是城管，我是城管协管员，你到底是什么人？"

韩昕这才注意到他年纪不小了，看着有五十多岁。

这时候，摔倒在花坛上的高个子发出阵阵哀号："我们真是城管，哎哟，我的腿，疼死了，不能动了……"

矮个子急切地问："老胡，老胡，没事吧？"

"左腿，我的左腿……真不能动了，不行不行，疼死我了，救命啊……"

有没有搞错？还没动你呢，你已经不能动了……韩昕正暗暗嘀咕，一辆警车突然映入眼帘，闪烁着警灯迎面而来。

矮个子像打了鸡血，反过来死死攥着他的胳膊，朝警车叫喊："王警长，王警长，我们在这儿，我们逮着这小子了，他不但不老实还跟我们动手！"

"先打120叫救护车！我快不行了，我的腿啊……"

我去！在老部队经常跟地方公安"撞车"也就罢了，怎么一回到老家就又跟同行"撞车"，搞出这么个乌龙……韩昕正郁闷，一个肩上佩戴两道拐的见习警员，带着一个辅警冲了过来，一左一右攥住他两条胳膊，一把将他架起。

"不许动，我们是城南派出所的！"

"别紧张，我不会动。"

韩昕正不知道该怎么解释，一个身材高大的二级警督，跑过去扶起高个子的电动车。

"老胡，没事吧？"

"有事，别动别动，我的腿……"

"哪条腿？"

"这条，哎哟，一动就疼，不动也疼。"

"好好好，我不动，你坚持一下，我这就叫救护车。"

二级警督回头看了看，确认"嫌疑人"已经被控制住了，这才直起身打电话叫救护车。他打完电话，又安慰了几句，把正担心高个子的矮个子城管叫到一边。

"老钱，我是怎么跟你说的，不要轻举妄动，不要轻举妄动！你们怎么就是听不进去，怎么还是动手了呢？"

"王警长，不是我们动的手，是那小子先动的手！"

"他先动的手？"

"骗你做什么，不信你去问老胡！"

"他怎么动的手？"

矮个子城管苦着脸，指指东边的施工路段："他从里面走的，电动车开不进去，我和老胡就从大路上追，本来想在前面等他，等了一会儿没等到，我们都准备回家睡觉了，结果他从后面冲上来……"

王警长搞清楚来龙去脉，正准备去盘问已被控制住的"嫌疑人"，就见一辆警车拉着警笛呼啸而来。刚才叫的是救护车，没请求支援，怎么来了辆警车……他正纳闷，一个特巡警大队的同行带着两个特勤推门下车，一见着他就惊问道：

"王哥，怎么你们也来了，指挥中心也给你们派了警？"

"我们是自己来的，你们怎么回事？"

"真是奇了怪了，不过你们来了也好，反正不管什么事最后还是要送到你们派出所，但要先让我走下程序。"

年轻的特警笑了笑，随即捧着文件夹走过来问："谁是韩昕？"

"我。"

"你报的警？"

"是。"

"麻烦你报一下手机号。"

见韩昕对答如流，死死攥着他胳膊的见习警员愣住了，下意识地看向王警长。

王警长有点蒙。年轻的特警也有点蒙，回头问："王哥，你们是不是把当事人搞反了，把报警人弄错了？"

王警长缓过神，下意识地指指"嫌疑人"："小余，你是说他也报了警？"

"凌晨三点二十分报的警，我们是三点二十二分收到的指令。"

余警官打开文件夹，让王警长看记录。王警长看后旋即合上文件夹，看了一眼正躺在花坛上喊疼的高个子城管，又转身看了看正欲言又止的矮个子城管，回头问："就是他们两个鬼鬼祟祟跟踪你的？"

"就是他们两个。"韩昕顿了顿，又苦笑着补充道，"我走，他们骑得很慢。我跑，他们加快速度。我停，他们也停。不但从火车站一路跟到了这儿，刚才以为跟丢了，还后悔在火车站时没动手。"

见习警员意识到搞错了，赶紧松开"嫌疑人"的胳膊。王警长反应过来，赶紧把余警官拉到一边。

"小余，这应该是个误会，老钱和老胡是跟了他一路，但老钱和老胡是在帮我们的忙。"

"什么意思？"

"我们不是在搞警网融合、警格加网格吗？老钱和老胡虽然是城管协管员，但现在也帮我们做事，每周要提供十条信息，发现违法犯罪线索要上报，发现形迹可疑的人也要上报。"

"王哥，你是说他们觉得报警人可疑，就跟踪报警人；报警人发现之后也觉得他们可疑，所以打'110'报警？"

"应该是这样的。"

从来没遇到过如此搞笑的事，余警官也不知道该怎么处置，转身看了一眼正"嘀呜嘀呜"驶来的救护车，低声问："那这个报告让我怎么写？"

王警长头大了，一边示意徒弟去跟急救中心的医生打招呼，一边无奈地说："你先按程序去问问，这个报告该怎么写就怎么写。"

"那问完之后我就走了，剩下的事我就不管了？"

"不用你们管。"

"行，我去走个程序，你赶紧去看看躺着的那位伤得重不重。"

高个子城管只是连人带车往花坛上一倒，而且戴了头盔，又穿得那么厚，韩昕不认为他摔得有多重。但不管怎么说人家也是在帮警察做事，可以算是自己人，本来想过去道个歉，可又要配合特巡警大队的余警官的询问。

等余警官询问完，高个子城管已经被救护车拉走了，矮个子城管也跟着一起去了医院。王警长刚目送走救护车，又忙着送特巡警大队的同行，直到该走的都走了，才回头道："小陈、小徐，你们辛苦一下，帮着把老钱、老胡的电动车骑回去。"

刚才施展过"擒拿手"的年轻辅警问："骑所里去？"

"深更半夜的，不骑到所里还能骑哪儿去？"

王警长反问了一句，走过来道："你叫韩昕是吧，我姓王，叫王伟。这位姓李，叫李亦军，我们是城南派出所的民警。"

"王警官好！李警官好！"

"好什么好，外面这么冷，你又穿那么少，这儿不是说话的地方，麻烦你跟我们去一趟派出所。"

有人受了伤，甚至被救护车拉去了医院，这件事最终是得有一个说法，再想到外面这么冷，韩昕一口答应："行。"

"小李，帮韩昕同志拿一下行李。"

"是！"

2. 真是同行

老胡就算伤得不重，各种检查和救护车的费用加起来，估计也要千儿八百。如果是辅警，那就是工伤。可老胡不是辅警，他只是每个月多拿分局一百块钱，在做好城管协管员工作的同时，接受社区民警老叶的管理，为所里提供信息和线索，有点相当于社区的兼职网格员。

换句话说，这医药费街道肯定不会出，所里一样解决不了。找局长肯定能解决，但不可能因为这点事去麻烦局长。今晚值班的带班副所长又出警去了，王伟没办法，只能先试着调解，看刚被带回来的小伙子愿不愿意承担点责任。如果小伙子通情达理，那等医院的检查结果出来，再做做老胡的思想工作，争取大事化小小事化了。但调解归调解，该走的程序还是要走。

师徒二人把韩昕带到会谈室，让韩昕先坐下，然后绕到会议桌对面，掏出纸笔，打开执法记录仪，开始询问起来。

"姓名？"

"韩昕，韩非子的韩，日斤昕。"

"年龄？"

"二十六。"

"身份证呢？麻烦你出示下身份证。"

"对不起，我没带身份证，只有这张证明。"

王伟接过一看，竟是一张春城火车站派出所开具的临时身份证明，而且上面只有名字和身份证号。

"韩昕同志，这张证明上怎么没照片？"

"回来得匆忙，没来得及拍。要不是临时决定回来，我就拿证件了，根本不用拍照片，更不用开什么证明。"

"可是按规定火车站派出所不会开这样的证明。"

真是怕什么来什么！在火车上自己已经被乘警盘问过一次，并且整整盘问了两个多小时，要不是硬着头皮给"陈老板"打电话，或许早被乘警移交给沿途的车站派出所了。韩昕不想再被当作嫌疑人盘问，直言不讳地说："王警官，我以前是边防武警，我们部队前不久刚整编制退出现役，加入人民警察编制，所以我现在也是警察。"

王伟想起来是有这么回事，下意识地问："你以前是军官还是士兵？"

"我是士官。"

"这么说你现在就是新成立的移民警察？"

"是，也不是。"

"怎么又不是了？"

"我调回来了，正打算明天一早去市局报到。"

不但是同行，很快还会是滨江公安系统的同事……

想到他发现被老钱老胡跟踪之后先是打"110"，然后又果断出手的表现，王伟觉得应该不是在冒充警察。可不管怎么看，他都不像当过兵的，没有一点当兵的气质，王伟又觉得还是应该问清楚。

"小韩同志，你当了几年兵？"

"八年。"

"这么说是老兵了，那你以前是在什么地方当兵的？"

"南云。"

"南云什么地方？"

"抱歉，这个问题我不能回答。"

王伟真的很意外，想了想又问道："你刚才说调回了老家，要调到我们市局，那有没有带与调动相关的手续？"

这么问下去，不可疑都可疑！韩昕意识到麻烦大了，拿起手机看了一眼时间："王警官，现在是凌晨三点四十九分，再过四个小时十一分钟，市局政治部就会有人上班。到时候您只要打一个电话，就能证实我的身份。"

"但我不可能陪你坐在这儿等四个多小时。"

"那先说说城管的事。"

"城管的事不着急，他这会儿应该还在检查，就算谈也要等检查结果出来。"

"那就等检查结果出来再谈。"

对于韩昕的话，王伟将信将疑，干脆捧着刚填了个姓名和年龄的笔录，笑道："小韩同志，既然是同行，你应该清楚不管做什么都要走程序，你什么都不说，让我们怎么填，又让我怎么跟上级交代？"

除了一张没有照片的临时身份证明，没带其他有效证件，又不能随便联系老部队，甚至连户口都不知道悬在哪儿，他们上网都查不到。而一个人一旦被怀疑上，那处处都是疑点，不管说的是真话还是假话，要是短时间内无法查证，那在人家看来都是假话。韩昕从来没想过要调回来，竟稀里糊涂被调回来了，而且调得如此匆忙……他本就是一肚子郁闷，也不管现在是几点，一边像小朋友玩笔似的翻转拨弄着手机，一边无奈地说："王警官，我这次回来什么都没带，我不管怎么说您都不会相信，而且因为要遵守保密条例，很多事我还不能跟您说，所以我不如不说。"

"要保密？"

"嗯。"

王伟笑道："小韩同志，要说保密，我们所里也有一个同事是从部队的保密单位转业的，到现在还在脱密期内。"

韩昕反问道："是吗？"

"真不骗你，但不管需要怎么保守秘密，要保守的也只是包括军事机密在内的国家机密，个人的基本情况有什么好保密的，你说是不是？"

"……"

"小韩同志，说话呀。"

"王警官，我的情况跟您那位同事恰恰相反。"

"这话怎么讲？"

都暗示得那么清楚了，他居然还不明白！韩昕不想也不能再解释，轻轻把手机倒扣在桌面上，笑道："王警官，我们不但是同行，如果我报到之后被分到陵海分局，如果再被分局安排到城南派出所，那我们就会成为真正的同事！"

王伟敲敲桌子："不要转移话题，我们先说保密的事。"

"保密的事能说吗？能说就不是秘密了。"

"韩昕同志，你这是什么态度？就算你是警察，一样要配合。"

"我知道，但我不能再回答您的问题。"

……

李亦军总算听明白，眼前这位很可能是个假警察，之前说得天花乱坠，现在发现编不下去了，就来了个死猪不怕开水烫。想到办案要讲究配合，他立马敲敲桌子："这儿是派出所，不是你信口开河的地方！给我把头抬起来，如实回答王警官的问题！"

一个刚参加工作的菜鸟居然吹胡子瞪眼……韩昕觉得有些搞笑，干脆掀开手机再次看了看时间，随即抬起头："王警官，您不用着急，最多再等十分钟，就会有人打电话来证实我的身份。"

王伟下意识地问："最多十分钟？"

"不信我们拭目以待。"

"可现在是凌晨……"

"我也不想这个时候惊动领导，可要是不求助，您越问会越觉得我可疑，而我又没办法辩解，只能出此下策。"

"你什么时候求助的？"

"这个不重要，重要的是能证实我的身份。"

"你向谁求助的？"

"向我们老部队领导，至于他会请谁帮着证实，那我就不晓得了。"

王伟从来没遇到过这么蹊跷的事，也从来没遇到过韩昕这样的人。正寻思他是在故弄玄虚，还是真有来头，他听见外面传来一阵急促的脚步声。紧接着，带班副所长杨千里敲敲门道："老王，出来一下。"

王伟以为指挥中心又派了警，赶紧拿起挂满装备的腰带跟着来到大厅。他正准备说还有一起"乌龙"警情没处理完，杨千里就紧盯着他问："老王，你怎么不分青红皂白就把人往所里带？！"

"杨所，我不太明白……"

"分局指挥中心打电话说，有一个叫韩昕的被你带回来了。"

"是有这事，就是屋里那个，但不是不分青红皂白……"

"别急着解释，先听我说完！"杨千里拍拍他胳膊，苦笑道，"刚刚，我说的是刚刚，市局指挥中心问分局指挥中心，有没有一个叫韩昕的在我们所里。"

王伟大吃一惊："这么说他真是同行，真调到了市局。"

"那小子好像报过警，分局知道他被你带回来了，已经向市局指挥中心汇报了。市局指挥中心让我们赶在八点上班前，把他送到政治部报到。"

"可他的事怎么处理？"

"他一个再过几个小时就要去市局报到的人能犯什么事？就算他真犯了什么事，也不至于主动报警，难道他想投案自首？"

"杨所，你听我说……"

王伟急了，把杨千里拉到一边，将城管协管员老钱老胡误会了韩昕，韩昕一样误会了城管协管员老钱老胡的事，一五一十汇报了下。

杨千里意识到错怪部下了，哭笑不得地问："那这件事责任在谁？"

"我认为他们都没责任，又都有责任。"

"我看你一样有责任！"

"杨所，你这话说的，这又关我什么事？"

杨千里问："两个城管协管员从火车站跟到泰宁商贸城，少说也要二十分钟吧。他们什么时候给你打的电话，你又是什么时候去的？你要是早点过去，能发生这样的事？"

"老钱给我打电话的那会儿，我正在处理上一个警！"

"那你为什么不给我打电话，你要是给我打电话，我就安排别人去了！"

"我想着老钱老胡他们是两个人，而且听他们的语气也不是特别急。"

"现在说什么都晚了，那个城管协管员伤得重不重？"

"我没顾上打电话问。"

"那还等什么，赶紧问啊！"

"我这就给老钱打电话。"

王伟急忙掏出手机，拨通城管协管员老钱的电话，问清楚检查结果，又反复确认了两次，才如释重负地放下手机。

"左腿韧带在摔倒时轻微拉伤，医生说问题不大，休息一两周就能恢复。"

"问题不大就好。"

"问题是不大，但这件事却很麻烦。"

"有什么麻烦的？"

王伟苦着脸说："这医药费、营养费和误工费怎么算，只要谈钱就很麻烦！"

警网融合刚开始搞，许多配套政策没跟上。比如城管协管员老胡今晚遇到的这种情况，到底是算工伤还是不算工伤？就算是工伤能申请到钱，没个五六个月这钱也批不下来。

想到现在上级对钱管那么严，杨千里抬起胳膊指指会谈室："你先去跟他谈谈，问他愿不愿意负点责任，毕竟他要是不动手就不会发生这事。"

"要是谈不拢呢，如果他说他是见义勇为怎么办？"

"你先去谈谈，不谈怎么知道谈不拢。"

3. 边防转制

与同行"撞车"的事，之前韩昕在老部队不知道发生过多少次。有一次带着毒贩去交货，不但把五个带着另一个毒贩去接货的地方公安控制了，甚至导致其中一个受了伤，支队政委只能硬着头皮去跟人家道歉。

具体到今晚的事，责任确实在自己，毕竟不动手肯定不会导致那个城管协管员受伤。正因为如此，韩昕好说话得很。在确认那个城管只是韧带轻微拉伤后，他痛痛快快地答应承担医药费。这让王伟很不好意思，毕竟要不是老钱老胡鬼鬼祟祟跟着人家，一样不会发生后面的事，剩下的营养费、误工费，自然也就开不了口了，只能出去给正躺在医院的老胡打电话……

天都快亮了，所里承诺会安排车送韩昕。韩昕懒得再来回折腾，本想靠在椅子上睡会儿，等天亮之后直接坐所里的车去市局报到。没想到两个当过兵的辅警，竟对他这个当兵的能成为正式民警表现出极大兴趣。

"整建制转隶，这么说你们这些边防部队的兵集体退役，全部转为正式民警？"

"没这么简单。"

"那是怎么转的？"

"要参加招录考试，只有达到分数才能招录上，所以我们也叫招录民警。"

"你考试了？"高个子辅警捧着茶杯问。

"考了。"

"难不难？"

韩昕正准备开口，矮个子辅警就羡慕地说："这种考试就是走过场，就算考也没考公务员那么难。"

同样是当兵的，他们回来却只能做辅警，他们的心情可以理解，韩昕不想解释，干脆保持沉默。

高个子辅警又问："你是什么学历？"

"本科。"

"你上过大学，你是大学生士兵！"

"我没上过大学。"

"你不是说你本科学历吗？"

"我在部队参加过自学考试，先考的大专，再考的本科。"

"你自考的什么专业？"

"汉语言文学。"

原来是传说中那个被誉为送证的专业！免考数学，选考英语，考试科目少，对文化课要求不高……坐在边上陪他的李亦军，听着听着忍不住笑了。

居然因为学历不够硬，被一个菜鸟笑话，韩昕很不爽，也很尴尬。正当他懊悔当年没好好念书时，矮个子辅警又问道："考不上的那些兵怎么办，直接退伍？"

"考不上行政编还有事业编，要是连事业编都考不上还有工勤编。当然，也可以选择退伍。"

"考不上行政编的多不多？"

"不多，反正我们单位的战友基本都考上了。"韩昕端起纸杯喝了口水，补充道，"考试分数是一方面，如果平时表现好，立过功受过奖的有加分。只要不是太笨，文化程度不是特别低的都能考上。"

"这么说你们部队开车的、做饭的、养猪的都成了正式民警，都成了公务员！"

矮个子辅警一脸羡慕妒忌恨，韩昕能理解他的感受。毕竟这次转制，可以说是近二十年来，国家对学历不高的战士成为干部，开的唯一口子。他能赶上真的很幸运，直到此时此刻仍觉得像是在做梦。

聊着聊着，不知不觉已经六点。王伟跑进来让一起去食堂吃饭，见他穿这么少，又赶紧让李亦军上楼去拿来一件羽绒服。

陵海原来是滨江市的郊县，因为经济发展得好，五年前升格为县级市。三年前，又因为滨江要做大城市规模变成了陵海区，陵海市公安局也随之变成了滨江市公安局陵海分局。从城南派出所到市局三十多公里，不算远。但市区车多、人多、红绿灯多，根本开不快，而且这是去报到的，宁可到了市局等领导，绝不能让领导等……

韩昕感谢了一番，穿上李菜鸟的羽绒服，背上行李跟李菜鸟来到一辆崭新的大众轿车前。

"韩哥，外面这么冷，我就说要多穿点吧。别动，我帮你把拉链拉上！"

"韩哥，没想到我这件羽绒服你穿着挺合身。"

"韩哥，还是你面子大，我师傅这车是刚买的，要不是你，我都没机会摸方向盘。"

"韩哥，上车啊，再不出发到了市区就会堵。"

……

原来他不只是个菜鸟，也是个话痨。

韩昕一把抢过车钥匙，绕过车头拉开门钻进驾驶室，关上门调整座椅。李亦军急了，追过来啪啪啪拍打车窗。

"韩哥，你这是做什么，这不是我的车，这是我师傅的车！"

"让开。"

"韩哥，我知道夜里那事不能完全怪你，让你出医药费是有点……有点冤。但你也不能这样啊，你要是把车开走，让我怎么跟我师傅交代？韩哥，这儿是派出所，你就算是同行也不能在派出所抢车！"

韩昕不胜其烦，摁下车窗指指倒车镜："嚷嚷什么，照照镜子，看看你的眼睛，你这样能开车吗？"

李亦军意识到急糊涂了："韩哥，你是说你开车？"

"上不上车？不上车我走了。"

"来了，谢谢韩哥。"李亦军跑过去拉开车门，钻进副驾驶室，小心翼翼地问，"韩哥，你有没有驾驶证？"

韩昕没回答他的问题，看看左右两侧的倒车镜，轻踩刹车，点着引擎，娴熟地把车开出车位。李亦军刚才上楼拿羽绒服时师傅交代得很清楚，这个当兵的能从那么远的地方调回来，并且直接去市局政治部报到，肯定有关系有背景，绝不能得罪。而且所里又让人家掏了一千多医药费，李亦军觉得有必要找点话题聊聊，交个朋友，加深加深感情。

"韩哥，你有没有去过市局，你认不认识路？"

"指路！"

"直接往前开，前面第四个红绿灯左拐……韩哥，你渴不渴？我找找，车上应该有水。"

"韩哥，别开这么快！这条路限速六十。这是我师傅的车，万一超速被拍下来就麻烦了。"

"韩哥，你倒是说句话呀，你总这么一声不吭，我心里瘆得慌。"

韩昕彻底服了，低声问："说什么？"

李亦军心想开口了就好，好奇地问："韩哥，你以前是不是在边防检查站工作？是不是专门查人查车查毒品的？"

韩昕不想回答这个问题，又变成了高冷霸道的警察。

李亦军性格外向，不觉得有多尴尬，喃喃自语："那就是办理出入境的，专门检查出境和入境人员的护照签证，没有问题就啪一声在护照上敲个章，然后放行！"

真是个菜鸟，竟然连边防边检都傻傻分不清，韩昕觉得有必要给他科普下常识："那是边检，边检和边防不一样，完全是两码事。"

"边检和边防不一回事？"李亦军这次是真好奇。

韩昕扶着方向盘，解释道："边防的概念大着呢，不光我们边防武警，还有陆军的边防团。具体到我们边防武警，又分检查站和支队。"

"检查站和支队不是一个单位？"

"支队负责边境地区的管理，有点像地方上的公安局，有自己的辖区，支队下面设大队，一个大队管好几个边防派出所。人口管理、社会治安、反恐维稳、禁毒缉私、缉枪治爆、反偷渡……地方公安管的，支队都管。"

韩昕顿了顿，接着道："检查站才是你刚才说的边检，专门负责口岸，也就是机场、码头和陆地关口的人员、物品、证件和手续检查。"

"原来是两个单位啊，我真不知道。"

"一个管的是线和面，一个管的是点，本来就是两个单位。"韩昕想了想，补充道，"其实支队也有检查站，不过不叫出入境边防检查站，而是叫边境检查站。"

李亦军追问道："那新成立的移民警察呢？"

"检查站和支队转制之后都归移民局管，现在都算移民警察，但跟以前一样还是两码事。听说支队接下来会并入地方公安，也不知道什么时候并。"

"那你以前是做什么的，是在检查站还是在支队？"

韩昕回头看了他一眼……

"知道，要保密，不该问的不问，不该打听的不打听，我懂。"李亦军碰个软钉子，心道他就知道故弄玄虚。

4. 回头浪子

在城南派出所二楼的警网融合大数据指挥中心，杨千里、王伟和匆匆赶回所里的社区民警叶兴国，正坐在一起商量城管协管员老胡的事怎么解决。

"他们吃错了什么药？深更半夜不睡觉，跑出来乱转。"

"昨天是洋港社区主任严莉莉的生日，他俩去严主任家吃饭喝酒，吃完喝完又被拉着掼蛋，一直玩到十二点多。"

老叶糊涂了："你不是说事情发生在凌晨三点多吗？"

王伟苦笑道："他们打完牌没直接回家，又去火车站边上的烧烤店吃串儿喝酒，一直喝到三点多，然后看见了韩昕，觉得韩昕可疑，就大半夜给我打电话。"

"韩昕！"

"老叶，你认识？"

"有没有他的照片，我看看是不是同一个人。"

"照片没有，可以调看监控。"

相比老胡那个酒鬼，叶兴国对韩昕这个名字更感兴趣，看着所领导让值班辅警调出来的监控，不禁笑道："看着有点像，应该是同一个人。"

杨千里下意识地问："老叶，你真认识这小子？"

"认识，他家原来住老海通市场那一片，他六七岁的时候，他的父母就离婚了，他是他奶奶带大的。"

想到那小子神神秘秘的什么都不说，王伟好奇地问："后来呢？"

"父母不管他，他奶奶又管不住他，小时候很淘气，很不听话。上初中时就三天两头旷课，差点被开除。后来没考上高中，花钱上了个职中，又早恋，还带着那个小丫头离家出走，反正是让他奶奶操碎了心。"

"再后来呢？"

"职中勉强毕业，他学的那个什么办公自动化，听着很不错，可工作不好找，就去学开车。刚拿到驾驶证就赶上征兵，他奶奶担心他会走上犯罪道路，就让他去当兵了。"

一个本以为没什么出息的臭小子，居然成了警察！老叶很欣慰，又捧着茶杯感叹道："以前我找过他很多次，他一看见我就躲，后来当兵时我还帮过忙，政审是我经手的。接兵干部家访时，我还去帮着说好话。"

杨千里没想到刚被李亦军送市局去报到的韩昕，居然有这么一段"光辉历史"，不禁笑道：

"看来部队真是个大熔炉，在老家不学好，去部队居然混出了个人样儿！"

"听说他在部队表现不错。"

"怎么个不错？"

"他立过二等功，立功那年街道人武部准备敲锣打鼓送喜报，可那会儿他奶奶已经去世了，家里没人，最后这喜报也就没送成。"

正聊着，液晶大屏的左上角的监控画面上，又出现了韩昕的身影。寒冬腊月的深更半夜，路上看不见几个人，甚至看不见几辆车，韩昕背着登山包在路灯下奔跑，看上去确实很可疑，如果民警巡逻时发现，一样会拦下来盘问……

老叶正觉得好笑，杨千里突然道："小张，把人社局门口那段回放下。"

"是！"

王伟不解地问："杨所，怎么了？"

"看视频，快到了……好，停！"

杨千里指着大屏，笑道："看见没有，他哪是在系鞋带，他分明是在观察身后。"

王伟紧盯着大屏，喃喃地说："原来他在人社局门口，就发现被老钱和老胡给盯上了。"

"接着看，注意他的右手，注意他的手机。"

"他是在用手机拍身后，是在拍老钱和老胡！"

"眼看六路，耳听八方，警惕性很高，看来他在部队是搞侦查的。"

想到韩昕凌晨四点多在楼下会谈室的求助，王伟俯身道："小张，把会谈室的监控调出来。"

"好的，马上。"

"会谈室有什么好看的？"杨千里回头问。

王伟带着几分尴尬地说："我想看看他是怎么在我眼皮底下求助的。"

不仔细看不知道，一看大吃一惊。那小子是在接受询问时，像小孩子转笔似的装作转手机，不动声色拨打了一个电话，然后迅速挂断。等那个电话回拨过来，他不动声色接通了，然后把手机倒扣在桌上。其至通过转移话题，说什么如果被分到陵海分局城南派出所就会成为同事什么的，给对方报出了所在的位置……

看到这里，杨千里拍拍部下的胳膊："肯定是搞侦查的，老王，你栽他手里一点都不冤。"

王伟很尴尬，连忙道："还是先说说老胡的事吧。"

"老胡什么意思？"

"他说有没有营养费、误工费无所谓，但休息期间不能扣他的工资。"

"这个我们说了不算。"

"他想让我们帮着找街道领导，说什么他虽然喝过酒，但他是在帮我们盯梢时受伤的。"

"可惜他盯错了人。"

杨千里冷哼了一声，想想还是无奈说："等会儿交完班，我就向李所汇报，请李所帮着跟街道周书记打个招呼。"

……

市局安保很严，别说私家车，连非市局机关的警车都不能随便进，而且门口也不能停车。韩昕只能在附近找了个车位，停好车跟李亦军要了下手机号，让李亦军先在车上等，然后步行去市局报到。

李亦军真不想等，可韩昕的行李在车上，并且不知道报完到之后要不要回陵海，只能放下座椅躺在车里闭目养神。没想到这一躺下竟迷迷糊糊睡着了，一直睡到被韩昕打来的电话吵醒。

"韩哥，现在几点？你事情办完了？"

"已经一点多，赶紧过来吧，来市局接我。"

市局离这儿又不远，走几步会死啊，真以为你是领导……李亦军腹诽了一句，很不情愿调整好座椅，系上安全带驱车往市局赶。没承想赶到市局门口，韩昕不但没急着上车，反而一手提着个塑料袋，一手打着手势指挥起来。

"倒过来，带一点方向，倒倒倒，再来点，好，停！"

李亦军探头看着岗哨："韩哥，这儿可以停车吗？"

"就停一会儿，我跟他们说好了。没吃饭吧，这是给你带的。不过要等会儿再吃，先下来帮着搬点东西。"

韩昕俯身将一袋盒饭塞进副驾驶室，旋即掏出手机拨打起电话。

李亦军钻出车问："韩哥，搬什么？"

"就在你身后，没看见？赶紧的，别磨蹭。"

警服！而且是大大小小五箱！李亦军以为刚睡醒精神恍惚看错了，揉揉双眼，确认不是幻觉，回头问："韩哥，市局给你发警服了！"

"赶紧搬，没见我在打电话？"

韩昕是真嫌他烦，干脆举着手机走到岗亭对面。电话很快打通了，韩昕跟对方聊了几句，又拨打起第二个电话……等打完电话回到车边，李亦军已经把几箱警服装上了车。

"韩哥，你怎么刚报到就发警服，一发还发这么多？"

"这有什么大惊小怪的，去厂里上班还发工作服呢，难道分局没给你发？"

韩昕设置好手机导航，示意他坐对面去。李亦军老老实实钻进副驾驶室，捧着盒饭发起牢骚。

"发什么发，我这身是上警校时发的。我们警校生还好，暂时没发至少有的穿，那些从普通高校考进来的新人就惨了。他们没警服，只能厚着脸皮四处跟人家借。东一条裤子西一件外套，有的上衣跟裤子颜色深浅都凑不到一色。"

"报到当天发警服，这么说我运气不错。"

你连边防部队转制都能赶上，不用那么辛苦学习考试，就能从一个大头兵变成正式民警，运气当然好了……李亦军正暗暗嘀咕，突然想起一件事。

"韩哥，你工作落实了，是不是留在市局机关？"

"我也想在市局坐办公室，可惜领导嫌我学历低。"

"那你被分到哪个单位？"

"从哪儿来回哪儿去，下午你要陪我去分局再报一次到。"

"我们陵海分局？"

"这不是废话吗，我是陵海人，不去陵海分局能去哪儿？"

你不是很牛×的吗，怎么不留在市局？还以为你牛哄哄的是个王者，结果是个青铜……李亦军很想笑，又忍不住问："那你知不知道会分到分局哪个部门？"

"不知道。"

"真不知道假不知道？"

"真不知道。"

见韩昕不像是在骗人，李亦军突然有些同情他："韩哥，如果真让分局安排，那你很可能会被安排到乡镇派出所。"

"为什么很可能被安排到派出所，而且还是乡镇派出所？"

"因为派出所最苦最累最缺人，用领导的话说是最锻炼人。乡镇派出所的事虽然没我们城区派出所多，但离城区远，好好的谁愿意去。所以只要来新人，包括新安置进来的军转干部，大多会被安排去离城区最远的几个派出所。"

"你不也是新人吗，你是怎么分到城区派出所的？"

终于找到了点优越感，李亦军得意地说："我运气好啊，正好赶上所里缺人。今年来的十几个新警，在工作安排上我可能是最好的。"

"别的新警全去了乡镇？"

"除了一个搞技术的和两个女警，全去了乡镇，就我一个留在城区！"

"你小子可以啊，这个要庆祝，要请客。"

怎么绕到请客上去了，早知道就不该嘚瑟……李亦军连忙回到原来话题："韩哥，其实还有一种可能。"

韩昕故作好奇地问："什么可能？"

"你有可能会被分到特巡警大队。"

"特巡警大队缺人？"

"要说缺人，哪个派出所、哪个中队不缺人？之所以这么说，主要是你军人出身。而这几年只要来军转干部，只要年纪不是很大的，几乎都安排去了特巡警大队。"

韩昕不是什么都不懂的菜鸟，笑问道："你小子是不是在笑话我不懂业务，是不是在笑话我四肢发达大脑简单？"

"韩哥，我怎么可能笑话你？再说特巡警大队也不是谁想去就能去的，只有像你这样当过兵的、军事素质好的才能去。"

李亦军嘴上虽这么说，心里却暗暗窃喜，因为眼前这个就知道耍酷，就知道故弄玄虚的家伙，真的很可能会被分到特巡警大队。而特巡警大队虽然在城区，但实在算不上一个好单位，商业活动检票，公益活动看门，群体性事件挨揍……出任务时遇到阻碍公务的，还得求派出所的哥哥行行好，帮着处理下。

5. 良苦用心

能分到城区派出所了不起？李菜鸟那嘚瑟的样子，让韩昕很不爽，提醒道："赶紧吃，再不吃就凉了。"

李亦军发现他也不是很难相处，咧嘴笑道："谢谢韩哥！"

正聊着，导航提示前面路口右拐，李亦军突然发现路线好像不对："韩哥，我们这是去哪儿？你这个导航是不是有问题？"

"没问题，快到了。"

"金石国际！"

"网上说这是市区最高档的酒店。"

"去酒店做什么？"

"吃饭啊。"

韩昕打开转向灯，把车开进酒店停车场，在保安指挥下倒进车位，回头笑道："我进去看看有没有自助餐，如果没有自助餐就去二十八楼日韩餐厅吃日料，网上说他们家的日料不错。"

"我吃盒饭，你进去吃大餐？"

"这是市局食堂的盒饭，别人想吃还吃不到呢，别浪费。"

韩昕说去就去，推开车门头也不回地走向酒店大堂。

李亦军突然觉得盒饭不香了，看着他的背影嘟哝道："居然吃独食，日料最容易拉肚子，拉死你个丘八，看你怎么嘚瑟……"

事实上韩昕并没去自助餐厅，一样没有去什么日韩餐厅，而是爬楼梯来到酒店二楼，按楼梯口一块会议指示牌上的箭头，径直来到一个多功能厅门口。多功能厅里面正在开会，不是与会人员不能随便进。韩昕掏出手机发个短信，等了大概两分钟，一个西装革履、身材魁梧的中年人，提着公文包从后门蹑手蹑脚溜了出来。

韩昕连忙立正敬礼："丁政委好！丁政委，给您添麻烦了。"

"走走走，这儿不是说话地方。我们上楼，去我房间说。"

"是。"韩昕跟着走了几步，担心地问，"政委，会没结束，您就这么出来没事吧？"

"没事，就算有事，你这个小战友回来了我也要请假。"

中年男子走进电梯，从裤兜里掏出房卡刷了下，笑看着他问："报完到了？有没有见着政治部刘主任？"

"见着了，见了一面，说了几句要退伍不褪色，换装不换心，到了新的工作岗位要好好干，争取再立新功之类的，就让人带我去办手续，办完手续又让人带我去领警服。"

"能见你一面已经很不错了，毕竟人家也是市局领导。不过话又说回来，他要是不见你一面，关书记将来要是问起来，他也不好说。"

"哪个关书记？这跟那个关书记又有什么关系？"

"市政法委副书记，你工作的事就是关书记帮着办的。"

"政委，我的工作不是您帮着张罗的吗？"

中年男子被问住了，走出电梯自嘲道："小韩，我早不是政委了，说出来你可能不信，我现在只是个小小的崇港区职教中心副校长。我连自己的工作都搞成这样，你认为我能跟公安局领导说得上话，能让公安局接受你？"

韩昕不敢相信这真的："可您是副团啊，您是副团转业的！"

"在部队我是边防大队政委，是副团职干部，但到了地方上什么都不是。现在的级别是副科级，然后加个括弧，享受副处级待遇，哈哈。"

"这也可以？"

"地方安置压力大，这很正常，只要工资不少就行。"丁海军不想再聊这个话题，打开房间门，"小韩，看来你对调动的事一无所知。"

"我什么都不知道，我是在跟踪嫌疑人的半路上买车票回来的。行李都不让回单位收拾，参谋长甚至不让我再跟队长、教导员打电话。要不是他说有什么事可以找您，我连您都不敢联系。"

丁海军递上瓶矿泉水，掏出香烟坐到他对面："陈有明为什么非要把你调回来，你总该知道吧。"

韩昕接过水，若无其事地说："好像是芒井大队收到一个消息，有个躲在境外的漏网之鱼，扬言要报复我，还悬赏一百万要我命。"

"这就是了，把你调回老家是对你负责。可你们参谋长却在电话里跟我说，你对这次调动好像有想法。"

"我是有想法，政委，在部队时我们虽然不一个单位，但我们侦查队的情况您肯定知道一些。要说被毒贩扬言报复，那我们队里被毒贩扬言报复的人多了。可事实上那些毒贩躲我们还来不及呢，也只是敢在背后打打嘴炮。"

韩昕拧开盖子喝了一小口水，接着道："反正这种事我们遇到多了，早习以为常。连平时喝酒时都开玩笑说，我的头比你的头贵，这杯你必须喝。如果只要有人被毒贩扬言报复，被扬言报复的人就要被调离，那我们队里早没人了，侦查队早该裁撤了。"

"听上去有点道理，不愧是侦查队的兵。"

"可参谋长不这么想，他非要把调我回来，不管我怎么解释，不管我怎么求都没用。"

丁海军沉吟道："这么说陈有明的官做大了，胆子倒变小了，胆小怕事，变得越来越没担当？"

韩昕急忙放下水："政委我可没说参谋长胆小怕事，更没说参谋长没担当。"

"这么说是我的理解有问题?"

"政委,您别开玩笑了,参谋长对我很关心,他做侦查队长时就对我很关心。要不是他鼓励支持,我肯定不会参加自考。要不是他当年跟支队极力争取,我一样不可能被选上执法士官,还是重点岗位的。"

韩昕想想又一脸不好意思地说:"说到底还是沾您的光,要不是有政委您这层老乡关系在,参谋长当年也不会对我另眼相待。"

丁海军放下手机:"我以为你不知道呢,看来你小子还算有点良心。"

"政委,我知道参谋长是为我好,可是……"

"别可是了。"

丁海军摆摆手,感慨道:"小韩,虽然你当兵的第二年我就转业了,回来之后从来没联系过你,你一样没联系过我,但我对你一直很关注。毕竟全支队总共就那么几个滨江老乡,能分到支队机关的更是只有你一个。"

"政委,其实我不是不想联系您,开始是不知道您的联系方式,后来知道了又三天两头出任务,电话不敢乱打……"

这个解释实在没什么说服力,想到人家当年对自己真的很关心很照顾,韩昕别提有多尴尬。

"人走茶凉,就算能联系上,我也帮不上你什么忙。何况你在侦查队干得很出色,也不需要别人帮忙。"

丁海军笑了笑,话锋一转:"小韩,我知道你的家庭情况,知道你真把侦查队的领导和战友们当成了亲人,真把侦查队当成了家。就这么让你离开那个充满温暖、充满成就感的大家庭,回到空荡荡的老家,对你而言确实很残酷。但人终究要长大,你已经二十六了,过完年就二十七,不能总把自己当孩子。接下来你要找女朋友,要结婚生子,不能总是一人吃饱全家不饿。"

对于这次调动,韩昕是真不理解,抬头道:"政委,我们现在转制了。"

"我知道,你是不是想说转制之后你就是正式民警,可以在驻地找女朋友,可以在驻地娶妻生子?但你有没有想过,这些年你抓过多少个毒贩,参与处理过多少吸毒人员?"

丁海军点上烟,又问道:"你有没有想过,如果在驻地组建家庭,你的妻儿是不是要跟着你担惊受怕,是不是就要过提心吊胆的生活?如果在路上遇着了,是不是都不能相认?孩子看见你,是不是都不能喊爸爸?"

这一点必须承认,韩昕无言以对。

丁海军磕磕烟灰,接着道:"你当年之所以能去侦查队,不只是因为你会开车,也不只是因为你机灵,一样不是因为陈有明看我的面子。而是因为你既会开车又机灵，并且是个新人新面孔。可以说面生，是先决条件！可这时间过得真快，一转眼你已经在侦查队干了六年。这期间有多少毒贩和吸毒人员见过你，走出去又有多少毒贩和吸毒人员能认出你？"

想到三个月前，就因为被一个吸毒人员认出来了，差点毁了整个行动，韩昕猛然反应过来："政委，您是说就算没有被毒贩扬言报复这件事，我一样要被调离侦查队？"

"看来是当局者迷，你这么聪明的一个人，其实早该想到的。"

"政委，我错了，我是该调离侦查队，我不该有抵触情绪。"

"知道就好。"

丁海军伸手拍拍他胳膊："其实你们参谋长这个时候想办法把你调回来，不只是考虑到你的人身安全，一样不只是考虑到侦查队的工作。"

韩昕不解地问："参谋长还有什么考虑？"

"别看他平时总板着张脸，喜欢骂人，其实他重情重义。觉得对你有所亏欠，想借这个机会补偿你。"

"参谋长怎么会亏欠我？他对我那么关心，我亏欠他的差不多。"

"看来你也是重情重义的人。"

丁海军微微点点头，慢条斯理地说："这件事你可能早知道了，这几年你在侦查队干得不错，荣立二等功一次，三等功一次，嘉奖好几个，甚至救过你们队长的命。这些成绩都在上级眼里，两次想保送你上军校，结果你两次都在任务上，想换都换不下来，这两个宝贵的机会只能让给了别人。"

韩昕心想还以为是什么事呢，不禁笑道："我后来听说过。其实上不上军校，能不能提干，我不是很在乎。"

"你一人吃饱全家不饿，在侦查队你又是年纪最小的，个个把你当弟弟，用现在的话说你是'队宠'，上军校对你而言可能真没待在侦查队自在，你当然不在乎。但包括陈有明在内的两任队长不能不在乎，不为部下考虑的领导不是好领导，他们必须为你考虑。"

"政委，其实参谋长和李队真用不着这么麻烦……"

"听我说完。"

丁海军瞪了他一眼，接着道："好在你小子运气不错，虽然错过两次保送军校的机会，但赶上了边防转制，通过招录穿上了警服，总算解决了干部身份。一切只能按最新政策来，不能搞特殊化，不然也不会叫'一刀切'。而现在有毒贩在境外开出一百万悬赏要你的命，你们参谋长和队长既想保护你的安全，也觉得这是个机会，就向上级申请将你调离，顺便帮你跟上级争取一些留在支队争取不到的待遇。"

6. 刑警大队

老单位领导的一番良苦用心，让韩昕心里很不是滋味儿，一时间竟不知道该说点什么。丁海军以为他对工作安排有想法，俯身敲敲茶几："小韩，你应该知道因为改制，不管干部还是士官，之前想转业复员有多难，现在想调动又有多难。"

"我知道。"

"你知道什么呀你，这份工作有多么来之不易，我必须帮陈有明把话跟你说清楚。"

"为了把你调出，为了帮你争取点待遇，他和你们队长教导员从支队求到总队，从总队又求到了省厅，不知道跑了多少趟。但相比怎么才能让老家这边接收你，之前那些真算不上什么。"

韩昕苦着脸问："老家这边不太好调入？"

丁海军轻叹道："何止不太好调，要知道你这样的调动叫商调，顾名思义，就是要跟人家商量！人家想要才会接收你，不想要就不接收。这又不是安置军转干部，上面有红头文件，接收单位不想接收也得接收。你说你能力强贡献大，那能力强贡献大的人多了。何况你之前的那些成绩，是在一个比较特殊的环境下取得的。用现在的话说，不能把平台当本事。人家的编制那么紧张，可以说是一个萝卜一个坑，无缘无故地，凭什么让你调入？"

韩昕没想到调动这么麻烦，苦笑着问："后来是怎么调入的？"

"你们参谋长首先想到了我，给我打电话。可我一个职教中心副校长又能帮得上什么忙？只能摸底排队，上网搜领导们的履历，看能不能给他提供点线索。"

"没想到真有一个领导跟我们一样是从边防出来的，不过他转业前是在东山省边防总队。我去找肯定没用，但至少给你们参谋长提供了方向。"

摸底排队、线索、方向……搞得像是在办案，韩昕彻底服了。

"有了明确方向，他再去求总队领导，请总队领导帮着联系东山边防总队领导，跟人家说明情况，请人家帮着联系。为确保万无一失，他们还找到南云省厅禁毒总队，请人家帮着跟我们省厅禁毒总队联系。反正是想尽办法，才把事情办成的，你小子可不能身在福中不知福。"

……

这次改制，老部队是几家欢喜几家愁。一些老家很远，跟妻儿两地乃至三地分居的军官，无法再跟以前那样转业，接下来要在艰苦偏远的边境干到退休才能跟亲人团聚。而且为了与地方公安对接，有的人甚至要降职降衔。通过改制招录上正式民警的士官和义务兵，看上去好像是最大的获益者，但改革还在进行中，接下来的工资怎么定，户口怎么落，保险怎么交，都没有落实，而且同样面对离家很远，要干到退休才能跟亲人团聚的问题。许多人想回回不去，除非辞职，什么都不要，当之前那么多年全白干了。而自己这个不想回的却非让回不可，老单位领导为了把自己调回老家，不知道费了多少周折，不知道欠下多少人情。韩昕既感动感激又难受，真不知道该高兴还是该哭。可既然已经调回来了，他只能面对现实。就这么聊了近一个小时，韩昕才跟曾经的部队领导道别，浑浑噩噩回到车上，示意李亦军开车回陵海。

　　赶到陵海分局已经下午四点半，韩昕找到政治处见到了徐主任，递交市局政治部给的档案，跟一个政治处民警去小会议室填了一堆表……走完所有程序，下楼回到车上，天已经完全黑了，分局机关的民警辅警已经开始陆续下班。

　　"韩哥，工作落实了吗，是去派出所，还是去特巡警大队？"

　　"都不是。"

　　"难不成让你去交警队？"

　　韩昕摇摇头："也不是。"

　　李亦军不认为他能留在分局机关，毕竟他既不是女同志，而且学历也不高，想想又问："看守所？拘留所？"

　　韩昕没回答他的问题，而是反问道："看守所在哪儿，离分局远不远？"

　　"在张庄那边，离城区不算远。"

　　"这么说也不近。"

　　"开车的话，从我们派出所过去二十分钟左右。"

　　人逢喜事精神爽，李亦军想想又扶着方向盘眉飞色舞："韩哥，看守所其实是个好单位，去看守所做管教民警挺好的。虽然进监区不能带手机，有那么点与世隔绝，但也没那么多杂事。至少能按时上下班，不像我们要三天两头加班。"

　　韩昕不动声色地问："这么好？"

　　李亦军嘿嘿笑道："所以说要恭喜你，好多人想去还去不了呢。"

　　"别急着恭喜，那么好的单位，一样轮不着我这个新人。"韩昕长叹口气，带着几分失落、几分遗憾、几分无奈……

　　李亦军糊涂了，回头问："那去哪个单位？韩哥，你就别卖关子了！"

"刑警大队。"

"去刑警大队，真的假的？"

"徐主任应该不会骗我。"

韩昕顿了顿，接着道："徐主任说我人虽然到了，档案也到了，但想把组织人事部门那边的手续走完，可能需要一段时间。说我刚到家，眼看又要过年。让我过完年，初七正式上班。"

有没有搞错！你他妈又没上过警校，甚至都没上过大学，更没学过刑侦、刑技，凭什么去刑警大队……李亦军蒙了，不敢相信这是真的。

看着他蒙×的样子，韩昕暗笑你小子不是认定我要去派出所吗？没想到是这个结果吧，惊不惊喜，意不意外？

……

回到阔别四年的如意嘉园，韩昕没有急着上楼。他先给表妹琳琳打了个电话，然后跟李菜鸟一起把行李和几箱警服搬到电梯口。一边看楼道里的社区民警、社区辅警和社区网格员的公示栏，一边等表妹过来开门。

"这个小姐姐是你们所里的？"

"是啊，你们小区这一片全是我们派出所辖区。"

李亦军抬头看了看社区民警王一娟的照片，又忍不住笑道："韩哥，王姐的主意你就不要打了。人家早结了婚，孩子都会打酱油了！"

"都有孩子了，真看不出来。"韩昕感慨了一句，回头道，"你先回去吧，不用跟我一起等。"

"不着急，我陪你再等会儿。这么多警服，还有冬执勤服和冬棉服，我走了你一个人怎么往上搬？"

李亦军其实早想回去，可花一千多买的羽绒服正穿在他身上。不敢就这么走，又不好意思明说，只能整理着身上的执勤服，疯狂暗示。

"又不是没电梯，这儿你就别管了，早点回去，省得你师傅担心。"

"回去也没什么事，我陪你再等会儿，我还想看看你家装修呢。"

"我家的装修有什么好看的？"

"我现在虽然没钱，但我那套房子早晚要装。参观一下你家是什么风格，到时候可以参考参考。"

这小子怎么突然变这么热心？韩昕觉得有问题。他想到表妹马上就到，而且真是个大美女，如果被这小子看见，他肯定会死缠烂打，立马板起脸："我家装修一般，非要说有什么风格，那也是省钱的风格，没什么好参考的，赶紧走吧。"

"合适的就是最好的，我就喜欢省钱的风格！"

李亦军觉得刚才的暗示可能太过隐晦，又指指身上的执勤服："韩哥，我最节俭了，能穿警服绝不穿便服，能穿冬棉服绝不穿羽绒服！"

"你家又不是明天就要装，想看以后有的是机会，赶紧走，别磨蹭！"韩昕真忘了身上穿着他的衣服，只想着表妹马上就到，不能被他看见，更不能被他缠上。

"韩哥，我来都来了，等会儿帮你把警服搬上去，我只看一眼。"

"一眼也不可以，赶紧走，立即走，再不走我生气了。"

"韩哥……"

"你小子怎么婆婆妈妈的，是要我送送你，还是要我留你吃饭？"

"不用送，也不用你请吃饭，我等会儿回所里吃。"

韩昕火了，一把攥住他胳膊，就把他往外面推。

"让你走你就走，哪儿来这么多废话！"

"韩哥，别拉了，我就这么一件执勤服，扯坏了就要穿羽绒服上岗！"

李亦军死死地攥着楼道门，坚决不走。

韩昕从来没见过这么赖皮的，脸色一沉："你小子有完没完，赶紧松开，别忘了你穿着警服，能不能注意点影响？"

"韩哥，你只要别推我，我就不会影响警察形象。电梯下来了，快快快，赶紧松开，拉拉扯扯的，被群众看见不好……"

刚松开手，正准备回头看看电梯，一个窈窕的身影从外面飞奔进来。

"哥，你怎么回来也不提前打个电话？你是什么时候到家的？是坐的火车还是飞机？这次回来能在家住几天？"

"一下子这么多问题，让我先回答哪个？"

"一个一个回答。"

"这儿不是说话的地方，我先把东西搬进电梯，咱们上去再说。"

这女孩子也太好看了！那脸蛋，那双水汪汪的大眼睛，那身材，那气质，那扑面而来的青春气息，连说话的声音都那么甜……李亦军一时间竟看痴了。

刚从包里翻出门禁卡的许琳琳也注意到了他，扑闪着大眼睛问："哥，这个警察叔叔是你朋友？"

韩昕暗骂了一句真是怕什么来什么，不假思索地说："不是，我不认识他。"

李亦军缓过神，急忙道："韩哥，你怎么能这样。我陪你跑了一天，从市局跑到分局，从分局又把你送到这儿，而且我们都已经是同事了，竟然说不认识我。"

"行，我认识你，现在可以走了吧。"

"别呀，东西还没搬呢！"

"不用你搬，走走走，有什么事回头再联系。"

"没事，我帮你搬一下。"

李亦军既不想失去羽绒服，更不想错过这个认识美女的机会，俯身抱起一个大纸箱，嘿嘿笑道："韩哥，介绍一下呀！"

"介绍什么，有什么好介绍的，赶紧走！"

"等等！"

许琳琳顾不上看热闹，一把拉住韩昕："哥，他刚才说你又是去市局又是去分局的，还说跟你是同事，你不是武警吗，到底怎么回事？"

韩昕正准备解释，李亦军就马上献宝似的说："表妹，你哥没告诉你吗？边防部队转制了。你哥现在不但跟我一样是警察，而且从南云调回来了！"

"哥，真的吗？"

"当然是真的，你哥不但是警察，而且是刑警，下周一就要去刑警大队报到。"

这小子果然不是好东西……看着他那色眯眯的样子，韩昕彻底怒了，指着他鼻子声色俱厉："姓李的，听仔细了，给我立即、马上、迅速走人！一分钟内再不从我眼前消失，别怪我对你不客气！"

"韩哥，我们是同事，是战友，是兄弟，你表妹就是我表妹，我说错了吗？"

"五十秒。"

"我帮你把东西搬上楼就走。"

"四十秒。"

"表妹，我姓李，我叫李亦军，我在城南派出所上班。"

"三十秒！"

"韩哥，你怎么这样啊，给我留点面子行不行？"

"二十秒！"

"好吧，能不能把羽绒服脱下来还给我？"

原来竟是因为一件衣服磨叽到现在，韩昕彻底服了，飞快脱下羽绒服，往他面前一扔："还给你了，走！"

7. 没心没肺

好不容易赶走烦人的菜鸟，韩昕又迎来表妹没完没了的问题，但心情则完全不同。许琳琳确认他真成了警察，并且真调回来了，别提有多高兴，帮着归拢好行李和几大箱警服，就拿起手机要给老爸老妈打电话。

"别打了，也不看看现在几点。"

"打个电话怎么了，他们知道你回来了一定很高兴。"

除了爷爷奶奶之外，最疼自己的就是舅舅舅妈。韩昕相信舅舅舅妈知道这个消息肯定高兴，微笑着解释道："你要是这会儿给他们打，他们一定会连夜赶过来。这么晚了，从头墩过来又那么远，你放心吗？"

许琳琳反应过来："那明天打，明天再告诉他们。"

"明天也不用打，我明天一早去看他们，给他们个惊喜。"

"行，那我们先去万达吃饭，吃完饭帮你买衣服。"

"好，走吧。"

许琳琳从包里翻出车钥匙，带着他乘电梯来到地下停车场，打开车门钻进刚买的白色小奔驰，突然想起件事。

"哥，可我明天要上班，明天陪不了你，我们搞培训的就指着寒暑假和节假日赚点钱。"

"我又不是三岁小孩，不用你陪。"韩昕调整好座椅，系着安全带说，"这车不错。"

"空间这么小，等赚到钱，我换个空间大点的。"

许琳琳想想又笑道："哥，你明天不是要去我家吗？开我车回去。"

"我开你车，那你怎么办？"

"小区离我上班的地方又不远，就在南面的明珠城，走几步就到了。哥，你刚回来没辆车不方便，我这车你先开着，反正我又不怎么开。"

"用不着这么麻烦，明天我打车去。"

许琳琳知道他是不想开自己的新车，坏笑着说："你爸帮你装修得漂漂亮亮，留着给你娶老婆的新房，我都抢在新娘子前面搬进来住了一年多，你用几天我的车又怎么了？"

"我不是跟你客气，而是你这车我开着不合适。"

"有什么不合适的？"

"行行行，我明天用一下。"

"这还差不多，跟我还客气。"

许琳琳会心一笑，想想又说道："哥，我前几天见着韩露了。"

"哪个韩璐？"

韩昕愣了愣，转头看向外面那既熟悉又有些陌生的夜景。

"这璐露是不大好分，我前几天见着的是小韩露。按理女孩子应该随爸，可她却随她妈，才十几岁就那么胖，体重估计有一百五六。我偷拍了一张照片，在手机里，回头找给你看看。"

"她……她不是一直跟她爸她妈在江城的吗？"

"什么她爸她妈，她爸一样是你爸！"

许琳琳回头看了看，接着道："她刚上高一，成绩好像不理想，你爸和她妈可能觉得老家的教学质量比江城好，就帮她办转学，转到了城南中学。她妈也从江城回来了，专门陪读。"

"看来我们老韩家人上学都不行。"

韩昕自嘲地笑了笑，又不解地问："这些事你是怎么知道的？"

"她跟我们老板娘的女儿是同班同学，她妈在陵海又没什么朋友，就报名在我们那儿学跳舞。说是学跳舞，其实是减肥。"

"她妈妈是你的学员？"

"放心，我认出了她，但她只知道我是老师，不知道我和你的关系。我跟她无亲无故，也没什么好相认的。"

"大韩璐呢？这段时间有没有见过，她现在上高几？"相比只见过一次的同父异母的妹妹，韩昕更关心同母异父的妹妹。

"你怎么做哥哥的，大韩璐已经上大二了！暑假时跟她妈一起回来过，去头墩住了两天，在你的新房子住了一晚，还去我们'舞之星'玩了一下午。"

许琳琳顿了顿，又嘟哝道："我姑姑也真是的，这辈子跟你们姓韩的杠上了。当年好不容易跟你爸掰扯清，结果又找了个姓韩的，连给孩子取的名字，都跟你爸那边取的差不多。"

"我妈还好吧？"

"挺好的，婚姻美满，家庭幸福，女儿漂亮懂事成绩好，现在连儿子都做上了警察。"

"幸福就好。"韩昕点点头。

许琳琳觉得他又是在敷衍，低声道："她……她就是觉得对不住你，这些话她没跟我说过，是跟我爸我妈说的。回来的那天晚上，躲在房里抱着我妈哭，说当年要不是你奶奶打死也不同意，她早带你一起去熟州了。"

事情过去那么多年，韩昕早没了什么想法，看着越来越近的万达广场，喃喃地说："她真没必要这么想，她没对不起我，我也从来没埋怨过她。"

"那你为什么不接她电话，为什么不给她回信？"

"这个问题我已经回答过你很多次，我是真不想打扰她现在的生活。"

"真的？"

许琳琳一如既往地将信将疑。韩昕知道母亲这个娘家侄女，很可能比自己更心疼她姑姑，不禁苦笑道："琳琳，说了你可能不信，说出来你也别骂我。他们当年闹离婚时，我不但一点都不难过，反而很高兴，恨不得他们早点离、赶紧离，你觉得我会怪他们吗？"

许琳琳不敢相信这是真的，把车开进停车场，刚倒进车位停稳，就转身紧盯着他问："哥，你是不是感冒发烧，你是不是烧糊涂了，怎么会说这样的胡话！"

"我没感冒也没发烧，更没烧糊涂，我说的是心里话。"

"你怎么会这么想？"

"那时候小，不懂事，只想着他们要是离了，不就没人管我了，我不就可以自由自在玩了？"

许琳琳愣了愣，旋即反应过来："哥，你真是个人才！"

回头想想是有点没心没肺，韩昕一脸尴尬："琳琳，这件事我藏在心里那么多年，从来没跟别人说过。你知道就行了，千万别告诉我妈，也别告诉你爸你妈。"

"骗子，大骗子，搞来搞去你骗了我们这么多年！"

"什么骗了你这么多年，我……我就小时候骗过你的零花钱。再说你后来上大学，一没钱了就给我打电话，我都加倍补偿给你了，明明知道那些钱借给你，就是肉包子打狗——有去无回。"

"你才是狗呢！狼心狗肺，欺骗我们的感情，骗取我们的同情，甚至骗了我们的眼泪！"

"好了好了，上去吃饭。"

"等会儿你买单，以后都是你买单！"

"为什么我买，不是说好给我接风的吗？"

"因为你欺骗了我这么多年，害得我同情心泛滥，不知道因为你哭过多少次，不知道因为你流过多少眼泪……"

8. 可怜的孩子

李亦军并没有因为被灰溜溜赶回来不高兴，反而觉得这一天收获很大。表妹真的很漂亮，表妹的身材真好，连说话的声音都那么甜，从如意嘉园回所里的这一路上，脑海里全是表妹的倩影。从表妹的手提袋和衬在黑色长款羽绒服里面的紧身衣上看，她应该是明珠城里一家舞蹈培训机构的老师，也只有跳舞的女孩子身材和气质才会那么好。

明珠城一样属于城南派出所辖区，想找到她并不难。他想着想着，突然想起一首歌，情不自禁地哼唱着，跑向生活区，跑向食堂，跑向憧憬里那美好的未来……

"表妹表妹漂亮的妹妹，表妹表妹透红的花蕾，表妹表妹可爱的妹妹，表妹表妹我的表妹……"

"小李，心情不错啊，还唱起来了。"

"叶警长，今天你也值班啊。"

"什么叫我也值班，所领导都要值班，我能不值班，我敢不值班吗？"

叶兴国捧着饭盒笑了笑，转身看向取餐口："回来得正好，赶紧去打饭。"

"谢谢叶警长，我先去洗个手。"

李亦军咧嘴一笑，屁颠屁颠跑向洗手池。

今晚的代班副所长钱俊山，不但知道夜里发生过一起"乌龙"警情的事，甚至代表所里去医院探望过城管协管员老胡。他见李亦军回来了，抬头问："小李，事情办完了？"

李亦军刚才光顾着高兴，这才注意到所领导坐在里面吃饭，连忙道："报告钱所，办完了。我先把韩昕同志送到市局，再从市局送到我们分局，等他报完到再把他送回家，一直把他送到楼下才回来的。"

"送到我们分局？"

"嗯，他被市局分到了我们分局，局里又把他分到刑警大队，说是下周一开始正式上班。"

钱俊山是去年从王堡派出所调过来的，调来之前也是副所长。因为王堡派出所辖区紧挨着新坝港派出所辖区，作为曾经的王堡派出所副所长，他经常跟新坝港边防派出所打交道，对边防部队的情况比较熟悉。想到早上见过的那个韩昕，转制之前只是士官，钱俊山下意识地问："分到刑警大队，小李，你没听错吧？"

"报告钱所，不会听错，就是刑警大队。"

"这就有点奇怪了，边防是有搞刑侦的，不然他们辖区的刑事案件没人办。但只要是涉及执法的岗位都是军官，更别说搞刑侦了。"

"那战士呢，战士做什么？"一个民警抬头问。

钱俊山放下筷子，微笑解释："站岗放哨，开车做饭，跑腿打杂。我们这边靠海，所以我们这儿的边防不用巡逻，只要管好自己的辖区，管理好船只船民。负责边境地区管理的边防，不但要跟我们一样管理好自己的辖区，还要带着战士沿着国界线踏查，防止偷渡、走私什么的。"

"这么说边防的士兵，跟我们派出所的辅警差不多？"

"基本上差不多，毕竟干部就是干部，战士就是战士，上下级关系分明。要不是他们运气好赶上转制，复员退伍之后也只能做做辅警。"

"这么说那个韩昕不太可能懂刑侦，分局却把他安排到刑警大队，想想是有点意思。"

"钱所，听说那小子是从南云调回来的，你说他以前有没有可能是搞缉毒的？"

"南云的边防是要缉毒，但不管义务兵还是士官，都没有执法资格，主要是在军官带领下检查，有点像车站机场的安检员。他们也会在军官带领下设卡埋伏，如果有毒贩落网，他们就帮着看管看押，反正办案是不可能的，更别说搞刑侦。"

"战士没有执法权？"

"当然没有，我又不是没去南云办过案，又不是没见过南云的边防。"

钱俊山顿了顿，接着道："据我所知，边防部队的军官士官转业复员，之前因为要改制很早就被冻结了，没有特殊情况谁也别想回老家。现在改制了，想调动更难。他一个刚在转制中穿上警服的士官，居然能从边境调回来，还被分到刑警大队，这要多大关系，这要多大背景。"

"想想真是，好多军官转业都没个好岗位好工作，甚至只能安置个参公。他一个刚解决干部身份的战士，就这么轻轻松松从那么远的地方调回来了，而且有单位愿意接收，不简单，不简单啊！"

……

叶兴国同样觉得有些不符合常理，但不想跟他们一起议论，捧着饭盒起身走进厨房。

"老姜，你们老陵海三队的韩如松，你记不记得，有没有印象？"

"记得啊，搞工程的，你怎么突然问起他？"

"真记得！"

姜大姐放下抹布，直起身大发起感慨："韩如松当年多风光，搞工程，赚大钱，正儿八经的大老板，每次回来都请村干部吃饭喝酒，老早就买了小轿车。可惜好景不长，后来包工程包亏了，欠下一屁股债。我记得有一年腊月二十七还是腊月二十八的，好多民工去他家讨债，有的民工是租大巴来的，就停在海通市场门口，堵得我们都买不了菜。他婆娘估计是觉得这日子过不下去，就跟他离婚了。"

到底是一个村的，果然知根知底。叶兴国吃完嘴里的饭，追问道："后来呢，后来有没有见过韩如松？"

"韩如松后来回来过几次，听修鞋的王瘸子说他后来又翻身了，赚到了钱，把债还掉了。又找了个婆娘，生了个丫头，后来的婆娘也是陵海的，家里也是做工程的。不过现在他们全都搬江城去了，听说在江城买的大别墅！"

"前面的那个呢？"

"前面的那个婆娘，后来怎么样，我真不清楚，只知道她娘家是头墩的。"

"韩如松跟前面那个生的孩子，你记不记得？"

"记得，当兵去了，想想也有好多年没见过。真是个可怜的孩子，说起来有爹有娘，却跟没爹没娘差不多，现在连奶奶都没了！"

叶兴国笑道："老姜，那个可怜的孩子回来了，刚回来的，这会儿刚到家。"

姜大姐大吃一惊："他家里又没个人，他回来做什么？回来连个说话的人都没有，他还不如在部队过年呢！"

"调回来的，被安排到我们分局刑警大队，现在跟我是同事。"

"真的假的，他不是当兵的吗？当兵的怎么能调回来，还调刑警大队？"

"这件事说来话长，具体情况我也不是很清楚，没想到那小子居然混出了个人样儿。"

叶兴国笑了笑，又带着几分遗憾地说："可惜我晚上要值班，实在抽不开身，不然我就去看看的。"

姜大姐不解地问："这么晚了，去看他做什么？"

"你想想，他去当兵的时候多热闹，戴大红花，放炮仗，敲锣打鼓，可以说是一片辉煌！可回来时却冷冷清清，并且他家里连个人都没有，可以说是一片凄凉。我也算是看着他长大的，你说我应不应该去看看？"

"叶兴国，你跟我说这些什么意思，是不是想让我去他家看看？"

"你跟他以前是一个村的老邻居，现在又住同一个小区，还是同一栋楼。再说你反正要下班，反正要回家。顺便去敲个门，打个招呼，表示下欢迎怎么了？"

"也是啊，不管怎么说也是一个村的。"

"那就拜托了。"

"谈不上拜托，应该的，算起来我跟他家还拐弯抹角带点亲。对了，我只记得他的小名好像叫新新，记不得他的大名，他大名叫什么？"

"大名叫韩昕，日斤昕。"

"韩昕，想起来了。"

眼前这位是个热心人，叶兴国相信她能让小伙子感受到家乡的温暖和热情，想想又笑看着她问："他家住几单元几〇几你知道吗？"

姜大姐不假思索地说："这个我知道，当年拆迁我们三队是一起看图纸选房的。那会儿为了抢个好楼层好户型，好几家差点打起来。哪家选的哪几套房，我记得清清楚楚。他家拿了两套，都在一单元。一套在一单元顶层，一套在一单元十九层，都是东边套。"

"记得这么清楚，这么说我不用去打听了。"

"你家要是拆迁，一起拆迁的人选的是哪套房，你一样会记得清清楚楚。"

"这倒是，可惜我没房子可以拆。"

叶兴国笑了笑，放下碗筷催促道："赶紧走吧，这儿我帮你收拾，见着韩昕帮我跟他带个好，就说我还在城南派出所，让他有时间来坐坐。"

9. 新兵下连

上午九点半，刑警大队三楼。蓝豆豆整了一早上材料，头晕脑涨，去了趟洗手间，本打算下去透透气，刚走到二楼，就发现本应该很忙的一中队队长陈维民、城区中队指导员高建、西塘中队队长陈国强等人，参加完刚结束的例会居然全没走，一个个面带笑容，像是有什么喜事。难道快过年了，大队准备给各中队发点福利？

蓝豆豆越想越有可能，赶紧噔噔噔跑上楼，敲敲敞开着的队长指导员办公室门："张队、刘指，楼下怎么那么热闹？陈队、高指他们都没走，好像在等什么！"

四中队队长张宇航愣了愣，若无其事说："他们是在等人。"

指导员刘海鹏则似笑非笑地说："什么等人，我看他们是在摩拳擦掌，准备抢人。"

"抢什么人？"

"新兵下连，老兵过年！好不容易等来个新人，他们当然要抢了。"

"我说他们怎么开完会赖着不走呢！"

蓝豆豆反应过来，想想又急切地问："张队、刘指，要说缺人，我们中队一样缺。人家都在等，都准备好抢了，你们怎么一点都不着急，怎么都不下去争取争取？"

这是一件很尴尬的事，张宇航真有点无颜面对部下，抬头问："老刘，要不……要不你也下去看看？"

"有什么好看的，怎么轮也轮不到我们，就算抢也抢不过他们。"

"可我们真缺人！"

"豆豆，我知道你压力很大很辛苦，但在人家看来我们四中队却很清闲。好不容易来个新人，这个……这个我们真争不过他们。"

刘海鹏见最能干的也是唯一的部下不愿意走，只能干咳了一声："豆豆，这周的公众号搞好没有？"

"没呢，好吧，我先去更新公众号。"

蓝豆豆悻悻地走出办公室，心想四中队真是没地位，至少在大队内没有。没承想等她回到自己的办公室，刚坐下正准备摸鼠标，外面就传来一阵脚步声。紧接着就听见教导员在外面喊："宇航、海鹏，赶紧召集下人，我们开个小会，给你们介绍下新同事。"

"余教，你是说……"

"人都帮你们从分局接来了，搞快点，我还有事呢。"

"是是是，豆豆，过来一下，来新同事了！"

真的假的，难道太阳从西边出来了？蓝豆豆不敢相信自己的耳朵，起身走出办公室一看，教导员果然带来了一个新人。

小伙子二十五六岁，国字脸，五官端正，个头不算高也不算矮，大概一米七五。穿着一身笔挺的警服，佩戴三司警衔。既算不上有多阳光，也算不上有多帅气，给人的第一感觉很普通。真看不出是当过兵的，反正没指导员身上那种军人的气质……

"人都到齐了，我先介绍一下，这位就是刚从南云省边境管理系统，调到我们分局的韩昕同志。经分局党委研究决定，韩昕同志从今天开始，就加入我们刑警大队四中队这个大家庭，我们先对韩昕同志的到来，表示热烈欢迎。"

"欢迎欢迎，热烈欢迎！"

"韩昕同志，欢迎加入我们四中队！"

"韩昕同志，认识你很高兴，我姓蓝，叫蓝豆豆。"

这个大家庭真"大"！包括中队长、指导员在内一共三个民警，其中还有一个二十八九岁的女警，想玩几圈麻将都三缺一。看着今后的上司和同事喜笑颜开的样子，听着稀稀拉拉的掌声，韩昕感觉像是进了一个假的刑警中队。

"张队好，刘指好，韩昕前来报到，请二位领导多关心多批评。"

"什么领导，用不着这么客气，再说余教还站在这儿呢。"

"都已经互相认识了，我们言归正传。"

余教导员笑了笑，随即脸色一正："你们的消息都很灵通，可能已经听说过韩昕同志在调入我们分局之前，是一个刚穿上警服的移民警察。但事实上，韩昕同志早在边防转改之前就是执法士官，跟我们一样经过严格的培训、考试，具有执法资格。"

执法士官是做什么的？之前从来没听说过……蓝豆豆下意识地看向两位顶头上司。张宇航和刘海鹏同样一头雾水，不禁又好奇地打量起刚来的新同事。

余锦泽也是刚才去分局政治处接人时才知道这些的，而且只知道个大概，就算想介绍也介绍不清楚，想着等会儿还有事，赶紧回想了下从分局回来的路上，匆匆打的腹稿，抑扬顿挫地说："众所周知，只有人民警察才能拥有警察证，而韩昕同志早在五年前就已经持警察证上岗了，并且一直战斗在禁毒第一线，可以说是一个经验丰富的老禁毒，不然分局也不会安排韩昕同志来我们四中队。虽然我们都是在禁毒这个没有硝烟的战场上作战，但战场环境还是有所不同的。希望各位对进入新战场的韩昕同志多关心多帮助，同时也希望韩昕同志尽快融入四中队这个光荣的集体，发扬'退伍不褪色，换装不换心'的精神，在新的工作岗位上再创辉煌，再立新功！"

真来新人了，来的还是个经验丰富的老禁毒！张宇航乐得合不拢嘴，一送走教导员就忙不迭拿起手机打起电话："嫂子，我刑警大队张宇航，晚上给我留一个包厢，几个人啊……不要包厢也行，你就帮我照着四个人准备，好好好，谢谢了。"

"张队，你这是做什么？"韩昕被搞得很不好意思。

"给你接风啊，欢迎你加入我们四中队！"

"这怎么好意思呢？"

"这有什么不好意思的，小韩，你加入我们四中队，我们真的很高兴。老刘、豆豆，你们说是不是？"

"当然高兴了。"

刘海鹏话音刚落，蓝豆豆就嬉笑道："张队，酒水我带，我家有好几瓶好酒，又没人喝。"

"行，酒水你负责。"

"张队、刘指、豆豆，你们也太客气了……"

"应该的应该的。"

张宇航拍拍他胳膊，一边招呼他坐，一边笑问道："小韩，来之前分局有没有给你介绍过我们四中队的情况？"

"徐主任没细说，只是告诉我四中队是禁毒中队。"

"那有没有介绍我们大队的情况？"

"也没有。"

"看来领导很忙啊。"

张宇航感叹了一句，微笑着说："小韩，从现在开始，你就是我们四中队的民警，不能对我们刑警大队，尤其我们四中队一无所知。上午正好不忙，我们先给你简单介绍一下。"

"行，谢谢张队。"

"自己人，这有什么好谢的。"

张宇航笑了笑，又回头道："老刘、豆豆，我先介绍，如果有不全面的地方，你们补充。"

"你就说吧，又不是开会。再说总共就这几个人，干的就是那点事，有什么好补充的？"

"也是啊，我们跟他们不一样，用不着那么正式。"

10. 尴尬的四中队

"我们刑警大队说大不大，说小也不小，大队部这边设综合室、一中队、二中队、三中队和四中队，同时辖城区、王堡、西塘三个责任区中队。

"一中队是重案中队，专门侦办大案要案的；二中队是技术中队，就是搞现场勘查、痕迹检验、DNA 检验和尸体解剖检验的，他们在西边那栋楼办公。

"三中队是情报中队，跟我们在同一层，就是楼梯上来右手边的那几间办公室。

"三个责任区中队没什么好说的，就是一个中队负责几个乡镇的刑事案件。

"在所有的中队中，我们四中队人最少，情况也最特殊。因为我们分局没有设禁毒大队，所以禁毒工作要由刑警大队来做，大队又把这项工作交给了我们中队。"

禁毒和缉毒虽然只是一字之差，但工作范围却有着天壤之别。韩昕反应过来，忍不住问："张队，这么说我们中队不但要完成大队交办的工作，还要做一些禁毒办交办的工作？"

"果然是行家。"

张宇航微笑着点点头，又如数家珍地介绍起来："我们要做的工作很多也很杂，不但要负责全区毒品违法犯罪案件的侦办，禁吸戒毒，易制毒特殊化学物品管理，违法违规生产经营使用运输易制毒特殊化学物品行政案件的查处，还要开展禁毒宣传，收集、掌握全区禁毒工作情况，研究、制定全区禁毒工作政策措施，传达贯彻落实上级有关禁毒工作的方针政策和工作部署。

甚至要收集、整理、研究、分析禁毒工作情报信息，为上级决策和侦查办案服务……"

指导员刘海鹏放下茶杯，补充道："这些工作虽然是我们具体在做，但对外得以大队乃至区禁毒办的名义开展。毕竟我们只是一个中队，指导不了相关单位，也没资格研究制定政策措施。"

生怕新同事不明白，蓝豆豆接过话茬："比如明天我们要跟义工联搞一场禁毒宣传活动，前期是我们跟人家对接的，流程是我们跟人家一起商定的，但会标和后续宣传，跟我们四中队就没什么关系了。指导单位是区禁毒办，主办单位是我们分局和陵海街道，承办单位是我们刑警大队和义工联。到时候请分管刑侦同时兼区禁毒办副主任的谌文军副局长，和分管我们禁毒工作的李大上台讲话。"

这些不都是机关应该干的事吗？韩昕有点蒙："张队，这么说我们中队就是事实上的禁毒办？"

"差不多。"

"那毒品案件侦办呢？"

四中队说是刑警中队，但事实上干着机关单位的活儿。理论上要服从大队领导，但事实上直接对分管副局长乃至兼区禁毒办主任的局长负责，同时接受市局禁毒支队的业务指导。

作为中队长，张宇航真有那么点小优越感，可聊到毒品案件侦办，又有那么点尴尬："案件……案件我们侦办得不多，毕竟我们总共就这几个人，却要做那么多工作，甚至要负责几项行政审批，根本忙不过来。但所有的毒品案件最终都会归口到我们这儿，不然怎么收集掌握毒情。"

禁毒跟缉毒不一样，刘海鹏觉得有必要跟新同事说清楚："小韩，你不是外人，我们也就不存在什么家丑不可外扬。毒品案件侦办这一块，确实是我们的短板。作为禁毒中队却不侦办毒案，虽然存在客观原因，但想想是比较尴尬。"

"何止尴尬，简直丢人，甚至被人家笑话。"蓝豆豆嘀咕道。

张宇航心想真是哪壶不开提哪壶，连忙道："小韩，别信豆豆的，豆豆就喜欢开玩笑。"

"张队，小韩又不是外人。而且刘指都已经说了，不存在什么家丑不可外扬。"

部下不怕领导，这个单位有点意思，韩昕强忍着笑问："那我们陵海的毒品案件，主要是哪些单位侦办的？"

张宇航拿蓝豆豆没办法，悻悻地说："你不是最能说嘛，你说呀，你给小韩介绍。"

"介绍就介绍。"蓝豆豆回过头，看着韩昕苦笑道，"主要是派出所侦办的，他们有绝对优势，不但瞧不起我们这几个专业搞禁毒的，有时候甚至瞧不起我们大队。每次破个案子，发个新闻都是他们派出所联合我们刑警大队怎么怎么的。不但当我们四中队不存在，甚至搞得像我们刑警大队要蹭他们的热度，抢他们的功劳似的！"

"派出所？"

"骗你做什么？"

蓝豆豆是个女同志，而且不是领导，没什么好顾忌的，想想又恨恨地说：

"他们一定是觉得我们禁毒中队不怎么办毒案也就罢了，还时不时考核他们的禁毒工作，心里不太服气。"

别说人家不服气，换作我，我一样不服气……

韩昕越想越好笑，但又不能笑出来，赶紧问："那在侦办毒案上，派出所有哪些优势？"

"要说优势，那他们的优势就多了，首先是近水楼台先得月！"

"怎么个近水楼台先得月？"

"小韩，我们陵海的情况跟南云不一样，我们这儿的毒品问题没西南那么严重，毒案发生得很少，吸毒人员这么多年累计下来，全区也不过二百多个。并且那些在社区戒毒的吸毒人员，都归他们派出所的社区民警和街道的禁毒专干管。他们一到时间，就按规定通知各自辖区的吸毒人员去验尿，每隔半年就通知吸毒人员去剪头发取样本检验。那些吸毒人员究竟有没有复吸，他们掌握第一手线索。如果有吸毒人员复吸，等报到我们这儿的时候，他们都已经开始立案侦查了！"

……

这里是社会治安好得不能再好的陵海，不是紧挨着"金三角"禁毒压力巨大的南云。就算到处设卡，天天上路检查，也很难查获到毒品。在这种情况下想破毒案，首先要有线索，而负责管理社区戒毒人员的派出所，无疑能掌握第一手线索。想到这些，韩昕举一反三地说："在场所管理上他们一样有优势，在警力上他们更是占绝对优势。"

"所以不管怎么搞也搞不过他们。"

蓝豆豆轻叹口气，又嘟囔道："不但我们搞不过，其他几个中队一样搞不过。"

本想树立点威信的张宇航被搞得很没面子，不快地说："豆豆，你这是说什么话，你这么想就狭隘了。"

"张队，我要是狭隘，当初就不会主动要求来这儿！"

"我不是说那个，我是说我们是禁毒中队，又不是缉毒中队。要知道缉毒只是禁毒工作的一部分，如果禁毒宣传不到位，如果麻醉品和易制毒特殊化学物品管理不严，导致毒品泛滥，那就算破一百起毒案也得不偿失！"

"这些我懂，而且我也没说现在做的工作没意义。"

"那你为什么扯那些没用的？"

"什么叫没用？我是给小韩提个醒，让小韩有个心理准备。"

"什么心理准备？"

"被人家笑话的心理准备！"

"人家是跟我们开玩笑，不是我歧视女同胞，你们这些女同志的度量就是不够大，就是开不起玩笑。今天的公众号还没更呢，赶紧去更一下。"

蓝豆豆知道再说队长真会生气，起身道："好吧，我先过去了。"

韩昕好奇地问："我们中队还有公众号？"

"有啊，'陵海禁毒'，一个星期至少要更两次。"

"什么叫我们中队的？"

张宇航指指她，很认真很严肃地提醒："豆豆，你这个表述有问题，应该是区禁毒委的公众号，我们只是负责运营。"

蓝豆豆扑哧笑道："对对对，禁毒委的，规格比禁毒办还要高！"

韩昕终于明白了，这哪里是什么刑警中队，分明是一个如假包换的"小机关"。要做的工作不但很多很繁杂，而且是"小马拉大车"。别看禁毒委有那么多成员单位，禁毒办有那么多领导成员，可事实上都是兼任，并且只负责最终决策。有关禁毒方面的具体工作，主要他们这三个人在做。说不定连领导出席禁毒会议和禁毒活动的讲稿，都要由他们帮着草拟。

11. 我会开车

张宇航刚才说上午不忙，可聊了一会儿他的手机就响了。

海北社区有一对七十多岁的老人，儿子前年因为吸毒被强制戒毒，三个月前非常想儿子，就去求社区民警和禁毒专干。考虑到二老身体不好，不能没人照顾，城北派出所找到了禁毒中队，张队帮着申请让那个吸毒人员提前出来了。结果那小子回家之后，整天跟老人要钱，动不动耍酒疯，把好好一个家搞得鸡犬不宁。两位老人后悔了，今天一早去求城北派出所，想把那小子再送进去，不然这个年都过不好。

城北派出所没办法，于是又打来电话。张宇航不想管却不能不管，只能先去看看情况。紧接着，刘海鹏的手机也响了。听着好像是之前联系过的一个广告公司，同意禁毒办在春节期间，在他们经营的几块户外 LED 大屏上，免费投放禁毒公益广告。不要钱的好事，刘海鹏不能不积极，给韩昕致了个歉，让蓝豆豆带着韩昕先熟悉熟悉情况，就拿起包匆匆下了楼。

想到新人到了大队，一样要走个程序，办下手续。蓝豆豆干脆放下手中的活儿，带韩昕先去综合室，找大队内勤填了几张表，拍了张照片好办工作证，然后去食堂跟大师傅打个招呼，又带着他去技术中队串了个门，这才回到办公室边聊边等着下班。

"小韩，以后你就坐我对面吧，我们中队就这两间办公室和隔壁那个小会议室。"

"我坐这儿，那原来在这儿办公的人呢？"

"以前坐这儿的是个小姑娘，前段时间禁毒科普教育馆投入使用，不能没个人讲解，她就被调过去了。"

韩昕翻看着台账问："也是民警？"

蓝豆豆放下鼠标，抬头道："不是民警，也不是辅警，在我们这儿叫禁毒专干，在社区叫禁毒社工，穿上红马甲就是禁毒志愿者，就是那种政府购买的岗位，没有编制，工资也不高。"

韩昕好奇地问："局里发工资？"

"说是局里发，其实是禁毒办发，禁毒办是有经费预算的，只是设在我们分局。"

"这么说我们中队有经费？"

"想得倒美！"

"我们不就是禁毒办吗？"

"禁毒办的主要工作是我们干的，但禁毒办的牌子并没有挂我们这儿，经费就更不用说了，全在局里，我们开展宣传活动要花点钱，都要先打申请。"

蓝豆豆越想越郁闷，又指指韩昕面前的电脑："虽然我们可以招两个禁毒专干帮着干点活，可现在的人太难招了。领导的要求还那么高，起码大专以上学历，必须三十五岁以下，只有退伍军人才可以放宽到高中学历，但工资待遇又那么低，年轻人不愿意干。这几年前前后后加起来招了十几个，不是考走了，就是嫌钱少干几天跑了。好不容易培养出两个小姑娘，结果一个被分局新闻中心挖走了，一个又被调到禁毒科普教育馆去了，搞得我这儿像培训班。"

"很忙，忙不过来？"

"你看看这堆台账和那一排文件柜就知道了！"

"主要忙些什么？"韩昕低声问。

蓝豆豆托着下巴，唉声叹气："我主要负责禁吸戒毒，整理上报各种材料数据，联系各单位和各社会公益团体，还要负责大队布置的一些工作和维护'陵海禁毒'微信公众号。"

"禁吸戒毒就是社区戒毒人员管理？"

"差不多，具体工作主要是辖区派出所和街道的禁毒专干在做，我主要负责统计。比如一共有多少社区戒毒人员，什么时候验尿，什么时候做毛发毒物检验，以及有没有社区戒毒人员脱管失联，所有情况都要汇总到我这儿，然后我再上报。其实那些戒毒人员的情况，我在这个管理平台都能看到。"

韩昕想想又问道："发生毒品案件呢？办案单位会不会第一时间上报？"

"当然要上报，但上报到我们这儿已经是'第二时间'了。任务指标摆在那儿，而且在我们陵海想破获一起毒品案件太难了，人家才不会把案子交给我们刑警大队呢，顶多跟我们联合侦办。"

"有多难？"

想到前不久发生的一件事，蓝豆豆扑哧笑道："简直太难了！这么说吧，如果有个吸毒前科的人来我们陵海，不管住哪家旅馆酒店，办理好入住不超过十分钟，就会被派出所找上门做尿检。"

"动作这么迅速？"

"动作必须迅速，动作要是慢了，就会被兄弟单位捷足先登。前段时间有个小子来我们陵海，刚验完尿送走派出所的人，就又被治安大队和城区中队找上了门，一晚上验了三次尿，也不知道他哪来那么多尿的，哈哈哈……"

"那我们分局一年能破获多少起毒品案件？"

"今年……现在已经是 2019 年了，2018 年全分局一共侦办了七起，共缴获包括冰毒在内的新型毒品二十六克，二类管制药品四百多盒，移诉犯罪嫌疑人三个，强制戒毒两个，社区戒毒三个。"

九十多万人的城市，就破获七起毒案，就缴获了那么点毒品，可见禁毒工作开展得有多好。韩昕意识到自己好像无用武之地，沉默了好一会儿才低声问："豆豆，张队和刘指是怎么分工的？"

"张队主要负责毒麻药品管理和易制毒化学物品管理，比如一、二、三类易制毒化学品购买和运输的许可备案，又比如经常去一些化工企业、医院药房和医药公司检查，还要负责快递行业的禁毒工作。刘指主要负责禁毒宣传，一年要联合各街道、各相关单位和各社会团体搞五六十场禁毒活动，张贴宣传海报、下社区摆摊，进校园宣讲，举办禁毒知识竞赛……只要你能想到的宣传方式都宣传了。"

"各管一摊，他们忙得过来吗？"

"刚才说的是主要负责，其实张队去化工企业检查时，我和刘指也会一起去，不然那么多账本他一个哪查得过来。刘指搞宣传活动时也一样，我们三个都是一起上。"

聊到工作分工，蓝豆豆突然想起新同事在内勤那儿填表时，写的那手字真叫个难看，下意识地问："小韩，Word 和 Excel 这些你会用吗？"

韩昕被问住了，迟疑了好一会儿才苦着脸说："Word……Word 我会点，就是不怎么会排版。Excel 我没怎么用过，难不难？"

完了！真是空欢喜一场！蓝豆豆心里拔凉拔凉的，沉默了近两分钟才将信将疑地问："你以前不是有警察证，有执法资格的吗？"

难道有警察证和执法资格，就要会你现在干的那些活儿？韩昕觉得这两者之间没有必然联系，可又不好反驳，只能悻悻地说："我以前学过办公自动化，只是学得不好，后来去部队又用不上，全还给了老师。"

"写材料呢，会不会？"

"不会。"

"真不会假不会？"

"真不会，我连自我总结都写不好。豆豆，不怕你笑话，我最怕写材料，最怕填表了。"

蓝豆豆苦着脸问："那你会什么？"

想到已经变成丁校长的丁政委，曾说过不能把平台当本事，韩昕挠挠头："我……我会开车。"

12. 调离的好处

刑警大队装修得像是看守所，到处装有防盗门、防盗窗和摄像头。一层楼道口一道防盗门，三楼走廊两侧又是各一道。禁毒中队和情报中队虽然在同一层，却被两道防盗门给隔开了，想串个门要先打电话，或者去门口摁门铃。

蓝豆豆家离大队不远，中午回去吃。走之前，她留下了一张门禁卡和一把办公室钥匙，不然韩昕去食堂吃完饭都上不来。

韩昕吃饱喝足回到办公室，看着塞满各种台账的那一大排文件柜，办公桌上、茶几上和茶几下到处都是的各种文件，墙角里那几大摞禁毒宣传册和宣传海报，以及墙上那令人眼花缭乱的各种规章制度，再想到上午了解到的那些情况，真觉得自己不属于这里。就这么靠在椅子上傻傻发了一会儿呆，他突然坐起身，拿起手机解锁拨打"陈老板"电话，但只嘟了两声就挂断了。

等了能有五六分钟，"陈老板"回拨过来。他一接通就听见"陈老板"在那头不快地问："早跟你说过有什么事找丁政委，给我打什么电话，不知道我很忙吗？"

"参谋长，对不起，我是无意中拨过去的，您忙，我挂了。"

"还跟我耍脾气，有话快说，有屁快放！"

"那我就说说我现在的情况，我已经到了新单位，今天正式上班。"

"这么快就上班了，没休息几天？"

"没有。"

"那就好好干，别给老部队丢脸。再赶紧找个女朋友，早点把个人问题解决了。"

老部队领导还是老样子，韩昕忍不住问："参谋长，您都不问问我被安排到了哪个单位，都不问问是什么岗位？"

"禁毒中队，专业对口。就你小子那点学历，就你小子那点水平，回到地方上也只能在禁毒系统混混。要是换个单位，换个岗位，恐怕干不到三个月，人家就会让你小子滚蛋。"

"参谋长，您怎么知道我被安排到禁毒中队的？"

"这不是废话吗，你小子还没回去时，我就托人帮着安排得差不多了。"

韩昕苦着脸问："那您知不知道这个禁毒中队压根儿就不侦办毒品案件？"

"这是好事，这说明你们老家禁毒工作开展得好，说明你们老家毒品问题不严重。"

"可对我来说不是什么好事，您刚才也说我学历低、没水平，您觉得我是坐办公室的料吗？"

"不会坐学着坐，你小子屁股底下又没长刺儿，我就不信坐不下来！"

"参谋长，人贵在有自知之明，这工作我真干不来。"

"调都调回去了，跟我说这些有用吗？实在干不下来就辞职，可以去送外卖，可以做辅警，可以去做保安。等退役费到账了，还可以买辆车去跑滴滴。"

"参谋长，有您这样的吗？"韩昕哭笑不得。

"陈老板"冷冷地问："我怎么样了，我陈有明对不起你小子？告诉我，你现在是什么警衔？"

"一毛一，三级警司。"

"那你知不知道要是留在支队，你现在什么警衔？"

"知道。"

"什么知不知道的，我要听你说！"

尽管隔着上千公里，韩昕依然有那么点怕陈老板，只能悻悻地说："要是留在支队，现在只能扛两道拐，要见习一年才能定级定衔。"

"那你知不知道见习期满之后，像你这样的二级士官，能定个什么级，能授个什么衔？"

"不知道。"

"不知道是吧，我可以明确告诉，像你这样的只能定个办事员，只能授一级警员，也就是两颗豆！算上见习期，至少要再熬四年，你小子才能混个'一毛一'。四年之后能不能混个科员，都两说。"

"陈老板"顿了顿，接着道："转制那天你在任务上，没能参加换装仪式，我回头可以给你发几张照片，你自己也可以上网搜搜，看看有多少排职干部也只是授了个三司。"

韩昕意识到参谋长不许自己再跟老部队联系，很可能既是出于安全考虑，也是担心自己直接授三级警司的消息传回去，老部队的战友们会有想法，一时间竟无言以对。

"说话呀，你小子不是挺能说的吗？"

"参谋长，为什么别人要见习一年，我不用？为什么人家见习期满只能定办事员授一级警员，我不用见习一年就能定科员，授一毛一？"

"这不是废话吗，这是我和你们队长教导员跟上级帮你争取的。回头想想你小子运气也好，当年赶上了最后一批执法士官选任。要是没选上执法士官，要是没警察证，那这件事还真不好办。"

韩昕下意识地问："跟警察证有什么关系？"

"陈老板"被问得不胜其烦，没好气地说："你小子现在也是公务员，有时间多翻翻公务员法。按公务员法和人民警察法的相关规定，新入职的公务员要有一年的试用期，新入职的民警要有一年的见习期。但你早就有警察证，早就考过执法资格，也就意味着你有五年警龄，这就不算新入职的民警。我和你们队长教导员一直找到公安厅政治部，跟人家说明情况。人家确认你要调回家，并且出于安全考虑必须要调，才同意特殊情况特殊对待，破例参照当年事业编的森林公安转公务员的方式办理的。"

"参谋长，这么说我要是不调回老家，就不会有这待遇？"

"又是废话，你要是不调回去，就算公安厅同意，总队也不会同意。就算总队同意，我们支队都不会同意！全支队那么多士官，有执法资格的也不只是你一个，如果让你搞特殊化，别人的工作怎么做？甚至连军官的工作都不好做！"

"明白了，谢谢参谋长。"

"别急着谢，还有件事差点忘了说，你不是有了五年警龄吗？到明年这个时候就满六年了，按规定好像可以微调，也就是说到明年这个时候可以晋'一毛二'。不过让不让你小子晋，要看你们局领导的，所以要好好干，好好表现。"

"是。"

"就这样了，还是那句话，有什么事找丁政委。"

"陈老板"说挂就挂。

韩昕既感动感激又郁闷，放下手机喃喃地说："找丁政委有什么用，他早不是政委了，他现在是副校长，还是职教中心的副校长……"

13. 惊不惊喜

辞职是不可能辞职的，人家打破脑袋想考都不一定能考上，你白捡个公务员要是辞职不干那会遭雷劈的。韩昕想了想，觉得还是要面对现实。他正准备上网研究研究蓝豆豆说的那个什么Excel怎么用，手机又响了，看看来电显示，竟是菜鸟打来的。

"给我打什么电话，不知道我很忙吗？"

"韩哥，是我，我李亦军啊……"

"有话快说，有屁快放！"韩昕冷哼了一声，伸手端起纸杯。

"我是想问问你现在的情况，今天报到了吗，分在哪个中队？"

李亦军举着手机，抬头看向师傅和叶警长，不断做鬼脸使眼色。

离得这么近，王伟听得清清楚楚，下意识地凑到叶兴国耳边："听语气心情不太好，估计是被安排去了王堡中队。"

"有可能。"叶兴国点点头。

韩昕喝了一小口水，轻描淡写地说："报到了，分在四中队，这会儿正在办公室。"

李亦军以为听错了，下意识地问："四中队？"

韩昕很清楚他在想什么，自顾自地说："早上来的时候才知道，刑警大队就在万达后面，跟你们派出所就隔着个办案中心，没想到我们离这么近，想找你玩走几步就到了。惊不惊喜，意不意外？"

李亦军愣住了，心想四中队是禁毒中队，禁毒中队是一个跟机关差不多的中队，你连大学都没正儿八经上过，凭什么去禁毒中队，凭什么坐办公室……

"兄弟，兄弟，怎么没声儿了，是不是信号不好？"

"没有，我听着呢。"

"那咱们离这么近，你惊不惊喜，意不意外？"

"惊喜，很惊喜，真是个大惊喜。"

"我以为你不高兴呢。"

"怎么可能。"李亦军抬起头，故作高兴地说，"韩哥，我也想给你一个惊喜，你知道了一定很惊喜很意外。"

韩昕下意识地问："什么惊喜，什么意外？"

"叶兴国叶警长你还记得吗，就是以前管你们老海通市场那一片的管段民警。叶警长一直没调走，一直在我们城南派出所。他不但认识你，记得你，而且很关心你。知道你回来了，还请我们食堂姜阿姨去你家看过，结果你家没人……"

我去！有没有搞错！想起当年"处理"过自己好几次的那个警察，韩昕不禁打了个寒战，竟有股想跑想躲的冲动。

"韩哥，你倒是说话呀，没声儿了，是不是信号不好？"

"没有没有，我听着呢。"

"韩哥，叶警长就在我身边，这个电话就是叶警长让我打的，惊不惊喜，意不意外？"

这不是惊喜，这是惊吓！韩昕暗骂了一句，一连做了好几个深呼吸，稍稍平复了一下情绪，强作镇定地说："是吗？这么巧啊，想想有好多年没见了，帮我给叶警长带个好，我……我这边有点事，先挂了。"

"等等。"

"还有什么事？我正忙着呢。"

李亦军原本以为真是个惊喜，结果发现"表哥"似乎有点怕叶警长，不禁笑道："韩哥，我们离得又不远，走几步就到，你先忙，我和叶警长等会儿过去找你。"

"找我做什么？"

"叙旧啊，叶警长不知道有多关心你，不信你问叶警长，叶警长，你们聊。"

不说几句不礼貌，可有什么好说的？这也太尴尬了……韩昕暗暗叫苦，硬着头皮道："叶警长，我韩昕啊，没想到您还记得我。"

叶兴国已经五十多了，人生阅历那么丰富，岂能不知道韩昕是担心被揭老底，强忍着笑说："记得记得，我是看着你长大的，怎么可能不记得呢。小韩，前天晚上你去哪儿了？昨天好像也不在家。"

"前天晚上……前天晚上，我跟我表妹一起来万达吃饭买衣服，买好衣服又被她拉去看了场电影，一直看到十一点多才回家。昨天去头墩我舅家了，也是玩到很晚才回来的。"

"我说怎么找不着你人呢。"

"谢谢叶警长关心。"

"谢什么谢，我们现在都已经是同事了。好多年没见，真有点想你，中午方不方便，方便的话我和小李去看看你，反正又不远。"

完了完了！要是被他把小时候的事抖出来，以后怎么抬头见人，以后怎么在公安局里混……韩昕暗暗叫苦，很想说不方便，可真要是说不方便那就是没良心，只能硬着头皮道："叶警长，您这会儿在所里是吧，您用不着过来，我这就过去。"

"好好好，我在门口等你。"

"您稍等，我马上到。"

……

树挪死，人挪活，这句话是有一定道理的。以前在老家混不下去，但到了部队却是一片新天地，不但能够重新开始，而且混得如鱼得水。可现在回到老家，不但工作不顺心，甚至不得不面对以前的那些人和事，搞不好会社会性死亡……韩昕就这么一边胡思乱想，一边忐忑不安地走下楼，沿着执法办案中心的院墙，来到城南派出所值班室门口。

叶兴国一见着他，就笑问道："小韩，你怎么穿这么点？"

"我里面穿了保暖衣，不冷，再说就这几步路。"

韩昕赶紧抬起胳膊敬礼，旋即带着几分尴尬、几分恭敬、几分讨好地说："叶警长，这么多年没见，您变化不大。还是以前那样，还是那么精神。"

叶兴国拍拍他胳膊，爽朗地笑道："你去当兵的那会儿，我是管段民警，现在是社区民警，干的基本上还是原来的那些事，只是换了个叫法。所以说不是变化不大，而是整整原地踏步了八年，没有任何变化，哈哈哈。"

"叶警长，我不是那个意思。"

"我知道，跟你开玩笑呢。哎呀，要说变化，小韩，你这变化就大了，去当兵的那会儿还是个一脸稚气的孩子，这一转眼成壮小伙儿了，干得不错，好样儿的！"

"叶警长，我小时候不懂事，总给您添麻烦。"

小伙子真成材了，叶兴国打心眼里高兴，又拍拍韩昕的胳膊：

"这是说哪里话，你小时候是有点顽皮，但我就喜欢顽皮的孩子，因为顽皮点才有出息。看看，现在多出色，都已经是刑警了！"

他们聊得火热，从值班室门口一直聊到生活区，又跟闻讯而至的姜大姐聊了起来。

本以为可以看笑话的李亦军，不但发现事情没朝想象中的方向发展，而且发现"表哥"的警衔不太对，忍不住插了一句："韩哥，你不是说你前不久刚通过招录考试转警的吗？"

韩昕回过头："是啊，怎么了？"

"既然是刚转警，那应该见习一年，应该跟我一样戴两道拐。"

"可能是市局库房里没两道拐，只有三司。"

"可在见习期就佩戴三司合适吗？"

"他们给我，我就戴上呗，又不是我非要戴的。"

叶兴国正准备提醒下小伙子佩戴什么警衔是一件很严肃的事，突然发现小伙子胸前的警号也是正式民警的，不禁笑道："对对对，上级发什么警服就穿什么警服，发什么警衔就佩戴什么警衔，就算有错也是上级搞错了。"

李亦军真的很想戴"一毛一"，再想到"表哥"报到当天就领到了警服，又忍不住发起牢骚："市局这也太不严肃了，敢情那些规章制度都是为我们基层制定的，我们必须遵守，他们就可以瞎搞……"

14. 工作分工

年底了，领导们都在忙着慰问。四中队既没有家庭困难的民警，也没有民警因公负伤，自然也就没有被上级慰问的资格，但要做一些类似于慰问的工作。比如要去给几位一直以来支持禁毒工作的志愿者表示感谢，给人家拜个早年；又比如要去关心关心家庭比较困难的几个社区戒毒人员，鼓励他们坚定信心，彻底戒毒，做一个健康有用的人。

正因为如此，张宇航和刘海鹏下午没去单位，而是按工作计划先去给一个特别热心的志愿者拜了下年，然后跟陵海街道的禁毒专干一起，去几个经济困难的戒毒人员家里送温暖。干别的工作可以雷厉风行，加快效率，做这个工作快不起来，每到一家都要坐下来嘘寒问暖，都要坐下来谈谈心。不能说几句场面话、拍几张照片就走，不然人家一定会认为这是走过场。五家转下来，不知不觉已经五点多了。考虑到等会儿要为新同事接风，张宇航决定剩下的两家明天再去关心。他目送走街道的禁毒专干，刚拉开车门钻进副驾驶，区政法委黄书记竟亲自打来电话。

"黄书记好……是有这事，今天上午刚报到，是，明白，请黄书记放心，也感谢黄书记对我们的关心，黄书记再见。"

"张队，黄书记有什么指示？"

张宇航放下手机，一脸难以置信地说："黄书记问韩昕是不是到了我们中队，说韩昕是一个经验丰富的缉毒民警，既然分到了我们中队，那我们就要让他发挥作用。"

刘海鹏很意外，喃喃地说："让发挥作用，那就是让重用呗。"

"老刘，你想多了，我们只是个中队，我们是能提拔他，还是能给他点什么待遇？黄书记真要是有那个想法，跟我们说有什么用，应该给局领导打招呼。"

"这么说是工作上的。"

"肯定是，毕竟黄书记兼着禁毒委主任。"

张宇航想了想，又扶着方向盘叹道："刚上班，屁股还没坐热，领导就打电话问，看来这小子不简单。"

刘海鹏不但觉得刚来的新同事不简单，而且觉得这事没那么简单，紧锁着眉头问："有没有可能是黄书记对我们的工作不满意？"

"我们都已经干成这样了，领导还有什么不满意的。不过话又说回来，在工作上不管你干得多好，领导永远都不会满意。"

"话虽然这么说，但我们在案件侦办上确实没什么成绩。"

"我也想去破大案、露大脸，可我们就这几个人，要做的工作又那么多，当我们三头六臂？"

"但我们工作职责的第一条，就是负责全区毒品违法犯罪案件的侦办。可以说毒品案件侦办，是我们中队主业中的主业。以前没条件没办法，现在有条件，我觉得不能再跟以前那样了。"

作战单位不作战是有点尴尬。张宇航沉默了片刻，低声问："老刘，你是说让韩昕负责案件侦办？"

刘海鹏掏出香烟，沉吟道："余教早上说韩昕是一个经验丰富的老禁毒，黄书记又打电话来说韩昕是一个经验丰富的缉毒民警，可见在毒品案件侦办上，韩昕应该有两把刷子。"

"这我相信，毕竟他是从南云调回来的。可就算让他负责案件侦办，光靠他一个人又能折腾出什么花样？"

"光靠他一个人肯定不行，并且我们就算支持甚至参与，也只能有限支持、有限参与，不可能像其他中队那样全身心扑上去，毕竟其他工作不能因此受影响。"

"所以说还是搞不成。"张宇航轻叹口气，一脸无奈。

刘海鹏点上烟吸了一口，笑看着他说："张队，其实这个'负责'我们可以换个角度理解。"

"什么意思？"

"在中队的内部分工上，他负责案件侦办。但在具体案件上，尤其在具体的案件侦办过程中，他只是参与，代表我们中队参与。"

张宇航反应过来，哭笑不得地问："老刘，你是说不管哪个派出所，不管哪个中队，也不管对方欢不欢迎，反正只要有毒案线索，只要是在侦办毒品案件，就让韩昕过去全程参与？"

"这本来就是我们的职责，不是他们不想联合我们一起侦办就可以不联合的，也不是他们欢不欢迎的事。我就不信把韩昕派过去，他们还能把韩昕给我赶回来！"

"理是这个理，可真要是那么干，人家一定会有想法，一定认为我们是在抢他们的功劳，搞不好会指着鼻子骂我们不要脸。"

"但我们也不能不作为。"

刘海鹏猛吸了口烟，接着道："张队，他们想笑话就让他们笑话，他们想骂就让他们骂，等他们笑累了骂累了，只要有毒案就会有我们中队民警参与这件事也就常态化了，到时候自然也就没人再会有现在的那些想法。"

张宇航苦笑着问："这个常态化说起来简单，可想做到却没那么容易。老刘，你没有想这得挨多少骂？"

"就看你能不能下得了这个决心。"

"这不只是下不下得了决心的事，也是脸皮够不够厚的事，甚至是以后要不要出去见人的事！"

"张队，其实我之所以有这个建议，还有一层考虑。"

"什么考虑？"张宇航下意识地问。

刘海鹏将烟头塞进烟灰缸，一脸无奈地说："豆豆一下午给我发了十几条微信，说韩昕虽然是本科学历，但那个本科是自学考试的本科。不但没真正上过大学，甚至没上过高中，他是职业中学毕业的。"

"自考文凭国家承认，没点毅力很难坚持下来，很难考到文凭的。"

"想拿自考本科文凭确实不容易，但他学的是汉语言文学专业。"

"汉语言文学专业挺好的，我们现在就需要会组织语言，会写材料的人。"

"张队，你可能有点想当然了。豆豆说他不但不会写材料，甚至连字都写得歪歪扭扭。豆豆说别看他有个自考本科文凭，但真正的文化水平可能只相当于初中生。"

张宇航将信将疑："真的假的？"

"我不是说他文化程度不高就没有能力，但他肯定无法胜任我们现在做的那些工作。"

刘海鹏轻叹口气，接着道："豆豆见他什么都不会，就问他会什么，结果他说他会开车。"

"会开车，现在谁不会开车？"

"所以说除了让他去跟兄弟单位一起侦办毒品案件，我实在想不出他还能做什么。总不能让他什么都不干，就这么坐在办公室里玩手机吧。"

好不容易来了个新人，居然什么都不会……张宇航一连深吸了好几口气，紧握着方向盘说："既然连黄书记都说要让他发挥作用，那就照你刚才说的那么分工！"

"可这么一来，我们就要做好被人家笑话，甚至被人家指着鼻子骂的心理准备。"

"被人笑话就被人笑话，反正不能让他闲着。"

张宇航越想越郁闷，连拍了几下方向盘："老刘，我们说到底还是吃亏在单位编制上。如果我们不是禁毒中队，而是禁毒大队，哪怕还只是现在这几个人，但肯定不会有现在这些顾虑，兄弟单位对我们一样不会有现在的那些想法。"

"这是肯定的。"

鹏点点头头，想想又笑道："可我们禁毒中队真要是升格为禁毒大队，也轮不着你我做大队长教导员。"

15. 专业的

晚上的接风宴安排在一个警嫂开的小饭店，虽然只有四个人，却占了人家一个包厢，而且是二楼最里面、最清静的一个。张宇航、刘海鹏和蓝豆豆是这里的常客，并没有觉得不好意思。面对前来敬酒的"师兄"，韩昕真有些过意不去。毕竟人家是听说这顿饭是为他接风的，才特意安排的这个包厢。

"师兄"前脚刚走，张宇航就举着筷子招呼："小韩，来来来，赶紧吃口菜。自己人，有什么不好意思的。以后多来几次，多照顾照顾他家生意不就行了。"

蓝豆豆端着饮料笑道："我们吃我们的，别管老杨了，他肯定又去帮厨了，等会儿说不定还要刷碗。"

刘海鹏则一边帮着斟酒，一边笑道："小韩，你的酒量可以啊。给我们交个实底，你究竟能喝多少，看样子一斤应该没问题吧？"

"刘指，我的酒量真不行，我今天这是舍命陪君子。"

"你小子不老实！"

"刘指，我怎么就不老实了？刚才张队让我干我就干，豆豆说干我一样干了，我喝酒最老实了。"

"我是说在酒量这个问题上。"

"是啊，一看就知道你能喝，加起来有四杯了吧，一点事都没有！"蓝豆豆咪咪笑道。

想到队长指导员刚才旁敲侧击问了许多以前的工作情况，因为需要保密不得不东拉西扯；再想到来这儿的路上队长指导员所说的工作分工，韩昕干脆放下筷子，意味深长地说："相比老部队的那些战友，我的酒量真不行，真喝不过他们。至于能喝多少，一瓶应该没多大问题，但我平时几乎不和不熟悉的人一起喝。实在躲不过去，最多半斤的量，并且喝到三四两的时候，我就开始装醉了。"

蓝豆豆下意识地问："明明能喝为什么要装着不能喝？"

"工作需要。"

"怕喝醉了影响第二天的工作？"

韩昕盯着她看了十来秒，随即笑看向两位顶头上司："怕喝多了管不住自己的嘴，可有时候不喝又不行。毕竟我不抽烟，要是连酒也不喝，那在一些疑心比较重的人看来，我这个人就显得不正常了。"

张宇航反应过来，微微点点头。

刘海鹏也听出了他话中的言外之意，不禁问道："那你对接下来的工作，有没有什么想法？"

"刘指，今天这是接风宴，在这儿聊工作合适吗？"

"没事，这儿我们常来，二楼的这几个包厢隔音效果很好。"

"具体想法暂时没有，不过请二位领导放心，我这人最大的优点就是脸皮厚。不怕被人笑话，不在乎别人会不会给我脸色，但我需要做一些准备。由于工作的特殊性，我还需要二位领导对我今后的一些言行能够多一点宽容。"

张宇航紧盯着他道:"先说说需要做哪些准备。"

韩昕想了想,不缓不慢地说:"我想先请一天假,去落下户口,办理下身份证,再办一张老家的手机卡,顺便去把部队的驾驶证换成地方上的驾驶证。然后好好研究下过去三年来,全区所有的毒案卷宗。"

"没问题,接着说。"

"虽然开工之后是参与兄弟单位的侦办,但干我们这一行什么情况都有可能发生,我要随时做好介入一些复杂情况的准备。所以今后没有特殊情况我不会穿警服,不会参加中队的检查和宣传等工作,也请二位领导不要把我的照片和姓名张贴到小会议室的那面墙上。"

果然是老缉毒!张宇航和刘海鹏对视了一眼,一口答应:"没问题,还有吗?"

"有。"

韩昕回头看了一眼蓝豆豆,接着道:"在一些事情上,往往是细节决定成败。比如我与三位的联系方式,我不会加你们的微信,甚至不会留你们的手机号。"

蓝豆豆终于意识到眼前这个文化水平不高的新人,在缉毒方面很可能比他们三个专业禁毒民警加起来都专业,忍不住问:"不加微信、不留手机号怎么联系?"

"我会记住三位的手机号,有事我会给你们打电话。"

"那我们怎么联系你?"

"打我的手机,但只能一个人打,最好从今往后我只跟一个人联系。我回头编一套暗号,今后再联系要等暗号对上之后,再有事说事。"

"小韩,在没有特殊的情况下,在你没有执行特殊任务的时候,不需要搞这么夸张吧?"

"需要,因为只有平时养成习惯,在关键的时候才不会出错。可能在三位看来这是故弄玄虚,也可能采取的这些防范措施三五年也不一定能用上,但平时麻烦点总比关键时刻出错好。"

想到全分局搞专业禁毒的就包厢里这四个人,而搞专业缉毒的就眼前这么一个,张宇航觉得麻烦点也没什么,举着筷子指指蓝豆豆:"豆豆,以后我和刘指都不会给小韩打电话,不管有什么事都由你负责跟小韩联系。"

蓝豆豆觉得有些夸张,忍不住回头问:"小韩,你真记得我的手机号?"

"18014×××536。"

"真记得啊,张队的呢?"

"1380043×××8。"

蓝豆豆自己都记不得中队长的全号，只记得短号，下意识地拿起手机点开电话簿，赫然发现一个数字都没错，不死心地问："刘指的呢？"

"1308××× 2166。"韩昕夹起一颗花生米，想想又笑道，"你办公室的座机号是 88926127。"

"你怎么记得的？你才来一天！"

"我不怎么玩手机，也没有你那么多让人头晕脑涨的工作。我的工作和生活比较单一，我的时间也不像你们那么碎片化，所以记性也就比较好。"

"真的假的？"

"不信你看看我的手机，存的全是无效号码。"

张宇航乐了，指着他笑道："果然是专业的。小韩，看来有你这个生力军加入，案件侦办这块短板我们肯定能补上。"

"肯定没问题。"刘海鹏缓过神，抬起胳膊指指蓝豆豆，"小韩人已经到了中队，警察证一时半会儿办不下来，但工作证、数字证书和警务通要抓紧。"

想到新来的同事真要是能破获一两起毒案，那今后就不用被人家笑话了，蓝豆豆连忙道："没问题，我明天就去催。"

"刘指，有工作证就行了，数字证书和警务通不是很着急，因为我平时不一定能用得上。"

"没有这些你需要查点东西怎么查？"刘海鹏不解地问。

韩昕转身道："我可以请豆豆帮我查。"

张宇航意识到他应该是嫌那些东西带在身上不方便，不禁笑道：

"行，从明天开始豆豆就是你的后援，有什么事找豆豆，豆豆要是搞不定，就让豆豆找我或找刘指！"

16. 菜鸟长本事了

韩昕吃完饭回到家，就见客厅里多了三个用编织袋打包的大包裹。卫生间里传来哗啦啦的放水声，表妹应该正在里面洗澡。

"琳琳，我回来了。"

"吃了没有？没吃自己点外卖。"

"吃过了。"

韩昕从柜子里找来一把剪刀，一边拆一边问："包裹什么时候到的？这么重，你是怎么搬上来的？"

"下午到的，上午就给我打了电话，说他们是物流不是快递，明天他们就放假了，让送他们就送货上门，今天家里没人签收就要等过完年才能送，害我请了一个小时假。"

"请假会被扣工资吗？"

"扣工资你补偿我？"

韩昕放下剪刀笑道："没问题，再过几天我就有压岁钱，到时候再补偿你。"

许琳琳愣了愣，旋即反应过来："哥，你怎么这么不要脸，二十好几的人了还要压岁钱！"

"你爸说了，只要没结婚就是孩子，只要是孩子就有压岁钱。他连红包都准备好了，让我早点回去过年，还说要帮我介绍女朋友。"

"用我爸的钱补偿我，亏你想得出来！"

"给了我就是我的。"

许琳琳穿着肥大的睡衣走出来，一边用大毛巾擦着湿漉漉的头发，一边恨恨地说："我都有两三年没压岁钱了，凭什么你就有？"

韩昕打开参军时武装部发的箱子，看了一眼里面叠得整整齐齐的武警制服，旋即拉开箱盖里侧的拉链，取出一摞证件和证书，抬头笑道："因为两三年之前你有，而两三年之前我因为没在家过年没有，这也是一种补偿。"

"好吧，你有理，让我爸先补偿你，然后你再补偿我。我爸给你多少压岁钱，你就补偿我多少。"

"行。"

韩昕放下证件和证书，捧起军服闻了闻，确认没有霉味，起身道："擦好了没有？擦好了帮我去多找几个衣架。"

"来了，就知道使唤人！"

制服好多，便服也不少。次卧的衣柜挂不下，只能往小房间的衣柜里挂，许琳琳挂上一件，不解地问："哥，怎么看上去这么新，你在部队没怎么穿？"

"嗯，穿得少。"韩昕打开第三个箱子，看着里面叠得整整齐齐的警服，"这儿还有更新的，一次都没穿过，可惜穿的机会也不多。"

"这是部队给你发的警服？"

"是啊。"

"那昨天的几箱呢？"

"昨天那几箱是市局发的。"韩昕从箱子角落里取出一个胸徽，喃喃地说，"这个非常有意义，要好好收藏。"

许琳琳接过看了看，下意识地问："移民局？"

韩昕得意地说："这是移民警察的胸徽，你哥我不管怎么说也做过二十四天移民警察，所以说非常有意义。"

许琳琳对这些不感兴趣，还给他问："军功章呢？我爸说你有好几个军功章，那个才有意义呢！"

"在那儿呢，只有两个，没有好几个。"韩昕指指放在餐桌上的那两个红盒子。

"得看看，我还没见过呢。"

"想看就看。"

"可以送一个给我吗？"

"没问题，军功章里有我的一半也有你的一半。"

许琳琳扑哧笑道："什么有我的一半，我又不是你老婆！"

韩昕也忍不住笑了："这是你自个儿要的，你要走一个，不就是有你的一半吗？"

"跟你开玩笑呢，好好收着，留着分给未来的嫂子吧。"

许琳琳放下军功章，回过头来小心翼翼地说："哥，你做上警察，你从南云调回来的事，你妈到现在都不知道。我妈本来想打电话告诉你妈这个好消息的，结果被我爸给拦住了。我爸说眼看就要过年，她要是知道了肯定要回来。可你们这么多年没见，甚至都没联系过，也不知道你有没有这个心理准备……"

韩昕愣了愣，若无其事地说："我不是没有心理准备，而是这么多年过来了，她有她的生活，我有我的生活。"

"懂了，我们有我们的生活。"

"主要是她有她的生活，我其实无所谓。但如果因为我导致她本来很幸福的生活不幸福，那我就有所谓了。"

"想想也是，那就互不打扰。"

许琳琳笑了笑，随即话锋一转："哥，我妈打算介绍给你的那个小姐姐我认识，我建议你还是不要相这个亲。"

"为什么？"韩昕笑问道。

"我妈那眼光我真没法儿说，她就知道人家的工作好，给我介绍时也一样。"

"那个小姐姐做什么工作的？"

"初中教师，跟我是同学，你小时候应该见过，就是……就是以前在老电影院门口卖水果的那个人家的女孩。"

"有点印象，想起来了！"

许琳琳窃笑着问："那这个亲还要不要相？"

"不相了。"韩昕连连摇头。

"我就知道你看不上，再说你现在也是公务员，虽然不是很帅，个子也不是很高，但工作好又有房，而且两套，在婚恋市场上还是很吃香很抢手的。别着急，我帮你留意，我帮你介绍。"

"行，我等着你的好消息。"

"对了，下午我见着你那个同事了，他们搞什么春节安全大检查，检查到我们那儿，跟我聊了一会儿，说中午你还去过他们所里。"

韩昕惊问道："李亦军？"

"嗯，就是他，"许琳琳走到茶几边拿起手机，翻出微信，"你那个同事挺有意思的，你昨天那么对他，他居然一点都不生气。说什么很崇拜你，要以你为榜样，向你学习。"

"以我为榜样，还很崇拜我，呵呵。"

"怎么了？"

"没什么。"

韩昕捧起部队发的警服走进小房间，带上门一连做了好几个深呼吸。

17. 截和战术

落户口很快，韩昕一会儿就领到了户口簿。身份证要十五天才能拿到，他只能再办个临时的，不然办不了新手机号和新银行卡。部队驾驶证换地方驾驶证也很便捷，在分局车管所就可以办理。把该办的事办完，韩昕回到单位研究过去三年的毒案卷宗。本以为要研究三四天，结果三年加起来也没多少毒品案件，他一天就看完了。第二天韩昕只能用蓝豆豆的电脑，研究全区吸毒人员的情况，然后用蓝豆豆的数字证书登录几个平台，研究近期的毒案信息……

不研究还好，越研究心越凉。社会治安好，毒品案件比本就极少发生的故意杀人案还要少。几个派出所和几个刑警中队手头上暂时都没有毒案线索，更没有正在侦办的毒品案件，就算想厚着脸皮去跟人家联合也联合不成。正如蓝豆豆之前所说，想在陵海乃至整个滨江搞缉毒，真是太难了！不过再难也要想办法打开局面，不然真成了吃干饭的人。韩昕正计划着接下来怎么干，昨天早上来过单位，今天一上午都没来的蓝豆豆，风风火火地回来了。

"小韩，工作证办下来了，我专门去分局帮你拿的。"

"这么快！"

"工作证又不是警察证，本来就是分局办的，当然快了。"

蓝豆豆又从包里取出一把车钥匙，喊他一起来到走廊上，打开窗户透过为了防盗而焊接的钢筋条，俯瞰着下面说："张队帮你搞了台车，左边第二辆，看见没有？"

那是一辆白色大众速腾，看着有八九成新。这几天韩昕正想是不是买辆二手车凑合着开，看来不需要了……

韩昕不禁多看了几眼，回头问："张队这是从哪儿搞的？"

蓝豆豆关上窗户，得意地笑道："小韩，我们中队虽然人少，以前虽然不怎么侦办案件，但我们也有我们的优势。不夸张地说我们既是民警也是禁毒办的人员，至少想见领导要比他们容易。"

韩昕笑看着她问："车是哪个领导给的？"

"也不算领导给的，这辆车本来就是禁毒办的，禁毒办设在分局，车也一直是分局在用。早上张队遇到了黄书记，汇报了下你到我们中队的情况。黄书记本来就很关心你，就给分局打了个电话，让专车要专用，禁毒用车不能用于别的用途，然后我就去把车开回来了。"

"黄书记很关心我，哪个黄书记？"

"区政法委的黄书记，他也兼我们区禁毒委主任，你不认识他？"

"不认识。"

"不可能啊，他很关心你！"

这么说应该是市政法委关副书记给区政法委的领导打过招呼……韩昕反应过来，却不知道该怎么解释，干脆岔开话题："张队和刘指呢？怎么就你一个人回来了。"

聊到区委常委就东拉西扯，果然不简单……蓝豆豆看着他笑了笑，随即走进办公室，唉声叹气起来。

"兄弟单位与其说是在背后笑话我们，不如说是羡慕妒忌我们。他们一定是觉得我们很清闲，其实我们真的很忙，简直都快忙崩溃了。"

"这两天在忙什么？"

"年关将至，分局正在搞春节期间安全大检查，禁毒委也在搞春节期间禁毒安全专项检查。禁毒办联合公安分局，其实就是我们自己联合自己。同时再联合经科局、应急局、市场监管局，对辖区内十六家易制毒化学品单位和企业进行节前大检查，张队必须参加。"

韩昕追问道："刘指呢？"

蓝豆豆从包里取出个盒子，有气无力地说：

"刘指昨天上午组织已经沟通协调了一个多月的各大商超和户外广告公司，在全区各大商场、超市和繁华路段的户外 LED 大屏上，同一个时间段投放禁毒宣传图片和视频短片。

"昨天下午，参加陵海街道的禁毒工作会议，今天上午参加城东街道的禁毒工作会议，下午要参加西集街道的禁毒会议，接下米要联合各街道和各乡镇的禁毒办，利用流动宣传车对返乡群众开展禁毒宣传教育。"

"一天两个会！"

"我还不是一样，我不但要参加几个乡镇的禁毒工作会议，还要做讲师，去给行政执法局、公交公司等单位，宣讲禁毒知识和毒品危害。"

蓝豆豆把手机放到一边，想想又苦笑道："日程排得满满的，后天还要去交警大队，联合他们开展毒驾专项整治行动。"

他们正在做的那些工作，对韩昕而言真的很可怕，不解地问："怎么都集中在这几天，为什么要扎堆？"

"禁毒委统一部署的，领导要求声势浩大，只有声势浩大才能达到'三不发生'的目的。"

"什么'三不发生'？"

"易制毒化工企业不发生安全事故，易制毒化学品不流入非法渠道，还有不发生'毒驾'引起的道路交通事故，这就是'三不'。"

"厉害！"

"小韩，你是不是在笑话我？"

"我怎么会笑话你，我是真佩服。"

韩昕一脸真诚，真诚中甚至带着几分羡慕。蓝豆豆嘻嘻一笑，打开黑色包装盒，取出一张说明书。

"说正事，我回来时顺便去了下修理厂，让人家帮着装了两个 GPS，装得都很隐蔽。不是担心你公车私用，而是有 GPS 我就能知道你的位置。"

"是应该装上，让你费心了。"

"张队还说回头去问问车管所，看能不能搞一个不会暴露你身份的行驶证。保险没办法，但保险的问题不大，只要不把保单放在车上就行。"

他们要么不开窍，一开窍就一发不可收。对他们如此谨慎的做法，韩昕竟有些刮目相看。

"张队考虑得真全面。"

"必需的！"

蓝豆豆放下说明书，又眉飞色舞地说："加油记得要发票，从现在开始我既是你的后援也是你的内勤，填单子找领导签字报销这些杂事全交给我，你一心一意地办案就行了。"

"行，我不跟你客气，也保证不让你失望。"

"你是专业的，我们对你有信心。对了，暗号呢，暗号想好没有？"

中队马上就要办案，蓝豆豆真有那么点小激动。韩昕没想到她这么急，赶紧拿来三张打印好的A4纸，放下道："设计好了，你先看看，如果觉得不行我们换一个。"

"好，我先看看。"

不看不知道，一看蓝豆豆忍不住笑了。

"笑什么？"

"没什么，就是觉得好玩，这会儿不忙，要不我们先排练下。"

"没问题，现在你给我打电话。"

暗号很简单，看一遍就记得了，而且很好玩。蓝豆豆对了两遍台词，对照下面的备注搞明白她什么时候被打断，代表什么意思甚至发生了什么情况，突然道："搞得跟谍战似的，我看人家办案不是这样的。"

韩昕无奈地说："这也是没办法的办法，说不定这些准备很快就能用得上。"

"什么意思？"

"我分析了下近三年来破获的毒品案件，发现有两个特点，一是被打击处理的毒贩层级都很低，可以说是属于最底层的，并且大多是以贩养吸，没有相对稳定的进货渠道，甚至连他们好不容易联系到的上线也大多如此。"

想到这几年抓的全是小鱼小虾，蓝豆豆点点头。

韩昕收起车钥匙，接着道："二是被打击处理过的毒贩和吸毒人员，大多是来我们陵海务工的外地人员，并且大多来自西南省份，交易方式也是以网上转账汇款、快递收发货为主。"

"这倒是，我们分局这两年打击的毒贩，大多是去外面打的，本地连吸毒人员都没几个，更别说毒贩了。"

"所以我们想补上案件侦办这块短板，也必须向外看，往外打！"

韩昕敲敲桌子，随即话锋一转："不管侦办什么案件，首先要有线索。可在线索收集上，我们又不具备辖区派出所那样的优势。并且他们就算有优势，但因为毒品案件本来就很少，每年一样侦办不了几起，所以我们要做两手准备。"

蓝豆豆追问道："哪两手？"

韩昕笑道："一是按张队和刘指要求的，只要兄弟单位发现毒案线索，我们就要主动参与，不管他们欢不欢迎；二是截和，抢在他们前面收集线索！"

蓝豆豆禁不住问："又不是打麻将，这个和怎么截？"

18. 是个人才

韩昕并没有回答她的问题，起身走到文件柜前，打开下面的柜门，指着里面那一堆尿检盒和便携式毛发毒物检测仪，回头问："豆豆，那些有吸毒前科的人员，什么时候要去派出所尿检或检验毛发，我们是不是都知道？"

蓝豆豆反应过来，窃笑着问："抢在辖区派出所前面检？"

"我们中队应该有权抽检，有权突击检查吧？"

"是有权突击检验，可这么干合适吗？"

"那厚着脸皮去参与人家的侦办合适吗？"韩昕反问了一句，接着道，"不过这项工作得你去做，有禁毒办这块金字招牌在，人手方面应该不会有问题吧？"

"没问题，我们可以请各街道的禁毒专干和各社区卫生室帮忙。"

蓝豆豆想了想，又不解地问："我负责抽检，负责突击检查，那你呢？"

韩昕关上柜门，无奈地说："我们唯一的优势是有块金字招牌，有点小权。人家的优势那可是实实在在的优势，比如城南派出所，光正式民警就五十多个，辅警估计有两百多。"

蓝豆豆羡慕地说："何止两百多，他们现在又搞警网融合、警格加网格，跟区里要经费给辖区内的城管协管员、社区网格员，每个月额外发百十块钱。把大半个城区的协管员和网格员，甚至各小区楼道长都收编了，都发展成了他们的眼线。"

韩昕点点头，接着道："可我们呢，别说没经费发展线人，就算有经费现在也来不及。对我们而言这就是降维打击，在线索收集上我们怎么搞也搞不过他们，所以只能发挥我的专业优势，想办法打入'毒友圈'，在更深处截他们的和！"

蓝豆豆终于领教到什么叫专业，连连点头："这个办法不错，双管齐下，截他们的和！"

"所以说刚才那些准备是非常有必要的。"

"放心吧，我这儿保证不会出差错。"

正聊着，中队长突然打来电话。蓝豆豆接完电话，急切地问："小韩，余教上次说你考过执法资格，张队问有没有资格证？"

韩昕抬头道："有。"

"在哪儿？"

"在家呢，老部队给我寄回来了。"

"那你有没有参加过执法方面的培训，有没有相应的结业证书？"

"有，参加过五六次，有五六个结业证。"

蓝豆豆拿起手机看了下时间，催促道："你赶紧回去，把那些证书拍个照片发给我，原件你留着，张队不需要。"

韩昕好奇地问："要那些做什么？"

"你不是想截和吗？这个和不是我们想截就能去截的，甚至连毒品案件侦办都不是我们想让你负责你就能负责的。这么大事连黄大都不敢点头，张队要向谌局请示汇报。"

"明白了，我这就回去拍。"

蓝豆豆并非危言耸听，而是侦办毒品案件不是侦办其他案件，有时候不得不采取控制下交付和诱惑侦查等措施。上级对采取这些措施又有着非常严格的要求，不然哪个环节出了问题，到时候不但会导致无法移诉，甚至会搬石头砸了自己脚，被人骂公安机关"钓鱼执法"，甚至知法犯法。

收到蓝豆豆发来的那一张张证书照片，张宇航有了底气，立马驱车赶到分局，乘电梯来到六楼，敲开副局长办公室门。谌局几天前就知道来了个新人，听完汇报，仔仔细细看了下那些证书照片，沉吟道："刑侦类执法资格高级，重点岗位执法士官，参加过边防总队的禁毒执法培训，还参加过公安部组织的执法士官培训，看来上级对执法士官的要求很严格。"

张宇航这两天做过一番功课，连忙道："谌局，这些我原来也不懂，还专门请教过新坝港边防派出所的同志，原来上级是考虑边境地区的边防侦查队、边防大队和边防派出所等单位级别不高，军官干十来年，刚熟悉刑侦业务，刚积累了点经验，就要被调走甚至转业。为解决执法力量不足的问题，就制定相关规定，让各省边防总队选拔一些士官参与执法，让他们从一般执法岗位干起。就是先干干卷宗装订、信息采集录入、办案区管理维护等日常工作。等在一般执法岗位锻炼一段时间，具备一定能力之后，再选拔其中最优秀的去重点岗位。"

谌局对这些真不了解，下意识地问："重点岗位具体做哪些工作？"

张宇航笑道："化装侦查、蹲点守候、抓捕等等，除了不是干部身份，其他方面跟刑警一样，有警察证，有各种补贴，也要参加相关的执法培训甚至考试。"

"那这个韩昕在执法岗位上干了几年？"

"警龄虽然只有五年，但从这些参加培训的结业证上看，至少在缉毒一线干了六年。"

"办案程序这些他都懂吧？"

"谌局，说出来不怕你笑话，这方面他比我和刘海鹏加起来都懂。"

见领导若有所思，张宇航连忙补充道："二等功一次，三等功一次，嘉奖六次！他虽然没说参与侦办过多少起毒品案件，抓过多少毒贩，缴获过多少毒品，但我估计他一个人缴获的毒品，很可能比我们全滨江公安系统这几年缴获的还要多。"

"这不好比，他当兵的是什么地方，我们这又是什么地方。"

"是不好比，但我和老刘觉得，在能力上他肯定没问题。"

虽然四中队要是能在毒品案件侦办上取得成绩，一样是分局的成绩，但谌局还是不太放心，想想又问道："在边防部队，像他这样的执法士官多不多？"

张宇航不假思索地说："很少，可以说是凤毛麟角。"

"你怎么知道的？"

"新坝港边防派出所的段所说，我们省边防系统以前就两个执法士官，滨江支队一个都没有。"

谌局权衡了一番，起身道："这么说是个人才，既然是个人才，那就照黄书记的指示，让他发挥出作用。"

"是！"

谌局想了想，接着道："他缉毒经验丰富，在能力上没什么好担心的，但其他方面的因素必须考虑到。"

张宇航低声问："执法身份？"

"嗯，他现在虽然是正式民警，但没有警察证。真要是能破个毒案，到时候法院因为这个不认，成绩不成绩放一边，光眼睁睁看着嫌疑人逍遥法外，那该有多憋屈。"

"这个我和刘海鹏也考虑过，可光我们着急没用。"

"这件事交给我吧，我帮你们催催，看能不能尽快办下来。"

"谢谢谌局！"

19. 蹭工作

人少的单位有人少的好处，但人少也有人少的痛苦。比如春节值班，一共就七天假期，而四中队就四个人，不但平均每人要值近两天班，甚至要比别的单位提前两天上班。

正月初五，人才市场将举行大型招聘会，保守估计前去招聘和应聘的可能多达上万人。按区禁毒委的统一部署，四中队要去摆摊开展禁毒宣传。摆摊的位置已经跟人社局协调好了，展板和宣传单页有现成的，那天至少要去两个人。

值得一提的是，别的单位春节值班，正式上班之后可以安排补休。而四中队虽然不怎么侦办毒品案件，但除缉毒之外的其他禁毒工作却很多，人又这么少，根本安排不了补休，可以说春节值班对四中队而言就是加班。

看着刚打印出来的"加班表"，韩昕不解地问："豆豆，怎么没有我？"

"你在外面当那么多年兵，估计没怎么在家过过年。好不容易调回来，而且调回来还没几天，今年就不安排你值班了，好好在家过个年吧。"

"我过年又没什么事，把我安排上吧。"

蓝豆豆以为他是不好意思，把中队这几天参加各种会议、检查和宣传、宣讲活动的照片存到电脑里，放下手机道："大过年的谁家没点事，别不好意思。再说值班表你没来时就已经排好了，早上报给了大队，大队已经上报了分局，再调整反而麻烦。"

"我过年真没什么事，我只去头墩给我舅舅舅妈拜个年。"

"别争了，这有什么好争的？想值班等明年，到时候给你多排几天。"

蓝豆豆不想再聊这个话题，抬头问："小韩，你真打算下午去城南派出所？"

"光看照片和资料不够，我想去亲眼看看。"

"好吧，我先帮你给城南派出所打个电话。"

"把下午要去检测的戒吸人员和康复人员名单，最好连他们的个人资料都帮我打印一份，不然到时候对不上号。"

"行，我先打电话。"

……

城南派出所的辖区占大半个主城区，辖区内行业场所密布，商业网点林立，治安状况复杂，接处警量、刑事发案数和矛盾纠纷类警情，是全分局所有派出所中最多的，在编民警数量也是所有派出所中最多的。虽然只内设了综合室和治安、社区、巡逻防控三个中队，不像兄弟区县的派出所设驻所刑警，但刑事案件并没有少侦办。尤其治安中队的办案民警，以"特别能吃苦，特别能战斗"而著称，他们对标的不是兄弟派出所的同行，而是包括重案中队在内的几个刑警中队。

作为分管治安中队的副所长，杨千里也一直把刑警大队作为竞争对手。杨千里刚确认了一个两个月前流窜来陵海盗窃的嫌疑人回了台东老家准备过年，他正在考虑安排几个人去一趟台东，赶在过年前将那小子抓捕归案，分管社区中队的副所长钱俊山敲门走了进来。

"老钱，有事？"

"也算不上什么事，就是有点奇怪。"

杨千里好奇地问："到底什么事？"

钱俊山带上门，苦笑道："我们不是通知戒吸人员下午来提取毛发检测吗，刑警大队的蓝豆豆竟然给我打电话，说什么要安排人过来参与。"

杨千里微皱起眉头："半年一次，例行检测，这有什么好参与的？难道她不放心我们，要派个人来监督？"

"关键她凭什么不放心我们，又凭什么派人来监督？"

"你是怎么回她的？"

"我的第一反应是打电话问问张宇航，他们到底是什么意思。可蓝豆豆是打着刑警大队的旗号跟我说的，只能同意，只能表示欢迎。"

想到禁毒中队的那几个人比机关干部还要像机关干部，杨千里笑道："我估计他们既不是不放心我们，也不是想来监督我们，而是打算来露个脸，拍几张照片，表示他们工作了。他们有自己的公众号，说不定还会发个新闻。"

"工作明明是我们干的，结果却变成了他们干的，这算什么事？"

"想开点，我们的成绩都被他们给蹭了，再让他们蹭点工作又算得上什么呢？"

"老杨，我是不服这个气。"

钱俊山越想越郁闷，坐下道："你说说，我们辛辛苦苦破了起毒案，他们什么都没干，还三天两头跟我们要材料，又是上报禁毒支队，又是上报禁毒办、禁毒委的，搞不清楚的真以为案子是他们破的呢。现在更是变本加厉，连我们干的工作都要蹭。"

杨千里暗笑到底是从乡镇派出所调来的，就是沉不住气，劝道：

"不服也要服，谁让人家左手举着禁毒办的牌子，右手举着刑警大队的牌子呢。"

"可他们明明只是个中队，居然搞得像个领导单位。"

"在禁毒上人家确实是'领导单位'，不但有权指导我们的禁毒工作，还考核我们的禁毒工作呢，所以说不服不行，哈哈哈。"

"唉，不说这些了，反正我们本来就是干活的命。"钱俊山无奈地点点头，旋即话锋一转，"老杨，我想跟你借个人。"

"借谁？"

"小李。"

"借小李做什么？"杨千里一头雾水。

钱俊山解释道："蓝豆豆说让刚调到我们分局，刚分到他们中队的那个韩昕来。我等会儿要去治安大队开会，负责检测的徐展和王一娟，跟那个韩昕又不熟悉，老叶下午又要下社区，所以想跟你借小李帮半天忙。"

"行，我以为借谁呢，小李跟那个韩昕是比较熟。"

"那我就让徐展去找小李了？"

"去吧，王伟那边我帮你打招呼。"

……

李亦军很快就接到了通知，对帮社区中队半天忙这件事是既高兴又有些失落。高兴的是等会儿就能看到"表哥"，可以跟"表哥"加深感情，到时候就能大胆地去追表妹；失落的是参加不了下午的抓捕，尽管要抓的只是一个偷电动车的小毛贼，但抓捕真的很刺激很有成就感。

社区中队的师兄师姐都准备好了，街道的禁毒专干也已经到了，正对着名单挨个儿打电话，问戒吸人员到了什么位置，催那些戒吸人员搞快点。见待在这儿也帮不上什么忙，李亦军干脆走出临时用作检测的会谈室，掏出手机给"表哥"打电话。

"韩哥，我们领导说你要过来，什么时候到？我们这边两点准时开始。"

"我已经到了。"

"到了？你在哪儿，怎么没看见你？"

"我在二楼。"

"你怎么上去的？"

"走上来的呗，难道我还能飞上来。"

二楼不是谁想上去就能上去的，李亦军觉得很不可思议，急忙输入指纹打开防盗门，一口气跑上二楼，只见"表哥"果然站在楼梯口。"表哥"今天没穿警服，上身一件黑色短款羽绒服，下身一条休闲裤，不但背着个黑色旅行包，手里还端着杯奶茶！

"韩哥，你今天这一身很拉风，你们刑警大队都这么穿吗？"

"不知道。"

"你什么时候到的，谁给你开的门？"

"刚到，你同事给我开的门。"

"哪个同事？"

"之前没见过，不认识。"

"不认识他还给你开门？"

韩昕没再回答他的问题，轻轻拉开羽绒服拉链，亮出挂在胸前的工作证。李亦军反应过来，挠着脖子笑道："吓我一跳，我以为我们的安保出了问题呢。"

韩昕喝了口奶茶，抬头问："你也参加下午的检测？"

"检测是社区队的事，跟我们治安队没关系。本来我是不会参加的，听说韩哥你要过来，我就跟领导请示参加了。"

"你们领导还真好说话。"

"我们领导对我可好了！"

李亦军咧嘴一笑，又忙不迭大献起殷勤："韩哥，检测在一楼。走，我陪你下去，顺便给你介绍下负责你们小区那一片儿的王姐。"

韩昕不但不相信他的鬼话，而且很想给他一拳，但现在工作要紧，别的事只能暂时放一边，转身道："我就不下去了，你们所里的监控室在哪儿，带我去看监控。"

"我们没有监控室，只有警网融合大数据中心。"

"能看到值班室和会谈室的监控吗？"

"能。"

"带我过去。"

"韩哥，你不是来参与检测的吗，去大数据中心做什么？"

"我看着就行了，用不着下去。我来这儿的事，也别让那些来接受检测的戒吸人员知道。"生怕菜鸟不当回事，韩昕又回头提醒道，"保密条例有没有学过？要是没学过赶紧上网查查。"

李亦军腹诽了一句这有什么好保密的，但还是点点头："放心，我不会让他们知道的。"

20. 毛发检测

城南派出所的警网融合大数据中心不但大，而且高端大气上档次。挑高目测有七八米，LED 大屏占了整整一面墙，正实时监控两个出警现场和辖区几个人流量最大的商业综合体。四排"工位"呈阶梯状正对着大屏，但在此值班的人并不多，只有一个民警和三个女辅警坐在各自的电脑前不知道在忙什么。一些公安局的 110 指挥中心也不过如此，完全不像是一个派出所的监控室。

韩昕站在门边好奇地观察了一会儿，顺着墙根来到最后面一排的"观众席"，放下奶茶，摘下旅行包，轻轻拉开椅子坐下。李亦军跑到前面去跟那个民警耳语了几句，民警回头看了看，随即点点鼠标，楼下值班室和会谈室的监控画面，随之出现在大屏左下角。紧接着，民警又从"工位"下取出一个头戴式耳机，示意李亦军送给韩昕。韩昕连忙举手表示感谢，民警微笑着点点头，便转过身去继续工作。

"韩哥，想听会谈室的声音按这个，值班室的按这个，你试试行不行。"

"好。"

"能不能听见？"

"能听见，很清楚。这儿没你的事了，忙去吧。"

"哥，我的工作就是跟你对接……好吧，我坐前面去，有什么需要尽管开口。"

用目光赶走了大献殷勤的菜鸟，韩昕这才打开旅行包，取出一沓戒吸人员材料，专心致志地看着会谈室里的实时监控，听着一男一女两位社区民警跟戒吸人员的对话。

对号入座，第一个到的戒吸人员姓王，叫王国全，四十二岁，本地人，家住陵海街道三里新村 2 号楼 201 室。资料显示他虽然强制戒毒过两次，但已经有四年没有复吸，至少过去四年的三十多次尿检和八次毛发检测结果都是阴性。从监控画面上看，他的精神状态也不错，不但很配合，甚至跟社区民警有说有笑。检测过程很快，一个戴着医用乳胶手套的女辅警，用剪刀贴在他发根处剪了几十根头发，按规定分成 A、B 两份，一份用便携式检测仪进行现场检测，一份装进样本袋留存。整个过程只用了十来分钟，不过这只相当于筛查或初步检测，如果结果呈阳性要送到刑警大队技术中队进一步检测。

第二个到的是一个二十三岁的女子，是从西川嫁过来的，并且是嫁过来之后才发现她曾因吸食 K 粉，被其老家公安机关责令社区戒毒三年。她四个月前刚生了个男孩，所以今天是跟丈夫一起抱着孩子来的。从跟两位社区民警的对话中能听出，她本人对之前的事很后悔，担心影响孩子的健康都不敢母乳喂养。她的丈夫很爱她，公公婆婆对她很好，现在的生活很幸福，她很珍惜现在的一切……

一个接着一个，韩昕挨个儿与手里的名单对号入座。不知不觉两个多小时过去了，一共检测了十四个戒吸人员和社区康复人员的毛发，并且一检测完就让他们走了，不用问都知道检测结果都是阴性。

对于这个结果，韩昕并不意外。但这十四个人现在的精神状态和生活状态，却让韩昕很意外。因为之前见过不下五百个戒吸人员，他们中大多数一样在短时间内没有复吸，但精神状态和生活状态，与刚刚接受检测的这十四个人根本没法儿比。正感慨这可能与亲人是否关爱、家庭氛围是否和谐、经济条件是否良好、地方政府对禁毒工作是否重视，乃至整个社会风气的好坏有一定关系，不知道什么时候也戴上耳机的李亦军，竟摘下耳机蹑手蹑脚走了过来。

"哥，听着好像有一个没来，好像连电话都打不通了。"

"我又不是聋子。"

韩昕瞪了他一眼，把名单和资料收起来塞进包里。李亦军已经习惯了不被"表哥"待见，谄笑着问："那我们是再等会儿，还是下去跟徐哥王姐他们打个招呼？"

已经快五点了，听楼下的对话，通知的是戒吸人员今天下午两点至三点来检测。那个戒吸人员要是想来早就来了，就算被什么事耽误了，也应该给社区民警或街道禁毒专干打个电话，何况那个家伙已经关了手机。韩昕觉得没有再等下去的必要，摘下耳机站起身，背上旅行包，拿上喝完的空奶茶杯，走出大数据指挥中心。

"不等了，招呼也不用打。你们所里好像有个侧门，走，送我从侧门出去。"

"哥，你是搞禁毒的，有个戒吸人员失联脱管，你就一点不着急？"

"昨天还能联系上，上午也通过电话，只是下午电话打不通，这算什么失联，更谈不上脱管。"

"那你来做什么的？"

"来的时候不是跟你说过吗，我是来看看的。"

"来看看，我们这儿有什么好看的？"

见周围没别人，韩昕停住脚步，一把攥住他胳膊："你小子给我听清楚了，别再套近乎，别再一口一个哥！"

李亦军嘿嘿笑道："叫哥亲切，既然你不喜欢那我还叫韩哥。"

韩昕回头看看四周，接着道："别再打我表妹的主意，不是我蛮横无理要干涉她的事，而是你配不上她，她肯定也看不上你。趁早死了那个心，这是为你好。"

李亦军怎么也没想到"表哥"会这么说，苦着脸问："我……我好歹也是公务员，我怎么就配不上了？"

"公务员了不起？追我表妹的公务员多了，有一个还在区委办上班，我表妹都看不上，更别说你了。"

"那琳琳喜欢什么样的？"

"别问了，反正不是你这样的。"

李亦军很想再问问，但又不敢再问，连忙换个问题："韩哥，你明天晚上打算怎么过？"

韩昕不假思索地说："这用不着你操心。"

"你要是明天不值班，就跟我一起去我家过年吧。我爸我妈最好客了，你去了就知道他们有多热情。"

"你的好意我心领了，我有地方去。"

"那初一呢？"

"初一一样有地方去。"

甩掉癞蛤蟆想吃天鹅肉的菜鸟，沿着执法办案中心院墙回到单位，打开门一看，蓝豆豆果然不在。韩昕权衡了一番，用办公室的座机拨通她的手机。

"小韩，你回单位了？"

"刚回来，你在哪儿，今天还回不回单位？"

"我这边一结束就直接回家，张队和刘指估计也不会再回单位。你也早点回去吧，明天就是除夕，肯定有好多事需要准备，我们明年见！"

"过年的事等会儿再说，有个情况要跟你通个气……"

韩昕简单介绍了下在城南派出所遇到的情况，接着道："现在还不能判定那小子是不是失联脱管，我也不好多问，只能先回来。但检测结果他们肯定要按规定上报，你如果有时间就帮我留意下。"

"没问题，就算你不说我也会问的，这可不是小事。"

蓝豆豆想了想，又说道："但像这样的情况以前也不是没发生过，就算调查那小子的下落，最快也要等到半个月之后。毕竟只是责令他社区戒毒，又不是取保候审。"

"我知道，这种事是急不来的。"

"还有事吗？要是没事我就挂了。"

"有事，不过这事要向张队和刘指请示。"

"什么事？"

韩昕低头看了一眼材料，笑道："我想请你过完年正式上班之后，安排个时间，召集点人，来个突击检测。"

蓝豆豆茫然地问："城南派出所是今天检测的，城西和城北几个派出所也都是这个月检测的，刚检测过为什么还要检？就算突击检测也要等两三个月吧。"

"因为我发现几个派出所之前的检测时间太规律了，对控制不住心瘾的戒吸人员而言，在检测之后的十几天内复吸是最安全的。吸完之后只要多剪几次光头，在下一次接受检测时再找借口拖延个十几二十天，那就有很大几率蒙混过关。"

"明白了！"

蓝豆豆恍然大悟，喃喃地说："派出所用的便携式毛发检测仪，最长可以检测六个月内，戒吸人员体内是否含有毒品，而几个派出所又正好是六个月检测一次。戒吸人员很可能找借口拖延接受检测，跟派出所打时间差！"

"所以我们要打破规律，打那些企图蒙混过关的戒吸人员一个措手不及。"

"我早该想到的，真是一语惊醒梦中人，我这就给张队和刘指打电话！"

21. 不称职的军属

过去的这二十多年，韩如松不止一次回过陵海，但在陵海过年这还是第一次。为了让女儿上城南中学，他专门买了一套房子，装修得也很温馨。可尽管妻子和女儿都在身边，他依然有种找不到家，确切地是找不到根的感觉。坐在客厅里百无聊赖，想跟女儿说说话，女儿又要做没完没了的作业，干脆提议道："老婆，要不我们去市中心转转？"

小别胜新婚，葛素兰也想跟丈夫过过二人世界，欣喜答应："行啊，去哪儿？"

"去如意嘉园看看，说不定能遇到几个熟人。"

"你不说我都想不起来，如意嘉园还有韩昕两套房子呢。十九层的那套，不让你装你非要装，结果装了他又不回来。"

生怕丈夫误会，葛素兰又解释道："我不是舍不得那点钱，我是担心再过个五六年，那个装修又跟不上时代。"

"跟不上时代再装，不是还有一套吗？"聊到儿子，韩如松心里很不是滋味儿。

葛素兰意识到不该哪壶不开提哪壶，急忙道："老韩，别人不知道你是知道的，我跟你结婚的那会儿，就做好了做后妈的心理准备，我真想把韩昕当自己的孩子，可不管怎么哄他都不理我。"

"我知道，这不怪你。"

"唉，不喜欢我可以理解，毕竟我不是他亲妈，可他连许红梅都不理，你说这孩子怎么就那么犟呢！"

韩如松轻叹道:"他是我爸我妈带大的,从小没感受到父爱母爱,对我没什么感情,对许红梅也一样没有。"

葛素兰很清楚丈夫真正想说的是他没有尽到做父亲的责任,也能理解丈夫歉疚的心情,故作轻松地说:

"韩昕就是脾气犟点,这有点随你。但其他方面都挺好的,特别独立,不用人操心。"

"这倒是,要不是我妈临死前立遗嘱,非让他继承如意嘉园的那两套房子,估计他连房子都懒得要。"

"你妈就是重男轻女!"

"我妈确实有点重男轻女,不过她主要是担心韩昕将来找不到对象。再说露露跟我们在一起,根本不用她担心。"

"我不是妒忌,我就是那么一说。你的儿子就是我的儿子,其实我挺喜欢韩昕的。"

"我知道。"

两口子走走聊聊,不知不觉竟走到了万达广场。想到离如意嘉园还有很远,他们干脆从网上叫了辆车,赶到小区一看,外面太冷,楼下看不见几个人,更不用说以前的老邻居。想上楼看看,又没门禁卡和房门钥匙,他们干脆从北门出去,来到拆迁之后临时建在第二实验幼儿园边上的新海通市场。他们原本只打算过来买点海鲜,没承想一进市场就遇到熟人——老邻居王瘸子竟然随着市场搬迁,搬到这儿来摆摊修鞋修拉链了。

"老王,明天都过年了你还不收摊儿,赚钱赚疯了。"

"韩如松,韩老板!"

"我以为你不认得我了呢,来来来,先来根烟。"

"好烟好烟,又是好烟!"

王瘸子忙不迭接过香烟,一边摸着打火机,一边笑看着他们两口子道:"老板娘也回来过年了,我给你们拜个早年,祝你们生意兴隆,大发财!"

"发什么财,我们就是混口饭吃。"

遇到几年没见的老邻居,韩如松很高兴,干脆坐到摊儿前的马扎上,笑看着他问:"老王,你今年六十七了吧,儿子儿媳妇有本事,又孝顺,连房子你都有好几套,干吗还出来吃这个苦?"

"吃什么苦,修鞋子修拉链一点都不苦,再说待在家里没意思,还不如出来打发打发时间。"

"也是,出来至少有人说说话。"

葛素兰跟王瘸子不熟,低声道:"老韩,你们先聊,我进去看看。"

"去吧，我在这儿等你。"

"老板娘还是那么富态，韩老板，你今年怎么想起来回陵海过年的。"

"丫头成绩不好，转到了城南中学，寒假不但要做寒假作业，还要上补习班，她们娘儿俩在老家过年，我不能一个人在江城过年。"

"姑娘都上初中了？"王瘸子下意识地问。

韩如松笑道："什么初中，已经上高一了！"

"都上高中了，这么快啊。"

王瘸子感叹了一句，突然想起件事，不禁又拱起手："差点忘了你儿子也回来了，恭喜恭喜。"

韩如松愣了愣，紧盯着他问："老王，你是说韩昕回来了？"

"你不知道？"

"我……我还真不知道，我……中午刚到家的。"

"韩昕没给你打电话？"

"没有，我们干建筑的年底最忙，忙着跟甲方要钱，忙着给工人发钱，忙得头昏脑涨，真没顾上。"

"韩老板，不是我说你，不能光顾着赚钱，赚钱不就是为了儿女吗？"

"对对对，赚钱就是为了儿女。"见王瘸子几口就把烟抽完了，韩如松干脆把整盒九五至尊塞给了他。

"这怎么好意思呢，这个烟很贵的。"

"没事没事，也是人家送给我的，我又不抽。"

王瘸子舍不得再抽这么好的烟，小心翼翼揣进口袋，打算留着大年初一见人时发发。然后掏他自个儿的白色软包装红塔山，点上一支，羡慕地说："韩老板，你家韩昕不得了，以前是武警，现在是公安，刚从南云调回我们陵海公安局刑警大队！"

"调回来了，真的假的？"

"真的，我骗你做什么？"

"是不是退伍了？"

"不是退伍，是正式调动。也不是辅警，是正儿八经的刑警，有枪，跟我们老六队以前的张庆荣一个单位！"

韩如松虽然是一个不称职的军属，但很清楚战士提干有多难，想从南云那么远的地方调回来更难，不敢相信这是真的，紧盯着王瘸子问：

"你是怎么知道的，你见过我家韩昕？"

"我没看见，我是听姜桂英说的。"

"我们老三队的姜桂英？"

"除了她还有哪个姜桂英，她在城南派出所烧饭，每天一大早过来买菜，买好顺便带到派出所。她见过你家韩昕，说你家韩昕现在出息了，还准备把她家侄孙女介绍给你家韩昕呢！"

22. 你爸回来了

韩如松怎么也没想到儿子调回来了，还成了刑警。顾不上再跟王瘸子叙旧，他跑进去找到刚买了几斤花蛤的妻子，拉着她从东门走出菜市场。

"什么事这么急，那家的黄鱼看着挺新鲜，我还准备买几条呢。"

"老婆，韩昕回来了。"

"啊！"

"韩昕回来了！"

韩如松把刚才听说的事复述了一遍，看着一脸惊诧的妻子，苦笑道："调回来了都不给我打个电话，还是人家告诉我的。刚才王瘸子看我的那眼神，唉……你要是在那儿，就晓得我有多尴尬。"

葛素兰缓过神，喃喃地说："这也不能怪韩昕，他肯定以为我们都在江城，他哪知道你回来了。"

"这会儿他应该下班了，走，我们去看看他在不在家。"

"行，赶紧去看看。"

葛素兰觉得提着一袋花蛤去看孩子不像样，见路边正好有个垃圾箱，干脆顺手扔了进去。韩如松既高兴、激动，又有那么点紧张，走到巷口又停住了脚步。

"老婆，大过年的，我们不能两手空空去。"

"多包点钱，这还不简单！"

"给钱他不一定要，要的话他早要了。"

"那怎么办？"

"王瘸子说他调回来没几天，估计还没买车，现在没辆车不方便，要不我们给他买辆车。"

"行，可现在去买也来不及。我们要过年，4S 店一样要过年，人家肯定关门放假了。"

"说不定没放假呢。"

"就算没放假这会儿也下班了。"

韩如松觉得妻子的话有一定道理，再想到儿子那拒人于千里之外的样子，沉吟道：

"反正他都已经调回来了，不急这一会儿，再说他这会儿也不一定在家。"

葛素兰知道丈夫很紧张，事实上她自己也很紧张，拉着丈夫的手说："要不我们先回去想想帮他买辆什么车，想好就去 4S 店。过年怎么了？有生意他们不可能不做。等买好车，带着露露一起来，他就算不理你，也不可能不理露露。"

"实在不行就给许红军打个电话，我们说一千句，可能还顶不上许红军说一句。"

"行，我们先回去，露露知道这个消息，一定很高兴。"

两口子兴冲冲赶到家，跟女儿一说，女儿果然高兴得连作业都不想做了。

"爸，既然知道了你们还等什么，赶紧去找我哥，喊他过来跟我们一起过年，我已经有好多年没见过我哥了！"

"别催别催，让你爸先想想帮你哥买个什么车。"

"这用想吗，买个奔驰不就行了，男生都喜欢奔驰，SUV 的那种。"

"你哥现在是警察，是刑警，开奔驰不合适。"

"那就买个宝马。"

"宝马跟奔驰差不多，也不合适。"

韩如松放下手机问："你们说沃尔沃怎么样。"

葛素兰正准备开口，韩露就连连摇头："不好看不好看，那车看着像老头开的车。"

"你见过沃尔沃？"

"小姨父开的就是沃尔沃，难看死了。"

"除了学习，你什么都懂，那你推荐一个。"

"其实我就知道这几个车。"韩露嘀咕道。

韩如松突然想到了一辆车，不禁笑道："这车不能太便宜，不然没诚意，又不能太高调，那就帮他买辆既不便宜，看着又很低调的。"

"什么车？"

"大众途锐，进口的，就是去年我们公司小杨开的那个车。"

葛素兰想起来了，喃喃地说："那车我见过，看着不是很贵。"

"看着不贵，但事实上不便宜。"

韩如松用手机搜出了车型，举到她面前："看看，最便宜的一款，落地也要六十多万。"

葛素兰的"心理价位"是四十万左右，没想到丈夫整整提高了一个档次。

她正有点小心疼，韩露凑过来看了看，嘟囔道："不好看，比小姨父那车还要老气。"

"你哥是警察，是公务员，开好车别人会说闲话的。"

"可这车也不便宜。"

"没有比这更合适的，就它了！"

丈夫都决定了，葛素兰还能说什么，只能点头："好吧，就买这个。"

韩如松拍拍她肩膀，旋即上网搜起陵海及陵海周边的4S店，看着网上留的联系方式，开始挨个儿打电话。他先问有没有现车，确认有现车再询价，没想到运气不是一两点好，紧挨着陵海的皋如大众4S店竟有一辆现车。韩如松激动得无以复加，举着手机站起身："江经理，你报的这个价我基本可以接受。只有一个要求，我要赶在明天上午九点前拿到车！"

"韩老板，您打算买了过年？"

"我就是这个意思，保险肯定没问题，保险公司天天有人上班，上牌本来就不着急，购置税一样不着急，说到底就是你们店里的那些手续。"

"韩老板，时间太急，我现在不敢答应您，我先问问我们经理，我尽快给您回复。"

"好，我等你消息，不过我不会等太久，有现车的又不是你们一家。"

"知道，您稍等。"

……

与此同时，韩昕正坐在舅舅家里，陪舅舅、舅妈和表妹打麻将。虽说他钱已经赢了好几十，但并不愉快，甚至很痛苦。从他坐下来到现在，舅妈就没停止过数落。先是数落表妹眼光太高，错过了一个又一个好小伙子，然后从第一个错过的开始评点，一直评点到上个月介绍的那个。数落完表妹开始数落他这个外甥，眼光不能太高，只要对方工作好就行，相亲的事已经跟人家说好了，初三必须回来！看着表妹那幸灾乐祸的样子，韩昕暗暗叫苦。

"我都跟人家说好了，你别不当回事。人家姑娘不知道有多吃香，好多人在帮着介绍，初三这个日子还是我好说歹说争取到的。"

"妈，人家是不是天天有亲相？"许琳琳窃笑着问。

"不相信你明天上街打听打听，人家的日子都排满了，天天有亲相，昨天上午相了一个，下午又是一个，一天两场！"

舅妈越想越羡慕，啪一声甩出个红中，又恨铁不成钢地说："人家生了个女儿，光相亲就不晓得吃多少顿。我生了个你，相亲的饭一顿也没吃到！"

韩昕实在忍不住，扑哧笑了。

许琳琳嗔怪道："怎么又说到我身上来了，妈，你还是继续说我哥相亲的事吧。"

舅妈意识到跑题了,正准备言归正传,舅舅突然举起手:"等会儿再说,我先接个电话。"

舅妈不快地问:"谁啊,都这么晚了。"

舅舅没回答她的问题,而是用夹着香烟的手指指韩昕,敷衍般地说:"你好你好,啊,你也回来了,你怎么知道的?嗯,他……他这会儿是在我这儿。这个你跟我说没用,这得看他的想法。他也是快天黑时才回来的,刚吃完饭,这会儿跟琳琳出去玩了,好好好,等回来了我就跟他说。我明天哪有时间,我明天要下去收账,谈不上谈不上,用不着过来,用不着那么客气,我还有点事,先挂了。"

许琳琳急切地问:"爸,是不是姑姑知道我哥回来了。"

"什么你姑姑,我跟你姑姑能这么说话吗?"

舅舅冷哼了一声,把手机往边上一扔:"韩昕,你爸回来了,他知道你调回来了,打算明天中午去小区看你,还想喊你过去跟他们一起过年。"

"他怎么知道我回来了的?"

"这我就不知道了。"

提起韩如松舅妈就是一肚子气,哗啦一声推倒面前的麻将:"想孩子的时候就找孩子,不想的时候就什么都不管,韩昕,听舅妈的,别理他!"

许琳琳小心翼翼说:"妈,他那会儿不是不想管我哥,是欠人家钱要出去躲债,想管也管不了。"

韩昕五味杂陈,心里别提有多不是滋味儿。以前在部队,他想不见就不见,现在回来了想躲也躲不过去。既然躲不过去不如大大方方见,可他真要是去见,舅舅舅妈一定不会高兴。因为在舅舅舅妈的心中,他这个外甥其实跟儿子差不多。

正不知道该说点什么好,舅舅长叹了口气,像下了很大决心似的看着他说:"昕昕,不管怎么说他也是你爸,你是他的儿子,如果再跟以前那样不睬他,人家不会再骂他,只会说你不懂事。"

"我知道,我去。"

韩昕点点头,转身拉着舅妈的手:"舅妈,我明天回去跟他们打个招呼,打完招呼就回来,等我回来吃年夜饭,我还要陪你一起看春晚呢。"

一向以坚强泼辣著称的舅妈,突然捂着嘴,热泪滚滚而流。

"妈,你哭什么?"许琳琳急忙掏出纸巾。

"没事,我……我是想起你哥小时候的事,明天你跟你哥一起去,早点去早点回来。"

23. 小礼物

过年就要有过年的样子。韩昕本打算早点回城把家里收拾一下，结果表妹睡懒觉起不来，竟拖拖拉拉到上午十点半才回到小区。

一进门，许琳琳就嘀咕道："你爸不是还没来吗，我就说不用那么急！"

"我先接个电话，你先看着收拾收拾。"韩昕看了一眼来电显示，径直走向阳台。

"家里干干净净，有什么好收拾的……"

许琳琳给了他个白眼，很不情愿地放下包忙碌起来。等会儿有"客人"，怎么也得洗几个茶杯，准备点水果。至于午饭，完全不用担心。就算韩老板不安排，韩警官也要安排。韩昕不想听她发牢骚，更不想让她知道工作上的事。来到阳台带上移门，回拨蓝豆豆刚用新号码打来的电话，俯瞰着马路对面冷冷清清的中央广场，按之前的约定对起暗号。

"您好，请问您是？"

"先别问我是谁，先说你是谁，你刚才给我打过电话的。"

蓝豆豆回想了下台词，笑问道："哦，想起了，您是韩老板吧？"

"我是姓韩，请问你那位？"

"韩老板，您好，我是东部家具城的徐小兰，听说您家准备装修，所以刚才冒昧地给您打了个电话，我们店里正好有一个优惠活动……"

"我家暂时没考虑过装修，你一定搞错了。"

按照之前的约定，刚才那番话在什么时候被打断或被挂断，以及被什么样的方式打断，都有着完全不同的含义。在"优惠活动"这儿被打断，并且以暂时没考虑过装修回复，表示一切正常。蓝豆豆不但不觉得麻烦，甚至感觉好玩，就这么结束真有那么点意犹未尽，连忙说起正事："小韩，昨天下午没去检测毛发的那个戒吸人员找到了，刚接受了检测，检测结果阴性，虚惊一场，不然社区民警和禁毒专干这个年都过不好。"

对于这个结果，韩昕并不意外，毕竟戒吸人员一样要过年，但还是问道："在哪儿找到的？"

"他就在家里，没跑也没躲。"

"那他昨天为什么没去城南派出所接受检测？"

"他昨天本来是要去接受检测的，结果准备出门时被两个债主堵住了，被两个债主软磨硬泡了一下午，连手机都被债主拿走了。"

蓝豆豆抬头看一眼电脑上的时间，接着道："这个情况社区民警已经查实了，还了解到一些之前没掌握的情况。"

"什么情况？"

"他好吃懒做怕吃苦，之前找的几份工作都没干几天。不但到处跟人借钱，还陷入网贷，甚至被一个小额贷款公司起诉了。开发区法院上个月开庭审理的，因为他没什么财产可执行，最后让他写了个还款保证书。"

"知不知道他有多少债务？"

"社区民警了解过，他说包括网贷在内，一共欠外面四万多块钱。"

韩昕沉吟道："这点外债不算多，但对他这种好吃懒做、没有正当职业的人而言，相当于一笔巨款。"

"所以我刚给社区民警和禁毒专干打了个电话，请他们先对那小子进行批评教育、好好做做那小子的思想工作。等正月初五去招聘会搞禁毒宣传时，看能不能帮那小子找份工作。"

"豆豆，你对工作真负责！"

"什么负责，我也就能做做这些，并且就算做了也不一定有效果。"

韩昕转身看了看正在开门迎"客"的表妹，一边举手跟四年没见的老爸打招呼，一边感叹道："豆豆不是跟你开玩笑，我是说心里话。至少在帮扶这方面，我那些在边境地区干禁吸戒毒工作的战友不如你。当然，这与地区差异也有很大关系，边境地区条件艰苦、经济落后，没什么厂矿企业，他们就算想帮戒吸人员介绍工作，也找不到地方介绍。"

蓝豆豆能听出这是肺腑之言，会心地笑道："所以我们这儿的禁毒工作还是比较好开展的。"

"你们干得越好，我就越闲。"

"想得倒美，你可不能闲着，我们要把案件侦办这块短板补起来，打防管控我们都要硬。"

"行，过完年我就开工。"

挂断电话，韩昕拉开移门走进客厅。葛素兰正跟许琳琳聊得火热，一个埋怨"许老师"为什么不早点相认，一个谎称之前真不知道有这层"亲戚"关系。老爸这几年不但没变老，看上去甚至比之前更年轻更精神，正笑眯眯看着他。同父异母的妹妹韩露果然有点胖，脸圆圆的，手圆圆的，整个人都是圆圆的。

一见着他这个同父异母的哥哥，就跑上来嬉笑着问："哥，好多年没见了，你有没有想我？"

"是有好多年没见，你都这么高了。"

"我在我们班上是最矮的。"小丫头嘀咕道。

一开口就说错话了，韩昕有些尴尬，连忙抬头道："爸、阿姨，你们又没有门禁卡，你们是怎么上来的？"

"本来我准备给你打电话的，正好电梯下来了，人家说过年直接摁就行了，不用刷卡。"

韩如松真有那么点紧张，侧身看了一眼妻子，又嘿嘿笑道："昕昕，我真没想到你能做警察，更没想到你能从南云调回来。回来了就好，你奶奶要是能看到这一天，一定很高兴。"

葛素兰顾不上再跟"许老师"聊天，忙不迭从包里取出车钥匙和一个装着发票的信袋。

"昕昕，这是你爸和露露给你准备的小礼物。"

"车？"

"地下室有抬杆，新车没上牌照，不好去物业那儿录入，入口那儿的摄像头识别不了，有地下车位都开不下去，只能帮你停在楼下的露天车位上，要不要先下去看看？"

韩昕把车钥匙顺手放到餐桌上，打开信封取出发票，看着上面的金额，苦笑道："阿姨，这可不是小礼物，这个礼物可不小。"

葛素兰笑道："买都买回来了，难道还能退回去？"

韩露更是拉着他的胳膊，急切地说："哥，为了帮你提车，我们一大早就去皋如的 4S 店等，一提到车就赶紧往这儿赶，连早饭都没吃！"

"姑父，我说你昨晚后来又给我爸打电话，要我哥的身份证做什么呢，原来是帮我哥买车！"

许琳琳恍然大悟，走过来拿起新车钥匙。

韩昕把发票塞回信袋，抬头道："爸、阿姨，这也太贵重了。"

不等韩老板开口，葛素兰就笑道："贵重什么呀，你爸就你和露露两个孩子，他赚钱不就是给你们花的嘛。"

"是啊，我赚钱就是为了你们两个。"

韩如松嘿嘿一笑，从怀里取出一个红包："琳琳，快过年了，这是姑父给你的压岁钱。"

许琳琳窃笑着问："我也有啊！"

"都有，昕昕，这是你的。"

"爸，我有钱，我不缺钱。"

"我知道，但这是压岁钱。"

"好吧，但这个车……"

"刚才你阿姨不是说过吗，买都买回来了，想退也退不掉！"

韩如松突然想起件事，连忙道："保险已经上过了，税务局今天放假，购置税要等过完年正式上班才能交。你阿姨已经把钱准备好了，信袋里有张银行卡，钱存在卡里，密码跟我以前帮你办的那张卡的密码一样。"

"你们就知道说车！"

韩露嫌他们烦，拉着韩昕问："哥，你怎么不穿警服，你的警服呢？"

"挂在房间卧室里，我平时不怎么穿。"

"我去看看，哪个房间？"

许琳琳笑道："在这个房间，露露，我带你看。"

葛素兰生怕韩昕不要车，拉拉丈夫："老韩，我也想看。"

韩如松欣然笑道："行啊，一起看看。"

许琳琳从"许老师"摇身一变为讲解员，一件一件介绍起两大衣柜里的武警军服和公安警服的来历。介绍完之后她又翻出表哥的军功章，以及表哥在部队时为数不多的照片。这一切让韩如松很骄傲，韩露眼神里则全是崇拜，摇晃着哥哥的胳膊撒娇，非要他穿上帅气的警服，请许琳琳帮她们一家四口在客厅里拍一张全家福。丈夫和女儿这么高兴，葛素兰也跟着高兴。

午饭不出意外的是韩如松安排，并且安排在陵海最高档的土豪金。韩昕不但感受到了热情，也感受到了家的温暖，但依然不想打扰他们的生活，婉拒了他们关于一起过年的邀请，只承诺明天下午去给他们拜年。韩如松虽然有些遗憾，但更多的是高兴，对儿子坚持去头墩陪他舅舅舅妈过年表示理解，毕竟过去这些年人家真把儿子当自己的孩子对待。

许琳琳担心又被老妈催婚，不想那么早回头墩老家，一回到小区就参观起表哥的新车。

"这车七十多万，有没有搞错？"

"七十多万而已，有什么大惊小怪的。"

许琳琳把发票塞回储物格，推开门跳下来跑到车头，看着早已审美疲劳的"大众脸"，喃喃地说："看着不像啊，看着也就值二三十万。"

好车，韩昕见多了。那些毒枭为逃避检查，运毒时使用的都是价值上百万的豪车。这么低调的车，他真是头一次见，第一个想到的不是提速、油耗、舒适度等性能，而是什么地方可以藏毒。看完车里又蹲在车边看底盘，竟有股把能拆的全拆下来看看的冲动。

24. 闲得慌

过年就是吃饭、喝酒、打牌、聊天、串门……舅舅不喝酒，韩昕自然不会一个人喝。打牌没意思，串门又不认识几个人，借口要值班，下午去给老爸一家拜完年，就没再回头墩。

一个人在家没意思，干脆开着低调的豪车在城里转，在熟悉这些年变化很大的城区的同时，看看有哪些毒贩和吸毒人员喜欢去的娱乐场所。转到一个 KTV，好不容易找到个车位，刚把车停好，丁校长竟打来电话。转业这么多年了，居然跟"陈老板"一样，拨通之后嘟了两声就挂断，等着回拨。

这难道就是领导说的退伍不褪色……韩昕觉得有些好笑，拿起手机回拨过去。

"政委，新年好，祝您在新的一年里身体健康，万事如意。"

"小韩，这会儿拜年是不是有点晚？"

"我是怕骚扰您。"

"这倒是，昨晚和今天上午净忙着拜年了。"

丁海军笑了笑，随即话锋一转："小韩，这个年怎么过的？我年前事多，忙忘了，应该喊你来我这儿一起过年的。"

这是老部队领导的关心，韩昕连忙道："谢谢政委，我在我舅家过的年，我爸也从江城回来了。"

"不是一个人？"

"怎么可能一个人，真要是一个人我就去单位值班了。"

"这我就放心了，到了新单位，感觉怎么样。"

"新单位的领导和同事对我很好，但对新的工作环境，我真有点不适应。"

丁海军问道："是不是感觉英雄无用武之地？"

"老家的禁毒工作搞得太好了，想在老家搞缉毒真的很难。"

"搞得有多好？"

"比如在源头上，也就是在麻精药品和易制毒化学品管理上，中队领导的工作做得非常细致，无论原材料采购还是成品、半成品销售，他们全了如指掌。"

韩昕顿了顿，如数家珍："如果有来自南云、东广西名、南湖罗底等涉毒重点地区的人员来采购化学品，他们也能第一时间掌握。"

"如果有闽建岩龙和紧挨着我们滨江的盐海市的人员，来我们这儿寻租场地、厂房、车间，我们中队领导同样能第一时间掌握。"

丁海军虽然也参与过禁毒，但那是转业之前的事，对家乡的禁毒工作是怎么开展的真不太了解，好奇地问："在贩吸这一块呢？"

"那就更严了，而且跟我们之前所处的大环境不一样。"

"怎么个不一样？"

韩昕探头看看马路对面的KTV，道："今天下午没什么事，我在城区转了一个多小时，还上网搜了搜，发现陵海虽然经济很发达，去年的GDP高达一千多亿，但几乎没什么娱乐生活。"

"什么意思？"

"酒吧、迪厅一个都没有，KTV只有九个，并且大多是在惨淡经营，也就过年这几天人多点，平时没什么生意。"

"大型洗浴中心只有一个，看网上的评论生意也不怎么样，明明是搞洗浴的，居然靠自助餐吸引客人。"

聊到这个，丁海军笑道："别说你们陵海，就是市区也没什么夜生活。晚上过了十点，连吃饭的地方都找不到几家。以至于好多外地朋友说，我们滨江人只知道赚钱，不知道花钱。"

韩昕感慨："所以说想在老家搞缉毒太难了。"

"这是好事。"

"我知道这是好事，但再难也要干。"

"行，好好干，有什么事给我打电话。"

"谢谢政委关心。"

……

韩昕把从南云带回来的手机塞进储物格，拿起新买的手机推门下车，穿过马路来到景秀前程KTV。平时冷冷清清，要靠各种优惠吸引客人的店面，今天却人满为患。不愿意待在家里陪父母的年轻人和一对对情侣，或围在吧台前咨询什么时候有包厢，或已经拿到了号坐在等候区玩手机。

韩昕环顾了一圈，没发现什么异常，乘电梯来到二楼。也不知道是不是有人没关好门，还是包厢的隔音效果一般，歌声和音乐声震耳欲聋。服务生和出来接听电话或上洗手间的客人，在昏暗的走廊里穿梭，连空气中都弥漫着一股纸醉金迷的味道。

"老板，您是几号包厢？"

"我找朋友，他出来接我了。"

"好的，您请。"

打发走殷勤的服务生，韩昕装作打电话，快走到一个音乐声很大却没有歌声的包厢前。不等站在前面的两个服务生上来问，就猛地推开门："王哥，不好意思来晚了……"

正搂着一个小姐姐又摸又啃的小伙子吓一跳，急忙松开手回过头。

"谁是王哥，你是谁？"

"对不起对不起，搞错了包厢……"韩昕转身看看包厢号，一脸尴尬。

小姐姐忙不迭整理衣服，嘀咕道："你这人怎么这样，不看清楚就推门。"

"不好意思不好意思，祝二位新年快乐。"

刚帮人家关上门，负责这几个包厢的服务生就迎上来问："哥，您朋友在几号包厢？"

"啊，等等。"

韩昕拍拍服务生肩膀，接着往前走，举着手机喊道："王哥，听不清楚，你能不能出来说，能不能把音乐关小点……"

服务生追了几步，见后面来了几个客人，只能回头招呼。这时候，韩昕已经推开了第二个包厢的门。

"对不起对不起，搞错了，玩好，玩个尽兴啊，新年快乐。"

……

韩昕像没头苍蝇似的先后推开了六个包厢，不断给人家道歉，最后回到酒水超市前的休息区。刚在沙发上坐下，见刚才见过的一个服务生过来了，正准备再打个电话问问"王哥"到底怎么回事，两个看着挺面熟的哥们走出了电梯。韩昕可不想被他们认出来，连忙起身走进酒水超市，顺手提起一个塑料筐，装作挑选酒水，透过货架的缝隙，不动声色观察那两个哥们的举动。果不其然，他们一上来就兵分两路，装作找人到处乱钻。

两个新兵蛋子，过年也这么积极……韩昕觉得有些好笑，见电梯上来了，干脆放下塑料筐，走出酒水超市乘电梯下楼。他回到车上，打开储物盒取出原来的手机，拨通了蓝豆豆的电话。

"豆豆，听说大队食堂春节期间的伙食不错，不值班的人去有没有的吃？"

"有啊，你就说你是加班的，而且我们今天确实加班。"

"今天我们中队加班？"

"突击检查易制毒化学品企业的仓库有没有专人值守，下午检查了五家，果然有一家只留了一个门卫，仓库没有专人值守。"

"谁去检查的？"韩昕低声问。

"今天我值班，当然是我。"

"你一个人检查的？"

"怎么可能一个人，我跟大队借了两个辅警。明天是刘指值班，按计划刘指明天要去检查另外几家。"

刚回到小区正准备上楼的蓝豆豆，想想又问道："你这会儿在哪儿？"

韩昕看着对面的KTV，笑道："刚从景秀前程出来，本来想进去碰碰运气的，结果什么都没发现，还遇上城南派出所的两个辅警。"

蓝豆豆反应过来，扑哧笑道："还碰碰运气，城南、城北几个派出所不知道撒了多少人在外面听墙根儿，娱乐场所你就别费那个心思了。"

"领教了，以后不再做这种无用功。"

"说正事，你是不是没地方去？没地方去来我家吃饭。"

"我有地方去，别管我了，你值了一天班，赶紧回去陪老公孩子过年吧。"

蓝豆豆突然想起件事："小韩，你真要是闲得慌，可以去城东派出所看看。"

"去城东派出所做什么？"

"我们不是在跟交警大队联合整治毒驾吗？刚才有人在工作群里说，城东中队查获一个疑似毒驾的，他们没有尿检的试剂盒也没有毛发检测仪，刚带那个司机去了城东派出所。"

韩昕真怕闲着，一口答应道："我这就过去，你能不能帮我给城东派出所打个电话？"

"行，我这就给他们打。"

25. 无证驾驶

韩昕赶到城东派出所，一进大厅就听到楼下有人在吵闹。在大厅里等候的交警队辅警，可能注意到他的那辆车没牌照，不再跟派出所的两个值班辅警聊天，竟不动声色出去察看。

派出所的辅警则迎上来问道："你好，你找谁，有什么事？"

"刑警大队的。"韩昕掀开外套亮出证件，低声问，"城东中队送来的人在哪儿？你们所里今天哪位领导值班？"

辅警连忙道："人在楼上，今天是我们黎教值班。"

"麻烦你开下门，我上去跟黎教打个招呼。"

"行，这边请。"

韩昕一口气跑上二楼，只见左边的询问室里挤满了人。询问室里面吵得很厉害，声音最大的是一个女子，听口音她应该是杭浙一带的人。韩昕踮脚

085

看了一眼，继续往前走，见教导员办公室里果然亮着灯，抬起胳膊敲敲门。

城东派出所教导员黎杜旺也是刚回办公室的，示意韩昕稍等，继续接电话："人这会儿是在我们所里，但这件事不归我们管。景主任，您听我说，那个孩子虽然不涉嫌毒驾，但涉嫌无证驾驶，对对对，不好意思，没帮上忙……"城东中队把人带过来不到半个小时，竟已经接到了四个电话，黎杜旺的心情实在好不起来，抬头问："请问你是？"

"黎教好，我是刑警四中队的韩昕，我们中队同事蓝豆豆说给您打过电话的。"

"哦哦哦，想起来了。"

"我是来看看的。"

刚才那几个电话是说情的，这个是兴冲冲跑来抢功的。黎杜旺越想越郁闷，抬起胳膊指指询问室方向："想看赶紧去看，想了解赶紧去了解，再不去人就被交警带回去了。"

韩昕早做好了不受待见的心理准备，微笑着说："黎教，所里有没有监控室？我想去监控室看，想顺便了解下情况。"

"想看走几步就能看见，想了解情况找城东中队的严伟了解，去什么监控室？"

"报告黎教，我不想跟当事人打照面。"

"不想跟当事人打照面，那你做什么警察？"

"黎教，帮帮忙，我说不定还能帮上忙。"

黎杜旺被搞得啼笑皆非，蓦地站起身："我们用不着你帮忙，你想帮就去帮严伟，就是城东中队的那个交警。"

"那您能不能给我一个电话？我想给严伟打个电话。"

"都说了就在隔壁的隔壁，走两步就到了，怎么这么磨叽呢……算了算了，我带你去监控室。禁毒禁毒，有毒品才有的禁，没个毒品你往我们这儿跑什么跑！"

"不好意思，给您添麻烦了。"

黎杜旺板着脸来到监控室，敲敲门："小姚，刑警大队的同志想看询问室的监控，想了解下询问室里的情况，你配合一下。"

女辅警连忙道："好的。"

"谢谢黎教。"

"我还有事，不陪你了。"黎杜旺懒得再搭理这个愣头青，敷衍一句，头也不回地走出了监控室。

同样是派出所，城东派出所监控大厅远没城南派出所那么气派，液晶大屏估计只有城南派出所的那个四分之一大。设备同样没城南派出所先进，比如想听声音要开音响，没有城南派出所那种头戴式蓝牙耳机。

实时监控画面小是小了点，但看着很清晰。只见一个衣着和气质都不凡的中年女子，情绪很激动，正举着手机跟年轻的交警咆哮。一个看上去年龄二十二三岁的样子，白白净净，戴着一副眼镜，穿着一件加拿大鹅羽绒服的年轻男子，正无精打采地坐在角落里。他精神恍惚，连目光看着都有些呆滞，仿佛正在发生的一切与他没任何关系。

中年女子越说越激动，砰砰砰拍着桌子："我家小宇以前是在国外被人家骗着吸过，但早就改了！知错就改就是好孩子，难道就因为以前吸过，这辈子就没人权了？"

"陈女士，您别激动，我们说的是无证驾驶的事。"

"什么无证驾驶，这不是驾驶证吗？就算你查无证驾驶，为什么带我儿子来验尿验头发？"

"我们有权检测！"

"你们只知道有权，你们有没有良心啊？刚才我已经打过电话了，我们老家的警察已经跟你们说得很清楚，我儿子吸过的事不是你们公安查到的，是我们发现之后主动送他去的派出所。"

"人家沾上了是被强制戒毒，我们是积极主动地自费戒毒，从戒毒机构出来之后也没停止过治疗，该做心理辅导做心理辅导，该吃戒断药就吃戒断药，从来没给政府添过麻烦，更没做过危害社会的事！"

交警被搞得焦头烂额，连退了两步："陈女生，您先别激动……"

"你都要拘留我儿子了，我能不激动吗？"

"陈女士，您能不能先让我把话说完。"

"有什么好说的，你说要来做尿检，我们就很配合地跟着来了。你说要检测头发，我们也很配合地检测了，都是阴性，你还想怎么样？你这是对我们人格的侮辱！"

"陈女士，这是两码事。"

"什么两码事，不跟你说了，我就坐在这儿，哪儿都不去，我倒要看看谁敢拘留我家小宇！"

中年女子气呼呼地一屁股坐了下来，不再理睬交警，开始给领导打电话。

"周市长，我们给你们陵海提供了那么多就业岗位，每年给你们陵海交几千万的税，你们就这么对我们？"

"当时求我们来投资建厂时怎么说的，保姆服务，负责到底，现在遇到点事，你们就这么服务……"

直接跟市领导对话，这可不是开玩笑的。交警拿她没办法，更不想待会儿被她逼着接市领导的电话，转身就挤出询问室。

韩昕并没有看热闹，注意力一直集中在那个年轻男子身上，见那个年轻男子依然萎靡不振，对身边发生的一切视若无睹，俯身问："小姚，到底是谁无证驾驶？"

女辅警放下鼠标，站起来说："她儿子，其实也不完全算无证驾驶。"

"什么叫不完全算？"

"她儿子原来有驾驶证，只是被他们老家公安局责令社区戒毒时按规定注销了，可注销之后当地公安局的交警部门又没把驾驶证收回去。"

"既然注销了就等于没有驾驶资格，有证也一样属于无证驾驶。"

"可人家现在拿证说事，而且他们家是开厂的，你看看，他妈正在找领导呢。"

韩昕搞清楚来龙去脉，想想又问道："知不知道现在是他接受社区戒毒的第几年？"

女辅警挠着脖子说："好像是第二年。"

"能不能把你们的试剂盒和检测仪拿过来让我看看？"

"好的，稍等。"

不一会儿，女辅警拿来一个试剂盒和一个装着检测仪的箱子。韩昕接过试剂盒，打开取出里面的说明书看了看，又打开箱子研究起便携式毛发检测仪。

女辅警刚才去帮着检测的，以为刑警队的人怀疑检测有问题，小心翼翼说："我看过试剂盒，没过期。"

"是没过期，没问题。"

"吓我一跳。"

"不好意思，我随便看看的。"韩昕刚放下便携式检测仪的说明书，就见交警回到了询问室，黎教导员也跟了进去。

中年女子站起身，她正准备开口，交警就严肃地说："陈美琴，我最后一次警告你，请不要阻扰我们执法，不要妨碍我们执行公务！"

"谁阻扰你们了？是你们大过年的跟我过不去！"

"陈美琴，你有没有没完？"

"我怎么就有完没完了？！"

黎教导员啪一声猛拍桌子，指着她声色俱厉："给我听清楚了，这儿是派出所，不是你们公司。看在你和你爱人为我们陵海经济建设做出过贡献的分上，我一忍再忍，已经忍了你半个小时！你要是再阻扰交警队的同志执法，不但你儿子要被处以行政拘留，连你都要负法律责任！"

"你……"

"我怎么了？我秉公执法！你要是不理解，要是不服，明天可以去分局投诉，也可以去申请行政复议，一样可以继续找领导，但现在你必须无条件配合！"

交警走过去一把拉起那个年轻男子："唐小宇，站起来，带上车钥匙，跟我们走！"

"等等，去哪儿？"

"去我们大队。"

"去就去，我跟我家小宇一起去。"

见交警和一个辅警将涉嫌无证驾驶的唐小宇带出了询问室，韩昕用手机导航搜出交警大队的位置，随即抬头道："小姚，谢谢了，先走一步，祝你新年快乐。"

"我送送你。"

"别送了，留步。"

26. 峰回路转

本以为抓了个毒驾，结果搞了半天是无证驾驶，严伟刚开始真有那么点失落，但想到虽然每年都要搞整治毒驾的专项行动，可事实上全大队这几年一个毒驾都没抓到过，又觉得能查获一个无证驾驶也不错。严伟赶到大队，请大队的值班辅警拦住那个难缠的女人，把涉嫌无证驾驶的唐小宇带到办案区，交给今晚值班的办案民警，正准备按中队长指示先上楼向今晚值班的副大队长汇报，突然被一个穿着羽绒服的年轻人喊住了。

"请问你是……"

"严哥，我是刑警四中队的韩昕，是蓝豆豆让我来找你的。"

蓝豆豆刚分到局里时，局里的单身民警几乎全追求过她。严伟也是当年的追求者之一，对蓝豆豆的印象深刻，不解地问："她让你来找我做什么？"

韩昕没有正面回答，不急不慢地把工作证塞回衣服里："严哥，我去过城东派出所，我是从城东派出所跟过来的。"

"明白了，她一定是听说我查获了一个疑似毒驾的。"

"我就是为这事来的。"

"你既然已经去过城东派出所，那应该知道检测结果。"

"知道。"

"知道你还来做什么？"

禁毒中队什么时候变这么积极……严伟感觉太阳从西边出来了，又忍不住拍拍韩昕的胳膊："兄弟，都说男怕入错行，我既然入了交警这一行，风里来雨里去那是应该的。你跟我不一样，你坐在办公室里等材料就行了，大过年的，你折腾个什么劲儿。"

韩昕没心情跟他开玩笑，紧盯着他意味深长地说："严哥，我要是不来，你很可能会错过一个毒驾。"

"什么意思？"

"能不能辛苦一下，带唐小宇去我们大队再做一次尿检？"

严伟顾不上调侃了，一把抓住他胳膊："兄弟，你是说城东派出所检测得不准？"

韩昕轻轻推开他的手："我看过城东派出所尿检试剂盒的说明书，虽然是联合检测试剂，但检测的项目还是不够多。"

"你是说那小子可能吸过，城东派出所用的那种试剂盒检测不出来的毒品！"

"这要看怎么定义，如果是传统意义上的毒品，并且在七天之内吸食过，那城东派出所用的那种试剂盒肯定能检测出来。"

"那就是新型毒品？"

"如果是通常意义上的新型毒品，那一样能检测出来，就算七天内没吸食过，通过毛发也能检测出来。"

"那你怀疑他吸的是什么？"

"我只是怀疑啊，我怀疑他可能服用过某种管制药品。"

严伟被绕得有点晕，直言不讳地问："我不管他到底是吸过还是吃过什么东西，我只想知道如果去你们那儿能检测出什么东西，他算不算复吸，他今天晚上开车算不算毒驾？"

"算。"

韩昕心想还真是个实在人。

严伟还是不放心，又问道："你说了算不算？"

韩昕点点头："算！"

"你等会儿，我这就上去跟我们领导汇报。"

"行，我等着。"

韩昕在走廊里等了五六分钟，严伟和一个二级警督下来了。他正等着严伟介绍，二级警督就问道："韩昕是吧，既然你们中队有能检测的更全面的试剂盒，那能不能把试剂盒拿到我们这儿来检测？"

"不行。"

"为什么不行？反正是尿检，跟女同志测有没有怀孕差不多，在哪儿检不是检？"

"因为我把试剂盒拿过来检测，跟城东派出所的检测一样，都只能作为初步的筛查，不能作为证据。而且真要是检出什么，还需要技术中队进一步分析，要搞清楚到底是什么成分。"

"那就先拿过来检一下，要是真检出什么东西，到时候我们再该怎么弄就怎么弄。"

韩昕不想夜长梦多，干脆笑道："真要是能检出什么，那就能帮你们认定毒驾。并且对你们而言，只要能认定毒驾就足够了。至于那小子到底服用的什么药物，药物又是从哪儿来的，不在你们交警大队的管辖范围，你们想管也管不了。"

理是这个理，但二级警督依然不想就这么把人送到刑警大队。

"小韩，你要是不帮我们检测，我们一样可以找别人帮着检。"

"我们正在联合整治毒驾，不能开会时联合，散会了就不联合。"

"哈哈哈，听着是有点道理。"

"那人能不能送到我们大队再检测一次？"

"可以，不过得帮我给张宇航和刘海鹏带句话，真要是检出了什么，他们要请我吃饭。"

"没问题，保证带到。"

"小严，把人送过去吧，路上注意安全。"

"是！"

陈美琴见儿子又要被带到什么地方去，顾不上再打电话找人帮着说情了，急忙跑过来要车钥匙，想开车跟着一起去。无证驾驶的事还没完，车钥匙是肯定不能给她的。鉴于她身份比较特殊，并且她在她儿子戒毒这件事上确实做得不错，又不能真对她采取强制措施。万般无奈之下，严伟只能让她上了警车。

韩昕躲远远的，不但没跟她纠缠，甚至没跟她真正打照面，开老爸送的"小礼物"，赶在他们前面回到了大队。韩昕刚跑到值班室跟辅警交代了一番，交警队的车就到了。辅警赶紧迎上去，把陈美琴请到门卫室。

确认陈美琴没跟过来，韩昕走过去道："严哥，你先把人带到我们大队办案区，我上去拿一下试剂盒就下来。"

"办案区在哪儿？你们这儿我是第一次来。"

"那我先陪你们去办案区。"

今晚值班的副大队长李重正，正在二楼活动室跟一起值班的重案中队副中队长游耀星、技术中队法医陈坤俊、情报中队民警范子瑜打掼蛋。李重正听见下面有动静，捧着牌走出来打开窗户，看着院子里刚来的一辆警车和一辆SUV，自言自语："到底是谁啊，看着不像局领导查岗。"

法医老陈抬起头："查岗就查岗呗，正月初二打会儿掼蛋怎么了，又不是不在岗。"

"我下去看看。"

范子瑜是前年参加工作的，最年轻也最怕领导，扔下牌跑去打探。李重正回到活动室，让众人赶紧把牌收起来，喝着茶等了两三分钟，范子瑜噔噔噔跑回来了。

"李大、游队，说出来你们一定不会相信，四中队刚来的那个韩昕，从交警队带回来了个人做尿检，听交警队的严伟说怀疑是毒驾。"

"毒驾！有没有搞错？"

"我们陵海连吸毒人员都没几个，怎么可能会有毒驾？"

"真的，韩昕刚上去拿尿检盒了。"

重案中队副中队长游耀星觉得有些不可思议，回头问：

"李大，他才来几天，他一个当兵的会办案吗？"

李重正同样觉得有些荒唐，起身道："走，一起下去看看。"

……

城东派出所，监控室。

接到群众举报有人在禁放区域燃放鞭炮，黎杜旺正准备看看监控，无意中发现尿检试剂盒和便携式毛发检测仪居然放在监控室的桌子上。

"小姚，这些东西用完了收起来，拿这儿做什么？"

"是刑警大队的那个人让拿过来的，我这就收拾。"

"那小子人呢？你不说我差点忘了。"

"走了。"

"什么时候走的？"

小姚捧着检测仪，回头道："跟交警队的人一起走的，我见他还上网搜交警大队的位置，应该去了交警大队。"

黎杜旺越想越不对劲，追问道："他让你把这些东西拿来做什么？"

"他说他想看看。"

"看什么？"

"他看了下说明书。"

"什么说明书？"

"就是试剂盒和检测仪的说明书。"

"你先放下，让我看看。"

"哦。"

黎杜旺从小姚手中接过说明书，虽然看着不是很懂，但觉得这件事没那么简单，再想到那小子很可能去了交警大队，蓦地抬起头："不好！"

小姚紧张地问："黎教，什么不好？"

黎杜旺顾不上解释，猛地拿起桌上的对讲机："老杨老杨，听见没有！"

"收到收到，黎教请讲。"

"赶紧准备车，去交警大队，我这就下楼！"

27. 下手真快

范子瑜本想跟着下楼看看热闹，结果一下楼就被不想跟唐小宇打照面的韩昕拉了壮丁，只能硬着头皮接过两个尿检杯，同辅警一起带唐小宇去洗手间。韩昕跟李重正等今晚值班的领导和同事打了个招呼，走进能通过单面玻璃清楚看到对面讯问室的观察室，然后打开三个试剂盒，仔仔细细看了下说明书，随即不慌不忙戴上医用乳胶手套。

重案中队副中队长游耀星心想看着挺像那么回事。法医老陈则好奇地看起试剂盒的说明书。李重正突然想起张宇航曾说过让韩昕负责毒品案件侦办，好像连分管刑侦的谌局都已经同意了，再想到人是韩昕从交警大队带回来的，不禁露出一丝笑意。最紧张的当数严伟，真要是能检出什么那就是毒驾！或许在别人看来没什么了不起的，但在多少年也没查获到过一起的交警大队，能查获一起毒驾真相当于放了颗卫星。

就在严伟患得患失时，范子瑜端着两个尿检杯进来了，唐小宇也被辅警带进了对面的讯问室。韩昕在众人的注视下，拿起第一个试剂板开始检测。果不其然，组合了十个常规检测项目的十根显示条全是阴性。紧接着，韩昕拿起第二个试剂板。这个上面组合了曲马多、甲卡西酮、巴比妥、可替宁、右丙氧芬、苯二氮䓬、羟二氢可待因酮和三环类抗抑郁药等十个检测项目，结果依然全是阴性。

难道这小子看走眼了？严伟忍不住挤到了前面。

韩昕抬头看了他一眼，拿起第三个也是最后一块试剂板，沾上戒吸人员的尿样等了一会儿，奇迹出现在众人眼前：左边第二根条呈阳性！

法医老陈觉得很奇怪，托着下巴说："可能注射或者服用过哌替啶类的药物，可刚才检测杜冷丁时怎么没检出来？"

韩昕放下试剂板："也可能服用过地芬诺酯片，我以前遇到过这种情况。"

"地芬诺酯是哌替啶的衍生物，刚才那个是专门检杜冷丁的，还真有可能检不出来。"

严伟没兴趣跟他们讨论这个，急切地问："小韩，已经检出来了，已经是阳性，这到底算不算吸，到底算不算毒驾？"

"现在还不能确定。"

"刚才在我们大队你可不是这么说的，怎么一到这儿就变卦了呢！"

"严哥，你得让我先搞清楚情况。"

"这不是已经很清楚了吗？"严伟急了，拿起检测结果呈阳性的试剂板，举到他面前。

韩昕轻轻从他手中抢过试剂板，转身看向对面讯问室里的唐小宇："我要搞清楚过去这十天内，他有没有生病住院，有没有注射或服用过医生开的管制类药品。"

"医生开的就不算？"

"严哥，这不只是能不能认定毒驾的事，更是戒吸人员会不会因此被强制戒毒两年的事！"

"你是说只要确认他是故意注射或者故意服用的，那他就要被关进强制戒毒所？"

"所以我们要搞清楚情况。"

严伟不认为隔壁那小子生过大病，催促道："那还等什么？赶紧去问！"

韩昕放下试剂板，一脸歉意："严哥，麻烦你再等会儿，我要给我们张队刘指打个电话，请他们赶紧过来询问。"

"为什么要等他们，你不能去盘问吗？"

"我不方便。"

"为什么不方便？你是正式民警，又不是辅警！"

"我虽然是正式民警，但我现在还没有警察证。"

李重正觉得不只是没警察证那么简单，想到四中队的案子就是大队的案子，而且他这个副大队长本来就分管四中队，转身道："小严挺忙的，我们不能耽误小严的时间。耀星、小范，你们进去询问。小韩，赶紧给你们队长指导员打电话。"

"是！"

游耀星和范子瑜刚走出观察室，韩昕就提议道："李大，唐小宇的母亲也来了，正在门卫室。她对唐小宇吸毒这件事可以说是痛心疾首，为了让唐小宇早日戒除毒瘾可以说是煞费苦心，我觉得也应该跟她谈谈。"

"行，我和老陈跟她谈。"

"谢谢李大，谢谢陈队。"

"别谢了，赶紧去忙你的事！"

……

蓝豆豆接到电话，不敢相信这是真的，愣了好一会儿才欣喜地说："好好好，我这就给张队刘指打电话，我这就回单位！"

"不着急，人已经到了大队，你别开太快，路上注意安全。"

"放心吧，我家离单位近，一会儿就到。"

张宇航接到电话，比蓝豆豆刚知道时还惊讶，穿上外套一边往楼下跑，一边笑问道："你是说城东派出所没检出来，小韩说可以帮忙，黎杜旺居然说不用帮忙，小韩于是追到交警大队，把人带到了我们大队？"

"交警大队也不是无缘无故把人送到我们大队的，他们还指望我们帮着认定毒驾呢，哈哈哈哈，太搞笑了。"

"黎杜旺要是知道，一定会吹胡子瞪眼睛。"

"他不高兴是他的事，谁让他没检出来呢，再说人又不是从他们城东派出所抢走的。"

"这倒是，小韩这和截得漂亮。"

"这可不是截和，这是捡漏，这是帮他们补上了工作上的漏洞。"

"低调点低调点，我们在工作上是要力争上游，但跟兄弟单位一样要讲团结。"

"张队，我已经到了，我先看看什么情况，等会儿再聊。"

"好好好，我正在老家，可能要晚一会儿到单位。老刘离得比我近，他最多十五分钟就能到。"

……

城东派出所教导员黎杜旺火急火燎追到交警大队，听交警大队的值班民警说涉嫌无证驾驶的唐小宇被严伟送刑警大队去了，立马跑到陈美琴的保时捷前，给城东中队的中队长打电话。

"何队，我们两家是什么关系？居然把人送刑警大队去了，你们中队的那个小严到底什么意思？"

"黎教，我们两家的关系还用得着说？要不是有你们这个坚强的后盾，我们的很多工作真没法儿开展。但今晚这事不能怪严伟，一样不能怪我，让送刑警大队复检是曹大的意思。"

"曹大的意思？"

"黎教，你听我说，这关系到能不能认定毒驾！所以禁毒中队的那小子一开口，曹大就答应了。"

"知道了，我这就去找曹大。"

"黎教，听我一句劝，别去找了。"

"为什么不去？"

黎杜旺回头看了一眼交警大队的办公楼，理直气壮："至少唐小宇开的车还在你们大队院子里，我现在怀疑车里藏毒！"

"车那会儿确实是唐小宇开的，但车是陈美琴的！她不但是企业家，也是滨江市杭浙商会副会长、陵海杭浙商会会长，更是我们陵海区政协委员、工商联副主席，我们扣她的车都要先跟局领导请示，你想检查她的车一样要先请示。"

"请示就请示，我还会怕她？"

"关键是现在请示已经晚了。"

"怎么就晚了？"

"说了你别不高兴，严伟刚给我打过电话，说刑警大队的检测结果出来了，阳性！现在基本可以认定是毒驾，我们这边该走的程序照走，但人估计不需要往回带了。"

黎杜旺苦着脸问："他们已经接手了，已经立案侦查了？"

"所以我才说不要去找曹大，你找了也没用。"

"他娘的，下手真快！"

"不说了，大过年的，再纠结这些没意思。以后再遇到类似情况，我第一时间给你打电话。"

"行行行，那我先回去。"

28. 独立侦办

张宇航从乡下老家赶到单位整整用了半个小时。该询问的已经询问完了，李重正、刘海鹏、韩昕以及今晚值班的游耀星、陈坤俊和范子瑜正围坐在二楼会议室里等他。

"李大，不好意思，让你们久等了。"

"有什么不好意思的，赶紧坐。"

"豆豆呢，豆豆去哪儿了？"

"豆豆在楼下安抚唐小宇的母亲陈美琴。"

李重正笑了笑，拿起一瓶药，环视着众人道："人都到齐了，我们正式开始，先汇总下情况。耀星，你先说。"

"好的，我先来。"

重案中队副中队长游耀星翻开笔录，说道：

"唐小宇，男，二十二岁，杭浙市临江区大关镇人，他的父亲唐兴涛大家可能不太熟悉，他的母亲陈美琴各位应该有所耳闻，是我们滨江市天鸿新材料有限公司董事长……

"因为家庭条件非常好，初中毕业之后就被家里送到美国去念书，他说他是四年前因为好奇，被几个同学蛊惑着沾上毒品的。

"刚开始是吸大麻，后来发展到吸食冰毒，陈美琴发现之后当即让他回国，并主动把他送到老家派出所。

"在被临江区公安分局责令社区戒毒三年的同时，还送他去戒毒机构自费戒毒。他父亲唐兴涛这两年别的事不干，专门陪护他、鼓励他、看着他。

"尽管做到了能做到的一切，但效果不是很好，陈美琴决定给他换个环境，于是专程赶回去把他带到我们陵海来生活……"

游耀星顿了顿，接着道：

"他交代这两年没复吸，刚开始毒瘾上来了只能忍着，甚至不止一次被他父亲用绳子捆在家里。

"直到去年三月，陈美琴在一个朋友的介绍下，买到一种纯中药制剂的戒毒药，也就是李大手里的那瓶。

"买回来之后，他一难受就服用，从一次吃几颗渐渐发展到一次吃几十颗，直到被韩昕检出药里面很可能含有地芬诺酯成分……"

地芬诺酯是一种止泻药，对于治疗急性和慢性肠炎有很好的疗效。但像地芬诺酯这样的管制药品具有双重属性，无论通过合法销售渠道还是非法销售渠道流通，只要被患者正常使用发挥疗效作用的，就属于药品，要是脱离管制被吸毒人员滥用的，那就属于毒品！并且吃多了会成瘾，对身体伤害非常大。

张宇航缓过神，喃喃地说："陈美琴那么成功的一个女强人，难道不知道这个世界上就没有所谓的戒毒药，真要是有还要戒毒所做什么。"

法医老陈苦笑道："我跟她谈过，她既不懂，又病急乱投医，不然也不会上这个当。"

"这么说唐小宇已经对这个所谓的戒毒药产生了依赖。"

"不但产生了依赖，而且服用了那么多，已经对身体造成了很大伤害，你去讯问室看看他现在成了什么样就知道了。"

老陈摇摇头，又轻叹道："陈美琴知道好心办错了事，不知道有多后悔，在下面号啕大哭，不然我们也不会让豆豆下去安抚。"

"知道这个药是从哪儿买的吗？"

"她是通过一个朋友的介绍，加一个叫郑淑华的女子微信，谈好价格之后微信转账，对方用快递发货。"

"说起来是纯中药制剂，可事实上连国药准字都没有，并且卖得不便宜，这么小小的一小瓶，卖两百六。"

"这一瓶是哪儿来的？"刘宇航好奇地问。

"陈美琴主动拿出给我们看的。"

老陈看着手里的笔录，补充道："她年前就想把儿子从老家接过来，就提前买了两箱，一箱一百瓶，一瓶两百六十元，两箱一共花了五万两千元。"

"药呢？"

"药在她公司，她在城区没买房，吃住生活都在公司。"

"之前买了多少？"

"陈美琴说之前买过两次，第一次只买了十瓶，听她丈夫说唐小宇服用之后有点效果，第二次就买了五十瓶，这瓶是第二次买的那五十瓶中的最后一瓶。"

这个案子说简单不简单，说复杂也不复杂。汇总完情况，刑警大队副大队长李重正，决定考考被张宇航和刘海鹏寄予厚望的新人："小韩，线索是你发现的，你最有发言权，你说说接下来应该怎么查？"

韩昕下意识地问："我说？"

"你负责毒品案件侦办，你不说谁说？"

张宇航比谁都希望能打个翻身仗，可不想被重案中队把案子给抢走。尽管只发现了一个无意中复吸的戒吸人员，并且复吸的不是海洛因、冰毒、K粉等毒品，但韩昕总算找到了那么点感觉，甚至有那么点小激动。见众人不约而同看了过来，他轻轻放下纸笔："我觉得应该组织人手，分成两组，双管齐下。一组负责收集固定现有证据，尽快检测出药物中所含的成分，尤其管制药物成分的含量。同时要安抚好唐小宇和唐小宇的母亲陈美琴，确保我们已对此展开侦查的消息不会泄漏，接下来甚至有可能需要他们进一步配合。"

一听就知道是懂行的。法医老陈笑道："检测的事交给我们，明天正好是许文静值班，最迟明天中午就出结果。"

刘海鹏沉吟道："安抚也很有必要，陈美琴知道真相之后很懊悔很气愤，很难说会不会找那个朋友，尤其找卖药给她的那个郑淑华兴师问罪。"

李重正深以为然，敲敲桌子，示意韩昕继续说。

"第二组根据快递信息赶赴杭浙，调查郑淑华的真实身份和下落，搞清楚她在这个贩卖管制药品的犯罪网络中属于什么角色，视掌握的情况再决定是否抓捕，然后再顺藤摸瓜，往上打、打源头。"

韩昕顿了顿，接着道："考虑到这是异地办案，肯定需要上级帮着协调。另外这个案子存在网上联络、网上转账汇款等特征，想快侦快破，可能还需要网警和经侦的协助。"

行家一开口，就知道有没有。李重正微微点点头，侧身问："宇航，你觉得呢？"

张宇航很庆幸之前让韩昕负责案件侦办的决定，不假思索地说："小韩考虑得很全面，我没什么好补充的。"

好不容易有机会独立侦办案件，刘海鹏不想夜长梦多，趁热打铁地说："人手不够可以申请从兄弟单位抽调，需要网警和经侦协助一样可以向局里申请，经费等后勤保障就更不用担心了，虽然查获的是管制药物，但一样属于毒品犯罪。"

四中队牛起来了，竟然打算独立侦办！游耀星觉得有些难以置信，下意识地看向副大队长。这个案子说大不大，可要是深挖细查说小也不小，李重正不认为四中队能搞定。可想到四中队的情况比较特殊，他们是直接对兼禁毒办副主任的刑侦副局长，乃至直接对兼禁毒办主任的局长负责的，觉得就这么插手不太合适，干脆笑道："兵贵神速，你们赶紧向谌局汇报吧。"

"行，我这就给谌局打电话。"

韩昕则抬头问："李大、张队，是不是先安排两个人，跟陈美琴回去一趟，把那两箱药带回来。"

"对对对，差点把正事忘了。老刘，要不你和豆豆走一趟？"

"没问题，我下去找豆豆。"

见指导员这么急，韩昕连忙提醒："刘指，别忘了带上执法记录仪。"

刘海鹏愣了愣，嘿嘿笑道："我这就上去拿。"

领导没有部下专业，李重正不忍直视，干脆回头问："小韩，那个唐小宇怎么办，让不让交警队的严伟带回去？"

"他不但涉嫌无证驾驶，现在还无意中涉嫌毒驾，要是让严伟带回去，肯定要被处以行政拘留。可真要是把他送进拘留所，将不利于我们接下来的案件侦查。"

"可就这么让他回去，怎么跟交警大队交代？而且也不符合办案程序。"

"特殊情况特殊对待，毕竟他和他母亲接下来要配合我们侦查，我觉得上级应该会同意特事特办。"

"小韩说得对，说不定他接下来还会有立功表现。"

张宇航想想又说道："大不了等案件办结之后，再送他去拘留所。"

"行，反正是你们中队的案子，我就不再多问了。"

"李大，你这是说哪里话，你分管我们中队，你是我们的直接上级。"

"我还分管技术中队呢，可老陈做的那些工作我懂吗？"

李重正笑了笑，起身招呼："老陈、耀星、小范，我们回去继续掼蛋，刚才我们打到了几的？"

老陈笑道："我们打到 6。"

"耀星，你们打到几了？"

"我们打到老 K 了。"

"有没有搞错，你们两个小子怎么升那么快！老陈，走走走，我们要努力了，可不能被他们打下去。"

29. 立案侦查

所有人都在忙，韩昕却被赶回家休息。用张宇航的话说，他是全分局唯一的专业缉毒民警，犯不着因为这点小事被陈美琴母子认出来。毕竟唐小宇既然被陈美琴接到了陵海，接下来就要由城东派出所和城东街道监督其社区戒毒，就是禁毒中队管理的戒吸人员之一。

韩昕本就不想跟陈美琴母子打照面，干脆服从命令听指挥。初三一早，用微波炉热了几个奶油馒头，倒了杯开水正准备吃早饭，蓝豆豆打来电话，让他赶紧处理好家里的事，收拾几件换洗衣服，上午十点半前回单位集合！

这是韩昕意料之中的事，以前没线索没办法，现在有线索当然要立案侦查，并且要快侦快破。他三口两口吃完饭，刚翻出包正打算收拾衣服，表妹又打来电话。

"哥，中午相亲，我妈让你赶紧回来！"

"相不成了，我有紧急任务。"

"真的假的，大过年的能有什么任务？"许琳琳表示严重怀疑，同时又有那么点幸灾乐祸。

韩昕把内裤和袜子塞进包里，直起身说："骗你做什么？我等会儿就关机，这几天可能都不会回家，有什么事等任务结束之后再说。"

"可我妈都跟人家约好了，中午还要请人家吃饭！"

"问问人家能不能取消，要是取消不掉，你就辛苦一下陪人家吃，你跟那个姑娘是同学，一定有好多共同语言，正好叙叙旧，正好聊聊。"

"我跟她多少年没联系了，有什么好聊的……"

话没说完，耳边就传来嘟嘟嘟的忙音，许琳琳气得咬牙切齿："看不上归看不上，回来见一面、回来陪人家吃顿饭会死？我也不管了，看我妈怎么收拾你！"

韩昕正感慨这个任务来得太及时了，老爸又打来电话。

"爸，什么事？"

"昕昕，我打算初五回江城，你这两天有没有时间，有时间我们一家再聚聚？"

"爸，我有紧急任务，你要是再晚点联系我，可能都联系不上了，这几天肯定是聚不成。"

"什么任务这么急，连吃顿饭的时间都没有？"韩如松将信将疑，生怕被老婆听见，赶紧带上房门。

韩昕知道老爸此刻一定很失落，甚至会觉得七十多万的"小礼物"白送了，连忙道："爸，要不这样，等你下次回陵海时我们再聚。再就是等这次任务结束之后，我就去看阿姨和露露，以后每个月争取陪她们吃一次饭。"

韩如松的心终于踏实了："行行行，你阿姨和露露知道了一定很高兴！"

"那就这么说定了，我正在忙，先挂了。"

处理完私事，韩昕驱车赶到刑警大队。他把原来的手机关了，塞进车里的储物格，拿上新手机一口气爬上三楼，只见今天本应该休息的中队长正在办公室打电话。韩昕不想打扰他，举手打了个招呼，来到自己的办公室，没想到蓝豆豆不但也在，而且化了淡妆，涂了口红，上身一件洁白色羽绒服，下身是格子短裙配打底裤，脚穿一双中跟皮靴。再看看她那一头精神的短发，真的很漂亮、很时尚、很有气质。乍一看像个青春靓丽的大学生，不像警察，更不像一个孩子已经五岁的妈妈。

"小雨，一定要听爷爷奶奶话，不许乱跑，不许乱买东西……妈妈不要你买礼物，你玩开心点就行，好了，妈妈要工作，我们晚上视频。"蓝豆豆挂断电话，放下手机笑看着他问："看什么看，有什么好看的？"

韩昕咧嘴一笑："看美女。"

"什么美女，都已经是大妈了。不是说好十点半集合的吗，你怎么来这么早？"

"在家也没什么事，不如早点过来。你家怎么回事，孩子出去玩了？"

"跟她爷爷奶奶去了南海，昨天去的，这会儿正坐在酒店餐厅里，看着大海吃早饭呢。"

"你老公没去？"

"他过年一样要值班。"

正聊着，张宇航微笑着走了进来："小韩，昨晚休息得怎么样？"

"休息得挺好，张队，你昨晚搞到几点，你什么时候睡的？"

"我没熬夜，十二点不到就回家了。"人逢喜事精神爽，张宇航顾不上再寒暄，一边招呼两位部下坐，一边兴高采烈地说，"小韩，刘指和豆豆昨晚跟陈美琴母子回去，把那两箱没开封的'戒毒药'拿回来了，陈美琴与那个郑淑华联系的聊天记录和购买'戒毒药'的微信转账记录也拿到了。"

"物流信息呢，比如快递单之类的？"

"第三批的快递单就贴在包装箱上，第一次和第二次的收货地址是她老家，并且时间过去太久，陈美琴就算想找估计也找不到了。不过你放心，刘指一大早就联系上了本地的几个快递企业，这会儿已经过去查了，快递是全国联网的，应该不难查。"

蓝豆豆捧起她的暖宝宝："该录像的录了像，该做笔录的也做了笔录，这边的证据基本上固定了。"

"陈美琴母子的思想工作呢？"

"已经做好了，他们保证配合，保证保密。"

张宇航接过话茬："今天一早，技术中队的许文静就开箱取了点样，刚才说已检测出药物中含有地芬诺酯和硫酸阿托品等成分，具体含多少还要做进一步检测。"

"复方地芬诺酯片中好像也含硫酸阿托品，难道是挂羊头卖狗肉，直接把复方地芬诺酯片换个包装，当作所谓的戒毒药卖？"

"小韩，你懂化学，你懂制药！"

"我哪懂这些，只是以前参与侦办过类似案件，昨晚睡觉前又上网搜了搜。"

"但肯定比我们懂。"张宇航感慨一句，接着道，"昨晚你回去之后，我就去附近药房买了三瓶不同厂家生产的复方地芬诺酯片，没想到今天真派上了用场。"

"什么用场？"

"许文静把我们查获的药物，与我昨晚买的那三种，用他们的那些仪器，进行分析比对。发现查获的药物只是含有地芬诺酯成分，并不是医疗市场上流通的复方地芬诺酯片。"

"这么说很可能存在一个制毒工厂。"

"不是很可能，而是几乎可以肯定！"

"有依据吗？"

张宇航从口袋里掏出一个空药瓶："许文静发现这种号称保健品、具有一定戒毒效果的药物，从包装上看好像是正规厂家生产的。可事实上不但没有任何批文，而且每一颗胶囊的重量都不一样，灌装得很滥造，绝对不是在自动化流水线上生产的。"

"明白了。"

"而陈美琴的那个朋友，之所以把这个戒毒药推荐给陈美琴，也是因为她家儿子染上了毒瘾，也是病急乱投医才购买的。可见这个郑淑华不是一般的非法贩卖管制药品，而是专门针对吸毒人员销售的！"

"这就是贩毒，不但有贩毒网络，还有一个制毒工厂。"蓝豆豆强调道。

张宇航点点头，意气风发地说："局领导同意由我们中队立案侦查，要求我们顺藤摸瓜，打掉这个贩毒网络，端掉这个制毒工厂！"

想到之前所侦办的那些案件，再想想接下来要侦办的这个案子，韩昕感觉像是在玩游戏、过家家，轻叹道："虽然这一样属于毒品犯罪，但跟贩卖海洛因、冰毒等毒品还是不太一样。"

"性质是一样的，都是贩毒。"

"张队，我是说对嫌疑人而言，制造贩卖管制药品的犯罪成本远没贩卖海洛因、冰毒那么高，他们的警觉性同样没贩卖传统毒品的毒贩那么高，我觉得这个案子应该不难侦办。"

"我以为你看不上呢。"

张宇航哈哈一笑，言归正传："就按你昨晚说的办法侦办，我们分为两组，你和豆豆一组，率从兄弟中队抽调的人员，吃完饭就赶赴杭浙。我和刘指一组，负责向市局禁毒支队汇报，请支队帮我们与兄弟公安机关协调，在做好后勤保障的同时，协调网警大队、经侦大队的同事给你们提供协助。"

韩昕吓一跳："我和豆豆一组！"

蓝豆豆不高兴了，眼睛瞪得老大："怎么，瞧不起我？"

"没有没有，我是觉得……"

"是不是觉得我是个女的，出不了差，办不了案，不但帮不上忙，还会给你拖后腿？"

韩昕急忙道："想哪儿去了，我是觉得出差太辛苦。"

张宇航连忙打圆场："小韩，你听我说，之所以安排豆豆跟你一组，一是豆豆有警察证，二是已经掌握的嫌疑人郑淑华是个女的，抓捕容易，手续都已经办好了。可抓到之后怎么办，你总得要搜搜她的身吧，你一个男同志搜女嫌疑人的身也不方便。"

"还有往回押解的路上，她要是想上厕所，你难道还能跟着去女厕所？"蓝豆豆气呼呼地问。

"对不起，对不起，是我考虑不周。"

"知道就好！"

看着她那兴奋激动的样子，韩昕觉得她不像是准备出去办案的，更像是准备出去旅游的。心道她应该是在办公室里坐腻了，想借这个机会出去散散心。

30. 行动你负责

中队长说是从兄弟中队抽调人员，其实只抽调了情报中队的范子瑜这一个民警。之所以不抽调别人，偏偏要抽调他，说是他昨晚帮过忙，对案情比较了解，事实上是因为他不但没结婚，甚至连个女朋友都没有，如假包换的单身狗，过年没什么事，并且他前不久刚领到了警察证。

如果没证的话，就算他想参加领导也不会让。难怪那天从市局报到回来的路上聊到警察证，李菜鸟不屑地说没有证最好，理由是没有证只有大行动才会喊你去凑数，单独行动肯定不会喊。不过范子瑜倒不认为有证是个负担，反而对上级办证的效率极其不满，竟吐槽起他那张新鲜出炉的警察证。

"蓝队，你看看，我都已经二司了，才拿到三司的证。幸亏一直在刑警大队没调动，要是调动了连工作单位都不对。"

蓝豆豆凑过去看了看："有证总比没证强，我一样是等了两年多才领到证的。"

相比就算领到也没什么机会用的警察证，韩昕对范子瑜刚才的称呼更感兴趣，笑看着蓝豆豆问：

"蓝队？"

不等蓝豆豆开口，范子瑜就一脸茫然地问："蓝队怎么了？"

蓝豆豆愣了愣，扑哧笑道："没什么，嫌疑人的基本资料你们看不看了？不看我就收起来。"

"等等。"

韩昕把嫌疑人的基本资料放到一边，笑问道："豆豆，你升官了！"

范子瑜猛然反应过来，像看白痴似的看着他："韩昕，你不知道豆豆姐是领导，不知道豆豆姐是你们中队副中队长？"

"不知道，我……我真不知道。"韩昕有点蒙。

范子瑜哈哈笑道："我去，你是不是四中队的人，你怎么连这都不知道！"

韩昕苦笑："谁都没跟我说。"

蓝豆豆很尴尬，连忙解释："我算什么副中队长，我之所以挂个副中队长，主要是上级考虑到我要是没个职务，许多工作没法儿开展。"

"小韩，我平时做的那些工作你是知道的，要抛头露面，要跟外面的那些单位打交道……"

范子瑜从来没遇到过如此搞笑的事，砰砰拍着桌子："豆豆姐，你就别谦虚了。什么叫挂个副中队长，你本来就是副中队长！"

"我们中队情况特殊，换作别的中队怎么也轮不着我。再说挂个副中队长工资又不多一分，活儿一样不会少干。"

"副中队长一样是领导。"

"别逗了，我被上级领导差不多，我能领导谁？"

禁毒中队的编制级别本来就不高，要是禁毒中队的民警再没个职务，禁毒工作是没法儿开展。韩昕终于明白了，不禁笑道："领导我呀！"

"别闹了，取笑我有意思吗？"

"这可不是闹着玩的，上下级关系要分明。蓝队您好，蓝队对不起，我有眼不识泰山，我错了，我向您道歉，向您检讨……"

"上下级关系要分明是吧，好，我现在命令你闭嘴。"

"是，我闭嘴。"

"闭嘴你还说什么，我这儿有零食，肚子饿不饿？饿了吃点东西把嘴堵上。"

蓝豆豆真带了零食，而且带了一大方便袋。范子瑜大大咧咧地挑了一个巧克力夹心饼干，回头调侃："韩昕，听蓝队这么一说，我突然想起来你们中队还缺个副指导员。在别的中队想混个副指很难，但在你们中队很容易，我先提前恭喜，等荣升副指别忘了请客。"

新同事刚来中队没几天，蓝豆豆真没想过这茬。听范子瑜这一说，猛然意识到新同事只要在中队干上一年，提副指真不是什么难事，毕竟禁毒中队的工作性质与其他中队不一样。但她不想当着外人聊这些，确切地说不想再给中队拉仇恨，赶紧岔开话题："小韩，说正事，昨晚城东派出所的尿检和毛发检测结果都显示没问题，黎教都让严伟带唐小宇走了，你是怎么看出唐小宇有问题的？"

"是啊，你是怎么看出来的？"范子瑜也很好奇。

"其实很简单，他们通过盘问和上网查询，发现唐小宇不但是社区戒毒人员，而且已经社区戒毒了两年。可真要是能坚持两年不复吸，那唐小宇肯定不是现在这个精神状态。"

蓝豆豆恍然大悟："仔细想想还真是，如果连续两年不复吸，那看着应该跟正常人差不多！"

韩昕笑了笑，接着道："这可能与他们接触过的戒吸人员比较少有一定关系，他们一定是先入为主，以为只要是沾过毒品的人都是神情恍惚、萎靡不振的样子。"

范子瑜嘀咕道："我也没接触过几个吸毒人员，换作我，我一样看不出来。"

正说着，一个年轻的辅警和一个四十多岁的中年辅警出现在门口。蓝豆豆微笑着起身招呼："老唐、小田，不好意思，让你们都过不好年。"

"蓝队，你这是说什么话，我们没来晚吧？"

"没有没有，你们赶紧去换衣服，换完衣服就吃饭，吃完饭就出发。"

"行，我们先下去了。"

目送走两个辅警，蓝豆豆回头介绍道："田墨是警校生，不过上的是司法警官学院，正在准备考公务员，小伙子很精明、很能干。"

"老唐是我们大队的老辅警，也是我们大队的老司机，经验丰富，肯定能帮得上忙。"

韩昕点点头，想想又问道："我们开几辆车去？"

"两辆，一辆是张队帮你从局里要回来的速腾，一辆是停在食堂门口的伊兰特，都是地方牌照。"

"那我们先把行李送车上去，再去多找几副手铐，试剂盒和检测仪最好也带上。"

"手铐我去拿，要几副？"范子瑜站起身。

"怎么也得带上五六副，如果有一次性的塑料手铐可以多带点，有备无患。"

"枪呢，要不要去领把枪？"

"枪就不用领了，又不是去抓捕亡命之徒。"

想到大美女真是中队领导，韩昕转身问："蓝队，你认为呢？"

蓝豆豆毫不犹豫给了他个白眼。

韩昕小心翼翼问："蓝队，到底要不要去领把枪，您倒是说句话呀。"

蓝豆豆气极反笑，一边收拾着桌上的零食，一边笑骂道："有完没完？张队不是交代得很清楚吗，你是专业的，行动你负责，申不申领枪支你说了算！"

31. 真毒案

夜幕降临，外面又响起了鞭炮声。李亦军跟师傅一起调解了一天纠纷回到所里，别的值班人员已经吃完了，食堂里空荡荡的，就剩老叶在一边帮着收拾餐桌，一边跟姜大姐聊天。

"王警长、小李，饭菜给你们留着呢，我这就去帮你们热。"

"谢谢了。"

叶兴国也转身招呼道："等会儿坐这边，这张桌子我刚擦过。"

王伟解下装备，回头笑道："行，我先洗个手。"

李亦军帮着把师傅的装备放到一边，嬉笑着问："叶警长，你刚才跟姜阿姨聊什么呢，聊得那么开心。"

在所有带过的徒弟中，现在带的这个绝对是个活宝。王伟正准备问问他哪里那么多事，怎么管那么宽，叶兴国就笑道："正在聊韩昕呢，老姜打算把她侄孙女介绍给韩昕。"

这是王伟最不想听到的名字，干脆装作什么都没听见似的，埋头接着洗手。李亦军则来劲儿，跟猴子似的挠着下巴问："姜阿姨有几个侄孙女？"

"就一个。"

叶兴国走到第二张圆桌边，回头笑道："那个姑娘叫姜悦，今年暑假在我们所里实习的，你应该见过。"

"有没有搞错！"

"什么有没有搞错。"

"姜阿姨不是说要把姜悦介绍给我的吗，怎么又打算介绍给韩昕？"

现在的新人跟以前的新人不一样，一个比一个有个性，一个比一个难管。叶兴国觉得有必要让他知道这个社会有多现实，干脆坐下道："之前打算把姜悦介绍给你，那是因为暂时没有更好更合适的。现在有更好更合适的，为什么还要再介绍给你？"

"韩昕比我更好更合适？"

"当然了。"

"他怎么就比我更好更合适，他个子有我高吗？他有我帅吗？他连大学都没上过！"

叶兴国伸手够过茶杯，拿过来拧开盖子喝了一小口，似笑非笑地问："韩昕有两套房，而且在城区中心，你有吗？"

李亦军苦着脸问："比这个？"

"这是重要条件，肯定要比。"

叶兴国笑了笑，接着道："在别人看来韩昕父母离婚了，家庭情况比较复杂。可换个角度看就是不需要赡养父母，没有家庭负担，姑娘嫁给他不用担心婆媳关系难处。现在都是独生子女，女方家长就喜欢这样的，要是这事成了，就跟找了个倒插门的女婿差不多。"

"我去，这也成了优势！"

"何止这个优势，要说优势，韩昕的优势多了。"

李亦军不服气地问："他还有什么优势？"

叶兴国放下茶杯，不紧不慢地说："他是老陵海村的人，以前跟姜悦家一个村民小组，是姜悦父母看着长大的，这就叫知根知底。他拿工资比你早，工龄警龄都比你长。虽然没上过大学，但有本科文凭。所以在收入方面，你一样没法儿跟他比。"

李亦军倒不是真喜欢那个正在上警校的姑娘，只是觉得自尊心受到了很大伤害。想到"表哥"实在算不上什么情敌，自己的目标不是姜悦而是表妹，又觉得没什么。

"叶警长，看来他确实比我有优势，把姜悦介绍给他是比介绍给我合适，其实我也可以帮着介绍。"

老叶没想到他居然一点都不生气，不解地问："这就放弃了？"

"什么叫放弃，这叫君子成人之美。"

与此同时，韩昕一行已驱车三百多公里，安全抵达杭浙市辖下的西阳县。刚在酒店办理好入住，正准备去蓝豆豆在大众点评上找的馆子吃晚饭，就被一个电话给打乱了计划。

"进来啊，别在外面站着。"蓝豆豆把二人喊进房间，一边举着手机示意范子瑜关上门，一边忙不迭找纸笔记录。

"好的，我们也是刚到，行，我们明天一早直接过去，哦哦哦，这么快？好好好……"

范子瑜下意识地问："跟这边的公安局联系好了？"

蓝豆豆放下手机，拿起刚记录的号码："联系好了，市局禁毒支队帮着联系的，张队让我们明天直接去找西阳县公安局禁毒大队的苗大，这是苗大的手机号。"

坐了半天车，韩昕有点累，转身道："那还等什么，赶紧去吃饭，吃完饭早点休息，明天好开工。"

"吃饭着什么急，张队还说戒毒药的成分和含量检测出来了。"

"都有什么成分，含量多少？"

"就是地芬诺酯，不过是被掺杂过的复方地芬诺酯片。那些胶囊里面几乎全是淀粉，地芬诺酯的含量特别少，平均每颗含量只有三点五毫克左右。"

韩昕沉吟道："复方地芬诺酯片的含量是二十五毫克，这么说制毒工厂是把一片复方地芬诺酯片，掺成七颗卖，还卖那么贵。"

范子瑜好奇地问："复方地芬诺酯片多少钱一瓶？"

"三四块，很便宜。"

"三四块钱一瓶的药，掺点淀粉卖一两千，暴利啊，比贩卖海洛因、冰毒还赚钱！"范子瑜不敢相信这是真的，下意识地看向蓝豆豆。

蓝豆豆耸耸肩："没想到我们要抓的不只是个毒贩，还是个没有职业道德的大忽悠。"

"这有什么好奇怪的，还有毒贩把面粉当作白粉卖呢。"

韩昕伸了个懒腰，哈欠连天地说："我估计嫌疑人也不想掺假，毕竟掺假不但节约不了成本反而费事。只是因为复方地芬诺酯片是管制药品，很难大批量采购到，只能掺假。"

蓝豆豆点点头："有这个可能。"

范子瑜说道："关键卖那么贵，除了陈美琴和陈美琴的那个朋友之外，会有人买吗？"

"看包装就知道了，人家走的是高端路线，专门卖给那些家里有钱的吸毒人员。"

韩昕摸了摸嘴角，接着道："而且这东西又没有个统一定价，嫌疑人完全可以随行就市。"

想到张队刚才在电话里提过的一件事，蓝豆豆突然道："现在的问题是我们已经查获的，以及即将缴获的掺假的地芬诺酯，上了法庭到底怎么算？"

"蓝队，你是说多少克多少克那种定罪量刑的依据？"

"嗯，张队说他正在找法制问这事。"

韩昕没想到中队长居然在老家忙这个，不禁笑道："记得以前查获曲马多时，好像是按一万比一的比例换算的，就是一万克曲马多，相当于一克冰毒。"

"还可以这么算！"范子瑜真是第一次听说，一脸不可思议。

"可以啊，不然怎么算。"

"那我们已经查获的两箱呢？"

"如果也按那个换算比例，两箱两百瓶，一瓶一百颗，一颗大约零点五克，加起来大概一万克，也就是说相当于一克冰毒。"

"可嫌疑人掺了假。"

"只要含有毒品，掺了假一样是贩毒。至于毒品含量多少、纯度高低，只可以作为量刑情节予以考虑。"

"这么说我们正在查的是真毒案！"

"谁告诉你是假毒案的？"

"我……我以为没什么搞头呢。"范子瑜越想越激动，觉得不虚此行，咧嘴笑道，"韩哥，从现在开始你说什么就是什么，你指哪儿我就打哪儿！"

"才相当于一克冰毒而已，就激动成这样。赶紧下去吃饭吧，老唐和小田在楼下估计都等急了。"

32. 兵分三路

正月初四，接灶神。一大早，阳光新村的老人们就按千百年传承下来的习俗，焚香点烛，下楼燃放鞭炮，以示恭迎。不知道是不是为了方便业主的亲朋好友们前来拜年，小区的管理非常松懈，不但人可以进，连车辆都可以随便进出。

韩昕和老唐开着车在小区里转了两圈，很快就找到了嫌疑人户籍地址上的7号楼。车在小区内部道路上等了大概二十分钟，终于等到了一个车位。老唐停好车，习惯性捧起茶杯，看着斜对面安装有防盗窗的阳台问："小韩，我们就在这儿等？"

"你在这儿等，我去嫌疑人发快递用的那个地址。"

"要是人就在这儿，等会儿她要出门怎么办？"

"不要惊动她，也不要跟，发现之后直接给蓝队打电话。"

"明白了，只要确认她人在不在家。"老唐放下茶杯，拿起手机，翻出蓝豆豆发给他的嫌疑人照片，仔仔细细看了看，又抬头斜看向7号楼301室的阳台。

"你也不用总坐在车里，可以下车转转。"

"知道，我正准备等会儿去找找哪儿有厕所呢。"

对经验丰富的老唐，韩昕很放心。他顺着小区内部道路来到西门，叫了辆网约车，直奔嫌疑人发快递时所留的地址"南城雅居"。昨晚吃饭时蓝豆豆提议早上一起去西阳县公安局，毕竟接下来需要人家协助。但他不想把时间浪费在那上面，并且因为暂时没有警察证，办案协作函上没有他的名字，去不去不是很重要，所以有了现在这个"兵分三路"。

西阳县城不大，从老城区赶到位于城区东南角的"南城雅居"只用了十七分钟。可能因为这个小区是新建的，管理比较严格，外来车辆不允许进。许多前来拜年的人，只能把车停在小区外的马路边。外来人员想进去一样不容易，要么有卡刷门禁，要么里面的人出来接。

韩昕站在路边观察了一会儿，去前面的小超市买了一箱子牛奶。然后瞅准机会，左手提牛奶，右手装作打电话，跟着几个前来拜年的人，被一个热情的阿姨一起"接进"了小区。嫌疑人的快递地址是6号楼一单元2201室。住那么高，站在下面看不清楚。并且单元门紧锁，想进去要刷卡，就算进去了想乘电梯上楼一样要刷卡。就在他打算从地下停车库绕的时候，楼里出来个人，跟人家说了一声"谢谢"，顺势进来了。

信箱安装在楼道内，透过缝隙能看到2201的信箱里，有一张叠着的超市促销海报。信箱左上角还挂着一个夹子，夹子上夹着一沓水费单据。韩昕顺手翻了翻，有2201室的水费单据，从用水量和水费上看，2201室过去这两个月一直有人住。但没有卡，乘不了电梯，左等右等不见有人上楼，韩昕没办法，只能硬着头皮打开防火门，沿着楼梯往上爬。爬到22楼，真有点累，韩昕在消防通道里歇了会儿，调整好呼吸，打开防火门，走到2201室门口。

2201室门上贴着福字，门前铺着一块红色小地毯，门边摆放了一个鞋柜。韩昕轻轻打开，里面摆满了鞋子，不但有女鞋，也有男人的运动鞋、皮鞋甚至拖鞋。2201室的对门养了一只狗，非常讨厌，竟在里面"汪汪汪"地狂吠！韩昕不想打草惊蛇，赶紧用手机拍了两张照，从原路下到21楼，然后打开防火门，出来轻摁电梯，跟正好从26楼下来的业主一起，乘电梯来到地下停车场。

他穿过一排排汽车，顺着指示牌找到3号楼入口，沿楼梯继续往上爬。爬爬歇歇，一直爬到22层与23层楼梯拐角处的平台，韩昕终于可以放下牛奶好好歇口气。这个位置很好，不但能通过朝北的窗户，清楚地看到6号楼2201室阳台的位置，而且在消防通道里面，与电梯走廊隔着一道防火门，不用担心被这一层的业主看见。值得一提的是，这一层的业主素质很高，都没有养狗，不用担心再有小狗汪汪汪叫。韩昕正揉着酸胀的腿肚子观察对面，蓝豆豆突然打来电话。

"小韩，我已经见到苗大了……"

韩昕正因为爬了两次 22 楼郁闷，听她这么说，毫不犹豫挂断电话。蓝豆豆脸色一僵，连忙跟提供协助的西阳同行道了个歉，推门下车重新拨打。

"您好，请问是韩老板吗，我是东部家具城的徐小兰，听说您家准备装修……"

韩昕心想这还差不多，按之前的约定对上暗号，低声问："蓝队，什么事？"

"我和小范已经见到苗大了，苗大很热情，亲自带我们去见他们局领导，人家见我们手续没问题，表示全力协助。还安排一个禁毒大队的同行，专门陪我们去嫌疑人户籍地址所在的辖区派出所。这会儿我们刚下楼，正准备过去。"

"去吧，请人家帮着查查嫌疑人的家庭情况和社会关系。"

"你呢，你这会儿在哪儿？"

韩昕遥望着对面的 2201 室，淡淡地说："我在嫌疑人家对面，客厅里没人，卧室拉着窗帘，如果家里有人的话，这会儿应该没起床。"

蓝豆豆没想到他动作这么迅速，惊问道："是阳光小区还是南城雅居？"

"南城雅居。"

"那我得问问南城雅居是哪个派出所的辖区。"

"不着急，现在只能确认南城雅居 6 号楼 2201 室近期有人住，还不能确认这会儿有没有人，更不能确认住在里面的就是嫌疑人。"

"老唐呢？"

"老唐在阳光小区，正盯着 7 号楼 301 室。"

爬了两次 22 楼，韩昕出了一身汗，感觉有点渴，俯身打开牛奶包装盒，取出一盒牛奶。蓝豆豆回头看了看正在等她的西阳同行，低声问："要不要让小范过去找老唐？"

"不用了，你们不用着急，慢慢查，先把基础工作做扎实。反正就算现在能确认嫌疑人的位置，也要等到张队和刘指那边有消息之后才能抓捕。"

"行，那我和小范先去城西派出所。"

"等等。"

蓝豆豆下意识地问："还有什么事？"

韩昕看着手中的牛奶："我为了混进小区，买了一箱牛奶，花了五十六块钱。人家只有小票没有发票，这能不能报？"

"……"

"蓝队，我错了，我应该先请示的……您倒是说句话呀！"

"也不看看现在什么时候，你居然跟我说这个。正在办案呢，能不能正经点？"

"实在不能报就算了……"

蓝豆豆气得咬牙切齿："小票先留着，实在报不掉算我的！"

"谢谢蓝队，正好有点渴了，我先喝一盒。"

"……"

难道作为中队唯一的兵，就可以恃宠而骄、为所欲为……蓝豆豆突然觉得范子瑜的话有一定道理，他应该提副指，而且应该早点提副指。

33. 不见兔子不撒鹰

范子瑜趴在车窗边问走不走，蓝豆豆顾不上再胡思乱想，连忙跑过去开门上车。他们赶到嫌疑人户籍所在地的城西派出所，在西阳县同行孟先鹏的介绍下，跟值班的所领导打个招呼，然后也来了个兵分两路：范子瑜和田墨在城西派出所民警协助下，调查嫌疑人的家庭情况和社会关系；蓝豆豆则乘坐孟先鹏开的警车，马不停蹄赶到城东派出所，请城东派出所协助调查嫌疑人在居住地的情况。

"蓝队，这就是'南城雅居'6号楼2201室的业主资料。"

"好的，谢谢。"

"不用谢，应该的。"

派出所民警老徐刚站起身让出位置，孟先鹏就笑问道："蓝队，要不要先安排两个人，去'南城雅居'替换你那位同事。"

"这怎么好意思呢！"

"天下公安是一家，有什么不好意思的。"孟先鹏笑了笑，又强调道，"毕竟我们对本地的情况尤其环境比你们熟悉，而且我们安排人过去可以调看监控，可以坐在监控室里盯着。"

小伙子很热情，跟他们的大队长一样热情。蓝豆豆感觉天下公安真的是一家，嫣然笑道："我先打电话问问我同事那边的情况，问问他需不需要替换。"

"行，你先联系你同事，我出去抽根烟。"

孟先鹏从来没见过像蓝豆豆这么漂亮的女警侦办毒案，更别说有女警带队出来执行抓捕任务了，不但很愿意提供协助，甚至很佩服。他来到走廊尽头点上支烟，跟过来问江南省女同行的午饭怎么安排的值班副所长聊了一会儿，再次回到民警老徐的办公室。

"蓝队，你同事怎么说？"

"小孟，我同事刚确认嫌疑人身份，她就住在'南城雅居'，2201 的业主张晓建很可能是嫌疑人的男朋友。"

"这么快就确认了？你们好像只有一张嫌疑人的身份证照片。"

"我同事应该不会认错，但为了确保万无一失，我想请你们帮着确认下。"

蓝豆豆拿起手机，把韩昕刚用电子邮件发来的照片，转发到早上刚加的微信上。孟先鹏点开看了看，一时间也拿不准，抬头道："我请图侦的兄弟帮着看看，请他们看完之后再用人脸识别试试。"

"这就麻烦你了。"蓝豆豆跟小女生似的，送上一个甜甜的笑容，很甜，很可爱。

孟先鹏反而被搞得很不好意思，连忙道："举手之劳，不客气。"

……

韩昕新买的华为手机相机效果超级好，不但拍照片清晰，而且能拍得很远，甚至能当作望远镜使。韩昕通过手机，清楚地看到郑淑华拉开窗帘，在窗台上晾晒被子；看到她把脏衣服塞进阳台上的洗衣机；看到她收拾客厅；看到她换上一件长款羽绒服，挎上小包，拉着蓝豆豆刚在本地同行协助下搞清身份的三十二岁男子张晓建一起出门。

韩昕原本很担心他们会开车出去，没想到他们竟是步行的。他赶紧提上牛奶，乘上来要刷卡、下去不用刷卡电梯下楼，匆匆追到小区西门，只见郑淑华正站在刚才买牛奶的小超市门口。张晓建好像是进去买烟的，出来之后点上一支，边抽边陪着她往斜对面的商业中心走去。

韩昕一路跟到商业中心三楼的餐饮区，蓝豆豆又打来电话。他连忙找到一个相对没那么引人注意的角落，用余光盯着正往一家餐厅里走的嫌疑人，不动声色对起暗号。因为这个破暗号，还要借口上洗手间出来打电话，蓝豆豆再也不觉得好玩了……

"小韩，你发过来的照片西阳同行帮着确认了，就是她！"

"我早认出来了，已经跟出来了，还用得着他们确认？"

"小心无大错，我请人家帮着确认的。"

"他们怎么确认的？"

蓝豆豆得意地说："图侦专家比对，人脸识别比对，双保险，绝对错不了。"

"这么厉害啊！"

"人家很热情，很热心，很帮忙。"

韩昕突然发现有个漂亮的女领导带队也不错，至少想请人家帮忙要容易得多，尽管她刚才请人家做的都是无用功。

"小韩，听见没有，说话呀。"

"听着呢，还有什么事？"

"你说跟出来了，嫌疑人出门了？"

韩昕回头看了一眼，放下牛奶："姐姐和哥哥正在小区西北角的这个商业中心三楼吃饭。"

"现在才十点半，这会儿吃饭是不是太早？"

"人家没吃早饭！"

"哦，想起来了。"

"要是没什么事我先挂了。"

"等等，既然姐姐哥哥在你那边，我要不要让老唐过去找你？"

韩昕略作权衡，同意道："行，让老唐过来吧。谁也不知道他们吃完饭会去哪儿，没个车不方便。"

与此同时，中队长张宇航和指导员刘海鹏正在一家银行门口焦急等待。不管他们干什么都要走程序，前晚就掌握了嫌疑人的基本信息和手机号、微信号，可一直等到一个半小时前，经侦大队才通过深圳同行帮着查询到嫌疑人收款所用的银行账号。查询嫌疑人的银行流水需要局领导签字，二人一接到消息就赶紧去找局领导申请。局领导同意之后，便带着手续马不停蹄赶到银行，再次给银行领导打电话。好在陵海说起来是滨江的一个区，但依然是之前的那个"熟人社会"。银行领导很帮忙，确认手续齐备，就帮着给负责这项工作的部下打电话，让人家赶紧回单位帮着查询。可人家正在乡下的亲戚家吃饭，领导发了话肯定要回单位加班，但这个速度肯定也快不起来。大过年的，张宇航不好意思总打电话催，只能坐在车里等。

刘海鹏虽然等得也很心焦，但还是劝道："老张，别着急，豆豆说嫌疑人的下落已经确认了，实在不行就让韩昕先组织抓捕。"

"看不到银行流水，他是不会抓的。"

"没想到他年纪轻轻，本应该血气方刚，可办起案竟然这么谨慎，他这是不见兔子不撒鹰。"

张宇航心想谨慎点好，拿起手机看了看时间："郑淑华的位置确认了，可又冒出个张晓建。"

刘海鹏反应过来："可我们只去了五个人，到时候怎么往回押解？"

"所以我们要做好增援的准备。"

"实在找不到人，我坐火车过去。"

"如果那个张晓建也参与了，我们两个人肯定要去一个，但还是要跟兄弟中队借人。"

"为什么？"

张宇航跟刘海鹏要了根香烟，点上抽了一口："韩昕想在抓捕结束之后，让豆豆和小范顺路去找陈美琴的那个朋友调查取证，所以我们要做好借车借人去押解的准备。"

"申请跟特巡警大队借吧，特巡警大队人多。"

"借人不着急，当务之急是银行流水！"张宇航再次翻出银行领导的手机号，嘀咕道，"看来吴行长说话不太好使，不然那个万海俊肯定不会这么磨磨蹭蹭。"

刘海鹏笑道："老张，这是银行，你以为是我们公安局？"

34. 侦办专班

蓝豆豆担心嫌疑人吃完饭之后会去别的地方，不但打电话让老唐过来支援，甚至让原本跟范子瑜在一起的田墨都把车开过来了。结果接下来发生的一切，既在她意料之外，仔细想想又在情理之中。

郑淑华和张晓建吃完饭就去逛超市，买了两大袋瓜果蔬菜就回家了。到家之后一个躺在客厅的沙发上，盖着被子、吃着刚买的水果追古装宫斗剧，一个坐在边上捧着手机玩游戏。一个看得很投入，一会儿笑，一会儿用纸巾擦泪；一个玩得很专注，丝毫不受正在播放的电视剧影响……

这让韩昕不由想起了表妹，正感慨女生好像都是这么过年的，蓝豆豆又打来了电话，说城东派出所民警老徐已经到了小区监控室，还以一个亲戚想看看小区的房子为由，跟物业借了一把尚未卖出去的房子的钥匙。那套房子同样在 3 号楼，虽然不是在 22 层，而是 23 层的中间户，但站在朝北的小房间里，一样能观察到后面的 6 号楼 2201 室。

有更好的位置自然不用再待在楼道里，韩昕赶紧让田墨提上牛奶，一起来到 2302 室门口。等了两三分钟，城东派出所民警老徐把钥匙送来了，还顺便带来两张全小区通用的门禁卡，以及两份蓝豆豆帮着叫的外卖。跟西阳的前辈寒暄了几句，韩昕捧着盒饭问："徐哥，小区监控室的人多不多？"

"春节期间就一个人值班，你放心，我已经交代过了，她不会乱说的。"

"那我让我们的辅警老唐过去盯着。"

"行，没问题。"

"谢谢徐哥，大过年的，给您添麻烦了。"

"客气什么呀，我们要是去你们那儿办案，你们不一样要协助吗？"老徐笑了笑，又探头看向对面的2201室，"小韩，你们蓝队有没有说什么时候行动？她跟禁毒大队的小孟出去了，也不知道她正在忙什么，不太方便打电话问。"

行动时人家要参与，至少要在场。韩昕意识到人家心里要有个数，不能稀里糊涂一点准备都没有。可什么时候行动，甚至行不行动，连自己心里这会儿都没个数，只能敷衍道："我也在等蓝队的命令，可能还有些情况没搞清楚，她要等把情况搞清楚之后，才能决定什么时候行动。"

"好吧，我也等她的消息，我先下去了。"

"徐哥，我送送您。"

"别送，你们忙你们的。"

老徐走出2302室，暗叹女同志做事就是不果断，要是换个男同志带队，肯定不会这么拖拖拉拉。田墨知道韩昕才是说了算的，想到他刚才装得那么像，吃着吃着忍不住笑了。

"笑什么，赶紧吃，渴了这儿有牛奶。"

"谢谢韩哥。"

"别谢我，要谢就谢蓝队，这牛奶是蓝队请的客。"

田墨刚拿出一盒，手机突然响了，连忙放下牛奶接听："喂，是……在我身边，是。韩哥，张队让你接电话！"

领导一定是嫌让蓝豆豆传话费事，韩昕连忙把盒饭搁在窗台上，转身接过手机举到耳边："张队好，张队，有什么指示？"

"小韩，嫌疑人的银行流水调出来了，我正在跟经侦大队的同志一起研究分析。虽然才刚刚开始，但已经发现不少线索。"

韩昕走进主卧，低声问："什么线索？"

"从收入和支出上看，郑淑华只是一个经销商。上家是一个叫杨贤德的三十七岁男子，家住南河省庆德县，两个收款账户也是在庆德县的两个银行网点开设的。"

"她进货也是通过快递？"

"也是通过快递，与我们昨天查询到的快递物流信息基本吻合。"

果然只是条小鱼……韩昕终于松下口气，心想等到天黑就可以抓人了。

"通过查询发现，她有一个银行账户，于2017年4月2日，因涉嫌与一个毒贩有异常交易，被东海市公安局申请冻结六个月，后来又解冻了。同时通过查询她现在这个银行账户发现，她从2017年6月就开始打着销售戒毒药的幌子贩卖毒品。现在可以确定她至少有一百二十个'客户'，从2017年6

月到现在，累计销售额高达九十余万！"

九十万而已，这就"高达"了？想到全滨江一年也没几起毒案，韩昕发现用"高达"形容不为过。

"她进货先后加起来花七十万左右，不过我们也是刚拿到银行流水，还没来得及细算。"张宇航顿了顿，接着道，"她这个利润不算高，可见她在整个网络中的层级比较低。但反过来想，像她这样的底层经销商都贩卖了这么多，可见背后的毒枭贩卖了多少。"

韩昕笑道："张队放心，我们已经找到了突破口，那接下来的事就好办了。"

"我也是这么认为的。"张宇航笑了笑，随即话锋一转，"小韩，我们这段时间不是在开展区禁毒委统一部署的春节期间禁毒专项行动吗？其实这个专项行动也是市禁毒委统一部署的。"

"这跟我们正在侦办的案子有什么关系？"

"有啊，区政法委黄书记和张区长对我们这个案子非常重视，要求即刻成立'2·12'毒品案件侦办专班，并将'2·12'案纳入区禁毒委的春节期间禁毒专项行动。"

侦办这个小案子还要成立专班？韩昕觉得有点夸张。

张宇航不知道他在想什么，抑扬顿挫地说："黄大亲自兼任班长，我和刘指担任副班长。为了快侦快破，黄大指示设立侦查抓捕、调查取证、情报线索和后勤保障四个小组。经研究决定，由你担任侦查抓捕小组长，豆豆担任调查取证小组长，我兼任情报线索小组的组长，刘指兼任后勤保障小组的组长。从现在开始你就是开路先锋，你带着突击队打到哪儿，情报线索、调查取证和后勤保障就跟到哪儿……"

以前在老部队也讲究"多兵种"协同，但事实上大多时间是在孤军奋战。韩昕发现换了个新单位，工作方式跟之前不太一样，不但不再需要孤军奋战，而且还能带"突击队"，想想就很爽。唯一不爽的是，这个案子实在没什么挑战性。

"……上级要求我们赶在专项行动结束前啃下这块硬骨头，这就意味着我们要连续作战，你给我表个态，到底有没有信心、有没有决心？"中队长意气风发，慷慨激昂。

韩昕缓过神："有信心，有决心。"

张宇航满意地笑了笑，接着道："刘指已经带领从各中队抽调的援兵，以及去押解嫌疑人的特警特勤刚出发，再有四个小时就能跟你们会合。他会在赶往你们那儿的路上，给新加入专班的同志介绍案情。你也赶紧准备准备，时机成熟了就组织抓捕。"

指导员亲自出马，可见今天抽调的人不会少。可总共就两个嫌疑人，一下子来那么多人做什么？再想想中队长刚才说的"连续作战"，韩昕下意识地问："张队，你是说这边完事之后，我就直接带队去南河？"

"时间很紧，我们必须快侦快破。办案协作函和介绍信刘指已经帮你带过去了，市局禁毒支队也会帮着跟南河方面协调。"

"明白，坚决服从命令。"

五点四十六分，天色已大暗。蓝豆豆和范小瑜相继赶到"南城雅居"，帮着把停在小区外面的两辆车，开到了3号楼负二层的停车场。韩昕让田墨继续盯着，然后乘电梯来到负二层与蓝豆豆、范小瑜会合。

韩昕刚拉开车门钻进后排，蓝豆豆就兴奋地说："小韩，小孟和老徐都准备好了，正在小区斜对面的警务室等我们消息，我们赶紧行动吧。"

嫌疑人今晚估计不会再出门，韩昕并不着急，笑看着她问："蓝队，你们请人家协助调查了一天，有没有收获？"

"你盯了一天，我也跑了一天，怎么可能没收获？！"

"什么收获？"

"我请小孟陪我跑了七个快递公司，查询到从2018年7月到现在，张晓建一共发出41个快递包裹，其中28个是保健品。"蓝豆豆笑了笑，又得意地补充道，"我第一时间把这个情况汇报给了张队，张队通过比对发现，其中21个包裹的收件人，与郑淑华的'客户'名单重合。"

韩昕沉吟道："这么说他不但参与了，而且参与过很多次。"

"嗯。"

"还有吗？"

"没了，就这些。"

"子瑜，你那边呢？"

"我这边主要了解的是嫌疑人的家庭情况，经过一天调查，发现嫌疑人虽然没前科，但曾交过一个吸毒的男朋友，大概同居了三年。"

范子瑜喝了一小口矿泉水，接着道："而她的那个前男友，已于2017年3月，因为以贩养吸，被东海市公安局抓捕归案。"

"她父母呢？"

"她父亲在厂里上班，她母亲在一个在饭店打工，都没有前科。我也请本地同行协助，一起去查询过她父母的快递物流信息。发现她父母这两年就收到过几个快递，从来没发过快递。我认为他父母参与贩毒的可能性不大，甚至可能都不知情。"

韩昕摸着嘴角道："时间基本对上了，原来她是通过前男友，接触吸贩毒圈的。"

范子瑜笃定地说:"所以我认为她肯定知道卖的不是什么戒毒药,她是在故意贩毒!"

"那就行动吧,总不能折腾了一天,让刘指他们代劳。"

"就等你点头!"

蓝豆豆瞥了他一眼,拿手机通知等了大半天的西阳同行。

范子瑜则捧着手机问:"韩哥,让田墨也下来吧?"

"还有老唐,让他们都过来。"

"好,我这就给他们打电话。"

35. 抓捕搜查

他们没有申领枪,但不是没别的准备。范子瑜推门下车,打开行李箱,取出一面小圆盾和一根警棍。蓝豆豆打开储物格,取出三个执法记录仪,全部打开检查有没有电,内存够不够,然后分发给范子瑜和韩昕,让二人赶紧别在胸前。西阳同行的两辆车很快就到了,孟先鹏和老徐带着三个辅警推门下车,迎上来打招呼。

"小韩,开始行动吧。"

"蓝队,你们先上去,我等会儿就到。"

蓝豆豆愣了愣,连忙回头道:"徐哥、小孟,我们先上去。"

一个大男人,关键时刻居然掉链子,抓捕这种事居然让女同志上……孟先鹏觉得很不可思议,禁不住多看了韩昕几眼。老徐同样不敢相信这是真的,心想如果是在战场上,这是要执行战场纪律的。

范子瑜很尴尬,连忙道:"又不是什么危险的嫌疑人,有这么多人足够了。"

"走走走,电梯好像在那边。"

蓝豆豆更尴尬,赶紧带着范子瑜和田墨走在前面。两个小鱼小虾,韩昕不认为他们搞不定,也不觉得有多尴尬。韩昕走过去打开汽车行李箱,取出件给戒吸人员尿检时穿的蓝色无纺布防护衣,不慌不忙套到身上,戴上蓝色的医用头套和口罩,再取出一副防护镜戴上。紧接着,他取出装着尿检试剂盒和便携式毛发检测仪的手提箱子。锁好车门,对着汽车后视镜照了照,确认新造型看着还行,才提着检测箱走向电梯口。

"张老板在家吗,我们是物业的,麻烦您开下门。"

"什么事？"

"社区有张统计表，让我们找您填一下，担心您白天可能不在家，所以晚上来麻烦您。"

"又要填表，来了来了。"

张晓建不快地放下手机，刚打开门，就见一个身材高大的小子猛地将门往外一拉，一个手持透明小圆盾的男子顺势闯了进来。范子瑜用盾顶着他，一边往里推，一边呵斥："不许动，我们是警察！"

"什么警察……"

"老实点，转过去，把手举起来！"

与此同时，蓝豆豆和孟先鹏冲进厨房，抓住刚才在洗碗，这会儿还没反应过来的郑淑华胳膊，掏出手铐，咔嚓一声，将她那双湿漉漉的双手铐上了。

郑淑华缓过神，尖叫道："做什么，你们这是做什么？"

"嚷嚷什么，自己做的事你自己不知道！"

"我做什么了我，你们凭什么抓我？"

"还嘴硬！"

蓝豆豆在孟先鹏的帮助下，将她带到客厅，让她和刚被铐上的张晓建坐在沙发上。

"郑淑华、张晓建，看清楚了，我是江南省滨江市公安局陵海分局刑警大队民警蓝豆豆，这位是我同事范小瑜范警官……"

"蓝警官，你是不是搞错了，我们是好人！"张晓建从来没见过这阵仗，吓得魂不守舍。

"谁让你说话了？"蓝豆豆脸色一沉，从包里取出拘传证，"郑淑华，因你涉嫌贩卖毒品，根据《中华人民共和国刑事诉讼法》第六十四条之规定，现依法对你予以拘传！"

"我没贩毒，我是冤枉的，你们不能冤枉好人……"

"我们要是没有证据，能大过年的跑几百公里来抓你？"

蓝豆豆反问了一句，转身看向张晓建，宣布依法传唤他的决定。张晓建意识到这肯定跟帮着卖的那些戒毒药有关，顿时吓傻了。第一次执行这样的任务，蓝豆豆既激动又紧张，想到接下来该搜查了，赶紧从包里取出搜查证。这时候，外面传来敲门声，他们打开门一看，竟是姗姗来迟的韩昕。看着他那身行头，再看看他手里提着的检测箱，孟先鹏和老徐一时间竟愣住了。

"蓝队，你们够快的，不好意思，我没赶上……"

"没事。"丢人丢大了，蓝豆豆心想你还不如不上来。

孟先鹏缓过神，忍不住问："蓝队，小韩是技术民警？"

"嗯，他懂点技术。"

"你这是打算勘查现场？"

"先搜查，勘不勘查等搜查完再说。"

除此之外蓝豆豆实在不知道该怎么解释，赶紧亮出搜查证："郑淑华、张晓建，看仔细了，我们现在依法对你的居所进行搜查！"

"警察同志，真不关我事，我什么都不知道，什么都没做啊。"

"谁让你说话了？老唐、小田，先把他带进次卧。"

"是！"老唐和田墨走上去，一把将张晓建架起。

郑淑华急了："蓝警官，我真是冤枉的，我真没贩毒……"

"都什么时候了，还狡辩！"

客厅里没什么东西，蓝豆豆收起搜查证，把郑淑华从沙发上拉起来，同老唐一起把她带到小书房门口。范子瑜挤上前，打开小房间的灯，只见小书房像个小库房：里面有一张书桌，桌上有一台电脑和一台打印机，地上堆满了发快递所用的小纸箱，右边的墙角里有一个已经打开的大包装箱，电脑正处于休眠模式，点点鼠标，竟然没设密码。韩昕干脆拉开椅子坐下，检查起电脑里的内容。范子瑜则举着手机拍了几张照，然后从箱子里取出一瓶包装精美的"戒毒药"，转身交给站在门边的蓝豆豆。

蓝豆豆接过药，举到郑淑华面前："这是什么？"

"上面不是写着吗，养生一号，保健品。"

"郑淑华，你这是不到黄河心不死！"

"真是保健品，包装上写着呢，里面还有说明书，不信你自己看。"

"心存侥幸，你以为我们公安机关是做什么的？"

郑淑华其实怕得要死，双腿都在不由自主地颤抖，但还是嘀咕道："本来就是保健品，我……我平时也吃，效果挺好的。"

"究竟是不是保健品等会儿再说，先说说是从哪儿来的。"

"从厂家进的。"

"哪个厂家？"

"南河的一个厂家，警察同志，包装上有生产厂家的地址。"

已经掌握了她多次进货的证据，蓝豆豆不想把时间浪费在这上面，转身道："小范，清点下，一共多少瓶。"

"是。"

郑淑华又嘟囔道："这有什么好点的……"

存货不多，范子瑜很快就清点完了："报告蓝队，一共七十六瓶。"

"好，继续搜。"

范子瑜在西阳同行的协助下，这一百二十多平方米的三居室很快就搜完了，他们甚至拿着车钥匙下楼搜了下嫌疑人的车。手机、银行卡、身份证、有借记功能的社保卡……只要是与案件有关的物品，一件一件，整整齐齐摆放在茶几上。范子瑜从包里取出早准备好的证物袋，将东西一件一件往袋子里装，然后填写不干胶的标签，填好撕下来往一堆证物袋上贴。蓝豆豆也没闲着，坐在餐桌边列了份证物清单，正准备拿过去让垂头丧气的郑淑华签字。早检查完电脑一直冷眼旁观的韩昕，冷不丁提醒："蓝队，电脑也要带上！"

"差点忘了，我这就加上。"

韩昕走过来看了看她写得那么漂亮那么工整的字，拍拍手中刚才在小房间打印的厚厚一摞 A4 纸："还用手写，里面有打印机！"

"……"蓝豆豆给了他个白眼，装作没听见似的，起身走到茶几边，让坐在沙发上的郑淑华签字。

韩昕不但不觉得被鄙视了，而且放下打印的材料跟了过来，从裤兜里掏出副白手套："郑淑华，你是真不知道什么叫坦白从宽，真不想争取宽大处理？"

郑淑华知道问话的这个"技术警察"检查过电脑，知道想瞒也瞒不过去，吞吞吐吐："我……我是跟客户说过养生一号能戒毒，因为说明书上有戒毒的功效，厂家也是这么宣传的……"

"看来你就是不想争取宽大，不问了，你也不用解释。"韩昕转身走到客卫前的洗手池边，回头道，"子瑜，把她带过来。"

"韩哥，我是男的，我带她过去不方便。"

"带过来就是了，有什么不方便的？"

"你不是要给她做尿检吗？"

"谁说要做尿检的？"

范子瑜一脸茫然："那带她过去做什么？"

韩昕蹲下身，打开洗手池下面的抽屉："我再搜搜，让她过来看看。"

"那三个抽屉我们搜过了。"

"我知道，再搜搜又耽误不了多长时间。"

"好吧。"范子瑜没办法，只能把郑淑华带到洗手池边。

孟先鹏和老徐对他这个临阵畏缩的技术民警，本来就没什么好印象，见他又开始故弄玄虚，不禁围了过来。蓝豆豆很好奇，从边上挤到洗手池边。

"郑淑华，看清楚了。子瑜，你看什么看，把执法仪对着这儿！"

"哦。"

第一个抽屉里全是化妆品，大大小小有二三十瓶。韩昕一瓶一瓶拿出来打开，凑到戴着口罩的鼻子挨个儿闻。孟先鹏刚开始以为他能检查出什么，结果直到检查完最后一瓶也没发现异样。第二个抽屉里是吹风机、剃须刀和各种梳子。韩昕一样一样取出来，仔仔细细检查，依然没检查出什么。打开第三个抽屉。抽屉里全是卫生巾，夜用型、日用型，好几个品牌，加起来估计有十几袋。

女人用的东西有什么好看的？蓝豆豆尴尬不已，正不知道该说点什么，韩昕竟又一袋一袋仔仔细细检查起来。当着美女同行面，孟先鹏不好意思再看。他刚转过身，就听见韩昕问："郑淑华，这个是什么？"孟先鹏回头一看，赫然发现韩昕竟从一袋卫生巾中，取出一小袋粉末状晶体，目测有十几克。冰毒！看着很像冰毒！再看看郑淑华吓得脸色煞白、瑟瑟发抖的样子，孟先鹏惊呆了。范子瑜顾不上想刚才搜得不够仔细，急忙掏出手机拍照。

蓝豆豆同样大吃一惊，但很快就缓过神，强按捺下心中的激动，提醒道："郑淑华，问你话呢，听见没有！"

"不是我的，不是我的，不是我的，不关我事，真不关我事……"

36. 首战告捷

让众人更震惊的是，韩昕回到客厅里，打开装饰橱柜，从一堆小摆饰、小毛绒玩偶里，翻出一个小小的、薄薄的，看着有那么点像计算器的东西。用纸巾擦掉上面的灰尘，仔仔细细研究了下，找到电源键将它打开，然后平放到餐桌上，把刚查获的那一小袋毒品放上面称。

范子瑜喃喃地说："真是电子秤！"

"网上有卖，三四十块钱一个，很便宜。"

"多少克？"

"十七点六克，不过便宜没好货，这秤肯定不准。"

"不准回头再称，我先拍个照。"

韩昕让开位置，转身看向正掩面而泣的嫌疑人："郑淑华，你的业务范围挺广，经营种类挺多啊，业务能力也挺强，尤其网上营销的能力，话说你是不是学电子商务的？"

"不是我的，真不是我的……我早就想扔掉的，我……我……"

"我什么我，哭解决不了问题。"

别看郑淑华泣不成声，但对她这样的人，蓝豆豆一点也不同情，冷冷地说："哭什么哭，现在知道哭，早干什么去了？"

"蓝警官，请你们相信我，那袋东西真不是我的。"

不等蓝豆豆开口，韩昕就追问道："那袋东西，那袋是什么东西？"

"冰……冰。"

"冰什么？"

"冰毒。"

"既然不是你的，你怎么知道是冰毒的。"

郑淑华抬起头，泪流满面："警察同志，真不是我的，我发誓不是我的……"

韩昕指指次卧："这么说是张晓建的？"

郑淑华连忙道："也不是他的。"

"既然不是你的，也不是他的，难道是天上掉下来的？"

"也……也不是天上掉下来的。"

"那到底是谁的？"

"我……我前男友的，他以前吸这个，我知道吸这个不好，趁他不注意藏起来的，因为这事……因为这事他还打了我。"

韩昕紧盯着她问："然后呢？"

郑淑华用被铐着的双手擦了把泪，哽咽着说："我说忘扔哪儿去了，他后来也就没再说什么。"

"再后来呢？"

"我对他那么好，把冰毒藏起来也是为他好，他还动手打我，我就跟他分手了。后来听说他不但吸这个还卖这个，被警察给抓了。"

"我是问这袋冰毒！"

"我开始都忘了，有一次收拾东西无意中看到的，本来打算找个没人的地方扔掉……"

"为什么没扔？"

"我鬼迷心窍，我知道它很贵，买的时候花了好多钱，就没舍得扔，就……就藏在卫生巾里。"

"张晓建知不知道？"

"不知道，我不敢让他知道。"郑淑华生怕关在次卧里的现男友听见，说得很小声。

韩昕趁热打铁地问："那又是怎么想到贩卖地芬诺酯的？"

"什么地芬诺酯……警察同志，你一定搞错了，我没贩卖地芬诺酯，我连地芬诺酯是什么都不知道。"

"那你这两年卖的是什么？"

"我也不知道。"

韩昕敲敲茶几："真不知道假不知道？"

郑淑华捂着脸，用蚊子般的声音说："我……我只知道吸毒的人瘾上来了，吃那个药管用。"

"还有呢？"

"吃多了……吃多了会上瘾，吃多了对身体不好。"

"我看过你的电脑，其实你很专业。你说说，人吃了会上瘾，吃了对身体不好的是什么东西？"

"……"

"抬起头，回答我的问题！"

郑淑华吓一跳，迟疑了好一会儿才吞吞吐吐地说："是……是毒品。"

总算承认了，其实不承认她一样难逃法网。韩昕微微点点头，接着问："张晓建呢，他知不知道卖的是什么？"

"他不知道，他什么都不知道！警察同志，请你们相信我，他以为我是在卖保健品，他只是帮我发过几次货。"

"他到底知不知情，还有那袋冰毒究竟怎么回事，我们会调查清楚的。现在只想问你一句，想不想争取宽大处理？"

"想。"

"想就好，不过光想没用，要有表现。"

"警察同志，要什么表现？"

"别的先不说，就说你家里，除了那些药和我刚搜出来的冰毒，你有没有藏其他违禁品？"

"没有，真没有，我保证没有。"

"想清楚了再说！"

"真没了……想起来了，还有一箱药，我已经把钱转给了杨总，杨总说要等几天才能发货。"

"杨贤德？"

"警察同志，您知道……"

"郑淑华，我可以明确告诉你，你的犯罪事实我们早掌握了，刚才之所以问这么多，是想给你一个坦白从宽的机会。"韩昕回头看了一眼正在低声接电话的蓝豆豆，接着道，"等会儿我同事会带你去陵海，你很清楚你的问题有多严重，希望你在这一路上能够好好反省，等到了陵海能够积极配合。"

范子瑜意识到他不只是在审讯，也是在做押解前的批评教育，厉声问：

"听见没有？"

"听见了。"

"好，去收拾几件换洗的内衣和秋衣秋裤。"

……

可能考虑到不能引起群众恐慌，指导员直接率大部队去了城东派出所。韩昕不想让指导员久等，把觉得有可能藏毒的地方又搜了一遍，便和众人一起把两个嫌疑人带下楼，用两辆车分开押解到派出所。刘海鹏一共带来十个人，这会儿全坐在车里吃外卖。他们见蓝豆豆和韩昕把嫌疑人押下了车，不约而同放下盒饭迎了上来。

"蓝队，你们肯定要再审一下，要不先把人带进去吧。"

"行，这就麻烦你们了。"

"不麻烦。"

孟先鹏回头看了一眼阵容强大的江南同行们，又把蓝豆豆拉到一边："蓝队，我们苗大马上到，能不能等苗大到了再审？"

蓝豆豆意识到这事没那么简单，可人家那么热情又不能断然拒绝，只能笑道："行啊，我们不着急。"

"谢谢了。"

韩昕没跟进去，而是跟着刘海鹏钻进能坐七个人的大警车，递上在嫌疑人家打印的材料，抓紧时间汇报起案情。

"她建了三个以戒毒为名的客户群，群公告和群图片竟然全是关于毒品危害的禁毒宣传，但聊天记录主要是推销她的戒毒药。同时加了十几个戒毒群，在与吸毒人员及吸毒人员的亲属，探讨戒毒经验的同时，推销她的戒毒药。从电脑里的几个文档上看，她不但整理了一份完整的客户资料，甚至担心不同客户之间的价格会弄混，留下了一份很完整的交易记录和发货记录。"

刘海鹏从来没见过这样的犯罪嫌疑人，不禁笑道："这么说帮我们省了很多事。"

"她这一条线很好查。"韩昕笑了笑，接着道，"刘指，说出来你不敢相信，她不但曾在几个网购平台上开店销售，为了打广告还精心准备了好多图片和文案，甚至直到此时此刻，她仍在做销售戒毒药的微商。"

"这也太明目张胆了！"

"她手机里的内容一样很丰富，很全面。可能是客户太多了，担心搞混搞乱，与客户的私聊记录都没有删，连微信好友的备注都一目了然。"

刘海鹏分析道："她可能认为贩卖的不是传统毒品，被查获的可能性很小。就算被查获，顶多是非法经营三无保健品。"

"所以她很疯狂，不但开微店，还在朋友圈打广告。"

"那袋冰毒呢？"

韩昕想了想，抬头道："我觉得在冰毒这个问题上，她应该没有撒谎。"

在行动中缴获十七克冰毒，绝对是意外的惊喜。刘海鹏在电话里听蓝豆豆说完之后，就第一时间给"专班指挥部"报捷。从张宇航到黄大，再到谌局，这会儿全在等消息。确切地说，是在等与贩卖冰毒相关的犯罪线索。

作为已经抵达现场的最高级别领导，刘海鹏可不想刚报完捷，就让老家的同事尤其领导失望，急切地问："冰毒这条线真查不下去？"

"查肯定是要查，但我觉得这条线早就断了。"

"真不是她买的，她也没想过卖？"

"到底是不是她偷偷藏起来的，只要去审她那个已经落网的前男友就知道了。"

韩昕顿了顿，接着道："她肯定是想过贩卖的，不然不会留到现在，更不会买电子秤。之所以迟迟没付诸行动，很可能是觉得相比贩卖所谓的戒毒药，贩卖冰毒的风险太大了。"

好不容易查获的线索，却很可能已经断了！刘海鹏别提有多遗憾，紧锁着眉头问："小韩，你是说毒贩可能已经被东海公安局抓了？"

"很可能。"

想到这条线不管有没有断，都是要追查的，刘海鹏换了个话题："张晓建呢，他知不知情，他参与了多少？"

"他应该是以为郑淑华卖的是三无保健品，认为没什么大不了的。通过检查他的手机发现，他不只是帮着发过快递包裹，甚至在朋友圈和几个微信群里帮着宣传。"

韩昕揉着直到此刻仍酸胀的腿，想想又补充道："他与郑淑华是同居的情侣关系，到底有没有从中获益，这个我也说不清楚。但从他和郑淑华的微信聊天尤其微信转账记录上看，他不止一次提供资金供郑淑华周转。"

"那就是参与了，就算不知道是在贩毒，那也是涉嫌非法经营。"

37. 单身狗联盟

禁毒中队肩负着与禁毒有关的几项行政管理职能，有点像机关的小科室。虽然现在都在网上办理行政审批，但一些易制毒化工企业的负责人，依然因为这样或那样的事经常来中队。正因为如此，中队的两间办公室和一间会议室，只适合办公，不适合办案。自己没地方，只能跟人家借。"2·12"毒品案件侦办专班指挥部，就这么设在楼道右侧的情报中队会议室。指挥部的值班民警，只有下午刚被抽调来的城区中队单身狗陈阳。他刚研究完嫌疑人的银行流水和物流信息，专班副班长张宇航又打来了电话。

"小陈，刘指和豆豆已经把两个嫌疑人押上了车，正在往回赶。他们大概十二点到家。我现在顾不过来，请你帮着做两件事。"

"张队，什么事？"

"第一件事，帮着跟办案中心预约下，就说十二点左右我们要送两个嫌疑人去，可能要连夜组织审讯，请他们顺便帮着准备两个民警的夜宵。"

陈阳赶紧拿起笔："张队，哪两个人？预约我要报警号。"

"我们中队的蓝豆豆和西塘中队的张峰。"

"是，我等会儿就预约，还有一件事呢？"

"也要给协助押解的同志准备夜宵，不能让人家那么晚回来，饿着肚子回家睡觉。包括刘指在内一共七个人，你想想办法，赶紧安排下。"

"明白。"

与此同时，韩昕、范子瑜和新加入侦查抓捕小组的西塘中队民警周科洪，已经从西阳县出发了近两个小时，正在连夜赶往南河省庆德县的高速路上。开车的依然是老唐，田墨坐在副驾驶位陪他说话，随时准备换着开。虽然只开了一辆车，但这是一辆七座的警车，空间很大，中间两个座椅可以往后放，后排甚至能当作卧铺。范子瑜和周科洪个子太高，躺下腿伸不直。韩昕没必要跟他们客气，舒舒服服地躺在后排。韩昕本来睡得挺香，听范子瑜说刚才还打过呼噜，结果被蓝豆豆一个电话给吵醒了，不得不坐起来陪她聊天。

"蓝队，你是不是觉得西阳一日游不够尽兴？"

"没怎么出过门想出门，结果才出来一天就想回家，有什么不够尽兴的，再说我们又不是出来玩的。"

"既然想家了赶紧给你老公打电话，给我打电话做什么？你不要睡觉，我还要睡觉呢。"

"能不能好好说话，你要不要我帮你报销牛奶？"

"刚才忘了，走时没把小票拿给你！"

蓝豆豆问："那牛奶呢？"

韩昕笑道："喝了。"

"一箱都喝完了？"

"蓝队，其实一箱没几盒！"

"你真能喝，你也不怕营养过剩。"

"我今天加起来爬了四十四层楼，有多少卡路里也不够燃烧的，那点营养过剩不了。蓝队，您到底有没有事？没事我挂了。"

"好好好，说正事，你是怎么知道郑淑华藏有冰毒，而且就藏在洗手池下面的抽屉里的？"

韩昕打了个哈欠，躺下道："我又不是神仙，我哪知道她藏有冰毒。之所以能搜出来，是你们在搜查时注意力全集中在搜查上，而我的注意力则集中在郑淑华的反应上。"

"我们搜查的那会儿，你一直在悄悄观察郑淑华？"

"那你以为我是在做什么？我注意到子瑜搜查到洗脸池下面的抽屉时，她突然很紧张，就怀疑那几个抽屉里可能藏有东西。当看到里面全是卫生巾时，我心里终于有了数。"

"有什么数？"

"卫生巾里藏毒属于常规操作，既私密又能保持毒品干燥，比藏在胸罩内衬里安全多了，至少不用担心搞忘了顺手扔进洗衣机。"

说穿了其实没什么奥秘……蓝豆豆真有那么点扫兴，再想到又是卫生巾又是胸罩的，再聊有点尴尬，嘀咕道："知道了，你不是要睡觉吗？赶紧睡吧。"

韩昕刚放下手机，范子瑜就回头道："我就知道豆豆姐会打电话问。"

"你怎么知道的？"

"别看她孩子都五岁了，其实她就是个大孩子。"

"什么意思？"韩昕好奇地问。

范子瑜带着几分羡慕、几分爱慕地说："她爸她妈都是干部，她又是独生子女，从小娇生惯养，没吃过苦，没受过任何委屈。结婚之后老公宠着她，公公婆婆把她当女儿疼。在单位你们队长指导员又让着她，甚至哄着她，你说她幸不幸福，像不像个幸福的孩子？"

"想想是挺幸福的，她老公在哪个单位？"

"余文强在看守所，比她大三岁，已经是副所长了。"

"能娶到她，她老公也很幸福。"

"羡慕不来。"

范子瑜感慨了一声，伸手推推正打瞌睡的周科洪："老周，别装睡了，聊会儿。"

"聊什么？"

"再过几个月局里又要来新人，要是今年有女警，到时候你不许跟我抢。"

"凭什么，这种事不是应该公平竞争吗？"

这个话题值得聊聊，韩昕再次坐起身："对对对，必须公平竞争。我先报个名，你们消息灵通，真要是有妹子来了，记得告诉我一声。"

范子瑜皱起眉头："老韩，凡事要讲究个先来后到。我和老周已经等了好几年，你刚来就要跟我们抢，这是不对的！"

这些年局里只要来女警，基本上都是"内部消化"。

周科洪可不想多个竞争对手，点头附和："是要讲究先来后到，你刚来要排队，不能一来就插队。"

"我今年二十七了！"

"你才二十七，我都二十八了！"

"那你还叫我韩哥？把我都叫老了。"

见他俩比起年龄，周科洪感慨道："都是老光棍啊，老韩、老范，我发现这个侦办专班，其实就是我们大队的单身狗联盟，集中了我们大队所有的单身狗。"

"这用得着你发现？"

范子瑜反问了一句，感慨万千："单身狗没人权啊！不过话又说回来，像我们这样的就算没被抽调进这个专班，一样要在中队值班。"

周科洪点点头："这倒是，至少出来办案还有点出差补贴。"

韩昕连蓝豆豆是副中队长的事都是前天上午才知道的，对大队的情况不太了解，参与不了他们正在聊的这个话题，干脆言归正传："二位，今年局里真要是来女警，到时候竞争的不只是我们刑警队的这些单身狗吧？"

"当然不止，机关的、交警大队的、派出所的……狼多肉少，只要是单身的，全盯着呢！"

"那我们是不是先要确保不能被别的单位抢走？"

"老韩，你是说我们几个要先团结起来，一致对外？"

"我认为非常有必要。"

"可爱情这种事是很自私的，怎么团结？"

周科洪也认为想团结很难，哈欠连天地说："还是八仙过海，各显神通，各凭本事吧。"

"行，等妹子来了我们就各自为战。"

以前在部队是士官，连追女军官的资格都没有。现在是正式民警，完全有资格追求女警官。现在既然有资格、有机会，当然要参与追求。韩昕越想越兴奋，本来很困的，想着想着竟睡不着了……

人歇车不歇，驱车一千一百多公里，终于在第二天上午九点四十八分，赶到了庆德县公安局。有警察证的两位，拿着办案协作函和介绍信去请人家协助。轮流开了一夜车的老唐和田墨，在公安局附近找了个宾馆，开了个房间赶紧睡觉。韩昕则带上田墨的手机，叫了辆网约车，赶到嫌疑人所在的乡镇。

镇区很小，只有一条街，从东走到西估计只要十来分钟，但街上的人很多，很热闹。老人们聚在一起聊天，小朋友或嬉笑打闹或蹲在地上翻找燃放时没爆的小鞭炮。大人们生怕孩子被东来西往的汽车、电瓶车撞到，有的大声喊，有的跟在后面追。菜市场和超市的人更多，横七竖八停放的电动车，占了半边马路。

韩昕很喜欢这样的氛围，感受着在陵海老家感受不到的新年气氛，不知不觉就逛到了嫌疑人经常发货的快递收发点。所谓的收发点，其实就是一个小商店。要不是门口有一堆快递包裹，以及墙上挂着一块收发快递的招牌，想找到这儿还真不容易。想在嫌疑人来发货时给他来个人赃俱获，就要先熟悉周围的环境尤其地形。没想到回头一看，嫌疑人开设个人银行账户的邮政储蓄营业厅，竟在街对面。说不定连嫌疑人的手机号，都是在邮政储蓄隔壁的移动营业厅办的。真的很难想象，一个把一箱箱毒品，通过一个个经销商，源源不断贩卖往全国各地的毒贩，竟生活在这么一个随处可见淳朴的笑脸、处处洋溢着幸福感的小镇。

38. 命运真奇妙

韩昕打开手机导航，输入嫌疑人的家庭地址，结果一片空白，只显示一个村的行政区划范围。好在离镇区不远，韩昕干脆跟着导航，步行了十几分钟，来到一大片麦地前，遥望着前面的村庄，正想着是不是去村里转转，田墨的手机响了。看来电显示不是中队长，竟是夜里到家的蓝豆豆。

"小韩，方不方便接电话？张队让我跟你通报下案情。"

"为什么不打我手机？"

"打你电话要对暗号，麻烦死了！"

"好吧，赶紧通报。"

蓝豆豆低头看着笔记本，机关枪似的说："第一件事，我们已经按你的意思，让郑淑华给嫌疑人发了微信，催嫌疑人快点发货。"

"嫌疑人怎么说？"

"嫌疑人说正在外面走亲戚，要到晚上才能回家，答应明天上午发货。"

见对面来了两辆电动车，韩昕跨过一条小水渠，站在田埂上背对着水泥路，一边装着准备撒尿，一边举着手机问："第二件事呢？"

"郑淑华交代，银行流水里给她打款最多的那两个客户，是她发展的二级经销商。张队已申请抽调人员，成立第二、第三侦查抓捕组，最迟今天下午两点前出发。"

"又抽调人！"他会不会因为突然冒出两个侦查小组有想法……

蓝豆豆觉得有必要做点思想工作："小韩，你们跟他们不一样，你们负责往上打，你们是主攻，你们的目标是源头，是制毒工厂，是大毒枭！"

"他们呢？"

"他们的任务是往下打，负责打那些你这个专业人士懒得出手的小经销商，他们连助攻都算不上。"

这话韩昕爱听，笑问道："那他们算什么？"

"他们……他们是清理残敌，打扫战场的。"

"这个比喻很恰当，可除了几个小经销商，剩下的那一百多个小客户怎么办？"

"这你放心，我们正在加班加点固定证据、整理材料。最迟后天下午五点前，就能打包申请冻结一批涉嫌毒品交易的可疑银行账户。"蓝豆豆坐下来，补充道，"我们没那么多人去找他们，只能让他们主动联系我们。"

"嗯，这倒是个办法，不然天南海北的，就算全分局的人压上去也忙不过来。"

凌晨四点才睡的，早上八点半就要起来干活，手头上还有一堆事，蓝豆豆以前总羡慕人家办案，感觉办案很刺激很有成就感，现在有机会办案才知道办案有多累。蓝豆豆没心情也没精力再跟他开玩笑，继续通报："第三件事，也是最重要的一件事，我们今天一早就查询到杨贤德的两个银行账户流水。通过初步分析发现，他只是个大经销商，像郑淑华这样的小经销商，他至少发展了十四个。"

意料之中的事。韩昕回到水泥路上，苦笑道："这么说又得抽调人，要成立第四、第五，甚至第十五、第十六侦查抓捕小组。"

蓝豆豆也苦笑道："以前总说没线索，现在线索太多查不过来。想在这么短时间内完成任务，别说我们四中队，就是我们大队也搞不定。"

"那怎么办？"

"谌局刚才通知黄大和张队去分局，一起当面向张区长汇报。接下来怎么查怎么打，估计很快就有消息。"

"这么说搞大了？"

"这次真搞大了，不过这不是我们该操心的事，我要说的是通过查询嫌疑人的银行流水发现，嫌疑人的上家，很可能是一个叫周亮的三十八岁男子。"

"什么地方人？"

"你猜猜？"

让猜那就表示是一个比较熟悉的地方……韩昕惊问道："该不会是我们滨江人吧？该不会绕了一大圈，真正的大老板就躲我们眼皮底下！"

"你的想象力真丰富。"

"那是什么地方人？"

"南云省威津县人。"

蓝豆豆放下鼠标，想想又好奇地问："小韩，威津县你有没有去过，离你们老部队远不远？"

"没去过，威津在南云的最北边，好像位于三省交界。我们老部队在最南边，离得很远。"

"可惜了，本来以为你有机会顺便去看看老战友呢。"

……

不想退役时，脱下了军装；从未奢望过能成为警察，竟穿上了警服；下定决心扎根边境，却又被调回了老家；本来以为至少三五年内没机会回南云，结果刚调回老家没几天就要去南云；命运真的很奇妙！再想起"陈老板"之前的交代，韩昕顾不上感慨，一边往回走，一边拨打起"陈老板"的电话。嘟了两声，挂断，等了近十分钟，"陈老板"终于回过来了。

"又有什么事？你小子这是怎么了，有事没事打电话，什么时候养成的这臭毛病！"

不管三七二十一，先劈头盖脸骂一通……真是熟悉的配方、熟悉的味道。韩昕本想自动过滤掉的，可听那边的动静，忍不住问："参谋长，您很忙……"

"知道我忙，还给我打电话？"

"可我听着您那头挺热闹的，有点像是在商场，不像在单位。"

"你小子长本事了，还管起了我。有话快说，有屁快放！"

韩昕不敢再摸老虎屁股了，连忙干咳了一声，清清嗓子："报告参谋长，我要回南云了，就算明天不动身，后天也要动身。"

陈老板不假思索地说："回来做什么，不许回来！"

"参谋长，我现在不是您的兵，您管不了我。"

"有种回来试试，看我能不能管得了你小子！"

想到现在真不归他管，韩昕发现完全没必要再像之前那么怕他："参谋长，我是回去执行公务的，而且是带队回去执行公务。您要是阻扰我执行公务，我就……我就……"

"陈老板"以为听错了，立马停住脚步："说，继续说，你就要怎么我？"

"我就……我就……投诉您。"

"以为你小子翅膀硬了敢拘我呢，搞来搞去只是投诉，就这么点出息，还好意思说带队！"

韩昕回头看了一眼，确认前后左右一百米内没别人，咧嘴笑道："主要是在南云我搞不过您。"

"说得好像在别的地方你就敢造反似的。"

"在别的地方一样搞不过您，毕竟我是您带的兵，我是您教出来的。"

"不许拍马屁，说正事，你们领导是不是吃错药了，怎么想到让你这个新人带队的？"

很快就能回南云，韩昕感觉真像是衣锦还乡，带着几分得意地说："参谋长，我们领导没吃错药，我们领导知人善任，不知道有多器重我。"

好不容易培养出来的骨干，就这么成了人家的部下，"陈老板"心里突然有些不是滋味，示意正在前面招手的妻子和女儿稍等，走到一个人较少的柱子后面，冷冷地说："看来翅膀真硬了，不过你小子的翅膀再怎么硬，也应该记得我之前的交代！"

"您是交代过，可您让我怎么跟单位领导解释？"

"是不太好解释……先说说来南云什么地方，要执行什么任务。"

"参谋长，老单位的事要保密，新单位的事我一样要保密。虽然按规定只要回南云，就要向您汇报，但我只能告诉您要去威津，别的不能说。"

还保密……"陈老板"彻底无语了，心想一个小小的禁毒中队，能侦办什么大案。就算真侦办大案要案，也不会让一个刚报到还没一个月的新人带队。

"参谋长，参谋长，您是不是生气了……"

"说什么呢，你小子也不想想，我能因为你这点破事生气？"

"对对对，我错了，您是领导，领导是不会生气的。"

"什么逻辑，少废话。既然一定要回来那就回来吧，不过必须给我记住，虽然威津距边境很远，但你也不能在威津逗留太久。"

"这我可不敢保证，因为案情错综复杂。"韩昕煞有介事。

这让"陈老板"很不爽，冷笑道："看来汉语言文学没白学，刚才是知人善任，现在又来了个错综复杂，还跟我飙起了成语，是不是觉得你很有文化？"

韩昕连忙道："没有没有，我最缺的就是文化。"

"陈老板"心想这都是在侦查队惯出来的臭毛病，懒得再跟他扯淡，继续说起正事："你小子不是牛皮哄哄带队了吗，既然带队那应该有几个同事一起来。"

"有，我是侦查抓捕组的组长，我有好几个组员！"

"那就想想办法，让你们领导别把你的名字写在办案协作函和介绍信上。等到了威津之后，尽量少抛头露面。尤其那些场面上的事，最好不要掺和。"

"明白。"韩昕嘴上虽这么说，心里却在想这还用得着你交代……

39. 小心无大错

农村不是城市，农村是真正的熟人社会。韩昕不想打草惊蛇，既没进村也没在镇上久留，直接搭城乡公交回到了县城。韩昕给范子瑜打了个电话，确认他们这会儿已经到了镇上的派出所，干脆来到田墨和老唐住的宾馆，开了个房间洗澡睡觉。他一觉睡醒已经是晚上七点多，还是被田墨敲门叫醒的。

"你怎么知道我住这个房间的？"

"我用老唐的手机打我电话没人接，就打电话问范哥。范哥说你过来了，我就下去问了下总台。"

"老范有没有说什么时候回来？"韩昕走进洗手间，打开水龙头，开始洗脸。

"他和周哥正在请庆德公安局的人吃饭，说要晚点回来，让我们三个自己解决晚饭。"

田墨拿起正在充电的手机，看了看上面的十几个未接，又回头道："韩哥，吃饭不着急，下午蓝队找不到你，就给老唐打电话，让我们转告你，赶紧给她回个电话。"

"又有什么事？就算有事可以打范子瑜的电话。"

"你就给她回一个吧。"

"好吧。"

"那我先回房间叫老唐，我们再过十五分钟一楼大堂集合。"

"行……等等。"

"韩哥，还有什么事？"

136

正准备出去的田墨连忙关上门。韩昕走出来洗手间，指指他那部正在充电的手机："把手机拿走，顺便上网搜搜附近有什么特色美食。我们难得来一次，一定要尝尝。"

"行，我这就去搜。"

打发走田墨，韩昕用自己的手机拨通蓝豆豆的电话。按规矩先对暗号，蓝豆豆的兴致果然没之前那么高了。韩昕拉开椅子，坐下提醒："蓝队，请注意你的语气，注意你的态度。要知道你现在是徐小兰，是东部家具城的业务员，要把我这个客户当成上帝，要有点职业精神！"

"知道了，上帝先生，我下次注意。"

"好，说吧。"

"第一件事，'2·12'毒品案件侦办专班，已经升格为'2·12'专案组。谌局亲自兼任专案组长，我们黄大和治安大队的蔡大、经侦大队的冯大兼任副组长。"

这也能升格……韩昕觉得挺好玩："我们张队和刘指呢？"

蓝豆豆走出刚搬到二楼的专案组指挥部，来到走廊尽头："张队和刘指出局了，局领导说缉毒工作很重要，但禁毒工作不能因此耽误，张队接下来要对易制毒化工企业进行大检查，要检查全区所有的药店，刘指要组织好几场禁毒宣传活动。"

"年前不是刚检查过吗？怎么还要检查？"

"上级要求的，张队和刘指觉得这么安排挺好，毕竟案子侦办到现在这一步，谁也不能再笑话我们禁毒中队不缉毒，何况我们两个并没有出局，我们两个还在专案组。"

"那你现在负责什么。"

"我现在是专案组的内勤，同时负责联系你们这一组。"

"我们这一组有没有什么变化？"

"暂时没有，谌局对你们的工作还是比较满意的，认为你们接下来的侦查抓捕计划没什么问题，但时机一定要把握好，在时间上要跟别的组衔接好。"

"这么说谌局打算等我们这边一动手，就组织大批警力分赴各地，来个大收网？"

蓝豆豆又困又累，实在懒得解释，没精打采地说："下午你电话打不通，我已经把谌局的指示转达给范子瑜了。在外面你说了算，但指挥部领导们还是认他的。毕竟他有证，所有的法律文书上全是他和周科洪签字。真要是出了什么纰漏，将来也只能追究他们的责任，不好追究你这个连证都没有的新人。"

"明白了，等会儿我问他。"

韩昕挂断电话，穿衣服下楼与老唐小田会合，一起去附近吃晚饭，吃饱喝足又在附近转了一会儿。他回到宾馆等了大概半个小时，范子瑜和周科洪回来，一回来就关上门开小会。

"谌局和黄大的态度很明确，要求我们既要考虑证据，也要考虑效率。"

"什么意思？"

"种种迹象表明，嫌疑人明天要发的不只是郑淑华的货，而我们要等他把货发完才能动手。"范子瑜说着说着，起身去拿来一瓶宾馆免费赠送的矿泉水。

韩昕摸着下巴问："谌局和黄大是打算让别的抓捕组，在那些二级经销商收货时，给他们来个人赃俱获？"

周科洪坐下道："蓝豆豆说局里从各大队、各派出所抽调了七十多个人。就等着我们的发货单，好安排新成立的抓捕组去守株待兔。"

"现在的问题是那些毒品发出去之后，谁敢保证在物流的过程中不出纰漏？"

"谌局和黄大早考虑到了，让我们控制住嫌疑人之后，把毒品掉个包，不发真的。别的抓捕组只要根据我们提供的物流信息，提前去收货点设伏就行了。"

同样是诱捕，但嫌疑人自己发货，跟民警让他发货，其性质是完全不一样的。至少将来上了法庭，能让嫌疑人的辩护律师少说很多废话。至于那些二级经销商，到底收的是真货还是假货，并不影响法院将来对其的定罪量刑。

韩昕点点头，想想又问道："如果嫌疑人明天只发一单怎么办，难道我们就在这儿坐等？"

"我和老周这一天的收获很大，通过请庆德县的同行走访调查发现，嫌疑人今天不是去走亲戚的，而是去城西的一个物流园提货的。"

"提了多少？"

"五十一箱，还专门找了一辆货车去拉的。"

范子瑜笑了笑，接着道："物流园的保安提供了一个情况，说嫌疑人在收货时给厂家打过一个电话，责怪对方怎么少发了二十几箱，说他都答应客户明天发货，现在不够怎么办。"

韩昕乐了："难怪你这么有把握呢，原来有情报。"

范子瑜掏出笔记本，介绍道："他的社会关系和家庭情况，也基本上搞清楚了。他以前一直在东广打工，三年前才从东广回到老家，一回来就做'保健品'生意。可能是为了掩人耳目，他真代理了一个厂家生产的保健品，在县城还曾租门面开过店。甚至以办讲座的形式，在附近几个乡镇的一些村里推销过。虽然最近一年没再搞那样的营销，但在别人看来他就是做保健品生意的，而且发了大财。他不但在城里买了三套房，还买了一辆一百多万的奔驰，谁也没对他做的生意起疑心。"

能想象到，那个家伙在乡亲们眼里绝对是个成功人士。韩昕揉了揉直到此刻还有些酸胀的腿，追问道："他有没有同伙？"

"他的生意很好做，尤其这一年多来，上家通过物流把货运到县城，他去拉回来通过快递分销给二级经销商。一个月发一两次货，每次拉货发货时请货车司机帮着装卸，从现在掌握的情况上看，除了他小舅子之外，应该没有其他同伙。"

"他老婆呢？"

"他老婆在县城跟人合伙开了一个蛋糕店，平时还要接送小孩上学，反正镇上的人从来没看见他老婆帮着发过货。"

韩昕紧锁着眉头问："他在县城有房子，为什么要把货拉到乡下来发快递，在县城直接发出去不更省事吗？"

范子瑜笑道："镇上的那个快递点，就是他小舅子承包经营的，那个小商店就是他小舅子开的。"

"明白了，他这是既让自己家人赚了钱，又不用担心在发货时被检查出问题。"

"所以说这家伙很狡猾。"

"再狡猾他也难逃法网！"

明天就要行动，并且老家有那么多民警在待命，韩昕不想在关键时刻出差错，低声问："嫌疑人这会儿在老家还是在县城？"

"他们一家三口平时住县城，现在不是过年嘛，一家三口全回来了，全住在村里。"

"货呢，货在什么位置？"

"货也拉回村里了，可能考虑到明天要拉到镇上发，所以货在车上没有卸。"范子瑜喝了口水，补充道，"货车是同村的一个村民的，估计春节期间没什么生意，所以对早一天卸晚一天卸无所谓。"

韩昕权衡了一番，站起身："我上午去踩点时发现，通往他们村的几个路口都有治安监控。老范，你问问庆德县公安局的朋友，能不能让我们去盯着监控。"

"用不着这么麻烦吧？"

"越是关键时刻我们越不能大意，还是盯着点放心，绝不能让货脱离我们的视线。"

"行，我打电话问问。"

范子瑜刚掏出手机，周科洪就低声问："谁去盯？"

"我睡了一下午，小田睡了一天，我们都不困，这会儿想睡也睡不着，我和小田去盯。"

"我昨晚在车上没睡好，今天又跑了一天，这会儿困得要死，我就不跟你争了。"

"你们早点休息吧，老范联系好，我就叫上小田出发。"

40. 非法经营

监控室在镇上的派出所，范子瑜新交的朋友很帮忙，专门安排辅警开车来送二人去派出所。晚上值班的带班所领导也很热情，不但让田墨先去楼上民警的宿舍睡会儿，以便下半夜轮换，还安排一个辅警去村里悄悄拍了几张货车的照片，甚至打探到嫌疑人这会儿正在跟几个堂兄弟打麻将。蹲守很熬人，坐在有暖气的监控室盯着屏幕一样熬人，好在只要坚持一夜。初六一早，韩昕在所里食堂蹭了顿早饭，刚走出食堂，本应该交班的俞所就走了过来。

"小韩，嫌疑人一家正在收拾东西装车，看样子打算发完货就直接回县城。他小舅子的商店也开门了，比平时开门提前了一个多小时。"

韩昕没想到嫌疑人竟起这么早，连忙道："我这就给我同事打电话，问问他们到了哪儿。"

"赶不上也没关系，我只是交班又不是下班，小范和小周赶不上我可以带几个人去帮忙。"

"谢谢俞所。"

"自己人，不客气。"

"俞所，有件事差点忘了拜托您，等会儿我们抓捕时肯定会有群众围观。为防止走漏消息，麻烦您在维持秩序时说嫌疑人是因为非法经营被我们抓的。"

"这个主意好，现在个个有手机，个个会上网，要是嫌疑人因为贩毒被抓的，肯定有人会发到网上去。"

"我就是担心走漏风声。"韩昕笑了笑，赶紧给范子瑜打电话，确认他们已经出发了，又放下手机道，"俞所，我还想请您帮个忙。"

"什么忙？"

"昨天上午来时，我注意到嫌疑人小舅子的店里装了摄像头，您能不能安排两个辅警去检查下，他小舅子店里的监控能不能用。"

"你是要视频证据？"

"有肯定比没有好。"

"行，我安排两个人，一路检查过去，多检查几家。沿街商铺的监控本来就是我们要求装的，去检查检查他们应该不会起疑心。"

"拜托了。"

"谈不上，我这就去安排。"

七点五十三分，所里的治安监控显示，嫌疑人开着霸气的大奔从村里出来了，满载"保健品"的货车跟在后面。

韩昕和刚起床的田墨，赶紧来到快递收发点斜对面的早餐店，要了一碗豆浆、两根油条，边吃边不动声色观察对面：只见两个辅警检查完小商店的监控，走出来去了下一家。范子瑜刚才给田墨发微信说已经到了，这会儿正同庆德县公安局刑警大队的一个副中队长，坐在路边的黑色轿车里等嫌疑人。老唐把七座警车开过来了，但没有进入镇区，而是停在镇外的水泥预制厂内待命。

算算时间，嫌疑人早应该到了，可左等右等都没来，韩昕不太放心，用田墨的手机悄悄给老所长发了条短信。等了大约两分钟，老所长回复嫌疑人一家正在镇政府斜对面的饭店吃早饭，货车司机也在吃。韩昕终于松下口气，把手机还给田墨，示意田墨去把单买了，免得等会儿顾不上。

又等了五六分钟，嫌疑人的大奔过来了，缓缓停在小商店前面十几米处，商店门口的位置留给了货车。货车司机跳下车，解绳子、收油布，跟嫌疑人的小舅子一起忙着往下卸。为了这一刻，嫌疑人的小舅子准备了一早上，把店门口的雨棚下收拾得干干净净。现在那些准备派上了用场，可以把一箱箱保健品卸下来往雨棚里堆。嫌疑人的儿子跑进店里挑玩具，嫌疑人的老婆下车追过去责骂。嫌疑人站在货车前，捧着手机像是在发微信，时不时被路过的熟人打断，互相拜年，发烟寒暄，聊得眉飞色舞。可能是急着回城，他打发走一个熟人，便绕过货车去了店里。

韩昕的视线被货车挡住，看不见店里的情况。他拍拍田墨的肩膀，站起身不动声色离开早餐店。二人往西走了六七米，停住脚步回头一看，只见嫌疑人站在柜台边，像是对照手机上的内容，在一张纸上写什么。嫌疑人的小舅子不再帮着卸货，站在嫌疑人身边不断点头。一看就知道嫌疑人是在交代，给什么地方的哪个客户发多少箱货。

范子瑜的视线同样被货车挡住了，只能回头看向不远处的韩昕，没想到刚对上眼神，就见韩昕抬起胳膊指指小商店。

"行动！"

范子瑜不敢贻误战机，立马推开车门冲了过去。周科洪紧随其后。二人刚冲到货车前，就见嫌疑人夹着包出来了，嫌疑人的老婆也拉着不愿意走的孩子跟在后头。

"不许动！""我们是公安局的！"杨贤德还没反应过来，就被二人紧攥着胳膊，死死摁在货车的车头上。

"你们是哪儿的警察，你们凭什么抓我？"

"打人了！救命啊！有人打人了！"

"嚷嚷什么？"

庆德县公安局刑警大队的同行冲过来，一把拉开嫌疑人的老婆，指着刚抄起长凳的嫌疑人小舅子，厉喝："你想干什么？立即给我把凳子放下！公安办案，谁敢阻扰执法，我就拘谁！"

"警察同志，你们一定搞错了，我是杨贤德，不信你问问周围的乡亲，我到底是好人还是坏人。"

"杨贤德，我们抓的就是你！"范子瑜把他反铐上，旋即揪着他转过身。

周科洪则掏出手机，拨通老唐的电话："老唐，赶紧把车开过来！"

与此同时，田墨已经和庆德刑警大队的辅警一起，控制住了嫌疑人的小舅子，给他扎上了一次性塑料手铐。而韩昕已经戴上了口罩，找到了嫌疑人刚写的发货明细，举着手机拍了几张照，塞进从包里取出的证物袋，然后直奔柜台里的监控主机，研究起监控怎么调取。

嫌疑人的老婆吓傻了，但很快就缓过神，搂着孩子瘫坐在地上号啕大哭。虽然听不懂当地方言，但能大概猜出是在哭诉她老公是冤枉的，甚至是在控诉警察冤枉好人……街上的人本来就多，发生这样的事，围过来看热闹的人更多。现场一片混乱，但老所长很快就带着两个民警和刚才检查监控的两个辅警到了，一起维持起秩序，劝群众不要围观。范子瑜抓紧时间搜嫌疑人的身，把嫌疑人的手机和车钥匙搜出来塞进包里，才亮出警察证和拘传证。

"杨贤德，看清楚了，现在知道我们为什么大老远来抓你了吧？"

"警察同志，肯定是误会，你们一定搞错了……"

那么多箱"养生一号"堆在门口，外面又有那么多群众围观，甚至有人举着手机在拍照录像，很容易走漏风声。想到韩昕的交代，范子瑜连忙警告："不要解释，现在不是解释的时候，这儿也不是你说话的地方。"

"警察同志……"

"闭嘴！"

范子瑜从包里掏出黑色头套，举起来把他的头套上。见老唐开着警车到了，赶紧从包里掏出嫌疑人的车钥匙交给田墨，然后同周科洪一起把嫌疑人架上警车。庆德县公安局刑警大队的同行紧随其后，跟刑警大队的辅警一起，把嫌疑人的小舅子押上他们那辆黑色轿车。老唐立即打开警灯、拉响警笛，开到前面去掉了个头，按计划迅速将嫌疑人带离现场。看热闹的群众意犹未尽，仍围在小商店门口不愿意走。

"有什么好看的？人都被江南的公安带走了，都散了吧，都回去吧。"

"俞所长，杨贤德到底犯了什么事？"

"我也不是很清楚，好像是他没有证，属于非法经营，这种事说大不大，说小也不小。"

老所长话音刚落，另一个民警便告诫道："所以你们以后不管做什么生意，都要先问问相关部门，先问问要办哪些证。"

"我就知道他早晚会被抓，以前卖的那个保健品，根本没效果，还卖那么贵！"

"卖那么贵你还买，他骗的就是你这种人。"

"我早就知道他做的不是正经生意，早就知道他卖的那些保健品，就是吃不死人、治不好病的假货，那时候说了你们都不相信，还个个掏钱买……"

"好了好了，就数你精明，都回去吧。"

……

韩昕在派出所辅警帮助下，把监控视频拷贝进早准备好的 U 盘，走出小商店把正在做群众工作的老所长拉到一边。

"俞所，麻烦您安排两个人，先把嫌疑人的妻子带到所里。再帮我们找辆车，把外面的货拉到刑警大队。"

"行，我这就安排。"

"不好意思，给您添麻烦。"

"不麻烦，先办事。"

"那我就不跟您客气了。"韩昕回过头，伸手道，"小田，把嫌疑人的车钥匙给我。从现在开始，你负责看守外面的货，等会儿负责押车。"

"是！"

41. 计划不如变化

人手不够，而且没警察证，只能请当地同行帮忙。韩昕和派出所的民警一起把嫌疑人的大奔开到所里，便请老所长和一位姓魏的民警帮着盘问嫌疑人的妻子，并请所里的两位女户籍协管员帮着带嫌疑人的小孩。

"真不知道他卖的是什么保健品？"

"真不知道，他的事我从来不管。警察同志，你们一定搞错了，他现在已经不怎么卖了，有一年多没好好做过生意，整天就知道打麻将，有时候打到天亮才回家。"

"在哪儿打，跟谁打？"

"在……在城里打。"

"城里大着呢，在城里什么地方！"

"我……我也不是很清楚，只知道有时候去王二家，有时候去钱总那儿。"

"哪个王二，全名叫什么？"

好像有点歪楼了！可老所长盘问得那么仔细，魏大哥记录得那么认真，韩昕又不好意思打断，只能静静地坐在一边，耐心地等他们先把嫌疑人赌博的事问清楚。

"这么说他们玩得不小，输赢很大。"

"嗯……"

"你平时跟不跟他们联系？"

"以前有联系的，现在没了。"

"为什么不联系了？"

"有一次被我撞到，我掀了他们的桌子，他们就不跟我联系了，我打电话他们也不接。"

收获不小，看来帮人就是帮己……老所长很高兴，正准备看看部下刚做的笔录，突然想起江南的同行还坐在边上等，连忙道："小韩，你有什么要问的？"

"哦。"韩昕心想总算轮到我了，连忙拉拉口罩，"沈艺红，除了刚才说的那几个牌友之外，你老公还有哪些朋友，平时都跟哪些人走得比较近？"

"他没什么朋友，他这两年就知道打牌。"

"客户呢？"

"客户也联系得不多，有人要货他就进点货发一下，没人要货他就打牌，也不出去跑业务，连电话都懒得打。"

韩昕追问道："现在的客户哪来的？"

沈艺红苦着脸说："都是以前在网上联系的，他现在连网都不怎么上了。"

"厂家是从哪儿找的？"

"好像也是网上。"

"什么叫好像？"

"我真不知道……"

韩昕敲敲桌子："沈艺红，你心里应该清楚我们为什么大过年的，从那么远的地方来抓他。也应该很清楚他到底卖的是什么保健品，到底卖给了什么人。"

"我真不清楚，我真不知道……"

"都到这份上了还说不清楚不知道，我看你是揣着明白装糊涂！这么说吧，你老公能不能争取到宽大处理，现在态度决定一切。而这个态度不只是他的态度，也包括你的态度。"

"我……我真不清楚。"

"不清楚是吧，不清楚我们会帮你查清楚，到时候你可别后悔。"

老所长意识到这才是重点，提醒道："隐瞒包庇不但帮你不了你老公，而且要负法律责任。你就算不为自己想想，也要为孩子想想，你们两口子如果都进去了，孩子怎么办？"

提到孩子，沈艺红哇一声又开始号啕大哭，心理防线也随之崩溃了。韩昕趁热打铁问清楚事情的来龙去脉，抓紧时间检查嫌疑人的车，然后带上嫌疑人的车钥匙和行驶证，乘坐所里的车匆匆赶到刑警大队。周科洪正在和田墨一起清点早上缴获的"戒毒药"。嫌疑人的小舅子被关在办案区的笼子里。范子瑜正在一间讯问室里审讯嫌疑人。韩昕正准备跟范子瑜一起审，蓝豆豆突然打来电话，只能走出讯问室先接听。

"正在审呢，再说快递发货清单已经给你发过去了，又不会耽误你们的事。"

"什么你们我们的，市局禁毒支队来了一半人，谌局已经到了，张区长马上也过来，等会儿要听汇报，要了解最新进展。"

"禁毒支队也来了，还来了一半人？"

"一半也没几个人，我们中队编制人数少，禁毒支队编制人数也不多，包括支队长、政委在内，加起来也才八个人。"

本来以为禁毒中队已经很袖珍了，没想到市局禁毒支队也这么袖珍，韩昕禁不住笑了。

蓝豆豆顾不上再跟他说这些，探头看了一眼会议室："赶紧说说你们那边的情况，黄大等会儿要汇报！"

"老范正在审讯杨贤德，刚才进去听了一会儿，杨贤德很不老实很不配合，一口咬定贩卖的是保健品。"

"老周已经审问过杨贤德的小舅子沈艺兵，发现沈艺兵对贩卖毒品的事情应该不知情，只知道帮着发的是假冒伪劣保健品。"

蓝豆豆冷冷地说："明明知道是假冒伪劣的还帮着发，这就是涉嫌销售假冒伪劣产品，一样要被追究刑事责任。"

韩昕笑道："当然要追究。"

蓝豆豆一边做记录，一边追问："杨贤德的老婆呢？"

"杨贤德的老婆沈艺红虽然没有参与，但对杨贤德到底卖的是什么保健品，她心里是有数的。只是觉得算不上什么大事，就算被查获也顶多罚点款，所以不但不在意而且很支持。"

"只是知情，并没有参与？"

"从现在掌握的证据上看应该没有，并且这个买卖杨贤德一个人就能轻松搞定，她也没必要参与。"

韩昕回头看了一眼，接着道："可能担心孩了，她的态度还是比较端正的，她交代和杨贤德结婚之后就一起去东广打工，在东广整整待了六年。杨贤德在东广打工期间换过好多份工作，前五年几乎没赚到钱，全靠她那点微薄的工资维持生活。"

"后来呢？"

"后来杨贤德在一家医药公司找到一份销售的工作，由于竞争太激烈也赚不到什么钱，于是利用职务之便，贩卖管制药品给租住在同一个城中村的吸毒人员周亮周成兄弟。"

外面传来脚步声，应该是领导们到了，蓝豆豆急切地问："再后来呢？"

"再后来，周亮周成因吸毒被东广公安机关查处，杨贤德生怕被供出来，就赶紧带着她回了老家。周亮周成可能是担心失去管制药品来源，并没有供出他。后来他们又通过之前加的QQ联系上了，联系上没多久，双方的角色发生了戏剧性的互换，周亮摇身一变为厂家，而杨贤德居然变成了周亮的客户。并且据沈艺红所说，周亮周成兄弟小学都没毕业，连普通话都说不好，根本就不是做生意的料！"

蓝豆豆惊问道："小韩，你是说杨贤德才是真正的大老板！"

韩昕想了想，分析道："从银行账号流水和经营方式上看，杨贤德只是一个经销商，但我认为他很可能曾教唆或者暗示周亮周成如何制毒。而他自己宁可做中间商，宁可少赚点钱，也不愿意在明面上跟贩毒沾上边，试图以这种方式规避风险。"

蓝豆豆反应过来："万一被查获就一推了之，最多承认非法经营，坚决不承认是在贩毒！"

"事实上他就是这么应对的，甚至为了坐实这一点，还曾专门代理过另一种保健品。"

"这家伙太狡猾了！"

"不但狡猾而且很懒，从他的微信聊天记录、手机通话记录、发货记录、银行账号流水，以及他老婆上午的供述上看，他这两年没有发展过新下家，有生意就做，没生意就算，整天跟一帮狐朋狗友喝酒赌博。"

韩昕想了想，又补充道："这可能与他之前那些年没赚到过大钱有一定关系，赚到点钱就开始享受生活，有那么点小富即安，像是进入了退休状态。"

"明白了，还有最后一个问题，你们那边最快什么时候能搞完？"

"快不起来，快递公司要到傍晚才发货，我们要去搜查嫌疑人的家，要把货发出去才能完事。"

"知道了，我这就去向黄大汇报。"

蓝豆豆刚汇报完，会议就开始了。为了让领导更直观地了解案情，黄大特意让专案组民警制作了一个PPT，将已经掌握的贩毒网络的各层级嫌疑人全标注了出来。虽然已落网的犯罪嫌疑人只有四名，但液晶大屏上却有二十三个，照片、姓名、性别、年龄、家庭住址、是否有前科，清清楚楚，一目了然。

黄大刚汇报完，领导们就开始提问。而且要么不问，要问就是重点：比如郑淑华那个正在天湖监狱服刑的前男友，有没有可能是对郑淑华余情未了，在被查获的那十七克冰毒的问题上给郑淑华打掩护？又比如既然已经掌握了周亮周成兄弟制贩毒品的犯罪事实，为什么不立即组织警力去南云抓捕……之前所有的计划，全随着领导们的到来被打乱了。黄大只能重新部署，在原有的基础上进一步提高侦办效率。

看着在领导要求下调整的最新部署，蓝豆豆苦着脸说："黄大，押解人员已经出发了，韩昕和范子瑜他们最迟明天一早就能动身去南云！"

"他们明天一早出发，最快也要后天傍晚才能到，等确认嫌疑人尤其制毒工厂位置，可能还要两三天。而现在讲究的是效率，绝不能延误战机，不能等他们完事再过去。"

"可这个时候让韩昕回来，会不会打击到他的积极性？"

刑警大队长黄骁同样有这个担心，但想到这是领导们的要求，只能点上支烟说："作为一个专业缉毒民警，他应该能理解。赶紧给他们打电话吧，跟他说清楚，这是张局和肖支的指示。"

42. 扩大战果

一个一个交代太麻烦，蓝豆豆干脆给范子瑜打了个电话，让他赶紧把韩昕和周科洪都喊过来视频。

"豆豆姐，你不是在开玩笑吧，我们不去南云谁去？"

"上级要求兵贵神速，南云那边由支队领导和我们李大带队去，他们正在做准备，等会儿就出发。"

"市局禁毒支队领导带队去，那我们怎么办？"

"等押解的人员一到，你和科洪就跟他们一起把两个嫌疑人和缴获的毒品押解回来。到家之后好好休整一下，随时准备出发去打别的二级经销商。"

抓毒枭、端制毒工厂的任务被人家给抢了，范子瑜别提有多郁闷，苦着脸问："那韩昕呢？"

蓝豆豆笑道："韩昕也一起回来，不过韩昕到家之后不用再出差，而是留在专案指挥部。"

韩昕抢过手机，对着摄像头问问："让我留在专案指挥部，蓝队，你不是在开玩笑吧？"

"没开玩笑，其实刚开始我也有点想不通，但认真看完调整之后的新部署就想通了。"

"什么新部署？"

"让你赶紧回来加入研判组，通过视频参与各抓捕小组的行动。"

研判……视频参与……韩昕细细咀嚼了下这两个关键词，不禁笑道："知道了，我坚决服从命令，对去不去南云没任何想法。"

蓝豆豆暗赞了一句不愧是专业的，一点就透。再想到领导的交代，连忙道："小韩，这不只是谌局的命令，也是张局和市局禁毒支队肖支的指示。"

"明白，感谢领导对我的信任。"

"那就这样了，押解嫌疑人回来的路上注意安全，记得每隔一小时汇报一次位置。"

"放心吧，我们会注意的。"

一挂断视频，范子瑜就拉着他问："老韩，你明白什么了？到手的桃子被人家给摘了，你居然还这么高兴。"

韩昕把手机交还给他，顺手拍拍他胳膊："晚上就能出发，最迟明天下午就能到家，你难道不高兴？"

"好吧，高兴。"

"高兴就赶紧干活儿，只有把活儿干完才能回家。"

范子瑜走出几步，想想又过回头："老韩，别再卖关子，你到底明白什么了？"

"我怕说了会打击你的积极性。"

"我的抗击能力特别强，你尽管说。"

"是啊老韩，就别再卖关子了。"周科洪也很好奇。

韩昕意识到不说清楚他们肯定无心干活儿，干脆停住脚步，耐心地解释道："你们早应该看出来了，这个案子其实一点都不复杂，不管之前抓获的郑淑华，还是上午抓获的杨贤德，包括即将抓捕的周亮周成兄弟，与其说是毒贩，不如说是一帮财迷心窍的骗子。所谓的制毒工厂，其实就是通过各种非法渠道购入管制药品，掺杂包装之后高价贩卖。他们不但没有技术含量，甚至不认为自己是在贩毒。"

范子瑜抬头道："可事实上他们就是在贩毒。"

韩昕笑道："他们是在贩毒，但这起毒案侦办到这一步，已经没什么悬念，没什么挑战性了。让谁去抓周亮周成，让谁去端那个掺假工厂都一样。"

周科洪沉吟道："所以领导认为晚抓不如早抓，与其等我们办完事去，不如直接派人去。"

韩昕点点头，又摇摇头："领导们不只是想快侦快破，更想扩大战果。毕竟出动那么多警力，不能就这么点收获。"

"怎么才能扩大战果？"

"往上查没什么搞头了，只有往下查，看能不能像在西阳那样，搂草打兔子，搞点意外的收获。"

范子瑜反应过来："那些所谓的戒毒药是卖给吸毒人员的，只有查那些吸毒人员，才能查到除了戒毒药之外的毒品线索！"

周科洪也醍醐灌顶般明白过来，指着韩昕道："你是专业的，所以领导们想让你回去通过视频参与抓捕小经销商，寻找新的突破口。"

韩昕沉吟道："思路没错，方向也没错，可惜希望不大。"

"希望为什么不大？只要是吸毒人员，不可能只有一个毒品来源。只要深挖细查，我觉得肯定能找到新突破口。"

"看来你对毒圈不太了解。"

周科洪不解地问："什么意思？"

韩昕解释道："对那些吸毒人员而言，如果能买到冰毒、海洛因，绝不会去买地芬诺酯这种管制药品。因为吃地芬诺酯的体验并不好，只能解燃眉之急，何况还是稀释掺杂过的，而且价格并不便宜的地芬诺酯。"

"买不到毒品，也就是没有毒品来源，没有毒品来源就不可能有新线索……那领导还对你寄予厚望？"

韩昕无奈地说："领导们应该是受郑淑华藏的那十七克冰毒的启发，不过话也不能说死，或许真能有点意外收获呢。"

与此同时，刚被抽调进"2·12"专案组的城南派出所民警王伟、李亦军等四人，也在赶赴徽安省五湖市抓捕嫌疑人的火车上。第一次出省执行抓捕任务，李亦军很激动，见前面几排都是空的，不用担心说话被别的旅客听见，忍不住问："师傅，这次要抓的真是毒贩？"

"嗯。"

"如果毒贩有同伙，我们去四个人是不是不够？"

王伟不想再搭理他，干脆装作没听见，继续闭目养神。

带队的治安中队长汪宗义睡不着，抬头笑道："当地同行会提供协助，有同伙没什么好担心的，就担心他没同伙。"

"这倒是，我们好不容易有机会抓毒贩，不能只抓一个回来。"

"你想抓几个？"

"既然是毒贩，就算没同伙也会有上家和下家，我们可以顺藤摸瓜往上查，也可以顺藤摸瓜往下打。"李亦军越想越激动，又下意识地摸了摸手铐。

汪宗义觉得有些好笑，拍拍他肩膀："往上查就别想了。"

"为什么？"

"因为上家已经落网了，连上家的上家都已经落网了，你小子怎么往上查？"

"这么说我们要去抓的是最小最小的毒贩！"

"你也不想想，我们是因为专案组人手不够被临时抽调进来的，打源头、抓大毒贩这种活儿，怎么可能轮得着我们。"

李亦军很好奇："那是谁在往上查，是谁抓的上家？"

见习警员一样是民警，何况小伙子话虽然多点，但工作还是比较积极的，汪宗义觉得没必要跟他隐瞒："禁毒中队的韩昕，你认识。这起毒案的线索就是韩昕发现的，我们要抓的那个嫌疑人的上家，和上家的上家，也都是韩昕带队抓捕的。他带队的那一组，已经缴获了几十箱地芬诺酯和十几克冰毒。"

李亦军大吃一惊："韩昕！"

汪宗义指指王伟："不信可以问你师傅，你师傅也参加了案情通报会。"

"我去，原来我表哥真是搞缉毒的，原来他这么厉害！"

李亦军既震惊又高兴，想想又喃喃地说："我表哥才调到我们分局几天，就破了这么大一毒案。等见着了我要好好问问他，到底是怎么破的。"

汪宗义被搞得一头雾水："小李，韩昕什么时候成你表哥了？"

王伟实在听不下去，立马睁开双眼："汪队，别信他胡扯，他喜欢上了人家的表妹，但人家表妹喜不喜欢他就不知道了。"

"师傅……"

"别叫我师傅，我没你这种没羞没臊、没脸没皮的徒弟。"

汪宗义乐了："原来你小子是一厢情愿啊。"

李亦军挠着脖子，嘿嘿笑道："什么一厢情愿，我跟琳琳正在谈，他很快就是我表哥。"

汪宗义拍拍他肩膀："那就加油，赶紧把他变成我们城南派出所的亲属。只要有这层关系在，我们以后就不用担心毒品案件的任务了。"

"汪队，你是说请他帮帮忙，给我们提供点线索？"

"你想想，他们中队才几个人，张宇航、刘海鹏和蓝豆豆又整天忙着开会检查搞活动，哪儿有时间办案。我们有的是人，他完全可以跟我们合作。"

"还真是，我们可以联合侦办，我回头跟他说说。"

想到毒品案件的任务指标太难完成，王伟意识到这不是在开玩笑，沉吟道："汪队，也可以请老叶去跟他谈谈，老叶跟他关系好，只要老叶开了口，他肯定会帮忙。"

43. 扬眉吐气

开会、检查、搞活动，不但是城南派出所汪宗义对禁毒中队所做工作的总结，也是全分局各基层所队的共识。总体而言比较客观，但不够全面。比如，禁毒中队还要帮分局乃至禁毒办，草拟一些关于禁毒方面的政策措施的。

张宇航退出"2·12"专案组之后，并没有急着去开会或检查，而是一连向局里打了两份报告。一份的内容是新型毒品越来越多，原来下发的尿检试剂盒检测项目不够，已经不能满足当前禁毒工作的需要，申请采购一批检测项目更全面的试剂盒下发到各派出所。第二份的内容是各派出所对戒吸人员的检测时间太规律，容易让控制不住心瘾的戒吸人员钻空子。并且检测的时间太集中，好几个派出所甚至把检测时间安排在同一天的同一个上午或下午。他向分局建议调整并错开检测时间。

关于检测时间太规律的问题，是韩昕提出来的。而检测时间太集中，则是他受陈美琴把儿子从老家接到陵海来的启发。因为陈美琴虽然没明说，但能想象到她这么做，是想让他儿子换个环境，远离老家的"毒友圈"。戒毒先戒友，这句话是有道理的。检测时间太集中，检测是省事了，半天就能搞定，但也在无意中让原本不认识的戒吸人员认识了，无形中给他们构建新的"毒友圈"创造了条件。

两份报告交上去，领导全批准了！办完这两件大事，他才联合交警大队和各派出所，对辖区内的化工企业和药店药房，展开了新一轮大检查。一连检查了四天，检查出不少问题。查获六吨没有备案就运输的硫酸，发现两家药店在没有经过许可备案的情况下，擅自采购销售外用高锰酸钾……在别人看来这或许算不上多大事，但这些化学品和药品都属于有可能被犯罪分子用来制造毒品的前体、原料或助剂。

指导员刘海鹏也没闲着，不但在文化艺术中心和泛书房等地方，一连搞了三场禁毒宣传活动，而且与陵海街道协调，正在加班加点把洋港社区打造为禁毒社区。

随着韩昕的归来，蓝豆豆也继他俩之后退出了"2·12"专案组，不但要接着填没完没了的报表，写没完没了的材料，而且摇身一变为会务。一天要给市局禁毒支队和分局办公室打七八个电话，汇报全市春节期间禁毒专项行动总结大会的筹备进展。没错，不是全区，而是全市！上级决定把总结大会放在陵海召开，相当于现场会。所有参与"2·12"毒品案件侦办的人心里都清楚，大会之所以能在陵海召开，与正在加班加点侦办的"2·12"案有很大关系。毕竟这是总结大会，不能没点成绩。而春节期间，全市各区县在禁毒方面，也就陵海有"2·12"案这个亮点。但他们不知道的是，这与市局禁毒支队的支持也有很大关系。如果说四中队是区里的"影子禁毒办"，那么，市局禁毒支队就是名副其实的市禁毒办。不但禁毒办的牌子挂在支队门口，而且支队长就兼市禁毒办副主任。届时，市禁毒委领导要来，各区县禁毒系统的负责人也要来。会务不能出差错，蓝豆豆忙得焦头烂额，感觉比办案还要累。

张宇航和刘海鹏同样着急，一回办公室就问起进展。

"会场安排在区政府十六楼会议厅，午餐安排在区政府食堂，我们只是帮着联系安排下，市禁毒办的会议，午餐的费用市禁毒办出。"

"只安排一顿饭，不安排住宿？"

"总共就一天，上午开会，下午参观，参观完就离会，不用安排住宿，现在头疼的是参观点。"

刘海鹏下意识地问："局领导对我们安排的几个点不满意？"

蓝豆豆苦笑道："昨天说没问题，我上午都报到区政法委了，结果刚才打电话说参观的几个点要调整。"

"没报到市里就好办，领导说怎么调整就怎么调整。"

"如果报到市局，市局要求再调整怎么办？"

"都说客随主便，这次我们是东道主，市局要求调整的可能性不大。"

"好吧，我这就给政法委打电话，但愿黄书记还没看到材料。"

开现场会要有成绩，如果只有"2·12"案就会显得太单薄，所以这几天张宇航才疯狂地到处检查，以至于对会务筹备工作过问得不多。

蓝豆豆刚打完电话，他就好奇地问："参观哪几个点？"

"第一个点是禁毒科普教育馆，我跟钱馆长已经联系过了。第二个点是洋港社区，关于禁毒方面的布展一直是刘指在操心，我实在是顾不上。第三个点是城南派出所，这是局领导要求的，可能觉得城南派出所的警网融合大数据指挥中心很气派，想让领导和兄弟区县的同行看看。第四个点就是我们大队，不但要展示'2·12'案缴获的毒品，也要展示我们大队这几年来在禁毒方面的成绩。余教亲自负责，大队这边不用我们操心。"

张宇航追问道："领导和兄弟区县同行到了我们大队，会不会来我们办公室看看？"

蓝豆豆托着下巴说："上来的可能性不大，毕竟一下午参观四个点，时间很紧。但我们也不能不做点准备，到时候把办公室好好收拾下。"

"记得多准备点纸杯，再准备两包茶叶。"

"行，我先记下，不然搞忘了。"

刘海鹏看着台历说："只剩下九天了，也不知道专案组能不能赶得上。"

"这么大案子，想在九天内办结是不可能的，只要能在九天内把十几个主犯捉拿归案就行。"

"这倒是，毕竟毒品已经缴获了那么多，一箱一箱堆在那儿还是有点看头的。"

聊到案子，张宇航放下手机问："豆豆，小韩呢，今天有没有见着他？"

"回来之后我就见过他一面，各小组的抓捕时间太集中，别人只要抓捕一两个嫌疑人，他要盯着所有的抓捕小组。从搜查到审讯，他要全程参与，连吃饭都没时间去食堂。"

"那饭是怎么解决的？"

"专案组有内勤，帮他去食堂打。"

"睡觉呢？"

"也睡在指挥部。"

"这么说已经熬了两天两夜！"

蓝豆豆喃喃地说："睡应该能睡会儿，两天两夜不合眼谁吃得消，但肯定睡不好。"

张宇航想想又问道："知不知道这两天有没有新收获？"

"我跟你们一样已经不是专案组的人，不好过问。再说这两天我一样忙得连吃饭都顾不上，哪有时间去问这些。"

"知道你很辛苦，坚持一下，等总结大会闭幕之后，给你放两天假。"

"两天怎么够！"

"三天。"

"三天还差不多，成交。"

哄住部下，张宇航再次拿起手机，大发起感慨："老刘、豆豆，这两天城南、城北和城西派出所给我打了好几个电话，你们猜猜他们为什么找我？"

"为什么？"刘海鹏放下茶杯。

"他们以前总在背后笑我们禁毒中队不缉毒，有个什么案子都藏着掖着，生怕我们蹭他们的成绩。现在反过来了，主动提出要跟我们合作，而且说得很客气。"

"他们怎么说的？"

"欢迎我们去指导他们的禁毒工作，以后只要发现毒品案件线索，会第一时间给我们打电话，要跟我们联合侦办。"

"哈哈哈哈哈，他们也太现实、太势利了吧。"

"要不是'2·12'案，要不是小韩帮我们打了个翻身仗，他们才不会主动要求跟我们合作呢。"

"是啊，小韩这次真让我们扬眉吐气了一把。他在楼下盯着那么多抓捕组，这不就是业务指导吗？可以说案件侦办这块短板，我们已经补上了。"

刘海鹏同样感慨万千，可想到蓝豆豆昨天说过的一件事，又有些担忧："张队，肖支对小韩好像比对我们还要了解。"

"什么意思？"

"让小韩回来加入研判组，好像是肖支先提出来的。专业缉毒民警我们需要，市局一样需要，我真担心市局会把小韩借调走。"

"你的担心有道理，但我觉得可能性不大。"

"怎么不大？"

张宇航笑道:"个个都说我们禁毒中队不缉毒,其实市局禁毒支队更不办案,他们把小韩借调过去做什么,难道去跟他们一起坐办公室?"

刘海鹏点点头:"也是啊,我们以前只是刑事案件办得不多,但行政案件办得可不少。禁毒支队别说刑事案件,连行政案件都不怎么办,把小韩借调过去没用。"

张宇航哈哈笑道:"所以说用不着杞人忧天。"

44. 把指导进行到底

韩昕回来了两天,就连续看了两天的"直播"。这会儿"开播"的是南云抓捕小组,正在直播南云抓捕现场,包括周亮周成兄弟在内的四个嫌疑人,戴着手铐被责令蹲在院墙下。周亮周成一看就知道是吸毒人员,精神萎靡,瘦得跟猴儿似的。从手边的资料上看,两个女嫌疑人是他们的老婆,其中一个看着也是吸毒成瘾。

所谓的制毒工厂,就是他们两兄弟家的院子。环境卫生可以用脏乱差来形容,小狗围着李大"汪汪"狂吠,两只老母鸡胆子不小,竟在邋遢的院子里闲庭信步。之前缴获的毒品,外包装上称"纯天然"中药制剂,纯天然纯属扯淡,但从现场看肯定是纯手工制剂。用来制毒的容器是脏兮兮的洗脸盆,人工搅拌,人工灌装,唯一能称得上机械的,可能就是那台药瓶封口机。制毒主料是几大袋扔在墙角里的淀粉,抓捕组成员刚搜出来的"原药",让专案指挥部里的所有人大吃一惊。不是原以为的复方地芬诺酯片,而是一种治疗鸡鸭鹅拉稀的兽药!里面是含地芬诺酯,但同时还含有硫酸新霉素、头孢哌酮、加替沙星、妥曲珠利和阿托品等成分。

"难怪许文静说刚缴获的这一批毒品成分混乱,原来是换了'原药'。"

"用兽药掺上淀粉当戒毒药卖,他们也不怕吃死人!"

"你们看看,他们自己都人不人鬼不鬼的了,还会在乎别人的死活!"

韩昕回头看了看正义愤填膺的同事们,低声道:"杨贤德这一批货拖了十几天才发,应该就是因为厂家没原料,生产耽误了。"

黄大一屁股坐下来,抱着双臂说:"幸亏被我们及时查获了,如果没被查获,就这么流入市场,很可能真会吃死人。"

正说着,李大出现在屏幕里。只见他放下半箱复方地芬诺酯片,厉声问:"明明有这么多地芬诺酯片,你们为什么要用兽药掺淀粉当戒毒药卖?"

"这是我们自己吃的。"

"自己吃的，你们平时就吃这个？"

"就吃这个。"

"那这些地芬诺酯片和以前的地芬诺酯片，是从哪儿买的？"

"有从网上买的，有找贩子收的。"

"网上有的卖吗？"

"有，就是贵。"

一看那些复方地芬诺酯片的外包装就知道，不是同一个批次，甚至不是同一个厂家生产的。如果没猜错，十有八九是一些药贩子，从偏僻的农村小药店甚至卫生室买的，然后在网上高价贩卖。从嫌疑人的供述上看，他们的生产成本并不低，几块钱一盒的药，他们要花几十乃至一百多才能买到。往上查没什么搞头，甚至会由刑事案件变成行政案件。

韩昕不想把时间浪费在这儿，起身道："黄大，第八小组马上要搜查，我先去隔壁。"

"行，赶紧去吧。"

黄旭对韩昕这个大队的新人很满意，因为刚刚过去的这两天，韩昕真发挥出一个专业缉毒民警的作用。通过视频参与，协助各小组发现了四条线索，取得了四个意外收获！看着韩昕离去的背影，暗暗决定今后只要有毒品案件，他都要参与侦办。一些看似与毒品无关的案件，也要喊他去现场看看。

第八小组就是城南派出所那一组，正在就地审讯一个二十六岁的嫌疑人。韩昕坐到电脑前，把声音开到最大。正准备看看嫌疑人的反应，镜头突然转到卫生间门口。只见李菜鸟从卫生间里走出来，手里拿着一个脏兮兮的玻璃容器。他那激动兴奋、喜形于色的样子，真像个好不容易找到一块棒棒糖的孩子。

他们队长汪宗义要淡定得多，呵斥道："陈友俊，抬起头，告诉我这是什么？"

"冰……冰壶。"

"用来做什么的？"

嫌疑人小心翼翼地说："溜冰的。"

汪宗义追问道："什么叫溜冰？说清楚点！"

"吸冰毒的。"

"谁吸冰毒？"

"我朋友。"

"姓什么叫什么？"

"朱亚纯。"

"他吸冰毒，他的工具怎么会在你家？"

"他以前……以前在我这儿住过几个月。"

"他现在人呢？"

"被抓起来了，在戒毒所。"

刚搜出冰壶时，李菜鸟别提有多激动，可随着审讯的深入，渐渐变得垂头丧气。王伟正举着手机直播，看不见脸，不知道是什么表情。因为手机镜头对着嫌疑人，只看到汪宗义的半张脸，但通过这半张脸，也能看出他有些失望。类似情况这几天已经发生过好几次，韩昕内心毫无波澜。见汪宗义一时半会儿也审不出什么，韩昕干脆举起麦克风："王警长，我韩昕，麻烦您从进门的地方开始，让我看看整个环境。"

"收到。"

"王警长，麻烦您慢一点。"

"好的，这样行吗？"

"可以，还有房顶，让我看看吊灯。"

"这样可以吗？"

"不行，灯光刺眼，什么都看不清。"

"你等等，我把灯关了，我去拿把椅子，站上去看看。"

李亦军反应过来，蹑手蹑脚走过来问："我表哥？"

王伟瞪了他一眼："闭嘴。"

"哦。"

"韩昕韩昕，吊灯上什么都没有。"

"好，下来吧，继续往前搜。"

鞋柜、装饰柜、茶几、电视柜、电视机后面、沙发、阳台、主卧……一点一点搜，一个死角也不放过。用了近一个小时，什么也没搜出来。

汪宗义正准备将嫌疑人带走，韩昕突然道："王警长，你们带试剂盒了吗？"

王伟连忙道："带了，指挥部给了我们六个。"

"给嫌疑人做尿检。"

"小韩，我们只有试剂盒，没别的东西。"

"随便找个杯子取样，只是检测一下，用不着那么正规。"

"行，你稍等。"

镜头一阵晃动。等了大概两分钟，汪宗义把嫌疑人带出卫生间。李菜鸟也跟出来了，手里端着半杯淡黄色的嫌疑人尿样。

资料显示嫌疑人是戒吸人员。在刚才的审讯中，嫌疑人供认控制不住想吸，可没钱买冰毒，就算有钱也买不到冰毒，再后来在网上看到了"养生一号"，买了点吃下去发现管点用，就开始以贩养吸。他声称冰毒已经戒掉了，只是对"养生一号"成瘾。看他的精神状态，毒瘾确实没戒除。韩昕觉得有必要检测一下，看看他吃的到底是不是"养生一号"。

李菜鸟在王伟的指导下，把三块试剂板挨个儿沾上尿样，轻轻放在刚擦干净的茶几上等结果。其实王伟也不是很懂，把镜头对准试剂板："韩昕，你看看这个，是不是阳性？"

"是阳性，他吃的是'养生一号'。我没什么问题了，带走吧。"

"那我挂了？"

"挂吧，辛苦了。"

"辛苦了"是一句客气话。王伟听着却怪怪的，走出嫌疑人家禁不住笑了。

这边刚挂断视频，正准备去个洗手间，一个民警走过来敲敲门："韩昕，第十一小组带嫌疑人去住所搜查了，大概十五分钟之后上线。黄大担心你忘了，让过来提醒下。"

"知道了，谢谢。"

"不客气，我先过去了。"

韩昕看了一下午"直播"，远程参与了三次搜查，再看看"直播节日单"，确认今晚不用再熬夜，刚走出办公室，正准备下楼透透气，就见顶头上司笑容满面地走了过来。

"张队，你怎么还没下班？"

"刚忙完，你这边怎么样？"

"什么怎么样？"

"有没有新收获？"

他不是外人，无须保密。韩昕把他请进办公室，带上门："收获有，但不是很大。"

张宇航坐下问："有收获总比没收获好，到底什么收获？"

"搂草打兔子，缴获了两克冰毒，六颗摇头丸，一千三百二十六克美沙酮和七克海乐神，也就是强烈麻醉药三唑仑。"

"蒙汗药！"

"嗯，就是那种能迅速让人昏迷的蒙汗药。"

"有没有查来源？"

"正在查，不过四条线已经断了三条。"

"怎么会断？"张宇航低声问。

韩昕微笑着解释道："那两克冰毒是一个嫌疑人的存货，与郑淑华藏毒的情况类似，上家三个月前就已经落网了。美沙酮是一个瘾君子的口水，他去戒毒机构喝，但没咽下去，就这么一点一点存起来，卖给了我们抓捕的一个嫌疑人。"

"他这也属于贩毒。"

"属于，已经抓捕了，最迟明天中午就能押解回来。"

"另外两条线呢？"

"海乐神是一个为了筹集毒资，打算抢劫作案的吸毒人员，前不久通过网络从境外购买的。藏得比较隐蔽，没被海关检查出来。他只知道是麻醉品，但没见过，不知道效果怎么样，落网前正准备找个目标试试管不管用。"

"幸亏发现及时！"

"嗯。"

"这么说就剩摇头丸这条线还在。"

韩昕帮他倒了杯水，坐下说："重案中队的陈队在查，范子瑜也归队了，他们已经锁定了嫌疑人，也不知道能往上打几个层级。"

相比重案中队能追查到什么程度，张宇航更关心禁毒中队在侦办这起"案中案"中所扮演的角色，笑看着他问："摇头丸这条线你要不要通过视频全程参与？"

"要。"

"这就好。"

张宇航越想越高兴，禁不住拍拍韩昕的肩膀："小韩，我们中队工作职责的第一条，就是负责全区毒品案件侦办，而这个负责其实就是指导。以后有案子，我们自己能搞定的就自己搞定，我们自己搞不定的就跟兄弟单位联合侦办，然后指导他们。"

"行，张队你怎么说我就怎么干。"

"主要工作还是靠你这个专业人士干，对了，兄弟单位的案子，只要是与毒品有关的案件，我们一样要指导。我们已经打响了第一炮，接下来就要以此为契机，把指导进行到底。"

45. 在骂你老公

贩卖摇头丸绝对是大案，至少在陵海分局是。黄大认为这是一个扩大战果的突破口，把这个"案中案"交给了最得力的重案中队侦办。在"2·12"案侦办的第一阶段，禁毒中队出了一把风头，重案中队长陈维民不想被只知道开会检查搞活动的"千年老四"比下去。一接到任务陈维民就亲自带队，星夜赶赴南湖省会常沙，在南湖同行协助下成功抓获嫌疑人，在嫌疑人的住所缴获摇头丸二十一颗。但案子查到这儿却查不下去了，嫌疑人是年前刚开始以贩养吸的，只有之前已经抓获的那一个下家。至于上家，已经因涉嫌贩毒被四个地方的公安机关上网追逃了。一时半会儿抓不到，陈维民只能先押解刚抓获的嫌疑人回来，四面出击的抓捕工作也随之画上了句号。

黄大不免有些失望，但后续工作依然要做。考虑到接下来主要是补充侦查，整理案卷材料，以便交法制审核，乃至移送检察院审查起诉，而韩昕连警察证都没有，继续留在专案组也帮不上什么忙。并且算上之前的侦查抓捕，小伙子已经连续战斗了十一天，其间没睡过一个好觉，干脆给韩昕放了三天假，让他赶紧回家休息。

放假是好事，但不能就这么回去。韩昕回到中队，本打算跟队长指导员说一声，结果队长指导员都不在单位，只有蓝豆豆一个人留守办公室。

蓝豆豆一见着他就欣喜地问："小韩，专案组那边完事了？"

韩昕坐到久违的办公桌前，自嘲地说："我发现他们是在把我当警犬使，说是让我帮着研判，其实是让我通过视频帮各抓捕小组搜毒找毒。现在没的搜没的找了，自然也就没我什么事。"

蓝豆豆扑哧笑道："你比警犬厉害，好多新型毒品警犬搜不出来，但你能搜出来，哈哈哈哈。"

"不说这些了，又不是什么大案，张队和刘指呢？"

"过几天不是要开全市春节期间禁毒专项行动总结大会吗？不但要开会，还要参观。局领导看了下我们安排的几个参观点，觉得有成绩但缺乏新意，张队和刘指正在想办法调整。"

"要来好多领导？"

"当然了，市禁毒委主任、禁毒办主任，市禁毒委各成员单位负责人，各区县禁毒委主任、禁毒办主任，各区县公安局禁毒大队或刑警大队分管禁毒的负责人，连我们区委沈书记都会参加。"

"这么说会议的规格很高。"

"可以说这是春节过后，区里承办的第一个高规格会议，连区委办刚才都打电话跟我要材料。"

"区委办跟你要什么材料？"

"沈书记到时候要讲话，讲话不能没稿子。在禁毒上我们掌握第一手资料，所以区委办的秘书就给我打电话了。"

蓝豆豆不想再聊这个令人头疼的话题，好奇地问："小韩，你回来了，专案组的其他人在做什么。"

想到这两天发生的那些事，韩昕笑道："在骂你老公。"

"骂我老公？"

"嗯。"

"他们神经病啊，我老公是招他们还是惹他们了？"

"别着急，听我说完。"

"赶紧说，这件事不说清楚，我跟他们没完！"

看着她气得咬牙切齿的样子，韩昕解释道："大家伙辛辛苦苦抓几个嫌疑人，千里迢迢押解回来，连饭都顾不上吃就赶紧审，然后马不停蹄送看守所，结果你老公说'客满'了，关不下。"

蓝豆豆反应过来："关不下没办法，因为年前收了一批电信诈骗的，所里人满为患，你们总不能让我老公把嫌疑人带回家吧。"

"如果只是关不下，人家也不会那么骂他。"

"那因为什么？"

"简直是一波三折，刚开始黄大也理解，就向局领导请示怎么办。局领导一边向市局汇报，一边挖掘内部潜力，也就是让其他所队搞快点，让那些能办取保候审的赶紧办取保候审。"

"后来呢？"

"后来腾出了几个'号位'，市局也帮着分流了一部分，就是让送皋如和兴东公安局的看守所。可是问题又来了，你老公看看嫌疑人的检查单，说血压高的不收，吸毒成瘾的不收，反正是各种不收。"

"当然不能收，嫌疑人身体不好，收进去如果死在所里怎么办，谁负这个责？"

"可他搞得跟征兵似的，挑挑拣拣，这个不收，那个也不要，让办案的兄弟怎么办？"

韩昕笑了笑，接着道："李大端掉一个制毒工厂，抓了几个大毒贩，本来挺高兴的，结果千里迢迢押解回来，居然要拉着几个嫌疑人在外面兜圈。先是去你老公那儿，然后去皋如公安局看守所，再去市里的强制戒毒所，实在没地方送，只能先带回来，这会儿正在楼下骂娘呢。"

蓝豆豆不服气地说："看守所有看守所的规定，他骂谁的娘啊？"

"蓝队，你别生气，遇上这种事，换作谁都会生气。"

"现在怎么办，黄大他们打算怎么解决？"

"你老公说他那儿没有脱瘾治疗条件，建议送强制戒毒所先进行脱瘾治疗。局领导也同意了，但戒毒所那边说根据规定，治疗期间的看守工作，应该由原羁押场所派人承担。"

"我老公那边派人了没有？"

"没派，你老公说他们又没收押嫌疑人，连门儿都没让进，他们看守所自然就不是什么原羁押场所。"

"他没说错，只有收押了才叫原羁押场所。"

"可嫌疑人是刚抓获的，非要什么原羁押场所，那只能是办案中心了，你认为办案中心能派得出人吗？"

"办案中心派不出人，看守所一样派不出人，看守所人手本来就很紧张。"

"最郁闷的是，好不容易请局里帮着腾出来的几个号位，今天上午又被王堡派出所送去的几个嫌疑人给占了。"

"你们为什么不给看守所打电话，让他们不要急着收别的嫌疑人？"

"黄大打过，结果你老公那边说，王堡派出所手续齐备，送去的嫌疑人符合收押条件。空出来的几个号位先到先得，不可能空在那儿等我们专案组。"

这样的事发生过太多次，只是发生在自己曾参与侦办过的案件上是头一回。蓝豆豆哧哧笑道："只要是嫌疑人，人人平等。不能因为是涉嫌贩毒的，就可以优先入号。"

"所以说这件事很棘手，好在跟我没什么关系。"韩昕看了一眼台历，接着道，"黄大给我放了三天假，我先回去了，记得帮我跟张队刘指说一声。"

队里忙着筹备总结大会，正是最忙最缺人的时候。蓝豆豆真想让他过两天再休息，可想到他留下也帮不上什么，一口答应："回去吧，熬了这么多天，赶紧回去休息。"

"那我先走了，有什么事给我打电话。"

"走吧，张队刘指那儿我帮你说。"

韩昕背上行李走到门口，突然想起一件事，回头问："蓝队，听楼下的人说李大要退居二线，局里让李大带队去南云端制毒工厂，就是想让他在退居二线前露露脸。"

蓝豆豆转身道："这不是什么秘密，李大是我们大队年龄最大的刑警，年龄到站当然要退，我还知道他下一站很可能要去办案中心。"

"原来是真的，走了。"

"等等。"

"还有什么事？"

蓝豆豆站起来把他拉回办公室，顺手带上门："小韩，楼下那些人是不是还说过什么？"

韩昕本来不想八卦这些的，但事关接下来谁会接替李大分管四中队，老老实实说："他们是在议论谁最有可能接替李大，但好像跟我们中队没什么关系。"

"想想也是，这样的好事怎么可能轮得着我们张队呢？重案中队长陈维民和城区中队长邢翔呼声最高，看来不是陈就是邢了。"

"听他们说西塘中队长张峰也有希望。"

"嗯，张峰是有希望。"

蓝豆豆点点头，想想又感慨道："真舍不得李大走，他分管我们这么多年，几乎没管过我们中队的事，这样的领导去哪儿找？"

韩昕虽然刚到中队不久，但过去这几天在专案组没白待，对大队几位领导的性格多多少少有了点了解。比如即将退居二线的副大队长李重正，不擅长也不喜欢抛头露面。而他分管的禁毒工作，又需要频频露脸，需要经常跟领导打交道。他刚开始是能推就推，后来干脆不管了。张宇航和刘海鹏不但随之走上了前台，甚至越过他直接对分管禁毒的谌局负责。想到他即将退居二线，无论谁接替他分管禁毒中队，都不会再像他那么佛系，韩昕叹道："蓝队，看来我们的好日子快到头了，准备迎接新领导的三把火吧。"

"就怕来个外行指挥内行的。"蓝豆豆深以为然，唉声叹气。

46. 邻家小妹

韩昕回到家，洗了个澡，打开原来的手机，未接电话短信一个接着一个蹦了出来，加起来竟多达四十六个！其中二十九个是舅妈打来的，肯定是因为初三那天没回去相亲的事。韩昕有点害怕，决定先搁置，等表妹回来了商量商量再回。韩露妈妈不但打来三个电话，还发来两条微信，提醒别忘了去交新车购置税、给新车上牌，还问哪天有时间一起吃个饭。这个可以回，因为不用担心挨骂。再就是表妹和叶警长的。表妹的电话不重要，她已经上班了，晚上就会回来，有什么事到时候可以当面说。叶警长的电话比较头疼，不回复不礼貌，回复很容易被揭老底，想想真尴尬。

"叶叔，我韩昕啊，您是不是给我打电话了……"

"小韩，我知道你们刑警队这几天忙，你有没有忙完，今天有没有时间？"

韩昕忐忑地问："叶叔，什么事这么急？"

叶兴国走出社区警务室，遥望着如意嘉园方向，道："既是急事也是好事，不然我也不会急着给你打电话，你先告诉我，今天下班之后有没有时间？"

　　城南派出所跟刑警大队中间只隔着个办案中心，离得太近。韩昕不敢睁着眼睛说瞎话，苦着脸道："我刚忙完，今天有时间。"

　　"有时间就好，你先等会儿，五分钟之后我给你回过去。"

　　"行，我等您电话。"

　　到底什么事……一想到叶警长那张脸，韩昕就觉得自己像个嫌疑人，坐立不安地等了大约三分钟，叶警长打过来了。

　　"小韩，记不记得你们老三队的姜成贵？"

　　"记得，他以前好像是城北派出所的联防队员，有好多年没见了，您怎么突然想到问起他？"

　　"联防队早没了，他现在既是城北派出所的辅警，也是明道小学的门卫，一直在明道小学执勤。"

　　叶兴国笑了笑，又问道："小韩，你既然记得姜成贵，那记不记得他家姑娘姜悦？"

　　韩昕沉吟道："有点印象，不过她那会儿还小，我没怎么跟她说过话。"

　　"那会儿小，现在长大了，大姑娘了！"

　　"是吗？这么多年没见，估计遇上了都不认识。"

　　"不认识我介绍你们认识，没怎么说过话，等会儿见着之后好好聊聊。她家就在你家后面那栋楼，你大概几点到家？我去小区等你。"

　　"介绍什么呀？"

　　"给你介绍对象啊！"

　　韩昕反应过来，哭笑不得地问："叶叔，您打算把姜悦介绍给我？"

　　"你以为介绍什么？"

　　"不合适不合适，叶叔，谢谢您的关心，这个真不合适……"

　　"有什么不合适的？姜悦那个小姑娘长得可漂亮了，她是警校生，正在上大四，刚参加联考，再过几个月就分到我们分局，现在是半个同行，马上就是同行兼同事……"

　　韩昕苦笑道："我不是说姜悦不好，我是觉得这事成不了，她爸她妈肯定不会同意。"

　　"小韩，我知道你担心什么，其实完全没必要，相信我，她爸和她妈不但对你没有成见，而且觉得你俩挺合适。"

　　韩昕将信将疑："真的？"

　　叶兴国哈哈笑道："骗你做什么？你们是知根知底的老邻居，现在又住同

164

一个小区，这跟亲上加亲差不多，最合适了。本来我准备安排晚饭的，结果她妈抢着要安排，这事就这么定，我等会儿去小区找你……"

……

尽管追的人不少，但姜悦真没谈男朋友。因为她上的是警校，必须面对工作的问题，只有那些成绩特别逆天的同学，才能考上部直单位和大城市公安局的岗位。大多学员只能报考生源地公安局的岗位，也就是从哪儿来回哪儿去。正式参加工作之后，想调动又非常难，与其毕业之日就是分手之时，不如不谈。她年前刚参加过联考，现在压力没那么大，正搂着抱枕追剧，老妈和二姑奶奶相继打来电话，让赶紧收拾收拾，赶紧打扮打扮，等会儿给介绍对象。

她被搞得啼笑皆非，举着手机问："姑奶奶，我这还没毕业呢，着什么急！"

执掌城南派出所食堂十六年的姜桂英，在这个问题上最有发言权："小悦，你又不是没来派出所实习过，对所里和局里的情况应该知道一点。单身民警那么多，等你分到单位，不知道会有多少人介绍。"

"那等上班了再说，我还有半年才毕业呢。"

"你知道什么呀，听我说完！"

"你说，我听着呢。"

"你想想，正式上班之后，那么多人帮着介绍，连领导都会帮着介绍。要是领导帮着介绍个条件一般的，你到时候都不好意思说不合适。"姜桂英顿了顿，又强调，"听我一句劝，晚谈不如早点谈，不如早点定，省得到时候事多！"

这真不是危言耸听，同学群里刚才还在开玩笑说，那些已经参加工作的学长们正"嗷嗷待哺"，就等着她们去报到。想到这些，姜悦好奇地问："姑奶奶，你打算给我介绍谁？"

"韩昕，就是我们老三队韩如松家的儿子，你应该认识。"

听到这个名字，姜悦吓一跳："姑奶奶，你没开玩笑吧！"

"这么大事能开玩笑吗？"

姜桂英反问了一句，开始循循善诱："小悦，现在的韩昕不是以前的那个韩昕，你不能用老眼光看人家，相信二姑奶奶，你们谈最合适。"

难怪她们从大年三十到现在，总是有意无意提韩昕，原来埋伏打在这儿……姜悦彻底服了，嘀咕道："姑奶奶，你别费这个心了，我跟他不合适。"

"有什么不合适的？"

"我不是用老眼光看他，而是他比我大那么多，没共同语言！"

"处处就有共同语言了，再说他只比你大五岁。"

"可是……"

"别'可是'了，老叶等会儿就带他去你家，你爸这会儿回不去，你妈马上到家，我等烧完饭也回去。"

姜桂英不想眼睁睁看着那么优质的小伙子被人家抢走，语气不容置疑。听着手机里嘟嘟的忙音，姜悦郁闷到极点。韩昕是什么人？上初中时就三天两头旷课，去上网，去打游戏，甚至跟人家打架。连职中都是花钱上的，不好好学习，居然早恋，十几岁时就偷家里钱带那个早恋的女生私奔……简直是不听话、不学好的典范，是四队那个被判了九年的钱大富的接班人，是全村大人们当作反面典型教育自家孩子的活教材！一想到韩昕当年那吊儿郎当的样子，姜悦就觉得即将要相的这个亲太荒唐。可那家伙等会儿就要过来，只能硬着头皮起来收拾。没想到刚收拾好，外面就传来老妈和城南派出所叶警长的笑声。

"又不是外人，老邻居串个门，还带什么东西……"

"昕昕，不用换鞋，直接进来。叶警长，你不用换……"

见老妈那么热情地把那个家伙请进屋，姜悦突然想到一个成语：引狼入室！不过那家伙变化是挺大，个子比以前高，身材比以前壮，虽然算不上帅，但看着是比以前顺眼些。不像小时候那么吊儿郎当，甚至带着几分羞涩，确切地说应该是带着几分尴尬。姜悦恍恍惚惚，正胡思乱想，就听见叶警长笑道："小悦，你跟韩昕是老邻居了，应该不需要我介绍吧？"

姜悦缓过神，急忙乖巧地说："叶警长好，韩昕哥好。"

"认识就好，老杨，你家装修得很不错，我先参观下。"

"好好好，小悦，你先陪昕昕聊会儿。"

这算什么……见那家伙傻傻地盯着自己，姜悦只能硬着头皮提醒："韩昕哥，韩昕哥……"

韩昕是真看傻了。都说女大十八变，但这变化也太大了，不敢相信当年那个土里土气但成绩特别好的小丫头，竟变得如此漂亮。标准的瓜子脸，水汪汪的大眼睛扑闪着像是会说话，眉毛长长的，皮肤白白的……笑起来有两个小酒窝，特别可爱。身材同样无可挑剔，整个人散发着青春、阳光的气息，而且给人的感觉很清纯，很舒服。

"韩昕哥，你渴不渴？你先坐，我去帮你倒杯茶……"

"哦，不用了，我不渴。"

韩昕反应过来，一脸尴尬："小悦，这才几年没见，你……你都这么大了。"

姜悦同样尴尬，咬了咬嘴唇："是有好多年没见，你坐，我……我去给你拿水果。"

"不用这么客气。"

韩昕意识到刚才失态了，急忙转身看向姜妈："阿姨，叶警长刚才说你家拿了两套，还有一套在哪儿？"

"在隔壁，中间套，没装修。"

"你们这是一梯三户，那会儿怎么不把对门也拿下来？我记得你家以前的房子可大了，拿三套应该没问题。"

聊到房子，姜妈别提有多庆幸："不怕你们笑话，我家老姜窝囊了大半辈子，没见过钱，那会儿就想着要钱。要不是我坚持，连隔壁那套他都不想要。"

老叶哈哈笑道："那会儿谁知道房价涨这么快，换作我一样要钱，毕竟到手的钱才是钱。"

"幸亏没全要钱，不然亏大了。"

"所以说房子这种事要听女同志的，我就是因为没听吃了大亏！"

老叶痛心疾首，随即话锋一转："小悦、韩昕，我是真羡慕你们这些拆迁户，一家好几套，光房子就值几百万。"

47. 成不成功

这个亲相得有点仓促，但过程是很正式的，完全按照陵海相亲的习俗进行。只是双方太熟悉了，熟悉到韩昕刚生下来时几斤几两，姜妈都记得清清楚楚。所以介绍对方个人情况这一环节，可以直接忽略。对方的家庭情况，一样没什么好介绍的。出于对男方家长的尊重，前几天从王瘸子那儿听说葛素兰在陵海陪读的姜妈，强烈建议韩昕给葛素兰打个电话，并热情邀请葛素兰一起来吃晚饭。后妈一样是家长，老叶深以为然。韩昕没办法，只能硬着头皮联系。没想到葛素兰不但很快就来了，而且体现出了这一代韩家女主人的担当！给女方家长的见面礼是两瓶五十三度飞天茅台和两条九五至尊，以及一箱进口的车厘子和一个里面全是各种进口零食的大礼包。给姜悦的见面礼是一袋价值不菲的化妆品和塞有一千八百八十八元的红包。同时带来两瓶五粮液，让服务员帮着打开，这是晚上招待用的酒水。两杯酒下肚，她又掷地有声、慷慨激昂地一连表了三个态：

第一，韩昕虽不是她亲生的，但她一直把韩昕当着亲生儿子疼爱，今后还会把姜悦当自己的女儿一样对待；第二，她和韩总老了之后既不需要女儿女婿操心，一样不需要儿子儿媳妇操心；第三，老太太留给韩昕的房子、存款是韩昕的，她和韩总将来的遗产儿子女儿各一半。"亲家"如果不相信，明天就可以请律师写，然后去公证处公证。

她如此大度、如此敞亮、如此负责……顿时赢得满堂彩！见未来的亲家公、亲家母很高兴，她又拿起手机跟韩总视频，让韩总跟未来的亲家公、亲家母以及大媒人老叶现场连线。未来的儿媳妇很漂亮，而且很快就是警察，韩总很高兴。

"亲上加亲"，姜成贵夫妇更高兴，笑得合不拢嘴。

他们谈笑风生，回忆当年，畅谈当下，展望未来，甚至想趁热打铁，赶在新中国成立七十周年大庆时帮两个孩子把婚事办了。至于彩礼什么的，两个知根知底的拆迁户家庭联姻，根本不用谈那些。

韩昕很感动也很尴尬。姜悦比他更尴尬，恨不得找个借口赶紧开溜。好在韩露正在上晚自习，葛素兰要去接韩露放学，不能在此久留。同样想赶紧结束的韩昕，以春节期间代驾不太好找为由，开车送她去城南中学接韩露……

"儿子"如此懂事，葛素兰很高兴，觉得之前的付出都是值得的，一上车就忍不住问："昕昕，阿姨今天的表现怎么样？"

想起她晚上做的那些事，说过的那些话。再想到她以前真是变着法讨好自己，韩昕心里突然一酸，鬼使神差地冒出一个字："妈……"

"什么？昕昕，你说什么？"葛素兰以为酒喝多了，以为听错了。

韩昕深吸口气，回头道："妈，对不起，我……我以前不懂事，我……"

葛素兰酒意全无，急切地问："昕昕，你刚才叫我妈？"

韩昕干脆把车靠到路边，拉着她的手，很认真很诚恳地说："阿姨，你本来就是我妈，我有两个妈妈。"

整整等了二十年，终于等到了这一天！葛素兰没想到幸福来得如此突然，感觉这一切像是在做梦，直愣愣地盯着继子看了好一会儿，突然捂着脸哇一声痛哭起来。

"妈，你别哭了，我是说心里话，我从来没怨恨过你。我妈跟我爸离婚那会儿，我爸还不认识你呢……"

"我知道，我不是哭，我是高兴。"葛素兰手忙脚乱地翻找纸巾，找到纸巾顾不上擦泪，又忙不迭从包里取出手机，第一时间给远在江城的老韩打电话。

"老公，真的，不骗你，不信你问昕昕。昕昕，你再叫一声，你爸不相信。"

"昕昕，你阿姨是不是喝多了？"

"爸，妈没喝多，我跟妈正在一起……不好，露露快放学了，回头再跟你聊，我要赶紧去学校。"

"好好好，开慢点。"

"老公，听见没有，昕昕真叫我妈，我就说他最懂事了。"

继母如此激动，激动得痛哭流泪。老爸在电话里也很激动，连说话的声音都带着颤抖，甚至带着哭腔。韩昕突然意识到自己过去这些年真的很不懂事，所谓的不想打扰他们的生活，其实是自己骗自己的借口。他暗暗决定回去之后也给老妈和同母异父的妹妹大韩璐打个电话。

紧赶慢赶，他们还是迟到了。韩露在学校门口等得心焦，正准备埋怨，见开车的是哥哥，顿时欣喜地问："哥，你怎么突然想到来接我的？"

"你是我妹妹啊，有时间当然要来接。"

"嘻嘻，哥，你真好。"

韩露拉开后门，摘下沉甸甸的书包往里一扔，费劲儿地爬上车，正准备问去哪儿吃夜宵，葛素兰就捧着手机笑道："露露，你哥晚上去相亲了，你看看，这个姐姐漂不漂亮？"

"真的！给我，让我看看。"

"妈，露露，你们别高兴得太早，我早看出来了，姜悦不喜欢我，其实我也觉得我跟她不合适。"

"怎么可能，刚才吃饭时不是挺好的吗？"葛素兰惊问道。

韩昕扶着方向盘，苦笑道："晚上你光顾着跟她爸她妈，光顾着跟叶警长、跟她二姑奶奶说话，没注意她的表情。"

"她不喜欢你……"

"嗯。"

"她凭什么不喜欢，我们哪儿配不上她了？"

"是啊，哥，你是警察！"

"人家很快也是警察。"

韩昕回头看了一眼妹妹，微笑着解释："她对我太了解，我对她也比较了解。她一看见我就会想起我小时候的事，我看见她也会想起她小时候的样子，太尴尬了，没那种感觉，所以不合适，成不了。"

葛素兰喃喃地说："了解才好呢，知根知底多好，再说我看她家人挺高兴的。"

"妈，时代不一样，光她爸她妈觉得合适没用，要她觉得合适才行。"

"等等。"

"露露，怎么了？"

哥哥十几岁时就带着小女朋友私奔，哄女生的本事大着呢，韩露一点都不担心哥哥找不到女朋友。所以相比晚上这亲相得成不成功，她对哥哥刚才的称呼更感兴趣："哥，你刚才怎么叫我妈的？"

韩昕反应过来："叫妈妈呀，我是你哥，你妈妈就是我妈妈，我难道叫错了？"

"没有没有，我妈就是你妈，我的天啦，妈，你高不高兴？"

"高兴，别提有多高兴了。"

"我爸知不知道？我给我爸打电话！"

"别打了，我刚打过。"

"怎么不等我放学再打？"

"这有什么好等的。"葛素兰乐得心花怒放，觉得晚上这亲相得还是很成功的，虽然没找到儿媳妇，但儿子终于认她这个妈妈了！再想到儿子虽然有说有笑，但心里肯定多多少少不是滋味儿，顾不上再跟女儿说话，赶紧劝道："昕昕，这个不行我们再找，以你的条件，以我们家的条件，什么样的姑娘找不到？"

"妈，我不着急，慢慢找，只是可惜了那两瓶酒和那两条烟。"

"那点烟酒算什么，我表妹家的儿子，为了找个对象，不知道相过多少次亲，不知道请人家吃过多少次饭！再说家里烟酒多的是，光茅台你爸就存了两百多箱。"

"存那么多做什么！"

"他应酬多，你这一说我突然想起件事，我回头得给你爸打个电话。"

韩露问："妈，什么事？"

葛素兰笑道："现在的酒涨价就算了，想买到真的还不容易，我要跟你爸说一声，江城存的那两百箱不能动，留着给你们将来结婚用。"

韩露嬉笑道："我结婚早呢，还是先尽着哥结婚时用吧。"

两百箱茅台值多少钱……韩昕早知道老爸这些年搞工程赚到了点钱，却不知道究竟赚了多少。听刚相认的继母这么一说，突然发现自己好像也是个富二代。正觉得好笑，手机突然响了，竟是叶警长打来的。

"叶叔，您到家了没有？"

"你放心，我刚到家，安全到家。"喝了人家大半瓶五粮液，事情却没办成。老叶真不知道该怎么开口，但不说又不行，只能硬着头皮道："小韩，晚上你也看见了，姜成贵两口子对你是很满意的，但姜悦可能……可能觉得还没毕业，现在谈有点早，所以这件事……"

韩昕连忙道："没事，其实我一样觉得不合适，毕竟太熟了，没感觉。"

"那这件事先这样，你不要灰心，不要丧气，我呢也会继续帮你留意。"

"谢谢叶叔，我不会灰心丧气的。"

"好，这我就放心了，还有件事，要跟你说一下。"

"什么事？您说。"

"你阿姨晚上带的那些东西太贵重，刚才姜大姐帮着给你送回去了。本来以为你在家，结果是你表妹开的门，红包也在里面，你回去清点下。"

"她们也真是的，送出去的东西哪有退回来的道理。"

"应该退，这是老规矩，你不懂你阿姨懂。"

如果女方收下，表示可以先处处。如果女方很快把东西和红包退回来，表示不合适，没必要再谈。这些规矩韩昕懂，甚至早有这个心理准备，可被人家嫌弃的滋味儿真不好受，而且等会儿回去还要被表妹笑话，简直太丢人了。

48. 感情专一

相亲失败，姜成贵非常郁闷。在城北派出所做了大半辈子"临时工"，从来没喝过茅台，也从来没人给送过茅台，好不容易等到这一天，却要给人家送回去！门当户对，知根知底，这门亲事如果能成，就跟招个倒插门的女婿差不多，可现在是说不谈就不谈，一点面子不给人家，一点余地都不给自己留，这算什么事……他一连抽了几根闷烟，回头看着紧闭着的房门，不快地说："小悦，我知道你心气高，想找个各方面条件好的，可韩昕的条件不差呀，全陵海也找不出几个比他家更好的。"

姜妈也是一肚子气："就算真能找到，人家也不一定能瞧得起我们。"

"这话说在点子上！"老姜又点上支烟，"我只是个辅警，你妈就是个扫大街的，你要是找个干部家庭，人家能瞧得起我们吗？韩如松就不一样了，他不管有多大本事，也是我们老三队的邻居，也是跟我从小一起玩到大的兄弟。谁都可以瞧不起我，他韩如松不会瞧不起我。"

姜妈幽幽地说："葛素兰这个人也可以，看着不难相处。"

"就算不好相处也没关系，人家把话说得很清楚，孩子们过孩子们的日子，他们过他们的日子。房子嘛都有，还两套，根本不用担心将来婆媳关系不好处。"

"可惜了，唉……"

"现在说可惜有什么用，我们着急，人家一样着急，人家那么好的条件，不可能等我们！"

姜悦再也忍不住了，猛地爬起来拉开房门："爸，我从来没想过当警察，就因为你做了几十年联防队员，总觉得被正式民警瞧不起，我就不得不放弃自己的梦想报考警校。"

"让你上警校做警察不好吗？你知不知道现在有多少大学生找不到工作？"

"你觉得好，别人不觉得好，反正我以前什么都听你们的，轮也轮到让我自己给自己做一次主！"

"可韩昕那孩子多好啊，家庭条件好，工作也好，说得好像我们是在害你！"

"我知道你们是为我好，韩昕也挺好的，但不合适就是不合适。"

"有什么不合适的？"

"说了你们也不懂，不跟你们说了，我收拾东西，明天就去学校。"

"你大后天才开学。"

"我提前一天去不行啊！"

与此同时，韩昕带着韩露回到了家。虽然明天是星期天，不用上课，但正常情况下葛素兰是不会同意女儿出来玩的。考虑到儿子刚认了她这个后妈，并且儿子相亲失败心情不好，女儿撒了一会儿娇她就有条件地同意了，条件是要带上作业，而且必须按时保质保量完成。结果韩露一进门，就把沉甸甸的书包往地上一扔，飞奔过去拿起遥控器，舒舒服服地躺在沙发上，开电视搜她最喜欢的偶像剧。

韩昕看了一眼搁在鞋柜上的烟酒，走到干湿分离的洗脸池前打开镜前灯，正准备放水洗洗手，顺便洗把脸，正在卫生间里的许琳琳听到外面的动静，急忙道："别进来，我忘了反锁，我刚洗完澡，我正在穿衣服！"

"一惊一乍的，正在穿衣服怎么了，我又不是没看见过。"

"那是小时候！"

"小时候还在一个澡盆里洗过澡，小时候我还帮你洗过屁股呢。"

"不许再说，再说我跟你急！"

"那你搞快点，我要上厕所。"

许琳琳飞快地穿上睡衣，拉开门笑道："哥，是不是被人家嫌弃了，心情不好？"

韩昕甩甩手上的水，转身道："谁敢嫌弃我？让开。"

"别装了，人家已经把东西退回来了，还有红包，哈哈哈哈哈。"

"幸灾乐祸有意思吗？"

"有。"

"不许笑话我。"

"让我再笑会儿。"

"再敢笑,信不信把你拉进去,再帮你洗一次屁股!"

许琳琳正准备给他点颜色瞧瞧,韩露就跑过来打圆场:"琳琳姐,你别气我哥了,他心情真不好。"

"谁说的?我心情好得很!"

"好好好,你心情好。"许琳琳强忍着笑,走出来问,"露露,你怎么跑来了,你妈知道吗?"

"知道,她不点头我敢来吗?琳琳姐,遥控器归我了,让我看会儿电视。"

"看吧,肚子饿了茶几下面有零食。"

"谢谢姐。"

韩昕上完洗手间,回到客厅,两个相互之间没有血缘关系的姐妹,正躺在沙发上一边吃着零食,一边对手机里姜悦的照片评头论足。手机是继母的,照片也是吃晚饭时继母偷拍的。

韩昕见她俩依然在幸灾乐祸,拉着脸说:"有什么好看的,不是想看电视吗?赶紧看,看完做作业!"

"哥,今天让我休息一下,作业明天再做。"

既然把她带来了,就要负起责任。韩昕正准备督促一下,许琳琳就举着手机说:"哥,这妹子也算不上有多好看。"

韩昕坐下道:"那要看跟谁比了,跟你比当然算不上好看。"

韩露由衷地说:"姐,你是我见过的最好看的女生!"

"是吗?"

许琳琳嘻嘻一笑,放下手机问:"哥,露露说她爸她妈挺喜欢你的,就她不喜欢,是不是啊?"

"嗯。"

"你真是生不逢时,如果早生个二三十年,她爸她妈不就可以包办了,这事不就成了吗!"

韩昕顺手拿起一袋零食,没好气地说:"如果早个二三十年,也轮不着她爸她妈包办。"

"什么意思?"

"因为你爸你妈会早早地给我们包办了,我们的孩子说不定都能打酱油了。"

这真不是开玩笑。想到老爸老妈真有过这想法,许琳琳搂着抱枕笑骂道:

"近亲结婚，你也不怕生个畸形！"

"有正常的，你们村好几个。"

"不跟你说了，狗嘴里吐不出象牙。"

韩露没想到他俩斗起嘴这么生猛，好奇地问："哥，二三十年前好像已经改革开放了，那会儿还有近亲结婚的？"

"有啊，农村多着呢。"

"能领到结婚证吗？国家不管吗？"

"孩子都生出来了，没证也要补办，顶多交点罚款。"

"把生米煮成熟饭再说？"

"差不多。"

"那你跟琳琳姐还等什么，不就是交点罚款吗？哈哈哈哈。"

许琳琳被搞得啼笑皆非："果然是有其兄就有其妹，你个死丫头也不学好，赶紧做作业去！"

韩露嘬着嘴嘟囔道："我不喜欢做作业。"

韩昕皱着眉头问："那你喜欢什么？"

"我喜欢杨一龙。"

"杨一龙是谁？露露，你早恋了！"

许琳琳噗一声笑了："说你老土还不信，杨一龙是明星，我也喜欢。"

"姐，你也粉杨一龙啊！"

"是啊。"

"太好了，你有没有 QQ 号？我拉你进群。"

"两个脑残粉！"

"什么脑残粉，杨一龙多帅啊！还那么有爱心。哥，你要是有杨一龙一半帅，那个姜悦也不至于嫌弃你。"

"别一半了，有四分之一就行。"许琳琳回头道。

韩昕彻底服了，正准备远离这两个脑残粉，韩露连忙拉住他胳膊。

"哥，别生气，我们是在跟你开玩笑呢。你上职中时就谈恋爱，你那么厉害，怎么可能找不到女朋友。"

"这还差不多。"

"话说你喜欢过几个女生？"

"问这些做什么，继续研究你们的杨一龙，我去洗个澡。"

"等等啊，跟我说说呗。"

许琳琳也笑道："是啊哥，你告诉我们，我们才能帮你想办法，才好帮你介绍。"

韩昕没办法，只能坐下道："上职中时的那个就不用说了，你们都知道。到部队之后喜欢过几个，不过也只是喜欢。"

"一个一个说。"

"第一个是女军官，很漂亮很好看。"

韩露急切地问："后来呢？"

"后来她嫁给司令部的一个参谋，我那会儿是战士，不能在部队谈恋爱，就算可以谈人家也瞧不上我。"

许琳琳追问道："第二个呢？"

"第二个是一个战友的妹妹，很年轻很漂亮很好看，她去部队找他哥时认识的，我们加了微信，留了电话。但因为我总出任务，那个手机不能带在身上，聊了一段时间就不聊了。"

"第三个？"

"第三个是我们部队营门斜对面小卖部老板家的姑娘，很年轻很漂亮很好看很清纯。琳琳，说了你别不高兴，她比你好看。"

许琳琳嘀咕道："我又没说我是天下第一美女。"

"后来呢？"韩露摇晃着他胳膊问。

"因为那会儿我是士官，一样不可以在驻地谈恋爱，只能暗恋。其实不只是我暗恋，我们部队的好多战友都暗恋，有事没事往她家店里跑，她家生意可好呢。如果不是调动，我就可以光明正大去追了。"聊起暗恋了近三年的妹子，韩昕痛心疾首。

许琳琳低声道："现在去追也不晚。"

"晚了，我不用打电话问都知道，部队转制的那一天，那帮家伙肯定会成群结队跑过去跟人家表白。都说兵贵神速，战机没了就没了。"

"转制了就可以追求？"

"转制了就是警察就是公务员，公务员当然可以谈恋爱。"

喜欢过好几个女生，都因为身份不能去追，就这么一个一个错过了。韩露很同情他的遭遇，搂着他胳膊安慰："哥，好看的女生多着呢，错过了我们再找。"

许琳琳则掩嘴笑道："哥，我算明白了，原来你跟别的男生没什么两样。"

韩昕侧头问："什么意思？"

"你在感情上很专一，只要年轻漂亮的都喜欢。"

"别瞎说！"

"本来就是。"许琳琳想想又笑道，"既然总结出了规律，知道了你的喜好，那这个对象就好找了，其实都不用我们帮忙。"

韩昕下意识地问:"去哪儿找?"

"去你的母校看看,你们母校应该有不少年轻漂亮的小姑娘。"

"十几岁的,跟我差不多大的!"

"有什么大惊小怪的,你哥就喜欢那样的。"

尽管觉得哥哥应该赶紧找个女朋友,但对年龄相差近十岁,韩露还是有点不能接受,小心翼翼地问:"哥……"

"哥什么?"

韩昕发现表妹的话有一定道理,职业中学的毕业生,找职业中学的女生挺好,这才叫门当户对,不禁笑道:"你们这一说我想起个人。"

"谁?"

"我们老部队的一个领导,他转业了,现在是职教中心副校长。"

"你真打算去?"

"有这么好的条件,为什么不去?嗯,等有时间就去。"

49."彩云公司"

星期天,没什么事,韩昕舒舒服服睡了个自然醒。没想到一觉醒来,韩露居然也在呼呼大睡!她们老师太能布置作业了,各种卷子加起来几十张。让她跟来就要对她负责,韩昕不敢让她再睡,赶紧把她从小房间里拖出来洗脸刷牙,跟教练似的不断催她搞快点。结果她先是借口上厕所,躲在卫生间里偷玩了近半个小时手机。又说肚子饿了,外卖不好吃,非要出去吃……各种借口,变着法拖延,就是不好好做作业。好说歹说都没用,就在快要崩溃时,她妈风风火火杀到了,对她采取强制措施,把她带回去,要把她关在家里做!

这个世界终于清静了。但送走一个麻烦,还要面对下一个麻烦。韩昕定定心神,给周末比平时忙的表妹打了个电话,赶紧硬着头皮驱车回头墩向舅妈"自首"。事实证明相亲失败有相亲失败的好处。舅妈从表妹那儿得知他被人家姑娘给嫌弃了,不忍在他的伤口上撒盐,压根儿没提初三爽约的事。在头墩小学西面的小河边钓了半天鱼,等表妹下班回来了一起吃晚饭,吃饱喝足开家庭会议。后妈都认了,不能不认亲妈。舅舅和舅妈都很支持,一起跟远在熟州的老妈视频。老妈果然喜极而泣,问这问那,聊这个聊那个,就是舍不得挂断视频。好在蓝豆豆及时打来电话,让赶紧去陵海宾馆,说有领导要见他。赶到距如意嘉园很近的陵海宾馆，已经是晚上九点多，张宇航正站在酒店入口处焦急地等。

"张队，我到了。"

"走，往里开，去二号楼。"

"哪个领导要见我？"

"市局禁毒支队的肖支。"

张宇航钻进副驾驶，忙不迭发微信。

韩昕找到了个车位，把车倒进去停好，不解地问："肖支为什么要见我？"

"估计是想问'2·12'案的进展。他正在里面向领导汇报工作，我们可能要在外面等一会儿。"

"肖支不是应该在滨江吗，怎么跑我们陵海来向领导汇报工作？"

"明天开总结大会，有几位领导提前来了，他既是支队长也是市禁毒办副主任，当然要早点过来。"

张宇航放下手机，又指指边上的车："区政法委黄书记和我们张区长也在里面汇报工作。"

市局禁毒支队长就算想了解"2·12"案的侦办进展，也应该听专案组领导汇报……韩昕正一头雾水，一个身穿黑色呢大衣的领导从里面走了出来。张宇航急忙拍拍他肩膀，推门下车。

"报告肖支，这位就是我们中队民警韩昕同志。"

"肖支好。"

"你就是韩昕啊，走，跟我进去。"

"是！"

"宇航，你忙活了好几天，一定很累。明天一早还要开会，早点回去休息吧。"

张宇航愣了愣："肖支，黄书记、张区长还没走呢，我不着急，我再等会儿。"

肖支停住脚步，笑道："他们可能要等会儿才能出来，你愿意等就等吧。"

张宇航本以为支队领导会问"2·12"案的情况，连怎么汇报的腹稿都打好了，却没想到支队领导根本没让他一起进去的意思，只能满腹狐疑地在大厅外等。不听中队长的汇报，反倒听一个小兵的汇报？韩昕比张宇航更茫然，只能硬着头皮跟着往里走。没承想跟着肖支乘电梯来到三楼，走进一间套房，只见三位领导模样的人，竟围坐在一张小桌子边洗牌，一看就知道是在等肖支回来继续掼蛋。韩昕有点蒙，心想难道他们担心等会儿有人有事要走，需要一个人替补？

房间里很暖和，肖支脱下外套，转身道："关书记，我帮您把小韩同志找来了。"

不等坐在中间的那位领导开口，左侧的领导就回头问："肖支，你这是做什么，我的人还要你出去接？"

"张区长，这不是在筹备总结大会吗，小韩是禁毒中队的民警，大会都是他们帮着筹备的，所以我对他们比较熟悉。"

"越过我，找我的人，过分了！"

"下不为例，下次肯定先向张区长请示汇报。"

右边那位戴着眼镜的领导，放下牌笑道："你们两位争什么争，归根结底，小韩是关书记的人。关书记，你说是不是？"

坐在中间的领导放下茶杯，意味深长地说："小韩可不是我关云鹏的人，而是我们公安边防的兵！"

韩昕再傻也明白怎么回事了，连忙立正敬礼："关书记好，各位领导好，前南云新康边防支队中士、现陵海分局刑警大队四中队民警韩昕前来报到，请各位领导指示！"

"别那么严肃，这又不是正式场合。"

关书记站起来走到他身边，拍拍他胳膊："看来我需要介绍一下，小韩，这位就是真正收留你的张区长，也就是你们局长。"

"张区长好，谢谢张区长收留。"

"关书记，你这话说的，什么叫收留？"

"我是就事论事，我们这些从部队出来的太难了。去年好几个老战友转业，安置得都不理想。要不是你帮忙，小韩工作的事还真不好办。"

"关书记，你是帮我们引进了一个人才，我们感谢还来不及呢。"

"是啊关书记，不但张区长要感谢你，连我们支队都要感谢你。"

"一码归一码，要不是你们给小韩平台，小韩哪有机会再立新功。"

关书记笑了笑，接着介绍："小韩，这位就是你们区政法委黄书记，黄书记也是你们区禁毒委主任，你就是在黄书记和张区长领导下工作的。"

韩昕急忙道："黄书记好！"

"小韩同志，我们虽然是第一次见，但你的名字我早有耳闻。"

"谢谢黄书记关心。"

"肖支我就不用介绍了，坐，我们坐下说。"

"关书记，我还是站着吧。"

张区长拍拍身边的椅子："站着怎么说话，站着让我们怎么打牌？今晚是我们公安系统跟政法委系统的友谊赛。你是我们分局民警，坐我边上，看我们打。"

"是！"

扭扭捏捏会影响四位处级领导的牌兴，韩昕只能老老实实坐了下来。张区长跟肖支是对家，市政法委关副书记和区政法委黄书记是对家。"公安代表队"已经升到 J 了，"政法委代表队"还在打 6。

关书记摸好牌，把大王"进贡"给张区长，一边继续整理手中的牌，一边问："小韩，知不知道你们张区长，为什么不让你带队去南云端毒窝？"

上次跟范子瑜说十有八九是领导想扩大战果，事实上不完全是。想到领导更多是考虑到保密，韩昕连忙道："知道，感谢张区长对我的关心。"

张区长扔下一张 3，半开玩笑地说："关书记，看来我是个假局长。要不是肖支及时提醒，我都不知道。"

关书记下意识地问："市局没告诉你？"

"刘主任只是给我打了个电话，让我帮着安排个人，别的什么都没说。"

肖支连忙解释："关书记、张区长，这件事不能怪局领导，只能怪我。因为全市局只有我一个人知道，还是总队领导告诉我的。"

这把牌很好，算上刚凑的同花顺，有四个炸弹！

张区长心情不错，用胳膊肘捅捅韩昕："你小子可以啊，连总队领导都知道你。"

"报告张区长，我不认识总队领导。"

"他们知道你就行了，好好干，这次干得很漂亮，没给关书记丢脸。"

张区长话音刚落，区政法委黄书记就抬头道："小韩同志，为了你的事，关书记真是操碎了心。不知道找过多少次市局，搞不清楚的以为收了你多少好处呢。"

这可不是在开玩笑，韩昕赶紧站起身："我知道，谢谢关书记，我给您添麻烦了。"

关书记笑问道："你怎么知道的？"

"一位已经转业的老领导告诉我的。"

"他以前是哪个公司的？"

"跟我一样，也是彩云公司的。"

张区长好奇地问："彩云公司，什么意思？"

关书记哈哈笑道："这是我们边防独有的'代号'，南云不是叫彩云之南吗，所以南云边防就叫彩云公司，也有人叫孔雀公司，反正是地方特色。"

"那西疆边防总队呢？"

"小韩，你说，坐下说，怎么又站起来了。"

"报告张区长，西疆边防总队叫大盘鸡公司、羊肉串公司或者天池公司，只要对方能听明白就行。"

关书记不由想起二十多年的军旅生涯，补充道："以前的边防局、现在的移民局就是总公司，此外还有牦牛公司、草原公司等等，公司下面有分公司，当地特色、特产甚至美食，都能用来做代号。"

50. 领导关心

张区长笑道："有点意思，仔细想想这也算一种传统。"

"长见识了。"

黄书记点点头，提醒道："关书记，该你出牌了，三带二，要不要。"

"没这个品种，过。"

关书记敲敲桌子，突然话锋一转："小韩，张区长和肖支很关心你，你们老部队领导也很关心你，不然不会想方设法把你调回来。尽管出问题的可能性不大，但你自己平时也要注意。"

这一样不是在开玩笑，韩昕连忙道："是。"

张区长出了一把牌，回头道："小韩，你既然调到了我们分局，我们就要对你负责。但有些情况我们不是很清楚，所以借关书记来陵海开会的机会，当面问问。"

关书记扔下一个炸弹："我问过你们老部队领导，他们让你据实向黄书记和张区长汇报。"

韩昕赶紧坐直身体："报告各位领导，我在一次行动中抓获两男一女三个毒贩，两个男毒贩是亲兄弟，女毒贩是老大的老婆。他们被判死刑，已经执行了。后来发现这是一个家族式贩毒团伙，两个毒贩的父亲也是毒贩。因为伪装得好、隐藏得深，并且一直躲在境外，始终没进入我们的视线，让他成了漏网之鱼。再后来收到情报，说那个老家伙在境外叫嚣着要报复，还悬赏一百万要我的命。我们老部队领导说只有千日抓贼没有千日防贼的道理，就请关书记帮忙把我调回来了。"

"老毒贩有几个子女？"

"就两个儿子，老大跟那个女毒贩刚结婚，没孩子。"

"这就难怪了。"

张区长看了一眼关书记刚出的牌，追问道："你的身份是怎么暴露的？"

"老部队正在调查，所以老部队参谋长不让我跟除了他之外的领导战友联系，对外称我被总队借调去执行别的任务了。"

"你调回老家的事，除了你们参谋长之外，老部队还有哪些人知道？"

"我们侦查队长和我们侦查队教导员，但我一样不能再跟他们联系。"

"你们参谋长为什么要想办法把你调回老家，而不是安置到别的地方？去别的地方不是更安全吗？"

"这个情况可能小韩自己都不清楚。"

关书记扔下一个小炸弹，解释道："遇到这种情况，一是要考虑到家庭，毕竟部队可以想办法安排一个人，但安排不了一个家庭。就算能帮着安排，当事人的亲属也不一定会满意。二是有详细家庭地址的档案，归军务部门管理，知道的人很少。而且在部队时相互之间只会问对方是哪里人，不会问详细的家庭地址。也就是说小韩的那些战友，只知道小韩是滨江人。"

滨江大着呢，七个区县，七百多万人口。就算那个老毒贩知道小伙子回了滨江，真有那个胆追过来，想在茫茫人海中找到小伙子也很难……区长点点头，没有再问。

黄书记一边示意肖支出牌，一边微笑着问："小韩同志，调回来有一个多月了，感觉新单位怎么样？"

韩昕再次站起身："很好，非常好，中队领导和大队领导对我都很关心。"

肖支出完牌，抬头道："张区长，我发现张宇航和刘海鹏还是挺会用人的。你刚把小韩安排到他们中队，他们就给小韩委以重任，负责案件侦办。"

"还真是。"

张区长笑了笑，看着关书记刚出的牌说："要不是他们两个让小韩负责毒品案件侦办，小韩也就没机会大展拳脚。而肖支你呢，也不会把专项行动的总结大会，安排到我们陵海来召开。"

"张区长，你这话说的，我可不敢贪天之功。总结大会安排在陵海开，是市领导的决定。"

"没有你帮着美言，市领导怎么可能想到来我们陵海开现场会？"

关书记心想该见的已经见过，该问的已经问过，该帮的也已经帮过了，干脆抬头道："小韩，听肖支说为了侦办'2·12'案，这个年你都没过好，一定很累。早点回去休息吧，我们再打两盘也该散了。"

张区长同样觉得再让小伙子待在这儿不合适，说道："回去吧，好好干，争取在新的岗位上再立新功。"

"是！"

再次感谢了下四位处级领导，韩昕乘电梯下楼。刚走出大厅，张宇航就迎上来问："小韩，肖支问什么了，有没有看见黄书记和张区长？"

这个问题怎么回答……总不能说四位领导正在楼上掼蛋。韩昕没办法，只能把他拉到车边："肖支倒没有问'2·12'案的侦办进展，就是对我怎么看出唐小宇有问题，怎么看出郑淑华藏有冰毒的很好奇。"

"黄书记和张区长呢？"

"没看见他们，我都没见过他们，就算看见了也不认识。"

"这么说你去的是肖支房间？"

"好像是。"

"他怎么会突然问这些，难道想把你借调走？"

"怎么可能？听蓝队说包括支队长和政委在内，全支队一共只有八个正式民警。还内设综合、毒品案件侦办、易制毒化学品管理和预防教育四个大队，跟机关一样全是领导，把我借调过去能做什么？"

"看来他只是好奇。"

"估计是。"

"不管怎么说是好事，赶紧回去吧。"

"那你呢？"

"我再等会儿，明天的会议事实上是我们承办的，万一领导有什么新指示，找不到我人不好。"

"我陪你等会儿？"

"不用了，走吧，有什么事我让豆豆给你打电话。"

看来领导也不好当，尤其遇到重大会议或者活动，上级不发话不管等多晚都不敢走。韩昕很庆幸自己不是领导，跟张宇航道别，驱车打道回府。没想到回到小区，刚停好车，就看到一个熟悉的身影。

"小悦，这么晚了，还出来遛狗？"

"韩昕哥，你这是……你这是刚下班……"

"这两天休息，没上班，是刚从我舅舅家吃完饭回来的。"

韩昕探头看了看胆子有点小、一见着他就躲的小狗："这狗挺可爱，应该不便宜吧？"

"不是我家的狗，是二姑奶奶养的，她在打麻将，没时间带出来遛，就让我帮着带出来遛一下。"

姜悦没想到晚上出来遛个狗都能遇上，别提有多紧张有多尴尬。暗道早知道会遇上，早上就应该去学校。韩昕能感觉到她很紧张很尴尬，由衷地说："小悦，昨天的事对不起了，其实我一样觉得不合适。"

"韩昕哥，其实说对不起的应该是我。"

"别开玩笑了，这跟你没关系。"

姜悦小心翼翼地问："韩昕哥，你没生气吧？"

韩昕笑道："我怎么可能会生气，不信你问叶警长，他给我打电话的时候，我就跟他说不合适。"

"真的？"

"骗你做什么。"

"这我就放心了。"

"那我先上去了，省得你尴尬，哈哈哈。"

明明没做错什么，怎么搞得像做错了什么似的……姜悦越想越郁闷，脱口而出道："我才不尴尬呢！"

"不尴尬就好，再见。"

"等等。"

"有什么事？"韩昕停住脚步。

姜悦收收狗绳，笑看着他问："韩昕哥，你刚才说接到叶警长电话时就觉得不合适，这话什么意思，是不是觉得我配不上你？"

"想哪儿去了？"

"那就是觉得你配不上我？"

韩昕乐了："我怎么可能配不上你，主要是我们太熟了，在我眼里你就是个黄毛丫头，没感觉。"

"在我眼里，你还是个……你还是个……"姜悦本想来个反唇相讥，但话到嘴边愣是没敢说出来。

看着她想说又不敢说的样子，韩昕笑道："我还是个什么？说呀，没关系的，我不会生气。"

姜悦嘀咕道："你自己知道。"

"我不知道。"

"韩昕哥，你真健忘。"

"我记性好着呢，记得你小时候总穿一件红色格子的衣服，土里土气的也就罢了，还特别能！那会儿是班长还是当学习委员的，放学路上还管你们班的小朋友。"

韩昕想想又笑道："你这是比我小几岁，晚好几届的。要是大几岁，跟我一届跟我一个班，那你就惨啰。"

这才是记忆里的那个韩昕，姜悦扑哧笑道："瞎说，我才没有呢！"

"这有什么不好意思的，这说明你从小就有领导天赋。等到了单位，等你当上领导，记得罩着我，以后我就跟你混了。"

"韩昕哥，你别逗了，我跟着你混还差不多。"

"提到跟我混，我说不定真能帮你解决点麻烦。"

"什么麻烦？"

"你人要下半年才能到分局，但你已经被局里的那些单身狗给惦记上了，光我们大队就有好几个。如果到时候有人敢死缠烂打，你又不喜欢他，就跟我说，我帮你把他赶远远的。"

想到这种事真有可能发生，姜悦连忙道："谢谢韩昕哥。"

"我是看着你长大的，我是你哥，有什么好谢的。"

"你就比我大五岁，还看着我长大的……"

"大五岁已经很大了，真是个扎心的话题。"

"那换个话题。"

"什么话题？"

姜悦好奇地问："韩昕哥，你是怎么调回来的？你们边防部队转制我知道，但想从那么远的地方调回来，应该不容易吧？"

这个问题怎么回答，只能编瞎话……韩昕回头看看老爸送的"小礼物"："我在部队是给领导开车的，领导认识我们局领导，就想办法把我调回来了。"

姜悦将信将疑："开车能立二等功？"

"能，有一次在路上看到两个人掉到河里，他们不会游泳，正在喊救命。我赶紧停车，跳下去把他们救上来了。"

"那三等功呢？"

"有一次在路上遇到个孕妇，羊水都破了，很危险啊！我赶紧送她去医院，幸亏送得及时，母子平安。"

"这么说你在部队光顾着救人了？"

"怎么可能？我是部队司机，又不是开120救护车的，就救了两次，碰巧遇上的。"

姜悦噘着嘴说："你骗人，满嘴跑火车，没一句实话。"

韩昕实在不想在她身上浪费时间："信不信随你，先上去了，你慢慢遛吧。"

51. 大玩具

星期一，中队开大会。负责会务的张宇航、刘海鹏和蓝豆豆忙得焦头烂额，生怕出一丁点差错。作为中队唯一的兵，韩昕不但没去帮忙，而且净忙着办私事：先去行政服务中心的分局窗口取身份证，然后去税务局交新车购置税，再去分局车管所上牌。他运气不错，居然抽了个尾数8的车牌。这么大喜事必须庆祝！韩昕打电话喊表妹出来一起陪继母吃了个午饭，然后借花献佛带上被人家退回来的烟酒，驱车赶到市区给老部队领导拜晚年。职教中心开学了，丁校长已经上班好几天了，今天又是星期一，这个时间点选得特别好，直奔学校不用去他家。

"小韩，你这是做什么？这也太贵重了！"

"两瓶酒两条烟而已，贵重什么呀！再说又不是我自己掏钱买的。"

"还有人给你送礼？"

"这倒没有，政委，您就别问了，说出来有点丢人。"

丁海军带上门，坐下道："你小子必须说清楚，要是不说清楚，你是怎么带来的，等会儿就怎么带回去。"

韩昕嘿嘿笑道："说就说，反正不管别人怎么笑话，政委您肯定不会笑我。"

"这就对了嘛，到底怎么回事。"

"前天人家介绍了个对象，非拉着我去相亲……"韩昕将事情的来龙去脉娓娓道来。

丁海军不仅笑不出来，而且听着很不是滋味儿，点上支香烟，感叹道："上级不允许战士在驻地找对象，有上级的考虑。毕竟驻地附近就那么多姑娘，如果全被你们娶走，当地的小伙子怎么办？可离老家那么远，别说没那么容易找女朋友，就算能找到一个女朋友，又要面对两地分居的问题，不知道耽误了多少人。好在你调回来了，二十七岁，年龄也不算大，工作和经济条件都还可以，应该不难找。"

今天就是为这事来的！韩昕点点头，又摇摇头："政委，这事哪有您说的这么容易，我这个年龄很尴尬。"

"怎么尴尬？"

"我自己觉得自己还是个孩子，可在那些小姑娘看来，我就是个大叔。"韩昕长叹了口气，又愁眉苦脸地说，"跟我岁数差不多大的、到现在还单身的姑娘很少，就算有也是各方面条件不怎么样的，比我大的基本上都是离异，说不定还带个孩子。"

丁海军点点头："听你这么一说，还真有点高不成低不就。"

"其实也没什么，随缘吧，大不了打光棍。"

"不许自暴自弃，要对自己有信心！"

"可这种事光有信心没用，政委，说正事，我想请您帮个忙。"

丁海军问："什么忙？"

韩昕一脸不好意思："我现在不是分到禁毒中队了吗，禁毒中队就像个小机关，文字性的工作比较多，需要会用各种办公软件，尤其是那个 Excel，还有 PS，我什么都不会，真的很丢人！"

丁海军反应过来："你想来我这儿学？"

"不学不行，不学我在单位待不下去。"

"这些都是基本技能，是要赶紧学，可我们学校已经有很多年没办过这方面的短期培训班。"

"有没有长期的？"

丁海军翻出一份去年的招生简章："全日制的有，别说什么 Excel、PS 了，我们现在都已经开设动画、动漫制作、视频制作剪接和各种设计专业了。"

"那我就学全日制的。"

"全日制要脱产学习，你走得开吗？"丁海军反问一句，感慨道，"跟你说实话吧，我们现在最缺的就是学生，春节一上班就开始研究招生工作怎么搞。可惜你已经上班了，如果没上班，我现在就可以帮你办。"

"政委，我可不可以插班？我不要毕业证，我只要学习专业，有时间就来上专业课，没时间我就请假，学费照交，保证不让您为难。"

"如果只是想学点东西，我跟班主任打个招呼，你到时候去班上听听就行了，要交什么学费？"

"太好了，谢谢政委！"

他居然高兴成这样……丁海军觉得这事没那么简单，再想到他刚才说过的那些话，不禁笑道："小韩，你这是醉翁之意不在酒吧？"

"政委，什么醉翁之意不在酒……"

"想学怎么使用那些办公软件说难也不难，网上都有自学教程，有不懂的地方可以跟同事请教，根本用不着大老远跑我这儿来学。"

韩昕急忙道："我是不好意思跟同事请教，而且我想系统地学一下。"

"说的比唱的都好听，还系统地。"

"我真的爱学习。"

"你是爱小姑娘！"

"政委……"

真是当兵三年，母猪赛貂蝉。看着老部队小战友"饥不择食"的样子，丁海军实在不知道该说他什么好，干脆起身道："小韩，别的事等会儿再说，我先带你去各班转转。"

看美女的机会韩昕岂能错过，嘿嘿笑道："好啊，谢谢政委。"

"严肃点，别色眯眯的，注意点形象。"

"明白……政委，我怎么就色眯眯的了？"

"自己照照镜子就知道了。"

"政委，您真会开玩笑。"

教室就在校长、副校长办公室楼上，跟着丁校长一层一层、一个班一个班转。老师在讲课，同学们在上课，进去是不可能的，但可以在门口看看。不转不知道，一圈转下来心里拔凉拔凉的。漂亮的不多，而且看上去都很小，颜值水平跟自己当年上职中时的那些女生没法比。

回到办公室，丁海军带上门问："感觉怎么样？"

韩昕捂着脸笑道："太小了，下不了手。"

"就知道你小子不怀好意。"

"政委，我都二十七了！"

"我知道。"

丁海军坐到办公桌前，端起茶杯："你这是病急乱投医，没找对方向。就算想在学校找，也应该去那些大学。滨江理工学院在你们陵海就有分校区，你没事可以去那儿看看。"

"行，我有时间就去。"

"再就是我让你嫂子也帮着留意留意，看看有没有合适的。"

"政委，记得跟嫂子说一声，工作和家庭条件怎么样不重要，我跟别人不一样，我没那么现实。"

"好不好看才重要是不是？"

韩昕急忙道："政委，外表是一方面，主要心地要善良。"

"明明知道自己年龄尴尬，条件还挺高！"

"总不能娶个歪瓜裂枣吧。"

"别跟我说这些，到底喜欢什么样的，晚上吃饭时跟你嫂子说。"

"政委，我不在您这儿吃饭，我等会儿就回去。"

"来都来了，吃个饭再走！"

"不行，今天市里在我们陵海开禁毒工作会议，我们中队负责会务，我是偷偷溜出来的。"

"你们单位有这么重要的任务，你都敢溜号？"

"我等会儿就回去。"

"别等会儿，也不想想找到这份工作容易嘛，居然一点都不珍惜，赶紧走，立即走！"

"是，政委再见。"

韩昕驱车回到陵海，实在没地方去，干脆直奔单位。结果赶到刑警大队，参观的领导和各区县公安局同行刚走，张宇航、刘海鹏和蓝豆豆如释重负，正围坐在小会议室里，研究刚搬上来的一架大无人机。

"小韩，你回来得正好，看看，这家伙怎么样？"

"这是真正的高科技，别动，这设备很贵的，先看说明书。"

韩昕一直想买个小无人机玩玩，没想到单位居然装备了这么大一架烧油的无人机，像小孩子看到玩具般地高兴，接过说明书问："张队，这家伙哪来的？"

"领导前几天踩点时觉得我们的工作，虽然有成绩但缺乏新意。我实在想不出怎么才能搞出点新意，从网上看有好几个兄弟省市的禁毒部门装备了这个，就打报告申请采购一架，没想到领导居然批了。"

张宇航咧嘴一笑，接着道："刚才在楼下展示时，市领导都围着看，兄弟区县同行抢着拍照，可以说这钱没白花。"

韩昕对领导和兄弟区县同行怎么看不感兴趣，而是欣喜地问："这家伙能飞多长时间？"

"看见没有，这儿是加油的，这下面是油箱，设备商说加满油能飞四十五分钟。"

"摄像头这么大，应该是高清的，拍出来的视频和照片肯定很清晰。"

"不只是能航拍，还能识别！"

"识别什么？"

兴高采烈，男生果然喜欢这玩意儿……蓝豆豆忍不住笑道："这是专门为禁毒研发的侦查无人机，不是你以为的大玩具！"

韩昕回头问："怎么禁毒？怎么侦查？"

张宇航指指边上的那台笔记本电脑："它飞到天上去拍摄的画面，会实时传输到电脑里，电脑里有专用软件，对图像进行层层扫描。可以根据发现的植物花、茎、叶、果等特征，自动识别是不是毒品原植物，并且能及时预警，用它一个上午能航空踏查好几个村。"

"这么厉害，太先进了！"

"所以很贵，它能对村庄、社区、农田进行航测，甚至能穿透树枝、纱网、铁丝网。"张宇航笑了笑，接着道，"以前踏查有没有人偷种罂粟，全靠派出所民警辅警的两条腿，全靠他们的肉眼，不管踏查多仔细也有死角。比如没有人的院子、荒地边角、房前屋后，以及多层乃至高层建筑的楼顶。有了这套设备就不一样了，只要是种植在地表上的，全能航测到并能精准识别出来。"

果然是高科技！韩昕激动得直搓手："好玩，这家伙要好好研究下，以后没事就拿出去飞飞。"

张宇航敲敲桌子："小韩，你既然觉得好玩，那无人机踏查的工作就交给你了。"

韩昕愣了愣："交给我？"

蓝豆豆咪咪笑道："张队和刘指没时间玩这个，我不但抽不开身，对这个也不感兴趣，不交给你交给谁？"

张宇航趁热打铁，从装电脑的箱子里取出一张名片："这是设备工程师的电话，你跟他约个时间，让他过来教教怎么飞、怎么识别。先找个比较空旷的地方飞，等完全掌握了怎么操作，再一个乡镇一个乡镇踏查，看看我们陵海到底有没有人非法种植罂粟。"

虽然有高科技设备，但这个工作量也不小。刘海鹏生怕他不愿意，强调道："小韩，采购这套设备花了好多钱，如果让设备闲置着，发挥不出战斗力，领导肯定有意见。"

不用自己花钱，就能玩如此高级的无人机，这样的好事去哪儿找？韩昕求之不得，一口答应道："行，交给我了，我对这个感兴趣。"

52. 新思路

聊完"大玩具"，他们开始谈工作。刚刚闭幕的总结大会，开得很成功。陵海无论在易制毒化学品管理、禁毒宣传教育，还是在毒品案件侦办上都取得了不少成绩，甚至都有亮点。分局又一次被评为先进，谌局代表分局上台领的全市"禁毒先进单位"铜牌。张宇航和交警四中队严伟、禁毒志愿者王美琴等四人，被评为禁毒先进个人。虽然没明确排名，但谁都知道陵海这次在各区县中排名第一！黄书记和张区长很高兴，不但表扬了四中队，还提出一个小小的要求，那就是"继续保持"。总共四个字，领导说得轻描淡写，但想保持住却没那么容易。

张宇航压力山大，忧心忡忡："今天的会议不只是总结表彰，也对2019年的工作提出了新要求。针对上级提出的新要求，我们要赶紧草拟出新部署、新方案，局里和区里要是觉得没问题，还要赶紧传达落实。"

刘海鹏沉吟道："在2019年的工作计划基础上再改改？"

"要大改，要有新内容、新举措，甚至要有新突破，搞文字游戏肯定不行。"

"宣传和教育预防方面，我回头好好想想。"

"不能回头，我们争取两天内把方案搞出来。"

刘海鹏一时半会儿真想不出新花样，抬头问："豆豆，你先说，你那边有什么新想法。"

蓝豆豆同样想不出新花样，可想完成领导"继续保持"的新要求，不搞出点新花样又不行，见韩昕像没事人似的在拨弄无人机旋翼，顿时眼前一亮："年前我就汇报过，我打算组织点人手，对戒吸人员进行突击检测，进行不定时的抽检。"

"这算一个，还有吗？"

"别的我实在想不出来，该搞的都已经搞过了，甚至连兄弟区县禁毒单位没搞的我们都搞过。"

张宇航记录下来，伸手拉拉正玩得不亦乐乎的韩昕："小韩，等会儿再玩，先说说你的想法。"

"张队，你不是已经想好了吗？"

"我想什么了？"

"无人机踏查呀，新装备，高科技，让它发挥出战斗力！"

"无人机踏查是要写进新方案，但光靠这个不行。毕竟我们陵海多少年没发现有人偷种罂粟，一圈踏查下来一株罂粟没发现都很正常，不能工作做了没成绩。"

刘海鹏提醒道："小韩，张队说的是案件侦办。"

队长指导员满是期待。蓝豆豆幸灾乐祸。韩昕头大了，苦着脸道："想在案件侦办上搞点突破可没那么容易，我们区的毒情你们比我清楚，有吸毒前科的人员，从九二年到现在才累计三百多个。其中近一百个已经死了，五十多个早通过买房、婚姻等方式，离开了我们辖区。四十多个只是老家在陵海，但居住地不在陵海，不归我们监管。真正的吸毒前科人员不到一百个，其中一半以上已有五年没复吸。剩下一小半是外来人员，而且在治安大队、各派出所和兄弟刑警中队的持续高压打击下，他们在陵海很难买到毒品，所以是一被发现、一被处理，就回老家或者去别的地方。"

张宇航可不想听这些，立马敲敲桌子："这些我比你清楚，这说明我们的禁毒工作搞得好，但我们现在必须要有新突破。"

"没人吸毒，没人贩毒，连掌握绝对优势的派出所，都正在为完成不了禁毒任务头疼，我们能有什么新突破！"

张宇航反问道："'2·12'案是怎么突破的？"

"那是运气！"

"小韩，你是专业的，好好想想，办法肯定比困难多。"

刘海鹏也提醒道："吸毒贩毒都是有规律的，比如这两年打击处理的都是外来人员，完全可以在外来人员上做做文章。"

韩昕坐下问："联合派出所，排查外来人口，发现可疑的就检测？"

不等刘海鹏开口，蓝豆豆就笑道："这些工作那些派出所正在做，而且早就开始做了。"

韩昕一脸茫然："那外来人口的文章怎么做？"

刘海鹏连忙道："我是抛砖引玉，说外来人口是想给你点启发。"

想在毒品极少的地方搞缉毒，真是太难了！韩昕苦笑道："张队、刘指，我年前曾经想过打入毒友圈，看能不能截那些派出所的和，结果发现你们之前的禁毒搞得太好了，老家的风气也好，根本就不存在我以为的那种毒友圈。"

张宇航紧盯着他问："那他们是怎么买到毒品的？"

"网络，几个派出所之前破的毒案，包括'2·12'案侦办期间查获的那些吸毒人员，其中有八成以上是通过网络寻找毒品来源的。"

"那就在网络上想想办法。"

"张队，我是搞缉毒的，不是学情报的，更不是网警，这方面我真不在行。不过你这一说，我突然想起件事。"

"什么事？"

韩昕指指楼下："在侦办'2·12'案的过程中，专案组至少掌握了两百个QQ群和微信群。虽然大多是僵尸群，但只要在那些群上做做文章，说不定真能发现点线索。"

"我去把群号要过来，你注册几个号混进去！"

"晚了。"

"什么意思？"

"黄大早就给了情报中队，范子瑜这几天正在忙这个。"

"范子瑜会缉毒？范子瑜懂缉毒吗？"桃子被人家摘了，张宇航很不爽。

韩昕突然有些后悔提这事，硬着头皮说："我教过他怎么跟群友私聊，教过他怎么跟那些可疑人员交朋友，黄大让我教的。"

"你怎么不早点跟我说！"

"我那会儿没顾上，再说我们就这几个人，就算拿到群号也没用。这不是每天点开看看群聊那么简单，要挨个私聊，要跟人家交朋友，要想办法取得那些人的信任。可以说这条线只能'经营'，甚至需要长期'经营'。"

这要跟那些潜在的毒贩聊到什么程度……能想象到没个一年半载，别想取得对方信任。张宇航可不想让在缉毒方面最得力的部下其他事不干，每天捧着手机上网聊天。再想到部下刚才说教过范子瑜，低声问："这么说你指导过他们，不管他们能不能发现线索，我们中队都参与了。"

"勉强算指导过，黄大说他们真要是能发现线索，我还要立即过去协助他们应对，毕竟闲聊跟交易是不一样的。"

"这就是新举措！"

张宇航啪一声拍了下桌子："豆豆通过突击检测收集线索，你指导情报中队通过网络收集线索，我们的线索来源渠道不就宽了吗？至于各派出所和各兄弟中队，他们有线索我们就跟他们联合，你就过去指导，争取今年再侦办一起'2·12'这样的案件。"

以前刚买手机时就想打个电话，现在看着大无人机就想飞飞。想到接下来的无人机踏查，要走遍全区所有乡镇，韩昕笑道："张队，我们不但要盯着吸毒人员，一样要盯着源头。"

"说具体点。"

"回头给我一份化工企业名单，我去放飞无人机时可以顺便看看，他们肯定不会制毒，但很难说会不会未经许可备案，偷偷生产销售易制毒化学品。"

"无人机能航测出来吗？"

"无人机肯定不行，我是说实地看看，反正我要一个乡镇一个乡镇跑，全区所有乡镇甚至所有行政村都要跑一遍。"

张宇航觉得这是一个思路，又啪一声拍了下桌子："没问题，我明天就跟各街道乡镇要名单，不管是不是易制毒化工企业，也不管规模大小，只要是跟化学化工沾上边儿的，借无人机航测踏查的机会全筛它一遍！"

53. 缉毒神探

"大玩具"太好玩了！韩昕有点迫不及待，本来可以休息三天，只休息了两天就主动上班。他先联系设备商的销售工程师，再去买了个油桶，去加油站先登记然后买了点汽油，等工程师到了，请中队长帮着借了辆车，一起把"大玩具"拉到城北。

韩昕飞了两个小时，感觉很不错，但问题也来了。工程师说操作这样的无人机，理论上需要去考"民用无人驾驶航空器系统驾驶员合格证"，也就是所谓的无人机执照。滨江就有一家培训机构，最多一个月就能拿到证，并且不用天天去。但学费不便宜，要一万左右。之所以说理论上需要，是因为现在有不少种田大户也买这么大的无人机打农药，他们大多没去考证，好像也没人管。打农药不用飞太高，而且全在农田上空飞。航空踏查就不一样了，不但要在农村飞，也要在人员密集的城区上空飞。这么大的家伙，万一在空中发生故障，掉下来真会砸死人的！韩昕觉得有必要"系统地"学习一下，有必要去考无人机执照，赶紧回来向队长指导员汇报。

张宇航之前真不知道需要证，赶紧向上级汇报，申请培训经费。结果上级大钱都花了，要花点小钱却抠抠搜搜，不但没痛痛快快批，还让设备商的工程师去一趟装备财务科。张宇航很郁闷，悻悻地说："早知道就不申请买这东西了，搞得像我收了人家回扣似的。"

"张队，你想哪儿去了。"

蓝豆豆端起他的杯子，帮他续上茶，劝道："你只是打了个申请，采购是他们负责的，选择哪一家是他们拍板的，价格也是他们谈的，只是时间太紧没招标。不管是买贵了还是细节没问清楚，跟你有什么关系？"

"是我申请采购的，采购回来也是我们用的，细节没问清楚怎么可能跟我没关系。"

"买都买回来了，难道能退回去？别想那么多。"

"那几天光顾着筹备会议，考虑得是不够全面。不只是没考虑到需不需要执照，也没考虑到这么大的体积，不用的时候往哪儿搁，需要用的时候怎么往外拉。"

张宇航揉着太阳穴，唉声叹气。这点事就把他搞得焦头烂额，韩昕再次感慨领导不好当。蓝豆豆意识到再劝也没用，干脆汇报起工作。

"张队，我已经安排好了，明天去曙光社区突击检测，上午检测两个，下午检测两个，时间错开，不会让他们碰面。"

"有没有通知戒吸人员？"

"通知了，时间都约好了，陵海街道的小刘说他们满腹牢骚，说什么年前刚检测过怎么又要检，还说什么白天要上班，假不好请。"

"那他们明天会不会准时去社区接受检测？"

"他们都答应了，肯定会去，只是发了点牢骚。"

张宇航捧起茶杯，沉吟道："他们有吸毒前科，找份工作不容易，我们是不是应该人性化一点？中午加个班，或者晚上加个班，不影响他们的正常工作。"

蓝豆豆愣了愣："行，我……我让小刘再给他们打个电话，跟他们重新约个时间。"

"派出所事情多、压力大，只能快刀斩乱麻。我们不一样，我们是专业禁毒的，既要干好工作，也要尽可能体现出关怀。"

"知道了，我会注意的。"

……

禁毒不只是缉毒。韩昕突然发现顶头上司并非兄弟单位同行以为的那么不堪，其实他是一个很称职的禁毒民警，只是工作性质决定了他平时要参加各种会议，要进行没完没了的检查。指导员同样如此，要不是禁毒宣传教育组织开展得够深入，陵海的禁毒形势绝不会有现在这么好。打个最简单的比方，如果一个人涉嫌盗窃或聚赌，他的家人可能只会规劝，不会劝他自首，更不会举报。但要是有亲人吸毒，哪怕是自己的儿子，他们也会毫不犹豫举报。去年新增的两个吸毒人员，就是从外地回来之后被家人发现染上了毒瘾，他们的家人主动向派出所报告的。当然，这跟老家良好的社会风气也有很大关系。正感慨自己这个专业缉毒的，在老家没有用武之地真不是什么坏事，顶头上司的手机突然响了。

"我张宇航，是吗？这方面我真不太懂，我怎么会有想法……只要有利于工作，好好好，让他们过来吧，我这会儿正在单位，好的，再见。"

"张队，谁呀？"蓝豆豆低声问。

"董局，还能有谁？"

"董局怎么说？"

张宇航没急着回答她的问题，而是看着搁在会议桌上的"大玩具"笑道："原来这玩意儿是多用途的，配合禁毒扫描识别预警的软件，它就是禁毒侦查无人机；配合能识别车牌照的软件，就是交管无人机；配合人脸识别软件，就能航空巡查。"

蓝豆豆追问道："那董局是什么意思？"

"再花点钱，再买两套软件，一机三用。移交给特巡警大队，还打算安排两三个人，组建一个无人机特勤分队，专门操作这玩意儿。以后哪个单位需要用，就给特巡警大队打电话。"

"给他们也好，省事。"

"可这么一来，小韩就没的玩了。"

韩昕其实从听说需要证那一刻，就觉得没那么好玩了，不禁笑道："没关系，我们不是可以调用嘛，我可以跟着他们玩。"

张宇航点点头，可想想又苦笑道："交给特巡警大队，我们是省事了，但这套设备是用禁毒经费采购的，本来就是用作禁毒的……"

折腾了半天，给人家做了嫁衣，韩昕能理解他的心情，连忙劝道："张队，这套设备在我们这儿其实发挥不出多大作用，再说该踏查照样踏查，又不会影响我们的工作。"

"只能这么想了……等等，我先接个电话。"张宇航再次举起手机，跟对方寒暄起来，听着像是哪个派出所的领导。

特巡警大队的人马上就来拉无人机，韩昕没的玩了，其实也不想玩了，见已经到了下班时间，站起身正准备回去，张宇航突然道："小韩，别急着走。"

"张队，什么事？"

"有个东海籍的戒吸人员，来了我们陵海，住在中坝南路的豪泰快捷酒店。城南派出所已经安排民警过去了，杨千里担心他们的人不够专业，想请你过去看看。"

蓝豆豆生怕他不认识，抬头道："就是城南派出所的副所长。"

韩昕正愁没事干，笑问道："那我是去派出所，还是去酒店？"

派出所主动找四中队，这可是破天荒第一次。张宇航别提有多高兴，笑道："当然是去派出所，杨千里这个人你打几次交道就知道了，遇到这种情况，他一向是不管三七二十一，先把人带回所里再说。"

"行，我这就过去。"

"看仔细了，如果那小子有问题，第一时间给我打电话。"

"明白。"

……

公安系统是一个讲究实力的地方。只要你有真本事，不管是不是领导，都能赢得同事们的尊重。比如早退休了的老刑警徐光荣，擅长从蛛丝马迹中发现线索，破案特别厉害，那些年只要发生大案要案和疑难案件，从局长到办案民警第一个想到的就是他。可随着科学技术尤其信息技术的飞速发展，以及上级在经费上的不断投入，像徐光荣那样的"神探"已经成为历史。以前那些让人抓狂的疑难案件，现在调调监控就能水落石出。再加上大数据、DNA、人脸识别等新技术的广泛应用，可以说只要办案经费有保障，没有城南派出所治安中队搞不定的案子。事实上这就是杨千里敢跟刑警大队叫板的底气，也是刑警大队混得一年不如一年的原因。但随着"2·12"案在分局内部引起的"轰动"，确切地说随着城东派出所教导员黎杜旺闹出的大笑话，已销声匿迹多年的"神探"又出现了，只不过再冉升起的"新神探"是专业缉毒的。别的事用不着找他，但只要涉及毒品的，把他找过来看看肯定不会错。

杨千里看着监控里正上楼的韩昕，低声道："老汪，跟姜大姐说一声，让她多准备一个人的饭，等会儿不知道要搞到几点呢。"

汪宗义掏出手机："行，我这就给姜大姐打电话。"

韩昕轻车熟路来到二楼，走进高端大气上档次的警网融合大数据指挥中心。他正准备敬礼问好，杨千里就热情地招呼道："小韩，你来得挺快啊，来，先坐下喝口茶。"

"杨所，茶就不喝了，那个吸毒人员呢？"

"马上带到，这会儿是下班高峰期，路上有点堵。"

"打算在哪儿检测？"

"楼下询问室，都准备好了，用的是你们刚下发的新试剂盒。"

杨千里示意值班辅警把楼下的监控信号切换到大屏上，坐下点点鼠标，指着电脑屏幕："这是那小子的基本情况，方俊，二十八岁，因吸食 K 粉被处理过，社区戒毒已满三年，现在属于社区康复人员。从资料上看已经有五年没复吸，但毒瘾有那么容易戒除吗？"

韩昕坐下道："如果真坚持了五年没复吸，也只能算暂时戒断，不能算戒除。我见过坚持了十二年没复吸，但最终还是没忍住又吸上的。"

"所以你等会儿一定要帮我好好看看。"

杨千里顿了顿，又笑道："小韩，我们这儿是城南派出所，不是城东派出所，我杨千里更不是黎杜旺。我们是一发现线索就赶紧请你来帮忙的，不像黎杜旺，你主动去帮忙他还不要！"

"杨所，这个玩笑可不能开，要是传到黎教耳朵里，我以后都不敢再去城东派出所。"

"这事用得着传吗？现在谁不知道啊，哈哈哈哈。"

"谁说的？"

"交警大队，好像是从交警大队那儿传开的。"

杨千里是真觉得好笑，笑完之后拍拍韩昕胳膊："他自己有眼不识泰山，这不能怪你。再说城东派出所那么远，没事去他们那儿做什么？我们是邻居，我们以后要多走动，要是有什么线索，有什么案子，我们一起搞！"

54. 帮不上忙

杨千里不但很热情，而且很真诚，滔滔不绝地讲跟他们合作的优势，比如辖区最大，各种警情最多，发现涉毒案件的线索最容易；又比如正式民警在所有派出所中是最多的，跟他们合作不用担心人手不够……

韩昕很清楚他如此热情是有原因的，陵海毒品案件极少，但并不意味着没有打击毒品违法犯罪的任务指标。许多对公安不了解的人，一聊到侦办毒案，就会说派出所对一些吸毒人员甚至小毒贩睁一只眼闭一只眼，任务来了抓几个交差。事实上是不可能的，尤其在陵海这样的地方。别说谁也不敢这么干，就算有人敢这么干，他故意留下的"线"，也会被急着完成任务的兄弟单位给刨了。用蓝豆豆的话说，现在不但毒贩"很抢手"，连吸毒人员都"很抢手"。不然刚从东海赶到陵海还没半个小时的方俊，也不至于刚办理好入住，刚提着行李走进房间，就被两个民警找过去带到城南派出所，而且是连行李一起带来的。

杨千里见那小子被带进了询问室，低声问："小韩，你是在这儿看，还是下去看？"

"先在这儿看，等会儿再下去。"

"行，耳机。"

"哦，谢谢。"

新人果然没人权。李菜鸟的师傅今天不值班，但李菜鸟要值班。只见他拿着两个尿检杯，同两个辅警一起把方俊带出了询问室。等了三四分钟，又端着两杯尿样回来了。一个民警戴上手套，让刚被带进来的方俊坐下，拿起剪刀开始剪头发。一个民警打开包装盒，取出试剂板，开始检测尿样。

治安中队长汪宗义则一边检查方俊的包，一边盘问："来陵海做什么的？"

"看房子的。"

"你一个东海人，来陵海看什么房子？"

"陵海的房子有升值空间，你们这儿的开发商在我们那儿做了好多广告，我们小区门口都有广告牌。"

"这么说你是炒房的？"

"也算不上炒，就是想买两套投资……"

方俊有问必答，从资料上看他确实有实力炒房。值得一提的是，随着去东海的高铁即将开通，前来陵海买房的东海人真不少。连旅行社都参与进去了，把东海的老头老太太一车一车往陵海拉，逛完几个不用门票的"景点"，就带有钱的东海老头老太太去逛售楼部。

就在杨千里觉得可能白忙活了一场时，韩昕摘下耳机："杨所，恭喜你完成了一个任务。"

"小韩，你是说这小子有问题？"

"等毛发检测结果出来就知道了。"

"可尿检是阴性！"

"尿检只能检测七天内有没有吸毒。"

杨千里将信将疑："你是怎么看出来的？他看着挺正常的。"

韩昕微笑着解释道："刚才带他去取尿样时，他一点都不紧张。取完尿样，把他带回来，看到毛发检测仪，尤其让他坐下来剪头发时，他突然变得有点紧张，但很快就调整过来了。"

等了大约十分钟，负责检测毛发的民警站起身，把刚打印出来呈阳性的检测结果递给汪宗义。方俊果然变得很紧张，忐忑不安地偷看。汪宗义的态度没之前那么好了，把跟小票那么大的检测单举到他面前："看看检测结果，还说没复吸！老实交代，什么时候吸的？吸的是什么？"

"警察同志，你这个机器有问题，我早戒了，我没瘾！"

"没吸怎么检测出阳性的？"

"我真没吸，好多年没吸了。"

"检测结果都出来了，还不老实，看来你是想去戒毒所蹲两年。"

"我没吸，我没瘾，为什么要去强制戒毒，你们能不能讲点理？"

毛发检测结果只能显示一段时间内是否吸毒，但无法精确知道什么时候吸的，以及吸过多少次。不管汪宗义怎么问，方俊都坚称没吸，坚称没有毒瘾。一会儿说机器有问题，一会儿说可能吃错了什么东西，一会儿说不信可以观察他二十四小时，看他有没有毒瘾发作，甚至嚷嚷着要请律师。把他的毛发送去做进一步检测，拿到具有法律效力的检测鉴定报告，并且检测结果依然呈阳性，确实可以认定他吸过。但也不能光靠毛发检测结果送他去强戒，毕竟强戒的前提是有没有毒瘾。好不容易逮着个吸毒的，汪宗义不想拘留几天、罚点款了事，拿着检测结果一口气跑上二楼。杨千里接过"小票"看了看，顺手交给韩昕。

"小韩，你看看。"

"四氢大麻酚酸，他在过去半年内吸食过大麻。"

"可他死不承认。"

"都已经检出阳性了，他承不承认不重要。"

杨千里笑道："小韩，老汪的意思是大麻从哪儿来的，毕竟这也是一条线索。"

在韩昕看来这都算不上案子，放下"小票"："二位，盘问审讯我不在行，所以帮不上忙。而且我觉得就算能撬开他的口，估计也不会有什么收获。"

汪宗义急切地问："这话怎么讲？"

"他又不是没钱，如果有稳定的大麻来源，早吸食成瘾了，肯定不会是现在这个状态。"

"你是说他断了毒品来源，联系不到上家？"

"也可能接触过毒友，没忍住吸食过微量大麻。"韩昕想了想，接着道，"他身上应该不会有，包里估计也不会有，还是找个擅长审讯的人仔细问问，再检查检查他的手机，看看有没有什么线索。"

这样的情况不是第一次遇到，杨千里沉吟道："看来只能这样了，老汪，给王伟打电话，让王伟赶紧回来审审。"

正说着，对讲机里传来汇报声："杨所杨所，治安大队和城区中队的人都走了。"

"收到收到。"杨千里放下对讲机，笑道，"他们在酒店等了半天没等到人，肯定意识到人被我们扣下了，再等下去没什么意义。"

一个有吸毒前科的人员而已，居然有三家在争……韩昕不禁叹道："大家都不容易。"

"还是你们中队好，没有任务。"

"杨所，其实我们张队压力挺大的。"

"他压力是不小，天天要开会，不说他了，走，吃饭去。"

"我回去吃。"

"天都黑了，回去做什么，我都跟食堂说好了。"

盛情难却，韩昕只能跟着杨千里来到食堂，见到姜悦的二姑奶奶姜大姐，别提有多尴尬。好在姜大姐也很尴尬，聊了几句，就借口家里有事先走了。杨千里今天不值班，之所以拖到这会儿，就是因为快下班时遇到个有吸毒前科的方俊。见一时半会儿撬不开方俊的嘴，跟带班副所长顾俊山打了个招呼，下班回家。韩昕自然没待在这儿的必要，刚走出食堂就被李菜鸟给拉住了。

"韩哥，你什么时候来的？刚才杨所和顾所在，我没敢跟你打招呼。"

"没敢……"

"你跟领导坐一桌，谈笑风生，我哪敢往前凑。"

韩昕乐了，笑看着他问："你不是说你们领导对你很好，你在所里混得很开吗？"

李亦军嘿嘿笑道："领导是对我挺好的，但我也不能蹬鼻子上脸。"

"跟我就可以蹬鼻子上脸？"

"你是我哥！"

"把手松开，别用端过尿的手碰我。"

"我洗过手……韩哥，你是为吸毒的那小子来的！"

"你以为我是来做什么的？别废话了，赶紧去陪你师傅一起盘问，要是问出了什么，记得给我打个电话。"

"这是我们所里的案子，我为什么要向你汇报？"

"那就算了，我回头问你们杨所。"

"韩哥，你别生气，不是我不帮忙，而是所里有所里的规定。"

"我会生你的气，我会需要你帮忙？"

"这倒是，我送送你。"

"别送了，留步。"

甩掉李菜鸟，韩昕回到刑警大队，刚打开车门钻进驾驶室，手机突然响了，但只响了两声。不用看来电显示都知道是"陈老板"打来的，不慌不忙系好安全带，故意让"陈老板"等了一会儿才回拨过去。不出所料，一接通就听见"陈老板"在那头发飙。

"怎么到现在才回？你很忙吗？"

"参谋长，我刚才在审嫌疑人，打电话不方便。"

"你现在在什么位置？"

"参谋长，我没回南云，本来要带队去的，结果临时被调整了。"

"没回就好，没回怎么不打电话跟我说一声！"

"您那么忙，没什么重要的事，我不敢随便给您打电话。"

"陈老板"对这个回答很满意，面无表情地说："没回来我就放心了，好好干，先挂了。"

"参谋长，别急着挂。"

"还有什么事，有话快说，有屁快放！"

韩昕探头看着一楼的办案区，小心翼翼地问："参谋长，我想跟您打听个人，我们单位门口小商店的那个小雪现在怎么样了？"

"陈老板"愣了愣，随即破口大骂："你小子是不是吃错药了，是不是精虫上脑？打听人家小姑娘做什么，你是没见过小姑娘，还是你们老家没小姑娘？"

"我就是问问……"

"别问了，问了也没你小子的戏！"

"参谋长，我知道我没戏，就想知道到底被谁追走了。"

"想知道是吧，行，我可以告诉你，就怕你小子接受不了。"

"没事，我有什么接受不了的。"

"谁也没追上，人家早有男朋友了，好像是个教师。之所以说没有男朋友，是逗你们这帮孬兵玩的，是骗你们这帮孬兵去她家买东西的！"

"啊……"

55. 阳性变阴性

"陈老板"在老部队的绰号其实叫"陈老虎"，原来是丁校长带的兵，考上军校，毕业之后回到老部队，在边防派出所干了两年"片儿警"，因为军事素质好，先是被调到机动大队当中队长，然后被调到支队司令部担任警训参谋、警训科副科长。警务训练科就是专门管训练、管兵的，他又特别凶，不但战士怕他，连刚分到支队的新干部都怕他，所以个个在背后叫他"陈老虎"。再后来调到侦查队当队长，工作性质跟之前不一样，所以"入队随俗"成了"陈老板"。

他特别凶，喜欢骂人，但从来不会骗人。他说小雪早就有了男朋友，那肯定是早就有了。甚至能想象到就是因为改制，那些家伙可以理直气壮地在驻地谈恋爱，一窝蜂跑过去表白，这件事才暴露的。那么好看那么清纯的一个妹子怎么能骗人，而且骗了整个支队机关和机动大队的小伙子……一想到整整被骗了三年，韩昕真有些接受不了。再想到自己不是在她家消费最多的，并且有好几个单身军官好像也没少去她家买东西，心里又平衡了许多。

回到家，许琳琳正在收拾衣服。见她连行李箱都搬出来了，韩昕放下车钥匙问："这是做什么？你的新房子装修好了，准备乔迁新居？还是找到了男朋友，打算搬过去跟人家同居？"

许琳琳嘻嘻笑道："舍不得我走？"

"女生外向，早晚要嫁人，舍不得有什么用。"

"就知道你舍不得！"

"你爸你妈更舍不得，说说，到底怎么回事？"韩昕坐下来问。

许琳琳一边接着收拾衣服，一边得意地说："哥，我不但是'舞之星'的老师，也是舞蹈家协会的会员，还是陵海歌舞团的演员。明天要去省里演出，到时候给你发链接，你可以看直播。"

"陵海有歌舞团？"

"有啊，我们经常去文化艺术中心排练，一年要演几十场呢，区里的文艺演出我们一场都不会落。"

韩昕真不知道这些，好奇地问："你是歌舞团的演员，歌舞团给你发工资吗？"

许琳琳瞥了他一眼："你就知道钱！"

"没钱你去演什么演？"

"我是舞蹈家，舞蹈家就是艺术家，你居然跟艺术家谈钱！"

"我不知道什么家，我只知道没钱就没法儿养家。"

"你怎么跟我妈一样。"许琳琳觉得有必要跟他说清楚，直起身道，"我们歌舞团是非营利性的，区里有演出，需要我们出节目，我们就排练，就去演。文广新局给钱，只是不多。去市里演出和去省里演出也一样，都有钱！"

韩昕笑问道："有活儿才有钱，没活儿没有钱？"

"对我们来说钱多钱少不重要，重要的是能上台表演。"

"你还不如跟婚庆公司合作呢，一样可以上台，钱还多。"

"开什么玩笑，我是舞蹈家，我才不会做那种掉价的事！"许琳琳想想又说道，"而且参加这样的官方演出，对我们搞培训有好处，家长就看重这个。我们老板娘为什么给我开那么高工资？就是因为我是舞蹈家协会的，就是因为我经常参加官方组织的大型演出。"

韩昕点点头："明白了，好好演。"

"不说这些了，跟你说正事。"

"什么正事？"

许琳琳跑过去拿来手机，翻出一张照片："哥，这个小姐姐好看吧，整个一傻白甜，正好符合你的喜好！"

韩昕接过手机："说得好像在别人眼里，你不是傻白甜似的。"

许琳琳急了："怎么扯我身上来了，你先说喜不喜欢？"

照片里的人是很年轻很好看，笑起来甜甜的，简直甜到人心里。韩昕咧嘴道："还行，她叫什么名字，今年多大？"

许琳琳哧哧笑道："就知道你喜欢这样的，她叫埃米莉，今年二十一，我问过，还没男朋友。既然你喜欢，等演出完回来之后，我喊她出来吃个饭，介绍你们认识一下。"

"爱美丽，她是外国人，还是归国华侨？"

"什么爱美丽，人家叫埃米莉，也不是外国人，她就是我们陵海的，今年大四，上半年实习，不用去学校，现在在我们'舞之星'楼下的凯恩英语做老师。搞英语培训的，全用英文名，大名叫什么我没问。"

"原来是搞英语培训的，吓我一跳。"

"中午吃饭时遇上的，我跟她聊了会儿，她就喜欢公务员，就喜欢警察。"

"太好了，这就是缘分！"

"事成之后，你要好好感谢我。"

"没问题，那些都是小事。"

"先把照片发给你，慢慢看，慢慢享受吧。"

"看照片算什么享受，对了，你是不是开美颜拍的？"

"我手机只有美颜，不用美颜怎么拍照片？不过你放心，她真人比照片还好看，毕竟才二十一。"

"这就好，你忙你的，我研究下。"

真是天涯何处无芳草！这一夜韩昕是捧着手机睡着的，但梦到的却不是"爱美丽"，竟是骗了整个支队机关和机动大队小伙子三年的小雪和姜悦那个小丫头。梦中小雪跟那个教师分手了，提着行李从南云来陵海找他，而他正在姜大姐的撮合下跟姜悦相第二次亲，姜悦居然答应了！她只有一个要求，不想跟父母住太近。两个人手牵着手，高高兴兴一起去看房。城区的房价虽然高，但想买还买不到，他们转了好几个售楼部，不但没现房甚至连期房都没有，只能找中介，看二手房。好不容易看到一套合适的，小雪追过来了，两个妹子大打出手，然后……然后就被拖着拉杆箱准备出去演出的表妹叫醒了。

这做的是什么梦……韩昕顾不上多想，赶紧洗脸刷牙上班。韩昕赶到单位，参加"2·12"专案组的"散伙儿"会。整个制贩毒犯罪网络已被连根拔起，证据链已经固定，二十九个主犯全已落网。考虑到看守所关不下那么多嫌疑人，郑淑华的男朋友张晓建、杨贤德的小舅子沈艺兵等从犯，全让他们办理了取保候审。补充侦查和制作案件材料等后续工作，已经分解给了各侦查抓捕组的民警，研判组和后勤保障组已经没有了继续存在的必要……

没想到刚开完会，城南派出所副所长杨千里打来电话，问有没有时间，能不能过去一趟。韩昕以为方俊的事有进展，跟蓝豆豆打了个招呼，匆匆赶到城南派出所治安中队办公室。

"小韩，你跟老汪是老熟人，我就不介绍了。"杨千里招呼他坐下，就指着汪宗义递上的检测报告，气呼呼地说，"你看看技术中队的检测结果，我们检测呈阳性，他们检测变成了阴性，难道配发给我们的检测仪器不准？"

韩昕不敢相信有这样的事，仔仔细细看了下报告，抬头笑道："杨所、汪队，你们的毛发检测仪很准，技术中队的这份检测报告也没问题。"

"什么意思？"

"因为检测标准变了，确切地说认定是否吸毒的标准变了。"

事关能不能完成一个任务，杨千里下意识地问："什么时候变的？"

"2018年10月31日之前，只要毛发中检测出毒品成分，不管含量多少，检测结果都认定为阳性，并将检测结果作为吸食毒品的证据。"韩昕放下检测报告，接着道，"2018年10月31日，公安部印发新规定，只有毛发中的毒品成分达到含量标准，才能将检测结果认定为阳性。"

"没达到含量标准就不算？"

"不算，哪怕确实含有毒品成分，也不能将检测结果认定为阳性。"

"难道就这么放那小子走？"

"既不能认定他吸毒，又没他涉嫌其他违法犯罪活动的证据，只能让他走。"

"这么说拘不成了，连款都不能罚？"

"你们可以试着申请，看上级会不会批准。"

"可他明明吸过毒！"

韩昕笑道："上级只认检测报告。"

汪宗义苦笑着问："那怎么办？"

杨千里同样不想就这么放方俊走，紧盯着韩昕问："小韩，你是专业的，你肯定有办法，帮我们好好想，看怎么才能把他拿下？"

怎么拿下？说得倒轻松。韩昕转身看向王伟："王警长，你盘问了多久？"

王伟缓过神："盘问了四个多小时，他死不承认吸过大麻。"

"有没有问其他情况？"

"问过，他说他早戒了。声称为了防止复吸，防止不小心喝错或吃错东西，到时候会被检测出阳性，他这些年从来没去过娱乐场所，连饭都很少在外面吃，甚至感冒了都不敢吃感冒药。"

"他的手机呢？"

"我们检查过他的手机，没发现疑点，而且有好几个本地售楼部人员的电话、微信。从昨晚到现在，那些售楼部的人员，给他打了十几个电话，发了十几个微信，问他到了哪儿，什么时候去看房。"

韩昕追问道："除了售楼部的人员之外，有没有别人给他打电话？"

王伟不假思索地说："他老婆给他打过电话，见盘问不出什么，我就让他接了。结果他们说的是东海话，我一句都听不懂，赶紧抢过手机表明身份，想做做他老婆的工作，看他老婆能不能提供点线索。"

56. 方俊的问题

"他老婆怎么说？"

"他老婆说我们冤枉他了，说他以前是被一帮狐朋狗友骗着吸了点 K 粉，被公安机关发现之后再也没吸过。整个家庭对这件事很重视，家里都备有尿检试剂盒，每隔几天检一次，甚至陪他出去旅游散心。"

王伟端起杯子喝了一小口水，接着道："他老婆听说检出了阳性，他很可能会被送去强制戒毒，情绪很激动，说不可能，说我们的检测有问题。还哭着说什么无意中吸了一次，难道这辈子都没人权了，不管走到哪儿都要被查？"

韩昕托着下巴问："还说什么了？"

"说要找律师，说要投诉我们，甚至连夜开车追过来了，这会儿就在楼下。刚才我去大数据中心看了一眼监控，她正坐在车里打电话呢。"

"你有没有见她？"

"见了，情绪很激动，能看得出来，他们两口子的感情很深。"

韩昕喃喃地说："本来没什么问题，听你这一说可能真有问题。"

不等王伟开口，杨千里便抬头问："小韩，什么问题？"

"到底什么问题我也说不清楚，只是感觉。杨所，盘问的监控视频应该有吧，我想去看看视频。"

"行，我陪你去。"

四人一起来到警网融合大数据中心，调出昨晚盘问的视频。韩昕戴上耳机，走到值班辅警身边，一会儿让辅警快进，一会儿让辅警正常播放，重点看方俊接他老婆电话的那一段。

杨千里觉得很奇怪："小韩，你能听懂东海话？"

韩昕捂着耳机道："我有两个战友是东海人。"

"我还有两个东海亲戚呢，他们说话我一样听不懂。"

"你们平时接触不多，我跟我们战友那是朝夕相处，而且我对方言比较感兴趣。"

"那他老婆到底跟他说了什么？"

"说看房子的事。"

韩昕摘下耳机，回头笑道："三位，我现在可以断定这小子问题了，但具体有什么问题，要下去跟他聊聊。"

汪宗义问："凭什么断定？"

"他很清楚自己曾吸食过大麻，不管有意吸食的还是无意中吸食的。同时知道像他这样有吸毒前科的人，不管去哪儿都很可能会被公安机关检测。也就是说他知道来陵海有被检测出阳性的风险，搞不好会被责令强制戒毒两年，但他还是来了。"看着三人若有所思的样子，韩昕接着分析，"从刚才他和他老婆的通话中能听出，他老婆是不支持他来陵海的，不是担心他会被检测出阳性，而是觉得相比其他周边城市，我们陵海的房子升值空间不大。"

杨千里反应过来："明知道有风险，他为什么要来陵海？"

韩昕放下耳机："他是醉翁之意不在酒，他肯定不是来看房子的。"

杨千里沉吟道："那他来做什么的？"

王伟道："肯定不是躲债的，我上网查询过，他没有经济纠纷，没跟人打过官司，更不是失信执行人。"

汪宗义举一反三地说："买毒一样不可能，他真要是想买毒品，在东海买要比来我们陵海买容易。"

"也不太可能是做正经生意，不然他不会坚称是来看房子的。"

"他能从事什么非法活动？他家经济条件不错，他在外地买房子跟买白菜似的，而且都赚了，没必要靠非法活动赚钱。"

"这么猜肯定猜不出来。汪队，他的手机呢？我想看看他的手机。"

"行，我去拿。"

"不用去拿，我们去办公室看吧。"

"也好。"

一起回到治安队办公室，韩昕仔仔细细看了看方俊的手机通话记录和微信聊天记录，借口去洗手间打了个电话，又上网搜了搜，心里终于有底了。

"杨所、汪队，我下去跟他聊聊。"

"你下去？"

"不行吗？"

"我们没问题，只是你……"

"杨所，我之前不露面，主要是不想被本地的戒吸人员认出来。方俊既不是本地的戒吸人员，而且看着也没多大问题，在陵海待不了多久，所以没什么好担心的。"

"行，你和老王下去跟他谈谈，我和老汪去看监控。"

方俊一夜没睡好，精神有点萎靡，但正如他所坚称的那样没毒瘾，至少毒瘾没发作。

"方俊，你妻子来了。"韩昕坐到他对面，放下他的手机。

"她……她怎么来了，她什么时候来的？"

"她很担心你，连夜开车过来的，这会儿就在外面。"

方俊愁眉苦脸："她是不是很着急？"

"如果她知道你是来找这位白经理的，我估计她不只是着急，还会很生气。"韩昕拿起他的手机，点开一个微信好友的头像，似笑非笑。

"警察同志，你说什么呀，什么白经理……"

"金石置业的销售经理，你忘了？"

"我加了好多售楼部经理的微信，这个……这个什么时候加的？"

韩昕懒得跟他绕圈子："方俊，你一共加了七个陵海房产销售的微信，跟另外六位都有聊天记录，也都有通话记录，唯独跟这位白经理的聊天记录比较少，通话记录更是一个都没有。"

"可能搞忘了吧，加的人太多，我真记不得。"

"关键这位白经理不是销售，我们调查过，金石置业售楼部没有姓白的。看头像，这位白经理很年轻很漂亮啊。"

韩昕让他看了看"白经理"的头像，又念起有且仅有的两条聊天记录："我快到陵海了，你在不在售楼部，我直接去找你；我住在豪泰酒店，看到请回复。"

方俊急了："警察同志，这是我的隐私！"

"隐得确实挺好，之前的聊天记录全删掉了，就算老婆检查手机，也不会发现问题。"

"我有什么问题？你这是污蔑！"

"可惜微信转账记录删不掉，我认为有必要好好查查，给你老婆一个交代。"

"警察同志，你想怎么样？"

"你老婆就在外面，我可以帮你保密，但你必须把事情说清楚。"

韩昕笑了笑，又掏出自己的手机，点开图片搜索，搜出一张照片举到他面前："看看，这是从网上搜的，是不是同一个人？"

方俊蒙了："这……这……"

"这什么这，你说你都是有老婆的人了，老婆挺漂亮的，而且对你那么好，你居然想出轨，学人家网恋，甚至追到了陵海！搞婚外网恋也就罢了，还遇上个骗子，说不定连女人都不是，说出来也不怕别人笑话。"

"我没想过出轨，我……我没网恋，我……我就是过来见个面的。"

"见到了吗？你能见着人吗？"

韩昕放下手机，轻叹道："看来这些年你是被家里盯得太紧了，想找点刺激。作为一个男人，我能理解，但遇上骗子，这就有点搞笑了。"

方俊不是害怕，而是尴尬，尴尬到极点。王伟怎么也没想到会是这个结果，实在忍不住想笑，连笔录都顾不上做了。

"说说，前前后后给这个白经理转了多少钱？"

"不多。"

"不多是多少？"

"加起来……加起来不到一万。警察同志，求求您，不要告诉我老婆。只要不告诉我老婆，我什么都交代，送去我强制戒毒都行！"

"大麻怎么回事？"

"我没吸，警察同志，请您相信我，我真没吸！"

"你是不想我帮着保密？"

"您听我说，去年9月份，我在一家烧烤店吃烧烤，遇到几个外国人，他们聚在洗手间门口抽烟，我正好上洗手间，闻着有点像大麻。"

韩昕追问道："然后呢？"

方俊苦着脸道："我没跟他们要，也没跟他们买，就装作洗手闻了一会儿，然后赶紧买单回去了。我知道要是吸上就戒不掉，我不是那种瘾君子，我有老婆有孩子有家庭有事业……"

"闻了就是吸了，只不过跟吸二手烟一样吸的是二手大麻。"

"他们在卫生间门口吸的，搞得乌烟瘴气，我就算想不吸也不行。"

"你还是想吸。"

"我承认，刚闻到味道的那会儿是想吸，但我很快就冷静了，很快就控制住了。"

韩昕抬头看了一眼墙角上的摄像头，趁热打铁问："记不记得那几个外国人长什么样。"

方俊摇摇头："一个白人两个黑人，他们的样子跟电视里的那些外国人差不多。"

"烧烤店的位置。"

"就是我们小区后面巷子里的那个烧烤店，后来……后来我去过几次，都没看到过他们。"

"去做什么？"

"……"

"看来你还是控制不住心瘾。"韩昕摸摸鼻角，换个问题，"这些事，昨晚为什么不如实向王警官交代？"

"对不起，我……我不是不交代，我是真没吸。"

"不只是这些吧。"

"我不敢让我老婆知道，不敢让我爸我妈和我女儿知道。"

"不想让亲人知道，说明你不是无药可救，但背着深爱你、关心你的妻子，偷偷跟人家网恋，还大老远跑出来见网友，你对得起你妻子吗？"

"警察同志，我错了，求求您帮帮忙，千万千万不要让她知道。"

"那就好好配合，王警官问什么，你都要如实回答。"

"好的，我配合。"

57. 你欺负人

毒品对社会的危害太大了。尤其那些吸食新型合成毒品的人员，吸食之后会产生幻觉，不但会自残，甚至会自杀，乃至行凶伤人，所以必须搞清楚方俊到底有没有吸毒，以及他来陵海的真正目的。情况基本上搞清楚了，方俊也随之从涉嫌吸毒的人员，变成了一起网络诈骗案的受害人。城南派出所虽然查处不了方俊，错失了完成一个查处吸毒人员的任务指标，但也发现了一起网络诈骗案的线索。至于方俊所交代的那三个吸食大麻的外国人，因为时间过去太久，与陵海又相隔太远，并且只是一起既没人买也没人卖的治安案件，不具备立案侦查条件，只能作为毒情上报。

王伟正在询问方俊被"白经理"诈骗的细节，汪宗义正在做方俊老婆的工作。因为方俊现在是受害人，接下来还会是重要证人。搞婚外网恋，甚至跑陵海来见网友的事，没法儿帮他保密。

喜提诈骗案一起，杨千里心情不错，抱着双臂笑道："那个'白经理'光从方俊这儿就骗走了一万，只要深挖细查，我估计总涉案金额不会少，真是东边不亮西边亮。"

"杨所，这方面你们是专业的。"

"有多专业谈不上，但侦办网络诈骗和电信诈骗的经验还是有点的。去年，光电信诈骗的我们就抓了一百多个，跟你们侦办'2·12'案一样，也是满天飞，全国各地抓。"

能听得出来，杨千里是发自肺腑地自豪。他觉得城南派出所是全分局最牛的单位，事实上也确实牛，全区一半的警情在他们这儿，每年破获的各类刑事案件不比刑警大队少。再待在这儿也没什么事，韩昕正打算恭维几句打道回府，杨千里竟感慨道："小韩，你小子可以啊！我们所有人都没想到方俊是为见网友来陵海的，就你想到了。像你这样的待在四中队太屈才，真应该来我们城南派出所，只有在我们这儿你才能尽情发挥，才能大展拳脚。"

"杨所，你们不是没想到，只是没往毒品之外的方向想。"

"我们之前确实只想着他是怎么吸上的，大麻是从哪儿来的。不过你是专业缉毒民警，你脑子里不是更应该想着毒品吗？"

"我是整天想着毒品毒案，但具体到方俊这件事，我还真没多想，毕竟他只是一个有吸毒前科的人员。"

"差点忘了，你是破大案的，查处吸毒人员这种行政案件，对你来说就是小儿科，请你出马就是杀鸡动牛刀。"

"杨所，哪有你说的这么夸张。"

"这可不是夸张。"

杨千里拍拍他胳膊，话锋一转："说正事，毒案是搞不成了，但我们的合作还要继续。好的开端是成功的一半，这起网络诈骗案我们两家联合侦办！"

韩昕没想到他会这么大气，笑道："杨所，侦办网络诈骗案，我帮不上忙。"

"你已经帮忙了，剩下的事交给我们。最多四天，我们就能查个水落石出。"

"我知道，这方面你们最厉害了，不过联合侦办这么大事，我做不了主，我要向张队汇报。"

"汇什么报，我给他打电话。"

……

结果让韩昕有点意外，张宇航对联合侦办这起网络诈骗案不是很感兴趣。他主要考虑到四中队是专业禁毒的，掺和诈骗案有点不务正业；二是动不动跟派出所联合，大队领导和兄弟中队可能会有想法。但在禁毒尤其缉毒方面，跟杨千里达成了共识，接下来要展开全方位的合作。比如正在开展的抽检，蓝豆豆一个人实在忙不过来，只要是在城南派出所辖区的戒吸人员，全委托城南派出所代为抽检，这也是对城南派出所的尊重。

在城南派出所食堂蹭了顿饭，回到中队办公室休息了一会儿，韩昕便按上级要求去党校签到，参加区里组织的转业退伍军人政治学习。韩昕既不算转业也不是退伍，实在想不通为什么要参加。可区委组织部下发到分局的学习人员名单上有他，就必须要参加学习。

韩昕听党校副校长徐小进讲了一下午课，直接下班回家，没想到刚进门，李菜鸟就打来电话。他在电话里兴高采烈地说："韩哥，你太厉害了，我们所长教导员这会儿还在说你。"

"说我什么？"

"说你会破案啊，能不能教我两手？我是真想学，不是开玩笑。"

能被兄弟单位领导肯定，确实是一件值得高兴的事。韩昕心情不错，笑道："我可以教你几手，但你小子要有点最起码的自觉。我不想把话说那么难听，你心里应该有点数。"

李亦军岂能听不出他的言外之意，悻悻地说："韩哥，我知道你是说琳琳的事。你放心，我不会再给她打电话，也不会再给她发微信了。"

"这话可是你说的！"

"就算你不说我也不会再自讨没趣。"

韩昕乐了："什么意思，是不是有故事？"

李亦军回头看看身后，苦着脸道："韩哥，你是她表哥，就算我不说你早晚也会知道。她不喜欢我这样的，她说她有喜欢的人，她有男朋友。"

琳琳有男朋友吗？韩昕一头雾水，想到表妹很可能是借口有男朋友敷衍李菜鸟的，不禁笑道："被拒绝很正常，我一样被拒绝过。别灰心丧气，好姑娘多的是，慢慢找。"

"韩哥，我知道你刚被姜悦拒绝了，你也别灰心丧气。"

"谁说我被姜悦拒绝的！"

"姜大姐说的。"

"她不清楚情况，她说的话你也信？我本来就觉得不合适，本来就不想去相这个亲，是我先拒绝的，懂不懂！"

"那你比我强，我是被琳琳拒绝了，你们是相互拒绝的。"

"知道就好。"

姜大姐居然到处乱说，丢人丢大了，韩昕赶紧换话题："你不是想学真本事吗？先教你点基本功，赶紧拿笔记一下。"

这是正事，李亦军急忙道："好的，你说。"

"盯灯练眼神，听声音找破绽，搞突袭练反应，抓细节练思维。"

"就这些，还有吗？"

"什么就这些，这是一个查获了上吨毒品的边境检查站，多少年来总结出的训练法。你小子如果能领会，并且能练会，那不但能在所里站稳脚跟，甚至能大展拳脚。"

什么盯灯练眼神……灯那么亮，看一下眼都会花，总盯着眼睛受得了吗？李亦军觉得纯属扯淡，东拉西扯聊了几句就挂了。韩昕不知道李菜鸟没把四句话秘诀当回事，事实上也不在乎他会不会当回事。捧着手机上网搜晚上吃什么，见居然有盐水鸭的外卖，不由想起刚聊到的姜悦。盐水鸭很好吃，但只有江城的盐水鸭才正宗。韩昕突然想吃了，鬼使神差翻出姜悦的手机号，顺手拨打过去。等了十几秒钟，电话里传来姜悦的声音："韩昕哥，你怎么想起给我打电话，是不是有什么事？"

"小悦，你什么时候回来？"

"问这个做什么？"姜悦有些紧张，不敢轻易说什么时候回家。

韩昕意识到她担心什么，连忙道："小悦，你别误会，我对你不感兴趣。

我就是突然想吃江城的盐水鸭了，你如果回来，能不能帮我带三只。"

什么对我不感兴趣……姜悦气得竖起黛眉，直咬银牙。

韩昕是真馋了，看着手机里的盐水鸭图片说："不要真空包装的，那种不好吃。听说江城有好多卖鸭子的店，你们学校附近应该也有，帮我去店里买，多少钱回头跟你算。"

"韩昕哥，我可能暂时不会回去。"

"不着急，等哪天回来再带。"

他居然理直气壮，当着同学面姜悦不好发作，委婉地说："韩昕哥，我们学校在江北，周围连个商店都看不到，更不用说卖鸭子的店了。"

听到她的声音，韩昕就想起她小时候的样子，躺下笑道："我们是老邻居，我是你哥，是看着你长大的，帮哥做点事怎么了？你要是遇上什么事，跟哥说一声，哥一样帮你办得漂漂亮亮。"

你现在是人民警察，不是黑社会大哥……姜悦也想起他小时候流里流气的样子，跑到一边不快地问："你爸不是也在江城吗，为什么不让你爸给你带？"

"他忙。"

"他忙我就不忙？"

"实在不方便就算了，当我没说。"

不管怎么说也是老邻居，姜悦不想让人家觉得自己不礼貌，嘟哝道："行行行，下次回去时给你带。就知道吃，一带还是三只，你吃得下吗你！"

韩昕觉得有必要解释清楚："我是馋了，但我不是吃货。如果只是我自己，带一只就够了，另外两只是给我继母和我舅舅带的。"

"韩昕哥，没想到你变得这么孝顺。"

"什么叫变得这么孝顺，我一直很孝顺！"

姜悦嘀咕道："小时候你可不是这样的。"

死丫头居然敢揭老底，韩昕忍不住笑道："小时候你也不像现在这样敢跟我顶嘴，你小时候看见我就躲，怕我怕得要死，我说一句你敢不听吗？"

"你……你欺负人！"

"哥跟你开个玩笑，这算什么欺负。小悦，你如果真觉得被我欺负了，可以跟小时候一样去告诉你妈。话说你妈如果知道了，她一定会很高兴，说不定会安排我们再相一次亲。"

"你有完没完？不许再提相亲的事。"

"不提了，记得带盐水鸭就行。"

姜悦越想越郁闷："带带带，给你带，一百块钱一只，三只三百，先给钱！"

死丫头居然生气了，韩昕觉得欺负欺负她挺好玩，跷着二郎腿笑道："钱不是问题，这就给你转，三只肯定用不着三百，剩下的给你买糖吃。"

58. 支队的传统

姜悦小时候是很怕韩昕，是一见着他就躲，实在躲不过去被他叫住，真吓得两腿发软，别说顶嘴，连动都不敢动！事实上不只是她怕，他那会儿三天两头旷课，抽烟、喝酒、打架，整天跟一帮不三不四的社会青年混在一起，村里的小朋友都害怕，连那些年纪比他大的男生都害怕……不夸张地说，他至少给近百个老陵海村的孩子留下了童年阴影。本来以为他当兵去了，现在的社会治安也比之前好，阴影也随之消散了。没想到他不但回来了，还摇身一变为刑警，甚至被他给缠上了！再想到这只是刚刚开始，再过几个月不但要回老家继续跟他做邻居，甚至要跟他做同事，姜悦简直郁闷到极点，晚饭都没心情吃，早早地回到宿舍，躺在床上辗转反侧，怎么都睡不着。

韩昕却睡得很香，而且又梦到跟姜悦那丫头相亲。一觉醒来，正觉得搞笑，蓝豆豆打来电话。按规矩先对暗号，一对完她就急切地说："小韩，你家住在如意嘉园是吧，赶紧洗脸刷牙换警服，我去南门接你，一起去市局开会。"

"我去市局开什么会？"

"昨天不是跟你提过吗，市领导在总结大会上提出了新要求，我们中队要调整工作计划，市局一样要贯彻落实。"

"我知道，你们昨天是说过，不是张队去吗，我去做什么？"

蓝豆豆打开车门，钻进驾驶室："张队抽不开身，刘指一样没时间，我替他们去。至于你，是肖支点名让参加的。"

昨天上午参加专案组的"散伙儿会"，下午去党校学习了半天，韩昕是真不想再开会了，苦着脸问："可不可以不去？我要干正事。"

"开会就是正事，不可以不去。"

"为什么？"

"因为你就算这次不去，下次一样要去，这是支队的传统。"

"什么传统？"

蓝豆豆扶着方向盘，笑问道："你知不知道我们市局禁毒支队的第一任支队长是谁？"

韩昕不假思索地说："我哪知道这些，这跟我又有什么关系？"

蓝豆豆话到嘴边，觉得还是应该跟他卖个关子："我先开车，你也搞快点，其他事等见着面再说。"

开会也是工作。韩昕没办法，只能赶紧洗脸刷牙换警服，至于早饭，吃不吃无所谓。蓝豆豆来得很快，一见着他就挪到副驾驶位，示意他开车。韩昕被搞得啼笑皆非："蓝队，原来你是想找个驾驶员。"

"我是不想开车，但这个会你也确实要参加。"蓝豆豆拉开包，取出一块蛋糕和一盒牛奶，美滋滋地吃起早饭。

韩昕好奇地问："你刚才说什么支队的传统，到底什么意思？"

"只要各县区公安局禁毒大队或刑警大队的禁毒中队来了新人，都要去支队机关认个门，这是市局禁毒支队的第一任支队长定下的规矩。"蓝豆豆吃了一小口蛋糕，又眉飞色舞地说，"以前不只是认门，还让我们这些基层民警去支队挂职，让支队民警下基层锻炼。现在支队人少了，几个区县公安局禁毒部门的人也不多，也就没了上挂下挂这回事。"

"第一任支队长，什么时候的事？"

"〇几年的事，反正有好多年了，肖支好像是第五任支队长。"

"第一任支队长定下的规矩，现在还要遵守，不是应该人走茶凉吗？"

"那要看第一任支队长是谁。"

"是谁？"

蓝豆豆没直接回答，而是放下蛋糕，拿起手机，搜出一条新闻，举到他面前："这一位。"

韩昕看了一眼，大吃一惊："我去，刑侦局领导！"

"厉害不？"

蓝豆豆放下手机，得意地说："现在知道我们出去办案，人家为什么那么热情了吧。肖支一个电话，只要告诉人家我们的老支队长是谁，别说县局市局，就是兄弟省厅的禁毒总队也要给他几分面子。"

"跟我还是本家！"韩昕忍不住又看了一眼。

"可惜你虽然同样姓韩，但不是思岗人。"

"韩局是思岗人？"

"嗯。"蓝豆豆点点头，放下手机拿起蛋糕，"就算你是思岗人也没用，听肖支说人家这些年就回来过一次，而且是走了之后市里才知道的。"

韩昕笑道："官做大了，肯定会注意这些。"

蓝豆豆深以为然，想想又说道："听肖支说，韩局对家乡、对我们市局还是有感情的。上次回来时领导一个都没通知，但他当年的那些战友，只要是已经退休了的，个个都知道。”

"只通知退休了的，不通知在职的？"

"也不算通知，他们本来就有联系，在职的好像只有一个人参加了他们的聚会。"

"谁啊？"

"以前的刑警支队副支队长程文明，他虽然没退休但跟退休也差不多，现在好像在警官培训中心。"蓝豆豆顿了顿，强调道，"程支是活着的一级英模，是我们市局的国宝级人物。你就算今年不去培训，明年也要去培训，肯定有机会见到的。"

韩昕由衷地说："一级英模，这个厉害！"

"所以说你不能因为破个案子尾巴就翘上天，不能因为你是中队唯一的兵就恃宠而骄，就可以为所欲为。要知道天外有天，人外有人。跟人家一比，你就是这个。"蓝豆豆勾起小指。

韩昕忍不住笑道："谁恃宠而骄了，谁为所欲为了？"

"说了你还不承认，这是在我们中队的，要是换个中队，你就算真是条龙也得老老实实盘着。"聊到这个，蓝豆豆又黯然道，"不过你的好日子也快到头了，我们的好日子都快到头了。听说局里要对科所队长进行大调整，李大肯定是要退居二线的，说不定连张队都干不了几天。"

韩昕下意识地问："那刘指呢？"

"刘指是军转干部，能做上指导员已经很不容易了，他应该不会动。"

"这么说张队要高升。"

"如果去乡镇派出所当副所长，或者去做副教导员，那还不如接着做中队长呢。"

"李大不是要退嘛，说不定让他接替李大做我们的副大队长。"

"不可能。"

"怎么就不可能？"

"我们大队的领导，都是从几个办案的中队长中提拔的。张队没侦办过大案要案，争不过陈维民他们。"

"也许张队愿意去乡镇。"

"不说这些了，我先吃，给你也带了一份，等到了支队你再吃。"

韩昕正准备说谢谢，蓝豆豆的手机突然响了。她急忙放下蛋糕牛奶接听，嗯了几声便按了下车载蓝牙："杨所找你，他不知道你手机号，打我这儿来了。"

"哦。"

韩昕看了一眼中控屏，大声问："杨所，我韩昕啊，有什么指示？"

"小韩，网络诈骗案的情况基本上搞清楚了，两个嫌疑人刚落网，你帮了大忙，我得跟你说一声。"

"这么快！"

"昨天下午申请查询的，今天一早就有了反馈，我们一拿到证据就组织抓捕。说出来你不敢相信，两个嫌疑人诈骗金额多达四十几万，但诈骗手法却很'朴实'。"

韩昕忍俊不禁地问："怎么个朴实？"

杨千里笑看着手中的材料道："就是在手机上搜附近的人，跟人家搭讪，聊着聊着跟人家要红包。开始几十几十地要，想见面加钱，居然有人上当！"

"嫌疑人是男的还是女的？"

"一男一女，四十多岁的两口子，用从网上搜的美女图片做头像，专骗那些单身男和想搞婚外情的男子。"

"本地人？"

"本地人，他们家离我们派出所不到两公里。"

"可方俊是东海人，他们用微信搜一搜，能搜那么远吗？"

"他们是走到哪儿搜到哪儿，他们上上个月去过东海，是在东海搜到方俊的。"

杨千里放下材料，直起身笑道："不跟你聊了，嫌疑人虽然已经抓捕归案，但取证压力比较大，我们要一个一个地找到上当受骗的人，那些人可能还不一定愿意承认被骗了。"

59. 重心转移

禁毒宣传无处不在，但禁毒委却很神秘，许多人都不知道禁毒委的大门朝哪儿开。事实上禁毒委像一个背景强硬、规模庞大的公司。董事长和总经理由市领导兼任，政法委、宣传部、公安局、法院、检察院、司法局、人社局等三十多个党政部门都是其股东。经营实体是禁毒办，禁毒办设在公安局，主要由公安局负责运营。

上次在陵海开的总结大会有点像股东大会，各成员单位负责人都参加了。今天开的相当于公司内部会议，参加的全是各区县公安局禁毒大队或刑警大队禁毒中队的负责人。今天的席卡很有意思，在主席台就座的领导有名字，其他参会人员面前打印的全是单位，比如崇港分局、陵海分局、思岗公安局等等。市局来了一位副局长，应该是分管禁毒的。支队杨政委主持会议，先是请肖支传达总结大会的精神，然后请局领导作重要指示……

领导究竟讲了什么，韩昕没怎么注意听，净顾着观察参加会议的禁毒同行了。支队领导和支队机关民警，平均年龄绝对在四十七岁以上。各区县公安局禁毒单位的参会人员也差不多，只有崇港分局那位虎背熊腰的一级警督相对年轻，但看着也四十出头了。可见在滨江公安禁毒系统，不但他是个如假包换的粉嫩新人，很可能连参加工作已经七年的蓝豆豆都是新人。跟一帮大叔一起开会真没意思，好在领导很快就宣布散会了。所有参会人员各回各家，支队不管饭。

他收拾好会议材料，刚和蓝豆豆一起走出会议室，就听见刚才主持会议的杨政委喊道："豆豆，你们别急着走。"

蓝豆豆在中队主要负责上传下达，经常跟支队打交道，对支队情况很熟悉，回头问："政委，您有什么指示？"

"小韩不是刚加入我们禁毒系统的吗，按老规矩办，这还用得着交代！"

"政委，我是怕耽误你们工作。"

"没事，你先带小韩去转转，特别是荣誉室。"

杨政委回头看了一眼正在跟肖支谈笑风生的那个一级警督，又交代道："抓紧时间转，转完之后我让小李带你们去食堂吃饭。"

"是！"

支队总共就八个正式民警，加起来也没几个办公室，一会儿就转完了。领导们都很热情，一位姓江的大姐，甚至放下手中的工作，陪二人来荣誉室参观。

"小韩，这是我们支队成立时的大合影，刚成立时我们人多，光缉毒大队就有二十二个民警。你看看，韩局当时多年轻，多帅气！"

"是啊，是挺帅气的。"韩昕嘴上虽这么说，但事实上最不喜欢帅气的男同胞。

蓝豆豆不是一次来，但依然像个花痴，一边举着手机拍照，一边嬉笑着问："江大，拍这张照片时韩局多大？"

"三十，跟你现在差不多大。"

"人家三十岁就副处，我二十九才副股！"

"这不好比，也不想想全国有几个像老支队长这样的。"

"韩局做了几年支队长？"

"你是说在我们支队？"

"嗯。"

"满打满算不到一年。"

不到一年能干成什么事？好多案子一年都办结不了……韩昕心想那个帅气的"本家领导"，当年一定是来支队镀金的。一个单位就待一两年，也只有这样才能刷资历，才能噌噌噌往上升。

江大姐不知道他在想什么，充满自豪地说："这位是我们的第二任支队长钱晋龙同志，已经退休好几年了，他跟老支队长的关系特别好。这位是我们的第三任支队长……"

张口闭口不是"老支队长"就是"韩局"，这不是搞个人崇拜吗？韩昕有点听不下去，忍不住问："江大，支队刚成立时那么多人，怎么变得越来越少？"

很多人来参观时都有这个疑问，江大姐不但没不高兴，反而笑道："何止变得越来越少，而且整个队伍变得越来越老！你们看看，刚成立时全是朝气蓬勃的小伙子，现在全成了大叔大妈。"

蓝豆豆连忙道："江大，您真会开玩笑。"

"没开玩笑，我说的是事实，不但支队人员年龄偏大，各区县公安局禁毒部门的年龄也偏大，你们两个可能是最年轻的。"江大姐用带着几分羡慕的眼神看了看他俩，接着道，"人越来越少，队伍平均年龄越来越大，这倒不是上级对禁毒工作不重视，而是禁毒形势乃至整个治安环境，跟当年相比发生了巨大变化。"

"老支队长奉命筹建禁毒支队时，我们滨江虽算不上毒品泛滥，但禁毒形势确实比较严峻，所以当时的工作重心是打击各类毒品犯罪。"

蓝豆豆扑哧笑道："韩打击！"

江大姐下意识地问："你知道我们老支队长的绰号！"

"我刚参加工作时来支队认门，您给我讲过。"

"想起来了，瞧我这记性。"江大姐很夸张地拍拍额头，接着道，"经过一轮接着一轮的持续打击，以及整个治安环境不断变好，毒品犯罪越来越少，就算想打也没的打了，支队的工作重心也从打击，渐渐转移到易制毒化学品管理和宣传教育上。而禁毒不只是我们公安一家的事，需要党委政府的支持，需要全社会的参与，说白了就是要跟各局委办、各社会团体和各企事业单位打交道。这就意味着需要比较成熟一点的，甚至需要具有一定行政职务的同志来做这些工作。"

蓝豆豆笑道："所以我们就从战斗单位，变成了机关单位。"

"你个死丫头，谁说我们不战斗的，你们这次不是干得挺漂亮嘛！"

"江大，我跟您开玩笑呢。"

蓝豆豆嘻嘻一笑，连忙换了个话题："江大，您有没有见过老支队长？"

"没有，我是他调走之后来支队的。"

"肖支有没有见过？"

"肖支也没有。"

"那我们支队有没有人见过？"

蓝豆豆想想又强调道："退休的前辈不算。"

江大姐想了想，带着几分尴尬地说："支队机关人员都是老支队长调走之后来的，都没见过。支队刚成立时的那些同志，有的退休了，有的退居二线，有的调到了其他支队，有的调分局去了。"

"这么说我们支队没有韩部长的老部下。"

"支队机关没有，但我们禁毒系统有啊。"

蓝豆豆好奇地问："谁？"

江大姐笑道："崇港分局禁毒大队的任大，就是个子特别高、身材特别魁梧……就是刚才跟肖支说话的那位。"

"任忠年！"

"你认识？"

"开总结大会时我不是负责会务嘛，他找我签过到，您一说大高个儿我就知道是谁了。"

"可以啊，认识的人挺多。说正事，有没有兴趣来支队干两年？"

蓝豆豆急忙挽着江大姐的胳膊："江大，您就饶了我吧，我哪儿都不想去。"

江大姐瞪了她一眼："来市局都不愿意，别人想来还来不了呢。"

"借调又不是正式调动，再说我在陵海挺好的。我可不想两地分居，一样不想来回折腾。"

"你们陵海人是不是都不想来市区？"

"不只是我们陵海，兴东也一样。"

"不当自己是滨江人，有本事你别来开会啊。"

"要不是吃这碗饭，我才不会来呢！"

江南是"内斗"大省，滨江一样是"内斗"大市。陵海人和兴东人对滨江没什么归属感，甚至对陵海从好好的一个县级市，变成了滨江的一个区很不爽。虽然离市区不远，但老百姓有什么事直接去东海，不会来市里。普通公务员对能不能调到市里，同样不感兴趣。

韩昕正觉得好笑，肖支突然走了进来。蓝豆豆吓一跳，连忙抽回挽着江大姐的胳膊。

肖支对她这个全市禁毒系统最漂亮的女警印象深刻，笑道："豆豆也在，你跟江大姐接着聊。小韩，出来一下，跟你说点事。"

韩昕急忙道："是！"

肖支把他带到走廊尽头，掏出手机一边示意加微信，一边低声道："海关的同志刚给我打了个电话，他们查获十袋含有大麻的饼干。从加拿大寄过来的，收件人是一个二十六岁的女子，她是陵海人，收件地址也在陵海。"

韩昕看着领导刚转发过来的资料问："肖支，货什么时候到陵海，我要不要跟海关联系？"

"海关那边我打招呼，估计下午就能发出去，最迟明天上午到陵海。你赶紧回去摸摸底，如果收货人只是自己食用，就交给你们中队查处。如果涉嫌贩卖，那就由支队和你们刑警大队联合侦办。"

"明白。"

"赶紧回去吧，海关那边一有消息我就给你打电话。"

60. "化解恩怨"

警情就是命令！韩昕一刻不敢耽误，跟江大姐道了个歉，就喊蓝豆豆赶紧回陵海。

"着什么急，支队又不是不管饭！"

"有正事，你开车。"

"什么正事？"蓝豆豆很不情愿地拉开车门，钻进驾驶室。

韩昕没时间跟她解释，系上安全带，把肖支转发过来的资料，用电子邮件转发到她的电子邮箱。然后拿起她的手机，点开电子邮箱复制转发给中队长，紧接着给中队长打起电话。

张宇航也是刚散会，正在驱车回家的路上，听完汇报赶紧打转向灯，一边准备在前面路口掉头，一边对着车载蓝牙的麦克风说："我这就去城东派出所，不就是摸个底吗？有半天时间足够了。"

"行，我们等会儿在城东派出所会合。"

"刘指我通知，你别管了，回来的路上注意安全。"

蓝豆豆总算明白了，喃喃地说："原来有线索，我说肖支喊你出去做什么呢。"

韩昕放下手机，拿起早上没来得及吃的蛋糕："原来支队不是不办案，而是把线索给我们这些基层办案单位，让我们负责具体侦办。"

蓝豆豆对此早习以为常，现在更关心的是刚才打电话的事，气呼呼地问："小韩，我的锁屏密码和邮箱密码，你是怎么知道的？"

"你的锁屏密码设置得太简单，上次你不是重启过吗？我看着你开机的。"

"然后你就偷偷记住了密码？"

"什么叫偷偷，你是当着我面重启的好不好！"

"邮箱密码呢？"

"看邮箱不用密码，直接点开就行了。"

"这是我的隐私，你怎么能这样！"

"对不起，你回头修改一下，别让我知道。"

蓝豆豆实在不知道该说他什么好，干脆说起正事："肖支提供线索的这个案子怎么查？已经掌握了收货人的姓名和家庭住址，要不要申请查询她的银行账户流水和手机通话记录？"

"暂时不用，这又不是什么大案。"

"你怎么知道不是大案的？"

"因为在陵海乃至整个滨江，就不可能有什么大案。"韩昕飞快地吃完蛋糕，又拿起牛奶。

蓝豆豆不服气地说："谁说滨江没大案的，大前年，兴东公安局就办过一起大毒案，缴获冰毒一点六公斤！"

"一点六公斤就是大案？"

"那缴获多少才算大案。"

"可能每个地方的标准不一样。"

韩昕不想再聊这个话题，喝了一口牛奶，话锋一转："蓝队，等会儿到了城东派出所，遇到黎教怎么办？"

蓝豆豆愣了愣，不禁笑道："有点尴尬啊。"

"要不我就不去了，你去跟张队会合，我回单位。"

"怕什么，你躲得了今天，难道能躲一辈子？再说我们有什么好尴尬的？应该尴尬的是他。"

"他肯定不想看到我。"

"那就让他躲，哈哈哈哈。"

黎杜旺没有躲，但也没有见匆匆赶到城东派出所的张宇航。因为今天的值班所领导不是他，而张宇航也顾不上找他寒暄。张宇航跟值班副所长打个招呼，等负责收货人家那一片儿的社区民警一到，就和紧随而至的刘海鹏一起展开了侧面调查。

从城东派出所到红光新村的这一路上，社区民警老徐打了六七个电话。当看到收货人家的三层小洋楼时，收货人的基本情况已经了解得差不多了。他们开的是"禁毒专用车"，没有警灯，也不是警车牌照，车身上没有任何标志，不用担心打草惊蛇。在小区里转了一圈，拍了几张照片，原路返回。他们刚回到派出所，韩昕和蓝豆豆也到了。

对正在侦查的是一起什么案子，张宇航心里已经有了数，觉得这是一个跟城东派出所化解恩怨的机会，干脆同刘海鹏一起带着两位部下找到所长教导员。被截和没什么，甚至很正常。我挖你"墙脚"，你刨我的"线"，这些都是正常操作。不然几个大队长、所长、教导员聚在一起，也不会开玩笑说他们是"塑料兄弟"。但禁毒中队上次的截和，跟之前的截和不一样，搞得所里灰头土脸，简直太丢人太尴尬了。对于张宇航等人的到来，城东派出所所长金志祥实在没心情欢迎。

"要么不来，要来全来了。老张，你们这是倾巢出动，是不是又有什么大案？"

"金所，你这话说的，没案子我们就不能来串个门？"

"当然能来，你们来检查指导，我们欢迎都来不及呢。主要是我等会儿要去街道开会，老黎等会儿也要出门，没时间陪同你们一行。"

"还一行，金所，你这玩笑开大了。"

"到底有什么事，赶紧说，我是真没时间。"

见那个臭小子正笑眯眯地看着自己，黎杜旺别提有多郁闷，干脆站起身："金所，时间差不多了，我该去分局，你们先聊着。"

不等金所长开口，张宇航就笑道："黎教，着什么急，我们下午要参加的是同一个会，早着呢，我们等会儿一起去。"

"张宇航、刘海鹏，你们两个到底什么意思，是不是来示威的？"

"示什么威，说正事，我们是来请你们二位帮忙的。"

"什么忙？"

"小韩，你是刚从市局回来的，你向金所黎教汇报，你汇报完我补充。"

"是。"

韩昕连忙站起身，汇报道："报告二位领导，滨江海关今天上午，在一个从加拿大寄来的包裹中，查获含有大麻成分的饼干十包……"

情况并不复杂，韩昕很快就汇报完。张宇航示意他坐下，微笑着补充道："收货人姓刘，叫刘小慧，今年二十六岁，家住红光新村三排6栋，家庭条件不错，是六个月前从国外留学回来的，没有前科。肖支考虑到从滨江到我们陵海这么近，物流的中间环节不多，已经请海关放行了，并安排专人跟着货走。等货到了陵海收发点，就交给我们接手，不知道二位对这个小案子感不感兴趣。"

任务太难完成了，送上门的买卖不能不做……金所长笑问道："我们两家联合侦办？"

张宇航笑道："我和老刘实在抽不开身，豆豆手头上也是一堆事，靠小韩一个人肯定忙不过来，所以想请二位帮忙，就怕二位领导看不上这个小案子。"

"怎么可能看不上，就这么说定了，联合侦办，我们两家一起搞！"

"我们这边只能出一个人。"

"不就是人吗？我们有的是，你就算不出人都没关系。"

"还有件事。"

"还有什么事？"

张宇航指指蓝豆豆："上级要求我们对戒吸人员展开不定期的抽检，这项工作是豆豆负责的，可她手头上本来就有一堆事，而且是个女同志……"

金所长拍拍桌子："我以为多大事呢，不就是抽检吗？什么时候抽检，要抽检哪些人，让豆豆跟我说就行了，我安排专人负责！"

张宇航笑看着黎杜旺问："黎教，你觉得呢？"

黎杜旺岂能不知道这是一种补偿，抱着双臂笑道："我觉得挺好，我们金所都点头了，肯定没问题。"

"那就麻烦你们了。"

"自己人，谈不上麻烦。"

金所长不想夜长梦多，起身道："小韩负责这个案子是吧，我让我们岳所跟你对接，不管需要人还是需要车，你尽管跟他说。"

"谢谢金所，谢谢黎教。"

"马上要开会了，走走走，我带你找岳所。老张，你不是要跟老黎一起去分局开会吗？你们也赶紧走，千万别迟到。"

61. 韩指导

中队的四个人全来了，姿态放得很低，给足了对方面子。再加上一颗无法拒绝的"甜枣"，用来修复修复因为上次截和闹得比较僵的关系，张宇航甚至借此确定了四中队今后在禁毒工作上的"指导地位"。看着张宇航跟黎杜旺

223

勾肩搭背、说说笑笑、一起下楼的背影，韩昕对张宇航的这一通操作，佩服得五体投地。

"小韩，人都到齐了，我们去会议室吧。"

"行。"

办正事要紧，韩昕顾不上感慨，跟着副所长岳国忠来到会议室。岳所说是人都到齐，其实只叫来两个民警。

一进门，高个子民警就起身笑道："原来是韩指导，总算见着真人了！"

岳所好奇地问："老聂，你认识小韩？"

高个子民警紧握着韩昕的手，侧身笑道："不但我认识，老陈也认识。上次被抽调去抓卖假药的，小韩坐镇专案指挥部，指导过我们。"

矮个子民警也起身笑道："韩指导，还记得我吗？当时是我跟你视频的。"

"聂队好，陈警长好，你们二位就别笑话我了，我可不是什么指导，借我几个胆也不敢指导你们二位。"

"都已经指导过了，用不着谦虚，我们就需要你的指导，哈哈哈。"

上次的事搞得所里灰头土脸，但事实上主要是所领导尴尬。岳所不想哪壶不开提哪壶，连忙道："既然都认识，我就不用介绍了。时间紧急，我们言归正传。小韩，请你先介绍下情况，然后一起研究下，这个案子到底怎么查怎么搞。"

"好的，我先说。"

韩昕将掌握的情况简明扼要地介绍了一下，掏出手机看看肖支刚发来的微信，补充道："货海关那边已经放行了，大概在两点半左右从滨江发出，最迟三点就能运抵陵海集散中心。"

岳所听完介绍，多少有点失望，托着下巴说："刘小慧的父母是在新华装饰城经营大理石的，她家经济条件不错，她不缺钱，看来贩卖的可能性不大。"

聂广俊沉吟道："红光新村是征地拆迁时统一兴建的农民新村，她家的别墅都不是花钱买的，真是有钱的越有钱。"

老陈则看着韩昕道："韩指导，这么说她是自己买来吃的，这个案子没什么搞头！"

如果有证据显示刘小慧可能涉嫌贩卖，那这个案子还轮得着你们……韩昕觉得有些好笑，摸摸鼻子煞有介事地说："现在还不能确认，再说有钱人不一定就不会犯罪。"

"不管涉不涉嫌贩卖，既然是毒品就要查。小韩，你是专业的，你说说怎么查。"

"岳所，你们也挺忙的，我觉得应该速战速决。"

"怎么个速战速决？"

"先去快递公司，等货运到就请快递公司立即安排人配送，让她当面签收，然后带着她回家搜查，搜完之后把她带回所里检测尿样和毛发。"

岳所低声问："这么急，不观察一下？"

韩昕虽然有点看不上这样的小案子，但见过太多人因为染上毒瘾家破人亡，所以不管遇到什么样的毒案都很认真，直言不讳地说："如果她对饼干中含有大麻的事并不知情，如果她之前并没有沾过毒品，而我们明知道里面含有大麻却不及时采取行动，那她就很可能会稀里糊涂变成吸毒人员，甚至会因此上瘾。"

岳所反应过来："还真是，那就不用等了，货一到就采取行动。"

聂广俊提议道："要不我们兵分两路，一路准备手续，拿到手续就去红光社区待命，一路去快递公司等货。"

"行，就这么定！"

"岳所，我要先回去换身衣服。"

"来得及吗？"

"来得及，现在才一点五十。聂队、陈警长，你们二位谁去快递公司？"

聂广俊不假思索地说："我去吧，快递公司我熟。"

韩昕起身道："那我换好衣服就去快递公司跟你会合，再就是我不想被吸毒人员认出来。行动时，包括搜查时，我会戴头套和口罩。"

"没问题，你是专业禁毒的，你跟我们不一样，你是需要注意点。"

……

总戴头套和口罩，显得古古怪怪，韩昕赶回家换上便服，见时间充裕，干脆回了一趟单位，请正忙着整理台账的蓝豆豆，帮着去技术中队借了一个现场勘查箱和一件印有"刑事勘查"字样的马甲。一切准备妥当，他赶到距火车站不远的快递集散中心，聂广俊已经跟快递公司负责人说好了，正坐在一辆黑色轿车里等。韩昕打了两个电话，拉开车门钻进副驾驶室。

"韩指导，老陈已经带辅警到了红光社区，货什么时候到？"

"刚下高速，马上到。"

"市局那边谁跟的？"

韩昕笑道："禁毒支队的两个辅警，他们见到我们就回头。"

聂广俊回头看了一眼大门口，转身指着不远处正在卸货的一个小伙子："等会儿就是他负责配送，我已经跟他交代清楚了，必须看到本人，必须是本人签收。"

"聂队，你考虑得真全面。"

"全面什么呀，我们考虑得真要是有那么全面，也不至于被你小子坑那么惨。"

"这话说的，我坑谁了我。"

"坑我们黎教，说真的，你小子那件事做得不地道。害得黎教前几天都不敢去分局开会，怕被人家笑话，哈哈哈哈。"

"人家笑话也就罢了，聂队，你不应该笑。"

"我是偷着笑，哈哈哈。"

"你居然敢笑话领导！"

"谁笑话了，我没笑话，你说了我也不会承认。"聂广俊脸色一正，想想又似笑非笑地说，"小韩，我们黎教真生气了，你们想让他消气，光这个案子可不够。你们有禁毒支队那个大靠山，毒品案件的线索多，以后有机会要多想着点我们城东派出所。"

"没问题，只要有机会我们多合作。"

韩昕话音刚落，一个陌生的手机号打了进来，本以为是禁毒支队的人，接通之后发现竟是城南派出所的杨千里。

"小韩，你的手机号有什么好保密的，我跟蓝豆豆说了半天她才告诉我。"

"杨所，有什么指示？"

"我指示谁也指示不了你。你现在在哪儿？晚上有没有时间，晚上能不能赏脸一起吃个饭？"

"我在城东派出所有点事，晚上可能没时间。"

"你去城东派出所做什么，别说黎杜旺不欢迎你，就算欢迎也用不着跟他们搞一块去。我们不是刚说好的吗？有什么案子我们两家一起搞，跟他们搞有什么意思。"

聂广俊的表情很精彩，韩昕急忙道："杨所，我们正在请城东派出所帮着抽检，我这边真有事，手机不能占线，你的好意我心领了，我们回头再聊。"

"好吧，你先忙，合作的事要记在心上啊。"

"明白。"

城南派出所是城东派出所的"死对头"！尤其杨千里，可以用"目中无人"来形容，一天到晚把跟刑警大队"对标"挂在嘴边，瞧不起包括城东派出所在内的所有兄弟派出所。

聂广俊很不爽，紧盯着韩昕问："小韩，你们跟杨千里是不是有什么约定？"

"聂队，你想哪儿去了。"

"有什么案子你们两家一起搞，这不是约定是什么？"

"他说的是他们城南派出所辖区内的毒案。"

"可他没少刨我们的线，没少挖我们的墙脚。"

"是吗？"

"杨千里是个什么样的人，你打听打听就知道了！小韩，这事我得跟你说清楚，只要是我们城东派出所辖区内的毒案，不管是治安案件还是刑事案件，你必须第一时间给我们打电话。"生怕小伙子不当回事，聂广俊又强调道，"你要是跟杨千里一起跑我们辖区来抓人，那以后我们两家就路归路桥归桥了！"

韩昕连忙拍拍他胳膊："聂队，这你大可放心。我们张队说了，以后有线索，哪个派出所辖区的，我们就跟哪个派出所联合侦办。"

想到城南派出所的辖区是主城区，人口最多，治安情况最复杂，聂广俊无奈地说："就算这样他们也沾光。"

韩昕正不知道该说点什么，一辆厢式货车开了进来。紧接着，他手机响了，回头一看，一辆白色轿车停在集散中心门口。

"聂队，货到了，你过去看看，我去跟支队的兄弟打个招呼。"

"行，先干正事。"

二人推门下车，一个去看货，一个人找人。韩昕快步走到白色轿车边，确认车里只有两个人，俯身问："兄弟，是肖老板让你们来的？"

坐在副驾驶室里的小伙子，掀开外衣亮出工作证："韩哥是吧。"

"嗯。"

韩昕举起手机让他们看了一眼刚才的未接电话，笑问道："你们打算什么时候回头？"

"等你们确认下货。"

"好的，稍等。"

正说着，聂广俊捧着一个包裹，朝这边打手势。韩昕拍拍车顶："确认了，接下来交给我们，回去路上注意安全。"

62. 毒品毁一生

快递小哥开的是电动三轮车，速度比较慢。有聂广俊跟着，韩昕没什么不放心的，干脆开着老爸和小妈送的"小礼物"超到前面，按照导航提示来到红光社区警务室。韩昕跟陈警长打了个招呼，进去换上技术民警的行头，提上勘查箱钻进陈警长的车，提前赶到小区大门左侧的一家理发店门口设伏。

陈警长考虑得也很全面，想着收货人是一个女子，特意把上次见过的女辅警小姚带来了。韩昕正准备跟小姚打个招呼，陈警长就回头道："韩指导，出来了，你眼神好，看看是不是她？"

韩昕抬头一看，一个妹子从小区里走了出来。她个子挺高，长得挺好看，戴着眼镜，穿着一件厚厚的卡通睡衣，脚上穿着一双带耳朵的卡通棉鞋，捧着手机站在理发店门前张望，给人的感觉不像二十六岁，而是个二十出头的小姑娘。韩昕看看手机里的身份证照片，确认道："就是她。"

陈警长把执法记录仪对着收货人，喃喃地说："货没到就跑出来等，迫不及待啊。"

韩昕轻叹道："看来我的担心是多余的，她知道要收的是什么货。"

"看着挺漂亮挺文静的一个姑娘，怎么就沾上毒品了呢。"小姚看着比她大不了几岁的收货人，一脸惋惜。

"所以说出国不是什么好事，小韩，陈美琴的那个儿子，不也是在国外沾上毒品的吗？"

"嗯，也是国外沾上的。"

"货到了，聂队正在找车位。"

"不着急，让她先签收。"

"断粮"了好几天，刘小慧是真有些迫不及待，一见着送快递的车就迎上来急切地问："小哥哥，我就是刘小慧，我的包裹呢？"

快递小哥从车里翻出一个包裹，笑道："这是从国外寄来的，麻烦你先检查下再签收。"

"不用检查，错不了！"

"还是拆开看看吧，万一有损坏什么的，到时候说不清。"

"真不用，在哪儿签字？"

"在这儿签，你别着急，我再扫一下。"

"好了吗？"

"好了。"

刘小慧刚把笔还给快递小哥，捧起包裹正准备回家，老陈和聂广俊从两侧围了上来。

"站住，我们是城东派出所的！"

"警察叔叔，什么事？"

"打开看看，里面是什么？"

"饼干啊，饼干有什么好看的？警察叔叔，你们到底想做什么？"

"刘小慧，看清楚了，我是城东派出所民警聂广俊，我们到底为什么来找你，你心里应该有数。"

"我……我怎么了我？"

聂广俊不想引来太多人围观，见小姚已经攥住了她的胳膊，抢过包裹当着她的面打开，取出一袋饼干问："这饼干是用什么东西做的，里面到底含什么？"

刘小慧吓得魂不守舍，耷拉着脑袋不敢吱声。

"走，去你家看看。"

"警察叔叔，我妈在家……"

"你妈在家怎么了，你妈在家就不能回去？"

"求求您了，我不想让我妈知道。"

"现在知道害怕了，早做什么去了，走！"

聂广俊抢过她的手机，交给韩昕，便同小姚一起架着她往里走。刘小慧既害怕被妈妈知道，一样担心被邻居们围观，只能老老实实往家走。她妈妈不敢相信被警察找上门，本想让聂广俊和老陈给个说法，见女儿真像做了什么错事似的心虚，一时间竟愣住了。

"王婷，你女儿涉嫌购买毒品，现在我们依法对你家进行搜查，请你理解，请你配合。"

"毒品！警察同志，我家小慧怎么可能买毒品，你们肯定是搞错了！"

"我们不会无缘无故上门，看看，这是她刚买的。"

"这是饼干……"

"这是含有毒品的饼干！"

"含毒品，小慧，跟妈老实话，到底怎么回事？"

"妈，我……我吃着玩的，这里面也不是毒品，在国外很正常，好多地方有的卖。"

聂广俊收起警察证和搜查证，严肃地说："在国外合法不等于在国内就合法，而且吃这个一样上瘾！"

王婷不是没见过世面的女人，气得挥起胳膊啪一声抽了刘小慧一个耳光："警察都找上门了，你还在狡辩！我早看出你不对劲，原来是吃上了这个，老实交代，上次买的是不是也是这种饼干？"

刘小慧的眼镜都被抽飞了，捂着脸不敢吱声。

"有话好好说，不许动手。"老陈赶紧把王婷拉到一边。

女儿没哭，她哭了，瘫坐在沙发上捂着脸痛哭起来。

可怜天下父母心。韩昕暗叹口气，示意老陈叫上王婷一起上楼，戴上手套开始干活，从刘小慧的房间开始，一点一点仔仔细细搜。毒品没搜到，但从垃圾桶里搜出两个装含有大麻成分饼干的包装袋，拍了个照，装进证物袋，坐下检查起刘小慧的笔记本电脑。

老陈看了看堆在电脑边的公考辅导资料，对正哭哭啼啼给老公打电话的王婷说："公务员、事业单位，只要是与政府有关的岗位，包括银行、电信这些国企，她都考不成了。学历再高，学习再用功都没用。"

韩昕把刚才搜出来的驾驶证，顺手放到一边："这个暂时也用不上了，至少三年不能开车。以后想开车，得重新学、重新考。"

王婷没想到沾上毒品的影响竟这么大，泪流满面地问："警察同志，我家小慧算不算吸毒，要不要坐牢？"

"看样子是染上了，如果只是她自己吃，没有贩卖，没有给别人吃，那就不用坐牢。"

"她不会贩毒的！"

"希望没有。"

韩昕检查完 QQ 聊天记录，继续检查手机里的微信聊天记录，确认没什么问题，起身走到楼梯口问："聂队，你那边怎么样？"

聂广俊抬头道："我这边差不多了，她态度挺好，挺配合。"

"那就回去吧，陈警长，麻烦你们去把车开进来，不然就这么出去影响不好。"

"好的。"

韩昕把人带到城东派出所，请内勤女警和小姚一起搜刘小慧的身，然后带刘小慧去取尿样，果不其然，检测结果呈阳性，连毛发都不用检测。盘问了近两个小时，确定刘小慧没别的问题，一切按程序办。韩昕带着尿样回单位请技术中队做进一步检测，所里申请对刘小慧先处以行政拘留。至于要不要责令其强制戒毒，要等进一步检测的结果出来才能决定。

韩昕给肖支打了个电话，汇报了一下情况。回到办公室，蓝豆豆正准备下班。

"小韩，那个丫头怎么回事，交代了吗？"

"交代了，态度还行。"

韩昕脱下马甲，介绍道："她在国外就经常吃含有大麻的饼干，回国之后很怀恋吃了之后那种飘飘然的感觉，就托国外的同学帮着买，第一次不知道什么原因没被查获，这是第二次购买。"

"没贩卖？"

"没有。"

蓝豆豆想想又问道："她那个同学是外国人还是中国人？"

韩昕无奈地说："新加坡人，也是个女的，来我们中国的可能性不大。再就是刘小慧虽然知道大麻在国内属于毒品，态度也比较配合，但能看出来她不认为吃含有大麻的饼干是吸毒，觉得不是什么大不了的事。"

"她有没有成瘾？"

"没上瘾怎么会连续购买，你是没看见她接到快递小哥电话之后，跑出来收快递时那迫不及待的样子。"

"这么说要强戒？"

"强戒倒不一定，社区戒毒肯定跑不掉。"

想到一个人一旦沾上毒品，这一辈子就毁了，蓝豆豆喃喃地说："唐小宇是从外地转来的不能算，看来她是我们陵海今年新增的第一个吸毒人员。"

"不说她了，我得赶紧看看回播。"

"什么回播？"

"我表妹演出的回播，不然她问起来，我说没看，她会不高兴。"

蓝豆豆好奇地问："什么演出？"

"这个。"韩昕点开链接，看了一眼节目单，直接快进到陵海歌舞团的节目，本想显摆一下表妹有多漂亮，结果看了半天只看到一群人在跳舞，连正脸的特写都没给一个。

蓝豆豆忍俊不禁地问："这么多小姐姐，到底谁是你表妹？"

"摄像师怎么搞的，镜头全对着唱歌的，要么对着台下的领导。"

"原来是伴舞的，跳得挺好。"

"好什么好，我都找不到她在哪儿。应该学唱歌的，学什么跳舞，跳得再好也只能给人家当背景。"

"哈哈哈哈，小韩，你是专门来搞笑的吗？"

"不看了，没意思。"

蓝豆豆突然想起件事，起身翻出一张通知："跟你说点有意思的，后天去市局警官培训中心参加枪支使用学习，上午学习，下午打靶，考核过关就能领持枪证。"

"我以前学过，以前有持枪证。"

"以前的不算，调回来了就要重新学。"

韩昕最怕学习了，苦着脸问："能不能不去，我不用枪行不行？"

蓝豆豆摇摇手指："不行，连我都学习过，都打过靶，都有持枪证，你一个男子汉大丈夫怎么能不申领持枪证？"

"范子瑜说分局负一层就有靶场，为什么要去市局学习，为什么要去市局打靶？"

"以前不用去，现在变成分局才要去的。还有以前的新民警培训，直接去省警校。变成分局之后，就改成去市局警官培训中心。"

韩昕下意识地问："那我算不算新民警，我要不要参加新民警培训？"

蓝豆豆想了想，扑闪着大眼睛说："领导如果觉得你是新民警，你下半年就要去参加培训。如果领导觉得你不是，那你就不用去培训。"

63. 又被嫌弃了

蓝豆豆收拾好东西，突然想起件事，一脸歉意地说："小韩，杨千里非要你的手机号不可，他那个人你知道的，我是实在没办法。"

"没关系，你告诉他的是老手机号，又没告诉他新手机号。"

"他给你打电话对不对暗号？"

"他要对什么暗号，他连暗号是什么都不知道！"

蓝豆豆不高兴了，噘着嘴说："别人给你打没事，我给你打电话就要对暗号，这是什么道理。"

韩昕知道她对暗号对烦了，耐心地解释："别人打没事，是因为我如果出比较特殊的任务，肯定不会用老手机，他们就算打也没用。"

"我平时也可以只打你的老手机！"

"你跟他们不一样，你是我的直接上级，是我在执行特殊任务时的后援，你必须养成习惯，不然真要是有特殊任务时，很容易出差错。"

蓝豆豆不服气地问："张队和刘指呢，别人能打你的老手机，他们为什么不能打？"

韩昕笑道："因为他们一样是我的上级，在本单位内要养成单线联系的习惯。"

"把你的手机给我。"蓝豆豆不太相信，决定检查一下。

"做什么？"

"拿过来，快点！"

"好吧。"

"我是说新手机！"

韩昕没办法，只能掏出拍照效果逆天的新手机。蓝豆豆接过手机，抬头问："密码？"

"跟你的开机密码一样。"

"为什么用我的？小韩，你是不是暗恋我？我可是有老公的人！"

"想哪儿去了！"

韩昕顺手拿起一份通知，若无其事地说："之所以用你的密码，是考虑到万一我遇到什么特殊情况不能带手机，你找到我手机之后能顺利开机，看看我有没有在手机里留下什么线索。"

蓝豆豆抬头看了一眼，翻看着他的手机通信录嘀咕道："说得怪吓人的，你自己都说滨江不可能有大案，至于搞这么夸张吗？"

"平时做点准备，总比遇到事情一点准备没有好。"

"那这些电话怎么回事？"蓝豆豆举起手机。

韩昕看了看她翻出来的手机通信录："全是这段时间接触过的一些商家的，还有一些推销的和骚扰的，我把他们的号码全存起来了。"

"这些微信好友和微信群呢？"

"也差不多，如果手机里什么都没有，看上去会很可疑。"

"那这些美女照片呢？"

"照片有什么看头，把手机还给我。"韩昕急了，伸手就要抢手机。

蓝豆豆赶紧转过身，一边捧着手机翻看，一边笑骂道："小韩啊小韩，原来你是偷拍狂！走到哪儿拍到哪儿，这一张我知道是在哪儿拍的……"

"什么叫偷拍狂？"韩昕扶着她的电脑，急切地说，"手机里不能没电话号码，不能没微信好友，一样不能没照片，有照片才显得正常！"

蓝豆豆坏笑道："什么才显得正常，偷拍就偷拍，专门偷拍人家小姑娘！"

"只有这样才符合我出特殊任务时的人设，其实我是一个很正直很正派的人！"

"是很正派，只拍美女。"

韩昕可不想被她当作色情狂，赶紧转移话题："我做这些准备全是为了工作，比如不跟那些吸毒人员打照面，并不是害怕他们报复，给他们十个胆也不敢，只是担心被他们认出来，不利于今后的工作。"

蓝豆豆交还手机，掩嘴笑道："明白了，偷拍美女也是为了工作，呵呵。"

"呵呵什么意思，不跟你说了，说了你也不懂。"

"我是不懂，不过说真的，你是该找个女朋友了。"

"正在找，如果有合适的，你也帮着介绍介绍。我是你的部下，作为领导你应该关心我的个人问题。"

蓝豆豆突然想起一个人，关掉电脑，拿起包笑道："要说年龄差不多大的小姐姐，我还真认识一个。"

韩昕起身问："谁？"

"我家邻居，还是算了吧，当我没说。"

"蓝队，你的话怎么能只说一半！"

"好吧，我回去帮你问问，不过你不要抱太大希望。"

"什么意思？"

"那个小姐姐的眼光高。"

韩昕跟她一起走出办公室，带上门问："有多高？"

"很高，人家在区委上班，好多人帮着介绍，她知道我们公安局总加班，估计不想找警察。"

"在区委上班？"

"她去年考到区委统战部的，她妈妈是我的老师。"

聊到邻居家的妹子，蓝豆豆干脆让他帮着拿包，取出手机翻出初中老师的微信，点开老师的朋友圈，回头笑道："看看，漂亮不？"

韩昕紧盯着手机，喃喃地说："漂亮，好看，真好看！"

"名字也好听。"

"叫什么？"

"她姓储，叫储婵娟，千里共婵娟的那个婵娟。"

"缘分啊，我是从南云调回来的，从南云到陵海上千公里，这不就是千里共婵娟吗？"

"小韩，你能不能要点脸，还缘分！"

"豆豆姐，你是我亲姐，帮帮忙，介绍介绍。"

"介绍没问题，关键人家喜不喜欢。要不你站这儿别动，给你拍个照片，晚上回去帮你问问。"

"行，这样可以吗？"

"能不能别笑得那么猥琐！"

"猥琐……蓝队，你怎么能用这个词语来形容我？"

"因为找不到更贴切的，这样差不多，你还是别笑了吧，不笑反而好看点，好好好，再来一张。"

"拜托了。"

"用不着这么客气，谁让我们是同事呢。"

表妹那儿有一个"爱美丽"，蓝豆豆这儿有一个"千里共婵娟"，颜值都很高，气质都不错，两个只要能成一个就行了！韩昕的心情从未如此好过，连走路都带风。然而，希望越大，失望越大。韩昕陪继母和同父异母的妹妹吃了个晚饭，刚回到家，蓝豆豆就打电话说"千里共婵娟"不想找警察。

234

又被嫌弃了！韩昕有点小郁闷，正准备打电话问问表妹什么时候回来，好安排跟"爱美丽"见面，只见过几次的女邻居敲门问："韩老板，你家是拆迁安置的还是买的？"

"拆迁安置的。"

"那你家有几套房？"

"两套。"

女邻居站在门边笑道："我就知道只要是拆迁的肯定不止一套。"

韩昕下意识地问："你想买房？"

"我现在这套的贷款都没还完，我哪买得起。"

"那你是……"

"我不是在文峰上班吗，我有一个小姐妹托我问问，我们小区有没有房子出租。不是她自己租，是帮她叔叔租的。她跟我一样是富安人，她叔叔也是富安人，房租可以谈。"

"不好意思，我家是还有一套，不过那套没装修。"

"没装修就算了。"

邻居人不错，听表妹说人家经常送一些新鲜玉米之类的东西。韩昕觉得能帮应该帮帮忙，笑道："如果你那位老乡特别想租我们小区的房子，你可以去海通市场问问修鞋修拉链的王瘸子，他消息灵通，谁家有房子出租他肯定知道。"

邻居大吃一惊："那个修鞋的瘸子也住我们小区？"

"好像住六号楼，拆迁时他家拿了三套房。"

"真看不出来，我以为……我以为……"

"是不是以为他很穷很可怜？"

"跟你们这些拆迁户没法儿做邻居了，谢谢啊，明天买菜时我去问问他。"

女邻居回去了，像是受到了很大打击。韩昕觉得很好笑，作为拆迁户的优越感，竟冲散了被"千里共婵娟"嫌弃的不快心情。

第二天上班，大队的气氛有些怪异。韩昕悄悄问了下蓝豆豆才知道，分局下午要召开中层干部会议，可能要对一些科所队长的职务进行调整。本应该很紧张的张宇航，却像什么都不知道似的，传达区里和局里的会议精神，回顾过去这一个月的工作，研究分析上个月刑事案件和行政案件的案情，总结毒情以便上报。

韩昕最怕的就是开会，画了半天圈圈，直到蓝豆豆说抽检工作刚开始就要结束，才抬头问："只有二十九个在陵海，另外四十三个全外出打工了？"

蓝豆豆无奈地说："他们在电话里是这么说的。"

刘海鹏端起茶杯："如果他们真去了外地，不愿意回来接受检测也没办法，我们又没法儿强制。我们去找他们一样不现实，天南海北的怎么找。"

韩昕从蓝豆豆手中接过名单，看着上面的名字道："我估计他们中肯定有没外出打工的，谎称在外地是嫌检测麻烦。排除掉那些怕麻烦的，那剩下的都是有问题的。"

张宇航不想让第一次抽检无疾而终，敲敲桌子："小韩说得对，不能他们说什么我们就相信什么，请派出所协助，一个一个查实其下落！"

64. 集体升职

山雨欲来风满楼。中午吃饭时，食堂里的气氛更怪异。

重案中队和情报中队的两个单身狗喜形于色，科所队长调整明明是领导们的事，跟他们没任何关系，也不知道他们高兴什么。技术中队只有许文静一个人在食堂吃饭，她对这些并不关心。事实上他们中队长指导员对这些估计也不会关心，毕竟就这么几个技术民警，如果让他们升职、把他们调走，谁干活？韩昕对此还是比较关心的，张宇航和刘海鹏为人不错，在他们手下干真的很爽。他想来就来，想走就走，甚至连具体要做哪些工作都是自己给自己安排，不夸张地说可能是全分局最自由的民警！蓝豆豆最怕来个外行指挥内行的，比韩昕更关心更紧张，本应该两点上班，她一点半就来了，傻傻坐在电脑前发呆。

韩昕拿着四十三个外出务工的戒吸人员名单，正准备去城南派出所请社区民警协助查实其中几个的真正下落，蓝豆豆抬头道："他们所领导去分局开会了，所领导不发话，你就这么找过去，人家不一定会帮忙。"

"也是啊，那等我从警官培训中心回来之后再去。"

"你们这一批一共十二个人，明天早上七点半，分局集中，记得穿作训服。"

"我昨晚就翻出来了，忘不了。"

正聊着，范子瑜敲门走了进来。

他掏出手机，点开一个QQ群，兴高采烈地说："老韩，看看，又有人卖戒毒药！"

"又有人卖戒毒药？我看看！"蓝豆豆下意识地站起身。

"豆豆姐，还是让老韩先看吧，他是专业的。"

"我就看一眼，着什么急。"

"好吧，你先看。"

不看不知道，一看吓一跳。不但有人在群里明目张胆推销戒毒药，而且不断刷屏吹嘘其疗效，其套路跟已落网的郑淑华如出一辙。蓝豆豆赶紧把手机递给韩昕："小韩，你看看。"

　　韩昕接过手机翻看了一会儿聊天记录，再点开链接看了看所推销的戒毒药，抬头笑道："这个是真的，我以前见过，不属于管制药品，但疗效据说不怎么样。"

　　"真的？"

　　"不信你买几瓶回来请许文静检测一下。"

　　"居然是真的，让我白高兴了一场。"范子瑜别提有多失落，接过手机坐到长椅上。

　　蓝豆豆好奇地问："没什么疗效，国家怎么会批准生产的，还卖那么贵？"

　　范子瑜也觉得奇怪，再次点开链接，举起手机："老韩，你看看，国药准字！"

　　"都说我没文化，你们这些有文化的，怎么连这点常识都不懂？"

　　"什么常识？"蓝豆豆一脸茫然。

　　韩昕觉得有必要给他们科普一下，掏出钱包，亮出夹在里面的身份证："所谓的准字相当于身份证，只能代表它是合法的，不代表它的疗效就很好。"

　　范子瑜似懂非懂地问："老韩，你是说多多少少有一点效果？"

　　"到底有没有效果，没办法验证。因为每个吸毒者的身体状况、吸食毒品种类和剂量都不一样。而且这家伙宣称的'国药准字'是Z字开头的，更没办法验证。"

　　"Z字开头什么意思？"

　　"H开头的H代表化学药品，Z代表中成药，S代表生物制品，B代表保健药品，T代表体外化学诊断试剂，F代表药用辅料，J代表进口分包装药品。"

　　韩昕端起茶杯，接着道："中成药大家都知道的，有的人吃了管用，有的人吃了不管用，B开头的保健品就更不用说了。"

　　蓝豆豆总算明白了："原来是中成药。"

　　韩昕无奈地说："有人发国难财，一样有人发吸毒人员的财。比如这个在群里做广告的，就属于有段位的大忽悠。他以高价、认证、批号为噱头，利用吸毒人员亲属先找点药试试，实在不行再送戒毒所，以及即使没效果也不会有什么副作用的心理赚钱。"

　　范子瑜惊叹道："没想到毒圈的水这么深！"

　　蓝豆豆追问道："小韩，Z字开头一样需要批文。明明知道没什么效果，国家为什么给他们批文？"

"这个怎么说呢，一是中成药不像化学药品那样需要做各种临床试验，二来好多被大忽悠用来骗钱的中成药，出厂时就没有戒毒功效。骗子说有，广告打得天花乱坠，反正他骗一个是一个。"

"上当的那些人为什么不举报？"

"蓝队，如果你现在买一瓶，买回来之后说没效果，要求他退钱，你知道他会跟你怎么说？"

"他会跟我怎么说？"

"他肯定是不会退钱，甚至会威胁举报你吸毒。"

"这些人也太坏了，他们比毒贩还要坏！"

"论对社会的危害，他们没毒贩对社会的危害大，但他们确实很坏。"

范子瑜放下手机问："为什么不管管？"

韩昕笑问道："涉嫌虚假宣传？"

"本来就是！"

"在网上通过QQ或微信销售，查处成本高，取证非常难，违法成本还特别低。就算今天费尽九牛二虎之力取到证，罚他们点款，明天他们又可以换个QQ号继续忽悠。"韩昕摸摸嘴角，接着道，"聊到这个，我发现我们应该像搞反电诈宣传那样，对戒吸人员尤其是戒吸人员的家属开展一些宣传。让他们知道这个世界上就没有所谓的戒毒药，以免他们上当受骗。"

蓝豆豆砰砰砰连拍桌子："这个主意好，我可以给他们群发短信，又不是特别费事。"

"检测时也要宣传，当面宣传比发短信的效果好。"

"我先记下来，不然忙着忙着又忙忘了。"蓝豆豆忙不迭找笔。

范子瑜忍不住笑道："你们二位可以啊，积极主动做工作，这就是主观能动性！"

韩昕指指蓝豆豆："蓝队是领导，领导就应该这样。"

"老韩，我看你也挺像领导的。"

"我是被领导。"

"好了好了，你们两个有完没完！"

蓝豆豆不喜欢被调侃，刚把宣传的事记下来，手机就传来微信提示音。她点开一看，整个人都蒙了。

范子瑜起身问："豆豆姐，怎么了。"

"这……这，怎么可能？"

"什么'怎么可能'，我看看。"

范子瑜接过手机，看着看着也愣住了。

韩昕被他们搞得一头雾水，抬头问："到底怎么了，出什么事了？"

范子瑜喃喃地说："好事，喜事，恭喜二位，你们都是领导！"

"跟我有什么关系，还恭喜我？"

"有关系，应该恭喜。"

范子瑜转身看了看他，一脸羡慕地念道："滨江市公安局陵海分局关于李民忠等同志职务任免的通知，各科所队，前面我就不念了，直接念重点：张宇航同志任刑警大队副大队长，不再担任刑警大队四中队中队长职务；刘海鹏同志任刑警大队四中队中队长，不再担任刑警大队四中队指导员职务；蓝豆豆同志任刑警大队四中队指导员，不再担任刑警大队四中队副中队长职务；韩昕同志任刑警大队四中队副中队长！"

抑扬顿挫，说得有鼻子有眼，装得还挺像……韩昕指着他笑骂道："老范，你是不是有病，什么玩笑都可以开，这种玩笑可不能乱开。"

不等范子瑜开口，蓝豆豆就捂着嘴笑道："小韩，子瑜没开玩笑，是真的。"

"真的？"

"不信你自己看。"

"哇，我真成副中队长了！"

范子瑜酸溜溜地说："张队成张大，刘指成刘队，蓝队成蓝指。豆豆姐、老韩，你们中队集体升官，你们中队又全是领导了！"

虽然当上副中队手下一个兵没有，依然被领导，但不得不承认这是个意外的惊喜。韩昕看着手机里红头文件的照片，嘿嘿笑道："没个职务怎么开展工作，局领导太英明了，禁毒支队全是领导，我们四中队也应该全是领导，哈哈哈哈……"

中队长升任副大队长，可以想象到他上任之后会跟李大一样分管技术、情报和禁毒三个中队。四中队不但不用担心"新官上任三把火"，而且全部升职了！蓝豆豆乐得心花怒放，赶紧跑过去关上门："低调低调，不能嘚瑟，不然兄弟中队会眼红的。"

范子瑜紧攥着拳头，咬牙切齿："我现在就很眼红，请客请客，必须请客！你们两个要是不请客，我等会儿就去帮你们拉仇恨！"

韩昕放下手机，笑看着他问："你小子敢威胁领导？"

"老韩，你现在是领导，但你不是我的领导。"

"可我的领导马上就要领导你的领导，你们中队很快就要被我的领导领导。"

"对对对。"

蓝豆豆指指他嘻嘻笑道："我们张队，不，我们张大，马上就要分管你们中队。你小子敢跟我们嘚瑟，想不想混了？"

范子瑜反应过来："我去，你们是张大的嫡系！"

韩昕得意地点点头："嗯哼。"

范子瑜装出一副怕怕的样子："蓝指、韩队，我错了，以后我跟你们混。我请客行不行？热烈庆祝你们高升。"

"这还差不多。"

"不过这饭你们不能白吃，帮我跟张大说说，把我调到你们中队来，你们中队还缺个副指导员呢。"

蓝豆豆扑哧笑道："想得倒美，我们中队不缺人。"

韩昕深以为然，站起来拍拍他肩膀："年轻人，要脚踏实地，不要好高骛远，把本职工作干好，局领导自然会考虑的。"

65. 实弹射击

下午四点半，大队开会。政治处徐主任代表分局党委宣布张宇航等人职务调整的决定。分局已经开过了中层干部会议，谁升、谁调、谁原地踏步，其实大家都知道了。可亲耳听到最没希望接替李大的张宇航，居然成了副大队长，大家伙还是觉得有点不可思议。至于刘海鹏从指导员变成了中队长，蓝豆豆从副中队长升任指导员，以及刚来没几天的韩昕就做上了副中队长，大家伙倒不觉得有多意外。毕竟四中队的情况跟其他中队不一样，全是领导堪称"常态"，用上级的话说没个职务不利于开展工作。

值得一提的是，这次调整真正升职的不多，但调整的幅度却不小。比如指导员变成了中队长，又比如从乡镇调到城区。跟下棋似的，把棋子全挪了一遍，该考虑的基本上都考虑到了，想想局领导为调动同志们的积极性也不容易。人家只是挪了挪就很高兴都要庆祝，作为这次调整的"大赢家"，四中队更要庆祝。

四个人集体升职，家属请客。蓝豆豆的老公余文强订的包厢，刘海鹏的爱人丁大姐带的酒水，韩昕依然只要带嘴。因为第二天都有事，大家喝得不多，菜吃得也很少，光顾着聊天了。聊着聊着才知道，局里让张宇航担任副大队长是有原因的。

陵海分局不像其他区县公安局设有禁毒大队，原本希望刚退居二线的李大能发挥出作用，结果李大不喜欢抛头露面，不太擅长做禁毒工作。肖支兼市禁毒委副主任，政法委黄书记兼区禁毒委主任，他们当然要考虑到禁毒工作怎么开展，不止一次跟分局提出既然成立禁毒大队在编制上有困难，那就提拔一个能挑大梁的同志，接替李重正担任刑警副大队长。

作为陵海区的"影子禁毒办主任"，张宇航的能力有目共睹，再加上"2·12"案的侦破和全市春节期间禁毒专项行动总结大会在陵海的召开，这一切就变得顺理成章了。考虑到接下来要分管技术、情报和禁毒三个中队，张宇航建议刘海鹏对中队内部的分工进行调整。

刘海鹏负责易制毒化学品管理，蓝豆豆负责宣传教育和戒吸禁毒，韩昕依然负责毒品案件侦办。蓝豆豆一个人负责那么多事肯定忙不过来，再跟分局要民警又不现实，商量了一晚上，一致决定把禁毒科普教育馆的讲解员小曹调回来，帮着整理整理台账、写写稿之类的，专门给蓝豆豆打下手。

要干的还是以前那些工作，手下依然没一个兵，工资不涨一分，但能从普通民警变成副股级的副中队长，以后出门人家得喊一声"韩队"，韩昕不但很高兴，而且喜欢上四中队这个温暖的小家庭。

第二天一早，韩昕准时在分局大院乘坐政治处安排的车，赶到位于滨江开发区的市局警官培训中心。上午学习，听市局的警务实战教官讲枪支使用知识，讲当前配发的64式手枪和05式左轮手枪的结构原理，以及填弹瞄准、注意事项、击发时机等射击要领。

验枪、装弹、上膛、射击、退弹、再验枪……韩昕听着要打瞌睡，心想这些需要学吗？本来以为下午打靶有点意思，结果整队来到靶场一看差点笑出来，现场竟划分了好几个区域，什么时候应该站在哪儿，什么时候应该做什么，交代得明明白白。指挥员、安全员、发令员、记分员、发弹员……分工明确，各司其职。为确保实弹考核射击万无一失，简直如临大敌！

不过回头看看兄弟公安局的那十几位警花小姐姐，又觉得非常有必要。就在他兴致勃勃地偷看那些小姐姐时，一个一级警督陪同一个拄着拐杖的三级警监来到了靶场。

三级警监看了一眼，阴沉着脸问："一个盯着一个，让他们走过去从桌上拿起枪，瞄准靶子扣几下扳机，把子弹打出去，然后把枪放桌子上回来，这就叫贴近实战？"

"程支，这次参训的新人有一半是从地方高校考进来的，他们以前都没摸过枪。"

"不说了，你也有你的难处，安全第一嘛。"

"程支，我知道你希望尽可能贴近实战，但我们能组织成现在这样已经很不容易了。至少能带新同志来户外射击，不像人家在地下靶场，一个人一个格子间。"

正说着，清脆的枪声响起。第一组的十个新人严格遵照规范，在发令员的指挥下开始实弹射击，安全员站在他们身后严阵以待，一切按照流程进行。对讲机里传来报靶员的声音，兴东公安局的一个民警打得不错，第一轮射击，五发子弹竟打出了四十六环的好成绩。

程支看了一会儿，转身道："田主任，我先回去了，你忙你的。"

"程支，我送送你。"

"别送了，不然我要是想到什么，又要给你们添麻烦。"

"你这是说哪里话，你的意见别说我们，连局领导都很重视！比如让新民警来市局警官中心培训，而不是跟兄弟市局那样去警校培训，就非常有道理。好多新民警是警校毕业的，刚考到单位没几天又要回学校，没有新鲜感，影响工作激情。"

"这么说还有许多没道理的。"

"程支，千万别误会，你提出的意见都非常有道理。"

田主任刚把他扶到车边，突然听见对讲机里传来指挥员的呵斥声："左边第三个，早上跟你怎么说的，刚才怎么跟你交代的？赶紧把枪放下，听见没有！"

程支回头问："怎么回事？"

田主任大吃一惊，急忙举起对讲机："指挥员指挥员，报告情况！"

指挥员看了一眼考核人员名单，汇报道："报告田主任，陵海分局民警韩昕不遵守安全规范，我已命令安全员把他带离射击区。"

程支接过对讲机："怎么个不遵守？"

"他验完枪装好弹，都没认真瞄准，就一口气把五发子弹打出去了，打完之后不但没验枪甚至依然持枪。"

"把他带过来，继续组织其他新民警射击。"

"是！"

韩昕从来没想过出这样的"风头"，稀里糊涂地被安全员带到两位领导面前。田主任很生气，一见着他就劈头盖脸问："说说，怎么回事，上午是不是没认真学习？"

"报告领导，我认真学习了。"

"既然认真学习了，为什么不服从命令听指挥？"

"报告领导，我一拿起枪就忘了，可能是习惯。"

"习惯？"

韩昕苦着脸道："是。"

从来没遇到过这样的事，从来没见过这样的新人，程支越想越蹊跷，抱着拐杖问："你以前摸过枪？"

"摸过。"

"在哪儿摸的？"

"报告领导，我以前是边防武警，我是刚从南云调回来的。"

"原来当过兵啊。"

"是。"

"你们部队就是这么教你射击的？"

韩昕实在不知道该怎么解释，吞吞吐吐地说："报告领导，新兵训练时不是这么教的，兄弟单位日常训练时也不是这么教的，我们……我们老单位情况比较特殊，就我们老单位这么教。"

程支紧盯着他问："怎么个特殊？"

韩昕心想三级警监又怎么样，你官再大我也不能如实回答这个问题，再想到跟这么大的领导说要遵守保密条例又不合适，干脆承认错误："报告领导，我错了，请再给我一次机会，我保证服从命令听指挥。"

好好的射击考核差点被他搞砸，幸亏没出安全事故，田主任窝着一肚子火，冷冷地问："韩昕同志，你这是什么态度，你知道是在跟谁说话吗？"

"报告领导，不知道。"

"不知道我可以告诉你……"

"告诉什么呀？"

程支最烦别人介绍得天花乱坠，指着韩昕道："等别的组考核完，给你单独安排一次实弹射击，就按你们部队教的打。"

韩昕愁眉苦脸地说："领导，我错了。"

"让你怎么打就怎么打，哪儿来这么多废话，还当兵的！"

"是！"

闹出这么大动静，一起来参加实弹考核的陵海分局民警别提有多尴尬，站在安全区域交头接耳，窃窃私语，时不时朝这边张望。韩昕比他们更尴尬，一个劲暗骂自己怎么就不长点记性。好在这次参加考核的民警不多，像犯了错的孩子老老实实等了四十多分钟，剩下的几组就考核完了。

程支和田主任把他带到射击区，示意发弹员发弹，然后指指桌上的手枪："开始吧。"

"是！"韩昕飞快地验了下枪，麻利地装弹上膛，猛地举枪对准靶子连扣扳机，也不管有没有命中目标，就以桌子为掩护，下意识地蹲下来卸下弹匣。习惯性摸摸口袋，发现既没备用弹匣也没子弹，只能悻悻地站起身，按教官要求的那样再次验枪，然后小心翼翼地把枪放到桌面上。

田主任看得一头雾水，想到那么多参加考核的人员在等，举起对讲机："报靶。"

等了大约一分钟，报靶员跑过道："报告程支，报告田主任，三十六环！"

田主任别提有多郁闷，不快地说："知道了。"

程支却笑道："韩昕同志，打得不错，归队吧。"

总算遇到个"识货"的，韩昕终于松下口气，连忙立正敬礼，转身跑向自己那组。

田主任示意部下们收拾枪支弹药和弹壳准备撤，扶着程支一边往回走，一边低声道："程支，那小子才打了三十六环，只能算勉强及格。"

"勉强及格？"

"难道不是吗？"

"田主任，你是不是没注意看他是怎么瞄准的？"

"注意看了，他都没认真瞄。"

程支停住脚步，笑看着他问："左眼闭右眼睁，缺口对准星，准星对目标，三点成一线，这就是认真瞄准？"

田主任糊涂了："程支，能不能说具体点，我不太明白。"

程支看向正被带离的大部队，笑道："他瞄了，他是双眼瞄准的。发现目标，果断射击。打完子弹，迅速找掩护，及时装弹，准备还击。"

"程支，我真没注意到他是双眼瞄的。"

"反应快动作迅速，真要是遭遇枪战，他身上如果有几个备用弹匣，刚才那么多人可能全要被他撂倒。"

"有这么夸张？"

"训练可以慢慢瞄，遭遇枪战哪有时间让他们瞄？别看他们中有人打出了四十几环的好成绩，但在实战中需要的是指向性射击，尤其遇到近距离移动目标的时候，命中率极低。"

田主任大吃一惊："这么说那小子是个人才！"

程支点点头，想想又感慨道："可惜了，像他这样的在我们滨江没用武之地。"

"特警支队需要这样的人才。"

"特警支队需要的是精准射击，他这样的去一样无用武之地。"

田主任反应过来："程支，你是说他只是反应快？"

程支沉吟道："不只是反应快，他应该拥有实战经验，应该经历过枪林弹雨。如果遇上特别危险的持枪嫌疑人可以找他，可我们滨江能遇到吗？"

"照你这么说，那小子还真没用武之地。"

"所以说可惜了。"

66. 你们局领导说安排不了

考核结束，宣布成绩：分局十二个民警全部及格，过几天都能领到持枪证。

回陵海的路上，去年入警的头墩派出所内勤小姐姐心有余悸地问："韩队，你怎么搞的？那会儿真把我们吓死了！"

韩昕挠挠头："不是没怎么打过枪吗？一摸到枪就想打。"

内勤小姐姐追问道："你在部队没打过？"

一个去年追过内勤小姐姐的哥们，凑过来拍拍韩昕肩膀："韩队以前在部队打的是长枪，好不容易打一次手枪，他就控制不住了。"

众人顿时哄笑起来，连开车的辅警都忍不住笑了。

内勤小姐姐虽然有了男朋友，但依然很单纯，不知道他们在笑什么，一脸茫然："这有什么控制不住的？"

"控制不住就想打，就想射击。"

"你们男生是不是都喜欢打手枪？"

同样是去年入警的一个小姐姐，赶紧拉拉她胳膊："若慧，别搭理他们，他们就是一群流氓！"

内勤小姐姐猛然反应过来，气得咬牙切齿："徐亚军，你混蛋！"

韩昕虽然也笑了，但作为车内职务最高的民警，觉得有必要维护人民警察的光荣形象，连忙道："好了好了，别闹了，都坐好，系上安全带，安全第一。"

"韩队，我错了。若慧妹妹，对不起，等会儿请你吃饭，给你赔罪。"

"请若慧一个人算什么？要请全请。"

"对，必须全请。"

说说笑笑，一会儿就到了分局。大家开着自己的车，各回各家。韩昕的表妹已经回来了，正站在门口跟女邻居聊天。原来女邻居是出来表示感谢的，她那个小姐妹已经在王瘸子的介绍下租到了房子，并且就租在这栋楼。房客很爽快，房东说多少钱一个月，人家就给多少钱一个月。不但没讨价还价，甚至一签协议就交了一年房租，打算这几天搬过来，据说也姓韩。

许琳琳带上门，喃喃地说："这么巧，居然也姓韩！"

韩昕打开鞋柜，笑道："韩是大姓，不过姓许的也不少。"

许琳琳对姓氏不感兴趣，捧起刚才没顾上喝的水问："哥，你今天怎么穿这一身？"

"今天参加训练的。"

"我以为只有部队要训练呢，没想到警察也要训练。"

"晚上吃什么，在家吃还是出去吃？"

"我出去吃，你随便。"

"晚上有约会？"

"不告诉你！"

韩昕笑看着她问："有男朋友了？"

许琳琳嘻嘻笑道："哥，我的事用不着我爸我妈管，一样用不着你管，你管好自己就行了。"

韩昕不想粗暴干涉她的感情生活，笑道："我不会管你的事，但我的事需要你管！什么时候帮我约'爱美丽'，我已经等好几天了。"

"差点忘了，我这就给她发微信。"

"这么大的事，你竟然能忘！"

"着什么急，心急吃不了热豆腐懂不？"

许琳琳放下茶杯拿起手机，一边给"爱美丽"发微信，一边笑问道："哥，你是不是想女朋友想疯了，难道你们单位就没有合适的？"

韩昕穿上拖鞋走进房间，无奈地说："我们分局女警也不算少，但基本上都嫁人了，没嫁人的也全有男朋友。"

"真可怜。"

"所以你要抓点紧，你不是歌舞团的吗？要是'爱美丽'不行，就帮我介绍个歌舞团的。"

"团里的小姐姐也全有男朋友。"

"好吧，就看'爱美丽'的了。"

"OK，她答应了，她明天中午有时间！"

"明天星期几？"

"明天周六，你正好休息，明天上午十点半去找我。明天我要上班，她也要上班，正好喊她出来吃个饭，第一次见面肯定不能吃火锅，我得想想去哪儿吃。"许琳琳放下手机，跑到门边，一脸得意。

韩昕穿上外套，回头笑道："慢慢想，好好想，随便去哪儿，我请客。"

许琳琳瞪了他一眼："这不是废话吗？给你介绍女朋友，你不请难道让我请？"

与此同时，刚回到家的程文明，在爱人的帮助下换上睡衣，走进书房带上门，坐下来拨通了老乡的电话。

"老程，什么事？"

"我今天在培训中心靶场遇到个新警，枪打得不错。后来看了下参加考核人员的名单，才知道他是陵海分局刑警大队的禁毒民警，是从南云边防调回来的。"

任忠年被搞得一头雾水，下意识地问："然后呢？"

程文明看着妻子刚泡的茶，笑道："你是禁毒大队长，前几天还去陵海参加过禁毒专项行动的总结大会，我以为你认识呢。"

"你说的这个人姓什么，叫什么名字，大概多大？"

"姓韩，叫韩昕，看着二十五六岁。"

"陵海那边的同行我就认识张宇航，你说的这个韩昕我不认识。"

"不认识可以留意下，从南云边防调回来的，枪打得是真好，看上去也很普通，但给我感觉又不普通。"

任忠年笑问道："老程，你到底想说什么？"

程文明突然想起个人，敲着桌子说："他下午穿着作训服，我那会儿只觉得他很普通，除了枪打得好之外没别的感觉，这会儿越想他越像一个人。"

"像谁？"

"像李固，有点像李固年轻的时候！"

"真要是像李固，他能穿上警服？"

"我是说他给人的感觉。"

程文明端起茶杯，想想又强调道："他是从南云边防调回来的，边防改制之后留人还留不过来呢，怎么可能轻易放人？他居然能在这个时候，从那么远的地方调回来，而且枪打得那么好，甚至一调回来就被安排到了禁毒中队，你仔细想想，是不是有点意思。"

任忠年反应过来："是有点意思，我问问肖支。"

"陵海跟我们思岗一样，连吸毒人员都没几个。打听打听，如果真是个人才，让他待在陵海太可惜了。"

"我知道，我这就给肖支打电话。"

任忠年不但听出了老乡的言外之意，而且很快就想到了陵海分局刚破获的"2·12"案。上次去陵海分局刑警大队参观过，跟陵海分局刑警大队长黄旭聊过，据黄旭说"2·12"案刚开始是他们的禁毒中队侦办的，后来越办越大，从侦办专班升格为专案组，再同市局禁毒支队联合侦办。他们禁毒中队就那几个人，张宇航会侦办毒案吗，就算会侦办他有时间去侦办吗？肯定是老程下午遇到的那个韩昕！而且老程说得非常有道理，陵海能有什么毒案？千军易得，一将难求。任忠年越想越有意思，拿起手机翻出肖支的号码拨打过去。

"肖支，我任忠年，您忙不忙，说话方不方便？"

"方便，有什么事？"肖支心想全滨江公安系统那么多大队长，你身份最特殊，确切地说背景最深，我就算忙也要说不忙。

任忠年不知道领导在想什么，开门见山地问："肖支，我想跟您打听个人，陵海分局禁毒中队有没有一个叫韩昕的？"

"忠年，你怎么想到打听这个的？"别的事肖支可以坦诚相告，但唯独这件事不可以，不但不可以而且要问清楚。

"肖支，您就告诉我陵海分局有没有这个人？"

"有这个人，还来支队开过会，那个会你也参加了。"

"果然很普通，我竟然没注意到。"

"忠年，你是崇港分局的禁毒大队长，打听陵海分局的人做什么？"

"好奇。"

"这有什么好奇的？"

任忠年听出支队长好像在打掩护，忍不住笑道："肖支，你们跟陵海分局联合侦办的'2·12'案，这个韩昕有没有参与侦办？线索是不是他先发现的？"

有些事可以隐瞒，有些事想瞒也瞒不过去。肖支没办法，只能笑道："他是参与了，最初的线索也确实是他发现的。"

"这就对了，靠张宇航能破什么案。"

"羡慕人家有个好部下？"

"不只是羡慕，还想见见他，跟他聊聊，肖支，能不能帮着安排一下？"

"你想做什么？"

任忠年不想绕圈子，直言不讳地说："陵海能有什么毒案？相比一到晚上八点，路上就看不见几个人的陵海，市区的治安环境多复杂？肖支，你不觉得让那样的人待在陵海太可惜？"

肖支没回答这个问题，而是笑问道："你先告诉我，你是怎么想到打听这个人的？"

"他下午在培训中心靶场参加过实弹射击考核，老程说他枪打得不错。"

"原来是程支发现的。"

"肖支，我是在您眼皮底下开展工作的，连市局机关都在我辖区里，我干不好您脸上也没光啊。能不能帮帮忙，帮我把那小子挖过来！"

"算盘打得挺好，但不可能。"

"为什么？"

"人家既是陵海分局的民警，也是土生土长的陵海人。陵海分局好不容易引进个人才，怎么可能轻易放人，何况人家对能不能调到你们分局不感兴趣。"

陵海对滨江没什么归属感，陵海人不愿意来市区，这确实是一个问题。

任忠年并没有死心，想想又笑道："他要是愿意调到我们分局，我们可以委以重任，给他舞台，让他大展拳脚。"

肖支笑道："你以为就你重视人才？人家陵海一样重视人才。那小子调到他们分局才两个月，就已经被任命为副中队长了，负责全区的毒品案件侦办，陵海分局给出的这些待遇，你们分局给不了。"

"我可以找我们局领导。"

"晚了。"

"怎么就晚了？"

"因为我和政法委关书记年前不止一次找过你们局领导，想把人家安排到你们分局，结果你们局长说没编制安排不了，只能退而求其次让他回陵海老家。"

"有这样的事！"

"骗你做什么，不信你可以去问问你们局领导。"

任忠年怎么也没想到打听了半天竟打听出这个结果，郁闷得不知道该说什么好。

67. 初恋女友

周六不用加班，也不是韩昕值班，但韩昕依然要来单位。去禁毒科普教育馆做了几个月讲解员的禁毒专干曹娜调回来了，张宇航和蓝豆豆对这件事别提有多重视，他这个副中队长一样要欢迎"新人"。并且随着"新人"的加入，今天就要"调位置"。男女搭配，干活不累。韩昕真心不想调，可曹娜回来就是给蓝豆豆打下手的，如果他不搬过去跟刘海鹏一起办公，就会影响接下来的工作。

"韩队，你没私人物品，没别的东西了？"

"没有，我就这点东西。"

"你搬家真简单。"

蓝豆豆以前说曹娜是个小姑娘，其实人家已经结婚了，甚至怀有身孕。她长长的头发，戴着眼镜，文文静静的。干起活来却很麻利，一会儿就把乱糟糟的办公室收拾得整整齐齐。

对于她的到来，韩昕是既高兴又有些失落，抱着一沓戒吸人员的资料，依依不舍地走到门口，想想又回头道："电脑我没怎么用过，几个抽屉我连开都没开。"

曹娜抬起头，嫣然笑道："我看到了，我以前的东西还在里面。"

"检查下，有没有少什么。"

"检查什么呀，又没什么值钱的东西。"

"好吧，我先过去了。"

"好的，我等会儿也过去，帮你们把办公室收拾下。"

"谢谢了。"

走进刚贴上新门牌的中队长办公室，刚坐到正在浏览易制毒化学品管理平台的刘宇航面前，蓝豆豆就拿着一个笔记本走了进来。

"刘队、小韩，陈美琴走了。"

"她是不是对唐小宇被处以行政拘留不服？"刘海鹏放下鼠标问。

蓝豆豆坐下道："唐小宇不管是有意吸毒还是无意吸毒的都涉嫌毒驾，她对处以十五日行政拘留并没有异议。事实上也拘不成，她不是为这事来的。"

刘海鹏端起茶杯："怎么拘不成？"

"唐小宇通过服用大量掺杂过的地芬诺酯戒掉了冰毒，但又对地芬诺酯上了瘾。以前服用时是无精打采、精神萎靡，现在断了毒品来源，毒瘾上来了，就不断来回走动、坐立不安，整个人非常焦躁。"

"拘留所不敢收？"

"看守所都不敢收，更别说拘留所了！"

"那她为什么来找我们，她到底想怎么样？"

蓝豆豆解释道："她意识到好心铸成大错之后非常后悔，这段时间比较冷静，通过多方打听，了解到社会上的那些戒毒机构，包括一些民营的戒毒医院，虽然收费很高，但戒毒效果并不理想，所以想送唐小宇去强制戒毒。"

刘海鹏下意识地问："自愿强制戒毒？"

"嗯。"

蓝豆豆想想又补充道："她说她已经做通了唐小宇的工作。"

韩昕沉吟道："既然是自愿的那就好办了，事实上以唐小宇现在的成瘾程度，本来就应该送去强戒。"

刘海鹏笑道："小韩说得对，自愿强戒是好事，我们应该支持。"

"但唐小宇不是一般的吸毒人员，他跟'2·12'案有关联，强戒的事要不要跟专案组打个招呼？"

"我向刘大汇报，请刘大问问专案组，如果专案组顾不上这些小事，那就由我们或者由城东派出所申请。"聊到城东派出所，刘海鹏突然想起个人，"小韩，那个刘小慧现在什么情况？"

韩昕连忙道："行政拘留十五天，罚款两千，同时申请责令其接受社区戒毒三年。我打电话问过岳所，岳所说最迟下周二就能下达《社区戒毒决定书》。"

刘海鹏点点头，又笑看着蓝豆豆问："宣传方面呢？"

"城东派出所给我发了几张照片，我等会儿让娜娜写一篇稿子，写好之后配上图先发给张大看看，张大确认没问题就发到我们的公众号上，顺便给市禁毒委的公众号投个稿。"

"局里的公众号也要发。"

"刘队，我们没少给新闻中心投稿，可发不发我们说了不算。"

"这事交给我，我给陈主任打电话，不能总让我们帮他们转发，他们一样要帮我们转发。"

"行，就看刘队你的了。"

蓝豆豆嘻嘻一笑，起身道："中午给娜娜接风，去老杨家，我已经打电话说好了。今天我买单，你们不许跟我抢。"

刘海鹏哈哈笑道："谁会跟你抢，娜娜本来就是给你干活的。"

韩昕急忙道："蓝指，不好意思，中午我有事，参加不了。"

"什么事，吃顿饭的时间都没有？"

"大事。"

"欢迎娜娜回来就是大事！"

"我表妹给我介绍了个女朋友，中午要去跟人家见面。"

"要去相亲啊，有没有姑娘的照片？"

韩昕得意地说："有一张。"

刘海鹏对此也很感兴趣："既然有，赶紧让我们看看啊！"

"是啊，看看。"

"好的，别着急，就是她，怎么样？"

"嗯，长得是挺好看的，她今年多大，在哪儿工作？"

"回头再说，八字还没一撇呢。"韩昕看看时间，连忙道，"我该去找我表妹了，第一次跟人家见面，不能迟到。"

"赶紧去，等你的好消息。"

"行。"

从单位赶到明珠城只用了十来分钟，可找车位竟用了二十多分钟，早知道这样不如打车过来。或者把车直接开回小区里，然后步行过来。好在他提前了近一个小时出发的，并没有因此迟到。

明珠城是陵海最早的商业中心，以前这儿有两个大网吧和好多小吃店，还有一个大超市。现在显得有些老旧，超市早已经倒闭了，几栋楼挂满了各种培训机构的招牌，幼托、英语、数学、作文、舞蹈、钢琴、跆拳道、计算机编程、公考……令人眼花缭乱。

一楼的内街里停满了电动车，几个入口处围满了人，一看就知道是来接孩子的。韩昕看了看"舞之星"和"凯恩英语"的招牌，找到了三号入口，正准备给表妹打个电话，突然有人在背后问："韩昕，你是韩昕吗？"

"你是……"

"我蒋卫玲，你不会不记得我了吧！"

问话的小姐姐二十六七岁，面容姣好，化着淡妆，留着一头乌黑发亮的披肩长发，上身穿着一件洁白色羽绒服，下身穿着一条牛仔裤，脚穿一双短靴，肩上挎着一个小坤包。她笑盈盈的，站在一辆电动车边看着他。

韩昕既没想到她这些年的变化如此之大，更没想到会在这儿遇上她，整个人都蒙了。

"看什么看，你也是来接孩子的？"

"没有……我还单着呢，我是来……来买点东西的。"

蒋卫玲一样没想到时隔八年能遇上他，突然有些不好意思，下意识地低下头，玩弄着钥匙串上的毛绒玩具，跟初恋小女生似的，怯生生地问："你退伍了？"

韩昕比她更不好意思，想到表妹很可能一会儿就下来，摸着下巴说："那边有个肯德基，要不我们去肯德基坐会儿？"

蒋卫玲掏出手机看看时间，笑道："行。"

"你想喝点什么？"

"随便。"

"那就喝奶茶吧。"

韩昕刚把她带进肯德基，正准备用手机点餐，蒋卫玲抬头道："我来点吧，我儿子早上说想吃，我顺便帮他点个儿童套餐。"

她都有儿子了……韩昕忍不住问："多大了？"

蒋卫玲指指对面的空位置："去那边吧，坐下说。"

"行，反正是在手机上点。"

"我来扫。"

"我下了肯德基的 APP，我点。"

"好吧，儿童套餐让他们打包。"

"行。"

韩昕飞快地点好单，看着她那张既熟悉又陌生的面孔，小心翼翼地问："孩子在楼上学什么？"

蒋卫玲跟以前一样托着下巴，笑眯眯地看着他："学英语，其实也学不到什么东西。才六岁，就是培养点语感。"

"六岁啊……"韩昕终于松下口气，可想想又觉得有些失落。

蒋卫玲不由想起以前的那些事，忍不住问："韩昕，你现在怎么样。"

"什么怎么样？"

"退伍了？"

"嗯。"

"什么时候退伍的？"

"去年退伍的，刚回来两个多月。"

"你刚才说还单着，你都二十七了，要赶紧谈。"

"这不是着急的事，你现在怎么样。"

蒋卫玲回头看着窗外的行人，幽幽地说："每天带孩子，说忙不忙，说闲也不闲，就那样。"

韩昕也想起了以前的那些事，感叹道："全职太太，挺好。"

蒋卫玲实在不想聊以前的事，可又不知道该说点什么，干脆看着斜对面的中央广场问："你家那一片全拆了，现在住哪儿？"

"对面的如意嘉园。"

"拆迁安置的？"

"嗯。"

"还是你们这些城里人好，房子都不用买。"

"你现在住哪儿？"

"天澜湾，结婚时买的，那会儿六千多一平感觉好贵，现在觉得一点都不贵，要是那会儿不买，现在真买不起。"

初恋刻骨铭心，终生难忘。何况这不是一般的初恋！

韩昕忍不住问："孩子爸爸做什么的，对你好不好？"

"在高新区的一个厂里上班，对我很好，我跟他是一个村的。"

"这就好。"

正说着，她的手机响了。她低头看看微信，急忙道："孩子快下课了，老师让我们赶紧去门口接。"

韩昕偷看了一眼群聊，赫然发现艾特家长的竟是"爱美丽"老师，一时间又愣住了。

"我先走了，回头再聊，我真挺好的，我老公对我可好了，不用担心我……"

"玲玲，别急，我去看看儿童套餐好了没有。"

"好吧，实在来不及就算了，等会儿接上孩子我自己来买。"

68. 魂不守舍

初恋女友把打包好的儿童套餐，递给一个可爱的小家伙，然后把小家伙抱上电动车，回头看了他一眼，什么都没说，戴上头盔，跨上电动车就走了，没留电话，没加微信……刚刚发生的一切仿佛是一场梦。

表妹一连发来好几条微信，见没回复又打来电话。韩昕如梦初醒，心想当年曾一起私奔过的初恋女友，居然成了"爱美丽"老师的学生家长，这个亲怎么相？他的心情别提有多复杂，别提有多歉疚，不但没去见"爱美丽"，甚至当了人生中的第一次逃兵，魂不守舍地回到家。

许琳琳没想到他会爽约，只能硬着头皮请人家吃饭，一吃完饭就杀回家。

"发什么呆，为什么不接我电话，为什么放我鸽子？"

"……"

"哥，你到底什么意思，你倒是说话呀！"

韩昕深吸口气，苦笑道："我在你们楼下，遇到蒋卫玲了。"

许琳琳愣了愣："上职中时的女同学，跟你私奔的那个蒋卫玲？"

"嗯。"

"这么巧啊，这都能遇上。"

"她认出了我，她这些年变化好大。"

他们当年真有感情，虽然不像现在的情侣好上之后就同居，但跟同居也差不多。公园、电影院、网吧、没人的教室……都是他俩幽会的场所，有一次甚至把人家带到了头墩。

许琳琳能理解他此时此刻的心情，坐下笑道："遇上就遇上呗，她现在怎么样？"

"她挺好的，嫁人了，生了个儿子，今年六岁。"

"六岁了，那肯定不是你的。既然不是你的，你有什么好紧张的。"

韩昕实在笑不出来，愁眉苦脸地说："她跟你的那个初恋不一样，我们以前是真心相爱，如果我没去当兵，她肯定不会嫁给别人。"

"我跟我前男友谈的那会儿，我们也很认真。"

许琳琳轻叹口气，想想又说道："再说你又没背叛她，是她见你去当兵了不愿意等的。你到部队之后又不是没给她打过电话，她后来不接，写信她又不回，这不能怪你！"

"这不是她愿不愿意等的事，而是凭什么让她等。"

"你还爱她？"

"我不知道。"

韩昕挠挠头，凝重地说："其实我已经快把她给忘了，要不是今天遇上，要不是你们平时总拿她开玩笑，我都不一定能想起还有她这个人，我突然发现我特没良心。"

许琳琳挽着他胳膊，劝慰道："哥，这说明你是一个重情重义的人。但人家现在有老公有孩子有家庭，你应该祝福她，替她高兴，你呢也要有自己的生活。"

"我知道。"

"知道你中午还放我鸽子？"

"什么放鸽子，我是没办法。"

"怎么没办法？"

"她儿子就在'爱美丽'班上！"

许琳琳大吃一惊："啊……这么巧！"

韩昕推开她的手，搂着抱枕躺了下来道："我这会儿有点乱，你下午要上班，赶紧走吧，别再问了。"

"那跟不跟'爱美丽'谈了？"

"跟谁谈也不能跟'爱美丽'谈，不然再遇上多尴尬。"

"可陵海这么大，有些事你是躲不过去的。"

"我知道，你让我冷静冷静，让我好好想想。"

"想什么？"

"我也不知道。"

"看来是余情未了，可人家已经有老公了，你不能破坏人家的家庭！"

"想哪儿去了，我怎么可能当第三者，你让我静一静行不行？"

许琳琳意识到怎么劝也没用，干脆站起身："行，我去上班了，你慢慢想吧。"

韩昕的脑子里是真乱，一会儿想蒋卫玲为什么连个电话都不留，一会儿想她现在幸不幸福，甚至怀疑她当年是迫于家里的压力才嫁人的，正胡思乱想，姜悦竟打来电话。

一接通，就听见她在那头机关枪似的说："韩昕哥，盐水鸭给你带回来了，我正在你家楼下，你如果在家就下来拿一下，如果不在家我帮你搁门卫那儿。"

"谢谢啊，我在家，我这就下去。"

"不用谢。"

语气有点不对，听着还挺礼貌，姜悦觉得有些奇怪。等了一会儿，韩昕下来了，接过盐水鸭，一脸歉意："小悦，对不起，我不应该给你添麻烦，不应该逼着你帮着带东西的。"

看着很真诚……姜悦缓过神，连忙道："没什么，我们是邻居，再说只是举手之劳。"

偶遇初恋女友，想到了许多以前的事，韩昕心里别提有多不是滋味儿，喃喃地说："都说江山易改本性难移，那天晚上想吃盐水鸭了就想到找你带，想到找你带就想起了许多小时候的事，也就露出了小时候的面目，强你所难了，必须跟你道歉。"

"韩昕哥，你这说什么，你小时候其实也不是特别坏。"

"已经够坏了，做了好多错事。"

"韩昕哥，你没事吧？"

"没事，对不起。"

"没事就好，没事我先回去了，想吃了再给我打电话。"

"好的，我就不送你了。"

他没再开玩笑，也没有再欺负人，看着心事重重的。姜悦越想越奇怪，走出几步又跑回来问："韩昕哥，你真没事？"

韩昕挤出一丝笑容："真没事，我能有什么事。"

姜悦见他笑得如此勉强，正暗想肯定有事，他的手机突然响了，只见他听对方说了好一会儿，才低声问："城北派出所啊……好的，我马上过去，没去过我可以开导航。"

"韩昕哥，是不是有警情？"

"嗯，你老爸所里抓了几个聚赌的，其中有一个比较可疑，喊我去看看。"

"我陪你去吧，城北派出所我熟，我在城南、城北两个派出所都实习过。"

想到开导航麻烦，再想到她现在可以算半个分局的人，韩昕一口答应道：

"好的，我们去地下室，我的车停在地下室。"

要是没人指路，要是没开导航，城北派出所真不好找，居然坐落在一大片居民区里，而不是像城南派出所那样在主干道边。韩昕停好车，跟着姜悦直奔值班大厅。在楼下值班的两个辅警认识姜悦，他们刚站起身，韩昕就亮出证件："我是刑警大队的，麻烦你开一下门。"

"韩队，我们徐所正在楼上等你。"老辅警看了一眼工作证，赶紧去刷卡打开通往二楼的防盗门。

他不是刚调回来的吗，怎么成韩队了……姜悦愣了愣，连招呼都顾不上跟两位辅警叔叔打，鬼使神差地跟了上去。二人一口气爬到二楼，就遇到一个二级警督。

"韩队是吧，我徐广成，不好意思，还没来得及恭喜你高升，就先麻烦你过来指导。"

"徐所，你这是说哪里话……"

韩昕正想问问看着像吸过毒的涉赌人员关在哪儿，徐所就探头笑问道："这不是小悦吗？小悦，你什么时候来的？"

姜悦乖巧地说："徐所好，我是陪韩昕哥来的。"

"你认识韩队？"

"我跟韩昕哥是邻居，韩昕哥以前跟我家一个村一个队，现在住一个小区。"

"这么巧啊。"徐所紧握着韩昕的手，调侃道，"韩队，原来你也是拆迁户，原来你也是土豪！"

"什么土豪，徐所，还是办正事吧，人关在哪儿？到底怎么回事？"

"对对对，说正事。"

徐所把二人带到监控室，指着监视器里那个用警绳捆住的二十来岁男子说："今天凌晨，我们接到群众举报，说有几个外地人在陵北村三组的一间出租屋里聚赌，动静很大，影响人家休息了。赶过去一看，原来是在诈金花。一共六个人，都是小年轻，赌得也不算大，现场缴获赌资三千多元，我们就按程序把他们带回所里查处。没想到大概二十分钟前，这个叫孙见福的小子突然大吵大闹，拍桌子砸墙，特别烦躁，还胡言乱语。我们担心他自伤自残，赶紧把他捆起来了。"

那小子在角落里，耷拉着脑袋像是在自言自语。由于摄像头角度的关系，看不到他的脸。韩昕低声问："有没有检测他的尿样？"

徐所无奈地说："也不知道他是真发疯还是假发疯，反正是不配合。所里会操作毛发检测仪的小罗又出去办案了，所以我们就想到你，给张大打电话，请你过来帮着看看。"

"没问题，找几个人控制住他，我去剪点头发。"

"好，我带你过去。"

韩昕并没有急着去羁押室，而是下楼打开车门取出备用的头套、口罩、眼罩和手套，一件一件戴上，一切准备妥当才走进位于一楼最里侧的羁押室。在两个民警和一个辅警的协助下，先托起孙见福的下巴看了看他的脸，扒开他的嘴看牙齿，撩起他的袖子检查双臂，然后才拿起剪刀剪了点头发，装进两个塑料袋回到二楼。

"韩队，怎么样？"徐所急切地问。

"看着不太像吸毒的，有没有问过另外几个小子，他有没有精神病史？"韩昕打开所里的检测箱，取出便携式毛发检测仪。

"问过，他们之前不熟，都说不知道。"

"看着也不太像是在装疯卖傻，徐所，还是赶紧联系他的亲属吧，像他这样的放出去是治安隐患，不放又不能总关着。"

"你先检测，先看看他到底有没有吸过毒。"

等了十来分钟，结果出来了。韩昕撕下"小票"，起身道："阴性，没吸过毒。"

如果真是精神病那就麻烦了，徐所接过小票，苦笑道："我先安排人送他去六院，看看六院的医生怎么说。"

"送他去六院看看也好，先确认下到底是不是精神病人。"

"不好意思，耽误你休息。"

"这有什么不好意思的。"韩昕摘下口罩，一边收拾检测用的东西，一边笑道，"徐所，就算你今天不喊我过来，我明天也要来麻烦你。"

徐所反应过来，拍拍他胳膊："你们张大和刘队跟我说了，不就是六个戒吸人员的下落嘛，我明天就让社区队帮你摸摸。"

69. 抽检成效

民警在一个地方干几年要调动，领导到了年龄要退居二线，辅警顶多换换执勤点，不存在所谓的调动，更不需要退居二线。正因为如此，姜悦的老爸姜成贵在所里的工作时间，比任何一个民警都要长，堪称城北派出所的"元老"。

而从小就特别听话、成绩特别好，并且很争气地考上警校的姜悦，虽然小时候并没有像民警家的孩子那样经常被带到所里来做作业，但一样算得上城北派出所的孩子。她不来没关系，来了自然要跟叔叔阿姨、哥哥姐姐们打个招呼。今天值班的几个民警，见她是跟韩昕一起来的，个个拿她开玩笑，说她太有眼光了，人还没到分局就先下手为强，把刚被任命为副中队长的韩昕拿下了。

　　姜悦被调侃得面红耳赤，正不知道该怎么解释，刚办完正事的韩昕走过来敲敲门："各位，别开玩笑了，小悦是我妹妹，我是看着她长大的。"

　　"韩队，你才比小悦大几岁，还看着她长大的。"

　　"大五六岁呢，小悦上小学的时候，我都快上初中了！"

　　"是啊，韩昕哥比我大好多。"

　　这种事只会越描越黑，韩昕不想让姜悦尴尬，看了一眼杨千里刚发来的短信："小悦，我要去一趟城南派出所，你回不回去？回去的话顺路送你回家。"

　　"我该回去了，我还有点事，朱叔叔再见。"

　　"走吧，我送送你们。"

　　"别送了，您那么忙。"

　　主动帮着解围，姜悦发现他跟之前的那个韩昕真不一样，再想到他刚才表现得那么专业，徐所等人对他那么客气，一上车就窃笑道："韩昕哥，我知道你在部队是做什么的了，知道你的二等功三等功是怎么立的了！"

　　"你怎么知道的？"

　　"猜的呗，其实都不用猜，我虽然没参加工作，但我好歹也上了几年警校，每年寒暑假都要回来实习的。"

　　"看来几年警校没白上。"

　　韩昕笑了笑，一边跟城北派出所的同行们挥手道别，一边不动声色提醒："你心里有数就行了，别到处乱说。我到底是做什么的，连我爸我妈都不知道，他们以为我只是个普通刑警。"

　　公安系统很大，警种很多，真正的缉毒民警却很少。姜悦之前从来没见过，一想到身边这位居然是传说中的缉毒警，而且知道这个秘密的人并不多，别提有多激动，捂着嘴道："我知道，保密纪律我懂！"

　　韩昕回头看了她一眼，好奇地问："你在警校学的什么专业？"

　　"治安。"

　　"治安挺好的。"

　　"好什么好，回来十有八九要被分到派出所。"

"比我强，我连警校都没上过。"

姜悦正准备说你是自学成才，韩昕的手机又响了。前面有红绿灯，有摄像头，开车接电话被拍下来要吃罚单，想到她可以算半个自己人，韩昕干脆点开蓝牙。

"小韩，你真有先见之明，潘劲松这小子果然是在跟我们打时间差，果然偷偷吸上了！尿检阳性，毛发检测也是阳性，我已经到了所里，老汪和老王正在审，你什么时候到？"

"我马上到。"

韩昕抬头看着依然亮着的红灯，感叹道："杨所，你们动作够快的。我昨天下午才把名单发给你，你们这么快就找到了人，而且已经带到所里做了检测。"

终于逮着个吸毒的，杨千里很高兴，看着大屏道："你高升了嘛，我得给你准备份礼物，帮你庆祝庆祝！"

"杨所，你太客气了，这份礼物我好像拿不走。"

"我们不是说好的嘛，我们联合侦办，我们两家一起搞！"

"只要是毒案，我们中队当仁不让。对了，你们是怎么找到潘劲松的？"

"他既没出去打工也没刻意躲，天天泡在麻将馆，昨晚玩到一点多。我们的民警中午找到他家时，他正在家里睡大觉，然后就把他带回来了。"

"另外五个呢？"

"正在摸，你放心，最迟后天下午就能搞清楚他们的下落。"

"谢谢了。"

"谢什么谢，这也是我们的工作。"

一听声音就知道是杨千里，杨千里那可是城南派出所作风最强硬的所领导，连杨千里对他都这么客气，可见他在局里混得该有多好……姜悦很意外很震惊，正胡思乱想，已经到了小区西门。

韩昕停好车，回头道："小悦，我有事，就不送你进去了。"

姜悦缓过神，连忙解开安全带："没事，你忙你的。"

"再见。"

"韩昕哥，盐水鸭是昨天下午买的，再搁就不好吃了。"

"好的，晚上就吃。"

……

抽检，检出了一个复吸的。韩昕哪有心思吃盐水鸭，给蓝豆豆打了个电话，就驱车往城南派出所赶。当他赶到城南派出所时，刘海鹏和蓝豆豆已经到了。

一年之计在于春，刚过完年就喜提毒案一起，能想象到今年的任务不难完成。杨千里很高兴，一见到三人就笑道："三位，老汪审差不多了，走，我们去会议室！"

刚做上中队长就遇上一起毒案，刘海鹏也很高兴，笑问道："杨所，那小子到底吸的是什么毒品？他是从哪儿买的？"

"吸的是 K 粉，从网上买的。"

"试剂板和检测单呢？"

"差点忘了，你们先坐，我过去拿。"

杨千里跑去拿来检测试剂板和毛发检测的小票，汪宗义和王伟拿着笔录和用证物袋装着的手机紧随而至。

专业的事让专业的人干，刘海鹏顾不上跟汪、王二人打招呼，就示意韩昕赶紧确认。

韩昕看了一眼，抬头道："氯胺酮阳性，确实是 K 粉。"

杨千里笑道："刘队、豆豆，你们两位都是大忙人，要不我们正式开始，先汇总下案情？"

"开始吧。"刘海鹏微笑着掏出笔记本，准备做记录。

杨千里看了一眼笔录，直入正题："潘劲松的基本情况，你们三位都很清楚，我就不多介绍了。他被抽检出阳性之后，担心被送去强制戒毒，态度还算比较配合。他交代 K 粉是年前接受完例行检测之后，以一百八十元每克的价格从网上购买的，一共购买了二十二克。每天吸一点，一直吸到上周二断粮。因为手头拮据，这几天都泡在麻将馆，想赢点钱继续购买。"

蓝豆豆低声道："幸亏抽检出来了，不然他为筹集毒资不知道会干出什么事。"

"是啊，所以说你们有先见之明。"

"杨所，工作是你们做的，我们可不敢抢这个功。卖家呢，卖家是什么情况？"

"老汪，你最了解情况，你说。"

"好的。"

汪宗义拿起吸毒人员的手机，解锁点开 QQ 聊天记录，举到众人面前："卖家的 QQ 网名叫'衬自心酸'，看头像是个年轻女子。潘劲松交代这个'衬自心酸'是一个已离开我们滨江的吸毒人员介绍给他的。他因为之前买毒上过很多次当，而且又没什么钱，所以不敢轻信，加上好友之后没怎么聊过。年前接受完检测之后，他认为至少有半年的安全期，控制不住心瘾，就抱着试试看的心理，先花三百六十块钱买了两克。买回来吸食之后发现是真的，就又通过 QQ 转账买了二十克，卖家把毒品包装好藏在小面的调料里，通过快递给他发的货。因为不止一次被处理过，他担心我们会盯着他的快递，所以留的是麻将馆的地址。"

"现在的吸毒人员是越来越狡猾了。"

刘海鹏感叹了一句，抬头问："汪队，把卖家介绍给他的那个吸毒人员叫什么名字？"

"姓吴，叫吴万友，二十六岁，西川人，因为吸毒被崇港分局查处过，他们是在强制戒毒所认识的。"

汪宗义翻开笔记本看了看，接着道："刚才我们上网查了下，确实有这个人，不过这个吴万友因涉嫌盗窃于去年三月份，被西川公安机关抓获，已经判了，正在监狱里服刑。"

蓝豆豆追问道："卖毒品给潘劲松的那个人叫什么名字？既然是通过快递发货的，肯定有名字、联系方式和发货地址。"

"他不是搞忘了，而是根本没注意看，只知道货是山城市发过来的，一收到包裹就拆开找毒品，然后躲在家里吸食。贴有快递单号的小纸箱，被他顺手扔了。"

汪宗义话音刚落，杨千里就接过话茬："忘就忘了吧，有快递记录和转账记录，上家到底是何方神圣不难查！"

刘海鹏放下笔，笑问道："杨所，这个案子你们打算怎么侦办？"

"我们两家联合侦办呗，我已经打电话向李所汇报了，李所说没问题。经费我们申请，人我们出，小韩带队，争取像侦办'2·12'案那样，顺藤摸瓜，打源头！"

"小韩，你怎么看？"

"打是要往上打的，上家肯定是要抓的，但我建议还是再审审潘劲松，搞清楚他有没有以贩养吸，有没有把 K 粉卖给别人。再就是有必要去他家搜查下，看看他到底有没有存货。"

杨千里啪一声拍了下桌子："小韩说得对，是应该好好审审，是应该去他家搜搜。他不是没钱买毒品了吗？靠打麻将赢一帮老头老太太的钱，哪有贩卖毒品来钱快！"

韩昕连忙道："杨所，其实他以贩养吸的可能性不大，我之所以有这个建议一是为了确保万无一失，二是想搞清楚他有没有其他违法犯罪行为。"

"以贩养吸的可能性不大，这话什么意思？"

"他买的是 K 粉，不是冰毒。一百八十块钱一克，这个价格可不便宜，他就算想贩卖也不一定有人愿意买。"

韩昕想了想，又笑道："如果他交代的一切属实，连卖货给他的上家，都很可能只是一个以贩养吸的小毒贩。"

70. 巩固根据地

不管是大毒贩还是小毒贩，只要涉嫌贩毒就要抓。杨千里虽然有些失望，但跟刘海鹏商量了一番，还是决定成立"联合侦办专班"。韩昕担任班长，汪宗义和王伟担任副班长，组员只有一个连案情分析会都没资格参加的李菜鸟。

汪、王两个办案民警，一个要继续盘问潘劲松，一个要赶紧去查询物流信息。杨千里则忙着准备材料，申请查询嫌疑人绑定QQ所用的身份证和银行账号。刘海鹏和蓝豆豆很想帮忙，但他俩太忙真抽不开身，唯一能做的就是等基本情况搞清楚之后，帮着请市局禁毒支队与山城方面协调。搜查嫌疑人家的工作，自然落到了韩昕这个"人形缉毒犬"身上。

韩昕给继母送了一只盐水鸭，把剩下的两只送回家，刚给表妹打了个电话，提醒她别忘了吃，李菜鸟就打电话说搜查证申请下来了，正在跟社区民警王一娟去潘劲松家的路上。韩昕不敢再耽误，赶紧带上行头赶到潘家跟他们会合。

不知道因为正在侦办的是毒案，还是因为他这个"表哥"变成了韩队，李菜鸟不敢再嬉皮笑脸，连话都没之前多了，突然变得很老实很听话。他们里里外外仔仔细细搜了一遍，没搜出毒品，反倒搜出了两部卡被拔掉的手机，并且藏得很隐秘。

李亦军激动地说："韩哥，肯定是他偷的！"

想到潘劲松这段时间一直泡在麻将馆，韩昕回头道："王姐，我们先把手机带回去，麻烦你去他常去的那家麻将馆问问，近期有没有人丢失手机。"

王一娟笑道："好的，我这就去问。"

"要不要拍个照片？"

"不用了，我刚才拍过。"

"那我们先走了。"

"你们忙你们的，需要我做什么直接打电话。"

回到城南派出所治安队办公室，李菜鸟就举着手机道："韩哥，我师傅请你接电话。"

"知道了。"

韩昕接过他的手机，指指刚从潘劲松家搜出的那两部手机："你先把这两部手机交给汪队，请汪队问问潘劲松这两部手机到底从哪儿来的。"

能参与侦办真正的毒案，李亦军别提有多兴奋，应了一声"是"，赶紧拿上手机跑了出去。

韩昕正准备问王伟查询到什么，王伟就在电话里说："韩队，查清楚了，麻将馆老板娘的快递不多，从山城市发过来的只有四个。一个是她儿媳妇从网上买的腊肉，一个是她儿媳妇从网上买的酸辣粉。"

"剩下的两个就是潘劲松的？"

"潘劲松没撒谎，剩下的两个都是他的，并且物流信息显示都是小面调料。"

韩昕坐下来找了支笔："发货人姓什么，叫什么名字。"

王伟坐在警车里，看着刚做的笔记说："发货人姓林，叫林丽红，我刚查询过她的基本情况。她今年二十九岁，山城市桂梁区人，离异，有一个五岁的女儿，因为吸毒多次被处理过，但没有贩毒前科。"

"发货地址呢？"

"发货地址不在桂梁区，而是在山城市的主城区，我把她的手机号、身份证号和发货地址发到小李的手机上，你看看就知道了。"

"好的，我等会儿看看。"

"你那边怎么样，有没有搜出什么？"

"没搜到毒品，只搜出两部手机，其中一部看着很新，我已经请王一娟去麻将馆问了。"

……

抽检真抽出了一条线索，张宇航接到刘海鹏的汇报很高兴，走到阳台上，举着手机道："他们想跟我们打时间差，我们就打他们个措手不及！老刘，我认为抽检还要继续，我倒要看看谁敢再跟我们耍小聪明。"

"你放心，我们不会半途而废的。"

"等嫌疑人的情况搞清楚，小韩就要带队去抓捕，你和豆豆忙得过来吗？"

"张大，我正准备跟你汇报呢，小韩不打算去。"

"为什么？"

刘海鹏解释道："小韩认为卖毒品给潘劲松的嫌疑人，很可能只是个以贩养吸的小毒贩，层级很低，城南派出所完全能搞定。他认为与其带队去山城抓捕，不如留在家里把基础工作做好。"

张宇航有些意外，下意识地问："老刘，他是不是看不上这样的小案子？"

"这倒不是，对接下来的工作，他有他的想法。"

"什么想法？"

"可能是受侦办'2·12'案时被调回研判组的启发，也可能是对禁毒工作有了更透彻的理解，他觉得作为一个禁毒民警，首先要做的是扫清自己辖区内的毒品。"

刘海鹏顿了顿，接着道："他打算先协助豆豆做好抽检工作，等抽检结束之后天气也暖和了，春暖花开，各种植物都长起来了。到时候就按照之前计划的那样，调用无人机对全区进行一次航空踏查，并利用这个机会摸摸全区只要与化学品沾边的那些企业的底。"

张宇航反应过来："他是想先巩固住根据地，然后再往外打？"

"巩固根据地和往外打不影响，他可以通过视频远程指导。"

"杨千里不是想让他带队吗？他如果不去，就意味着我们一个人都不出，这叫什么联合侦办，杨千里会不会有意见？"

"杨千里那边好说，他如果因为这个不跟我们联合侦办，那将来有其他线索，我们就不带他玩了。"

张宇航不禁笑道："这倒是，毕竟我们现在跟以前不一样。"

刘海鹏翻翻笔记本，话锋一转："张大，你上次不是让我们想想今年的禁毒工作能不能搞点创新吗，我和豆豆有个大胆的设想。"

"什么设想？"

"禁毒委领导带头，参加毛发检测。然后对全区党员干部、公职人员展开全覆盖检测，如果有可能再动员一些企事业单位参加。我们不是怀疑他们吸毒，我们是想通过这种方式造出影响，提升干部队伍的防毒、拒毒意识。"

"老刘，你们这个设想真够大胆的。"

"所以说只是个设想。"

领导说了，"继续保持"，想"继续保持"，必须营造出点影响，必须有点大动作，也必须搞出点新花样。张宇航权衡了一番，毅然道："老刘，你和豆豆赶紧拿出个方案，等遇到合适机会我就向黄书记和张区长汇报，领导们应该会支持。"

刘海鹏笑道："行，我们争取三天内拿出方案。"

与此同时，姜成贵正坐在明道小学门卫室里跟老伴打电话。姜妈是洋港社区的临时环卫工，社区需要清理卫生死角的时候就来，八十块钱一天，没活儿的时候不用上班也没钱拿。

她把扫帚放到三轮车上，举着手机问："到底什么事，我正忙着呢！"

"刚才老杨打电话说，小悦跟昕昕去我们所里了。"

"哪个新新？"

"韩昕啊，除了韩昕还能有哪个昕昕。"

姜妈将信将疑："她不是不喜欢昕昕吗？怎么会跟昕昕一起去你们所里？"

姜成贵点上支烟，嘿嘿笑道："这我就不知道了，反正他俩一起去的，她是坐昕昕的车去的！老杨说两个人说说笑笑，处得挺好。"

"真的假的？"

"我开始也不相信，专门打电话问了下老方，老方说是真的，两个人一起去的，两个人一起走的，他还问我什么时候有喜酒喝。"

姜妈乐了，坐在路牙笑道："这丫头到底怎么想的，我们给她介绍，她说不喜欢。这才过去几天，她就……就又跟昕昕好上了。"

姜成贵比老伴更希望这事能成，连忙道："有件事忘了跟你说，昕昕做上副中队长了，刚提拔的。老方说他现在去我们所里，连徐所都叫他韩队。"

"昕昕才调回来几天，就提拔了？"

"我打电话问过姑妈，姑妈说是真的。"

"我就知道昕昕有出息，小时候调皮的孩子都有出息！"

"出不出息放一边，你说现在这事怎么办？"

"什么怎么办？"

"我们上次不是回了人家吗？把东西都给人家给退回去了！韩如松和葛素兰都是要面子的人，他们要是知道了，到时候怎么跟他们开口，怎么跟他们说这事。"

吃一堑，长一智。姜妈不想再空欢喜一场，揉着腿道："老姜，上次那个亲相得是有点突然，孩子大了，有自个儿的主意。同样的一件事，我们说她不一定会同意。我们不说，她说不定自个儿就拿主意了。"

姜成贵若有所思地问："你是说我们装作不知道，不问她的事？"

"不问，问了她反而不好意思，明明喜欢又说不喜欢。"

"可这么大事……"

"路到桥头自然直，让她跟昕昕先谈着，等谈到一定程度，她自然会跟我们说的。"

"我是担心韩如松和葛素兰。"

"他们有什么好担心的？"姜妈反问了一句，胸有成竹地说，"孩子大了，我们说了不算，要听孩子的，他们还不是一样！"

姜成贵觉得是这个道理，不禁笑道："行，既然她不喜欢介绍，喜欢自谈，那就让她自谈。只要是跟昕昕谈，怎么谈都行。"

71. 不得外出

分局六楼，局长办公室。刚参加完会议回来的张文远，终于可以坐下来看看关于"2·12"案的新闻报道。"滨江禁毒""滨江公安""陵海发布""陵海微警务"和"陵海禁毒"今天上午都推送了。内容都差不多，破获一起特大制造贩卖毒品案件，抓获嫌疑人三十六名，缴获管制药品地芬诺酯六十多万颗、冰毒十六点七克、摇头丸三十二颗、美沙酮一千三百余克、三唑仑七克，扣押毒资四百余万元……

唯一不同的是宣传的侧重点。比如市区两级禁毒委的公众号，主要强调春节期间的禁毒专项行动，市局和分局强调的则是"2·12"案本身；又比如市局宣传的是禁毒支队联合陵海分局，而分局宣传的是陵海分局联合禁毒支队，同时组织刑警大队、经侦大队、网安大队和城南、城东、城北、城西派出所，出动上百名警力，等等。

不管怎么宣传都是成绩，分局能破获这种规模的毒品案件实属不易。张文远正准备转发个朋友圈，市局禁毒支队长肖云波突然打来电话。

"肖支，有什么指示？是不是提醒我看'2·12'案报道？"

"张区长，我哪敢指示你，再说报道有什么好看的。"

"到底有什么事？"

"跟'2·12'案也有点关系，张区长，你们前几天不是组织新民警去警官培训中心参加过实弹射击考核吗？程文明见韩昕枪打得不错，就调看参加考核的人员名单，发现韩昕是你们分局的禁毒民警。"

程文明以前很厉害，为破一起命案"千里走单骑"，在参与侦办一起特大爆炸案时，舍身救人差点连命都丢了。在担任刑警支队正科级侦查员、刑警支队副支队长期间，组织侦办过好多大案要案。但他的时代已经过去了，当年那些很难破的案子，现在派出所的办案民警就能搞定。英雄无用武之地，他自己一样觉得跟不上时代，主动申请退居二线，现在是警官培训中心的二级高级警长，没有行政职务，也不需要他负责具体工作。肖云波如果不提，张文远都想不起来有这么个人。

"程疯子是不是说什么了？"

"他没跟我说什么，但他跟任大傻提过韩昕。任大傻一听说韩昕是你们分局的禁毒民警，就联想到了'2·12'案。居然给我打电话，想挖你墙脚。"

"那你有没有告诉他，你和关书记先找的是他们局长。他们局长不要，你们才想到把人往我这儿塞的？"

"告诉他了，他听到之后真傻了。"

张文远忍不住笑了，但想想又觉得有些遗憾，敲敲桌子："肖支，你不应该告诉他的，他傻了有什么意思，他本来就是个大傻。"

肖云波笑问道："张区长，你是说我应该答应他帮这个忙，让他兴冲冲去找顾区长，看看顾区长傻不傻眼？"

"本来就应该这样，看老顾的笑话才有意思呢！"

"我当时没想到，好好的一个机会就这么错过了。"

"你说你，怎么关键时刻掉链子。"

"我接到任大傻电话时，光想着另一件事了。"

"什么事？"

"我那会儿的第一想法是任大傻怎么知道的。张区长，这件事真吓了我一跳，真给我敲了个警钟。"

张文远意识到肖云波不是在开玩笑，而是在说正事！之前自己答应帮着安排，主要考虑到小伙子是陵海人，人家在边境出生入死立了大功，家乡不能不管，而且相比安排到其他单位，把人安排到分局要合适一些。既然接受了，那就要对他负责。可让他去警官培训中心参加了一次实弹射击考核就被程疯子和任大傻盯上了，如果去其他地方呢？

张文远觉得肖云波的话有一定道理，看着桌上的文件说："我等会儿给政治处打个招呼，再给张宇航打个电话，两年内不再安排他外出培训，未经我同意不得安排他外出办案。"

肖云波笑道："我回头也给他打个电话，让他节假日最好不要离开陵海，一定要外出必须先请示。"

"这样最好，工作生活都考虑到了。"

……

现在的办案效率真高，这才过去一天，就已经申请查询到了嫌疑人QQ所绑定的身份证和银行账号，甚至查询到了嫌疑人的银行流水。韩昕一接到电话就匆匆赶到城南派出所，参加第二次案情分析会。

发货人是林丽红，QQ用户是林丽红，银行卡也是林丽红的。昨天让潘劲松通过语音商量买货，听着也是一个山城口音的女子，从现在掌握的线索上看，应该是同一个人。可以说作为一个毒贩，她一点都不专业，不过对公安机关而言这不是什么坏事。

对能否将其抓捕归案，汪宗义充满信心，抑扬顿挫地说："昨晚语音时，她跟潘劲松说得很清楚，有钱就有货，而且她前两次都是在同一个快递收发点发货的。我们只要把握好时机，完全可以在她发货时来个人赃俱获。"

杨千里抬头问："抓到人之后呢？"

"就地审讯，只要有线索就顺藤摸瓜往上打！"

"你们打算去几个人？"

"去五个，我、韩队、老王、小李，再从社区队抽调一个女同志。"

汪宗义顿了顿，又补充道："真要是能审出上家的线索，我们就不急着回来，先把林丽红寄押在当地的看守所，腾出手趁热打铁去抓捕她的上家。"

杨千里没急着表态，笑看向韩昕："小韩，说说你的意见。"

"我认为山城那边具有太多不确定性，现在说那些为时过早。"

"什么不确定性？"

韩昕拿起笔，对着笔录抄下两个日期，举在手中："林丽红说有钱就有货，这一点通过前两次发货已经证实了，应该不会骗潘劲松。但从第二次交易的收款和发货的日期，以及她的银行流水上看，她做的应该是空手套白狼的买卖。"

杨千里脸色微变："你是说她很可能是拿潘劲松的钱去买货，然后再加价卖给潘劲松？"

韩昕拿起银行流水单："从流水上能看出，她的经济状况不怎么样，余额大多时间只有几十块甚至几块。"

汪宗义不认为有什么不确定性，放下笔道："这不是什么坏事，这有利于我们顺藤摸瓜抓捕她的上家。"

韩昕笑道："汪队，从银行流水上可以看出，这个账户应该是她常用的，不是专门用来收款的。并且现在可以确认她名下只有两张银行卡，另一张已经有好几年没用过了。如果她没用别人的银行卡，没用别人的身份证注册微信和 QQ 账号，那就意味着她之前购买毒品都是现金交易的，而她又那么有信心能买到货，可见上家是一个她很熟悉的人，甚至很可能就是她身边的人。"

杨千里点点头："贸然抓捕很容易打草惊蛇！"

汪宗义办案习惯速战速决，每次执行异地抓捕任务都是今天去，明天抓，最迟后天就回来，听韩昕这一说，突然发现不能总考虑经费，总想着省钱，举一反三地问："韩队，你说她的上家，会不会隐藏得很深。比如躲在暗处操控，安排专人送货？"

"这种可能性不大。"

"为什么？"

"因为贩卖的是 K 粉，如果上家安排送货人，搞各种防范，那这个投入和收益就不成正比了。"韩昕想了想，接着道，"杨所，汪队，还有一个情况我们要考虑到。"

"什么情况？"

"如果她女儿在她身边，并且她的亲人不愿意帮着抚养，到时候怎么办？"

一直没开口的王伟抬起头："真要是遇到这种情况就麻烦了，抓大人不能不管小孩，小孩才五岁，又不是孤儿，不符合进入福利院的条件，把孩子带回来谁照应？"

韩昕无奈地说："所以要做好让她办就地取保的准备。"

汪宗义苦着脸道："就地取保，开什么玩笑，她是毒贩啊！"

"那就把孩子带回来。"

"带回来也不现实，她家里不可能一个人没有，我觉得没人管孩子的可能性不大。"

你是没怎么侦办过毒案，想象不出那些女毒贩为逃避法律惩处会干出什么事……韩昕不想解释，也不想再"吓唬"他，干脆换了个话题："再就是我去不了，我是真走不开。"

杨千里急了："小韩，你是侦办专班的班长，谁都可以不去，你不能不去！"

韩昕正准备解释，杨千里的手机突然响了。

"你们张大打来的。"

杨千里看了一眼来电显示，赶紧接听："张大，我正在跟小韩商量去山城抓捕的事呢，啊……张区长刚亲自下达的指示，好吧，我让小韩接。"

跟张区长又有什么关系……韩昕接过手机，茫然地问："张大，我韩昕，什么指示？"

"张区长刚才亲自给我打了个电话，明确表示不能把你当作一般侦查员使用，要让你这个专业缉毒民警发挥出作用。"

这是领导对禁毒工作的重视，张宇航很高兴很激动，举着手机继续道："张区长已经交代过指挥中心，以后只要有毒案线索或疑似涉及毒品的案件，你都要跟技术民警那样第一时间出现场，未经他的允许不得外出办案。"

"明白，坚决服从命令。"

72. 无意中的发现

领导不会无缘无故下达这个命令，应该是出于对韩昕安全的考虑。韩昕真觉得有点草木皆兵，但想到本来就没打算出去，又觉得有些好笑。杨千里很失望，但也表示理解，毕竟全分局就他这么一个专业缉毒的，把专业缉毒民警当作普通办案民警用，想想是不太合适。大家商量了一会儿对策，确定行动方案，决定由汪宗义带队，赶紧做准备，明天一早出发去山城。

韩昕跟他们确认好联系方式，没回中队办公室，而是鬼使神差地来到明珠城，见有好多车位，才想起今天是星期二，孩子们要上学，家长们不会送孩子来培训。看着空荡荡的内街，韩昕突然清醒了，心想就算能等到蒋卫玲又有什么意义？人家现在应该过得很幸福，不希望被打扰，不然也不会连个电话都不留，连个微信都不加……

正觉得自己在感情上太幼稚，一辆灰色宝骏开了过来，并且想倒进左侧的车位。司机的技术不怎么样，连倒车的角度都没选好。韩昕真担心被剐蹭，连忙摁下车窗，随时准备提醒。没想到玻璃刚降下来，就见一个女子正坐在轿车副驾驶位，举着手机不知道在跟谁语音聊天。聊天很正常，但她聊天所用的方言很不正常！在边境待了八年，不知道见过多少三非人员，韩昕对这个口音太熟悉了，甚至能听懂个大概。不敢相信一个不太可能来陵海的人，居然能来陵海。她来做什么，难道是运毒的？可陵海没市场，她冒那么大风险把毒运过来卖给谁……韩昕越想越奇怪，干脆不想了，不动声色拿起手机，打开录像功能，抱着双臂将摄像头对准那个女子，悄悄拍摄。

司机用了三四分钟，打了五六把方向，总算把车倒进车位。本以为是个女司机，结果下来了个男的。这时候，女子结束了语音，拿起包小心翼翼地推门下车，生怕车门碰到SUV。韩昕不想跟他们打照面，趴在方向盘上装作打瞌睡，等二人穿过马路走进对面的商场，才下来拍下车牌照，锁上车门追了过去。

韩昕走进商场，转了一大圈，终于在童装区发现了他们的身影，便绕到他们前面，装作挑选衣服一连拍了几张照，赶紧回到车上。新手机的照相功能真好，放大好几倍依然清晰。男的三十四五岁，圆脸，头发很短，矮矮胖胖，看着有点发福，衣着很普通，穿着一双旧皮鞋；女的三十岁左右，瓜子脸，个子不高，身材偏瘦，没化妆，没戴首饰，头发简单地扎了下，衣服、包和鞋看上去都很廉价。结合他们所驾驶的车辆和所逛的商场，能想象到他们的经济条件一般。从他们的举动上看，不是夫妇就是一对情侣。看他们手牵着手，说说笑笑，脸上洋溢着幸福的笑容，别提有多恩爱。怎么看怎么不像贩毒的，但想到照片上的这个女人是从那边来的，韩昕还是觉得有必要查查，拿起旧手机拨通蓝豆豆的电话。

"蓝指，我在明珠城发现一辆车比较可疑，把照片发给你，麻烦你帮我查查车主是谁。"

"毒驾？"

"不是毒驾，是车主比较可疑。"

新同事平时油嘴滑舌，喜欢开玩笑。但工作起来比谁都认真，而且很专业，他说比较可疑那就意味着很可疑。蓝豆豆不敢耽误正事，连忙道："行，发过来吧。"

两辆车离得太近，等会儿说不定要跟，韩昕把那对可疑男女和车牌照的照片用邮箱发了过去，赶紧系上安全带，把车挪到不远处一个相对隐蔽的车位。刚停好车，蓝豆豆有了回复。

"小韩，车主姓冯，叫冯太林，跟你发过来的照片上的男子，应该是同一个人。他的车是今年 2 月 16 号，在盐海市宁富县公安局车管所上牌的。"

"冯太林的基本信息呢？"

"他今年三十四岁，高中文化，家住盐海市宁富县瑶光镇大树村十二组，农民，没服过兵役，未婚，没有犯罪前科。"

蓝豆豆点点鼠标，接着道："警网融合管理系统里有他的记录，信息是城东镇场东社区去年十月采集上传的，显示他在开发区的鸿盛电力设备有限公司工作。"

"就这些？"

"等等……"蓝豆豆刷新了下页面，喃喃地说，"可能我们公安的信息更新不及时，社区采集的信息显示他不是未婚，而是已婚。"

韩昕追问道："他妻子叫什么名字，能不能查询到他妻子的基本情况？"

"他妻子可能没来陵海，社区没采集到他妻子的信息。既没姓名也没身份证号，我这儿什么都查不到。"

"你先把他的基本情况发给我，特别是身份证照片。"

"好的，稍等。"

正说着，那对可疑的男女提着两个装衣服的纸袋出来了。他们把车开出车位，打着转向灯准备左拐。韩昕点着引擎，悄悄跟了上去。

"小韩，我把冯太林的基本情况给你发过去了。至于照片上这个女的，我帮你转发给范子瑜，让他用人脸识别试试。"

"好的，谢谢。"

"一有消息我就给你打电话。"

蓝豆豆看了一眼时间，又问道："小韩，你在什么位置？你这会儿在做什么？"

韩昕犹豫了一下，若无其事地说："我正在去城东派出所的路上，他们昨天打电话说查实了两个戒吸人员的下落，也不知道有没有检测，我去看看。"

"那刚才让查的冯太林和这个女的呢？"

"只是觉得可疑，你放心，他们真要是有什么问题，有基础信息有照片在，他们也跑不掉。"

"这倒是，我催催范子瑜，让他搞快点。"

冯太林果然是新手上路，开得很慢，总是踩刹车。遇上这种菜鸟司机，虽然不用担心跟丢，但很容易暴露，韩昕不敢跟太紧。跟着跟着，竟一路跟到了开发区，亲眼看着冯太林把车开进了鸿盛电力设备有限公司。在厂区外等没任何意义，韩昕权衡了一番，掉头直奔城东派出所。几位所领导虽然不喜欢甚至不欢迎他，但对抽检工作还是很支持的，让上次帮着摸过刘小慧底的社区民警老徐负责。

老徐一见着他就翻出名单，得意地说："韩队，全搞清楚了，只有两个信口开河没说实话，另外几个真外出了。"

"徐哥，你们的效率这么高！"

"高什么高，确认几个人到底有没有外出而已，对我们来说算不上事，让几个驻社区的辅警侧面打听一下就行了。"

"这是有你们帮忙的，如果让我们自己跑，估计要跑断腿。"韩昕恭维了一句，坐下来看起他们调查统计的情况。

老徐走到他身边，指着名单道："田文弘倒没有完全说谎，他确实出去打工了。只是走得不远，是在新坝港的一个工地干活。每天早出晚归，嫌检测麻烦，怕耽误他干活赚钱。"

"吕正雷呢？"

"吕正雷生病了，骨质增生、腰间盘突出，据说比较严重，刚在人民医院做了个手术。他既不方便来所里接受检测，又担心被病友们知道他有吸毒前科，所以你们打电话时他撒了谎。"

老徐走过去打开文件柜，取出一张毛发检测单："田文弘昨晚来所里了，我和小姚一起帮他检测的。尿检阴性，毛发检测也是阴性。吕正雷刚动过手术，肯定打过麻醉，现在没法做检测。"

从老徐帮着侧面打听到的情况上看，外出务工人员的下落，跟他们之前所说的基本一致，就算不一致也不可能追过去突击检测。韩昕把名单塞进包里，起身道："太感谢了，你们真帮了我大忙。"

"谈不上帮忙，这也是我们工作。"

"徐哥，我想请你再帮一个忙。"

老徐下意识地问："什么忙？"

韩昕掏出手机，翻出照片："这个人叫冯太林，盐海人，在鸿盛电力设备有限公司上班。开发区这一片全是你们的辖区，能不能帮我从侧面了解下他的基本情况，以及他跟这个女的到底是什么关系？"

"这小子有问题？"

"如果有问题，我就直接抓人了，只是了解一下。"

"好吧，你把他的身份证信息和这几张照片发给我。"

"谢谢徐哥。"

"自己人，不客气。"

城东派出所这边的抽检工作结束了，城南派出所那边的效率也很高，几个农村派出所辖区都没有戒吸人员，现在就剩下城北和城西两个派出所。韩昕感谢了一番，驱车赶往城北派出所。

鸿盛电力设备有限公司属于城东派出所辖区，但不是老徐的辖区。老徐送走韩昕，正给负责那一片的同事发微信，黎杜旺微笑着走了进来。

"老徐，忙什么呢？"

"禁毒中队的韩昕，托我帮着侧面了解一个人。不在我辖区，只能请老郭帮忙。"

"韩昕托你帮着了解，让我看看。"

"他说他只是了解一下。"

黎杜旺不认为韩昕会无缘无故调查一个人，接过手机看了看老徐刚发给老郭的信息和照片："他有没有说别的？"

"没有。"

"他说没有，那就是有问题。"

"黎教，你是说……"

黎杜旺越想越兴奋，放下手机拍拍老徐的胳膊："送上门的线索不能不要，他能截我们的和，我们一样可以刨他的线！"

想到禁毒中队要么不办案，要办就是大毒案，老徐咧嘴笑道："黎教放心，我这就给老郭打电话。"

73. 可能要做法海

老徐说教导员正在等消息，老郭一刻不敢耽误，谎称开会，把鸿盛电力设备有限公司的王总骗到了场东社区。王总其实是老板的姑父，已经五十多岁了，他这个副总就是专门管杂事的，对外负责与政府部门打交道，对内管理门卫、清洁工、食堂阿姨，吃喝拉撒睡全在公司，想打听谁找他最合适。

王总发现被骗了，不快地问："想了解哪方面的情况，是保安安全员管理、监控设施安装、消防安全，还是外来人口申报登记？"

老郭关上门，坐下道："可以啊王总，我干的工作你全知道！"

"你们三天两头让我填表，隔三差五喊我去开会，翻来翻去不就是这点事吗？"

"还真是，我就是想请你过来，了解下外来人口的。"

"想了解谁？"

王总发现桌上有个纸杯，里面正好有点水，干脆端来做烟灰缸。

老郭打开笔记本，把笔放到一边，拿起手机翻出一张照片："王总，这个人你认识吧？"

王总点上香烟："认识，冯太林，是我们的员工，他在我们厂里干四五年了。"

"到底是四年还是五年？"

"这我哪记得清，我可以帮你打电话问财务。"

"暂时不用。"

老郭笑了笑，继续问："他在你们公司平时的表现怎么样？"

王总不假思索说："小冯表现最好了，很勤快，技术也可以。现在打贸易战，订单没以前多。以前订单多的时候，他天天加班，一个月拿八九千呢！"

"知不知道他来你们公司前是做什么的？"

"来我们公司之前也是电工，他高中一毕业就开始学电工，有证，六级的。"

老郭没想到他对冯太林的评价这么高，干脆翻出第二张照片："王总，这位你认不认识？"

王总看着手机笑道："这是小徐，就是冯太林的老婆，我怎么可能不认识。"

"他们是两口子？"

"人家孩子都五六岁了，在上城东幼儿园。小冯不是本地人，为了这事我帮他跑过好几趟。"

外地人的小孩，能在陵海入学可不是一件容易事。现在的老板一个比一个怕麻烦，如果冯太林的表现不够好，老板才不会帮着跑小孩上学的事。从这个角度上看，冯太林应该没有问题。

老郭正暗想是不是搞错了，王总就不耐烦地问："郭警长，你问他们做什么？小两口很能干、很勤快、很老实、很会过日子。厂里个个都喜欢，他们能有什么事！"

"都说了只是了解一下。"

老郭笑了笑，指着手机问："这个小徐是不是你们的员工？"

"小徐不是，她前几年要带孩子，要经常回盐海照应小冯的母亲，哪有时间上班。现在早晚要接送孩子，一样上不了班。"

王总抽了口烟，接着道："我们看她人挺勤快的，从去年八月份开始，就让她中午在食堂帮忙，哪儿脏了帮着打扫打扫，干干杂活，一个月给她一千五百块钱。"

"她的全名叫什么？"

"让我想想，想起来了，好像叫徐金芬。"

"她老家哪儿的？"

"南湖省的。"

"南湖省大着呢，南湖什么地方？"

"这我就不知道了，从来没问过。"

"她是外来人员，你们为什么不申报登记？"

"她又不是我们的正式员工，为什么要申报？"

老郭一边记录着一边说："但她住在你们厂里，而且你们给她开工资。"

王总不高兴了，敲敲桌子："郭警长，你到底什么意思？小徐是没申报登记，但小冯申报登记了，帮他交了四五年社保，孩子也在这儿上学，这是一家三口，就孩子妈妈没申报登记怎么了？"

"别激动，我又没说要罚你们的款……有没有徐金芬的身份证？"

王总说："我这儿没有，她又不是我们的员工。不过我见过，帮孩子办入学的时候，出生证明和家长的身份证复印件一样不能少。"

"这么说城东幼儿园有她的身份证复印件？"

与此同时，韩昕已拜托完城北派出所的几位社区民警，马不停蹄赶到了单位。刘海鹏去了市场监督管理局，打算近期联合市场监督局对全区的医院和药店，展开一次精麻药品管理排查。蓝豆豆正在做PPT，因为接下来要进校园，搞十几场禁毒教育的讲座。给中小学生讲跟给企事业单位讲不一样，内容要更加地生动活泼。小曹去了广告公司，盯着人家设计禁毒宣传的新展板。

韩昕刚跟蓝豆豆打了个招呼，范子瑜就敲门进来了。

"老韩，你让我帮着查的这个女人有点意思！"

"有什么意思？"

"她不但不是在逃人员，甚至连交管的新系统都识别不出来。"

不等韩昕开口，蓝豆豆就抬头问："交警大队上新系统了？"

范子瑜把椅子拉到办公桌边，捧着手机翻出两张交警队发来的照片，眉飞色舞："就是城区主要路口抓拍行人、电动车闯红灯的那个系统，我这边识别不出来，就把照片发给交警队的兄弟，看看他们能不能识别出来，结果他们的系统一样识别不出来。"

韩昕指着他手机问："这几张照片怎么回事？"

"系统提供商这些年一直在研究人脸识别的算法，拜托过我们这些使用单位，遇到什么问题要及时反馈，他们好对算法进行优化。交警队的兄弟就把照片发过去了，结果人家在之前识别不出来的图片库里比对上了。"

见二人似懂非懂，范子瑜耐心地解释："这几张照片是去年七月二十一号下午三点四十六分，火车站三岔路口的摄像头抓拍的，当时没识别出来，自然没法儿在大屏上曝光，就自动存到了一个识别不出来的库里。"

"真是同一个人。"蓝豆豆把手机还给他，想想又笑道，"比对上又怎么样？还是没识别出来！"

"人家的工程师正在研究，要知道技术是在不断进步的。"

"他们再研究也识别不出来。"

"老韩，你这话什么意思？"

韩昕坐下来，掐着鼻梁说："因为她不是中国人。"

蓝豆豆下意识地问："你怎么知道的？"

"听出来的。"

"你懂外语？"

"我哪懂什么外语，只是听多了、见多了，懂一点'金三角'那边的方言。"

范子瑜惊问道："老韩，你是说这个女的是从'金三角'过来的？"

"她是从掸邦过来的。"韩昕掏出新手机，播放起中午悄悄拍摄的视频。

蓝豆豆大吃一惊，顾不上再做 PPT 了。可惜那个女的在视频叽里咕噜说了好一会儿，她是一句也没听懂。

"小韩，她在说什么？"

"跟老家的姐妹拉家常，说她的孩子已经上了幼儿园，其实我也只能听个大概。"

"她去年就因为在陵海闯红灯被抓拍过，又说孩子上了幼儿园，这么说她已经在我们这儿安家落户了。"

"她不可能合法地安家落户。"

"如果是非法入境的，她的孩子怎么能上幼儿园？"

"怎么上幼儿园的我不知道，但我可以肯定她是非法入境、非法居住的。"

蓝豆豆紧盯着他问："你凭什么肯定？"

韩昕挠挠头，解释道："因为缅甸的身份证有好几种，像她这样的能申领到三折的身份证已经很不容易了，而申领护照需要提供粉红色的一折身份证。三折的身份证换一折的身份证，说简单很简单，说难非常难，主要取决于人际关系和经济能力。"

"缅甸还把人分成三六九等？"

"你上网搜搜就知道了。"

韩昕顿了顿，接着道："何况她就算能申领到护照，也很难申请到我们中国的签证。旅游签证需要有存款，需要收入证明，她既不太可能有这个财力，而且旅游签证是有期限的。至于工作签证，那就更难了。"

蓝豆豆低声问："有没有可能是被拐卖过来的？"

"看着不太像。"

"那就是偷渡过来的。"

"她们可以来我们中国打工，但仅限于边境地区，而且必须去当地派出所办理暂住证。来内陆省份要有护照，要有我们驻外使领馆的签证。所以她肯定是非法入境的，出现在我们这儿只有两种可能，要么是运毒甚至贩毒，要么是单纯的非法入境、非法居住甚至非法工作。"

范了瑜从来没遇到过这样的事，追问道："运毒的多不多？"

"以前多，现在少了。但她出现在我们这儿，运毒的可能性远比单纯的'三非'大。毕竟相比环境、气候和风俗习惯差不多的边境地区，我们这里对她而言真是人生地不熟。"

"那还坐在这儿干什么，赶紧去查呀！"

"可看着她不太像运毒的。"

"知人知面不知心，不查查谁知道她有没有贩毒。"

"运毒的全是为了点钱，全是被毒贩操控的，不是怀有身孕就是抱着婴儿，一眼就能看出来。那些毒贩遥控指挥，让她们'闯关'。对那些狡猾的毒贩而言，运十次只要成功一次就行，根本不会管她们的死活。"

"那些毒贩真够坏的！"蓝豆豆怒骂了一句，想想又催促道："小韩，不管她是不是运毒的，既然有线索我们就必须查。"

韩昕站起身："我知道，我这就去查。"

"我跟你一起去。"

"你就别去了。"

蓝豆豆麻利地收拾起东西："这么大事我能不去吗？"

韩昕深吸口气，苦笑道："蓝指，我觉得我很可能要做法海，我们中队有一个人做法海就够了，你没必要卷进来。"

"什么法海，什么卷不卷进来的。小韩，你今天这是怎么了？"蓝豆豆被搞得一头雾水。

中午就发现了线索，竟拖到现在才行动……范子瑜猛然意识到他在纠结什么，连忙道："豆豆姐，老韩说得对，你这么忙，你就别去了！"

74. 假夫妻

老徐收到老郭的微信，立即联系城东幼儿园，问到冯太林妻子徐金芬的身份证号码，登录内网查询。不查不知道，一查就查出了问题，赶紧向所领导汇报。

"黎教，你看看，只有一点点像，根本不是同一个人，现在可以确定这个女的冒用了徐金芬的身份。而且通过查询发现，冯太林一直未婚！"

"原来是假夫妻。"

"被禁毒中队盯上了，很可能不只是假夫妻这么简单。"

"有道理。"

黎杜旺越想越激动，顺手拿起对讲机："兵贵神速，先把人带回来再说。"

老徐笑道："是。"

黎杜旺走到治安队办公室门口，又回头道："老徐，赶紧给老郭打个电话，我们大概十分钟左右到鸿盛电力。让他把握好时间，跟那个什么王总一起去厂里，让那个王总做做工作，防止厂里的工人阻挠。"

"明白，我这就给他打。"

……

鸿盛电力设备有限公司是专门生产高低压配电柜的企业，冯太林虽然只是个小组长，但能看懂工程师设计的各种电路图。他正忙着按图纸接线，今年刚收的徒弟小古指指他身后："师傅，师娘回来了。"

回头一看，老婆果然扶着电动车站在车间门口，跟食堂的钱大姐说话。刚从幼儿园接回来的儿子，正坐在电动车后座上吃烤肠。小家伙就知道吃，每天给他买牛奶和零食就要花十几二十块钱。

冯太林却很高兴，禁不住喊道："伟伟，今天老师教什么了？"

小家伙刚转过身，还没来得及说话，一辆警车开到车间门口，下来了三个警察和两个女辅警。老婆吓坏了，正准备推车去宿舍，就被两个女辅警攮住了胳膊。

高个子警察扶着电动车问："徐金芬，想去哪儿？"

冯太林顾不上再接线，扔下工具正准备去解释，一只大手抓住他肩膀，紧接着，右臂也被人给死死地攥住了。

"冯太林是吧，我们是城东派出所，跟我们走一趟，我们要找你了解点情况。"

"警察同志，你们找我了解什么情况，我……"

"若要人不知，除非己莫为，别装糊涂了，给我老实点！"

"警察同志，有什么事不能在这儿说吗？"

"少废话，走！"

王总实在无法理解城东派出所为何抓这两口子，可事到如今只能劝道："太林，别着急，他们就是找你了解点情况，跟他们一起去，说清楚就行了。"

"王总，我真是冤枉的。"

"我知道，伟伟交给我，我帮你带伟伟。"

车间里那么多工具，甚至有非常锋利的壁纸刀。黎杜旺不想夜长梦多，示意聂广俊等人先把冯太林带走，亲眼看着冯太林被押上停在车间东门的警车，然后走到西门边。

"你到底姓什么叫什么，家住什么地方，为什么要冒用徐金芬的身份？"

"徐金芬"像是没听见似的，扭头看着刚被王总抱起的儿子，心如刀绞，泪水滚滚而流。

"问你话呢，别装聋作哑，赶紧回答问题！"

"……"

"徐金芬"依然一声不吭。

黎杜旺意识到可能是孩子在这儿，立马回头道："王总，麻烦你把孩子带远点。"

"哦……"王总缓过神，一手抱着小家伙，一手捂着孩子的双眼，跑向车间中间的小门。

"徐金芬"突然号啕大哭，像疯了般拼命挣扎。辅警小姚的力气没她大，竟被她给甩开了。老徐手疾眼快，一把抓住"徐金芬"的胳膊，掏出手铐先铐上。装聋作哑，拒不配合，肯定有问题！黎杜旺当即命令小姚搜"徐金芬"的身，然后叫来一个主管，问"徐金芬"一家的宿舍在哪儿，带着"徐金芬"去宿舍检查。

……

下班高峰期，汽车开不快。韩昕点点中控大屏，翻到老徐的手机号拨打过去。

"徐哥，我刑警大队韩昕啊，中午托你……"

话还没说完，就听见老徐在电话那头道："韩队，你就算不给我打电话，我等会儿也要给你打电话。"

"什么情况？"

"说起来巧了，今天治安队清查辖区内的外来人口，你让我帮着了解的那两个人正好被清查到了，刚被带到所里，治安队正在盘问，具体情况我不太清楚。"

"还真巧。"

"是啊，我正准备下楼去帮你问的，结果聂队把人带回来了。"

"行，我等会儿过去找聂队。"

不让来非要来的蓝豆豆，嘟囔道："什么这么巧，明明是截我们的和！"

韩昕转头看了看她，什么都没说。

范子瑜坐在后排，轻拍着大腿问："老韩，你是不是故意的？"

"什么故不故意的？"

"故意露出破绽，让他们截这个和，让他们做法海。"

"你想多了，真要是属于第二种情况，我抓跟他们抓有区别吗？"

"这倒是。"

蓝豆豆急了，回头问："你们两个到底打什么哑谜啊！"

范子瑜拿起手机搜了搜，举到她面前："如果那个女的是毒贩，受到法律惩处那是罪有应得。如果只是'三非人员'，我们虽然一样要秉公执法，但最终的处理结果，可能会比较闹心。"

蓝豆豆看着手机上的法律条文，猛然反应过来："必须遣送，妻离子散……"

"谁让我们吃这碗饭呢。"

范子瑜长叹口气，又拍拍大腿："如果是个毒贩就好了，真希望她是个毒贩。"

蓝豆豆终于明白韩昕为何说要做"法海"，问："小韩，如果她不是毒贩，她可以跟冯太林结婚吗？"

"可以，但必须拿出有效护照、有效签证和单身证明，而这些对她来说是很难申请到的。并且她现在已涉嫌非法入境、非法居住了，好像就算有护照三年内也不会给签证。"

"可她跟冯太林已经有孩子了！"

"有孩子一样要被遣送回去。"

"她真要是没贩毒，只是偷渡来跟冯太林过日子的，就这么被拆散，那也太可怜了，为什么就不能通融通融。"

韩昕心里一样很不是滋味儿，沉默好一会儿才说道："蓝指，你去南云的几个口岸看看，就知道有多少人想来我们中国。去边防的遣送站看看，就知道一年要遣送多少。"

蓝豆豆问："缅甸的人都想来中国？"

"不只是缅甸。"

韩昕轻踩刹车，看着正在过马路的行人："贫穷、战乱、毒品、腐败……生活在那里的人一眼能看到未来，却根本看不到希望，当然想来我们中国。只有在那些地方生活过的人，才知道我们中国有多好。"

范子瑜感慨道："看来我们有点身在福中不知福。"

"我不知道别人的感觉，反正我见到那些人之后感触特别大，真觉得现在的生活来之不易。"

"政策当然没错，是不能乱放人进来，可具体到一个人身上……如果她没贩毒，好好的一个家就这么散了，孩子就没妈妈，妈妈就很可能永远看不到孩子了！"

女人是感性的，何况蓝豆豆还是一个有孩子的女人。韩昕能理解她此时此刻的感受，实在不知道该说什么好，就这么一路沉默到城东派出所。

案子现在虽然是城东派出所的，不等于不能了解情况，毕竟只要有可能涉及毒品的案子，禁毒中队理论上都有权过问。韩昕跟值班辅警打个招呼，带着二人直奔监控室。监控里，黎杜旺亲自上阵，正和一个办案民警一起盘问冯太林的"妻子"，治安中队长聂广俊正同另一个办案民警在盘问冯太林。韩昕正准备请小姚放点声音，金所长闻讯而至。

"蓝指、韩队，你们这是……"

"金所好，我们是来看看的。"

"看吧，小姚，赶紧给蓝指韩队他们去倒点水。"

搭档干得很漂亮，金所很高兴。蓝豆豆却高兴不起来，急切地问："金所，女的开口了吗？"

"快了。"

"冯太林呢？"

金所刚在下面听了一会儿，对情况比较了解，坐下笑道："他承认他老婆冒用他人身份，说什么他老婆是阳贵省人，可又说不出准确的家庭地址和身份证号码。"

"金所，你们有没有搜他们住的地方？"韩昕觉得应该先确认下涉不涉毒。

"搜过，黎教亲自搜的，连他们的车都搜了。"

"有没有搜出什么？"

"虽然没搜出什么，但通过检查他们的手机发现，他们频频与南云边境地区联系，而且有资金往来。"

"是只有往，还是有往有来？"

"这个我没注意看，我们的办案民警小刘正在检查他们的手机。"

"他们的孩子多大？"

"好像五岁。"

"已经五岁了……"韩昕暗叹口气，没有再问。

蓝豆豆很着急，回头问："小韩，你是不是有什么发现？"

韩昕想了想，站起身："发现没我们的事了，蓝指、子瑜，要不我们先回去吧。"

金所以为他生气了，伸手抓住他胳膊："小韩，别急着走啊！怎么就没你们的事了，赶紧给你们张大和刘队打电话，我们可以联合侦办。"

"金所，侦办什么？"

"侦办这个案子，我知道你小子肯定了解一些情况，我们可以合作，就像上次查处刘小慧那样。"

上次四中队确立了在毒品案件侦办上的"指导地位"，你这是想把上次的约定翻过来……

韩昕实在没心情跟他争长短，淡淡地说："金所，这个案子我们刑警大队可没资格跟您联合侦办，您还是赶紧给出入境管理大队打电话吧。"

金所笑问道："给他们打什么电话？"

韩昕没回答他的问题，而是低声问："您这儿有话筒吗？在这儿说话楼下能不能听到？"

"有，你想跟谁说话。"

"跟那个女的。"

"行，小姚，把话筒拿过来。"

"是！"

韩昕从辅警小姚手中接过话筒，轻轻敲了敲，见黎杜旺在监控画面里抬起了头，举到嘴边说："勒西空，马蒙定西啦！"

"徐金芬"没想到在这里能听到家乡话，虽然很不标准。她整个人都傻了，顾不上再哭。韩昕又叽里咕噜说了几句。"徐金芬"缓过神，捂着脸用众人听不懂的语言，哭哭啼啼地说了好一会儿。说着说着，竟泪流满面地唱起歌。用普通话唱的，先唱国歌，再唱这段时间突然火起来的《我和我的祖国》……韩昕没听她唱歌，而是把手机举到耳边，听起刚才录下的对话。

蓝豆豆站起来问："小韩，你刚才问她什么，她是怎么说的？"

"我问她是谁，有没有身份证，家住什么地方。她说她叫玛璐璐班，家住缅甸掸邦北部的大勐宜蒙西乡瑙偏村，但她现在是中国人，她爱中国，爱她的丈夫和孩子。如果让她离开中国，离开丈夫和孩子，她会活不下去的。"

"她为什么唱歌，她是不是受刺激了？"

"她是在证明她爱中国。"

韩昕深吸口气，强调道："我水平有限，翻译得不准，但大概就是这么个意思。金所，现在可以让黎教继续盘问了。"

75. 苦命鸳鸯

陵海虽然位于黄海之滨，但只有一个小小的渔港，没有吞吐集装箱的那种深水港，更没有国际机场。通过合法入境来陵海的外国人都很少，像"徐金芬"这样的"三非人员"，陵海分局从来没遇到过。接到城东派出所汇报，不但出入境管理大队的大队长、教导员来了，连分管治安大队和出入境管理大队的孙局都亲自来了！

他们前脚刚到，就被抱着冯太林儿子的王总给拦住了。王总以扔下孩子不管为要挟，已经打听清楚究竟怎么回事，并且认为这算不上多大事，只要见着民警就"摆事实讲道理"。大人哭，孩子闹，王总帮着求情，把在大厅值班的辅警搞得焦头烂额。而被金所拉住没走成的韩昕三人，只能硬着头皮跟金所、黎教一起，向局领导汇报情况。

"她交代她是缅甸人，十九岁时嫁给同村的一个青年。结婚第二年生了一个女儿。在女儿快满月的时候，丈夫骑摩托车摔死了。为了把女儿拉扯大，她想去南云的丽瑞市打工。可她又没身份证，于是跟村里人一起非法入境。见丽瑞的公安查暂住证查得紧，她不敢在市里多待。又在老乡帮助下，赶到一个距丽瑞九十多公里的小镇，在镇上的一个小餐馆里做服务员兼勤杂工。她工资很低，每个月只有五百，干了还没半年，就收到女儿生病夭折的消息。她失去了活下去的希望，就跑到镇外爬上尚未竣工的高压线铁塔上，想闭着眼睛往下一跳，一了百了。"黎杜旺摸摸嘴角，接着道，"结果被一个建铁塔的工人发现了，这个工人就是冯太林。冯太林爬上去死死抱住她不松手，劝她不要轻生。说她如果跳下去，工地就要停工，老板就要被罚款，工人们就没活儿干。她不想连累别人，就这么下来了，也就这么认识了冯太林。冯太林担心她又会轻生，就天天往她打工的小餐馆跑，天天去吃饭。一个失去了丈夫和女儿，一个因为家境贫寒二十好几没找到老婆，两个人就这么走到了一起。"

"后来呢？"孙局面无表情。

这个案子跟交警四中队严伟查获毒驾一样，具有"开创性"，但作为这起案件的主要负责人，黎杜旺却丝毫高兴不起来，甚至后悔截这个和，他深吸口气，五味杂陈地说："冯太林参与的这个电力工程很快就完工了，而她那个时候又怀上了冯太林的孩子。冯太林不想失去她和她肚子里的孩子，就一路换乘汽车把她带回了盐海老家。对外声称她是聋哑人，老家在阳贵，就这么一起生活，并把孩子生下来了。村里、镇里和派出所不止一次找过他们，冯太林每次都以联系不上她的家人，找不到她的身份证和户口簿为由拖延。其实他们心里很害怕，而且钱也不多了，就在亲戚的介绍下来我们陵海打工。我们这边查外来人口的时候，冯太林就把她送回盐海老家。盐海那边催她赶紧办理结婚证、赶紧帮孩子落户口时，冯太林就把她接回陵海。"

孙局点上支烟，阴沉着脸问："跟我们公安机关打游击战？"

"是，这些年他们就是这么过来的。"黎杜旺偷看了局领导一眼，继续道，"孩子渐渐大了，可以不打防疫针，但不能不上学。冯太林想到了一个办法，抱着孩子回家声称老婆跑了。外地老婆跑了很正常，他见村干部并没起疑心，就把帮孩子落户的事提上了日程。村里早想解决这个问题，让他先交了一笔社会抚养费，然后让他去派出所。当地派出所按规定让他去做亲子鉴定，他就这么花了两千六百块钱，拿着鉴定报告帮孩子把户口给上了。"

孙局磕磕烟灰："然后声称老婆回来了？"

"他是过了两个多月，才跟老家的人说老婆回来了的。"黎杜旺看着笔录，补充道，"他给玛璐璐班取了个叫陈红的中文名，盐海那边只知道有个叫陈红的聋哑人，不知道徐金芬。我们陵海这边只知道有个'徐金芬'，不知道陈红。"

"徐金芬的身份证是从哪儿来的？"

"玛璐璐班说是冯太林五年前从网上买的，卖家发图片让他们选，见没有更像的就选了徐金芬这一张，花了五百块钱。"

"这些全是她交代的？"

"全是她交代的，不过冯太林也交代了，两个人的供词能对上。"

"有没有可能串供？"孙局掐灭烟头。

黎杜旺抬头道："可能性不大。"

"为什么？"

"我们刚联系过当地派出所，联系过冯太林老家的村干部，询问过鸿盛电力设备有限公司的几个员工，基本能对上，可以排除其涉毒的可能。"

金所挠着头补充道："孙局，我们给他们做过尿检和毛发检测，全是阴性。"

孙局沉默了片刻，回头问："豆豆，你怎么看？"

这个案子处理不好会影响警民关系，蓝豆豆可不会傻到卷进去，连忙道："报告孙局，既然可以排除其涉毒的可能，那跟我们中队也就没什么关系。这本来就是城东派出所的案子，要不是金所拉着，我们早回去了。"

"韩昕同志，你是第一个发现线索的，说说你的意见。"

"报告孙局，我没意见。"

"小范，说说你的看法。"

"报告孙局，我……我本来想搭蓝指和韩队的顺风车去新坝港的，结果稀里糊涂来这儿了，我没看法，我没意见。"

你们没看法，没意见。刚才上楼时遇到的那个王总，不但有看法、有意见，而且意见很大！说什么冯太林是盐海人，冯太林的儿子上的是盐海户口，盐海的公安都不管，陵海公安为什么要管？还说什么滨江是人口净流出城市，企业想招工非常困难，人家来陵海工作，在陵海交社保，甚至把陵海当成了家，正在存钱买房，为什么不能高抬贵手放人家一马，为什么非要赶人家走？再想到鸿盛电力设备有限公司的员工，已经把黎杜旺下午抓人时的视频发到网上了，等把冯太林放出去之后这件事肯定会进一步发酵，同情这对苦命鸳鸯的群众肯定会对分局有意见，孙局别提有多郁闷。

"老金、老黎，你们接下来准备怎么查处？"

"我们打算进一步调查，把案情调查清楚之后再移交给林大。"

"林杰，说说你的看法。"

出入境管理大队大队长林杰苦笑道："孙局，这种情况我是头一次遇到，我认为应该立即向市局汇报。"

孙局敲敲桌子："说人话！"

林杰不敢再绕圈子，无奈地说："孙局，现在跟以前不一样，像玛璐璐班这样的'三非人员'，不但要立即拘留审查，而且肯定是要遣返回缅甸的，我认为应该做好她和冯太林的思想工作。"

警察一样是人，一样有同情心，可法不容情。孙局一刻不想在这儿多待，拿起香烟站起身："老金、老黎，听见没有？该查处要严厉查处，该做工作也要做工作。"

"是！"

"林杰，这本来就是你们的职责，你们也不用等着老金老黎查清楚之后再接手，跟城东派出所一起查处，一起做当事人的工作。"

"孙局放心，我们……我们坚决完成任务。"

孙局说走就走，蓝豆豆可不会傻到跟他们一起做法海，赶紧跟韩昕、范子瑜开溜。回单位的这一路上，韩昕一句话都没说。直到蓝豆豆和范子瑜开着各自的车，各回各家了，他才拿起手机拨通丁校长的电话。

"小韩，这么晚了，怎么想给我打电话的？"

"政委，我今天遇到个事……"韩昕把事情的来龙去脉简单说了下，满是期待地问，"政委，我记得您有一个战友在缅甸开厂的，您现在跟他有没有联系？"

丁海军反应过来，沉吟道："转业这么多年了，早断了联系，不过我可以跟别的战友打听打听，应该能联系上。"

"谢谢政委。"

"你别光顾着想成全别人，也该想想自己的个人问题。二十好几了，要赶紧。"

"我知道，我正在努力。"

"好，我先帮你打听打听，等联系上就给你电话。"

"政委，能不能别跟您的战友提我？"

"这用得着你小子说？"

"我是怕您忘了。"

"忘不掉，如果能联系上，这人情算我欠的，谁让我喝了你小子两瓶好酒，抽了你小子两条好烟呢。"

"政委……"

"别废话了，我赶紧打听，不然你们的工作不好做。"

"徐金芬"被遣返回缅甸之后想再来很难，但冯太林想去缅甸要容易得多。现在的问题是"徐金芬"在中国待了这么多年，回去之后的生活怎么办？而且缅甸的情况太复杂，没个靠谱的老乡关照，冯太林一个人找过去，十有八九会被坑得很惨。一切因自己而起，韩昕很想做点事情弥补。

坐在车里等了十几分钟，暗想丁校长这边如果不行，就硬着头皮给"陈老板"打电话。没想到丁校长很快就有了回复，电话一接通就听见他在那头笑道："小韩，运气不错，不但联系上了我那个战友，而且他依然在缅甸。我把他的手机号发给你，你让别人转交给那对苦命鸳鸯。"

"谢谢政委，要不是您帮忙，我这个觉都睡不好。"

"你小子什么时候变这么多愁善感了，以前在部队时好像不是这样的。"

"主要他们有了孩子，孩子已经五岁了。"

"嗯，孩子确实可怜。不过已经联系上了我那个战友，他在那边混得不错。他说了，可以把孩子一起带过去。工作、结婚、孩子上学这些都不是问题，只是那边的教育条件没国内好。"

76. 解决问题

玛璐璐班非法入境的案子，肯定归出入境管理大队管。而城东派出所明知道这个案子很麻烦，却主动提出调查清楚之后再移交，这一切是有原因的。因为出入境管理大队的情况太特殊了，包括大队长教导员在内，全大队只有五个民警和十二个辅警，并且就大队长林杰一个男同志。

这是个如假包换的"娘子军"，平均年龄只有二十七岁。她们个个清新靓丽、英姿飒爽，平时的主要工作是在行政服务中心的出入境窗口办证，而不是办案，去年受理各类出入境证件及港澳台签注达到了十几万本。出入有境，服务无境！她们面带微笑、热情周到，极具亲和力，拼的是服务态度，连续十年无投诉，获得荣誉无数，不只是分局的一道亮丽的风景线，某种意义上也代表着陵海区的对外形象。

让她们这些可爱的小姐姐，来处理如此棘手的事，会被人家骂的！可孙局交代得很清楚，如何查处本来就是出入境管理大队的职责，大队长林杰和教导员赵素素只能留下来跟黎杜旺一起解决问题。考虑到孩子才五岁，他们只能让冯太林先走。至于他涉嫌冒用他人身份和协助非法入境的违法行为，过两天再处理，如果不出意外会被合并处以两千两百元罚款。

冯太林哪里肯走，他泪流满面，抱着孩子跪在大厅里哀求。赵素素本来就兼分局的妇联主席，参与过"关爱留守儿童""爱心助学捐款""春蕾行动"等多项公益活动，先后帮扶过六个留守儿童，被誉为"爱心妈妈""五好大姐"，是分局为数不多的省级先进典型。她只会帮助别人，从来没做过这种"拆散"别人家庭的事，见冯太林父子哭成了泪人，她心里别提有多难受。这个思想工作她实在做不下去，刚解释完涉外婚姻的法律法规，就找了个借口躲到洗手间里抹眼泪。

这么下去会影响所里的正常工作……黎杜旺硬着头皮来了个快刀斩乱麻，让老徐老郭等人拦住冯太林父子，他和林杰一起先带玛璐璐班去办案中心。冯太林不知道妻子被送哪儿去了，加上孩子都没吃晚饭，只能在老徐老郭的劝说下，先带孩子坐王总的车回厂里……

赵素素追到办案中心，一起询问，申请拘留手续，熬到凌晨两点多才回家休息。大队长林杰负责办案，要准备法律文书，要向市局出入境管理支队乃至省厅出入境总队汇报，大队的日常工作不能因此受影响。第二天一早，她叫上大队民警小王，跟城东派出所的民警一起，把玛璐璐班送到拘留所，通知冯太林赶紧送几件换洗衣服和洗漱用品，便匆匆回到行政服务中心窗口。

"赵姐，玛璐璐班的普通话说得挺好，看不出来是缅甸人，她非法入境的事到底是谁先发现的？"

"蓝豆豆他们先发现的，可能是怀疑玛璐璐班贩毒。结果蓝豆豆他们没抓，反倒被城东派出所的黎杜旺先抓了。"

"黎教又是怎么知道的？"

"禁毒中队请他们的社区民警帮着从侧面了解情况，可能是上次被禁毒中队截了个和，闹出了个大笑话，他们就想把和截回来，没想到玛璐璐班只是非法入境，根本没贩毒。"

"他抢着做坏人，抢着做法海？"

"什么叫抢着做坏人，他跟我们一样是在秉公执法。不知道没什么，知道了就要按规定查处。"

群众来办签证，必须微笑服务。赵素素连忙上去帮助人家，在自助系统上办完，微笑着把人家送走，才回到柱子边苦笑道："如果视而不见，如果睁一只眼闭一只眼，肯定会被督察、检察院追责。"

小王偷看了一眼正在对面巡视的行政服务中心杨主任，低声问："这么说必须遣返？"

"不但必须遣返，而且这个工作肯定是我们做。等省厅出入境总队跟南云出入境总队协调好，我们就要送玛璐璐班去南云。"

"把人送到口岸？"

"你还想去缅甸？"

"我不想去，我就是问问的。"想到早上送进拘留所的那个女人是真可怜，小王又嘟哝道，"蓝豆豆明明知道玛璐璐班是从缅甸来的，明明怀疑玛璐璐班有可能是毒贩，为什么不传唤，反而让城东派出所帮着了解，她肯定是在给黎杜旺下套，黎杜旺还傻乎乎地钻进去了！"

她和蓝豆豆是同一年入警的，长得比蓝豆豆好看，分到出入境管理大队，工作也比蓝豆豆好。结果高大帅气的余文强，却不喜欢各方面条件更好的她，反而喜欢蓝豆豆。再后来蓝豆豆一路高升，先是副中队长，现在又成了中队指导员，经常跟领导似的到处开会，甚至坐在台上给各单位讲课，而她依然在行政服务中心窗口做"柜员"……

赵素素知道她跟蓝豆豆不对付，侧身道："蓝豆豆怎么可能会给黎杜旺下套，她们中队的工作性质跟派出所不一样，应该是不想打草惊蛇。"

"什么不想打草惊蛇，她说起来是刑警，可这些年你见她办过案吗？"

"怎么没办过，前段时间她们不是刚破了一起大毒案吗？"

"那跟她有什么关系……"

赵素素正不知道该怎么解释，蓝豆豆居然打来了电话："豆豆，我赵素素，什么事……啊，好的好的，太感谢了！我这就给林大打电话，如果林大没意见，我就通知冯太林去拘留所，让他见见玛璐璐班，然后跟他们当面说。"

真是一个好消息！赵素素连忙走进里面的小办公室，赶紧给大队长打电话。小王怎么也没想到说曹操、曹操就打来了电话，正准备跟进去听听到底怎么回事，又来了几个前来办理护照的群众，连忙露出甜甜的笑容。

……

法海虽然让黎杜旺做了，但刚刚过去的这一夜，蓝豆豆并没有睡好。没想到一上班，韩昕就带来了一个好消息。她一刻不想耽误，经刘大同意赶紧给赵素素打了个电话，然后同刘海鹏一起匆匆赶到拘留所。

赵素素来得更快，一见着二人就激动地说："刘队、豆豆，我们林大向孙局汇报了，孙局不但同意让我们跟他们当面说，而且表扬了你们。"

"我们要什么表扬，我们就是想提供点力所能及的帮助。"

"是啊赵教，我们不要表扬。"

"被表扬总比被批评好，而且我也要向你们表示感谢，要不是你们帮忙，这思想工作我真不知道怎么做。接下来的遣送工作，我都不知道能不能顺利完成。"

"不说这些了，冯太林有没有说什么时候到？"

"在路上，应该马上到。"

发现一个非法入境人员，肯定是四中队的成绩，说明四中队的禁毒工作做得好。主动帮助出入境管理大队做当事人的思想工作，一样是四中队的成绩。早上才知道这一切的刘海鹏很高兴，掏出手机看看时间："既然马上到，那我们一起在门口等等。"

最头疼的事有望解决，赵素素比他更高兴，嫣然笑道："行。"

蓝豆豆根本没想过什么成绩，只想着一个家庭不会因此被拆散，一个孩子不会因此失去妈妈，由衷地觉得"人形缉毒犬"这事干得漂亮。三人在拘留所门口等了十来分钟，冯太林到了。

不等他哀求，赵素素就笑道："小冯，别着急，天无绝人之路，我们已经帮你们想到了解决办法。"

"赵警官，您是说……"

"外面不是说话的地方，把身份证给我，一起进去说。"

"好的，谢谢赵警官。"

孙局亲自给拘留所打过电话，值班所领导已让民警把玛璐璐班带到了会谈室。虽然才分开了十几个小时，但对冯太林和玛璐璐班而言，真像是分隔了十几年，一见着就相拥而泣。赵素素知道刘海鹏和蓝豆豆都是大忙人，不想耽误他们的时间，干咳了一声，说起正事。

"冯太林，玛璐璐班，我昨天就跟你们说过，你们不是不可以光明正大地一起生活，而是要走合法的跨国婚姻流程。比如用合法护照入境，到相关部门办理合法的婚姻手续，也只有这样你们的婚姻才能受到法律保护。"

"赵警官，您说的这些我们知道，可玛璐申请不到护照……"

"别着急，听我说完。"

赵素素把蓝豆豆提供的两个电话号码，轻轻放到他们面前："必须承认，你们想短时间内在国内生活不太可能，但你们可以在缅甸结婚，在缅甸生活。这是一位在缅甸的中国企业家的电话，他非常热心、非常帮忙，愿意给你们提供帮助。"

不等冯太林开口，玛璐璐班就急切地问："让太林去缅甸，伟伟怎么办？"

"孩子可以一起去，不过小冯要带孩子先回老家公安局申请办理护照，反正到了缅甸之后，身份证、护照、结婚、工作，包括孩子入学都不是问题，这位周总认识许多缅甸的官员，他会帮你们想办法。"

赵素素顿了顿，接着道："玛璐，你可能要跟我们先走，我们把你送到丽瑞口岸，周总会安排人在那边接你。小冯，你和孩子办理好护照之后，可能要坐飞机直接去仰光，你们一家可以在仰光团聚。团聚之后办理身份证、护照和结婚，可能要花一点钱，这点费用对你来说压力应该不大。那边的条件可能会比较艰苦，如果你们想长相厮守，那就先在那边生活三年，等三年之后就能通过探亲、旅游等方式回国……"

77. 一而再

站东路，露天停车场。韩昕坐在禁毒专用的白色速腾里，静静地观察着周围的环境。这些年陵海变化很大，比如老陵海村、洋港村已经完全消失了，要么变成了高楼大厦，要么被拆成了一片空地，唯独眼前这一片还是当年的样子。如果非要说变化，也不是完全没有。以前这儿叫新宁村，现在叫新宁社区；以前这儿的路坑坑洼洼，环境脏乱差，而现在全是水泥路，环境卫生搞得非常好，而且比以前更热闹了。

放眼望去，短短两百米内有七八家小旅馆，小饭店更多，招牌一个挨着一个，令人眼花缭乱。南北两侧和东边全是村民们自建的楼房，许多来陵海打工的外地人租住在这里，那些小饭店中午的生意都这么好，能想象到晚上的生意会更好。

见对面的钱二饭店又进去几个客人，现在一个人进去应该不会显得那么突兀，韩昕正准备关掉旧手机，蓝豆豆竟打来电话，按规矩对暗号，对完暗号正常通话。

"小韩，你在哪儿，什么时候回来？"

"我在汽车站这儿，正准备吃饭呢。"

"食堂有饭，你怎么跑那儿去吃？"蓝豆豆很好奇。

韩昕笑看着对面的小饭店解释："马赈雷上午去城西派出所接受检测了，尿检阴性、毛发检测也是阴性，可我们掌握的资料显示，他没有正当职业，整天游手好闲，而他现在看上去混得不错，我就一路跟过来看看他到底在做什么。"

陵海的戒吸人员蓝豆豆虽然没全见过，但作为曾经的禁毒中队副中队长、现在的禁毒中队指导员，她对辖区内戒吸人员的基本情况还是有数的。想到马赈雷不但没正当职业，甚至被他父母赶出了家门，可以说是居无定所，蓝豆豆下意识地问："他怎么个混得不错？"

"他是打车去城西派出所的，穿得挺光鲜，皮鞋擦得锃亮，抽的是软中华，手机是最新款的苹果。"

"城西派出所的人有没有问过他在哪儿发财？"

"问过，他说他在跟几个朋友一起搞工程。"

"他还搞工程！"

"所以我觉得奇怪。"韩昕不想做没根据的推测，笑问道，"蓝指，你没回家吃饭吗？怎么想起给我打电话了。"

蓝豆豆连忙道："哦，有两件事跟你说一下。"

"什么事？"

"你的警务通和数字证书发下来了，我下午在单位，你有时间回来拿一下，再就是冯太林和玛璐璐班的思想工作做通了。他们以前过得提心吊胆，现在虽然被查处了，但不用再提心吊胆，而且有希望有奔头，两口子很高兴很感激，还打算给出入境管理大队送锦旗！"

"这倒是个好消息。"

"说出来你可能不相信，玛璐璐班竟然让冯太林别急着去缅甸，让冯太林等她回去申领到身份证和护照之后再过去办理结婚证，拿到结婚证之后就让冯太林回来。"

韩昕真有些不敢相信："她这是什么意思？"

蓝豆豆感慨道："她既担心孩子又担心婆婆，她说缅甸不但教育条件不好，社会风气也不好。好不容易把孩子送到陵海来上学，不能因为她影响孩子。说她婆婆身体也不好，如果冯太林带着孩子去缅甸，老太太就没人照应了。"

"冯太林怎么说？"

"冯太林答应了，毕竟缅甸的工作再好，也不见得会比他现在的这份工作好。他不但要考虑眼前，更要考虑将来。三年时间，说短不短，说长也不长，而且他可以在寒暑假时带孩子去缅甸跟玛璐璐班团聚。"

韩昕感叹道："没想到，我真是没想到，有时候女人真比我们男人坚强。"

蓝豆豆深以为然，但不想再聊这个话题，又问道："城南派出所的那个案子怎么样了？"

"汪队他们早上才出发，要晚上才能到，明天上午请人家协助，最快也要到明天中午才能开工。"

"那你盯着点，张大和刘队很关心，有什么消息及时汇报。"

"好的，知道了。"

韩昕结束通话，换用新手机。他下车来到钱二饭店，点了一个炒菜一个汤和一碗米饭，不动声色坐到马赈雷身后。他们背对着背，虽然看不见脸，但马赈雷和他的朋友说什么能听得清清楚楚。

这就是一个普通得不能再普通的苍蝇馆，就餐环境与马赈雷现在的身份完全不相符，而且他那个朋友看上去也不太像成功人士。他们二人点了四个菜，一个炒小公鸡、一个水煮肉片、一个松花蛋和一碟花生米，开了一瓶四五十块钱的白酒，菜吃得不多，光顾着喝酒聊天，聊天的嗓门还特别大。

"你输这点算什么，我上次输多少？打牌看手气，只要接着玩，总有一天能赢回来。"

"没钱了，想打也打不成。"

"好久没见陈正琴了，她现在跟哪些人玩？"

"她现在玩得小，有时候在她们小区的棋牌室玩，有时候去杨凤那儿打。

昨天晚上她们三缺一，杨凤还给我打过电话。我老婆在家，没去成。"

"你有没有她的微信？"

"有啊。"

"把她微信发给我。"

"你不是有她微信，有她电话吗？"

"以前有，后来换手机换没了。"

聊的全是打牌的事，时不时打电话、发微信联络曾经的牌友，听口气玩得还不小。韩昕对聚赌这种案子不感兴趣，很想给杨千里打个电话，让对此感兴趣的杨千里安排两个辅警盯盯，可又不知道他在哪儿聚赌。考虑到他不一定是在城南派出所辖区聚众赌博，韩昕买完单回到车上，用旧手机联系蓝豆豆，让蓝豆豆联系治安大队。

没想到治安大队的事挺多，居然非让先帮着盯会儿，等他们的人到了才能走。韩昕没办法，只能坐在车里等。城北派出所约了一个戒吸人员下午检测，韩昕真不想在这儿耽误工夫。正等得心焦，一个年轻女子拿着手机，提着打包的饭菜，从对面的酸菜鱼馆走了出来。她头发乱糟糟的，穿着一身皱巴巴的睡衣，脚穿一双拖鞋，脸上却化着浓妆。她呵欠连天，无精打采，连走路都跌跌撞撞。

韩昕习惯性地拿起新手机，连拍了几张照，然后推门下车，悄悄跟了上去，看着她钻进一条小巷子，推开铁门进了一个小院子。韩昕追上去看了一眼门牌号，像没事人似的回到车上，拨打城东派出所治安队长聂广俊的电话。

出入境管理大队教导员赵素素上午联系过所里，刚说过玛璐璐班和冯太林的事。玛璐璐班非法入境的线索是禁毒中队先发现的，善后工作也是禁毒中队帮着做的。据说孙局表扬了禁毒中队，而那个冯太林居然要给出入境管理大队送锦旗……

这一切好像跟城东派出所没关系，可又跟城东派出所有关系，不但那么多工作白做了，甚至稀里糊涂扮演了一个很尴尬的角色。聂广俊郁闷到极点，实在不想接"人形缉毒犬"的电话，可不接又不合适，只能放下碗筷走出食堂，躲在楼道里问："韩队，有什么指示？"

"聂队，别开玩笑了，借我几个胆也不敢指示你。"

"有话赶紧说，金所和黎教都在呢，被他们听见不好。"

"什么意思？"

"别揣着明白装糊涂，赶紧的，我饭还没吃完呢。"

听着怨念挺深……韩昕打定主意，以后没特别重要的事绝不去城东派出所，但正事还是要说的。

"聂队，我在老新宁村办公室这儿看到一个年轻女子比较可疑，这一片是你们的辖区，我把她的照片和居住地址给你发过去，你看看能不能让驻社区辅警，摸摸她的底。"

"怎么可疑？"

"看着萎靡不振。"

"这就可疑了？"

"你看看照片就知道了，反正我觉得挺可疑的。"

"你先把照片和地址发过来吧。"

他已经连续坑了黎教两次，坑黎教就是坑城东派出所！聂广俊可不想已经一而再了，又来个再而三。挂断电话，连看都没看韩昕刚发来的微信，就揣起手机回食堂吃饭了。这时候，韩昕终于等来了治安大队的人。等他们确认了谁是马赈雷，韩昕驱车赶到城北派出所。通过监控看人，跟亲眼看到真人是完全不一样的，韩昕没有上楼，给负责检测的社区民警打了个电话，就这么坐在车里等。

没想到所里下午搞训练，下午不用执勤的辅警全回来了，姜悦的老爸姜成贵也在其中，正在一个民警的组织下喊着"一二一"，走队列。韩昕担心见着之后他会尴尬，正准备躲，结果还是被他看到了。姜成贵不但不觉得尴尬，还跟民警请了个假，兴冲冲地跑过来，拉开车门钻进副驾驶室。

"昕昕，你什么时候来的？"

"刚到，姜叔，你渴不渴，我这儿有水。"

"我带了水，茶杯在电动车里，这会儿不渴，等会儿再喝。"

女儿很快就是正式民警，如果女婿也是正式民警，那是一件多么有面子的事！看到韩昕，姜成贵别提有多高兴，他笑道："昕昕，小悦昨天给家打电话了，说这个周末不回来，打算下周五回来。"

"是吗？"

"我以为你知道呢。"

"姜叔，我真不知道。"

"你们这几天没联系？"

"没有。"韩昕有点尴尬。

他越是尴尬，姜成贵越觉得他没说实话，确切地说是不好意思说实话，再想到老伴之前的交代，干脆拍拍韩昕肩膀："昕昕，小悦下半年就上班了，她什么都不懂，你是她大哥，你都已经是副中队长了，要帮我多关心关心她。"

这个怎么关心……韩昕正不知道该怎么说，不想让民警觉得自己膨胀了的姜成贵，咧嘴笑道："我先去训练了，你忙你的，有时间去我家坐坐。"

"好的，我也该走了，姜叔再见。"

78. 范子瑜比对出来的

在分局的所有科所队中，刑警大队的平均年龄其实也很年轻，只有三十二岁。韩昕二十七岁担任副中队长，在刑警大队算不上有多夸张，比如重案中队的游耀星提副中队长时才二十六岁。作为分局的重点培养对象，作为大队最耀眼的明星，游耀星本以为能在这次大调整中挪挪窝，结果中队长陈维民调任王堡派出所副所长之后，西塘中队长陈国强平调过来担任重案中队长，他依然是副中队长，并且已经整整干了五年。见蓝豆豆从外面回来了，她提着公文包，甩甩精神的短发，打着电话噔噔噔跑上楼，真叫个意气风发，游耀星的心里多少有些不是滋味儿。

"游队，在看什么呢？"

"没有啊，你小子怎么下来了？"

范了瑜回头看看楼道，揉着眼睛笑道："在电脑前面坐了半天，有点眼花，下来透透气，换换脑子。"

"原来坐办公室也累。"游耀星走到角落里，掏出香烟。

范子瑜管他要了一根，调侃道："游队，听说你当年也追过豆豆姐。"

"不许瞎说，我是有老婆的人，人家也有老公！"

"这有什么不好意思的，就算余所知道了也不会生气，你们那么多人都没追上，就他追上了，他得意着呢。"

余文强那小子是很得意，做上看守所副所长之后不但很得意而且很嘚瑟。每次送个嫌疑人去，他别提有多"挑剔"……游耀星实在不想提余文强那个"分局公敌"，点上香烟问："子瑜，这几天怎么没看见'人形缉毒犬'，他整天在忙什么？"

聊到韩昕，范子瑜禁不住笑道："他在忙着坑黎杜旺。"

"黎杜旺怎么了，上次那事不是过去了吗？"

游耀星磕磕烟灰，想想又说道："而且老黎那次看走眼，纯属事出有因，他们那会儿又没有能检出地芬诺酯尿板，他们是治安民警又不是禁毒民警，在检测方面怎么跟四中队比。"

"你说的那是老黄历，这次跟上次不一样……"范子瑜越想越好玩，将刚刚发生的事眉飞色舞说了一遍。

游耀星听得目瞪口呆，愣了好一会儿才笑道："老黎这是搬石头砸自个儿脚啊，这也太尴尬了。"

"所以说他真够倒霉的，老韩简直是他的克星，哈哈哈。"

"看来我以后也要离'人形缉毒犬'远点，不然稀里糊涂被他坑了都不知道。"

"其实老韩不是有意的。"

"你跟他关系好，你当然帮他说话了。"

游耀星掐灭烟头，感叹道："这是我们两个在这儿说的，张大和刘队这么安排虽然能让他发挥出专业优势，但总这么让他独来独往不利于管理，毕竟他是民警又不是线人，要么不出事，要出就是大事。"

"这是领导们考虑的事，游队，我该上去干活了。"

作为"人形缉毒犬"的好朋友，范子瑜不想聊这个话题，打了个哈哈，回到办公室。他的工作可以用枯燥来形容。上班必上网，上网必研判，研判必追逃！只要是滨江籍的网上逃犯和滨江公安机关追捕的网上逃犯，他心里全有数，对网逃撤销库里的相关逃犯也要了解。上午协助城区中队研判了几条线索，下午利用人像比对系统对指挥中心等单位打包发来的两千多张人像照片进行筛查。

相比之下，韩昕要潇洒得多。现阶段的主要工作是搞清楚辖区内戒吸人员的情况，等城北派出所这边做完检测，跟几个社区民警聊了一会儿，不知不觉已经五点了，韩昕直接下班回家。

工作日，许琳琳白天不忙晚上忙。今天她心血来潮亲手下厨，一边看着烹饪视频，一边学着做清蒸鲈鱼。她平时别说下厨了，连衣服都要等到快没得换了才塞洗衣机里洗。

韩昕觉得很奇怪，站在厨房外问："琳琳，你什么时候变这么贤惠了？"

"闲着也是闲着，学着做做菜也挺好玩。"

"没这么简单吧，是不是交了男朋友，想学几手做给男朋友吃？"

"都说了我的事用不着你管，你去试试衣服吧。"

"什么衣服？"韩昕把换下的鞋塞进鞋柜。

许琳琳回头笑道："你后妈给你买的，她上次来时不是看过衣柜吗，见你没几件春天穿的衣服，天气暖和了，不能没的换，今天去商场帮你买了几件，花了好几千呢！"

"是吗？我去看看。"

"赶紧试试，她等会儿去跳舞，如果你穿着不合身，我帮你带过去，她明天去商场换。"

韩昕咧嘴道:"我后妈对我真好。"

"比我姑姑对你都好。"许琳琳一脸羡慕,想想又说道,"提起你妈,有件事我差点忘了跟你说。"

"什么事?"

"大韩璐中午跟我视频,想下周末来看你,你妈也同意了。她知道我们这儿有地方住,就是不知道你欢不欢迎?"

"想来就来呗,我怎么可能不欢迎。"

"行,我晚上跟她说。"

三个妹妹中,韩昕跟表妹的关系最好,毕竟是从小一起长大的。至于同父异母的小韩露和同母异父的大韩璐,从感情上韩昕觉得跟大韩璐要亲一些,毕竟是同一个妈妈生的。可老妈重新组建家庭之后,考虑到丈夫的感受,在丈夫和女儿面前尽可能不提他,只有回娘家时才会跟舅舅舅妈说这些,所以大韩璐对他这个同母异父的哥哥没什么印象,确切地说没什么感情。而老爸和后妈总是把他挂在嘴边,过去这些年虽然没跟小韩露见过几面,但在小韩露的心目中本来就有他这么个哥哥,所以不是一母所生的兄妹反而要更亲近一些。再看看后妈帮着买的衣服,韩昕突然想到了一个问题,大韩璐要来的事,要不要告诉后妈和小韩露?告诉她们,她们会不会不高兴?不告诉她们,她们如果知道了会不会不高兴?家庭关系太复杂,他正头疼,蓝豆豆突然打来电话。对完暗号之后,说话的竟是张大!

"小韩,你这会儿在什么位置?"

"我刚到家,张大,是不是有什么事?"

张宇航抬头看着手中的照片,激动地说:"范子瑜在比对各单位打包给他的图片中发现,一个因涉嫌故意杀人于二〇〇一年被林吉省公子岭市公安局列为网上逃犯的男子,与租住在西塘镇塘西村六组的北河籍男子李昊春十分相似。通过反复比对,可以确认是同一人。"

韩昕惊问道:"范子瑜比对出来的?"

"他就是干这个的,照片在我手上,肯定不会错。"

张宇航放下照片,接着道:"重案中队的人全在外面办案,家里就剩一个内勤。情报中队三个人,加上我、老刘和你,再加上两个辅警,八个人应该足够了。赶紧回来,等你一到我们就出发。"

"是,我这就回单位,最多十分钟。"

这可是抓捕杀人犯!韩昕一刻不敢耽误,赶紧换上运动鞋,拿上车钥匙就下楼。在网上捞了几年,终于捞着一个杀人犯,范子瑜别提有多激动,已经换上了便服，拿上了手铐、警棍和盾牌等装备坐在车里等。正准备下班的刘海鹏不但换上了便服，还去领了一把枪。蓝豆豆帮不上忙但也不能回家，从现在开始她要坐在办公室里等消息。

张宇航正忙着给大队长黄骁打电话，紧握着手机说："现在还不知道嫌疑人在不在租住的民房里，我们先过去侦查一下，如果在就立即组织抓捕。如果不在家，我们就布控蹲守，好的好的……"

79. 搂草打兔子

总共八个人，他们只需要开两辆车。

韩昕刚钻进轿车后排，范子瑜就笑道："老韩，要不是游队刚去了办案中心，电话打不通，这好事根本轮不着你。"

"办案中心的手机信号被屏蔽了吗？"

"信号倒没被屏蔽，是进去审讯嫌疑人不能带手机，要寄存在外面。"

韩昕回头看向办案中心，不禁笑道："离这么近，我还没去过呢，有机会去见识见识。"

范子瑜拍拍他大腿："别去了，没什么看头。一进去就要被全程录像，还有人现场巡检，连说话都不能大声。"

这时候，张宇航从办案区出来了。他指指大门口，让刘海鹏那一辆出发，然后拉开车门钻进这辆车的副驾驶室，一边示意田墨开车，一边回头道："小韩，我让豆豆刚拉了个群，把你也拉进去了，赶紧看看嫌疑人的照片。"

"是。"韩昕不看不知道，一看就放心了。嫌疑人矮矮瘦瘦，满脸皱纹，头发掉差不多了，背有点驼，看着有六十多岁。出动这么多人去对付一个老头儿，真有点杀鸡动牛刀……

"小范，你熟悉情况，你给大家介绍下。"张宇航调整了下座椅，赶紧系安全带。

范子瑜连忙道："这个老家伙姓王，叫王宝城，今年五十三岁。2001 年 6 月 21 日，在老家与邻居发生口角，回家拿刀捅了邻居四刀，然后畏罪潜逃，被公子岭市公安局列为网上逃犯。他现在的名字叫李昊春，通过网上研判发现，他应该是冒用了北河省 PS 县东王乡焦北村一个精神病人的身份，也就是拿人家的户口簿去当地派出所办理了一张身份证。"

韩昕看着小群里的身份证照片问："身份证是真的，照片也是他本人的？"

"不然他也不至于逍遥法外到今天。"

范子瑜笑了笑，得意地说："他故意杀人前是个光棍，畏罪潜逃到北河后摇身一变为李昊春，而且娶了个老婆。他老婆叫陈春兰，今年五十五岁，也是东王乡焦北村人。能想象到他的新身份证，应该是他老婆帮着去办理的。"

"他现在做什么，他是怎么来我们陵海的？"

"他是去年十月份来陵海的，在西塘工业园区的欧珊木业建筑工地打工。他老婆也来了，二人租住在距工地不远的塘西六组村民张志军家。"

张宇航接过话茬："小韩，我跟老刘商量了下，分为两组。他带第一组去工地布控，我带第二组去张志军家附近蹲守。你是侦查员，经验丰富，等到了建筑工地门口，你就下车，进去确认下他在不在工地。"

"行。"

西塘镇距城区并不远，韩昕上网研究了一会儿欧珊木业的资料，很快就到了欧珊木业新厂区的项目工地。刘海鹏等人乘坐的车，停在项目工地斜对面的一家电子元件公司门口。

韩昕推门下车，环顾了下周围的环境，径直走向工地。乡镇的工地管理没城区的工地那么严，大门紧锁，但大门上开的小门却虚开着。韩昕推开小门走进工地，发现工人还没下班，有的在扎钢筋，有的在立模板，施工区域周围支了好几盏碘钨灯。

左侧的空地上，停了十几辆电动车，一个正在拔充电器的工人发现了他，直起身问："你找谁，有事吗？"

"钱总在不在？我是来找钱总的。"

"我们这儿只有余总和张工，没有钱总。"

"这不就是欧珊木业吗，怎么可能没有钱总？"

工人愣了愣，走过来笑道："你是来找甲方大老板吧，我们是乙方，是干活儿的！这儿是工地，建好了是分厂，你找大老板应该去总部，听余总说总部在高新区那边。"

这时候，一个看着就知道是门卫的老头儿，从大门左侧的活动房里走了出来："你晓得什么？高新区那边也只是个厂，人家的总部在东海！"

"大老板是东海的？"

"你不晓得！"

"我哪晓得这些，我只晓得我们田老板。"

"不晓得你跟人家瞎说什么？"

"好好好，不说了，我去看看他们搞好了没有，搞好就下班。"

韩昕目送走热心的工人，掏出刚才跟范子瑜要的香烟，给看门老头儿递上了一根，笑看着施工区域问："师傅，怎么就这几个人干活，像这么干，厂房什么时候能盖好？"

"看来你是真不懂，这是厂房又不是商品房，用不着那么多人。"

"为什么？"

老爷子点上烟，解释道："厂房都是钢结构，我们只负责下基础，基础搞好做钢结构的厂家直接来安装。等他们一进场，这工程就快了。等他们搞好，我们就做做地平，把里面外面平整压实，浇上水泥，然后就没我们的事了。"

韩昕指着施工区问："总共就这几个工人？"

"肯定不止这几个，他们是钢筋工和木工，瓦工和小工今天没来。"

"有活儿才来，没活儿就不要来，人家能赚到钱吗？"

"陵海的工地多呢，做工程的也多，光我们这个小工地就六七个小老板，工人是调来调去。"

老爷子抽了口烟，又指指不远处的电动车："再说都是本地人，有的做就做，没的做就不做，大不了回家。"

"全是本地人……怎么我刚才听着有外地口音。"

"有几个外地人，一个北河人，两个西川的，不过西川的是瓦工，他们今天没来。"

"师傅，这个厂的设备是我们公司提供的，我可不可以去现场看看？"

"这有什么不能看的，不过要戴安全帽，不然被安全员看见不好。"

"能不能借一个给我？"

"不嫌脏就戴我的，监理办公室有好安全帽，他们门锁了我进不去。"

"我不嫌，谢谢了。"

韩昕戴上老爷子的安全帽，举着手机拍了几张照，然后走到工人们挑灯加班的地方，一边像检查工程进度似的拍照，一边笑问道："天都黑了，你们还不下班？"

一个木工回头看看亮着灯的活动房，苦笑道："老板在办公室打牌，他不说下班我们不好走。"

"他打牌打忘了怎么办？"

"顶多干到六点四十五，时间一到我们就收工。"

王宝城果然在这儿扎钢筋，别看年纪挺大的，但活儿干得倒挺麻利，左手送细细的铁丝，右手用铁钩子钩住圈几下，就把钢筋绑得牢牢的。他显然听不懂陵海话，别的工人说说笑笑，他只能时不时抬起头跟着傻笑。

韩昕顺手拍了几张照，又东拉西扯了几句，顺着小路来到几间活动房拼的工地办公室前。正如工人们所说，他们的老板正在跟管项目的人打牌，听着应该是在诈金花，一百块钱打底，玩得挺大。韩昕不想打草惊蛇，把安全帽摘下来还给正蹲在水龙头前洗碗的看门老头儿，又发了一根烟，说了几句客气话，这才走出工地。

"张大，刘指，王宝城还在扎钢筋，他们大概六点四十五下班。另外发现个新情况，有个包工头正在里面的办公室，跟几个工地的管理人员赌博。"

"里面有几个办公室？"

"三个活动房，两个办公室，最外面的是门卫室，看门的是个老头儿。中间的是监理办公室，门锁着，里面没亮灯，应该没人。打牌的在东边的办公室。活动房，没后门，只有两个小窗户，堵住门就行了。"

没想到来抓捕杀人犯，还能搂草打兔子抓个赌。张宇航不禁笑道："我们马上到，你盯紧了，等会儿负责认人。"

"是！"

"老刘老刘，等会儿我们兵分两路，我这一组负责抓捕王宝城，你们冲进去抓那几个赌博的。"

"张大，王宝城的老婆怎么办？"

"我让派出所的同志盯着，他们刚到。"

"行，你们赶紧过来吧。"

张宇航赶到工地大门附近，等了十几分钟，铁门开了一扇，只见工人们一个接着一个骑着电动车出来了。站在工地门口装作打电话的韩昕没动，众人不敢轻举妄动。就在众人盘算着王宝城什么时候出来时，一个人影从里面出来了，没骑电动车，是走出来的。相比一个五十多岁的杀人犯，里面的那几个赌徒要难对付一些。韩昕见王宝城往张大那边去了，并没有急着动手，而是打开手机屏幕举起来指了指，旋即转身示意刘海鹏等人过来。张宇航收到了信号，依然没轻举妄动，直到要抓的人慢悠悠地走到车前，才示意田墨打开车灯。王宝城干了一天活儿，又累又饿，根本没注意路边的车，顿时被汽车大灯的强光照得睁不开眼。

"行动！"随着张宇航一声令下，众人推门下车，冲上去直接把王宝城摁在车头。王宝城猝不及防，都没来得及挣扎，双手就被反铐上了。

"我们是公安局的，知道我们为什么抓你的吗？"

"不知道，你们这是做什么……"

"王宝城，你已经逃了十几年了，还想逃到什么时候！"这个名字王宝城自己都快忘了，张宇航突然喊出来，他顿时吓得魂飞魄散，要不是范子瑜等人架着，真会瘫倒。

与此同时，韩昕带着刘海鹏和情报中队的两个兄弟，冲进工地，一脚端开办公室门，摁住惊慌失措的包工头，呵斥道："我们是公安局的，都不许动！"

"说你呢，想做什么？"

"警察同志，我们……我们玩得小。"

刘海鹏亮出证件，笑看着办公桌上的一堆百元大钞道："押上去的和你们手里的，加起来少说也有三四万吧。如果连这都叫玩得小，那什么才算玩得大？"

一个矮矮胖胖的眼镜显然是见过大世面的，并没有像包工头那么惊慌失措，竟放下手中的钱，一边拿起烟要发，一边谄笑着说："兄弟，交个朋友，别那么较真。"

"谁跟你是兄弟，坐好。"

执法取证很重要，刘海鹏收起警察证，举起执法记录仪："小韩，帮他们点点。小顾，他们这儿应该有文件袋，找个文件袋把他们的手机装进去。"

80. 连自己单位都坑

无论对哪个地方的公安局而言，抓获一个杀人犯都是大事。刑警大队队长黄骁刚火急火燎赶到单位，局长张文远就到了。

"报告张局长，张宇航刚给我打过电话，他们在抓捕王宝城时，发现欧珊木业项目工地的几个负责人在聚赌，光现金赌资就多达四万六千七百元，他们就把那几个涉赌的一起带回来了。"

"搂草打兔子！"

"嗯。"

"他们现在到哪儿了？"

"应该快到了，差点忘了汇报，他们打算把王宝城直接押往办案中心，把那几个涉赌的带到大队。"

"是应该直接押往办案中心，走，一起去看看。"

"是！"

成功抓获的可不是一般的杀人犯，而是畏罪潜逃了十八年的杀人犯，分局这次露了大脸，张文远很高兴。他和黄骁刚走到办案中心门口，刑侦副局长谌文军也到了。三人还没来得及说话，押解杀人犯的车打着转向灯开了过来。

张宇航和范子瑜把王宝城押下了车，张文远问了几句，确认王宝城对故意杀人和冒用他人身份的违法犯罪行为供认不讳，示意紧随而至的游耀星等刑警，把王宝城带进办案中心，立即组织审讯。紧接着，情报中队的两个民警，把王宝城的老婆押下车，直接带进了办案中心。刘海鹏和韩昕的工作最轻松，是带着现场缴获的赌资、查扣的手机，开着涉赌人员的车回来的。

至于那五个聚赌的哥们儿，是开着他们的另外四辆车来的，一路打着双闪，很配合很老实地跟在押解车队后面。韩昕见他们居然跟进了办案中心大院，连忙跑到前面带路，让他们自个儿把车开进刑警大队。命案是人家的，只要审一下王宝城，确认他在陵海没有违法犯罪行为，就直接送看守所，等公子岭市公安局派人来押解。赌案是自己的，随着黄大一声令下，包括内勤在内的大队民警全忙碌起来。

韩昕既没警察证，也不会办理治安案件，跟蓝豆豆一样成了大队最闲的人。别人全在忙，就这么走不合适，而且两位局领导已经从办案中心过来了，韩昕准备上楼躲躲清闲，蓝豆豆举着手机道："小韩，找你的。"

"谁啊？"

"治安大队的方大。"

"我不认识方大，方大找我做什么？"

"你接一下就知道了。"

"哦。"

韩昕刚接过手机走到一边，正和黄大一起陪两位局领导说话的张宇航回头问："豆豆，老方找小韩做什么？"

"他中午发现了一条赌案线索，就让我把线索给了治安大队。治安大队安排人去盯了一下午，发现确实是聚赌，抓了五个涉赌人员，方大应该是打电话来表示感谢的。"

蓝豆豆话音刚落，黄大就紧盯着她问："线索是小韩发现的？"

"是啊，黄大，怎么了？"

"没什么，你……你们先去忙吧。"

黄大的脸色怎么有些不对劲，抓获一个杀人犯不是应该很高兴吗……蓝豆豆百思不得其解，干脆不想了，走过去拉拉韩昕胳膊，二人一起上楼。局领导不走谁也不能回家，就算没工作也要装作有工作的样子。

她和韩昕前脚刚走，刚才听得清清楚楚的张区长和谌局就笑了。黄大别提有多尴尬，苦笑道："张区长、谌局，蓝豆豆没怎么办过案，韩昕是刚来的，有些事他们不懂……"

张宇航更尴尬，挠着脖子不知道该说什么好。

张文远从来没遇到过如此搞笑的事，拍拍黄大的胳膊："没什么，治安案件的线索移交给治安大队，挺好。"

"张区长，其实他们工作很努力，都很出色。"

"别解释了，这些我知道。"

有线索居然移交给治安大队，就算做好人好事也不能这么做，谌文军实在不知道该说黄骁和张宇航什么好，干脆转身问："张区长，我们在这儿同志们都没法儿安心办案，要不我们先回去？"

"行，回去吧。"

张文远走到车边，想想又回头笑道："黄骁，年轻的同志有什么不懂的地方，你可以说，也可以批评，但要注意方式方法，不要打击他们的积极性。"

"张区长放心，是我的工作没做到位，要检讨的是我，我不会批评他们的。"

"其实他们也没做错什么，好了，就这样了。"

好不容易露了一次大脸，结果让局领导看了笑话，黄骁别提有多郁闷。两个"吃里爬外"的家伙全是自己的亲信，张宇航不但很郁闷而且很尴尬，不等黄骁开口就苦笑道："黄大，我上去问问他们到底怎么回事？"

"张区长刚才说得很清楚，注意方式方法。"

"明白。"

如果不出意外，这事明天全分局都会知道。想到很快就会像黎杜旺一样被人家看笑话，黄骁还是没忍住："坑黎杜旺怎么坑都行，哪能连自己单位都坑，好好跟他们说说！"

"好的，我这就上去说。"

张宇航一口气爬上三楼，走进指导员办公室，见蓝豆豆和韩昕像没事人似的正在吃零食，赶紧反带上门。

"张大，局领导走了？"

"张大，你肚子饿不饿，我这儿有饼干。"

"还饿不饿，我都快被你们气饱了！"

"张大，我们什么时候气你了？"

蓝豆豆一脸茫然，韩昕也是一头雾水，张宇航拉开门，探头看看外面，确认走廊里没人，再次把门关上。

"豆豆，小韩刚来不懂，你是老同志，你应该知道我们大队不只是办刑事案件，如果有线索，治安案件一样要办。"

蓝豆豆下意识地问："是吗？"

"看来你是真不知道！"

"张大，我平时忙得焦头烂额，连隔壁情报中队都不怎么去，顶多去技术中队串个门，我哪儿知道这些……不过你说得也对，去年开会时黄大好像说查处过几百起治安案件。"

"这就是了，明明有线索，你不但不提醒小韩，反而把线索给了治安大队，你们这是学雷锋做好事？"

蓝豆豆扑哧笑道："张大，原来你是因为这个不高兴。"

韩昕同样不认为这有什么大不了的，也忍不住笑了。遇到这两个活宝，张宇航彻底无语了，盯着他们看了好一会儿，才无奈地说："这也不能怪你们，归根结底只能怪我这个前任中队长。以前只知道忙禁毒这一摊事，不但跟兄弟中队老死不相往来，甚至都不怎么关心大队的事。当然，以前我们也没什么线索，没遇到过这样的情况。"

蓝豆豆吃着饼干问："张大，你到底想说什么？"

"刚才不是说得很清楚吗，我们不但要侦办刑事案件，治安案件只要有线索一样要查处！"

"你是说我们把线索给了治安大队，黄大不高兴了？"

"不但黄大不高兴，我一样不高兴！"

局领导说了，要注意方式方法。张宇航深吸口气，连忙道："我不是因为做上了这个副大队长，就屁股决定脑袋，就……就跟你们说这些的。而是因为我们都是刑警大队的人，我们要有集体荣誉感。"

蓝豆豆嘀咕道："不就是一条聚赌的线索吗，跟集体荣誉又有什么关系？再说晚上抓杀人犯，不是刚抓了几个赌博的吗，现场缴获的赌资只会比治安大队的那起多，不可能比治安大队抓的那起少。"

"这不是缴获多少赌资的问题，而是这线索能不能移交给治安大队的问题！"

"不能？"

"我们是一个集体，明明有线索却白送给治安大队，人家会怎么想，会不会认为我们离心离德、一盘散沙，会不会认为我们大队没有凝聚力？"

看着蓝豆豆似懂非懂的样子，张宇航拍拍大腿："这事还是怪我，明明是个中队，被我带成了准大队，对大队没有一点归属感，遇到禁毒之外的事没有主人翁意识。"

韩昕终于明白了，不禁笑道："张队，我懂了，这事是我做得不对，我检讨。你就不要怪蓝指了，也不要再自我批评。"

"真懂了？"

"真懂了，要有集体荣誉感，我们中队用不上的线索，要移交给兄弟中队，不能再移交给治安大队，一样不能移交给派出所。"

蓝豆豆掩嘴笑道："我也懂了，原来查处治安案件也是成绩。"

他们嬉皮笑脸，嘴上说懂，但心里肯定没当回事。可四中队变成"独立王国"，对刑警大队没什么归属感已经好多年了，并且这一切全是自己造成的，张宇航不想再说他们，起身道："懂了就好，以后注意点，可不能再让人家看笑话了。"

韩昕意识到他肯定被黄大说了，连忙道："张大，我还有一条线索，我想将功赎罪。"

"什么线索？"

"中午在新宁社区，我还发现一个女的看着有点像吸毒人员，只是有一点点像，如果有把握我早汇报了。正是因为没把握，就把那个女的照片和住址发给了城东派出所的聂队，请他安排人去摸摸那个女的底。"

想到黄大那边必须有个交代，张宇航急切地问："城东派出所有反馈吗？"

"没有，聂队没给我打电话，可能是我看走了眼，他们已经摸过底了，发现那个女的没问题。"

"死马当活马医，既然有地址，一起去看看。"

"行。"

81. 无差别坑

黄大很生气，后果很严重。要是他们不做点什么，会被黄大执行"家法"的。三人连夜出动，赶到新宁社区居民李英杰家，结果却扑了个空，但来都来了，必须把事情搞清楚。韩昕和蓝豆豆负责询问租住在这里的西江籍女孩儿蔡玉，张宇航亲自询问房东和其他几个房客。

蔡玉二十二岁，大学刚毕业，在开发区的一家机械公司做文员，很腼腆、很内向，连说话的声音都很小。能看得出来她也特别爱干净，把不足十平方米的小房间，收拾得整整齐齐。虽然每天在屋里用电磁炉做晚饭，但屋里一点油烟味都没有。大晚上被警察找上门，她显得很紧张，坐在床边都不敢动。

"别紧张，我们就是了解点情况。"

"我不紧张，您问吧。"

"傅丽蓉是什么地方人，你们是怎么认识的？"

"她家跟我家住一个乡，我们是初中同学。她初中毕业就去东海打工了，要不是过年回家时遇到一个同学，把我拉进同学群，她在群里加了我，我都想不起来有她这个人。"

韩昕看了一眼正在做记录的蓝豆豆，用尽可能和善的语气问："她怎么想到来找你的？"

蔡玉捏着衣角，忐忑地说："我们虽然加了微信，但没怎么聊过。上周四下午，她突然发微信问我在滨江什么地方，我说在陵海。她说东海离陵海不远，想来看看我，我不好意思说不要来，就说好啊，没想到她真来了。"

"几号来的？"

"六号下午。"蔡玉想了想，补充道，"六号下午三点左右，我正跟我们老板娘对账，她发微信说她到了。我以为她是在开玩笑，我那会儿也走不开，就给她发了个位置，没想到她真找到了我们公司。"

其实这些都用不着问，因为微信聊天记录她没删。韩昕一边翻看着她的微信，一边笑问道："她来这几天有没有跟你说过什么，或者做过什么？"

"我不太会说话，这么多年没见，跟她也没什么话说。我还要上班，就下班回来跟她一起去出去吃个饭，我都没怎么管她，她也不用我管。"

"没话说？你们晚上住在一起，没聊点什么？"

"她玩手机，我也玩手机，真没怎么聊，就头一天晚上聊了会儿上学时的事。"

"你有没有问过她，在东海做什么工作，现在过得怎么样？"

蔡玉带着几分尴尬、几分不好意思地说："她是在东海上班的，她用的那些化妆品很贵，穿的衣服和鞋也很贵，连出去吃饭她都不让我买单，过得比我好，我没好意思问。"

"她是下午五点二十给你发微信说要回东海的，在此之前她有没有跟你提过回去的事？"

"没有，我想问的，但没好意思问，问了好像是想赶她走。"

"她在你这儿住了四天，你有没有发现她比较可疑的地方？"

"她看着是有点怪怪的，总是没精打采，心不在焉，好像有什么心事。我以为她失恋了，想出来散散心的，所以没敢问。"

"她有没有给别人打过电话？"

"我不知道，我早上七点就起来洗脸刷牙吃早饭，然后去上班，上到下午六点才下班，反正她没当着我面打过电话。"

从微信聊天记录和警务通的查询结果上看，蔡玉说的都是实话。她什么都不知道，只是出于老乡兼同学的关系，让傅丽蓉在她这儿住了四天。

傅丽蓉二十二岁，初中文化，未婚，没有前科。她的朋友圈虽然没设置三天可见，但一张照片、一条链接都没发过。再翻看她们的初中同学群，过年时倒是挺热闹，但傅丽蓉从未在群里说过话，也从未抢过或发过红包。她只加了蔡玉的微信，没留电话，也没有 QQ 等其他联系方式。整个人像凭空出现的，冷不丁就来了，住了四天三晚又悄悄走了，仔细想想真的很神秘。

　　韩昕问清楚傅丽蓉来时穿的什么衣服，用的是什么行李箱，以及她的行李箱子还有什么衣服。然后把手机还给蔡玉，让她以不放心为借口，发微信问问傅丽蓉到了哪儿。可一直等到张宇航询问完房东和另外几个租客，傅丽蓉都没有回复。

　　该问的都问了，再等也没什么好等的。韩昕干脆跟蔡玉交代一番，同张宇航、蓝豆豆一起回到车上，汇总起情况。

　　听完他和蓝豆豆的汇报，张宇航微皱眉头："小韩，我觉得你没看走眼，这个傅丽蓉就算不涉毒也有其他问题。"

　　"张大，你怎么这么肯定？"

　　"她应该是被房东吓跑的，房东今天下班早，见她来了好几天，天天窝在房间里，就敲门问她是来做什么的，跟蔡玉是什么关系。说住在这儿要登记身份证，不然被派出所查到要罚款，结果说完之后她就收拾东西走了。"

　　"下午五点多，有去东海的车吗？"

　　"汽车站有没有我不知道，但过路车肯定有。"

　　张宇航话音刚落，蓝豆豆就举起警务通："没查到她住旅馆酒店的记录，应该是走了。"

　　韩昕沉吟道："几年没联系突然跑过来找蔡玉，明明有钱却不住酒店，反而要跟蔡玉挤一张单人床，被房东问了几句就走，想想是很可疑。"

　　"人都已经走了，知道可疑又有什么用。"

　　"张大，对不起，我中午应该拦住她好好盘问一下的。"

　　"算了，早点回去休息吧。"

　　蓝豆豆低声问："回去休息？"

　　张宇航无奈地说："我们只是觉得她可疑，又没她违法犯罪的证据，只能到此为止。"

　　"那这份笔录我不是白做了吗？"

　　"你有蔡玉的手机号，蔡玉也有你的手机号，你跟她保持联系。"

　　"好吧，看来只能这样了。"蓝豆豆把笔录塞进包里，呵欠连天。

　　韩昕没想到城东派出所居然没当回事，别提有多后悔，揉着太阳穴说："张大，我明天上午没什么事，你能不能帮我跟交管中心打个招呼，我想去调下监控，看看她究竟去哪儿了。"

"行，调看下也好。"

"还有范子瑜那边，他明天要是不忙，请他帮我们上网查查。"

"你直接跟他说就行了，用不着我打招呼。"

折腾了一晚上，收获了一堆疑点。第二天一早，韩昕刚把傅丽蓉的身份证信息和照片发给了范子瑜，范子瑜就笑问道："老韩，你和豆豆姐昨天是不是做好人好事了？"

韩昕没想到消息传这么快，苦笑着问："你怎么知道的？"

"我加的几个群里都炸锅了，治安大队的那几个哥们太坑，不但不知道保护你和豆豆姐这两个安插在我们大队的线人，还到处宣扬！"

"什么群？"

"就是局里兄弟的几个小群，周科洪也在群里，要不要拉你进群看看？"

"我不怎么刷微信，我就不进群了。"

看"人形缉毒犬"笑话的机会可不多，范子瑜岂能就这么放过他，带上门道："老韩，别的群你可以不加，大队群你不能不加。你不进来发几个红包，实在说不过去。"

"有什么说不过去的？"韩昕明知故问。

"你吃里爬外，做治安大队的007，你不应该发红包谢罪吗？豆豆姐已经发了好几个，她老公也在隔壁群发红包打招呼，你要是不发几个红包，真难消弟兄们的心头之恨。"

"豆豆发红包了？"

"不信我给你截几张图。"

"你截图我也不进群，你们都是坏人，别想骗我的钱。"

"老韩，你这就不对了……"

"不开玩笑了，我要干正事。傅丽蓉的事放在心上啊，这不是我求你的，是张大让查的。"

韩昕不是舍不得发几个红包，而是真不想进群，并且不认为给治安大队提供一条线索有什么大不了的。没想到他刚结束通话，杨千里的电话就打进来了。

"小韩，你到底怎么搞的？我知道你忙，对聚众赌博这种小案子不感兴趣，但有线索也不能白送给治安大队。我们离这么近，我们是邻居，而且我们早说好的……"

"杨所，不好意思，我正在开车。"

"好好好，你先开车，以后再有类似的线索，记得给我打电话。"

与此同时，黎杜旺正看着聂广俊的手机，给张宇航打电话："张大，听说你们昨晚抓了个杀人犯，还是畏罪潜逃十八年的，这样的嫌疑人可不容易遇上，恭喜恭喜，要请客啊！"

"抓杀人犯又没奖金，如果有奖金我就请。"

"抓杀人犯没奖金，给治安大队提供线索有啊，这顿饭你肯定要请，必须庆祝。"

果然是黄鼠狼给鸡拜年没安好心，张宇航很郁闷："黎教，你是看我笑话的？"

"我们什么关系，我怎么会看你的笑话？治安大队要是不给线人费，以后就别跟他们合作。跟我们城东派出所合作，我们给！"

"行，有机会我们好好合作一下。"张宇航打了个哈哈，挂断电话。

黎杜旺再也忍不住了，放下手机哈哈大笑。聂广俊眼泪都快笑出来了，边笑边说："自从有了个韩昕，他张宇航和刘海鹏像是开了挂。又是破大案又是升官的，还人五人六地到处指导。结果这个挂是无差别坑，不但坑人也坑己，他现在应该知道搬石头砸自个儿脚的滋味儿了。"

黎杜旺拍着桌子笑道："那小子就是个瘟神，现在该轮到他张宇航难受了，黄骁拉不下脸跟那小子说事，但肯定会找他张宇航。"

82. 一号通缉犯

以前主要靠单打独斗，现在韩昕虽然还是"独来独往"，但要负责全区的毒品案件侦办，工作性质发生了变化，工作方法也要调整。比如新手机的号码要保密，但老手机的号码没法儿保密，连老手机的微信号都被拉进了两个小群。一个是昨晚的抓捕群，杀人犯已经落网，这个群没什么作用了，直接选择退出群聊；一个是杨千里拉的小群，汪宗义在群里说他们已经到了山城，正在请求山城同行协助。

万事俱备只欠东风。等他们在山城同行的协助下，对涉嫌贩卖毒品的林丽红展开布控，杨千里就去看守所让既在社区戒毒期间吸毒又涉嫌盗窃的潘劲松，通过 QQ 给林丽红转钱。如果林丽红有存货，直接去快递收发点发货，那就在她发货时组织抓捕；如果林丽红没存货，收到钱之后去进货，就在她与上家交易时来个人赃俱获。

如果有选择，韩昕更倾向于"经营"，或者说放长线钓大鱼。但只要涉及异地办案，局领导都喜欢快侦快破。说是要讲究效率，其实是考虑到经费。在这个大前提下，办案民警去外地执行抓捕任务，往往是"一日游"。总之，城南派出所总共就申请了那么点经费，汪宗义和王伟等人只能有多少钱办多大事。

韩昕对他们的计划没有异议，放下手机一边等消息，一边请交管中心的小姐姐帮着调长途汽车站及长途汽车站周边，昨天下午五点四十分之后的交通监控。一个高清摄像头正对着新宁中街，当快进到五点四十六分二十七秒时，一个穿着黑色长款呢大衣，脖子里系着红色丝巾，脚穿一双黑色长靴，肩上挎着一个小包，左手拿着手机，右手拖着一个拉杆箱的年轻女子出现在显示屏上。

"就是她，能不能放大点？"

"可以。"

真是人靠衣裳马靠鞍，精心打扮过之后的傅丽蓉，跟昨天中午见着时简直判若两人。不过话又说回来，她长得本来就挺好看，身材也不错，只是妆有点浓。

"韩队，她好像在叫车。"警花小姐姐点点鼠标。

韩昕笑道："快进。"

"好的……她叫的真是网约车，车牌照挺清晰，我先帮你截个图。"

"谢谢。"

"不客气。"

干这个人家是专业的。韩昕就这么坐在边上看了不到半个小时，根据警花小姐姐帮着查询的车主信息打了几个电话，傅丽蓉下午在城区的活动轨迹就搞清楚了。她肯定有问题，表现得非常谨慎。先是乘坐网约车去东洲公园，在东洲公园斜对面的一家宠物店前，换乘另一辆网约车直奔西集，在西集的一家药房门口下车，然后拖着行李箱沿老国道往西步行。

在交管中心能调看到的就这么多，韩昕感谢了一番，马不停蹄赶到城西派出所，先调看老国道沿线的治安监控，然后在社区民警老关的协助下，调看沿街商户安装的监控。一直忙活到中午十一点，才在一家销售石材的商家安装的监控中找到了她的身影。她在夜色中显得有些无助，一看见出城方向的大巴就探头张望，犹豫了好几次才拦下一辆大巴，然后跟大巴一起消失在夜色中。

韩昕刚请人家帮着拷贝了一份，杨千里就打来电话。

"小韩，我在看守所，你在什么位置？老汪和老王已经锁定了嫌疑人，她一个人在家，也不知道是不是在睡觉，反正昨晚回去之后没再出门。"

"她女儿呢，她女儿在不在她身边？"

"老汪在山城同行协助下调看过小区监控，也询问过保安，没想到她真把孩子带在身边，孩子都五岁了，也不送孩子去上幼儿园。"

杨千里最担心的就是这个，想想又说道："现在顾不上那么多，我这就让潘劲松给她转钱，看她什么反应。"

韩昕走到车边，拉开车门："行，我这就去所里。"

山城那边的事急不来，何况林丽红实在算不上有多狡猾。韩昕不认为汪宗义和王伟搞不定，匆匆赶到城南派出所但没急着下车，而是先给蓝豆豆打电话。没想到他俩刚对完暗号，蓝豆豆就诉起苦。

"小韩，老娘被你害惨了！"

"蓝指，你这话说的，我怎么可能害你？"

蓝豆豆扔下鼠标，气呼呼地说："你不让我给治安大队打电话，我能打那个电话吗？现在倒好，他们个个说我吃里爬外，只知道说我，不说你！"

韩昕笑道："一人做事一人当，这事是我干的，跟你没关系，别搭理他们。"

"人家不这么看，人家说你是新来的，什么都不懂，犯点错误很正常。我就不一样了，不但是老同志，还是指导员，这个锅我不背谁背？"

蓝豆豆没想到一件小事竟引起了轩然大波，又嘟哝道："本来以为你提副队就没我什么事了，结果你都已经做上了副中队长，我还要给你背锅。黄大不高兴，余教也很生气，刚把我和刘队喊过去上了一个小时政治课。"

韩昕小心翼翼问："余教怎么说？"

"说我们首先是刑警大队的民警，然后才是四中队的禁毒民警，要有集体荣誉感。刘队比我更惨，余教不好跟我一个女的把话说太重，只能说刘队，不但问刘队以前的思想工作是怎么做的，还说刘队自己的思想都有问题。"

"然后呢？"

"承认错误，深刻检讨呗，还能有什么然后……"

"豆豆姐，你说我要不要给刘队打个电话，跟刘队道个歉？"

"暂时别打了，刘队没生你的气，他刚才私下里跟我说，这件事不是余教说的什么暴露出了问题，而是我们中队随着你的加入在业务上发生了一点变化，可以说是在转型中出现的问题。"

"刘队分析得太对了！"

"你别高兴得太早。"

"什么意思？"

蓝豆豆轻叹了口气，苦着脸道："余教说我们中队的线索很多，不然有线索也不会移交给治安大队。既然线索很多，那从今天开始，每个月给大队上报十条线索，刑事的、治安的都行。"

韩昕意识到麻烦大了，苦笑着问："刘队怎么说？"

"余教还说如果觉得上报线索有困难，那就参照情报中队按人数比例给我们布置点打击任务。我们不是怕办案，是没时间办案。刘队没办法，只能答应上报线索。"

"可我们去哪儿找线索？"

"我跟刘队商量了下，决定把这个艰巨的任务交给你。"

"交给我！"

"事情是你惹出来的，你要对自己所做的事负责。"

韩昕没办法，只能硬着头皮道："行，我想想办法。"

"这就对了嘛。"蓝豆豆虽然很郁闷，但想到这个任务对新同事而言真的很难完成，接着道，"你也别着急，我回头跟我老公说一声，让他帮着想想办法，一个月凑十条应该不是很难。"

韩昕乐了："谢谢豆豆姐，你是我亲姐！"

"没别的事我先挂了。"

"等等，豆豆姐，蔡玉有没有给你打电话，她那边有没有傅丽蓉的消息？"

"打过，早上给我打了一个，刚才给我打了一个，说傅丽蓉到现在都没给她回微信。"

韩昕沉吟道："没回复，有点意思。"

提到那个神秘的傅丽蓉，蓝豆豆好奇地问："你跑了一上午，有没有查到什么？"

"傅丽蓉昨天下午从蔡玉那儿出来后，换乘两辆网约车在城区兜了半圈，然后在距城西交警中队不远的地方，上了一辆去江城方向的过路大巴。"

"有没有车牌照，能不能联系上大巴车司机？"

"我调看的是民用监控，而且那会儿天已经黑了，只能依稀看清车型，看不到车牌照。"

"去交警队调交通监控，时间段明确，那辆车应该不难查。"

"汪队和王警长他们已经到了山城，杨所正在让潘劲松给林丽红转钱，我刚到城南派出所，查车的事现在顾不上。"

"对对对，先办毒案，先干正事，有什么进展记得打电话。"

下午蓝豆豆要去城南中学讲课，她挂断电话，正准备把做好的PPT拷贝到U盘里，范子瑜兴冲冲地跑了进来。

"恭喜豆豆姐，贺喜豆豆姐，你们真是太厉害了！"

"滚！"蓝豆豆瞪了他一眼，没好气地说，"别人看我笑话，你居然跟着起哄。以后不要叫我姐，我没你这个没良心的弟弟。"

范子瑜带上门，咧嘴笑道："豆豆姐，我怎么可能笑话你，我是跟你说正事。"

"什么正事，你能有什么正事？"

"数字证书呢？不用上内网，用警务通也行，再查查你们让我帮着查的那个傅丽蓉。"

"我们查询过，她没前科。"

"你查查呀，昨天没有，不等于今天没有！"

"真的假的……"

蓝豆豆将信将疑，拿起警务通，输入傅丽蓉的名字和身份证号。不查询不知道，一查询大吃一惊。她赫然发现昨天还没前科的傅丽蓉，今天居然成了通缉犯！并且这张通缉令跟之前见过的不一样，虽然同样是公安机关发布的，但抬头居然是"长公（刑）缉字（2019）1号"，紧接着是"根据《中华人民共和国监察法》第二十九条之规定，现对涉案人员傅丽蓉进行通缉"。下面是傅丽蓉的姓名、性别、民族、出生年月，身份证号码，口音，户籍地址和在东海的住址，然后是两个办案民警的联系方式和傅丽蓉的照片，落款是长州市公安局。

蓝豆豆紧盯着通缉令，喃喃自语："就知道她不对劲，原来真有问题。"

范子瑜笑道："何止有问题，而且是大问题，长州市公安局只是帮着抓人，真正要抓她的是长州市监察委，她是长州市监察委的一号通缉犯！"

83. 态度问题

蓝豆豆意识到中队掌握了一条重大线索，赶紧把通缉令打印出来，翻出昨晚做的笔录，拿上手机，一口气跑到二楼的教导员办公室。

"二叔……"

"什么二叔，在单位只有上下级，没有什么二叔！再说我只是姓余，跟你家余文强没任何关系，连八竿子打不着的亲戚都算不上。"刚刚批评过她，她不但不长记性，还兴高采烈跑过来了，甚至咋咋呼呼地喊"二叔"，余锦泽气不打一处来。

手中有线索，蓝豆豆心中不慌，嬉笑道："每次吃饭时你都让我和文强喊你二叔，到单位怎么就不行了？再说我是来找你谈判……不，我是来找你汇报工作的！"

饭桌上说的话能当真吗？如果饭桌上说的话能当真，那领导的话岂不是都能当真……余锦泽被搞得一肚子郁闷，不耐烦地问："我忙着呢，你到底想找我谈什么判，想汇报什么工作？"

"余教，你不是让我们中队一个月上报十条线索吗，但线索与线索的价值不一样。如果我们上报一条杀人犯的线索，那是不是能顶一百条普通线索？"

"两百条都没问题。"

"那上报一条一号通缉犯的线索呢？"

"什么一号通缉犯，你是不是电影看多了。"

"我每天忙得都没时间陪孩子，哪有时间看电影。我是打个比方，比如一个地级市监察委的一号通缉犯的线索，能不能顶一百条普通线索。"

女同志就是麻烦，尤其漂亮的女同志，就喜欢胡搅蛮缠……余锦泽腹诽了一句，坐下道："地级市的一号通缉犯不值这个价，不过监察委要抓的逃犯具有一定特殊性。你们中队要是能上报一条这样的线索，可以作价算一百条。"

蓝豆豆乐了，啪一声把笔录和通缉令往桌上一拍："成交！"

余锦泽脸色一沉："蓝豆豆，你到底什么意思，敢在我面前拍桌子。"

"余教，你先看看这些。"

"真有线索？"

"嗯哼！"

一条顶一百条，终于不用担心完不成任务了，而且接下来一年都不用担心，蓝豆豆乐得心花怒放，情不自禁地举起小拳头，想跟在家陪女儿疯时那样跳跳舞。余锦泽看看通缉令，然后拿起笔录，看着看着笑了。

"原来你是想跟我谈这个判。"

"余教，我们中队总共就三个人，我和刘队一大堆事，真正能查案的就小韩一个人……"

"人已经跑了，这算什么线索？"余锦泽抬头道。

蓝豆豆窃笑道："人虽然跑了，但我们有她现在用的微信号，知道她的大概去向，想抓到她不难！"

"我们掌握的，人家办案单位一样能查到。"

"余教，这个通缉令是今天上午十点二十一分发布的，你想想，长州市监察委和长州市公安局如果掌握了她的微信号，知道她的大概下落，至于发布通缉令吗？"

"这倒是，你先坐，我给黄大打个电话。"

蓝豆豆提醒道："通缉令上有办案民警的手机号。"

"我们分局抓过那么多逃犯，连畏罪潜逃十八年的杀人犯都抓了，但从来没抓过监察委要抓的逃犯，所以这个电话还是留着让局领导打比较好。"

"明白，露脸的事不能忘了领导。"

谌局正准备下楼去食堂吃饭，一接黄骁的汇报就赶紧给正在市局开会的张区长打电话。

"监察委的，我看过通缉令，看过嫌疑人的照片，也看过蓝豆豆做的笔录，黄骁拍下来发给我的，肯定不会错。"

谌局翻看着黄骁刚转发来的图片，举着固定电话的通话器接着道："他们就晚了一步，嫌疑人是昨天傍晚五点多跑的，张宇航、蓝豆豆和韩昕是我们从刑警大队回来之后去找知情人的……"

昨天抓了个畏罪潜逃十八年的逃犯，张区长今天来市局开会很有面子。如果再抓一个监察委要抓的通缉犯，那岂不是更有面子。等公子岭市公安局和长州市公安局的民警到了，分局甚至可以搞一个小型的嫌疑人移交仪式，可惜没那么多如果。

张区长既高兴又有些遗憾，低声问："老谌，你刚才说长州市公安局刚发布的通缉令，那张宇航他们昨晚怎么想到去找这个傅丽蓉的？"

"具体情况我也不太清楚，我还没顾上了解。"

"先让黄骁跟长州方面联系，联系完之后赶紧了解。人在我们辖区一切都好说，人跑了我们就师出无名了，就算知道躲在哪儿我们也不好去抓，煮熟的鸭子飞了，来龙去脉必须搞清楚！"

"我这就打电话，这就了解。"

作为一个老刑警，谌局很清楚对长州方面而言，战机一刻不能延误。他给刑警大队长黄骁打完电话，就绕过黄骁直接联系张宇航，不问不知道，一问气得连拍桌子！城东派出所不归他分管，就这么打电话向张区长汇报不合适，可这件事不是别的事。他正犹豫是不是先跟孙局沟通下，张区长的电话先打过来了。

"老谌，我正在和赵局一起吃饭，赵局跟长州市局的领导很熟，刚给长州市局的领导打了个电话。长州那边对这个案子很重视，不但要安排民警过来，据说长州市监察委也会有人过来，不是副主任就是委员！"

"他们大概几点到？"

"长州离我们陵海不算远，最多两个半小时。就算来个委员那也是副处，你赶紧给老宋打个电话，等人家到了，你跟老宋一起接待。"

老宋既是分局的党委委员、纪委书记，也是区纪委监委派驻分局的纪检监察组长，让老宋负责接待长州市监察委的委员正合适。谌局缓过神，连忙道："老宋在办公室，不用打电话，我去跟他说一声。"

虽然一样露了脸，虽然长州市局的领导在电话里表示了感谢，甚至对陵海分局的反应速度如此之快表示惊叹，但张区长依然有几分遗憾，毕竟提供重大线索哪有直接移交嫌疑人好。他回头看了一眼正在吃自助餐的市局领导，低声问："老谌，张宇航他们昨晚是怎么想到去查那个傅丽蓉的，有没有搞清楚？"

"搞清楚了。"

"到底怎么回事？"

谌局无奈地说："韩昕昨天中午在盯一个戒吸人员时，无意中发现傅丽蓉的。他见傅丽蓉萎靡不振，看上去有点像吸毒人员，就拍了几张照片，跟到其住所，然后把照片和地址发给了城东派出所的聂广俊，让聂广俊安排人去摸摸傅丽蓉的底。"

"聂广俊没安排人去？"

"他有没有安排人去，我还没来得及了解。"

张区长越想越郁闷，追问道："韩昕既然发现傅丽蓉可疑，甚至怀疑其吸毒，作为禁毒民警他为什么不拦下来盘问？"

这件事说来话长，大笑话里面还有小笑话。谌局坐下来苦笑道："据张宇航说，韩昕在盯那个戒吸人员时，发现那个戒吸人员涉嫌聚赌，就把这个线索通过蓝豆豆提供给了治安大队。方国良接到电话之后，就让韩昕先帮着盯会儿，并且韩昕下午要去城北派出所抽检另一个戒吸人员，所以没顾上。"

"就因为帮治安大队盯一个赌鬼，让一个通缉犯眼睁睁地从眼皮底下溜了？"

"他当时只是觉得有点可疑，当时也确实分身乏术。"

"韩昕分身乏术可以理解，但城东派出所呢，是不是没当回事，为什么不安排个人去看看？"

"这个……这个我不太清楚。"

本来可以露大脸的，结果只能露小脸！张区长窝着一肚子火，阴沉着脸说："群众打个110，民警五分钟不到，十分钟也要到现场。民警给他们打电话发信息，他们竟然不当回事，这是什么道理，问题到底出在哪儿？"

"张区长，要不我跟老孙沟通下，让老孙去了解。"

"找什么老孙，我给老宋打电话，让他赶在长州的同志抵达前搞清楚情况，不然见着人家都不知道怎么说。"

城东派出所所长金志勇和教导员黎杜旺还是很不错的，如果让分管纪检监察和督察、信访的老宋出面，这件事的性质就变了。谌局连忙道："张区长，城东派出所就算昨天安排人去了，就算真找着那个傅丽蓉，也就是盘问盘问。毕竟她那会儿没前科，还没有被通缉，既不可能对其采取强制措施，更不可能逮捕。"

"老谌，我知道你想说什么，但这不是抓不抓傅丽蓉的事，而是他们的工作态度有问题！"

84. 又被坑了

韩昕走进治安大队小会议室，放下包，拉开椅子坐下，连上城南派出所的 WiFi，开始跟李菜鸟视频。从视频上看，嫌疑人租住在一个老旧的小区。小区里很热闹，有许多商贩在摆摊，有好多老人坐在楼下晒太阳，还有人支着桌子露天打麻将，通过视频都能感觉到浓浓的烟火气，能感受到西南城市的市民过得有多悠闲。随着画面的移动，手机里传来李菜鸟的声音。

"韩哥，红姐住在这一栋楼的 702 室，就是窗台上种满花草的上面一层，老房子没电梯，老户型也看不到客厅，主卧和次卧的窗帘都拉着，只知道她和孩子在里面，不知道在屋里做什么。"

"你声音怎么怪怪的？"韩昕把手机靠在包上，拿起茶杯起身去接水。

"牙龈发炎，脸都肿了，疼得要命。"

"怎么搞的，是不是小时候糖吃多了？"

"我也不知道。"

杨千里考虑很周到，他人在看守所，但把单位的事安排得妥妥当当。韩昕端着茶杯刚坐到手机前，一个辅警就送来一份食堂做的饭菜。跑了一上午，韩昕正好饿了，说了一句谢谢，便接过筷子边吃边看。

韩昕看不见李亦军，李亦军却能通过视频看见他，忍不住问："韩哥，今天食堂吃什么？"

"红烧鸡腿，西红柿炒鸡蛋，还有清炒小白菜……你问这些做什么，你牙疼又不能吃。"

"我不但不能吃，连说话都疼。"

"那就别说话了。"

韩昕干脆挂断视频，点开小群看聊天记录。买毒品的钱已经转给嫌疑人了，从QQ截图上看，嫌疑人收下了钱，但以今天有事为借口，承诺明天发货。杨千里让潘劲松催她快点，她可能嫌烦没再回复。她明明在租的房子里，明明没事却声称有事，这说明她要么在吸毒，正在过瘾，懒得做生意；要么手头上没有现货，今天下午不补货，明天上午也要补。

韩昕想了想，放下筷子拿起手机，在群里发了一条语音："汪队，我认为她手头上没有现货的可能性比较大。要考虑她的补货方式，她有可能出去找上家，上家也有可能送货上门。"

"收到收到，我们会留意小区里的情况。"

"上家还可能埋地雷，就是先把毒品藏在一个地方，再通过某种方式收钱，然后让她自己去取，采用人货分离的方式交易。"

"如果采取这种方式交易就麻烦了……进来一个送外卖的，去了她住的那栋楼！"

"盯紧了，千万不要打草惊蛇！"

"真要是送给林丽红的怎么办？"

"让他走，如果有可能请山城同行帮着盯。"

"好的。"

如果搁以前，如果换作别的案件，根本不用这么麻烦，直接上楼抓人搜查就是了。但现在不是以前，正在侦办的也不是别的案件。正如韩昕前天所说，办这样的毒案必须考虑到证据，要是不能来个人赃俱获，要是缴获不到毒品，会直接影响到接下来的移诉甚至将来的定罪量刑。

习惯快刀斩乱麻的汪宗义没办法，只能硬着头皮蹲守。办这样的案子需要耐心，韩昕早习惯了，正啃着鸡腿，外面传来一阵急促的脚步声。紧接着，张宇航带着蓝豆豆、范子瑜和重案中队副中队长游耀星闯了进来。

"张大，你们怎么来了？"

"别吃了，把上午拷贝的监控视频和截图都给我。"

"傅丽蓉的？"

"没时间解释，赶紧的！"

"哦。"

韩昕顾不上再吃，赶紧用纸巾擦擦手，先从包里取出U盘，然后拿起手机给蓝豆豆转发截图。蓝豆豆一边接收一边转发给游耀星，张宇航把U盘也交给了游耀星："耀星，你和子瑜赶紧去城西中队，速度一定要快，争取两点半前联系上大巴车司机，搞清楚傅丽蓉究竟去哪儿了。"

"是！"

"小韩，你赶紧去分局纪检监察室，江主任正在等你。"

纪检监察室是什么地方……韩昕大吃一惊："张大，去分局做什么？我这边正盯着抓毒贩呢！"

张宇航没时间解释，催促道："服从命令听指挥，至于山城那边的行动，到了分局一样可以通过视频远程参与。"

"别担心，江主任只是找你了解点情况。"蓝豆豆帮他收拾好包，转身道，"张大，我们也该出发了。"

韩昕接过包跟出会议室，好奇地问："张大，蓝指，你们去哪儿？"

"我们去传唤蔡玉。"

"传唤蔡玉……是不是傅丽蓉出事了？"

"她到底有没有出事我不知道，只知道她是长州市监察委要抓的通缉犯，今天上午刚上网通缉的，你见过她，我们一起去调查过她，结果人从我们眼皮底下溜了，局里要搞清楚到底怎么回事。"

韩昕意识到问题的严重性，低声道："可她是今天才被通缉的！"

张宇航掏出车钥匙，走到车边回过头："所以说别担心，局里只是要搞清楚情况，到了分局实话实说就是了。"

……

相比城南派出所和刑警大队，城东派出所距分局要近一些。金志勇、黎杜旺和聂广俊一接到孙局的电话就匆匆赶到了分局，本以为局领导要布置什么紧急任务，没想到刚乘电梯来到局长、政委和几位副局长办公的六楼，政治处的小田就拉住了聂广俊，说是正好找他有点事。

政治处能找聂广俊有什么事……金志勇和黎杜旺一头雾水，见孙局站在办公室门口，急忙迎了上去敬礼问好。

"进来，进来说。"

"孙局，是不是有行动？"

"大行动！"

"什么大行动？"

孙局没跟往常一样招呼他们坐，顺手从桌上拿起一份通缉令，笑看着他们问："监察委要抓的逃犯，你们有没有抓过？"

金志勇探头看了看，笑道："监察委才成立几年，监察委通过我们公安发布通缉令真不多见。别说抓了，见都没见过。"

"仔细看看，到底有没有见过？"

"女的……孙局，你别开玩笑了，她是长州市的通缉犯。"

孙局紧盯着他问："真没见过？"

金志勇连忙道："真没有。"

"黎杜旺，你仔细看看，你有没有见过？"

"孙局，我一样没见过，真要是见过，我早抓了！"

"这么说你们真没见过？"

"真没有。"

他们不太可能在这个问题上撒谎，确认他俩确实不知情，孙局稍稍松下口气，但也只是稍稍松下口气。煮熟的鸭子从眼皮底下飞了，孙局越想越窝囊，强忍着怒火不动声色地问："如果遇上一个这样的通缉犯，你们想不想抓？"

黎杜旺不假思索地说："当然想，只要是通缉犯我们都想抓！"

金志勇意识到领导不会无缘无故问这些，更不会无缘无故让他们来分局，不禁笑问道："孙局，是不是有线索，是不是要把这个任务交给我们城东派出所？"

孙局脸色一变，抬起胳膊指指他们咆哮道："有没有线索，你居然好意思问！送上门的线索都不要，给你们提供线索都不去查，你这个所长怎么当的？你这个教导员怎么干的？"

金志勇吓一跳，苦着脸问："孙局，什么送上门的线索？"

"就是这个通缉犯的线索，照片和住址都给你们发过去了，你们竟然什么都没做，就这么眼睁睁让通缉犯跑了！"

"谁发给我们的？我们不知道。"

"是啊孙局，我们没收到这方面的线索，也没收到指挥中心的指令。"

"昨天中午十二点半左右，禁毒中队的韩昕发给聂广俊的，还给聂广俊打了个电话，他难道没跟你们汇报？"

人形缉毒犬！早上刚看过张宇航的笑话，刚说"人形缉毒犬"就是个无差别坑的瘟神，怎么又稀里糊涂被他给坑了……黎杜旺整个人都蒙了。金志勇看着手中的通缉令，一样傻眼了。

"这件事张区长已经知道了，张区长的态度很明确，群众打个110，民警五分钟不到，十分钟也要到现场。兄弟单位的民警给你们提供线索，你们竟然不当回事，这说明什么问题？作为所长教导员你们要深刻反省！"

"孙局，我……"

"我什么我，宋书记等会儿要找你们谈话，先想想等会儿怎么跟宋书记说吧。"

与此同时，纪检监察室江主任正在翻看聂广俊的手机微信。不看不知道，一看不敢相信这是真的。韩昕的微信头像上有个"4"，也就是说聂广俊压根儿没点开看！江主任拿起手机对着屏幕连拍了两张照，然后点开微信，赫然发现两张通缉犯穿着睡衣的照片，一张落脚点大门的照片和一条关于具体地址的文字信息。江主任继续拍照，用笔记下发这三张照片和文字信息的时间，然后翻开手机通话记录。几乎在同一个时间段，禁毒中队民警韩昕给聂广俊打过电话，通话时长四十七秒。江主任继续拍照，继续做记录。

警队"啄木鸟"这是在取证啊！聂广俊不但意识到问题的严重性，而且吓出了一身冷汗，想问"人形缉毒犬"昨天让安排辅警去摸摸底的那个女人到底怎么回事，可又不敢问。

"聂广俊，你是老党员老民警老同志，因为时间关系，墙上的这些纪律和规定我就不跟你交代了，请你如实回答几个问题。"

"是，我保证如实回答。"聂广俊连忙坐直身体。

江主任检查了下执法记录仪，拿起笔不缓不慢地问："第一个问题，昨天中午十二点四十六分，刑警大队四中队民警韩昕给你打过电话，他在电话里跟你说了些什么？"

又被坑了！而且这次比前几次坑得更惨，居然被坑到了纪检监察室。聂广俊肺都快被气炸了，可面对江主任的询问，只能硬着头皮道："他说他发现一个年轻女子比较可疑，请我安排个辅警去摸摸可疑女子的底。"

"你安排了没有？"

"没有。"

"为什么不安排？"

"他只是说那个女子看着萎靡不振。江主任，他是专业缉毒的，连他自己都没把握，所以我就没放在心上。"

85. 侦查、调查

江主任亮出通缉令，点开韩昕昨天中午发的可疑女子照片，轻轻放到聂广俊面前。聂广俊倒吸了一口凉气，终于意识到为什么会被叫到这里，意识到这事真不能怪"人形缉毒犬"，完全是自己坑了自己……

就在聂广俊追悔莫及之时，韩昕在隔壁办公室一边看着手机，一边回答督察大队翁大的问题。在如此严肃的地方，他在一心二用。换作别人，早被严厉批评了，但他不是别人，他是分局唯一的专业缉毒民警。此时此刻，他正通过手机远程参与侦办一起毒案。

"嫌疑人已经进去了，直接上楼的，没办理入住。"

"我们的口音容易暴露，已经请山城同行跟上去了。"

"她到了六楼，她进了605房间，山城同行正在查询入住记录。"

"查询到了，开房的是一个四十三岁的本地男子，高中学历，已婚，没有前科。"

林丽红出门了，打车进了一家快捷酒店。如果是来买货的，现在采取行动就能来个人赃俱获。如果不是来买货的，那之前所做的一切全白费。

汪宗义和王伟没了主意，杨千里一样下不了决心，在群里问："小韩小韩，你是班长，到底抓不抓，赶紧说句话！"

韩昕神情笃定："不抓，继续监视。"

"小韩，你要想好了！"杨千里患得患失。

"不用想，再等等。"

"那要等到什么时候？"

杨千里话音刚落，汪宗义就急切地说："山城同行说了，他们只按规定提供必要的协助。再这么下去就不是协助，而是联合侦办了！"

韩昕轻描淡写地说："他们如果想走，就让他们回去。"

"人生地不熟的，我们连本地话都听不懂，他们走了接下来怎么盯？"

"放心吧，他们不会走的，他们还等着跟我们谈进一步协作、谈联合侦办呢。"

"小韩，你就这么有把握？"

韩昕正准备开口，杨千里就笑道："老汪，小韩说得对，他们不会走的，你们不要着急，一定要稳住。"

箭在弦上的行动就这么取消了，杨千里那么强势的一个人，居然对眼前这位言听计从。翁大觉得很奇怪，见他们结束了群视频，好奇地问："韩昕同志，如果开房的男子是毒贩，他正在跟女嫌疑人在房间里交易，因为你的犹豫导致战机延误怎么办？"

韩昕猛然想起这里是很严肃的纪检监察室，连忙道："报告翁大，就算他是毒贩现在也不能抓。"

"为什么？"

"如果开房的男子是惯犯，他不可能一手收钱一手交货，十有八九会把毒品藏在房间里的某个地方。比如电视机后面，又比如卫生间里。要是现在采取行动，我们就算能搜出毒品，也很难作为他贩毒的证据。"

"都已经搜出来了，怎么不能作为证据？"翁大之前一直在政治处工作，没办案，对这些是真不懂。

韩昕耐心地解释："如果女嫌疑人拒不承认是来买毒品的，毒品的外包装上又没那个男子的指纹或 DNA，我们就不能证实上家接触过毒品。而宾馆又是一个十分具有流通性的场所，不能排除毒品是之前入住的人留下的，至少不能排除这种合理的怀疑。"

"两个人都在房间里，毒品也在房间里，这都不能算？"

"如果没其他强有力的证据支持，真不能算。所以遇到这种情况，检察院一般会作不起诉处理。就算起诉了，法院也会作无罪裁判。"

翁大又问道："那你凭什么断定山城同行不会走，肯定会留下来协助的？"

韩昕无奈地说："因为我们掌握了线索，如果案情比较复杂，那对我们而言侦办难度会非常大，需要投入大量的人力财力。但他们有主场优势，这些对他们来说都不是问题，就等着我们主动请他们提供进一步协作，甚至主动提出跟他们联合侦办。"

"他们对这个案子感兴趣？"

"如果他们来我们陵海办这样的案件，我们一样会感兴趣。"

看着翁大若有所思的样子，韩昕接着道："因为这不只是能不能完成任务那么简单，而且涉及缴获。"

"如果联合侦办，就要跟他们分？"

"不只是联合侦办要分。"

韩昕笑了笑，如数家珍："对于毒品案件异地侦办请求协作，上级有明文规定。如果联合侦办，所追缴的毒资财产，办案单位在取得罚没返还之后，要拿出百分之四十给协作方。没有成立联合专案组，只是请异地同行提供侦查方面的协助，取得罚没返还之后要给协作方百分之三十；请异地同行协助查封、冻结、追缴毒资财产的，取得罚没返还之后要给对方百分之十。"

出多少力，分多少返还，明码标价……翁大禁不住笑道："还有这个规定？"

"有啊。如果根据异地同行提供的情报线索，立案侦查并成功破获的毒案，缴获的毒资财产依照有关法律和规定取得罚没返还之后，要拿出百分之二十给人家。"

"那这个案子，接下来要不要请求山城同行提供进一步协作？"

"这要看情况，要看侦办进展。"

聊到这儿，韩昕突然想到一个问题，赶紧拿起手机跟杨千里语音："杨所，我认为我们需要做最坏打算。"

"什么最坏打算？"

"要做林丽红的女儿没人管的最坏打算。"

"这个不是考虑过了吗，实在不行就给她办就地取保。"

"要是上家还有上家呢？"

"小韩，你能不能说具体点？"

韩昕急切地说："如果上家只是一个小毒贩，并且案情错综复杂，往上打的难度比较大，我认为不如把林丽红连同其上家一起'卖给'山城同行。对我们而言不但甩掉一个麻烦，而且照样算完成了一个任务。等山城同行打掉整个网络，有缴获罚没返还，我们还能多多少少分享点，毕竟线索是我们提供的。"

杨千里苦笑道："这个问题我早想过，可人家又不是傻子，怎么可能让我们坐享其成。"

韩昕笑道："他们有主场优势，我们一样有我们的优势。"

"我们的优势不就是线索吗，但有时候线索就是一个烫手山芋。吸毒必查贩毒、贩毒必查团伙、团伙必查通道，人家就在这儿等着我们呢！"

"除了线索之外我们还有一个优势，那就是有钱。"

"小韩，你别开玩笑了，我们真要是有那么多经费，用得着担心怎么往上打吗？"

"但人家觉得我们有钱，我们也要表现出我们有钱。区里的 GDP 一千多亿，全市 GDP 破万亿，我们分局怎么可能没钱？"

杨千里听出了他的言外之意，笑问道："小韩，你是说如果侦办难度确实很大，就跟他们虚张声势，让他们以为我们不在乎花多少经费，我们就是想在他们的地盘上破大案、立大功？"

跟聪明人合作就是痛快，韩昕笑道："合伙的买卖不好做，他们想联合侦办没门儿，除非打包'买走'，等将来有缴获罚没返还，给我们百分之二十。"

"这个主意不错，我们是要做最坏打算，我这就向李所汇报。"

他们居然想把麻烦甩给人家，居然想把嫌疑人和线索打包"卖给"人家！这哪里是民警，这分明是两个大忽悠。翁大听得目瞪口呆，愣了好一会儿才缓过神。

"韩昕同志，连杨千里同志都尊重你的意见，可见你的禁毒经验非常丰富，眼力、判断力和随机应变的能力，用你们年轻人的话说都是'在线'的。"

"翁大，我只是……只是见得比较多，接触得比较多。"

"所以说你禁毒经验丰富，所以我想问问你，昨天中午发现傅丽蓉可疑，你为什么不及时果断地采取措施，比如拦下来盘问，或者向你们中队乃至大队领导及时汇报？"

"我拿不准。"

韩昕放下纸杯，尴尬地说："不怕您笑话，可能因为工作的关系，我只要见着萎靡不振的人，就会想他是不是吸毒人员；只要进入一个陌生的空间，我就会想哪里有可能藏毒。"

翁大笑问道："职业病？"

"可能真有点职业病，至于没及时向队领队汇报，主要考虑到我们刘队和蓝指都很忙。"韩昕想了想，继续道，"而且在毒品案件侦办这一块，我们主要是与兄弟单位联合。所以我就请城东派出所的聂队，帮着安排个辅警去摸摸她的底。"

"为什么请城东派出所帮忙，而不是请重案中队或者城区中队？"

"我调回来时间不长，跟兄弟中队接触不多，没有他们的联系方式。再就是考虑到在摸排人口这件事上，辖区派出所具有优势。"

"平时不怎么跟兄弟中队接触？"

"是。"

作为刑警大队的民警，居然不跟兄弟中队打交道，翁大觉得很奇怪："为什么跟辖区派出所经常接触？"

"我们中队人少，要对全区的戒吸人员进行抽检，只有请派出所的同志帮忙。这段时间我一直在做这项工作，正在侦办的这起毒案线索，就是通过抽检发现的。"

"你联系过聂广俊之后，他迟迟没有回复，你为什么不打电话问问？"

"我倒是没忘，主要是顾不上。我的工作性质，决定了我要搞清楚辖区内每一个戒吸人员的情况，所以昨天下午我要去城北派出所参与抽检，抽检完之后接到紧急命令，参与抓捕躲在我们陵海的杀人犯王宝城，顺便抓了个赌……"

情况基本搞清楚了，跟杨千里一样狡猾的小伙子，在这件事上不但没责任而且有功。翁大不想影响他侦办毒案，确切地说不想影响他和杨千里那个老狐狸一起坑山城同行，勉励了几句，让他先回去。

86. 韩坑

张宇航和蓝豆豆把蔡玉传唤到分局，交给政治处的两位女警，留下昨晚盘查时做的笔录，就把下午要给师生们开讲座的蓝豆豆送到城南中学，然后马不停蹄回到单位。本来准备直接回副大队长办公室的，发现韩昕的车停在院子里，他便一口气爬上三楼。刘海鹏出去开会了，韩昕一个人坐在中队长办公室里发呆，从背影上看就知道他心事重重。张宇航意识到他平时只是嬉皮笑脸，并非没心没肺。

"小韩，山城那边什么情况？"

"张大，你什么时候回来的？"

"刚回来。"张宇航俯身看了看杨千里拉的办案群，走到曾经属于他的办公桌前坐下。

韩昕缓过神，抬头道："嫌疑人刚从一家快捷酒店出来，看着不像是与上家交易的，更像是卖淫的。这会儿去了一家足疗店，汪队和王警长他们正在店外盯着。"

"她在足疗店上班？"

"可能是，那个店很小，汪队说她看着跟老板娘很熟。"

"她接触的每一个人都可能是上家，她随时都可能与上家交易，这要盯到什么时候？"

"不知道。"

韩昕想了想，又苦笑道："所以说办这种案子需要耐心，甚至需要经营。"

张宇航知道他心事重重的，并非担心案子破不了。事实上城东派出所摔那么大跟头，张宇航自己心里也不是滋味儿，直言不讳地说："小韩，你是不是在担心聂广俊？"

"我要是不给他打那个电话，就不会发生这些事。"

"昨天中午，你也让豆豆帮着给治安大队打过电话，治安大队是怎么对待的，他聂广俊又是怎么对待的？"

"张大，你说的这些我懂，但不管怎么说这一切都是因我而起。"

都是一个分局的同事，抬头不见低头见的，换谁心里都不是滋味儿。张宇航能理解他此时此刻的心情，但依然敲敲桌子："我们这是什么单位？我们是准军事化管理的纪律部队。你恪尽职守，没做错什么，没必要内疚。他聂广俊关键时刻犯了不该犯的低级错误，就算被处分那也是咎由自取！"

"我知道，可是……"

"没那么多可是，我们应该反过来想，如果他昨天没犯这个低级错误，安排人或者亲自去查了，发现傅丽蓉没问题，让傅丽蓉走了，上级虽然一样不高兴，但谁也不会追究他聂广俊的责任。"

张宇航顿了顿，接着道："如果他昨天去查了，发现傅丽蓉确实可疑，留置盘问十二个小时，那他就抓获了一个通缉犯，上级会表扬他，甚至会给他评功评奖。"

韩昕点点头："这倒是。"

"所以这事跟你没关系。当然，闹出这档子事，加上之前发生的一些事，对你不了解的一些同志，可能会对你有一些看法。但你韩昕是做什么的，你在乎别人怎么看吗？"

"张大，你这话什么意思？"

"我记得你刚来那天，我们给你接风，你说你最大的优点就是脸皮厚。这点事算什么，你又没做错，难道还会怕别人笑话？"

韩昕不想被他小瞧，打开抽屉取出一沓戒吸人员资料："我不是怕人家笑话，我是担心会影响今后的工作！毕竟戒吸人员都在城区，光城东派出所辖区就有二十七个。"

张宇航站起来拍拍他肩膀："我以为什么事呢，你不方便出面，可以让老刘和豆豆出面。"

"只能这样了。"

"不说了，你先盯着山城那边，我还要赶紧去向黄大检讨。聂广俊不当回事摔了大跟头，金志勇和黎杜旺这会儿肯定暴跳如雷。其实我们黄大和余教一样不高兴，这么重要的线索居然提供给外人，必须主动承认错误。"

"张大，这不关你事，还是我去吧。"

"队伍没带好，我是主要责任人，怎么就不关我事。"

张宇航走到门边，想想又回头笑道："回头要请小范吃顿饭，要不是他比对出王宝城，给我们来了个一俊遮百丑，这一关还真不好过。"

城东派出所让一个通缉犯跑了，刑警大队何尝不是……韩昕赫然发现自己真成了"吃里爬外"的典范，哭笑不得地说："是要好好感谢他，张大，这顿饭我安排，我请。"

"这可是你说的，我就不跟你客气了。"

"时间你定。"

"行。"

刚目送走张宇航，手机里就传来了汪宗义的声音："杨所杨所，她出来了，正在过天桥！"

"盯紧了，千万别跟丢。"

"放心，小李和山城同行装作有急事，跑到她前面去了。"

韩昕点点鼠标，看着刚才搜的地图，拿起手机："汪队汪队，天桥下面有个超市，她前两次都是把毒品藏在调料里发出的，重点留意她会不会去超市买小面调料。"

"明白，我让小李先进超市！"

"小韩，如果她是去买小面调料的，是不是意味着她已经买到了货？"杨千里紧张地问。

"有这个可能，要留一个人盯着足疗店。"韩昕想了想，补充道，"但我们现在掌握的情况太少，唯一能确认她买到了货的方式，就是去快递收发点发货。"

"她如果不去原来那个快递收发点呢？"

"杨所，这你大可放心，她很清楚要发的是毒品，不会轻易交给不熟悉的快递小哥，只会交给她比较熟悉，至少她认为不太可能被检查出来的快递收发人员。"

"小韩小韩，她真进了超市！"

"汪队，一定要稳住，不要打草惊蛇。"

"知道了，我正在往回走，我去盯足疗店。"

不出所料，林丽红一进超市就推着购物车直奔调料区。她先是从货架上取了一小桶小面调料，然后去买了十几盒泡面，又去零食区称了一大袋饼干、茶干、果冻之类的零食，把车推到收银台前又回头去买了一箱牛奶。结完账，一手提着个沉甸甸的大方便袋，一手提着牛奶原路返回。她身体看着不太好，提得很吃力，尤其上天桥时，爬几个台阶就要休息一下。

足疗店的门面很小，生意也不太好。汪宗义等人盯了两个多小时，只进去三个看着都不是特别有钱的人，其中有两个年龄超过五十岁。借客人进去的机会，山城同行帮着偷拍了几张照片。

韩昕点开汪宗义刚转发到群里的照片，仔仔细细看了看，赶紧举起手机："汪队，从现在开始兵分两路，一路盯林丽红，一路盯穿花格子短裙的女子！"

"包括老板娘在内，店里一共有四个技师，为什么只盯穿花格子的这个？"

"她跟林丽红一样是吸毒人员。"

"你能确认？"

"这你尽管放心，如果看走眼我负责。"韩昕拿起桌上的固定电话，接着道，"你们先盯着，我这就向张大汇报，请张大让情报中队用人脸识别试试，看能不能比对出什么。"

"行，我们等你消息。"

等了大概十五分钟，都没等到张大的回复。韩昕正准备再打个电话问问，范子瑜拿着五张刚打印的材料跑了过来，一进门就笑问道："老韩，你怎么盯上这么个奇葩的！"

"怎么回事？"

"五次取保候审，三次监外执行，这个叫杨朝梅的女人，从二〇〇九年就开始以贩养吸，被上网追逃过两次，被六个地方的公安局抓过，被三个地方的法院判过刑，但每次都因为怀孕或正在哺乳期无法收押收监，她累次通过这种方式逃避法律制裁！"

"知道了，我先拍个照。"

"你打算抓她？"

"案件正在侦查阶段，需要保密。"

"跟我还保密，你有本事别找我帮你查呀！"

相比刚查的这个女人，范子瑜对这两天发生的事更感兴趣，带上门感慨道："老韩，聂广俊这一关恐怕不好过，说不定连金志勇和黎杜旺都要倒霉。"

"是吗？"

韩昕把刚拍的材料，赶紧发到群里。

范子瑜感慨万千："你就是个坑货，你简直是城东派出所的克星！你不但坑城东派出所，也坑黄大和余教，害黄大余教被人家笑话，连刘队和豆豆姐上午都被余教喊过去上政治课。"

韩昕无奈地说："确实有点坑，但我不是有意的。"

"幸亏不是有意，你要是有意的，不知道还会有多少人倒霉呢。我们队长指导员说了，以后要离你远点。"

"这么夸张？"

"前车之鉴摆在那儿，我们可不想稀里糊涂被你小子给坑了。"

范子瑜说着说着竟掏出手机，点开群聊："看看，这是弟兄们给你取的新绰号，从现在开始你不叫韩昕，你叫韩坑！"

韩昕实在没心情聊这个话题，推开他的手机："你和游队有没有联系上傅丽蓉昨晚坐的那辆大巴车的司机？"

"早联系上了。"

范子瑜看看手机上的时间，得意地说："司机天天在路上跑，哪记得谁在什么地方下的车。但车上装了监控，只是他在路上没法儿调看。我们已经安排好了，他再过两个多小时会路过我们陵海，长州市公安局的人正在城西交警队等。"

"长州的人来了？"

"早来了，大部队已经走了，就留下两个人等着调大巴车的监控。"范子瑜放下手机，继续道，"已经掌握了傅丽蓉现在用的微信号，等查询到绑定微信的手机号和银行卡，就能锁定她的位置。办案单位的来头又那么大，查询起来很快的，我估计最迟明天中午就能抓到她。"

87. 这小子可以啊

张区长开完会回到分局，公子岭市公安局的同志正好到了。按惯例由谌局负责接待，他则连晚饭都顾不上吃，就回办公室听宋书记汇报调查结果。不听汇报还好，听了更生气，他不敢相信聂广俊作为一个老党员老民警，竟然因为城东派出所被兄弟单位看了两次笑话，就不想再搭理韩昕，以至于犯下如此低级的错误。

宋书记干咳了一声，接着道："他的态度还是很端正的，已经意识到错了，金志勇和黎杜旺也作了深刻检讨。但通过这件事暴露出不少问题，我认为应该引起重视。"

张区长低声问："什么问题？"

"首先，可能由于我们陵海吸毒人员很少，毒品案件也少，包括城东派出所在内的许多基层所队，虽然都想侦办毒案，但事实上对打击毒品犯罪的重要性没有足够认识。"

"有道理，如果他们脑子里紧绷着禁毒这根弦，绝不可能发生这样的事。"

"其次，我们在涉毒案件的侦办上缺乏有效机制，刑警大队没发挥出统筹作用，以至于发现疑似吸毒人员，禁毒中队民警第一个想到的竟然是辖区派出所，而不是重案中队或城区中队。"宋书记点上支烟，继续道，"刑警大队在队伍建设上也存在问题，比如韩昕既是老兵也是新警，既然是新警为什么不帮他找个师傅？毕竟他对业务熟悉，不等于对新的工作环境熟悉。"

张区长觉得这话说在点子上，沉吟道："发现线索居然提供给治安大队，连兄弟中队的战友都不认识，可见他对新单位有多陌生，如果有个师傅就不会发生这些事。"

"大队内部的管理也有问题。"

"老宋，这个你可能错怪黄骁和余锦泽了。禁毒中队的情况比较特殊，因为禁毒工作比较繁杂，人员又少，过去这些年没真正侦办过毒案，突然开始参与甚至负责全区的毒品案件侦办，难免顾此失彼。"

张区长沉思了片刻，又说道："不过你说得也对，在毒品案件侦办上，是需要建立一个新的机制。回头让老谌去刑警大队调研下，争取尽快拿出一套新机制。"

"那聂广俊呢？"

"回来的路上，赵局给我打了个电话，说长州市局领导委托他向我们表示感谢，说我们分局提供的线索，在缉捕傅丽蓉的行动中，起到了决定性作用。"

宋书记惊问道："张区长，你是说傅丽蓉已经落网了？"

"落网了，半个小时前落网的。"

"这么快！"

"具体情况我也不清楚，只知道这个傅丽蓉是一个很关键的嫌疑人。"

"想想也正常，如果不关键不重要，长州市监察委也不会安排一个委员亲自出马。"

"不说这些了，还是说说聂广俊的事吧，以他的工作态度和他犯的错误，给个记过都是轻的！"张区长敲敲桌子，随即话锋一转，"可市局刚表扬了我们，不能在这个时候自己打自己的脸。你回头安排个时间，对他进行诫勉谈话。指出其存在的问题，分清是非责任，督促整改，帮助他汲取教训。"

"金志勇和黎杜旺呢？"

"约谈吧，一对一约谈！"正说着，本应该在接待公子岭市同行的谌局竟去而复返，敲门走了进来，作为公安局长最担心的就是被刑侦副局长火急火燎地找。张区长心里咯噔了一下，以为发生了什么恶性案件。

谌局不知道吓了局长一跳，连招呼都顾不上打就汇报道："张区长，宋书记，十分钟前，城南派出所和禁毒中队又发现一个逃犯。黄骁一接到汇报就给我打电话，请示从重案中队抽调三个民警，连夜去山城参与抓捕。"

"逃犯在山城，他们是怎么发现的？"

"是啊老谌，逃犯不在我们辖区，我们怎么抓？"

张区长一脸茫然。宋书记觉得有些荒唐。

谌局连忙点开微信，解释道："事情是这样的，禁毒中队这段时间正联合各派出所，对全区的戒吸人员进行突击抽检，在抽检中发现一个叫潘劲松的男子，在社区戒毒期间吸毒。"

张区长反应过来："这个我知道，他们是不是顺藤摸瓜发现了新线索？"

"是，刚发现的。"

"说具体点。"

"城南派出所的汪宗义等同志，在山城盯贩卖毒品给潘劲松的嫌疑人林丽红时，发现了几个跟林丽红一起在足疗店干的女子，就悄悄拍了几张照片发给了韩昕。"谌局把手机放到张区长面前，指着照片道，"韩昕一眼就看出这个女的是吸毒人员，立即向张宇航汇报，请示让情报中队帮着查查。没想到前天刚比对出杀人犯的小范，很快就比对出这个女人的身份。"

范子瑜那个小伙子很不错，看来可以重点培养……张区长暗暗记下了范子瑜的名字，看着手机里问："这个女的是逃犯？"

"还不是一般的逃犯。"

"怎么个不一般？"

谌局拿起手机，翻到黄骁刚转发来的资料："这个叫杨朝梅的女子，因涉嫌贩毒被三个地方的法院判过刑，但每次都通过怀孕或哺乳期逃避法律制裁。最后一次，也就是去年七月，被判处有期徒刑二十一年，剥夺政治权利三年。"

"然后呢？"

"她当时怀孕，只能监外执行，千方县司法局依法对她实行社区矫正。千方县检察院监所科的检察官，去年十二月六号去司法局集中点名。发现杨朝梅没按时按规定报到，连手机都关机了，无法联系。"谌局顿了顿，继续道，"鉴于她之前就有过多次违反社区矫正管理规定的行为，千方县检察院督促司法局向他们省监狱管理局提出收监执行建议，并在第一时间给千方县公安局发出检察建议，督促网上追逃。"

通过不断怀孕逃避法律制裁，对身体的伤害有多大……不过话又说回来，她吸毒成瘾，为筹集毒资甚至不惜贩毒，她已经没灵魂了，已经不把自己当人了。张区长轻叹口气，感同身受地说："遇上这么个逃犯，千方县公安局、检察院和司法局一定很头疼。"

谌局才不会管千里之外的同行头不头疼，意味深长地说："但对我们而言她就是逃犯，事实上她本来就是逃犯，并且与我们正在侦办的毒案有关联。"

宋书记笑问道："老谌，你是说安排民警去山城把她抓回来，然后移交给千方县公安局？"

"抓逃犯是我们的工作，至于她现在是不是怀有身孕，是不是处于哺乳期，这些都不重要。反正抓获之后要移交，与我们分局没任何关系。"

三天抓两个逃犯，并提供线索协助兄弟市局抓获了另一个通缉犯，这就是连战连捷！张区长虽然很同情大西南的同行，因为抓获移交给他们之后，这个女逃犯十有八九又会逃，到时候他们又要上网追逃，但到手的成绩不能不要。

"对，只要是逃犯就要抓，赶紧安排吧！"

"张区长，有个情况差点忘了汇报，这个逃犯是我们的民警和山城同行一起发现的，远程参与侦办的韩昕认出了她是吸毒人员，山城同行暂时没认出。

虽然杨千里已经给正在山城前线的民警下了封口令，但很难说山城同行会不会看出她是吸毒人员并查清其逃犯身份，所以我们的动作要快。"

"那就让增援的民警坐飞机过去。"

"行，我这就去安排。"

谌局前脚刚走，宋书记便感叹道："张区长，这个韩昕可以啊，'2·12'案的线索是他发现的，非法入境的缅甸女人是他认出来的，抓捕王宝城他参与了。傅丽蓉的线索是他发现的，刚才说的这个杨朝梅，也是他先认出是吸毒人员，情报中队的小范才查实其逃犯身份的。"

提到韩昕，张区长不禁笑道："如果不可以，他能被程疯子惦记上？"

"警官培训中心的程文明也知道韩昕！"

"程疯子不但知道，还想帮任大傻挖我们的墙脚。"

"这个墙脚可不能让他们挖。"

"这你大可放心，山高皇帝远，县官不如现管，他们的靠山再硬，在我这儿也不好使！"

"韩打击"确实不太可能管这些事。事实上对当年跟他一起从良庄出来的那些老部下，实在算不上有多关照。比如程疯子，警衔虽高却无官无职，而且他能穿上白衬衫是豁出命换来的。又比如任大傻，只是崇港分局的禁毒大队长，到现在依然是副科级。职务最高的好像就是思岗市公安局副局长王燕，并且她那个正科级副局长是在良庄那个犄角旮旯熬了十几年才做上的。看来跟领导关系太近太好也不一定是好事，尤其遇到"韩打击"那种"六亲不认"的领导，想升职都比别人难……宋书记暗暗感慨，想想又好奇地问："张区长，那你是从哪儿把韩昕挖过来的？"

"他不是我挖来的，是市政法委副书记关远程和市局禁毒支队肖云波硬塞给我的。刚开始我还不想要，结果竟然捡了个宝。"

"关书记和肖支塞给我们的，这么说韩昕来头不小！"

"这事跟你想象中的不一样。"

"张区长，我不太明白……"

"他跟肖云波没任何私人关系，跟关书记也没什么关系。关书记和肖云波之所以帮这个忙，我之所以接收他，主要是考虑到他在部队立过功，而且他是陵海人。"

宋书记还是不明白，低声道："要说立功，那在部队立功的人多啦。"

张区长停住脚步，意味深长地说："他立的功跟别人不太一样，你可以理解为战功。"

88. 新警入职三把火

去人家辖区抓逃犯，光有办案协作函、介绍信和拘传证等手续可不够，要体现出分局对这个案子的重视。谌局要求把侦办专班升格为"3·13"专案组，黄大兼任组长，张宇航和杨千里兼任副组长，下设侦查抓捕和情报研判两个小组。汪宗义担任侦查抓捕小组长，韩昕担任情报研判小组长，但组员只有一个范子瑜。

"3·13"案的前期工作主要是城南派出所做的，在前线的民警也全是城南派出所的。既然是联合侦办，刑警大队不能坐享其成，所以援兵主要从刑警大队抽调。从重案中队一下子抽调三个人不现实，这种连夜出发的紧急任务，领导们再次想到了各中队的单身狗。

重案中队的张浩既是单身狗也是外地人，简直是紧急出差的最佳人选。城区中队的陈阳和西塘中队的周科洪，不出意外地被抽调进专案组，很荣幸地再次参与毒案侦办。要抓捕的嫌疑人林丽红是女的，要抓的逃犯杨朝梅也是女的，这意味着前线至少需要两名女警。刑警大队女同志比较少，女警只能从城南派出所抽调。社区民警王一娟本来早下班了，因为要协助治安队调解两个老太太之间的纠纷没走成，就这么稀里糊涂被抽调进了专案组。刑警大队安排车送他们去滨江机场，机票要自己订，反正都有公务卡。

周科洪看着手机说："晚上有两个航班飞山城，咦，怎么起飞时间都是十点二十……"

陈阳笑道："老周，你真是个土鳖，晚上飞山城的就这一架飞机，这叫共享航班，就是一个航空公司卖另一个航空公司的机票，再挂上自己公司的航班号。"

"同一架飞机啊，可票价不一样，到底买贵的还是买便宜的？"

"当然买便宜的，你还想坐商务舱！"

"好，那就都买便宜的这个。"

王一娟平时很少出差，捧着手机回头问："陈阳，保险怎么买？"

陈阳不假思索地说："当然也买最便宜的，可能最便宜的都不一定能报销。"

"凭什么不能买贵点的，凭什么不给报，难道我们的命就不是命？"

"出差报销有规定，具体我也不是很清楚，你可以打电话问问你们所里的内勤。"

"真要是按规定，飞机都不能坐。"

张浩不会说陵海话但能听懂，放下手机用普通话说："王姐，别担心，飞机其实是最安全的交通工具，出事的几率比坐汽车小多了。"

周科洪笑道："嗯，出事的几率是不高，可真要是遇上生还的几率也不高。"

"不许说这些不吉利的话。"王一娟瞪了他们一眼，又问道，"行程单怎么办，这下面有快递的，你们有没有点？"

"这个千万别点，快递收钱的，快递费报不掉。"

"那没行程单怎么报销？"

"机场应该可以打印。"

"这么晚了，到山城正好是半夜，万一打印不了呢。"王一娟捋了捋秀发，又提醒道，"我们去可以坐飞机，回来肯定不让坐，今晚不打印就没机会打印了！"

"如果今晚打印不了，等回去再从手机上让航空公司邮寄。"

"那邮寄的钱怎么办？"

"到时候再说，我又不是财务，我哪知道。"

幼儿园老师刚在群里布置了手工作业，说是给孩子们布置的，其实是给家长布置的。想到这个手工明天是交不上了，女儿很可能会被老师批评，王一娟嘟哝道："到底是什么任务，这么急？我连衣服都没来得及收拾，就身上这件上下班时穿的外套。"

司机小田不是外人，周科洪没什么好担心的，轻描淡写地说："抓捕任务，抓捕一个女逃犯。"

"让我过去协助你们押解？"

"抓到之后还要请你帮着搜她的身。"

"明白了。"

聊到要执行的任务，张浩笑道："老周，我们游队说'韩坑'也被抽调进了专案组，也跟上次一样远程指导我们。"

陈阳下意识地问："抓逃犯又不是侦查，要他指导什么？"

周科洪刚跟范子瑜在微信里聊过，抬头道："这个案子本来就是他们中队和城南派出所联合侦办的，我们要去抓的逃犯既吸毒也贩毒，这种事怎么可能少得了他。"

王一娟反应过来："原来是我们所里的案子……"

聊到"人形缉毒犬"那个大坑货，张浩羡慕地说："只要是毒案都有他的份儿，不用像我们这样东奔西跑，抓到嫌疑人之后也不用整理案卷材料，不用担心被法制预审挑刺，他这活儿真轻松。"

"人家是机关的，是领导。等你做上领导，你也可以坐在办公室里指挥。"

"副中队长算什么领导，我们游队一样是副中队长，还不是照样办案，光'2·12'的卷宗就整理了六百多页。"

"你们才六百多页，同样是'2·12'案的嫌疑人，我们整理了九百多页！"

"所以说韩坑很爽，他坑坑人、露露脸就行了，不用像我们这样累死累活。"

没吃过猪肉不等于没见过猪跑。王一娟虽然没办过案，但很清楚办案有多辛苦，知道抓获嫌疑人只是刚刚开始。尤其整理刑事侦查卷宗，不能出一丁点差错。从立案、拘留、逮捕等法律文书，到书证、物证照片和对证人、被害人的询问笔录，对犯罪嫌疑人的讯问笔录等诉讼证据，再到相关视频资料，内容细致繁杂且严谨。而这些工作需要在规定期限内完成，法制预审大队审核确认没问题，移送检察院侦监科。侦监科的检察官通过阅卷、提审核对证据材料，在七天之内决定是否批准逮捕犯罪嫌疑人。如果批准逮捕，卷宗会返回法制预审大队，法制预审大队再移送检察院公诉科提起公诉……

光这些就让人头疼了，让人更头疼的是，一个办案民警可能要同时办好几起案件。王一娟很同情他们这些有本事的单身狗，但对他们所说的"大坑货"更感兴趣，好奇地问："谁是韩坑，他坑谁了？"

"禁毒中队的韩昕，除了他还能有谁。"

"本来以为他只是专注于坑城东派出所，没想到他连自己单位都坑，有线索居然白送给治安大队，害我们黄大和余教被人家看笑话。"

"原来是韩昕，我见过，我感觉他人挺好的。"王一娟笑道。

周科洪跟韩昕并肩作战过，对韩昕比较了解，抬头道："他又不是有意坑城东派出所的，更不是有意把线索提供给治安大队的。他只是刚调回来，不了解大队的情况。"

张浩回头问："老周，你跟他关系不错？"

"还行，在禁毒上他确实很厉害，我其实挺佩服他的。人家是新官上任三把火，他是新警入职三把火，连坑城东派出所三次，再坑坑自己单位，这名气就坑出来了。"

周科洪顿了顿，又似笑非笑地说："你们想想，从今往后，他要是再遇到什么情况，不管给我们打电话，还是给几个派出所打电话，谁敢不当回事？"

陈阳惊叹道："还真是，他现在一个电话比我们队长指导员都好使！"

张浩沉默了片刻，苦笑道："有本事的才能坑人，没本事的只有被坑。别看他把城东派出所坑那么惨，但在局领导心目中这就是本事。"

"在我心目中也是，至少在缉毒方面我很佩服他，你们跟他打几次交道就知道了。"

周科洪话音刚落，四人的手机相继传来微信提示音。拿起来点开一看，原来是被拉进了"3·13"侦办群。张大在群里问到了什么位置，机票订好了没有，大概几点到山城。重案中队在所有刑警中队中是"老大哥"，作为重案中队的民警，张浩可以算增援小组的领队，赶紧汇报位置，顺便把订票的截图发到群里。

专案组副组长杨千里不喜欢打字，直接语音："老汪，你给小张他们发个定位。小张，你们落地之后直接打车去跟汪队会合。"

"是！"

"小韩，你有没有什么要交代的。"

韩昕正同范子瑜一起在单位加班，举起手机道："各位，以贩养吸的嫌疑人不同于涉嫌其他违法犯罪的嫌疑人，尤其杨朝梅这种破罐子破摔的惯犯，谁也不知道她有没有染上艾滋病，请大家在抓捕时注意自身防护。"

张宇航接过话茬："同志们，听见没有，行动时一定要注意安全！"

张浩缓过神，连忙道："请张大、杨所放心，我们会注意的。"

"小张，你们登机之后抓紧时间休息，因为到了山城可能要安排两个人熬夜蹲守。"

"明白。"

"老汪，你们再辛苦、再坚持一下，绝不能让两个嫌疑人脱离视线。小韩在群里，有什么情况及时跟小韩通气。"

原本以为只是抓捕一个小毒贩，没想到还能搂草打兔子抓个逃犯！汪宗义别提有多兴奋，遥望着对面的足疗店，举着手机笑道："张大放心，保证不会跟丢，跟丢了我负责。"

89. 本色出演

林丽红上午在 QQ 里承诺明天发货，以她的经济状况事先囤货的可能性不大，也就是说进不进货就在今天。杨朝梅如果是她的上家，再盯下去没什么意义，毕竟她下午连藏毒品用的小面调料都买好了，可如果杨朝梅不是她的上家怎么办？所以无论从抓捕杨朝梅那个逃犯，还是从抓捕林丽红这个毒贩的角度看，接下来的十几个小时都非常关键！

专案指挥部设在原来的"2·12"案指挥部里，作为专案组副组长，杨千里当仁不让地坐在领导位置上。茶杯、警务通、个人手机、对讲机、车钥匙、笔记本、钢笔、香烟、打火机……一字排开，整整齐齐摆在面前。他不但对刑警大队的办案环境无比失望，紧锁着眉头看看这儿、摸摸那儿，感觉像是让他从繁华的大城市搬到了偏远农村，而且对刑警大队提供的服务也很失望。

他看了看范子瑜找来的茶叶，顺手放到一边。从包里取出他自己的茶叶，等水烧开了泡上，很享受地闻了闻，然后端着杯子一小口一小口地品。范子瑜早知道他很牛，总是在外面跟刑警大队叫板。没想到他到了刑警大队还这么嚣张，干脆坐到电脑前不再搭理他。

韩昕经常去城南派出所，对"陵海分局第一所"的副所长瞧不起刑警大队觉得很正常，毕竟人家那办案条件确实高大上。他干脆装作什么也没看见似的，点点鼠标，把电脑连上相比城南派出所监控大屏很小而且很不清晰的LED屏。

"小韩，有没有声音？"

"有，我找找音响放在哪儿？"

"在这儿呢。"

范子瑜站起来，从对面的工位取出一个小音响。韩昕接过来，先插上电源线，再把音频线插到电脑主机上。

"就这个啊，跟我家十年前买电脑时送的那个差不多。"杨千里用看老古董般的眼神，探头看了看小音响，就差在脸上写着这东西可以扔了。

韩昕调试了下，确认有声音，起身指指左边的墙角："我们有大音响，也有话筒，在那边呢，只是用那个太麻烦。"

杨千里顺着他手指的方向一看，顿时笑了："这不是跳广场舞用的音响吗，能充电，好插U盘，声音挺大，没想到你们刑警大队这么接地气，哈哈哈。"

大队的这个音响，确实跟广场舞大妈们用的是同款！配有两个无线话筒，每次开会都跟拖拉杆箱似的拖到会议室，把话筒放到主席台上，把音响搁在角落里，看着就好笑。刘海鹏和蓝豆豆每次去户外开展禁毒宣传活动，也会把这个音响带去。虽然不够高大上，但真的很实用。

韩昕坐下道："杨所，我们就这条件，跟你们城南派出所没法儿比。"

"你说你们刑警大队，怎么搞成这样了。一楼还有一排活动房，不清楚的真以为进了工地呢。"杨千里环顾四周，唏嘘不已。

范子瑜的集体荣誉感比韩昕强烈，被笑话成这样却无言以对。因为跟城南派出所相比，大队的办公条件少说也要落后十年！他正郁闷，刚接上的小音响有了动静，抬头看大屏，原来汪宗义发起了群语音。

"老王老王，'花格子'出来了，老板娘好像在帮她叫车，我去跟'花格子'，你和小李盯住林丽红。"

花格子是杨朝梅的代号，之所以用代号而不是直呼其名，是担心被山城同行听出来。

而用花格子为代号，是杨朝梅真穿了一条花格子短裙。

王伟看了一眼刚钻进一辆网约车的花格子，低声道："收到收到。"

"老王，等等。"

"汪队请讲。"

"山城同行说路况比较复杂，一辆车容易跟丢，我们先去前面等，你那辆车在后面跟。小李、徐莉，林丽红交给你们了，一定要给我盯住！"

"收到收到，绝不会盯丢。"

前线共有三男一女四个民警，真正有办案经验的只有汪宗义和王伟。照理说他俩应该各带一组，分别盯杨朝梅和林丽红。但随着杨朝梅逃犯身份的确认，其重要性已经超过了林丽红。并且林丽红有孩子、有住的地方，明天还要给潘劲松发货，具有一定"可控性"，让李菜鸟和社区民警徐莉盯倒也无可厚非。而且，李菜鸟和徐莉虽然没什么经验，但他们身边有一个经验丰富的山城同行。

韩昕没什么不放心的，杨千里也没有瞎指挥。范子瑜听了一会儿，干脆趴在电脑前打瞌睡。这时候，本应该早下班回家的张宇航竟推门走了进来，给杨千里递了根烟，坐下来看着大屏上的微信聊天框问："现在什么情况？"

"杨朝梅离开了足疗店，老板娘帮她叫的车。"

"林丽红呢？"

韩昕低头看了一眼记录，汇报道："下午六点二十一分，她打车把下午买的小面调料、方便面、零食和牛奶送回了家。带孩子下楼在小区里的小餐馆吃完饭，陪孩子在小区里的简易游乐场玩了十五分钟，就把孩子送回了家，然后打车回了足疗店。"

"其间她接触过几个人？"

"足疗店里的那三位就不用说了，除此之外就是两个网约车司机和小餐馆老板。"

杨千里冷不丁回过头："还有去足疗店的客人。"

韩昕连忙道："对，还有去洗脚的四个客人，汪队都拍了照，但刚才进去的那个没拍成，离得比较远，晚上视线也不好。"

正聊着，音响里传来李菜鸟的声音。不知道是他的牙龈炎比较严重，还是头一次听他说普通话，总感觉怪怪的，不过他跟山城同行正在说的事却有点意思。

"朱哥，这就是我们所，这是值班大厅，这是户籍大厅，这是警网融合大数据指挥中心。这个屏够大吧，听我们所领导说，包括系统在内整个指挥中心花了两千多万！"

"这是你们所里的指挥中心？"

"是啊，厅领导都去参观过，不信我给你看新闻。"

"你们所什么级别？"

"我也搞不清楚，只知道我们所长正科。"

"你们所里有多少民警？"

"民警五十四个，辅警两百六十三个。"

"这么多辅警？"

"我们辖区大，上级又要求社区警务室要实现全覆盖，没两百多个辅警不行啊。"

"那经费呢？"

"那是领导们的事，这我真不太清楚。我只知道社区民警每人每年有两万块钱的专项工作经费。"

民警每人每年两万工作经费不算多，但具体到社区民警每人每年两万，并且是专款专用，那就很厉害了！山城同行显然被震撼到了，沉默了好一会儿才低声问："辅警的工资水平呢，一个月能拿多少工资？"

李菜鸟笑道："这个要看工龄和绩效，社区队的我不清楚，我们治安队的老陈，好像是四千八百多。"

"到手的？"

"当然是到手的，社保医保不算。"

山城同行又沉默了。

李菜鸟自顾自地说："这案子我们已经侦办到这个地步，最迟明天下午就能收网，刑警大队凑什么热闹，还派重案队的人来，就知道抢我们的功！"

山城同行好奇地问："他们几点到？"

"他们坐的飞机十二点左右落地，估计要等到夜里一点左右才能赶到我们这儿。"

"小李，你们那儿毒案是不是很少？"

"比较少，全分局去年一共侦办了七起，缴获冰毒二十六克，其中三起是我们所里破的！"李菜鸟顿了顿，又得意地说，"其实我们所里最厉害的不是破毒案，而是抓电信诈骗的。去年抓了一百多个，最远的抓到印尼，把嫌疑

342

人抓回来看守所都关不下，只能往兄弟区县公安局看守所送。"

"你们还出国抓？"

"徐姐就去过啊，我是八月份报到的，没赶上，不然我也能出一次国。对了，我这儿有跨国抓捕的新闻，朱哥，我转发给你看看。"

……

这牛皮吹得有点夸张！城南派出所的条件是好，尤其那个警网融合大数据指挥中心，谁去谁会被震撼到。可那么高大上的派出所，全分局就这么一个。比如头墩派出所只有十二个民警，三台车。又比如城东、城北派出所，加起来也不如一个城南。可以说斥巨资打造的城南派出所，是分局的脸面，是上级来视察、检查和调研时必须打卡的"景点"。李菜鸟不但跟西南省会城市的同行吹得天花乱坠，而且有图、有新闻报道的链接为证，隐隐带着股以点概面的意思，搞得像分局的所有派出所都这么豪横。

本色出演，表现得很不错……韩昕笑而不语。杨千里则边笑边点头，仿佛很受用。张宇航尬出了一身鸡皮疙瘩，实在听不去了："杨所，你们所里的辅警工资那么高？"

杨千里摸了摸下巴，笑道："小李刚才说的那个辅警，上个月是拿了四千八。"

"上上个月呢？"

"上上个月跟你们大队辅警差不多，局里统一标准、统一发放的。我们所里又没小金库，不可能给人家加工资，一样不可能扣人家的工资。"

能想象到那个辅警肯定是发现了一条重要线索，有缴获，所以绩效奖金比较多，但也就是那一个月。并且以分局给钱的效率，几乎可以肯定人家是等了很久才领到的！

范子瑜也听不下去了，忍不住问："杨所，你们所里的社区民警，每人每年真有两万块钱的专项工作经费？"

杨千里捧起茶杯："局领导说有，新闻上也是这么报道的，估计很快就能落实。"

没落实就是没有……韩昕禁不住笑问道："杨所，你们去年抓电信诈骗的，是不是真抓到了印尼？"

"我们城南派出所参与了，一共去了五个民警。"

"这么厉害啊！"

见张宇航和范子瑜笑成那样，杨千里意识到跟自己人装没意思，解释道："那是省厅的行动，我们市局是主力。考虑到女嫌疑人比较多，就从我们所里抽调了五个女同志参与押解。她们坐飞机去的，在印尼的机场接到嫌疑人就回来了。"

"那李亦军给人家看的新闻怎么回事？"

"那会儿我们有自己的公众号，自己的公众号不宣传自己难道宣传别人？话说你们中队不也一样嘛，陵海禁毒，整天宣传自个儿！"

张宇航被搞得啼笑皆非："杨所，你们城南真出人才！"

连这都看不出来，不在一个段位……

杨千里发现他比"韩坑"差远了，笑看着他问："老张，你难道没感受到小李对单位的那种发自肺腑的自豪感吗？"

张宇航反问道："吹得天花乱坠，这就叫自豪感？"

"你没怎么出过门，说了你也不懂！"

"杨所，你得把话给我说清楚，我怎么就不懂了？"

"谁不说自己的家乡好，经常出门的人都知道！"杨千里放下茶杯，又敲着桌子强调，"这是对家乡、对单位的一种热爱，这是一种朴素的情感表达方式！在对待年轻人这个问题上，你们刑警大队差远了，都不理解年轻人，都不知道年轻人在想什么。"

90. 最长的一夜（一）

听上去似乎有点道理，可仔细想想又觉得有点扯……张宇航听得一愣一愣的，一时间竟无言以对。范子瑜则发现杨千里不是嚣张，只是个性比较强。李菜鸟吹成那样，作为领导他不但不尴尬不生气，反而很理解很包容，甚至能从李菜鸟"朴素"的牛皮中，解析出李菜鸟对城南派出所那种强烈的、发自肺腑的自豪感！可见在如何对待年轻人这件事上，他比中队乃至大队领导强多了。

就在范子瑜觉得只有跟着杨千里这样的领导干才有激情、才有意思的时候，音响里传来江宗义的声音："小李小李，花格子进了一家酒店，山城同行已经跟上去了，你们那边什么情况？"

李菜鸟顾不上再吹牛，连忙道："报告汪队，一切正常。"

"什么叫正常？"

"刚进去了两个客人，一个看着三十四五岁，一个四十左右。"

"盯紧了。"

"明白！"李菜鸟应了一声，又开始吹起陵海的房价。均价接近两万，比较好的地段都在两万以上，与山城这个省会城市相当，山城同行为之惊叹……

大半夜蹲守容易犯困，在指挥部里坐等同样容易打瞌睡，听李菜鸟吹牛真能提神。韩昕听得津津有味。范子瑜实在理解不了李菜鸟那种热爱家乡的朴素情感，反而觉得这是一个记录李菜鸟黑历史的机会，悄悄拿起手机录音。

张宇航不但理解不了，而且尬得汗毛都竖起来了，干脆起身道："老杨，我明天有事，不能熬夜……"

"早点回去吧，这儿有我呢。"

"那我先走了。"

张宇航跟韩昕和范子瑜打了个招呼，刚走到门边，音响里又传来汪宗义的声音："小韩小韩，在吗？"

韩昕打开麦克风："收到收到，汪队请讲！"

汪宗义看着山城同行刚查询的旅馆酒店记录："种种迹象表明，花格子也在从事卖淫活动，足疗店老板娘很可能涉嫌组织卖淫。"

"我早看出来了。"

"山城同行打算跟我们一起行动，打算在我们收网时抓捕老板娘。"

韩昕回头看了看杨千里，举着麦克风："汪队，他们可以参与行动，但恐怕抓不了老板娘。"

"为什么？"

"因为种种迹象表明，老板娘很可能涉嫌容留他人吸毒，与我们正在侦查的'3·13'案有关联，甚至可能是同案犯。"

杨千里露出了笑容，想想又竖起大拇指。

汪宗义惊问道："这么说我们要同时抓捕三个嫌疑人！"

"不但要同时抓捕三个人，也要控制住另外两个技师，因为老板娘到底有没有容留他人吸毒，我们需要证据。"

"知道了，等张浩他们到了我们分成三组。"

汪宗义话音刚落，就听见李菜鸟急切地说："汪队汪队，林丽红和马尾辫出来了，跟刚才进去的两个客人一起出来的！"

"她们有没有叫车？"

"没有，他们一起往南边去了，徐莉姐和山城同行已经追过去了，我跟在他们后面。"

"不要跟太紧，绝不能暴露身份！"

"收到！"

林丽红和另外一个技师，跟两个客人进了距足疗店不远的一家快捷酒店，两个客人开的房。等李菜鸟这一组的山城同行搞清楚那两个客人的身份，汪宗义才稍稍松下口气。

杨千里点上支烟，看着范子瑜刚打印出来的一堆嫖客照片，低声问："小韩，时间不多了，林丽红还在忙着做生意，你觉得她有没有买到毒品？"

"不知道。"

"分析分析呗。"

"我觉得她就算暂时没买到，也有足够把握能在明天发货前买到。"

"杨朝梅！"杨千里想了想，举起一张照片，"也可能是老板娘。"

韩昕抬头看了一眼："老板娘容留她们吸毒、组织她们卖淫的可能性很大，但卖毒品给她们的可能性不大。"

"为什么？"

"她如果是毒贩，不会傻到以经营足疗店为幌子组织卖淫，因为被扫黄扫出她涉嫌贩毒的几率太高了。"韩昕端起茶杯，接着分析道，"能看得出来，她是一个非常小心的人。店里明明有地方，却让两个客人带林丽红和马尾辫去酒店开房，这说明她具有一定防范意识。换句话说，她如果贩毒，肯定会采用比较隐蔽的方式。不会傻到在自己店里，把毒品卖给自己的技师。"

杨千里沉吟道："既然她很小心，那是不是意味着她容留林、杨二人，在她店里吸毒的可能性也不大？"

"杨所，说出来你可能不信，许多人不知道容留他人吸毒是一种犯罪行为。"

"她不知道容留他人吸毒触犯刑法，根本没把容留他人吸毒当回事？"

"这种可能性很大。"想到之前不止一次遇到过这样的法盲，韩昕轻叹口气。

杨千里拨弄着面前的照片，自言自语："这三个是跑不掉了，当务之急是上家，一点头绪没有，怎么往下查！"

范子瑜不想被无视，抬头说："杨所，其实想查清楚并不难，给她们上点技术手段，监听监视几天她们的手机通话和微信、QQ聊天不就水落石出了。"

"你以为我不想，可惜她们没资格享受这待遇。"杨千里挠挠头，又无奈地说，"而且我们经费有限，只能快侦快破，没有那个人力财力去经营。"

钱是最大的问题！分局一年就那么多办案经费，虽然案件侦破之后有缴获罚没返还，但事实上大多案子是赔钱的。比如正在侦办的"3·13"案主犯林丽红，虽然涉嫌贩毒，但她靠贩毒并没有赚到多少钱，维持吸毒甚至要靠卖淫，想从她那儿缴获毒资是不可能的。又比如一些盗窃、抢劫的嫌疑人，如果有钱他们也不至于铤而走险，可想抓他们却要投入很多。

可以说像"2·12"案那样侦破起来比较容易，又能缴获到大量毒资的案件太少了。如果明天只能缴获到几十克K粉，顺藤摸瓜抓到上家也缴获不多，那么，真不如把这个案子移交给山城同行。毕竟异地侦办花钱如流水，投入和收益虽然不奢望能成正比，但也不能赔太多……

韩昕正胡思乱想，音响里再次传出汪宗义的声音："小韩小韩，花格子出来了，她叫了一辆车。"

"别跟太紧。"

"放心，我们会注意的。"

等了五六分钟，情况发生突变！只听见汪宗义焦急地说："小韩小韩，她走的不是回足疗店的路，她往相反的地方去了！"

"这是好事，看看她去哪儿。"

"那辆网约车开得很快，这一路红绿灯又多，老王已经跟丢了！"

"小韩小韩，对不起，我们被红灯拦住了。"

"王警长，没关系，你先回足疗店，盯住老板娘。"

"收到收到，我先回去。"

"汪队汪队，发一下位置，你们这会儿在城区还是在郊外。"

"我们在城区，我这就给你发定位。"

"在城区没什么好担心的，请你身边的山城同行联系能看到路况的指挥中心或者交管中心，请人家帮着留意。"

"小韩小韩，完了，我也跟丢了！山城同行已经帮我们联系了指挥中心，指挥中心暂时没回复。"

专门去抓杨朝梅的援兵再过半小时就能抵达山城机场，汪宗义居然在这个节骨眼上跟丢了！杨千里笑不出来了，更没心情再开玩笑，脸色一僵，紧盯着韩昕欲言又止。

韩昕看了看地图，举起麦克风："汪队，别着急，跟丢很正常，先回足疗店吧，她就算夜里不回去，明天也会回足疗店的。"

汪宗义苦着脸问："她要是不回足疗店呢？"

"你们又没暴露，她有什么理由不回。放心吧，她跑不掉。"

逃犯居然脱离了视线！杨千里的心沉到了谷底，范子瑜也傻眼了，看着二人不敢吱声。

"看来要打申请采购点装备啊。"韩昕点点鼠标，新建了一个空白文档，麻利地敲击着键盘，开始列需要采购装备的清单。

杨千里心急如焚，走过来拍拍他肩膀："小韩，这儿是专案指挥部，不是你们中队办公室，还是先想想案子吧！"

让不专业的人干专业的事，出点差错很正常……韩昕不认为事情没法儿收拾，抬头道："杨所，相信我，杨朝梅会回去的。"

"可她如果是去买毒的，我们不就错过了抓上家的机会了吗？"

"错过了很正常，今天夜里抓不成，还有明天，只要涉嫌贩毒，早晚会落网的。"

"你……"

"这不是着急的事，肚子饿不饿，要不先点个外卖？"

91. 最长的一夜（二）

本来可以抓捕的，想着放长线钓大鱼没抓，现在逃犯不见了，如果她不回足疗店，到时候怎么向局领导交代？并且为了这个行动，局领导很难得地大方了一回，让张浩他们坐飞机去的。想到四个人来回的车旅费就近万，杨千里心急如焚，紧攥着拳头，手背上的青筋都暴出来了。

韩昕能理解杨千里此时此刻的心情，正不知道该怎么劝慰，杨千里突然俯身拿起麦克风："老汪老汪，我杨千里，计划有变，你先原地等消息，暂时不要回足疗店！"

"收到……杨所，等谁的消息？"

"等山城同行的消息。"

"好吧，我请他帮着催催指挥中心。"

"不用催，最多十五分钟就会有消息。"

"杨所，你怎么知道的？"汪宗义很紧张，语气都带着几分小心翼翼。

杨千里不但没之前那么着急，反而露出了笑容："因为他们在协助我们，我们一样是在协助他们。不信你问问你身边的山城同行，下午接受过林丽红服务的那个客人，还有杨朝梅刚才服务过的那个客人，这会儿在什么地方？"

"杨所，你是说那两个嫖客已经被他们抓了？"

"不只是那两个，我敢断定他们的人正在足疗店附近待命，随时准备把快捷酒店里的那两个也带走。谁知道'花格子'这会儿是不是又去卖淫了，如果是他们会错过这个机会吗？所以说盯花格子既是我们的工作，一样是他们的任务！"杨千里回头看了看一脸惊诧的韩昕和范子瑜，又举着麦克风得意地说，"城区到处都是监控，他们又掌握了那辆车的车牌号，'花格子'能跑哪儿去，所以别着急。"

韩昕缓过神，一脸尴尬："我早该想到的，山城同行跟汪队说过要抓老板娘，还提议明天一起行动，也就是说他们已经掌握了老板娘组织卖淫的证据！"

"小韩，你没想到是因为你只想着逃犯尤其毒贩，我能想到是因为我跟他们是同行。如果他们来我们这儿办这样的案子，我一样会这么干。毕竟那些嫖客说走就走，今天要是不抓，等明后天再想抓就难了。"

"姜果然是老的辣！"

"你这话说的，我有那么老吗？"杨千里反问了一句，拍拍韩昕肩膀，"小韩，我们在侦办毒案，人家跟在我们后面捡便宜，在悄悄侦办组织卖淫案。我们想着算计人家，结果人家先给我们来了个螳螂捕蝉黄雀在后！"

"我们这是不远千里送礼包。"

"没办法，谁让那是人家的主场呢。"

如果从投入与收益上看，侦办组织卖淫案要比侦办毒案有搞头，这才刚开局实惠就被人家捞走了。杨千里多多少少有些不爽，只能苦笑道："他们做事还算靠谱，只是悄悄清理外围，没瞎搞，没坏我们的事。"

范子瑜意识到没必要太担心，可又想到了一个问题："杨所，他们要抓老板娘，我们也要抓老板娘。几乎可以肯定他们已经掌握了老板娘组织卖淫的证据，而我们只是怀疑老板娘容留他人吸毒，还没有确凿证据，到时候怎么办？"

"都有管辖权，都是刑事案件，就算有确凿证据，到时候也只能跟他们沟通协调。"

杨千里想想又笑道："好在杨朝梅在他们看来只是涉嫌卖淫，治安案件必须要给刑事案件让路，他们想抢也抢不走。"

韩昕抬头问："这么说第一局打了个平手？"

"在人家的地盘上能打个平手已经很不错了，这一切要归功于你和小范，要不是你们查实了杨朝梅的逃犯身份，我们这次真成不远千里给人家送礼包了。"

正说着，音响里传来汪宗义的声音："杨所杨所，山城同行联系上了网约车司机，确认'花格子'去了一家叫小天鹅的舞厅，我刚搜过地图，距我现在的位置六点三公里！"

"我就知道山城同行不会眼睁睁让她跑掉。老汪，指挥权移交给小韩，接下来的行动你跟小韩请示汇报。"

"是！"

杨千里放下麦克风，回到位置上捧着手机，优哉游哉地准备点外卖。

韩昕权衡了一番，举起麦克风："过去蹲守，不要进舞厅。"

"她如果在里面跟上家交易怎么办？"

"那就请山城同行进去看看，你不要进去。"

"收到。"

其实韩昕真正想说的是陵海连个舞厅都没有，像你这样的大叔进去，太容易暴露身份了。然而等了十几分钟，前线的反馈让人大跌眼镜。那个舞厅又破又旧，看着跟溜冰场差不多，没什么包厢，门票只要十块钱，去跳舞的全是中老年人。有不少衣着暴露、浓妆艳抹的女子，站在舞池边等人家邀请跳舞。跳一曲只要二十块钱，只收现金不接收微信支付宝转账，就这么在震耳欲聋的音乐声中，在昏暗的灯光下，让那些老色鬼搂搂抱抱，揩揩油。

杨朝梅在里面跳了一曲又一曲，要么被老舞伴带到最阴暗的舞池中央，要么在一对对跳舞的男女中钻来钻去，不知道多少次脱离了山城同行的视线。她究竟是去赚小钱的，是去过跳舞瘾的，还是去买毒品的？谁也不知道。

……

逃犯"丢了"又找回来了，杨千里心情舒畅，很慷慨地请吃夜宵。他点的不是黄焖鸡米饭或炒饭之类的快餐，而是酸菜鱼、红烧肉、韭黄炒鸡蛋和清炒小白菜，一起吃完之后亲自动手收拾，从专案组副组长摇身一变为内勤。

办正事要紧。韩昕也不跟他客气，举着麦克风问："汪队汪队，我韩昕，你用打车软件估算下，从刚才那个酒店到舞厅，再从舞厅到足疗店，叫网约车大概需要多少钱？"

"收到收到，我看看，就算叫最便宜的车，来回也要八十块钱。"

"从刚才那个酒店直接回足疗店需要多少钱？"

"从酒店直接回足疗店很近，只要二十块钱左右。"

"知道了，你们继续盯。"

韩昕刚放下麦克风，范子瑜就笑道："从在舞厅里逗留的时间和山城同行提供的情况上看，杨朝梅大概跳了十二支舞，收入在两百四十块钱左右，打车花了八十，净赚一百六。"

韩昕端起茶杯，分析道："对她而言，这个投入和收益比不高啊。如果林丽红卖完淫回足疗店跟她碰头，并且明天有货发给潘劲松，那就意味着杨朝梅是她的上家，也就意味着杨朝梅刚才不只是去跳舞的。"

范子瑜走到白黑板前，拿起水笔龙飞凤舞："这么说我们已经基本掌握了两个层级，杨朝梅的上一级也快浮出水面！"

评价一起毒案侦办得成不成功的标准，不只是看缴获了多少毒品，也要看往上打了几个层级。如果能顺藤摸瓜往上多打几个层级，甚至一鼓作气打到源头，端掉制毒工厂，那无疑是巨大的成功。

杨千里擦干净桌子，端起刚泡的茶："能打三个层级，已经很不错了。"

韩昕以前在老部队主要是打源头，打击大宗毒品交易，像这样"打零"还是头一次。见范子瑜居然兴高采烈地画出了层级示意图，还把几个嫌疑人的照片贴上去了，他不禁笑道："选择舞厅交易，可见杨朝梅的上家也是个小角色。"

"小韩，你到底想说什么？"

"这个选择在舞厅交易的上家，如果跟杨朝梅、林丽红一样是个以贩养吸的小毒贩，那明天收网之后我们就可以依葫芦画瓢继续往上打，如果是普通毒贩也好办，可如果只是个专门送货的，那想打通道、打源头就要好好经营了。"

只要有可能，谁不想顺藤摸瓜打掉整个通道，谁不想铲除整个贩毒网络？但办案是要花钱的，尤其异地办案，真是花钱如流水。这就跟做买卖一样，本钱不够只能拉投资。

杨千里权衡了一番，放下茶杯："现在想太多没用，一切等明天收网之后再说。我们两家搞不定向局领导汇报，我们分局如果搞不定还有市局。市局要是也吃不下，可以上报省厅、上报公安部，申请将'3·13'案列入省厅乃至公安部的毒品目标案件。"

"杨所，我以为……"

"你是不是以为我想吃独食，其实我是想吃独食，可如果我们两家吃不下，那就只能跟市局禁毒支队联合侦办，总不能眼睁睁看着毒贩在那儿不抓吧。"

杨千里顿了顿，又紧攥着拳头说："我刚开始主要想着林丽红身边有个孩子，如果她的亲属都不愿意管，把孩子带回来谁负责照看？可办案不能总是前怕狼后怕虎，该抓就抓，该带就带回来，先把人带回来再说！"

韩昕没想到他突然变得不怕麻烦了，不禁笑道："杨所，早知道你有这么大决心，我就不用让李亦军跟山城同行吹那个牛了。"

"小李没吹牛啊，小李说的全是大实话，我们陵海的经济是很发达，我们所的条件确实很好，放眼全国也找不出几个比我们更好的派出所。"

"霸气！"

"这不是霸气，这是事实。你看看你们刑警大队，破破烂烂的，像什么样！"杨千里一脸得意。

韩昕终于明白李菜鸟为何那么嘚瑟了，原来是有什么样的领导就有什么样的兵。

范子瑜佩服得五体投地，竟谄笑着问："杨所，你们城南派出所缺不缺人，要不把我调过去？"

92. "孽徒"

一点三十二分，"马尾辫"从快捷酒店出来了，回到足疗店。一点四十八分，林丽红像是跟"马尾辫"约好了似的，走出快捷酒店回到足疗店。老板娘和先回店里的杨朝梅已经点好了外卖，招呼她俩一起吃夜宵。两点十六分，林丽红打车回租住的小区，刚加入战斗的张浩和山城同行安排的辅警一起负责蹲守。杨朝梅和"马尾辫"步行去了快捷酒店后面的小区，周科洪和山城同行安排的另一个辅警负责蹲守。老板娘拉下防盗门，住在店里，陈阳和李菜鸟负责蹲守。

汪宗义和王伟饿得饥肠辘辘，帮了大半夜忙的山城同行也很饿，赶紧请人家去吃夜宵。女同志不管什么时候都要照顾，徐莉和夜里刚到的王一娟，在距足疗店不远的酒店开了个房间，抓紧时间休息。能想象到要抓的几个女嫌疑人，至少要睡到明天中午。韩昕自然不用在指挥部耗着，赶紧开车回家睡觉。

韩昕虽然睡得很晚，但起得却很早。他八点准时上班，确认几个女嫌疑人都没出门，连足疗店都没开门，就先来到中队办公室。没想到一进门，张宇航就追了过来。

"都在啊，告诉大家个好消息。经过逐级上报，'2·12'案已被省厅列为毒品目标案件！市局禁毒支队的江大姐，刚给分局打过电话，说肖支下午要来了解侦办进展，要来听汇报。"张宇航很高兴很激动。

韩昕觉得有些奇怪，不解地问："张大，'2·12'案的主犯全落网了，现在列为毒品目标案件，这不是马后炮吗？"

"主犯落网了，但案件并没有办结。比如周成兄弟之前制造假戒毒药掺的那些复方地芬诺酯片，是怎么流入非法渠道的，必须查清楚。又比如之前申请冻结的那么多银行账户，只要有异常交易的，全要查清楚。"

张宇航笑了笑，又解释道："列入目标案件，主要是为了有利于侦办，为了进一步深挖，这可不是什么马后炮。"

韩昕这才想起之前打包申请冻结了上百个银行账户，问道："现在谁在查那些异常交易？"

"专案组啊，黄大安排了六个民警专门受理，他们的电话都快被打爆了，这个案子没两三个月办结不了。"

能被省厅列入目标案件，这意味着"2·12"案是大案！刘海鹏参与过前期的侦办，也很高兴。他正准备开口，张宇航又说道："老刘，豆豆，刚接到通知，下周二下午两点半，省禁毒委召开全省禁毒工作视频会议。我们不但要全部参加，还要赶紧通知禁毒委的成员单位，请各单位负责人准时参加。"

这可是大事，刘海鹏下意识地问："在哪儿召开？"

"我现在也不知道，你要先向黄秘书长汇报，他应该也收到了通知文件。反正跟去年一样，会议地点由他们政府办安排。"

"行，我等会儿就给他打电话。"

"还有件事，局领导说小韩既是老兵也是新警，要求我们大队发扬'传帮带'的优良传统，也就是帮小韩找一个师傅。老刘、豆豆，你们商量一下，到底谁做小韩的师傅？"

人家都有师傅，自己是不能没有师傅。而且有个师傅挺好的，过年可以要红包，平时可以蹭饭，再稀里糊涂闹出笑话可以让师傅背锅……韩昕越想越好玩，正准备问队长指导员谁愿意收他为徒，刘海鹏竟不假思索地说："张大，我还要向小韩学习呢，我可做不了小韩的师傅。"

蓝豆豆反应过来，急忙道："我也做不了，张大，你看看能不能另请高明？"

张宇航脸色一正："另请高明，开什么玩笑？小韩是四中队的民警，哪有请其他中队民警做他师傅的道理？"

韩昕深以为然："张大说得对，我怎么可能拜其他中队的人为师。"

刘海鹏拍拍他胳膊："小韩，别误会，我们不是不愿意做你师傅，主要是我们教不了你什么，做不了你师傅。"

"有什么做不了的，刘队，我最乖了，最听师傅话！"

"我水平有限。"

韩昕回过头："豆豆姐……"

蓝豆豆可不想被坑，连忙道："打住，我水平更有限！"

韩昕没想到人缘这么差，想拜师都找不到师傅，干脆笑道："刘队，豆豆姐，你俩肯定要有一个人做我师傅，要不你们剪刀石头布吧？"

张宇航觉得这个办法不错，不禁笑道："抓阄也行。"

刘海鹏被搞得啼笑皆非："张大，这也太不严肃了。"

"谁让你们相互谦让呢。"

张宇航走过去拿起两枚回形针，背对着他们将铁丝掰直，然后将其中一根又掰弯。

蓝豆豆正想偷看，韩昕一把拉住她："不许作弊。"

"这也太扯了，哪有这样确定师傅的。"

"一点都不扯，这样产生最公平。"

"我真做不了你师傅！"

"你不一定能抽中，抓阄就是薛定谔的猫，不抓谁知道你要不要做我师傅，再说收我这个徒弟很丢人吗？"

"不丢人，但会被坑，要替你背锅。"

"什么坑不坑的？"

张宇航不想在这件事上纠缠，举起手中的铁丝："一长一短，抽到长的做小韩师傅。老刘，豆豆，你们谁先抽。"

蓝豆豆苦着脸问："可不可以不抽？"

不等张宇航开口，韩昕就摇摇头："不可以，必须抽！"

蓝豆豆回头道："刘队，要不你先抽吧。"

刘海鹏看了看张宇航手里那两根掰直了的回形针，笑道："豆豆，我要是抽到短的，你不许后悔啊。"

"不后悔。"

"行，我抽这根。"

刘海鹏抽出一根，见下面半截是弯的，哈哈笑道："豆豆，恭喜你收了一个好徒弟。小韩，也恭喜拜了一个好师傅！"

蓝豆豆愁眉苦脸："真的假的？"

"真的，恭喜恭喜。"

张宇航亮出手中的长铁丝，转身提醒："小韩，愣着做什么，赶紧叫师傅啊。"

韩昕连忙抱拳作揖："师傅好，以后请师傅多多关照。"

"我这是作了什么孽，居然要收你这个孽徒！"蓝豆豆捂着脸，唉声叹气。

张宇航把铁丝往韩昕手里一塞："这是你们确定师徒关系的信物，好好收藏，非常有纪念意义的。"

"谢谢张大，我不是收藏，我是要好好珍藏。"

"张大……"

张宇航可不会给蓝豆豆反悔的机会，又说起正事："老刘，豆豆，你们今天不是要联合市场监督局去检查药店吗，赶紧出发！小韩，拜师宴先欠着，等忙过这几天，一定要安排下。"

"必需的，必须安排。"

韩昕话音刚落，手机突然传来微信提示音，掏出点开一看，连忙加入群聊。

"汪队汪队,我韩昕,什么情况?"

"小韩,林丽红下楼了!"

"她起这么早啊!"

"我正在往那边赶,张浩张浩,立即向韩队汇报情况。"

"报告韩队,她是带着孩子下楼的,手里提着一个方便袋,袋子里看着像是小面调料,这会儿正和孩子一起在小区门口的小摊儿吃早饭。"

韩昕顾不上再跟警花师傅开玩笑,走进办公室一边用座机拨打杨千里的电话,一边举着手机说:"二组三组,汇报情况!"

"报告韩队,杨朝梅和'马尾辫'没出门,应该还在睡觉。我这边一切准备就绪,随时可以上楼抓捕。"

"韩队韩队,足疗店没开门,老板娘应该也在睡觉。"

"一组注意,林丽红前两次给潘劲松发货的快递收发点,就在小区门口的那条街上。她随时可能去发货,等她交寄完之后立即抓捕。请准备好执法记录仪,抓获之后打开小面调料检查,确认里面有毒品再把她带回住所审讯。"

"一组收到,一组收到!"

韩昕抬头看了看张宇航三人,接着道:"二组三组注意,等一组抓获嫌疑人之后你们就组织抓捕,动作一定要快,不要拖泥带水。"

"二组收到,二组明白。"

"三组收到,三组收到!"

命令下达,接下来唯一能做的只有等待。刘海鹏和蓝豆豆很想再当会儿听众,可惜已经跟市场监督管理局约好,只能赶紧过去跟人家会合。韩昕打电话向杨千里汇报完,同张宇航一起匆匆下楼走进指挥部。等了大约五分钟,杨千里到了。紧接着,不知道身兼了多少专案组工作组正副组长,以及各种工作专班正副班长的黄大也到了。

93. 收网

汪宗义和王一娟匆匆赶到小区,林丽红刚买完单,只见她牵着孩子,提着方便袋直奔快递驿站。街上的人很多,去拿快递的人很少。收发快递的大姐很热情,见小面调料没有外包装,从墙角里翻出一个纸盒帮着打包,然后称重,算钱。林丽红在手机上输入收货地址,在手机上支付快递费,快递大姐确认无误，贴上快递单，把包裹放到下午发货的货架上。林丽红拿上快递单底联，正准备叫正蹲在地上玩气泡膜的女儿回去，汪宗义和张浩等人走了进来，攥住她的双臂。

"做什么……"

"我们是公安！"

汪宗义掏出手铐，飞快地把她铐上。张浩从她手中抽出快递单，顺手塞进挎包里，然后从怀里取出警察证，转身道："我们是警察，麻烦你把她刚才发的包裹拿过来。"

林丽红没有挣扎，也没有大吵大闹，看着像恍恍惚惚的。小女孩表现得也很怪异，既没哭也没闹，就这么蹲在地上，扑闪着水汪汪的大眼睛看着众人。快递大姐反倒吓得魂不守舍。协助这一组行动的辅警以为她听不懂江南同行的普通话，用本地话提醒："把她发的快递拿过来。"

"哦。"快递大姐缓过神，急忙跑去把包裹取了过来。

王一娟生怕孩子会被吓跑，连忙把执法记录仪别到正在戴手套的张浩肩上，随即走过去抱上孩子。小女孩一点都不认生，依然不哭不闹，也不说话。王一娟不想让她看到这一切，捂住她的眼睛走出驿站。

张浩当着林丽红的面打开包裹，请快递大姐找来一个塑料袋放在地上，打开小面调料的盒盖，将调料缓缓倒进塑料袋，倒着倒着，一个裹得很严实的小塑料袋出现在众人眼前。帮着与指挥部视频连线的山城辅警，赶紧将手机摄像头对焦到小塑料袋上。

张浩从挎包里取出早准备好的纸巾，小心翼翼擦拭，把袋子上的调料擦干净之后，站起来举到林丽红面前问："这是什么？"

"……"

"问你话呢，这是什么？！"

林丽红喃喃地说："我要上厕所，我想解手。"

张浩没想到在铁的证据面前她居然顾左右而言他，再次亮出警察证："看清楚了，我是江南省滨江市公安局陵海分局刑警大队民警张浩，现在依法对你进行讯问，回答问题，这是什么？！"

林丽红用被铐着的双手捂着肚子，低声道："粉。"

"什么粉？"

"K粉。"

"寄给谁的？"

虽然刚在手机上填过收货人姓名和地址，林丽红却想不起来收货人是谁，愣了十来秒钟才忐忑地说："寄给一个姓潘的。"

"再想想，寄给谁的？！"

"潘……潘，潘什么松。"

"为什么给他寄？"

"他……他……他给了钱。"

"他给了你多少钱？"

"三千二。"

张浩趁热打铁地问："给他寄过几次？"

林丽红想了想，耷拉着头说："三次。"

这里不是审讯的地方，只要她承认毒品是她的，她正在贩毒就行了。张浩把毒品装进证物袋，掏出手机拍了几张照。见本应该帮着搜身的王一娟正在外面帮嫌疑人带孩子，只能亲自动手搜身。把她的手机搜出来，装进证物袋，然后同汪宗义一起把她带出驿站，押上山城同行帮着租的车。辅警跟快递大姐交代了一番要注意保密，赶紧追了上去。

与此同时，周科洪、徐莉和脸肿得像个小馒头似的李亦军，同山城市公安局禁毒支队一大队民警朱贵文一起，来到了杨朝梅和"马尾辫"租住的单元房前，山城市公安局南江分局治安大队也来了一个民警和一个辅警。

抓捕方案夜里就商量好了，朱贵文并没有敲她们这家的门，而是轻轻摁了摁对门的门铃。一个中年妇女打开门，朱贵文竖起指头示意她不要说话，一起行动的治安大队民警很默契地亮了警察证。中年妇女反应过来，下意识地捂着嘴。李亦军跟着他俩走了进去，穿过客厅、主卧走到阳台上，轻轻打开不锈钢窗户，小心翼翼翻到对面阳台。杨朝梅睡得很香，浑然不知家里进人了。她穿得很少，胳膊都裸露在外面，李亦军不敢轻易动手，只能站在床尾先盯着，同时掏出执法记录仪别到肩上。朱贵文则从里面轻轻打开主卧门，穿过客厅去开防盗门。王伟、周科洪和徐莉等人鱼贯而入，分为两组，一组去次卧，一组走进主卧。

杨朝梅隐隐约约听到有动静，但实在太困了，翻了个身，迷迷糊糊地问："小莹，几点了？"

王伟没那个时间跟她磨蹭，厉喝道："八点四十五了，起床，穿衣服！"

杨朝梅下意识地睁开眼，以为看错了，揉揉眼睛，确认不是在做梦，顿时惊呼："救命啊，来人啊，你们是谁……"

"我们是公安局的，杨朝梅，知道我们为什么来找你吗，你还想跑到什么时候？"

"起来，穿衣服！"

杨朝梅吓得魂飞魄散，抓起被子紧紧捂着头，躲在被子哭喊着："我不是杨朝梅，我不是杨朝梅，我叫李晓红，你们认错人了……"

抓捕两个女嫌疑人而已，有无数种办法，比如最常用的查水表。可为了抓她，江南同行竟不同意叫门。开始以为他们担心嫌疑人涉嫌贩毒，生怕嫌疑人听到动静之后会毁灭证据，比如把毒品扔进马桶放水冲了。结果他们不但叫出了嫌疑人的名字，还亮出了一张拘留证，而嫌疑人竟吓得瑟瑟发抖。朱贵文蒙了。同样想抓嫌疑人的南江分局治安大队民警也是一头雾水。就这么看着徐莉从包里取出一根试孕棒，把刚穿上衣服正失魂落魄的嫌疑人带进洗手间……

……

专案组指挥部里，黄大、张宇航、杨千里、韩昕和紧随而至的范子瑜，正盯着液晶大屏和左侧两台电脑的屏幕，同时看三个抓捕现场的直播。一个小音响不够，又去隔壁办公室找来一个，与广场舞大妈同款的大音响也用上了。

大屏上，汪宗义正同张浩一起审讯林丽红。

"警察叔叔，求求你，不要抓我妈妈……"

一袋在快递收发点搜出的K粉和一袋看着大约三十多克的K粉，吸K粉所用的吸管，一个搂着王一娟号啕大哭着求饶的孩子，一个愁容满面、默默流泪的母亲，抓捕现场让指挥部里的人心酸不已。

嫌疑人无疑是个不负责任的妈妈，给无辜的孩子带来了无尽的伤害。毒品不但毁了她自己的一生，也给她女儿的人生道路蒙上了一层厚厚阴霾。只有看到这一切，才会真正理解什么叫一人吸毒，全家遭殃！

"你跟李晓红买过几次毒品？"

"好多次，不记得了。"

"每次大概买多少？"

"有钱多买点，没钱少买点。"

张浩紧盯着她问："她以多少钱一克卖给你的，你是怎么给钱的？"

林丽红又捂着肚子，双腿并得更紧了。从行动开始到现在都没说过话的韩昕，拿起麦克风："汪队汪队，让王姐先带嫌疑人去解个手。嫌疑人长期吸食K粉，会导致膀胱萎缩，会尿频，也就是总要上厕所。"

"收到收到。"

左边第一台电脑屏幕里，曾参与过"2·12"案侦办，接受过韩昕指导的王伟和周科洪，已经很熟练地搜出了十二小包毒品，加起来至少有一百二十克！

王伟翻看着嫌疑人的手机问："谁卖给你的？"

嫌疑人坐在沙发上，低着头沉默不语。

周科洪指指茶几上的试孕棒，警告道："杨朝梅，你能通过怀孕、哺乳期连续三次逃避法律制裁，但逃不过第四次！以你的行为不是要不要把牢底坐穿，而是会不会被判死刑，想争取宽大处理，只有坦白从宽！"

这次跟前几次不一样，去年怀上之后竟流产了，流产之后一直想怀却怀不上，而之前生的那个孩子已经快两岁了，扔在老家再也没管过。事实上正是因为既没身孕也不在哺乳期才从老家跑出来的，不跑的话就要坐二十一年牢……杨朝梅越想越害怕，战战兢兢地说："我交代，我交代，这些粉是树哥卖给我的。"

"树哥姓什么叫什么？"

"不知道他姓什么，只知道他叫树哥。"

"你们是怎么联系的？"

"在QQ上联系，我有他的QQ。"

"你们是怎么交易的？"

"在QQ上转钱，他告诉我粉放在哪儿，我再去拿。"

"你有没有见过他？"

"没有。"

"那你们是怎么认识的？"

"有一次没粉了，难受，就去找人问，一个歌厅的少爷告诉我树哥的QQ号，后来就一直从树哥那儿买的。"

王伟看了看QQ聊天记录，确认她没撒谎，追问道："他是以什么价格卖给你的？"

"八十，一克八十。"

"你是以多少钱一克卖给林丽红的？"

"我没赚她的钱，我是帮她带的，她也没什么钱，她还带着个孩子……"

"卖给其他人多少钱一克？"

"有时候一百五、一百八，有时候两百。警察同志，我没卖过几次，我卖得少！"

"除了在QQ上联系，通过发快递贩卖，还卖给过哪些人？"

"没有，我……我只是没有钱的时候在网上卖过几次，没卖给过别人。"

到底有没有贩卖过，需要慢慢审讯，王伟换了个问题："你和林丽红有没有在足疗店吸过K粉？"

杨朝梅用蚊子般的声音说："吸过。"

"吸过几次？"

"好多次，想吸就吸。"

"张素芳知道吗？"

"知道，她让我们在最里面的房间吸。"

94. 经营

本来以为一切都在掌握中，结果收网之后一切全出乎意料。朱贵文在南江分局治安大队副大队长王承开的催促下，赶紧下楼钻进车里拨通了领导的电话。

"……本来以为林丽红是主犯，没想到他们有所保留，原来我们一直以为只是涉嫌卖淫的那个李晓红才是主犯。她也不叫李晓红，她的真名叫杨朝梅，是个在监外执行期间潜逃的逃犯！"

朱贵文抬头看了一眼站在车外的王承开，接着道："他们是带着手续来的，杨朝梅也确实涉嫌贩毒，但打着足疗的幌子组织卖淫的张素芳不一样，从他们的审讯情况上看，只是涉嫌容留他人吸毒，他们现在也要抓。"

支队领导听出他的言外之意，在电话里说："张素芳不能交给他们，南江分局一样有管辖权，南江分局抓更有利于案件侦办。"

"王大也是这个意思，可听口气他们想把张素芳带走，他们都准备订回去的车票了！"

"嫌疑人不是他们想带就能带走的，票订了一样可以退。先说重点，毒品来源有没有查清楚？"

差点忘了汇报正事，朱贵文连忙道："那个女逃犯交代，她是以八十元每克的价格，从一个叫树哥的人那儿买的。QQ 联系，QQ 转账，上家埋地雷，让她自己去取，人货分离，上家很狡猾。"

"八十元每克……"

"卖得不贵，郭支，我认为卖货给她的上家，应该是条大鱼！"

郭支沉默了片刻，淡淡地问："他们有没有说怎么抓上家？"

朱贵文低声道："没有，他们这会儿在楼上审嫌疑人。"

"你在什么地方？"

"我在楼下，他们来那么多人，当着他们面打电话不方便。"

"赶紧上去，听听他们怎么审的，看看他们打算怎么抓上家。记得跟他们说清楚，开足疗店的那个嫌疑人要是被他们带走，组织卖淫的犯罪行为南江分局就没法儿查了。"

"是，我这就上去。"

通过视频看了一个多小时审讯，情况基本上搞清楚了。杨朝梅意外流产之后担心被收监，畏罪潜逃至山城，见张素芳的足疗店招技师，就化名李晓红在足疗店干。张素芳明知她没身份证，甚至知道她吸毒，但为了组织卖淫竟收留了她，并让她跟扎马尾辫的女子冯莹一起住。林丽红是在毒瘾犯了，像没头苍蝇到处打听哪儿能买到毒品时遇上杨朝梅的。

杨朝梅考虑到没有身份证，如果冯莹那儿没法住了，还可以去跟林丽红住，不但卖毒品给林丽红，而且把林丽红介绍给张素芳，一起在张素芳的足疗店里打工，并在张素芳组织下卖淫。她现在用的手机号和银行卡，都是在张素芳的张罗下让冯莹去帮着办的。为筹集毒资，她通过网络贩卖过十六次毒品，加起来超过三百克，甚至手把手教林丽红用小面调料藏毒，通过快递发货进行贩卖。总之，相比不吸毒的冯莹，她更信任林丽红，把林丽红当成了身份暴露之后的退路，结果反倒随着林丽红的暴露而暴露了。

成功抓获两个毒贩，缴获 K 粉近两百克，掌握了二十四个客户，更高层级的"树哥"已浮出水面，战果可谓辉煌，但韩昕和杨千里最担心的事也随之摆在面前。汪宗义让林丽红给老家的亲人打了四个电话，其中三个一听到她的声音就挂，最后一个虽然没挂，但表示在外地打工，自己都顾不过来，更别说帮她抚养孩子。

"黄大，现在怎么办？"杨千里低声问。

"2·12"案缴获多，战果大，甚至被列为省厅毒品目标案件，但相比之下刚收网的这起才是真正的毒案！黄大不假思索地说："连孩子一起带回来，还有那个杨朝梅，不移交了。肖支马上就到，谌局也会过来，等会儿一起汇报。"

"请肖支帮我们跟对方协调，把案卷调过来，由我们移诉？"

"她现在又没身孕，也不在哺乳期，有什么好担心的？"

"杨朝梅这次逃不了，但林丽红的孩子怎么办，带回来谁照应？"张宇航提醒道。

黄大摸摸嘴角，转身看着总想挑战刑警大队的杨千里："老杨，你们所里女警多，女辅警更多，女同志细心，先帮着照应几天问题应该不大。"

"黄大，这是我们两家联合侦办的案子，你不能把棘手的问题全推给我们！"

"这不是推，这是没办法，我们大队如果有那么多女同志，我才不会跟你开这个口。"

"你们大队女同志也不少，算上蓝豆豆和技术中队的许文静，有四五个呢！"

"蓝豆豆和许文静有时间带孩子吗？"

"黄大，你这话我不爱听，说得好像我们所里的女同志整天闲着似的！"

别人怕黄大，杨千里可不怕，点上支烟，接着道："要么不带回来，要带回来就轮流照应，你们三天我们三天轮着来，直到林丽红的亲属愿意抚养孩子，或者想到别的安置办法。"

黄大拿他没辙，沉吟道："等会儿向局领导汇报，看局领导怎么说。"

"黄大，你这是打算以权压人？"

"你这话说的……"

"我把话撂这儿，如果你们不地道，那我们两家以后连朋友都没的做了。"

这家伙长期与刑警大队作对，天天在外面跟刑警大队叫板，局领导不但视而不见，而且暗暗纵容……黄大意识到就算去找局领导也没用，只能硬着头皮道："不就是轮流照应吗，行，就这么定。"

杨千里点点头，又问道："张素芳怎么办？山城同行说了，他们更有利于侦办。"

黄大走到白黑板前，看着范子瑜写的"树哥"，笑道："现在肯定不能答应他们，张素芳这个筹码得用上，等会儿向肖支汇报，请肖支出面跟他们谈。"

"如果肖支要跟我们联合侦办呢？"

"这个'树哥'很狡猾，不太好抓，接下来不知道要花多少经费，而且少不了与山城方面沟通协调，跟支队联合有利于接下来的侦办。"

"也行，肥水不流外人田嘛，总比跟山城禁毒支队联合好。"

确定下大方向，接下来要考虑的是怎么抓"树哥"。黄大沉思了片刻，回头问："小韩，对于这个'树哥'，你是怎么看的？"

韩昕连忙道："以山城的行情，'树哥'是在薄利多销。但冒这么大风险，他不可能每克只赚十几二十块钱，也就是说他的成本不会超过四十元每克。"

"他是直接跟厂家拿货的，甚至可能就是厂家！"

"厂家的可能性不大，应该是层级比较高的中间商。"

"为什么？"黄大紧盯着他问。

"如果'树哥'是厂家，那产量会很高，他会疯狂出货。但山城同行不是吃干饭的，他们会通过市场行情的波动，分析出有没有大毒贩在大量出货。也就是说如果'树哥'动作很大，他早就被山城同行打掉了，不可能逍遥法外到今天。"

黄大若有所思。杨千里和张宇航欲言又止。

韩昕习惯性摸摸鼻角，接着道："每个地方的情况不一样，像这种贩卖传统毒品的毒贩，在山城最多蹦跶一年。如果在我们滨江，估计最多蹦跶三个月，因为他只要贩卖就会留下蛛丝马迹。"

黄大坐下问："他是一个能直接从厂家进货的小中间商，至少出货量不是很大？"

"也可能入行时间不长，稳定的客户很少，还没有真正打开市场。"韩昕想了想，补充道，"厂家的主要市场应该不在山城。"

杨千里微皱着眉头说："可从他贩卖毒品的手法上看，他很狡猾，具有一定反侦查意识。"

"杨所，现在是信息大爆炸的互联网时代，你们抓了那么多电信诈骗的，应该能感受到现在的犯罪分子有多狡猾，笨贼是越来越少了。"

"这倒是，何况这混蛋不是诈骗，而是贩毒！"

"他再狡猾也没用，以现在的技术条件这个案子不难破，事实上毒品案件要比那些激情杀人的案子好破，难就难在如何取证，难在怎么才能人赃俱获。"

韩昕顿了顿，补充道："我认为想打通道、想打掉源头，不能再像现在这样发现一个就抓一个。只有经营，必须经营，等把所有环节全搞清楚了，等收集固定到足够证据，才能选择合适时机收网。"

韩昕这么说，黄大并不意外。因为在侦办"2·12"案时，就发现他不喜欢"快侦快破"，无论抓捕郑淑华还是抓捕杨贤德，都是先把情况搞清楚之后再出手。相比那帮贩卖掺假戒毒药的毒贩，接下来要抓的毒贩要狡猾得多，警觉性和反侦查意识也高得多……想到这些，黄大笑看着他问："小韩，你认为需要多长时间才能把所有环节搞清楚？"

"正常情况下至少要两三个月。"

"两三个月……应该没多大问题。"黄大掏出手机看看时间，抬头道，"老杨，你负责指挥。小韩，小范，你们赶紧收拾行李，随时准备出发去山城。"

95. 角色转换（一）

能真正参与毒案侦办，而不是待在指挥部研判，范子瑜激动得无以复加。韩昕不认为张区长和肖支会让自己出差，但又不知道怎么跟黄大解释，只能硬着头皮回家收拾行李。工作日，许琳琳上午很闲，还在睡懒觉。生怕把她吵醒，韩昕轻手轻脚收拾了几件换洗衣服，驱车回到单位，肖支和谌局已经到了，正在听黄大、张宇航和杨千里汇报。

领导不发话，韩昕不会傻到往会议室里凑。在指挥部里等了大约半个小时，黄大、张宇航和杨千里出来，说领导要见他，让他赶紧进去。走进会议室，正准备敬礼问好，谌局就微笑着指指黄大刚才坐的位置："小韩，时间紧急，坐下说。"

韩昕连忙道："是！"

从现在掌握的证据和线索上看，"3·13"案是一起真正的大毒案，"2·12"案都能被列为省厅的毒品目标案件，只要下定决心"经营"，"3·13"案完全能申请到公安部的毒品目标案件。部下很争气，谌局很高兴，开门见山地说："小韩，你们黄大打算让你去山城参与侦办，毕竟相比其他同志，你的禁毒经验要丰富一些。我也向张区长汇报了，张区长态度和肖支一样明确，让先听听你个人的意见。"

又发现一条毒品案件的线索，肖支同样高兴，但并不意外，毕竟小伙子不只是陵海分局唯一的专业缉毒民警，某种意义上而言，也是滨江公安系统唯一的专业缉毒民警。随着禁毒形势又发生了变化，作为支队长，他甚至觉得有必要重建一支专业的缉毒队伍。不过现阶段也只能想想，就算真能重建，也不可能建成老支队长时代那么强大的缉毒阵容。见小伙子愣住了，他微笑着提醒："也可以说说你对这个案子，以及对老家缉毒工作的看法。"

"就像肖支说的，可以谈谈感想。就算肖支不提，我过几天也要来你们大队和各派出所对禁毒工作进行调研。"领导也有领导的难处，明明不让出差，又不能明说。韩昕觉得有必要借这个机会把话说清楚，毕竟这也涉及今后的工作。他飞快地整理了下思路，不卑不亢地说："报告二位领导，总体而言，我认为老家的禁毒工作开展得太好了，好到毒品犯罪的线索都很难搜集到。"

谌局笑问道："从另一个角度看，这是不是意味着我们的情报工作不到位？"

"不是情报工作没做好，而是整个社会风气和治安环境好，吸毒人员少，毒品案件少，并且现在掌握的吸毒人员，不是在外地打工、上学时沾上毒品的，就是从外地来的。在本地染上毒品的不是极少，而是没有！"韩昕想了想，接着道，"每个地方的情况不一样，我们老部队驻地禁毒形势严峻，为打击毒品犯罪，鼓励群众提供线索。因为有奖励，许多群众一看见外地人就打电话举报。反正打一个电话也花不了几毛钱，举报错了也没事，所以线索很多很杂很乱，需要一条一条甄别，当时感觉很头疼。现在恰恰相反，不是担心线索太多，而是没有线索。"

"有点意思，接着说。"

"我研究过这几年的毒品案件卷宗，正因为毒案少、线索少，加上警力、经费和考核压力等原因，包括我们刑警大队在内的许多办案单位，一发现线索就去查就去抓，发现一个抓一个，习惯快侦快破，不太注重经营，这样很容易打草惊蛇，很难顺藤摸瓜打通道。"韩昕摸摸鼻子，补充道，"具体到'3·13'案，只要有足够经费和警力，只要有足够耐心，想顺藤摸瓜打掉整个通道并不难。案件侦办到这一步，相比经侦、网安和技侦，像我这样的侦查员能发挥的作用并不大。"

谌局点点头，想想又问道："那你对你今后的工作有没有一个清晰的思路？"

"报告谌局，我早想好了，也向张大、刘队汇报过，我接下来的主要工作是禁种铲毒，顺便借踏查的机会摸摸全区化工企业的底。"想到李菜鸟牙龈炎很严重，脸肿得像个小馒头，韩昕觉得可以让李菜鸟发挥下"优势"，补充道，"我们刘队和蓝指正联合市场监督管理局，对全区的药店展开排查，我还想等他们排查完之后杀个回马枪，配合他们对全区的药店来一次暗访。"

"相比参与侦办大案，你更想看好家？"

"报告谌局，缉毒是很重要，但缉毒只是禁毒的一部分。'3·13'案接下来的侦办，有没有我参与不是很重要，但禁毒是我的本职工作，我要是参与'3·13'案接下来的侦办，本职工作就会受影响，毕竟我们中队就三个民警。"

谌局刚才说"相比参与侦办大案"时肖支就想笑，因为"3·13"案对小伙子而言，实在算不上什么大案。见小伙子把话已经说得很清楚了，不禁笑道："禁毒工作确实很重要，如果个个都想着破大案，我们滨江的禁毒形势能有现在这么好？"

真正的战斗即将打响，经验最丰富的民警却不想上，谌局多多少少有些遗憾，不放心地问："韩昕同志，还有最后一个问题，杨朝梅落网了，会不会引起那个'树哥'的警觉？"

"报告谌局，我认为他悄悄盯着杨朝梅的可能性不大，毕竟他不可能只有杨朝梅这一个下家，他就算想盯也盯不过来。而且从贩卖尤其交易的手法上看，他早有所防范，就算知道杨朝梅已经落网了，他也不是很担心。"韩昕顿了顿，继续分析道，"他应该知道杨朝梅是卖淫的，可以说他早做好了杨朝梅被扫黄扫进去的心理准备。"

谌局追问道："那你认为把杨朝梅押解回来，会不会影响接下来的侦办？"

寄押在人家那儿不但麻烦，还要欠人家的人情，人家如果提出联合侦办，你都不好意思拒绝……韩昕反应过来，胸有成竹地说："别搞那么大动静，秘密押解回来，应该不会影响到接下来的侦办。等过几天要货，可以安排一个女同志扮成失足女子去取货。"

肖支回头笑道："老谌，小韩说得对，那个什么'树哥'怕被抓，自作聪明，采取了各种防范措施。杨朝梅难道不怕被抓，难道不能采取点防范措施？"

"有道理，那就让前线的同志先把杨朝梅秘密押解回来！"

"接下来要在人家辖区作战，我这就给老桂打电话，让他跑一趟，去跟山城同行协调。老谌，你抓紧时间调配人员，就像小韩刚才说的，接下来该轮到经侦、网安和技侦唱主角了。"

谌局笑道："肖支，经侦、网安我这边没问题，技侦我说了不算！"

"差点忘了，技侦交给我，我给左支打电话。材料你这边要赶紧准备，准备好我就向总队汇报。"

"肖支，那经费呢？"

"既然是联合侦办，我们一家一半！"

"行，我也要赶紧向张区长汇报。"

两位领导很快就敲定了接下来的侦查方案。从经侦大队、网安大队抽调民警加入专案组，由市局禁毒支队桂副支队长亲自带队去山城。张浩、周科洪和城南派出所的徐莉留在山城，汪宗义、王伟、陈阳、李菜鸟和王一娟先把已落网的杨朝梅和林丽红押解回来。足疗店老板娘张素芳到底由哪边查处，等桂支到了山城再说。韩昕不用出差，但依然留在专案组，主要负责研判，并且不用像之前那样守在指挥部，如果有新情况看看群聊就行了。

范子瑜不但去不成山城，甚至被踢出了专案组，别提有多失望。韩昕刚上楼，他就追了过来，一脸沮丧："上次都准备好去南云端制毒工厂，结果被临时调整了。这次更过分，居然直接让我出局。老韩，你说说这算什么事，领导们到底是怎么想的？"

对于他接下来的工作，领导刚才提到了。韩昕拍拍他肩膀，笑道："兄弟，谌局刚说了，分局要梳理毒品案件的侦办流程，接下来很可能要提一级管辖，也就是说以后不管派出所还是兄弟中队，只要发现涉毒线索，全要汇总到一个毒品案件的工作专班。"

"这跟我们又有什么关系？"

"我们很可能都是那个即将成立的专班成员，治安、经侦、网安和各派出所可能都会有人加入，就是建立一套协调机制，有线索一起侦办，没线索每个月开两次会，研究分析禁毒工作的新形势。"

范子瑜更想参与侦办大案，嘀咕道："又是工作专班，我还是扫黑除恶工作专班的成员呢！"

"厉害啊，说说，你们那个专班打掉了几个涉黑团伙？"

"你也不想想，我们陵海有黑社会吗？"范子瑜反问了一句，又忍不住笑道，"涉黑团伙城东派出所倒是打掉了一个，六个老头老太太，平均年龄七十一岁。讯问时都不敢大声，看守所也不敢收，案子已经到了检察院，估计判下来不是缓刑就是监外执行。"

韩昕觉得很不可思议，惊问道："平均年龄七十一岁的涉黑团伙？"

"跟你一样都是拆迁户，只不过他们拆得早，该拿的补偿早拿了，那会儿觉得占了大便宜，后来见人家的补偿那么高，又后悔了，天天搬着个小凳子去人家商户门口闹事，敲诈那些商户的钱。"

"拆了多少年？"

"有二十年了吧，当时的开发商现在都找不到了。他们光敲诈勒索那些商家就有了两三年，前前后后敲诈走十几万，把那些商户搞得苦不堪言。"

"那这个团伙是应该打掉。"

"是应该打击，可城东派出所打得很郁闷，以前不敢打击人家骂，现在借扫黑除恶的机会打击又被人家笑。"看着韩昕似懂非懂的样子，范子瑜又解释道，"分局的公众号去年发过新闻，结果发出去几个小时就被纷纷转发，不知道有多少人笑话，吓得赶紧把新闻撤回来了，哈哈哈哈。"

96. 角色转换（二）

韩昕回来时"陈老板"在电话里说过，要尽快完成从战场到职场、从橄榄绿到藏青蓝的角色转换。从专业缉毒的执法士官变成了禁毒民警，当然要做好禁毒工作。

马上就进入四月，天气越来越暖和，正是罂粟等毒品源植物播种生长的时候。尽管陵海多少年没发现过有人偷种罂粟、大麻，但禁种铲毒依然是中队眼前最重要的工作之一。事实上省禁毒委之所以决定近期召开全省禁毒工作视频会，很大程度上也与此有关。毕竟禁毒不像其他工作，绝不能有"轻重缓急"的思想，必须常抓不懈，必须始终保持高压态势！如果有一丝松动，导致毒品蔓延开，那就会一发不可收拾。

正因为如此，中队对易制毒化学品企业、药店和医院是检查了又检查，禁毒宣传教育更是一波接着一波。在别人看来或许是在没事找事，但韩昕见过太多人因为毒品家破人亡，认为非常有必要。各街道和各派出所接下来肯定要组织人工踏查，但人工踏查有盲点，既然有高科技手段当然要用上。

韩昕坐到电脑前，先给蓝豆豆打了个电话。蓝豆豆正忙着检查药店，实在顾不上帮他联系特巡警大队，发来一个手机号，还来了一句"你现在说话比我好使"。

看来"坑货"的名声在外……韩昕没想到竟稀里糊涂打响了这个"好名声"，只能自己联系特巡警大队的大队长邓睿。他刚自报完家门，邓大竟在电话里问："小韩，城东派出所得罪过你，我们大队没得罪过你，你怎么连我们都坑？"

"邓大，我什么时候坑你们了？而且我也没坑过城东派出所。"

"你们不申请采购无人机，局领导能想到让我们成立什么无人机特勤分队吗？干工作没什么，反正我们就是干活的，不干这个也要干那个，但操作无人机跟干别的工作不一样！"

韩昕笑问道："有什么不一样？"

一提到这事邓睿就来气，不快地说："买个小点的不行吗，非要买那么大的。要是摔坏了，局领导肯定会找我，那么贵的装备，我想赔都赔不起；如果摔下来砸到人，麻烦更大！"

"这个……这个确实是。"

"真被你小子给坑惨了，就算你不打这个电话，我过几天也要去找你。"

"邓大，这个锅我不背，因为无人机不是我申请采购的。"

"不是你申请采购的，那是谁啊？"

"张大申请的，跟我没任何关系，我是看到无人机才知道的。"该甩锅的时候要甩锅，韩昕可不想把兄弟单位得罪个遍。

邓大不太相信，恨恨地说："张宇航申请采购的是吧，行，我回头问问他！"

韩昕小心翼翼地问："那踏查的事，您能不能安排一下？"

"证还没到手呢，就算拿到证也要让他们找个没人的地方先飞个三五天，踏查的事等真正形成了战斗力再说，不然出了事谁负责。"

"大概需要多长时间能形成战斗力？"

"怎么也要一个月。"

"能不能加快点训练进度？"

"加快不了，一个月都已经很保守了，你实在等不及可以去找局领导，谁敢飞就把无人机拉去飞，反正我们大队不会冒这个险。"

你们大队不敢冒险，别的单位一样不敢……韩昕没办法，只能悻悻地说：

"行，我等到四月下旬再麻烦您。"

邓大突然有些后悔，连忙道："我说的一个月是工作日，想投入实战，怎么也要等到五月初。"

"好吧，我到五月初再联系您。"

挂断邓大的电话，韩昕联系杨千里。"陵海分局第一所"的副所长要比邓大好说话，同意借用李菜鸟几天，但有一个条件，如果在暗访中发现有药店涉嫌违法违规销售管制药品，要联合他们城南派出所一起查处。派出所什么都管，确实可以联合禁毒中队查处违法违规销售管制药品的药店，但派出所是有辖区的！

韩昕连忙道："杨所，你们城南派出所辖区内违规违法的药店，我们可以联合查处，但其他派出所辖区内违法违规的药店，我们没法儿联合，这不合规矩，人家会有意见的。"

送上门的成绩，杨千里可不想错过，理直气壮地说："但暗访是我们两家联合开展的，不能做了工作没成绩。你既然具体负责这项工作，可以向黄大甚至局领导汇报，这就相当于异地用警。"

"不行，这个真不行。"

"我们是什么关系，你先汇报下再说，领导说不定会同意呢。"

"这不是别的事，这个我不会汇报。"韩昕不会上他这个当，想想又笑道，"杨所，你不让李亦军帮这个忙也没关系，牙疼的人应该不难找，就算找不到我可以请我们大队的辅警装。"

杨千里在电话那头敲敲桌子："牙疼的人是不难找，可你能找到的人，牙龈炎能严重到小李那个程度吗，脸能肿得像小李那么大吗？至于装那就是扯淡，那些卖药的一个比一个精，是真是假他们能看不出来？"

"卖药的不全懂医，那些药店有证的人员很少，查起来都有各种证，事实上大多是挂证。"

"这么说一点都不能通融？"

"不能。"

"好吧，这件事就算了，我让小李回来之后就去找你报到，但以后要是有别的线索，记得第一时间给我打电话，别再便宜治安大队。"

已经因为"吃里爬外"被搞得焦头烂额，这种事还能有以后？韩昕可不会傻到搬石头砸自己脚，但嘴上依然答应道："没问题，只要有线索，就给你打电话。"

想到治安大队总是跟城南派出所"抢生意"，杨千里不禁笑道："小韩，治安大队做事太不地道，你给他们提供线索，他们还坑你！找个机会，坑坑他们，也让他们尝尝被坑的滋味儿！"

"杨所，你这话说得我好像很会坑人似的。"

"这是你的强项，把城东派出所坑得就很漂亮。"

"你这是哪壶不开提哪壶，我现在都不敢去城东派出所了。"

"该去就去，有什么好怕的？"杨千里笑了笑，随即话锋一转，"小韩，你也不想想，城东派出所的那三位如果连这都跟你计较，他们能做上所长教导员和治安队长？"

韩昕低声问："杨所，你是说……"

"就算局领导不要求他们反思，他们自己也会反思。不信我们可以打个赌，最多三天，他们肯定会给你打电话请你吃饭。"

"请我吃饭？"

"他们自己有问题，要整改，既然是整改就要拿出态度。只有请你吃饭，主动跟你们中队言和，才能让局领导觉得他们已经意识到错在哪儿了，也只有这样才能体现出他们痛定思痛的态度。"

杨千里的话听上去好像有一定道理。韩昕正暗想城东派出所的那三位真要是请客到时候去不去，去了会不会很尴尬，本应该很忙的蓝豆豆竟打来电话。

"师傅，有什么指示？"

"出入境管理大队的赵教刚打电话说，省厅已经跟南云那边协调好了，她们明天一早就送玛璐璐班去丽瑞，因为玛璐璐班没有护照订不了机票，她们打算坐动车，车票都已经订好了。"

以为多大事呢，原来说的是这个。韩昕故作好奇地问："然后呢？"

蓝豆豆坐在警车里，看着正在药店里检查的市场监督人员说："玛璐璐班跟赵教说她从来没坐过火车，更别说坐动车坐高铁了，一直很想坐，不但没哭而且很高兴。"

韩昕笑问道："这么说遣返的这一路上，没什么好担心的。"

"她很配合，有什么好担心的？"蓝豆豆笑了笑，又感慨道，"冯太林已经办好了护照，但她让冯太林别急着去缅甸，主要是担心孩子上学。想等周总帮她找缅甸那边的官员，办理好身份证之后再让冯太林过去一起申领结婚证。她还劝冯太林，说我们陵海那么多人在外地搞建筑，都是年头出去年尾回来，暂时分开一段时间没什么。而且周总在边境那边有分厂，说那边连手机信号都是我们中国的，到时候可以上网，每天都可以视频。"

"这就好。"

"对了，冯太林今天上午真送锦旗了，他真以为周总是局领导帮着联系的，居然把锦旗送到了局里。政委不在家，孙局和徐主任接待的。孙局刚才又给刘队打过电话，表扬我们，说这事我们办得好。"

97. 重建专业队

两个嫌疑人吸毒吸得尿频尿急，每隔十几分钟就要上一次厕所，如果乘坐火车押解，这一路上不知道要折腾成什么样，并且不利于保密。就在张宇航和黄大商量是不是让汪宗义等人乘坐飞机押解的时候，刚接过指挥权还没一个小时的市局禁毒支队桂副支队长，在群里说已经打电话与山城禁毒支队领导沟通过，原来的计划要作一点调整。

足疗店老板娘张素芳涉嫌组织卖淫和容留他人吸毒的犯罪行为，不出意外地由山城市公安局禁毒支队联合南江市公安局南江分局立案侦查。而杨朝梅和林丽红在这个案子中扮演着很重要的角色，如果就这么押解回来，将不利于山城同行侦办。比如接下来需要补充侦查，山城的办案民警不可能左一趟右一趟往滨江跑。又比如南江区检察院要提审相关涉案人员，同样不可能来滨江提审。桂支决定暂不将杨朝梅和林丽红押解回来，并且这是应山城同行请求作出的决定，不存在欠不欠对方人情的问题。

考虑到接下来的侦办该轮到经侦、网安和技侦唱主角，山城那边用不着那么多侦查员，看押杨朝梅和林丽红的工作暂时又不用专案组担心，桂支决定让汪宗义、王伟等人先回来，山城那边只留张浩和周科洪两个侦查员。两个嫌疑人只是寄押在那边，有两个办案民警在又不影响侦办，黄大很高兴，至少短时间内不用担心安排谁帮嫌疑人带娃。

韩昕看了看群聊，也觉得这么安排挺好，没什么不放心的，更不敢跟支队领导班门弄斧，干脆打开电脑，登录平台，研究全区的药店情况。不看不知道，一看吓一跳。

小小的陵海居然有一百八十六家药店！并且这一百八十六家药店中，有一百八十三家因为这样或那样的原因，被相关部门查处过。剩下的那三家之所以没被查处，很大程度上是因为其刚开张没几天。这药店开得是有点多，别的地方不知道，就如意嘉园周围就有七家，其中三家甚至紧挨着！

韩昕心想难道做其他生意不赚钱吗，非要一窝蜂开药店……想开也不是不可以，为什么非要违规，为什么就不能踏踏实实经营？研究了一下午，根据之前查处的情况，整理出一份接下来要重点暗访的名单。刚把名单打印出来，李菜鸟突然打来电话。

"韩哥，杨所让我给你打电话，说到家之后就去找你报到，是不是有什么任务？"

他的声音听着依然怪怪的，看来牙龈炎很严重。韩昕没回答他的问题，而是反问道："你在什么位置，大概什么时候能到家？"

李亦军站在火车站外，左手捂着肿了的脸，右手举着手机，看着正在不远处抽烟的汪宗义和师傅说："我们刚到火车站，晚上六点四十的车，明天下午五点半到家。"

"这么慢？"

"晚上只有特快，动车明天早上才有。桂支说坐动车回去还要在山城住一晚，而且也要到明天晚上才能到家，不如今天坐卧铺在车上睡一觉。"

就算坐卧铺也比坐动车便宜，还能省一晚上的住宿费……韩昕暗叹了一句领导们真会精打细算，又问道："牙好点没有？"

"没有，吃了点药，不管用。"

"回来去医院好好看看。"

"韩哥，还是先说正事吧，你到底想让我做什么？"

声音不但怪怪的，听着还挺可怜。想到他这次去山城，连续几天没休息好，回来之后还要加班。韩昕突然有些歉疚，干脆直言道："我们中队正在联合市场监督局对全区的药店进行大排查，就是看他们有没有违规销售管制药品。你不是患上了牙龈炎吗，脸肿得还那么厉害，我想等你回来之后，请你去那些药店来一次暗访，就是捂着脸去买曲马多。"

李亦军反应过来："刚检查过他们一定很松懈，我们给他们杀个回马枪？"

"你有没有兴趣？"

"有啊，我脸肿成这样，最适合干这个了！"

"注意保密，顺便想想到时候怎么跟那些卖药的说。"

"明白。"这比跟着师傅查处那些治安案件、调解那些纠纷有意思，李亦军生怕"韩坑"反悔，又急切地说："韩哥，我不吃药了，万一消肿了，看着不像。"

"药还是要吃的。"韩昕笑了笑，解释道，"我之所以找你，不找别人，不只是因为你牙龈发炎，更重要的是你很聪明，随机应变的能力很强，而且换上便服之后跟我一样，看上去不太像警察。"

能得到"韩坑"的肯定真不是一件容易事，李亦军激动地问："韩哥，你这是表扬我？"

"我又不是你的领导，我表扬你有什么用，何况在我看来的优点，在别人看来不一定是。"

"你表扬我就行了，我不要别人表扬。对了韩哥，还有一个问题。"

"什么问题？"韩昕下意识地问。

虽然要回到老家之后才能当"卧底"，但李亦军感觉已经进入了状态，甚至觉得牙都没那么疼了。他转身看看四周，好奇地问："你是怎么从几张照片上看出，杨朝梅是吸毒人员的？"

警校生在警校接受了四年军事化管理，跟当兵的一样有一种说不清道不明的气质。而李菜鸟绝对是警校生中的奇葩，不像别的警校生那么循规蹈矩，甚至有点招人厌。韩昕真觉得他跟自己有那么一点点像，很乐意回答他的问题，笑道："你们拍的那几张照片上，她不是在流鼻涕就是在擦鼻涕，其中一张能清楚地看到她擦鼻涕的纸巾上有血丝。"

"这就代表她吸毒了？"

"林丽红吸食的是 K 粉，她跟林丽红在一个足疗店干，很可能也吸食 K 粉。而 K 粉主要是通过鼻腔吸食，就是用身份证或银行卡，把 K 粉弄成一条一条的，然后找根塑料管插在鼻子里，摁住另一个鼻孔吸。"韩昕顿了顿，接着道，"长期那么吸食，会刺激鼻腔，导致持续流鼻涕，甚至会引发炎症出血。"

李亦军恍然大悟："原来 K 粉是这么吸的，跟电影里吸海洛因差不多！"

"你到底是不是警察，竟然相信电影，海洛因才不是这么吸的呢。"

"那是怎么吸的？"

"海洛因主要是烫吸，就是放在锡箔纸上，用火烧锡箔纸底部，受热后产生烟雾，然后用管子吸烟雾。等成瘾到一定程度，烫吸就满足不了他们了，就开始注射。等到了注射的那一步，离翘辫子也不远了。"

"原来电影上是骗人的……"

"不说了，你牙疼，上车之后好好休息。"

……

肖支回到滨江，并没有去单位，而是直奔警官培训中心，找到了正戴着眼镜研究明天参训民警资料的程文明。程文明不太喜欢肖云波，很反感肖云波总是把"老支队长"挂在嘴边，更反感禁毒支队搞那个荣誉室，自然不会给什么好脸色。肖云波也知道不被待见，事实上全市局能被他待见的人并不多。可有些事找领导没用，反而找坐冷板凳的他好使。

"程支，你这是帮任忠年物色人才？"

"他只是个禁毒大队长，他要什么人才？"

"可前段时间你不是刚给他推荐过一个新警吗？"肖云波微笑着递上

支烟。

程文明轻轻推开他的胳膊，拿起千年不换的白色软包装红塔山，自顾自地点上，美美地抽了两口，笑看着他说："作为禁毒支队长，你居然给人发烟。如果人家也给你发烟，你抽还是不抽？"

"我不抽烟，我只给别人发。"

"戒了？"

"机关现在不让抽烟，每张办公桌上都有禁烟标志，我要带头，只能戒了。"

"戒了好，说说吧，到底有什么事？你可是大忙人，没事肯定不会来找我。"

肖云波知道他的脾气，不想再绕圈子，收起烟感叹道："程支，这治安形势是越来越好，可禁毒形势却越来越严峻。以前你协助老支队长禁毒时，打击的都是贩卖海洛因的毒贩，冰毒还是新型毒品。这才过去几年，冰毒这个'万毒之王'都已经成为老黄历了，各种新型毒品层出不穷。因为我们滨江毒案少，我们现在的民警别说对新型毒品不够了解，连打击传统毒品犯罪的经验都没以前那么丰富。"

程文明像看白痴似的看着他问："你是支队长，跟我说这些有什么用？"

"程支，我确实是支队长，可我到任时支队就是现在这个样。我不是说之前的几次改革不好，事实上随着治安形势的变化，也确实应该改革，不能养那么多闲人。"

"说重点，你到底想说什么？"

"程支，你火眼金睛，上次一眼就看出韩昕不简单，他确实是个经验丰富的缉毒民警，他调到陵海才三个月，就已经发现了两条重要的涉毒线索。这让我意识到我们滨江的禁毒形势没想象中那么好，想真正做到'制毒不敢进、贩毒不敢来、运毒不敢过'，必须在打击上下功夫！"

不侦办毒案的禁毒支队长，终于意识到打击的重要性了。程文明很高兴看到这个变化，笑看着他说："那就去打呀，你又不是没钱，就算没兵可以从兄弟支队借调。"

"打击方面我们一直没松懈，但需要更专业更精准的打击。"

肖云波顿了顿，又无奈地说："搞大禁毒确实非常有必要，但因此解散缉毒专业队有点矫枉过正。支队机关没几个经验丰富的缉毒民警，各区县公安局禁毒大队同样如此。任忠年手下的兵最多，但包括他自己在内也只有六个民警，其中四个超过四十岁。另外几个区县的禁毒大队和刑警大队禁毒中队，人员更少。这些年的那些毒案，几乎全是刑警队甚至派出所侦办的，你说说这不是主副业不分嘛！"

这个真不能怪他这个支队长……程文明沉默了片刻，低声问："你想重建缉毒大队？"

肖云波连忙道："缉毒大队不用重建，我们本来就有，只是换了个名字，现在叫毒品案件大队，可惜编制人数太少了。"

"涉及编制的事，跟我说没用。"

"我从来没想过申请编制，那个困难太大。我打算从各区公安局借调点人，看能不能先搞一个临时的缉毒专业队。"

"打算借调多少人？"

"刚开始动静不能搞太大，五六个人足够了。"

"我能帮你做什么？"

"从任忠年那儿调人，你不发话他肯定不会放。再就是我对几个区县公安局的民警不熟悉，只知道禁毒大队和刑警大队禁毒中队的那些老面孔。你就不一样了，每天都在研究参训民警的资料，能不能帮我挑几个？"

程文明终于明白他所为何来了，不禁笑道："调人不调档，就是要流氓，这个工作确实不好做。我出面任大傻只能支持，王燕也会支持，陵海你已经盯上了一个，剩下兴东、皋如几个区县就好办了。"

肖云波嘿嘿笑道："程支，我人微言轻，你不一样，你一句话顶我十句。"

98. 很麻烦

"3·13"案现在是支队领导亲自指挥，韩昕帮不上忙，更插不上手。暗访药店的工作，要等刘队和美女师傅联合市场监督局排查完才能进行，并且李菜鸟还在回来的火车上，韩昕突然成了最闲的人。

今天正好是周末，小韩露不用上晚自习，想到之前有时间一起吃吃饭的约定，韩昕赶紧给继母打了个电话，然后开车去城南中学接小韩露放学。

继子一样是儿子，何况儿子如此孝顺，葛素兰别提多高兴，觉得去外面吃没在家吃有家庭的氛围，亲自下厨做了满满一大桌子菜，一边招呼儿子女儿多吃点，一边视频。先是跟正在江城一个工地的韩总现场连线，一家四口聊了一会儿，又跟同样生活在江城的韩露外公外婆和舅舅舅妈视频，显摆儿子跟她有多亲、对她和露露有多好。

韩露别提有多尴尬，一个劲儿躲镜头，生怕被表哥表妹看到。韩昕不觉得尴尬，也不觉得好笑，反而觉得很惭愧。因为继母要求的并不多，只是希望自己能认她这个妈妈，而且为此整整等了二十年！让他跟着韩露一起叫外公外婆就叫外公外婆，让叫舅舅舅妈就对着手机叫舅舅舅妈，不但表现得很配合，而且很乖巧。

韩露的舅舅知道妹妹这些年有多不容易，看到这一幕很欣慰，不但让妹妹把没有血缘关系的外甥拉进了家族群，还在群里加上微信好友，又转账发来一个八千八百八十八元的超级大红包！

韩露不高兴了，抢过手机噘着胖嘟嘟的嘴问："舅舅，你偏心，为什么只给我哥发红包，不给我发！"

"我给你的红包还少吗？每年都给，有时候一年给几次。昕昕这是第一次，相当于把以前的补上。"

"舅舅，这也太多了！"韩昕凑到手机前说。

韩露的舅舅正准备开口，葛素兰就拿起他的手机，点开转账红包："昕昕，别跟你舅客气，这是应该的。"

"是啊，你不点我不高兴。"韩露的舅舅把手机交给韩露的舅妈，站在韩露舅妈身后笑道，"素兰，昕昕还没女朋友是吧，这件事要抓紧，我们帮着留意，你这个做妈的更要上点心。"

"这还用得着你说，我已经托人问了好几个，都有照片，等吃完饭给昕昕看。"

"行，你们先吃饭，我们也该吃饭了。"

葛家全是搞建筑的大老板，从视频的背景上就能看出韩露的两个舅舅很有钱。尽管如此，韩昕依然不想收人家那么多钱，凑到妹妹耳边："见者有份，我们一人一半。"

韩露窃笑着问："真的？"

"等会儿就给你转。"

"千万别转，我手机在我妈那儿，回头取出来，给我现金。"

"没问题。"

兄妹俩正窃窃私语，刚去盛汤的葛素兰，放下汤盆坐下问："你们两个说什么呢？鬼鬼祟祟的。"

"没说什么，妈，我最喜欢你做的汤了。"韩露可不想又被老妈查抄小金库，连忙端起碗站起来盛汤。

韩昕突然想起件事，觉得有必要跟继母坦白，带着几分忐忑地说："妈，大韩璐前几天跟琳琳说，打算下周五放学之后坐火车来看我。"

老公前妻跟别人生的女儿，葛素兰从来没见过，一时间竟愣住了。

"好啊，我还没见过她呢。哥，她来了肯定住你那儿，到时候我也去！"韩露觉得这是一个放飞的机会，兴高采烈。

葛素兰缓过神，低声问："你去做什么，这事跟你有关系吗？"

"当然有关系，她要跟我抢我哥，我当然要去看看！"韩露理直气壮。

韩昕连忙道："什么抢不抢的，其实我也只见过她一次。"

女儿话糙理不糙，葛素兰真不想让别人把刚相认不久的儿子抢走，再看看儿子那为难的样子，突然觉得做人要大气！她深吸口了气，笑道："昕昕，她既然想来，那我们欢迎。到时候我去土豪金订一桌，给她接风。"

"妈，用不着这么夸张。"

"那你打算怎么安排？"

"吃饭简单，随便找个饭店。住也简单，我那儿三个房间。"

不等葛素兰开口，韩露就紧盯着他问："哥，她住一个房间，你住一个房间，琳琳姐一个房间，那我去住哪儿？"

"她就住两个晚上，星期天下午就走了。"

"不行，我也要去跟你们一起住！"

"你要做作业，你过去又不听话。"

"谁说我不听话的？"

让韩昕倍感意外的是，葛素兰竟笑问道："露露，你真想去你哥那儿玩？"

韩露重重地点点头："想啊，我就想跟哥和琳琳姐住几天。"

"想就去，反正你喜欢睡沙发，有没有房间无所谓。"

"妈，这可是你说的，到时候不许反悔！"

"不反悔。"

韩昕意识到继母有点吃醋了，转身笑道："露露，到时候你睡我房间，我睡沙发。"

"用不着这么麻烦，我妈不是开玩笑，我就喜欢睡沙发。"

"你是喜欢躺在沙发上看电视！"

跟亲妈和同母异父的妹妹相认，继母有点"吃醋"，不然绝不会同意小韩露下周去一起住。跟继母和同父异母的妹妹相认，甚至三天两头一起吃饭，舅妈更"吃醋"！韩昕刚回到家，她就打电话问这个周末回不回头墩。韩昕觉得有必要回去一趟，不然舅舅舅妈不高兴，一口答应明天中午回去。

处理完私事办公事，韩昕点开群聊，发现群里炸锅了！他当着支队领导不太好问，干脆跟周科洪私聊。

"老周，到底怎么回事？"

"我们这会儿正押着杨朝梅在医院检查，她全身都是病，看样子需要住院治疗。"周科洪跟一起押嫌疑人来的山城同行打了个招呼，走到一边接着道，"徐姐和王一娟都回去了，看押护理和带孩子的工作只能山城这边安排人，他们有点后悔了，正在跟桂支谈呢。"

嫌疑人是应他们要求暂时不押解回陵海的，现在后悔有什么用？韩昕断定桂支在这个问题上不会让步，不禁笑道："杨朝梅检查出什么病？"

"最终检查结果要到明天上午才能出来，但现在可以肯定她胃肠道出血，可能患上了什么继发性溃疡。心血管也有问题，高血压，心律不齐，还心绞痛！"

"这可不是患上的，这是吸毒吸的。"

"我知道是吸毒吸的，但不只是这几个病。"

韩昕低声问："还有什么病？"

周科洪躲在医院的消防通道里，苦笑道："医生说她的支气管也有毛病，所以她总是哮喘，呼吸不顺畅；神经方面的问题就更多了，记忆力衰退，总是迷迷糊糊地自言自语，很可能是精神分裂。等会儿还要带她去看妇科，估计妇科病也不会少。"

"林丽红呢？"

"为了防止她们串供，是分开押她们来检查的。我负责杨朝梅，张浩负责林丽红，具体情况不清楚，好像也检查出一身病。"

韩昕追问道："一定要住院治疗？"

周科洪无奈地说："放又不能放，关又没地方收押，只能先安排住院。桂支态度明确，医药费我们可以承担，但看押护理的人员必须由山城这边出，反正这件事很麻烦。"

韩昕沉吟道："确实比较麻烦，不过侦办毒案就是这样，以贩养吸的毒贩身体都不会好，几乎个个有病。"

"你说得倒轻巧，医院这边要安排人来看押护理，南江分局那边要安排人帮着带孩子，而且不知道要看押护理到什么时候，也不知道要帮着把孩子照看到什么时候，这算什么事啊！"

"有领导在，总会有办法的。"

"这倒是，我们着急有什么用。"周科洪想想又笑道，"老韩，你真是个坑货。整出个案子，坑到山城来了，山城禁毒支队和南江分局的领导这会儿别提有多后悔。他们如果早知道会这么麻烦，才不会跟我们抢张素芳呢。"

"这又关我什么事，不说了，洗澡睡觉。"

"着什么急？这才几点，再聊五块钱的。"

"已经九点多了，我明天还有事。"

周末，韩昕本可以睡个自然醒，没想到一大早，就被不知道夜里什么时候回来的表妹跟邻居吵醒了。他穿上衣服走出来一看，除了邻居之外还有一个不速之客，她年纪不大，妆化得挺浓，穿得很暴露，整个一小太妹！

她可能意识到一大早扰人清梦不好，急忙道："那我先走了，谢谢啊。"

许琳琳扶着门框笑盈盈地说："举手之劳，这有什么好谢的。你们这么客气，搞得我怪不好意思的。"

"这是我小叔叔的一番心意，我如果不来感谢一下，我小叔叔知道了会不高兴的。"

小太妹留下一个包装精美的水果礼盒走了，这盒水果看上去不便宜，女邻居家好像也有。

韩昕觉得很奇怪，走到餐桌前问："琳琳，刚才那个丫头是谁啊，她为什么给我们送水果？"

许琳琳最喜欢吃水果了，一边拆着礼盒，一边笑道："就是你帮着介绍租房子的邻居，她叔叔很客气，你就帮着介绍了一下，人家居然放在了心上，还让侄女登门感谢。"

"陌生人送的东西你也敢吃！"

"这有什么不敢的，我跟他无冤无仇，他还能下毒害我？"

"邻居当然不太可能，但别的陌生人就难说了。"

"什么意思？"许琳琳回头问。

韩昕觉得有必要给她提个醒，很认真很严肃地说："琳琳，虽然这个世界上坏人只是极少数，但如果遇上就麻烦了。一杯酒、一杯奶茶、一根烟、一颗糖，里面都可能被下了毒品，有的毒品只要喝一口就会成瘾。"

许琳琳扑哧笑道："哥，你是不是没睡醒，是不是做噩梦了？"

"我不是没睡醒，更不是在开玩笑，你以后在外面要注意点，鱼龙混杂的地方最好不要去，陌生人给的饮料最好不要喝。"

"知道了。"许琳琳一脸不耐烦。

见她不当回事，韩昕不太放心，想到大韩璐很快就要来，到时候小韩露也会过来，顿时眼前一亮："等大韩璐来了，我带你们去一个地方玩玩。"

许琳琳取出一个火龙果，好奇地问："去什么地方？"

除了禁毒科普教育馆还能去什么地方，但现在不能告诉她，不然她十有八九不想去，韩昕干脆卖了个关子："先保密，到时候再告诉你们。"

"哥，你终于开窍了，知道给我们惊喜！"

"什么叫终于开窍了，我一直很浪漫好不好。"

"你是很浪漫，浪漫到现在都没女朋友。"许琳琳看见水果就想吃，调侃了一句就跑进了厨房。

韩昕很想问问她是不是谈男朋友了，刚跟进厨房，许琳琳竟感叹道："有钱人就是任性，刚才那丫头说她叔叔虽然给了房租，但可能要过一段时间才能搬过来。人还在东海，说有什么事情没处理完。"

"是吗？"

"一个月房租两千多，租下来就空在那儿。"

"租房子的那位在东海做生意？"

"听那丫头说好像是在东海上班，还去香港上过大学，反正挺有本事的。"

就因为随口说了一句王瘸子知道谁家有房出租，那家伙就让一个小太妹提着水果来感谢，这跟无事献殷勤有什么两样……韩昕觉得花钱租房子却不住的人肯定有问题，微皱着眉头说："人往高处走，水往低处流，真要是有本事，他能从东海回陵海？"

许琳琳甩干火龙果上的水，走过去拿起砧板："这我就不知道了，不过你说得也对，如果真有本事真有钱，他就买房子了。对在东海工作的人而言，我们陵海的房子就是白菜价。"

"你心里有数就行了，他如果搬过来，少跟他来往。"

"哥，你以为我很闲吗？"

"我是提个醒。"

"知道了，你比我妈还烦。"

许琳琳切好火龙果，打开碗柜取出一个干净盘子："哥，我妈刚才打电话说你等会儿回去？"

韩昕懒得再问她有没有男朋友的事了，走出厨房，头也不回地说："女大不中留，你不回去，我不能再不回去，不然你爸你妈真成孤寡老人了。"

99. 拜师宴

陵海真的很小。韩昕回到头墩，在舅舅开的铝合金店里陪舅舅舅妈聊了一会儿天，就见一辆公务车停在对面的小药店门口，蓝豆豆和市场监督局的人开门下车，去药店里检查。韩昕不想被认出来，赶紧借口手机充电器忘在车上，躲进了后院儿。等到吃饭时才知道，对面药店被检查出好几个问题。并且可能不只是整改那么简单，搞不好要被罚款。

舅舅舅妈和街上的几个小老板议论纷纷，韩昕参与不了这个话题。想到同事们周末都在加班，就自己闲着有些过意不去，便悄悄给蓝豆豆打了个电话，准备晚上摆"拜师宴"，请他们吃饭。

换作平时的周末，蓝豆豆肯定不会接受邀请，因为要陪孩子。但今天不是平时，今天本来就加班，检查完直接去吃饭，挺好。

韩昕回到城区，早早地去老杨爱人开的饭店等。结果师傅没到，张宇航和范子瑜先到了。

掼蛋三缺一，只能斗地主，谁输了钻桌子。官做得大，不等于牌技好。张宇航做了六把地主，失败了五把，一连钻了五次桌子！韩昕和范子瑜正想再接再厉，让他再钻几次，高大帅气的"分局公敌"、看守所副所长余文强到了。四个人用不着再斗地主，改玩掼蛋。可惜韩昕刚抓到一把好牌，刘海鹏、蓝豆豆和曹娜到了，他们跑了一天很饿，赶紧洗手吃饭。

酒过三巡，菜过五味。

余文强好奇地问："刘队，你们检查了一天，有没有检查出什么问题？"

"要说问题，那就多了。"

刘海鹏放下筷子，如数家珍："昨天查获的不算，光今天就查获四家违规出售处方药，三家从没有药品经营资格的企业购进药品，一家的药品经营许可证过期了仍然在销售药品，还有一家竟用伪造的初级专业技术职务资格证书，骗取药品经营许可证。"

蓝豆豆捧着饮料，补充道："上午我们还检查到一家，销售的阿托伐他汀钙片和阿卡波糖片等二十八种药品，不能提供随货同行单、购进发票和药品检验报告，而且查获的阿卡波糖片很可能是假药！"

短短一天，就检查出这么多问题。余文强大吃一惊："那些开药店的胆子也太大了，连假药都敢卖。"

张宇航夹了一颗花生米，无奈地说："在我们看来什么都能有假，唯独药品不能有假，卖药是一件很严肃甚至很神圣的事，可在一些经营药店的不良商人看来，这就是个生意。"

"张大，听你这一说，我以后都不敢去药店买药了。"曹娜抬头道。

范子瑜也感叹道："以后生了什么病，宁可麻烦点去医院，也不敢再去药店买药。"

张宇航笑道："没那么夸张，只要有点常识，买的时候仔细看看说明书和生产日期就行了。"

韩昕则笑问道："刘队，师傅，有没有检查出别的问题？"

"归我们查处的只有两起，一家违规销售地西泮片，查到三十二盒。一家违规销售高锰酸钾外用片，查获四十八盒。"

刘海鹏端起酒杯，接着道："市场监督局那边查出的问题太多了，刚才只说了一小部分，几乎每家都涉嫌虚假宣传，或销售包装上含有'安全''安全无毒副作用''毒副作用小'等误导消费者字样的药品和保健品。"

蓝豆豆轻叹道:"还有中药,问题也比较多,比如购进使用本应该按劣药论处的中药饮片前胡和木香等等。"

不查没问题,一查全是问题!余文强越想越气愤,回头问:"张大,食品药品安全说起来那么重要,管的部门也不少,怎么管来管去管成这样了?"

"你问我,我问谁去?"

张宇航反问了一句,想想又似笑非笑地说:"要说食药环大队,我们分局也有,你应该去问问他们,到底是怎么管的。"

韩昕好奇地问:"张大,我们分局有食药环大队?"

不等张宇航开口,范子瑜便笑道:"有块牌子,只不过那块牌子挂在经侦大队门口。"

"跟经侦大队两块牌子,一套班子?"

"他们能算什么班子,就是经侦大队加挂食药环大队的牌子。他们倒是想管,可他们懂食品药品吗?仔细想想,他们都没你们懂,那块牌子真应该挂在你中队门口。"

刘海鹏笑道:"我们一样不懂,我们就知道几类管制药品不备案不能销售。"

余文强是个宠妻兼宠娃狂魔,想到下午刚帮女儿去药店买过感冒冲剂,也不知道那药是真是假,禁不住敲敲桌子:"刘队,你们要发挥作用,只要发现他们违法就要严厉查处,不抓几个、不判几个,真不行!"

"抓嫌疑人容易,抓了送你那儿去,你收吗?"刘海鹏话音刚落,众人顿时哄笑起来。

余文强悻悻地说:"你们笑什么,只要符合收押条件我肯定收,不符合收押条件没办法。"

韩昕每次看到他那张帅气的脸,就想给他一拳,岂能错过这个落井下石的机会,笑看着他问:"师娘,照你这么说我们以后抓嫌疑人,是不是要先评估下他符不符合你的收押条件,然后再决定抓还是不抓?"

"什么师娘,饭可以乱吃,称呼不能乱喊!"

"余所,豆豆姐是我师傅,你是我师傅的爱人,我不称呼你师娘称呼什么?"

"对对对,就应该叫师娘,哈哈哈……"蓝豆豆笑得连拍桌子。

余文强做了一个健身的姿势:"我哪里娘了,我很阳刚好不好?"

"师娘,这跟阳不阳刚没关系,这是称呼的问题,按辈分是应该这么称呼。张大,刘队,你们说是不是?"

"如果称呼师兄这辈分就乱了，称呼师叔也不合适，好像只有称呼师娘。"

张宇航越想越好笑，干脆提议："小韩，既然是拜师宴，不能光顾着给你师傅敬酒，赶紧敬你师娘一杯。"

"张大，你也跟着他这个坑货瞎胡闹！"

"想让小韩不叫你师娘也行，比如下次送嫌疑人去看守所，别再跟我们那么较真。要知道你是我们大队的家属，要理解我们的难处。"

"这是两码事，再说看守所又不是我余文强的一言堂，我说了不算，所长教导员说了才算。"

"余所，我上次送嫌疑人去，你说不收就不收，怎么那会儿你说了就算？"

调侃"分局公敌"的机会可不多，范子瑜一样不想错过。

张宇航现在是副大队长，不再是之前那个不侦办毒品案件的禁毒中队长，决定敲打敲打"分局公敌"，指指他的酒杯：

"文强，你这是找借口，罚酒，必须罚酒！"

刘海鹏敲敲桌子："起码三杯！"

蓝豆豆连忙道："张大，刘队，你们别开玩笑了，他酒量不行，他真不能喝！"

韩昕站起身，把余文强的酒倒进自己的杯子，端起来笑道："师傅，别担心，师娘不能喝，不是有我这个徒弟嘛。张大、刘队，我帮我师娘喝！"

蓝豆豆咪咪笑道："好徒儿，为师很欣慰，为师帮你盛碗汤。"

余文强急了："等等，这酒我自己喝，用不着别人代。小韩，我们以后各论各的，你是豆豆的徒弟，但跟我没关系。"

蓝豆豆从来没遇到过如此搞笑的事，指着他笑道："怎么就没关系了？我徒弟就是你徒弟，想没关系只有离婚。"

"师傅，你跟师娘感情那么好，犯不着因为我这点事离婚。"

韩昕端起杯子一饮而尽，转身笑问道："师娘，我的表现怎么样？"

看看范子瑜那唯恐天下不乱和曹娜捂着嘴偷笑的样子，余文强意识到最迟明天下午，全分局都会知道他成了"韩坑"的"师娘"，指着"韩坑"笑骂道："完了，早知道就不该来吃这顿饭，我的一世英名就要毁在你小子手上了！"

"师娘，你都已经是'分局公敌'了，还在乎别人笑吗？"

"我现在的名声没你响。韩坑，坑货，豆豆一不小心就被你给坑了，害我发了几百块钱红包！"

"真是哪壶不开提哪壶，说这些有意思吗？"蓝豆豆嗔怪了一句，又得意地说，"坑坑怎么了，我看坑得挺好，至少谁也不敢再跟以前那样在背后笑话我们中队。"

"豆豆说得对，不管好名声还是坏名声，能把名声打响就是本事！"刘海鹏深以为然。

张宇航微笑着点头。余文强赫然发现随着"韩坑"的加入，禁毒中队的画风完全被带偏了，正不知道该说什么好，"韩坑"的手机响了。

张宇航以为是"3·13"案的事，连忙提醒："小韩，不开玩笑了，接电话。"

韩昕看了一眼来电显示，苦着脸道："聂广俊打来的。"

"接！"

"我不知道怎么开口，张大，要不你帮我接吧。"

"人家找你的，又不是找我的，如果不接，他反而会认为你心虚。"

"好吧。"韩昕深吸口气，硬着头皮滑了下通话键，把手机举到耳边，"聂队好，我韩昕啊，这么晚了，你怎么想起给我打电话的……"

打这个电话，聂广俊整整犹豫了半天。他赶紧定定心神，故作轻松地问："小韩，没别的事，我是想问问你明天晚上有没有时间的，好几天没见了，明天晚上能不能赏光聚聚？"

"聂队，是不是有什么事？"

"真没别的事，就是聚聚。你如果给老哥面子，老哥就约张大、刘队和蓝指，人多点热闹。你要是不给老哥面子，就当老哥没打这个电话。"

"聂队，你这话说的，你请我吃饭是给我面子，明天晚上是吧，有时间！"

"行，就这么说定了，我这就给张大、刘队他们打电话。"

聂广俊说打就打，先请张宇航，再请刘海鹏，然后是蓝豆豆。人家主动示好，这个面子必须给，张宇航等人毫不犹豫答应了。

韩昕突然想起杨千里的话，对杨千里那个"嚣张跋扈"的分局第一所副所长，佩服得五体投地。

100. 太难了

大家吃饱喝足，各回各家。张宇航住得比较远，打车回家。范子瑜跟曹娜正好顺路，搭曹娜顺风车回去。蓝豆豆像个小女生，搂着余文强的胳膊走了。刘海鹏虽然住得也比较远，但吃完饭之后喜欢散步，韩昕也想运动运动，干脆陪他走走。

刘海鹏其实是一个很佛系的人，转业时甚至做好了去乡镇派出所或郊区交警队的思想准备，没想到竟被安排到禁毒中队。干了一年半，提副中队长。做了两年副中队长，又随着老指导员退居二线成了指导员，现在又成了中队长。作为一个二次就业的军转干部，堪称"官运亨通"。

正因为如此，他把位置摆得很正，比如这段时间开展的禁毒活动，都先跟张宇航请示汇报。重要的会议和活动，都请张宇航去参加或登台讲话。可能是都当过兵的缘故，对韩昕有种天然的亲切感。之前强烈建议张宇航让韩昕负责毒品案件侦办，就是考虑到小伙子不但是从部队出来的，而且在部队时只是个战士，文化程度又不高，在大多数人看来一个连军校都没上过的战士能成为干部简直是走狗屎运，想在新单位真正站稳脚跟就必须有点成绩，不然永远抬不起头，永远低人一等。

原本只是打算让小伙子去蹭点成绩，结果小伙子一连放了几颗卫星，回头想想这一切真像是在做梦。再想到一个人太顺了不一定是什么好事，他边走边叹道："小韩，昨天下班前，分局一连下了几个通知，再想跟今天晚上这样喝酒，可能要过一段时间了。"

"什么通知？"韩昕笑问道。

"市委第十巡察组下周一进驻陵海，要对区委政法委和我们分局展开巡察，下周一上午召开巡察动员会，科所队长全要参加。"

"巡察多长时间？"

"好像是两个月，到时候肯定会来我们大队，找我们谈话。"

巡察组主要是巡察领导干部……韩昕不认为这事跟自己有什么关系，正不知道该怎么往下接，刘海鹏又笑道："周一下午，检察院的吴专委要率第一检察部的检察官来我们大队，查阅台账、调阅案卷、问询办案人，逐案核查立案后未提请批捕的案件。"

韩昕下意识地问："吴专委，专委是做什么的？"

"就是检察委员会的专职委员，相当于副检察长。"

"那第一检察部又是什么部门？"

"检察院刚改革，批捕科、公诉科以后都没了，变成了第一、第二、第三、第四和第五检察部，第一检察部负责刑事案件的审查逮捕、审查起诉和补充侦查、立案监督、侦查监督、审判监督，专门监督我们的。"

"第二检察部呢？"

"第二检察部负责职务犯罪和经济犯罪，第三、第四和第五检察部到底管什么我也不太清楚，只知道以后'捕诉合一'，一个刑事案件从侦查监督，到批捕，再到公诉，都是一个检察官负责。"

韩昕笑道:"捕诉合一挺好,省得跟以前那样把案子移送来移送去,但这名字改得不好,一部、二部、三部、四部,一头雾水,神神秘秘的。还是侦监、批捕、公诉好,一目了然,知道什么事该找谁。"

"想想还真是。"刘海鹏拍拍他肩膀,话锋一转,"但不管他们怎么改,对我们的监督力度只会比以前大,不会比以前松懈。局里也正在进行纪律作风整顿,从下周开始,每天至少要学习两个小时。"

韩昕停住脚步:"学什么?"

"学习中央文件,学习反腐倡廉会议精神,还有《人民警察法》《纪律条令》《内务条令》《公安机关执法细则》《领导干部问责暂行办法》《公安部的改进工作作风十项规定》……反正要学的多了。"刘海鹏笑了笑,接着道,"集中培训、个人自学、专题辅导、集体研讨,要做学习笔记,学完之后要写个人剖析材料。我知道你忙,但再忙也不能影响学习。"

早听说地方公安局学习多,没想到竟如此可怕……作为一个学渣,韩昕听着就头疼,愣了好一会儿才苦笑道:"行,我努力学习。其实学习我不怕,主要是不会写材料。"

"先学了再说,至于笔记和学习心得、学习材料,可以跟曹娜请教。"

"好吧,只能这样了。"

小伙子连字都写不好,而今后的学习考试又那么多,刘海鹏真有些同情他,干脆换了个话题:"暗访的事准备得怎么样?"

"本来准备下周一开工的,城南派出所的李亦军已经到家了,他积极性很高,说明天上午就可以开工。"

"那就这么定,你们先暗访,发现问题我和豆豆出面查处!"

"刘队,那么多家药店转下来,至少需要三天,下周二我们不是要去参加全省禁毒工作视频会吗,到时候能不能安排个辅警跟李亦军一起去?他牙龈炎比较严重,又要吃药,开车不安全。"

"安排个辅警问题不大,我回头跟张大说。"

小伙子能穿上警服,能成为正式民警不容易。刘海鹏想想还是不太放心,半开玩笑地说:"小韩,昨天见老唐和小田他们在院子里围观你的车,我才知道你小子是个土豪。你那辆车看上去很低调,事实上不便宜,到底多少钱买的?"

陵海正在创建文明城区,上级对市容市貌的要求很高,连车位都画上了箭头,车头必须统一朝外,不能像以前那样随便停放。大队院子里的车位同样如此,所有车必须倒进车位,车尾的车标因为靠着墙,平时不注意很难看到,而车头又是烂大街的大众脸,以至于直到前几天才被几个辅警发现是辆豪车。

韩昕咧嘴笑道："落地七十多万，我舍不得花那么多钱买，是我爸我妈给我买的。"

"你爸做什么的？"

"在江城做工程，他已经做几十年了。"

"原来你小子是富二代啊！"

"什么富二代，陵海有钱人多了。"韩昕嘿嘿一笑，指指停放在路边的那一排车，"刘队，你看看，不是宝马就是奥迪，那儿还有一辆奔驰。"

刘海鹏转身看了看，又笑问道："如意嘉园的房子也是你爸给你买的？"

"房子不是，房子是拆迁安置的。"

"不但是富二代，也是拆二代！"

"我们村全拆了，又不只是我们一家……"

"这么说你是老陵海村的人？"

"嗯，以前住在老海通市场后面。"

想到一个亲戚也是他们村的，刘海鹏禁不住问："拆迁时你家要了几套，政府给了多少补偿？"

这不是什么秘密，就算不说他们早晚也会知道，韩昕挠着头，一脸不好意思："我家以前的房子小，院子也不大，就拿了两套，还有八十多万的现金补偿。"

"你住一套，你爸你妈住一套？"

"他们……他们不跟我住，他们有自己的房子，拆迁安置的那两套，是我奶奶留给我的。"

"好吧，我……我没什么好担心的了，好好干。"

"刘队，你担心什么？"

"没什么，我快到了，我在前面左拐。"

还担心小伙子赚钱不够花，一旦经受不住诱惑，容易犯错误甚至出问题。结果人家不但是富二代也是拆二代，光房产就值四五百万，刘海鹏发现自己是杞人忧天了，而且受到了很大伤害……

韩昕不明就里，回到家发现表妹没回来，干脆坐下来点开微信群。专案组今天的进展不大，"树哥"太狡猾了，通过查询发现绑定 QQ 的银行卡肯定是他人的，关联 QQ 的手机号也是用他人身份证办理的，杨朝梅每次把钱转过去，他都会像那些搞电信诈骗的一样将钱迅速转移，想查清毒资流向最快也要到明天下午。

他的 QQ 时而登录，时而下线，短时间内无法锁定其位置。关联 QQ 的那个手机号已关机，可能连卡都从手机里取出来了，同样暂时无法锁定其位置。每次线下交易时藏货的位置也不一样，很隐蔽，都不在监控范围内。附近倒是有监控，但在大概时间段内经过的人员和车辆有很多，只能通过人脸识别和大数据比对分析。

桂支和黄大不但没泄气，反而越战越勇。因为从现在掌握的情况上看，这个"树哥"绝对是条大鱼！

术业有专攻，接下来怎么"由案到人"，韩昕很清楚十个自己加起来也不如那几位拥有高学历的经侦、网安和技侦同行，别说人家并没有要求帮忙，就算有要求也帮不上。在部队学的那些老套但很奏效的侦查方式，在老家真的用不上……

韩昕有点郁闷，暗想是该学习了，不然永远只能被当作"人形缉毒犬"使。随着新技术的进一步发展应用，将来恐怕连"人形缉毒犬"都没机会做。可是学什么呢？基础不好，底子太差，一看见书就头疼，想充电、想跟上时代真是太难了。

101. 暗访

李亦军说是去年八月份入职的，但一入职就去参加了整整三个月的新警培训，真正在分局工作的时间，其实跟韩昕调回来的时间差不多。而且他是治安队的见习民警，不是照片贴满大街小巷的社区民警，局里的大多数领导和同事都不认识他，更别说辖区群众了。

面生，这是优势！看着他背着包，捂着脸，屁颠屁颠跑进药店的样子，韩昕不由想起当年刚被借调进侦查队时的情景。那会儿自己也是个菜鸟，可能比李菜鸟还要菜，但因为工作性质的关系，领导和同事却觉得越菜越好！

好几次行动结束之后因为忘了"切换"角色，在营区里吊儿郎当晃悠被纠察逮着不放，队长教导员表面上很生气，又是要处分又是要关禁闭的，但等纠察走了之后不但不会真处分，甚至让继续保持。加上侦查队的工作不但要对外保密，一样要对内保密，在支队机关里的身份是侦查队的司机，而不是执法士官。久而久之，竟成了支队机关干部和战士眼中的"兵油子"！

丁政委转业得早，"陈老板"干脆让丁政委背这个锅，所有人都知道走的是丁政委的关系，不然就那吊儿郎当的表现怎么可能入党？更别说转士官了。支队从现役变成了警察编制，不会再像以前一样每年都有新兵，只能跟地方公安局一样公开招考警校生和地方高校毕业的大学生，并且数量不会多，侦查队去哪儿找新面孔……

就在韩昕的思绪飘到了千里之外的"彩云公司"的时候，李亦军捂着脸走进了第二家药店。

"你好，你这是怎么了，想买什么药？"一个穿着护士服的导购大姐迎了上来。

"牙疼，疼得吃不下饭，睡不着觉……"

李亦军放下捂着脸的手，张开嘴让导购大姐看了看，又捂着脸问："有没有曲马多？吃别的药不管用，只有吃曲马多才管用。"

导购大姐回头看看身后，走到货架对面取来三盒药："曲马多是止疼的，治标不治本。你的牙龈炎很严重，脸都肿成这样，要消炎，要降火，这也是止疼的，这是消炎的，这是去火的。"

"消炎药我有，光头孢就有好几盒，你这个止疼片估计也不管用。"

"一定要曲马多？"

"我以前吃过，那个真管用，你们到底有没有？没有我去别家看看。"

导购大姐犹豫了一下，放下药道："你等等，我去问问店长。"

"好的，快点啊，我疼死了。"

李亦军的牙确实很疼，但心里却很激动，赶紧不动声色将挎包左侧的针眼摄像头，对准收银台。

导购大姐跟一个胖胖的女子耳语了几句，胖胖的店长探头看了一眼，转身走向最里侧的柜台。

"小伙子，过来。"

"哦。"

导购大姐把他往里拉了拉："那边摄像头能拍到，我们在这儿说。"

李亦军捂着脸说："我是来买药的，又不是做见不得人的事，拍就拍呗，有什么好怕的。"

"曲马多不是别的药，很紧张，不让随便卖！"

"止疼药，我以前不是没买过，我妈牙疼时都吃那个。"

"以前是以前，现在是现在，你真想买我给你找几板，但不能刷医保卡。"

"你们论板卖，不是应该整盒卖吗？"

"想买只论板，我可以多给你几板，但盒子不能给你。"

李亦军挪了挪挎包，掏出手机不耐烦地说："行行行，我快疼死了，给我拿五板！"

导购大姐从口袋里取出一个塑封的收款二维码："二十一板，一共一百，支付宝微信都可以。"

"这么贵！"

"不是跟你说过吗，这个药很紧张。"

"好吧。"

李亦军付完钱，胖店长已经从柜台下捧出一个纸盒，盒子里全是复方曲马多，目测有三四十盒。也不知道她出于什么考虑，当着李亦军的面拆开几盒，取出五板放进塑料袋，然后把盒子揣进口袋，看样子打算找个没人的地方再扔。

这是暗访的第二家，还有一百八十多家没去呢！李亦军没想到如此顺利，越想越激动，说了一声谢谢，跑出药店兜了一小圈回到了车上。

"韩哥，看看，这是什么，没想到吧？"

"不就是曲马多吗，这有什么没想到的。"

韩昕打开塑料袋看了看，转身拿起搁在后排的包，取出一个证物袋，把五板曲马多连同塑料袋一起塞了进去，然后掏出笔和不干胶标签，往他手里一塞："把时间地点填上。"

"好的。"

李亦军边填边激动地说："韩哥，这一家还有好多，藏在最里面的柜台下面，放在一个保健品的包装盒里。她们只论板儿卖，不按盒卖。"

韩昕从包里取出一个笔记本，笑道："记下来。"

"她们家有那么多曲马多，你一点不激动？"

"这有什么好激动的，她们本来就是卖药的，进货太容易了，曲马多没被管制时，她们想进多少就进多少，想怎么卖就怎么卖。"

"现在呢？"

"现在当然不能卖，但卖给你只是涉嫌违法，只有卖给吸毒人员才涉嫌犯罪。"

"违法也要查处。"

"但不是现在，我们还有那么多家没去呢，等暗访完再交由刘队和蓝指他们查处。"

"明明不让卖，她们还偷偷卖，胆子也太大了！"

李亦军想想又叹道："我说这些药店平时看不见几个人，房租又那么高，她们靠什么赚钱呢。原来是靠这个赚钱，一板十二片就卖二十，真黑！"

韩昕系上安全带，点着引擎，将车缓缓开出车位，扶着方向盘笑道："像这么违法经营的应该是极少数，大多药店主要靠卖一些改头换面的所谓新药和保健品赚钱。"

"原来如此。"

李亦军飞快地做好记录，放下笔记本笑道："好了，去下一家！"

正如韩昕所说，敢顶风违法违规的药店是少数。暗访了一上午，只暗访到之前的那一家有售曲马多。

午饭是在车上吃的，李亦军牙疼得厉害，只能喝稀粥。韩昕昨晚刚请过客，今晚又要大鱼大肉，干脆陪他一起喝稀饭。吃饱喝足，他们去往城东的几个药店。

李亦军看了看群里，抬头道："韩哥，汪队和我师傅刚接到命令，他们明天又要出差，又要去外地执行抓捕任务。"

韩昕喝稀饭时也看过群聊，轻描淡写地说："杨朝梅和林丽红落网了，她们的下家还没落网呢，就算她们的下家只是买去吸的，也要找到那些吸毒人员，不然怎么证明她俩贩毒。"

"她们两个人加起来有二十几个下家，这么说有的抓了！"

"她们的下家又不知道她们落网了，这种事不着急，至少用不着抽调那么多人，完全可以等那些下家要货时，给那些下家发个空包裹，然后赶过去守株待兔。"

"这倒是。"

李亦军点点头，又神神叨叨地说："韩哥，所里的师兄刚才在群里说，市里的巡察组要来巡察我们分局。去年退休的老前辈和我们治安队的辅警老陈刚接到通知，让明天上午去行政中心参加巡察动员会。"

让退休民警和辅警参加动员会，这是想听到真实的声音……韩昕意识到这次是动真格，不动声色地问："这跟你有关系吗？"

李亦军笑道："又没通知我，跟我有什么关系？"

下半场暗访的第一家药店很快就到了，韩昕正四处张望找车位，一个既熟悉又有些陌生的身影出现在右前方。李亦军也注意到了，低声问："韩哥，那个是不是你们重案中队的陈队？"

"看着有点像。"

"要不要去打个招呼？"

"打什么招呼，我跟他又不熟。"

"你们一个大队的，你们怎么不熟？"

陈国平正在跟一个矮矮胖胖的光头说话，那个光头一看就知道不是什么好人，叼着根香烟，流里流气，脖子里还戴着条粗粗的金项链。

韩昕不想被认出来，更不想影响人家的工作，低头看了一眼要暗访的药店名单："他刚调来没几天，跟我们中队没什么交往，走，我们先去下一家，这家等会儿再过来。"

"也行，"李亦军想想又笑道，"我们杨所不喜欢我们跟你们大队的人来往，尤其是重案中队和城区中队。"

韩昕正想说你们杨所是瞧不起刑警大队，突然有电话打了进来。看了一眼来电显示，竟是大队综合室打来的，连忙点了点中控大屏上的通话键。

"韩昕是吧？我综合室的郭秀颖。"

"郭姐好，有什么指示？"

"明天上午八点半，准时去行政中心三楼302会议室，参加市委巡察组的巡察动员大会。不能迟到，更不能请假。"

韩昕下意识地问："郭姐，我又不是领导，我去做什么？"

郭秀颖看着分局刚紧急下发的通知，意味深长地说："老唐不但不是领导，连正式民警都不是，还不是一样要参加？"

"明白了，我准时参加。"

他刚挂断电话，李亦军就好奇地问："韩哥，你明白什么了？"

"可能我是刚来的，没有那么多顾忌，敢说真话！"

"我也是刚入职的，为什么不通知我参加？"

"你是党员吗？"

"不是。"

"不是你问什么问？"韩昕回头看了他一眼，语重心长地说，"年轻人，要好好干，要积极向组织靠拢，等将来你入了党，你也可以跟我一样参加巡察动员大会。"

102. 思岗

陵海人对滨江没什么归属感，事实上思岗人对市区也没什么归属感。首先是语言不通，滨江市区的方言极为独特，独特到周边所有区县的人都听不懂。其次，在经济上没有压倒性优势。下面几个区县全是排名比较靠前的百强县，GDP个个上千亿，小日子过得一个比一个滋润。这导致滨江对内没什么吸引力，产生不了虹吸效应。由于离国际大都市东海和连省会江城都瞧不上的姑州太近，对外又没竞争力。

在教育上不是没有优势，而是完全处于劣势。高等教育没有985、211那样的大学，高中教育不如下面几个小老弟，以至于市区的家长都去陵海、兴东、皋如甚至最北边的思岗买房子，送孩子去陵海、皋如等区县上学……

作为一个在市区工作生活了近二十年的国家公职人员，程文明对市区倒没有那么多偏见，只是随着年纪越来越大，身体越来越不如以前，这两年变得越来越想老家。每到周五，就和妻子林新霞一起回丁湖老家，看看自留地里种的菜，在河边钓钓鱼，陪老人吃吃饭说说话，跟村里的邻居聊聊天下下棋。

这个周末同样如此，只是自得其乐的田园时光过得太快，一转眼又要回市区了。林新霞把自家种的菜择干净装进方便袋，连同公公婆婆准备的大米，一起塞进后备厢。正准备扶程文明上车，一辆看着别提有多熟悉的黑色轿车驶了过来。

"文明，你看谁来了？"

"她怎么来了？"程文明回头一看，脸上露出了笑容。

轿车很快就开到了家门口，只见一个四十来岁，看上去有点发福的女士，微笑着解开安全带，推门下车。

"程支、嫂子，你们这是打算回滨江？"

"大局长大驾光临，寒舍蓬荜生辉。我们不着急，走，进去坐。"

"什么大局长，我只是个副的好不好。"

"副的也是王局！"

"嫂子，你看看他，又开始阴阳怪气，又变成以前那样了。"

"别搭理他，他这是江山易改本性难移。"林新霞笑骂了一句，扶着丈夫一边往屋里走，一边好奇地问道，"王燕，你今天怎么有空来丁湖的？"

王燕从包里取出两袋喜糖，微笑着解释："老宁的孙子今天结婚，别人不去我不能不去，不但要去还要帮首都的那位把心意带到，吃完老宁家的喜宴顺便过来看看你们的。"

程文明惊问道："老宁的孙子都结婚了？"

"我女儿都谈男朋友了，人家孙子结婚不是很正常吗？"

"他怎么没给我打电话？"

王燕正不知道该怎么解释，林新霞就不快地问："人家为什么不请你，你自己心里没点数？"

程文明放下拐杖，悻悻地说："不请就不请，吃顿饭要好几百，谁嫌钱多！"

林新霞瞪了他一眼，又回头问："王燕，小单和亚丽有没有去？"

"去了，他们本来想跟我一起来看看你们的，结果家里有事，只能先走了，让我给你们带个好。"王燕坐下来，又忍不住调侃道，"老程，别人退居二线要上班，但你不是别人，既然喜欢待在老家，那就别回去了，为什么要来回折腾？"

"什么叫来回折腾，拿工资不上班，那不成吃空饷了吗？"

"你就是在折腾，折腾我就算了，还折腾单位领导！"一提到这事林新霞就来气，转身看着王燕苦笑道，"一遇上刮风下雨，他浑身都疼。平时上个厕所都要半个小时，又不许别人帮忙。培训中心的领导生怕他出事，还专门安排个人盯着。人家是真希望他回来养老，真希望他别再去上班。"

程文明掏出红塔山，嘀咕道："他们是嫌我烦。"

"那你就别烦人家，退居二线就要有退居二线的觉悟，管那么多事干吗，你以为你是老卢？"

"工作上的事你不懂，去烧点水，我跟王局说点事。"

"行行行，谈工作，不知道哪来这么多工作的。"

林新霞刚走出堂屋，王燕就感叹道："马上就清明了，如果首都的那两口子在家，肯定要去给老卢扫墓。"

不知不觉，老卢已经去世六年了。这人死了就什么都没了，除了至亲现在谁还记得那个曾制霸良庄十几年的卢书记。程文明一连抽了几口烟，轻叹道："他多忙啊，哪有时间回来，跟去年一样，还是我们帮他去吧。"

"我就是来跟你说这事的，不一定赶在清明那天。"

"行，我回头问问忠年有没有时间。"见到昔日的战友，程文明突然想起件事，"禁毒支队的肖云波前天下午找我，说陵海分局这两个月一连发现两条大毒案的线索，对他的触动很大。事实上新型毒品也确实越来越多，禁毒形势确实越来越严峻，他想重建缉毒专业队。"

王燕笑道："他是支队长，他想重建就重建呗。"

"他们支队就八个民警编制，易制毒化学品管理和禁毒宣传教育这块又不能松懈，没人，想重建谈何容易。"

"那就申请编制。"

"你现在也是局领导，应该清楚申请编制比申请经费还要难。"

"那他想怎么重建？"

程文明磕磕烟灰，笑道："没什么新意，还是首都那位以前的那一套，打算从几个区县公安局各借调一个人，美其名曰上挂锻炼。"

王燕不假思索地说："他想得倒美，机关缺人，我们基层更缺人。我们是县局不是分局，不是他肖云波一纸调令就能把人借调走的。"

"如果安排个人去，真能学到点东西呢？"

"该安排的培训我们全安排了，再说去他那儿能学到什么东西？"

"他和市政法委的关副书记，帮陵海分局从南云边防挖了一个人，那小子

394

我见过，也姓韩，有点道行。"看着老战友若有所思的样子，程文明强调道，"陵海分局正在侦办的那起贩卖地芬诺酯案你应该听说过，涉案金额大，涉及地域广，光银行账户就打包申请冻结了几百个。"

"你刚才不是说陵海分局发现两条大毒案的线索吗，另一条线索呢？"

"也是那小子发现的，第二条线索不是贩卖地芬诺酯，而是贩卖K粉！这才打了两个层级就已经缴获了上百克，肖云波正在逐级上报，听口气申请公安部毒品目标案件的把握很大。"

"主要网络是在陵海，还是在外地？"

"外地，如果在陵海那还得了！"

王燕没想到一向很低调的陵海分局，居然一连放了两颗卫星，不禁笑道："张文远可以啊，竟然想到拉外援。"

程文明笑道："听忠年说，关书记和肖云波先找的崇港分局，本来打算把那小子安排到忠年那儿的，结果崇港分局说没编制，不要。他们只能退而求其次，去找张文远。"

"还有这事，任大傻是不是气坏了？"

"气有什么用，总不能去跟领导拍桌子吧？"

王燕点点头，沉吟道："千军易得一将难求，如果能跟那个外援学到点真本事，安排个人去倒也不是不可以。但我只是个分管杂事的副局长，找我没用，让他找我们贺市长。"

"贺市长那边他肯定会去找的，但我认为你应该帮着促成，别看我们思岗的毒案很少，可现在的新型合成毒品真是层出不穷。几年前，谁能想到药店里卖的那些常规药品，随便提炼下就能成为毒品。有的甚至不需要提炼，持续服用就能成瘾。"

"好吧，我回头问问罗局，他是刑侦副局长，这方面他比我懂，比我有发言权。"

……

一天的暗访结束了，发现两家药店有售曲马多。收获不小，但韩昕却高兴不起来，因为像曲马多这样的管制药品一旦被滥用那就是毒品！

韩昕把李菜鸟送回家，然后去城东的一家小饭店赴宴。张宇航和刘海鹏生怕他尴尬，去得比较早。跟城东派出所所长金志勇、教导员黎杜旺一起打了会儿掼蛋，又变成了谈笑风生的好兄弟。聂广俊表现得也很热情，仿佛之前什么都没发生似的，见韩昕和蓝豆豆一起到的，"分局公敌"却没来，非要给"分局公敌"打电话……

考虑到巡察组要来，在喝不喝酒这个问题上，众人的态度惊人地一致。

菜没怎么动，大家光顾着聊天了。

当聊到明天的巡察动员大会时，张宇航回头问："小韩，听说你也接到了通知？"

"接到了，郭大姐通知的，郭大姐说老唐也要参加。"

"我们所里也有辅警接到了通知。"

黎杜旺回头看了看表面上若无其事，其实心里别提有多紧张的聂广俊，举起饮料："小韩，我再敬你一杯，一切全在饮料中！"

韩昕岂能听不出他的言外之意，连忙道："黎教，应该是我敬你。"

张宇航不认为巡察组会揪住聂广俊的事不放，毕竟分局纪检监察室已经对聂广俊进行过诫勉谈话，甚至约谈过金志勇和黎杜旺，一事不可能二罚。更何况这次巡察针对的是张区长、孙局和谌局等主要领导，不禁笑道："小韩，这是黎教敬你的，别扭扭捏捏。"

"是，我干了。"

"这就对了嘛。"黎杜旺终于松下口气，将杯中饮料一饮而尽，坐下招呼道，"来来来，吃菜，再不吃都凉了。"

103. 害群之马

市委第十巡察组说是明天开始巡察，但事实上今天下午就到了陵海，而且来之前做过一番功课。比如要参加明天上午动员大会的老同志、新同志和辅警名单，就是巡察组事先拟定、临时通知的。

作为被巡察单位的负责人，张文远和区委政法委黄书记赶紧来向巡察组的正副组长汇报工作，表明态度。张文远陪巡察组的领导和同志在陵海宾馆吃了个工作餐，正准备回局里开个党委会，重申下积极配合巡察的思想，老宋突然打来电话，说区纪律委蒋书记找他有急事。

下午一起迎接巡察组时刚见过，那会儿还谈笑风生，这才过了几个小时，能有什么急事？再想到蒋书记并没有直接打电话，而是通过派驻分局的纪检监察组长老宋转达的，张文远意识到肯定有事，而且不会是什么好事，心里顿时咯噔了一下，连忙赶到区委。

张文远走进纪律委的小会议室一看，不但蒋书记在，监察委的两位副主任和老宋也在，神色一个比一个凝重。

"蒋书记，不好意思，我来晚了。"

"巡察组来了，你有的忙呢，这有什么不好意思的？"蒋书记招呼他坐下，开门见山说起正事，"张区长，这么晚请你过来，是发现一条职务犯罪的重要线索。老马已经安排了三组人去调查了，最多三天就能搞清楚来龙去脉。"

真是怕什么来什么，张文远急切地问："我们分局的？"

蒋书记递上一份材料，无奈地说："还是这些年树立的典型，当然，他以前确实干得不错，但成绩只能代表过去，功不可能用来抵过。只要涉嫌违法违纪，就要立案调查！"

"陈国平，他怎么可能……"

"我刚看到时也觉得不可能，谁能想到刑警大队的重案中队长兼分局的扫黑除恶专业队的队长，会给涉黑团伙当保护伞？谁会相信立过那么多功、荣获过那么多荣誉的优秀民警会知法犯法？"

纪委监委不会无缘无故调查一个人！张文远意识到问题的严重性，看着材料先是愤怒，然后是痛心，沉默了好一会儿才凝重地说："我这个局长没做好，我失察。"

"现在不是检讨的时候，而且从材料上看，他的情况比较复杂，他包庇的那个涉黑团伙的犯罪活动比较隐蔽，主要是针对在外承包工程的老板和本地的一些企业家。那些老板都是要面子的人，吃了大亏都不好意思说，如果不是机缘巧合，我们也发现不了这条线索。"蒋书记能理解他此时此刻的心情，递上支烟，又意味深长地说，"我们发现了，我们立案调查，还能争取到点主动。如果被巡察组在巡察期间发现，那我们就很被动了。"

"我知道，谢谢蒋书记。"

"这有什么好谢的，这本来就是我的工作，而且我跟你一样痛心。"

"需要我怎么配合？"

"线索是刚发现的，老马这边大概需要三天才能查实，现在对他采取措施不太合适，不然巡察组问起来都不知道怎么解释。我们刚才研究了下，决定从你们局里抽调两个可靠的同志先盯着他。"

蒋书记话音刚落，监察委马副主任就补充道："张区长，如果是一般的涉嫌职务犯罪人员，我们用不着跟你借人。但陈国平不是一般的公职人员，他做了那么多年刑警，警觉性很高，不太好对付。"

每个单位都有几个重点培养对象，陈国平就是分局重点培养的民警之一，事实上他之前也确实敢打敢拼，组织侦办过几百起刑事案件，先后荣立三等功两次，嘉奖十几次。他获得的荣誉更多，比如"十佳民警""十佳侦查员"，滨江市"优秀刑警""杰出青年岗位能手""江南省好青年"等等，不然局里也不会把他从西塘中队调到重案中队担任中队长。

纪委、监委的办案人员想盯他不容易，分局的民警想盯他同样不容易。张文远正绞尽脑汁想让谁盯比较合适，老宋低声问："张区长，你觉得韩昕怎么样？"

"韩昕倒是个合适的人选，问题是他认识韩昕。"

"韩昕肯定认识他，但他对韩昕的印象应该不深，一是刚调到重案中队没几天，跟韩昕没打过交道。二来韩昕平时很低调，不管走到哪儿都像个路人甲。"

张文远紧攥着拳头说："既然他对韩昕没什么印象，那就让韩昕盯！"

蒋书记可不想打草惊蛇，紧盯着他问："张区长，你们说的这个韩昕，能对付得了陈国平吗？"

张文远连忙道："蒋书记放心，陈国平以前在破案上是一把好手，但论侦查，尤其在跟踪、监视方面，十个他也顶不上一个韩昕。"

纪委监委一样要办案，将来很难说需不需要这方面的人才帮忙，马副主任好奇地问："张区长，你说的这个韩昕有那么神？"

"不是有多么神，而是侦查经验丰富。"

"怎么个丰富？"

"韩昕同志是从南云边防调回来的，执行过很多次极其危险的贴靠任务，每次都不能出错，只要出一点差错就回不来了。"

蒋书记惊问道："我们陵海还有这样的同志？"

张文远面无表情地说："可惜只能做无名英雄，有关于他晋职晋衔和立功受奖的文件，只能塞进档案，不能上网公布，更不能像以前宣传陈国平那样宣传。"

"这我就放心了，让他赶紧过来，向老马报到。"

"蒋书记，张区长，这才有了一个人！"

不等蒋书记开口，张文远就胸有成竹地说："马主任尽管放心，对付陈国平，韩昕一个人足够了。"

"一个人不合适，必须两个人！"

"那让韩昕自己挑，干这个他是专业的。"

"他是党员吗？"

"老党员，在部队荣立二等功一次，三等功两次。每个地方的情况不一样，在那边能立二等功，在我们江南省评一等功都没问题。"

"好吧，先让他过来，我先见见他。"

……

韩昕吃完饭刚回到家，就接到了分局纪委宋书记的电话。不该问的一句不能多问，赶紧按命令来到区委。他没想到不但宋书记在，张区长居然也在，正和一个戴着眼镜的中年人，坐在一间办公室里等他。

"韩昕同志，别紧张，先看看这个。"

"是！"

韩昕连忙从宋书记手里接过材料，不看不知道，一看吓一跳。陵海居然存在一个由一群刑满释放人员和社会闲散人员构成的具有黑社会性质的犯罪团伙。他们给在外地承包工程的老板和本地的一些企业放高利贷，多次插手经济纠纷，通过暴力或纠缠滋扰、摆场架势、喷漆恐吓等"软暴力"方式讨债、挡债，敲诈勒索，从中攫取非法经济利益。

而且分层管理，分工负责。有人负责找"业务"，与建筑老板或企业老总商谈放贷、挡债、要债事宜，为其成员安排食宿和出行车辆，并发放工资或给予好处费，人称"吴总"。"潘总"负责管理手下小弟，严格内部规约，不许在娱乐场所寻衅滋事，不许找普通老百姓的事，甚至不允许吸毒。要求统一行动，听从指挥。为了给他们这个组织造势，部分成员统一在手臂上文有"不动明王"和"大黑天"图案，并购置作案刀具。

更让人不敢相信的是，本应该打击他们的重案中队长兼扫黑除恶专业队长，居然很可能在充当他们的保护伞！看到最后一页，看到陈国平的名字，韩昕下意识地掏出手机，解开锁翻出一张照片，小心翼翼地说："张区长，宋书记，材料上说的这些可能是真的。"

"什么意思？"张文远下意识地问。

"您看看，我上午在暗访药店时无意中发现的，就习惯性顺手拍了几张照片。"韩昕递上手机，想想又补充道，"我虽然没跟他说过话，更没打过交道，但这些天在单位见过他几次，他总是忧心忡忡的，看着是不太对劲。"

张文远看了看照片，把手机放到戴眼镜的中年人面前："马主任，这家伙是谁？"

"潘友军，团伙的二号人物。"

"看来错不了！"

"现在需要的是证据。"

马主任对小伙子的表现很满意，抬头道："韩昕同志，自我介绍一下，我是陵海区监察委副主任马营。从现在开始，你被秘密借调到我们监委，接受我的指挥。"

"是！"

"你的任务只有一个，在接下来的三天内，给我死死盯住陈国平，绝不能让他察觉到，更不能让他畏罪潜逃。"

这个任务有点挑战性，可想到要盯甚至要抓的是一个民警，韩昕心里又有些不是滋味儿，迟疑了一下才低声问："马主任，他现在在哪儿？"

马主任放下手机："刚才你们宋书记给你们大队下过命令，你们大队这会儿正在开积极配合巡察的统一思想会，他正在会场。"

宋书记补充道："大概十点半左右散会，你现在做准备应该来得及。"

韩昕想想又问道："如果他发现不对劲想跑呢？"

"以我们纪委监委的名义，坚决果断把他控制住！"

"是！"

"你需不需要一个助手？你们张区长说了，如果需要，你可以自己从局里挑选。"

抓同事可不是一件小事，尽管一旦查实其是害群之马确实应该抓。韩昕权衡了一番，小心翼翼地问："我想找一个面生的新人，就是今天跟我一起暗访药店的城南派出所见习民警李亦军。"

"没问题，但你找的人你负责，你是党员，应该清楚这件事的严重性。"

104. "上贼船"

李亦军的老家在陵海最西北边的沙岗，以前是一个乡，后来被撤并掉了。在城区生活的人没事不会去那个犄角旮旯儿，但个个都知道他们老家，因为沙岗的猪头肉很好吃，很有名。

不过他现在很少回沙岗，在城区买的新房子没装修暂时不能住人，平时住在大伯家。他的堂姐上学时成绩好，毕业之后去了深圳，在那边结婚生子。大伯和伯母一退休就去深圳帮着带孩子，在陵海的房子装修得很好，舍不得租给人家，就让他这个侄子住。他是李家这一代唯一的男丁，肩负着为老李家传宗接代的重任！

牙疼得厉害，他实在睡不着，正躺在床上玩《王者荣耀》，韩坑突然打来电话。

"……什么紧急任务？好吧，我这就下楼，你在东门还是在西门？"

"我在西门等你，多穿点衣服。"

李亦军实在想不通大晚上能有什么紧急任务，可韩坑已经到了小区西门，只能掀开被子手忙脚乱地穿衣服，拿上手机充电器和消炎止疼的药，赶紧关灯锁门下楼。跑到西门一看，赫然发现韩坑开的既不是速腾也不是大众 SUV，而是一辆黑色帕萨特。

"韩哥，你又换车了？"

"赶紧上车，上车再说。"

"哦。"

韩昕不等他系上安全带，就打开转向灯将车开上主干道。

李亦军好奇地问："韩哥，到底什么任务……"

韩昕回头看了一眼，反问道："有没有带警务通？"

"没带，下班时间带那个做什么，万一搞丢了麻烦。"

"没带就好，把手机卡取出来。"

"为什么要取出来，取出来我怎么打电话？"

韩昕打开扶手箱，取出一个信封："这里面有张卡，有个蓝牙耳机，从现在开始用新卡，并且不能跟除了我之外的人联系，直到行动结束。"

"韩哥，什么行动？"李亦军接过信封，一脸茫然。

韩昕依然没回答他的问题，而是冷冷地问："你想不想立功？"

"想。"

"那你想不想坐牢？"

"韩哥，你别开玩笑了，我是警察，我送嫌疑人去坐牢差不多，我怎么可能坐牢！"

"警察一样是人，只要是人就有可能违法犯罪，只要违法犯罪就要被追究刑事责任。如果能够顺利完成这个任务，你就能立功。如果因为你小子搞砸了，我们就要被纪委监委立案调查。"

眼前这个大坑货干的都是大事，他不会无缘无故开这种玩笑……李亦军意识到正在执行的任务不简单，苦着脸问："韩哥，我只是个治安民警，还在见习期，我可以不参加，可以退出这个行动吗？"

"可以。"

"谢谢韩哥，你是我亲哥。"

"还没说完呢，"韩昕摸摸嘴角，轻描淡写地说，"你可以退出，但既不能回单位也不能回家。考虑到要保密，只能送你去监察委的留置中心住几天，直到行动结束才能出来。"

李亦军大吃一惊："监察委！"

"怎么，不想去？"

"好好的去监察委做什么？留置中心更不能去，真要是去住几天，出来之后就算没事人家也以为我有事。"

"但上了这辆车，你只能二选一，要么参加行动，要么去留置中心。"

什么上了这辆车，分明是上了贼船！李亦军意识到没退路了，只能苦笑道："我还是参加行动吧，到底什么行动？"

"稍等。"

韩昕拿起手机飞快地输入一个号码，举到耳边等了几秒钟："报告宋书记，我已经接到李亦军同志了，他就在我身边，是……小李，宋书记让你接电话。"

分局只有一个宋书记，而且是人见人怕的书记！李亦军不敢犹豫，急忙接过手机。

"宋书记好，我是城南派出所治安中队见习民警李亦军，请宋书记指示……是，请宋书记放心，我保证严守机密，坚决服从命令，坚决听从韩队指挥。"

这就被抽调进纪委监委了……宋书记已经挂断了电话，手机里传来嘟嘟嘟的忙音，李亦军依然觉得像是在做梦，不敢相信这一切是真的。

韩昕已经把车开到了距刑警大队不远的路口，把车倒进一个比较隐蔽的车位，遥望着大队方向，提醒道："赶紧换卡。"

"哦。"

李亦军缓过神，一边换手机卡，一边既紧张又兴奋地问："韩哥，宋书记只是说我被临时抽调进纪委监委的调查组，只让我服从你的命令听你指挥，到底调查谁他没说。"

"调查跟我们没关系，我们只要帮纪委监委盯住陈国平。"

"盯陈队，韩哥，你不是在开玩笑吧？"

"你看我像是在开玩笑吗，你认为宋书记会开这种玩笑吗？"

"韩哥，你知不知道陈队是什么人？"

"他什么人？"

"他是重案中队长，是我们分局的'六大明星'之一！"

韩昕掏出警务通，一边查询一边好奇地问："另外五个明星是谁？"

李亦军以为他是在开玩笑，如数家珍地说："出入境大队教导员赵素素，网安大队副大队长夏贵林，交警城北中队的中队长孙进平，看守所副所长余文强和我们所社区队的王姐，每次评选都是他们，我给他们投过好几次票。"

"这么说一个单位一个？"

"有的单位还没呢。"

"看来我们大队的明星要换人了。"

"韩哥，陈队真有问题？"李亦军低声问。

韩昕没有回答，而是放下警务通，拿起手机，点开刚被拉进的一个小群，直接发了一条语音："马主任马主任，我是韩昕，我和李亦军同志已到位，请指示。"

"韩昕同志，接下来看你们的了，你们宋书记刚提供了一份陈国平接下来三天的日程表，我转发到群里，你仔细看看。"

"收到。"

"再就是经上级研究决定，准备给他来个敲山震虎。你们分局明天下午，会抽调警力成立一个打击吴某潘某涉黑团伙的工作专班，看他接下来有什么反应。这有利于我们调查取证，但你们的压力会很大，你要做好应对各种情况的心理准备。"

"马主任放心，他跑不掉。"

"好，辛苦你们了。"

李亦军听得目瞪口呆，心中掀起了惊涛骇浪，不敢相信要盯要抓的真是陈国平！韩昕点开马主任转发来的日程，赫然发现张区长和宋书记为配合纪委监委办案，把陈国平的日程安排得满满的。

明天上午八点半，参加巡察动员大会。下午两点半，参加打击吴某、潘某涉黑团伙工作专班的成立会议，不但要参与分析研判，而且要对专班接下来如何侦办进行指导。晚上要在中队值班。

周二上午九点，去职教中心参加教育系统深入开展扫黑除恶专项斗争工作会议，甚至要跟蓝豆豆一样登台开讲，对教育系统的人员进行扫黑方面的培训。下午两点，参加陵海街道的关于《扫黑除恶专项斗争应知常识》专项学习会议，要给参加会议的街道干部和各社区的工作人员讲课。晚上七点至十点，参加大队组织的学习。

周三上午八点半，参加分局组织的深化大练兵活动，去情报中心学习研判，强化情报导侦。下午，要给中队民警传达前两天的会议精神，并组织中队民警辅警学习。晚上，要在大队待命，准备参加局里组织的突击行动。到底是什么行动，估计张区长和宋书记还没想好。

总之，他能自由活动的时间并不多！但对一个具有丰富办案经验的刑警而言，真要是想跑用不着那么多时间，随便找个空隙，随便找个借口，就能在转眼间溜之大吉。

韩昕紧盯着日程表想了想，放下手机问："亦军，他住在城南花苑，那是你们派出所的辖区，你跟物业熟不熟？"

李亦军不敢再胡思乱想，连忙道："熟啊，我跟我师傅去调过好几次监控，保安班长是我们所里的110志愿者，我有他的微信。"

"差点忘了，你们主要是靠调监控破案的。"

"有监控为什么不用，那个小区丢过几次电动车，我们全是调监控锁定嫌疑人的。"

"小区监控室晚上有人值班吗？"

"晚上有一个保安，不过他们谈不上值班，晚上趴在那儿睡大觉。"

"等会儿我们去陪他，不过必须跟他说清楚，我们去的事要保密。"

"放心吧，他们不会乱说的，我们所里跟他们打了多少年交道，他们很配合我们的工作。"

派出所就是管他们的，他们敢不听话吗？韩昕突然发现让李菜鸟参与行动挺好，至少在城南派出所辖区行动起来要方便得多。正寻思后天下午参加不了全省禁毒工作视频会议，也不知道张区长和宋书记怎么帮着打掩护，一辆辆私家车从大队里缓缓驶了出来，看样子散会了。

韩昕赶紧把照相功能逆天的手机架到早准备好的支架上，调整好焦距。然后跟变魔术似的拿起一顶帽子戴上，紧接着又从扶手箱里取出一副平光眼镜……

105. 蹲守

大队院子里就那么多车位，谁的车停在哪儿，都要由综合室协调安排。李大退居二线调到执法办案中心之后，他以前的车位就给了刚调到重案中队的陈国平。因为那个车位倒进开出比较容易，下手晚了没抢到的蓝豆豆，整整羡慕了一个上午。所以陈国平开的什么车，车牌号多少，韩昕记得清清楚楚。

见陈国平的黑色别克打着转向灯，跟着余教的丰田拐入江海路，韩昕点着引擎悄悄跟了上去，始终保持六七十米的车距，一直跟到城南花苑北门。远远地看着别克缓缓开进了小区，韩昕不动声色继续往前行驶。他绕到小区东门，让李菜鸟下车，等李菜鸟跟值班的保安打完招呼，然后把车开进小区的地下停车场。

在下面兜了两圈，找到目标家所住的 7 号楼下的 B 区，确认别克停在距电梯不远处的车位上，韩昕这才把车开出地下停车场，找了个不太显眼的露天车位停好，径直来到位于小区东门南侧的监控室。

李菜鸟没吹牛，他跟这里的保安很熟，来这儿跟到了家一样。晚上值班的保安不但很配合，甚至把监控室都让出来了，抱着被子去外面的物业办公室沙发上睡觉。

"韩哥，他回家了，这是他上电梯时的监控画面。"

"他家那一层有摄像头吗？"

"有，等等啊。"

李亦军飞快敲击了几下键盘，楼道的实时监控画面出现在大屏上。

韩昕拉开椅子坐了下来，从背包中取出茶杯："不要连接大屏，在电脑上看就行了。"

"哦。"

"能不能看到地下停车场？"

"地下停车场有摄像头，但看不到他的车位。"

韩昕笑问道："你对这儿很熟？"

李亦军得意地说："我来调过好几次监控，还跟社区队的莫警长来检查过几次小区的监控设施。"

韩昕喝了一小口水，捧着茶杯环顾了一圈，发现这个监控室也比较高端大气上档次，又笑问道："这些监控设施你都会操作？"

李亦军敲敲键盘，调出7号楼二单元门洞的监控，将四个画面拼到屏幕上，眉飞色舞："看上去很复杂，其实很简单，跟我们所里的监控系统是同一家公司做的。"

"好吧，等有时间教教我怎么操作。"

"不用等有时间，现在就可以。"

"现在不行，你先盯着，我得赶紧睡会儿。"

"韩哥，在这儿你睡得着吗？"

"睡不着也要睡，你先盯两个小时，两个小时之后叫我。"

韩昕掏出手机看看时间，随即拉开身边的椅子，把双腿搁了上去，调整到相对舒服的姿势，闭上双眼抓紧时间休息。李亦军很想再聊会儿，可见大坑货都已经躺下了，话到嘴边又咽了回去。让他更郁闷的是，大坑货真能睡着，躺下十来分钟就开始打呼噜，抑扬顿挫，这呼噜打得居然带着节奏。

没人聊天，又不能让保安知道究竟在盯谁，只能托着下巴盯着电脑显示器。不能打瞌睡，更不能上网刷短视频，甚至都不能走神，万一让陈国平跑了，真可能会被监察委带留置中心去喝茶。大半夜蹲守真是一种煎熬，想点杯奶茶提提神，现在用的手机卡也不知道是谁的，又没绑定微信支付宝，只能这么坚持着。

时间一分钟一分钟过去，好不容易坚持到凌晨两点，赶紧叫醒大坑货。

韩昕坐起身，揉揉眼睛："该你睡了，我四点叫你。"

李亦军呵欠连天地说："韩哥，我是困，我眼睛都睁不开了，可在这儿我睡不着……"

"在这儿睡不着就去车上睡，"韩昕从口袋里掏出车钥匙，提醒道，"记得多盖点，千万别感冒。"

"没事，我去跟保安借床被子。"

"去吧，到点儿我给你打电话。"

李亦军走到门边，想想又回头问："韩哥，你不担心我会暴露？"

韩昕回头问："暴露什么？"

"暴露行动啊。"

"这有什么好担心的，"韩昕笑了笑，端起茶杯说，"你小子虽然话多，但应该很清楚自己是一个警察，应该清楚自己在执行什么任务，对你的这点基本信任我还是有的。何况陈在外面是重案队长，但在小区他只是一个普通业主。保安不一定认识他，他也不太可能跟保安打交道。"

被信任的感觉真好，李亦军咧嘴一笑："谢谢韩哥，我先去睡了。"

相比李菜鸟，韩昕的时间要好打发得多。一心二用，一边盯着监控画面，一边用手机上网搜陈国平。不搜不知道，一搜才知道他真是分局的"明星"！各种新闻报道加起来有五六十条，其中有好几条是省级媒体的，甚至有一个市级媒体对其的专访。参加过的各种评选也很多，在所有参加评选的男民警中，他的外表形象仅次于"分局公敌"。

能想象到因为警种的关系，在群众参与投票的评选活动中，他可能比"分局公敌"更受群众欢迎。毕竟在大多数人看来，看守所的副所长就是个"牢头"，只有刑警才是真正的警察。何况他不只是刑警，而且是刑警队长。

他跟"分局公敌"差不多大，今年才三十二岁。这么一个荣誉光环无数、前途无量的人，居然很可能在充当涉黑团伙的保护伞，韩昕实在想不通他怎么会走到这一步，打心眼里觉得惋惜，真希望监察委搞错了。

与此同时，比韩昕更惋惜、更痛心、更气愤的张文远，刚和宋书记一起从武装部训练基地回到局里。纪委监委调查陈国平，自然也要调查涉黑团伙的两个主要嫌疑人，不然怎么取证。分局不但要全力配合，更要重拳出击打掉那个涉黑团伙！

为了保密，只能连夜从各派出所抽调民警。在负责侦办的人选上，他和宋书记想到一块儿去了，那就是城南派出所副所长杨千里。而且杨千里正好兼着"3·13"专案组的副组长，由杨千里具体负责侦办，正在紧锣密鼓进行的扫黑行动，完全可以对外声称是禁毒行动，不用担心走漏风声。至于明天下午要成立的扫黑专班，那是成立给陈国平看的。他要是敢通风报信，监察委会立即采取行动，杨千里会在同一时间按指示组织参战民警收网。

张网以待，就等陈国平明天下午的反应。一旦采取行动，巡察组肯定会过问。张文远越想越郁闷，越想越窝火，把晚上也不打算回家休息的宋书记请进办公室，带上门问："老宋，能不能跟蒋书记、马主任商量商量，如果陈国平明天有异动，让韩昕和城南派出所的那个见习民警对他采取强制措施，然后再把他移交给监委的办案人员。"

马主任晚上给韩昕下达的命令很明确，主要是盯。只有确认陈国平企图潜逃，才能坚决果断采取措施。换句话说，如果陈国平不跑，就要由纪委监委的办案人员，按程序出示证件，宣读留置令，再把陈国平带到监察委的留置中心调查。虽然由谁出手抓都是抓，但对现在的分局而言，由分局的民警出手，至少能向巡察组表明分局在清理害群之马上的态度。

宋书记既是纪委监委派驻分局的纪检监察组长，也是分局的党委委员，在陈国平这件事上同样负有失察之责，岂能听不出局长的言外之意。他点上支烟，凝重地说："韩昕和那个小李已经被抽调进了监委的调查组，他们出手就是监委出手。"

"那就这么办，你明天跟马主任沟通下。"

"马主任那边好说，蒋书记估计也不会反对。张区长，这些事交给我，你还是早点休息吧，明天一早还要参加巡察部署动员会呢。"

"嗯，是该睡会儿，你也早点休息。"

……

韩昕盯到凌晨四点，准时打电话把躺在车里睡觉的李菜鸟叫醒。等李菜鸟揉着惺忪的双眼回到监控室，韩昕跟之前一样躺在椅子上和衣而睡。再次醒来天已经亮了，考虑到保安马上就换班，二人赶紧走出监控室，在小区大门左侧的早餐店买了点早饭，一个直奔地下室盯车，一个去7号楼后面的简易健身场盯着二单元门洞。

"韩哥，我这个位置特别好，能看见门洞，他出来看不到我。"李亦军坐在长椅上，透过树枝的缝隙，遥望着站在门洞口聊天的两个老人。

韩昕坐在紧挨着电梯井的楼梯台阶上，边吃边说道："再坚持一个半小时，他等会儿要去行政中心参加巡察动员大会，这个会估计要开到十一点半，你可以在车上睡一上午。"

"我这会儿不怎么困了。"

"不困你等会儿也要睡。"

"那你呢？"

"我等会儿跟他一起去开会，会场里的人那么多，又不知道位置是怎么安排的，我是一点都不能走神，所以散会之后我要抓紧时间休息，到时候全靠你了。"

李亦军没想到最容易出纰漏的居然是会场，摁住蓝牙耳机说："韩哥，会议室里应该有摄像头，行政中心应该有监控室，我们可以去监控室盯着。"

"……"

"韩哥，说话呀，是不是地下室信号不好……"

"我听着呢，地下室信号挺好。"

"那我们能不能去行政中心的监控室盯？"

韩昕反问道："你说呢？"

李亦军下意识地问："不行吗？"

果然是个菜鸟，而且是很菜很菜的那种！韩昕深吸气，耐心地解释道："肯定不行啊，你也不想想行政中心是什么地方，参加巡察动员会的都是哪些领导。敢监视巡察组，你想不想混了！"

106. 巡察

七点十六分，马主任在群里说需要的交通工具送到了。韩昕跟李菜鸟交代了几句，赶紧去小区东门斜对面的银行前，从一个外卖小哥手里接过摩托车钥匙，打开摩托车后座上的外卖箱，取出头盔戴上。然后拿出马甲和护膝，穿戴整齐，把背包摘下来塞进箱子里，把手机夹到支架上，摇身一变为外卖小哥，开着摩托车回到小区。

"韩哥，我把车开到地下室了，你在哪儿？"

"我在 7 号楼后面，上班早高峰，路上比较堵，他应该快出门了。"

韩昕通过摩托车的后视镜，看着 7 号楼二单元门洞，想想又提醒道："等会儿别跟太紧，绝对不能打草惊蛇，更不能搞出交通事故。"

李亦军把车倒进一个刚空出来的车位，遥望着陈国平的车问："万一跟丢了怎么办？"

"这不是有我嘛。"

"你现在开的什么车？"

"摩托车，我现在是外卖小哥。"

"外卖小哥……"

"监委的效率不太高，昨晚就跟他们说能不能找辆摩托车，他们直到这会儿才送到。"

李亦军脑补着大坑货现在的样子，扶着方向盘笑问道："韩哥，至于搞这么夸张吗？"

韩昕无奈地说："如果盯的是别人，我们可以偷偷在他的车上装个 GPS 定位器，甚至可以请交管中心协助。可他不是别人，装 GPS 定位很容易被他发现，请交管中心协助很容易走漏风声，所以我们只能用最笨的办法。"

想到正在盯的是重案中队长，李亦军低声道："明白，我会小心的。"

正说着，陈国平和妻子带着六岁的女儿，乘电梯来到地下停车场。李亦军确认他把车往北门出口开去，赶紧向韩昕汇报。韩昕猛蹬了一下，发动引擎，挂上二挡，轻拧油门，把摩托车缓缓开出小区，只见陈国平的别克跟了出来，他爱人坐在副驾驶位。

"亦军，我看见他了，我在他前面。"

"收到收到。"

"你在什么位置？我看不见你。"

"我在他后面，有辆 SUV 挡在我前面。"

"没关系，先这么跟着。"

从后视镜里能清楚地看到陈国平的爱人很漂亮，气质也不错，资料显示她在民政部门上班。他女儿也很可爱，时不时趴在扶手箱上跟他们说什么。真是一个令人羡慕的三口之家，可接下来幸不幸福就难说了。韩昕正暗暗惋惜，陈国平打着转向灯把车靠到路边，他爱人解开安全带推门下车，送背着书包的孩子去上学。

陈国平摁下车窗，跟女儿再见，然后驱车直奔行政中心。会议八点半才开始，可能来得太早，他找到车位之后并没有下车，而是坐在车上抽着烟，忧心忡忡地打电话。摩托车的车位好找，韩昕把车停到一排电动车边，打开外卖箱取出包，走过去拉开帕萨特的后门。

"韩哥，你有摩托车驾驶证吗？"李亦军好奇地问。

韩昕摘下头盔，脱下马甲，一边解护膝，一边笑道："有，不过是部队的，上次换 B 证时忘了换。"

"你有 B 证，你会开大车！"

"这有什么好奇怪的。"韩昕从包里取出大檐帽和警服，提醒道，"你盯着点，我赶紧换衣服。"

"哦。"

开会必须穿警服，韩昕刚换上裤子，几辆警车缓缓开了过来。一看就知道乡镇派出所的所长、教导员担心路远赶不上，所以来得比较早，他们所里的老同志和辅警代表也一起来了。他们不但认识陈国平，也认识陈国平的车，走过去敲敲车窗，同也是刚换上警服的陈国平闲聊起来。紧接着，特巡警大队、看守所和城南派出所的人到了。李亦军生怕被所长、教导员认出来，连忙装作打瞌睡，趴在方向盘上不敢抬头。见来的人越来越多，并相继进去了，韩昕赶紧推门下车，跟进了行政中心。

三楼会议室很大，能容纳两百人。桌上早摆好了席卡，韩昕用余光留意着陈国平，在后面转了半圈，终于在后面第四排找到了自己的位置，再后面就是老同志和辅警代表的位置。陈国平的位置在前面，坐下来能勉强看到他半个肩膀，好在会议室就前后两个门，前门在主席台边上，借他几个胆也不敢从前门出去，也就是说只要盯着后门就行了。换作别的会议，难得聚这么齐，政法委的干部和分局科所队长们肯定要互相问候，说说笑笑。但今天要开的是巡察部署动员大会，谁也不敢说说笑笑，更别说大声喧哗了。

八点十分，政法委李副书记和分局杨政委、徐主任到了，同巡察组的工作人员一起对着名单，清点各自单位的人有没有到齐。会议还没开始，整个会场就变得鸦雀无声。八点二十五分，市纪委的一位副书记，市委巡察组的正副组长和市局纪委刘书记，在区纪委蒋书记、区委政法委黄书记和张区长陪同下进来了，在热烈的掌声中走上主席台就座。政法委陈副书记主持会议，介绍出席会议的领导，按议程请领导们讲话。

巡察组雷组长人如其姓，坐在那儿就不怒自威。他连讲稿都不用，就这么环视着台下的众人，掷地有声："本次巡察的主要任务，是结合政治巡察的要求，以政治建设为统领，紧盯被巡察党组织政治立场和政治生态，重点检查坚决维护总书记党中央的核心、全党的核心地位，坚决维护党中央权威和集中统一领导情况……检查执行中央八项规定及其实施细则精神；检查政治纪律和政治规矩及其他党规党纪执行情况；检查落实全面从严治党主体责任和监督责任、推进党风廉政建设和反腐败斗争，以及领导干部廉洁自律和整治群众身边腐败问题等情况！"

真是震耳欲聋，连韩昕这个自认为很廉洁的人，听着都有点怕怕。陈国平更害怕、更紧张。就在他暗暗哄自己，这次巡察主要是针对局领导的时候，雷组长话锋一转："同时，结合我们滨江的实际，统筹安排好扫黑除恶、作风建设专项巡察，对陵海区委政法委、陵海分局党委，落实扫黑除恶专项斗争政治责任，纠治当前领导干部存在的形式主义、官僚主义积弊和'怕、慢、假、庸、散'等作风顽疾……"

连扫黑除恶专项斗争开展得怎么样都要巡察，陈国平听得心惊胆战。再想到坐在主席台上的蒋书记和张区长，刚才好像在看自己，陈国平惊出了一身冷汗。

"为便于干部群众反映情况，巡察组设立邮政信箱、电子信箱，开通举报电话，主要受理反映被巡察单位领导班子及其成员、主要负责人和重要岗位领导干部问题的来信来电来访！重点是关于违反政治纪律、组织纪律、廉洁纪律、群众纪律、工作纪律和生活纪律等方面的举报和反映。欢迎广大干部群众，针对上述巡察内容反映问题、提供线索。其他不属于巡察受理范围的信访问题，请根据干部管理权限和按照信访条例等有关规定向信访部门、纪检监察机关及有关部门反映。接下来，我们给大家宣布下巡察组的办公地点、举报电话和举报信箱的位置……"

巡察组的办公地点在老农业局，举报电话有三个，电子邮箱一个，邮政专用信箱一个。普通举报信箱设置得就更多了，巡察组驻地、区信访局门口、行政中心门口、分局传达室门口、交警队、办案中心、刑警队和各派出所大门口醒目位置都有！

这是动真格，不是开玩笑的……黄书记赶紧代表政法委表态，将把主动接受巡察作为一种政治担当和行动自觉，全力支持巡察组工作，主动接受监督，实事求是认识差距，扎扎实实改进工作。对巡察组反馈的问题，将会认真研究，逐项整改，全面落实，做到边查边改、立行立改！

张区长代表分局党委郑重表态，将坚决服从市委巡察组的工作安排，切实提高政治站位和政治觉悟，全力支持配合巡察工作，如实客观、实事求是汇报工作、反映情况，确保巡察组客观、真实、准确地了解情况。分局全体党员民警，将旗帜鲜明地接受巡察监督，做到不隐瞒、不拒绝、不设阻，对巡察发现的问题和提出的建议，虚心接受、深入研究、认真整改，做到即知即改、立行立改、真改实改！

陈国平刚开始时魂不守舍，听着听着变得浑浑噩噩。直到巡察组工作人员和分局纪检监察室的人开始发放测评表和调查问卷，让依次往边上传过去，他才缓过神。

"发给大家的三种表，现在不急于填写，大家有比较充裕的思考时间，会后请大家深思熟虑之后认真填写。"巡察组副组长戴上眼镜，讲起填表的注意事项，"第一份是领导班子测评表，第二份是领导班子成员测评表，第三份是调查问卷表。下面请大家先看领导班子测评表……"

韩昕翻看了一下，心里终于踏实了。只要在认为合适的栏内选一项，打上对号就行，不用写那么多字。他同时意识到这只是刚刚开始，甚至连这几张表对巡察组而言都不是很重要。让填这些表也好，让他这个新民警和后面的那些老同志和辅警代表来也罢，主要是想把巡察的精神传达下去，让所有人都知道巡察组来了，有什么情况可以通过各种方式向巡察组反映！

107. 监察委办案

韩昕和李菜鸟一夜没睡好，"分局第一所"的副所长杨千里是一夜都没睡！打击涉黑团伙跟打击其他违法犯罪的团伙不一样，许多受害人不敢出来作证，而没有证据就很难将那些混蛋绳之以法。昨晚一接到命令，他就按照宋书记提供的线索，安排民警连夜去找受害的几个本地企业家，做人家的思想工作，争分夺秒取证。同时组织民警连夜摸查该团伙成员的下落。一直忙到中午十二点，被抽调进专班的城东派出所治安队长聂广俊汇报，已经锁定了吴某、潘某及其十一个手下的位置，他终于松下口气，赶紧打电话向宋书记汇报。

"从已经掌握的情况上看，这确实是一个具有黑社会性质的团伙！凭我们连夜收集固定的证据，完全可以组织抓捕！"

"成员位置都锁定了？"

"锁定了！"

杨千里看着笔记，胸有成竹："姓吴的昨晚喝多了，这会儿在家睡觉，还没起床。姓潘的正在王府跟几个狐朋狗友吃饭。他们手下的十一个马仔，有四个在其中一个马仔家聚赌，有两个在麻将馆打麻将，另外几个不是在外面吃饭，就是在家睡大觉。"

宋书记走出老农业局大院，拉开车门问："你那边人手够吗？"

"我这边只有十六个民警，肯定不够！"

"我向张区长汇报，看能不能让特巡警大队待命，到时候协助你们抓捕。"

涉黑团伙是要打击，但"3·13"案更有搞头。杨千里喜欢快侦快破，不喜欢拖泥带水，忍不住问："宋书记，为什么要到时候，现在就可以组织抓捕！"

"现在不行，你们先盯着，什么时候行动听命令。"

"宋书记，他们就是一帮搞'套路贷'的……"

"我知道。"宋书记钻进驾驶室，话锋一转，"千里，你们在侦查中有没有发现其他情况，或者其他线索？"

杨千里被问糊涂了，下意识地问："什么情况？"

"比如保护伞之类的？"

"这个倒没有，宋书记，您也不想想都什么时代了，谁敢给他们当保护伞？"

"没有就好，如果有，必须立即向我汇报，同时严格保密。"

"宋书记，是不是巡察组说什么了？"

"不该问的别问，现在不能组织抓捕，但可以先准备手续。"

"明白，我等您命令。"

在扫黑方面，分局不是没有成绩。像这种放"套路贷"的团伙，已经打掉了四个，其中一个还是从市区过来的。并且杨千里正摩拳擦掌准备抓捕的这个团伙，涉案金额可能比较大，但要说民愤，跟之前打掉的那四个真没法儿比，因为他们主要针对的是企业家和在外地承包工程的老板。对分局而言，这实在算不上多大的案子。唯一让人头疼的是，陈国平竟然卷进去了，而且正在市委巡察组来巡察分局的节骨眼上！宋书记不想让巡察组巡察出来，不然到时候就被动了，带上车门，赶紧给马主任打电话。

马主任同样忙得焦头烂额，一接通就问："老宋，你那边怎么样？"

"杨千里刚打电话汇报，他们初步收集到一些证据，并且已经锁定团伙成员的位置，随时可以组织抓捕。"

"他们就算暂时没搜集到，等时机成熟了，我们监委一样可以采取行动！"

监委当然可以采取行动，监委的权力大着呢，最长可以留置涉案人员一百八十天，有一百八十天什么情况搞不清楚？公安局不一样，如果没有足够证据，最多只能留置盘问四十八小时。宋书记摸出香烟，低声问："那这个时机要等到什么时候才能成熟？马主任，分局的情况你是知道的，警力太紧张了，杨千里那边真不能等太久。"

马主任知道他担心的不只是警力紧不紧张，更多的是担心巡察组，下意识地看向对门的第一纪检监察室："银行流水已经查询到了，不但有问题，而且问题很大。该上的技术手段也上了，现在就等他上钩。"

"问题有多大？"

"案件正在调查阶段，暂时不能跟你说，你按昨天商量好的计划，让刑警大队按时组织他参加扫黑专班成立会就行了。"

"如果会后他有异动呢？"

"蔡海勇等会儿带人过去，行动前我会通知你。"

"马主任，能不能让韩昕动手？"宋书记猛吸了口烟，苦笑着道："哪怕让韩昕把他先控制住，再转身移交给蔡海勇。如果能让韩昕协助押解，帮着把他送到留置中心更好。"

马主任很清楚他和张区长是想以此表明分局在反腐上的态度，权衡了一番，同意道："没问题。"

"谢谢马主任。"

"别谢了，闹出这样的事，别说你们压力大，我们的压力也不小。"

与此同时，李亦军正躺在停在刑警大队外面的轿车里睡午觉。而刚在大队食堂吃完饭的韩昕，正坐在技术中队办公室里，一边跟许文静闲聊，一边不动声色观察着对面的重案中队办公室。许文静人如其名，真的很文静。她穿着一件白大褂，戴着一副近视眼镜，静静地坐在办公桌前写昨晚的学习心得。对于坑货来串门，她并不奇怪，因为禁毒中队和技术中队的关系很好，现在又都归副大队长张宇航分管。

"许姐，你的字写得真好看。"

"没你师傅写得好看。"

"我看差不多，都能给我当字帖用。"

"知道自己的字写得歪歪扭扭，为什么不赶紧练练？"许文静抬头笑问道。

韩昕挠挠脖子，一脸不好意思："我练过，可写字跟上学一样，要看天赋。我没这个天赋，怎么练也练不好。"

想到别人一个比一个忙，就他像个自由人，许文静不禁笑道："字写不好也有写不好的好处，至少领导不会让你去给嫌疑人做笔录。"

"还真是，让我做记录，我丢得起这个人，领导丢不起，哈哈哈。"

"居然笑得这么开心，字写不好很光荣吗？"

"不光荣。"

"我以为你不知道呢。"

韩昕探头看了看，嘿嘿笑道："姐，你赶紧写，写好了借给我参考一下，我师傅说余教要检查的。"

许文静早知道他是为这个来的，笑骂道："什么参考，你是想抄作业吧？"

"什么叫抄啊，我是想借鉴一下，想参考一下。"

"我可以让你借鉴，但你不能一字不改地抄。"

"这你放心，我不但要借鉴你的，也要借鉴我师傅和刘队的，从你们几个人的作业中各借鉴一点，再请曹娜帮着检查下语句通不通顺，我的作业不就完成了吗？"

遇上这么个学渣，许文静实在不知道说什么好，干脆把刚写好的心得往他面前一放："好了，拿去借鉴吧。"

"谢谢许姐，你是我亲姐！"

正开着玩笑，黄大从办公室里出来了，招呼陈国平等人去二楼会议室开会。回自己办公室没法儿监视，韩昕干脆去综合室跟郭大姐要了一个本子，回到技术中队，抄许文静等技术民警的作业。技术中队是最佛系的一个中队，包括中队长指导员在内的所有民警，都认为他这个大坑货不管坑谁也坑不到技术中队，对他的无耻行径全选择视而不见。新坝港一家企业发生失窃案，通知他们去勘查现场……城区中队送来一份检材，留守的人要上楼检验……不知不觉，办公室里就剩韩昕这么一个外人。

这时候，韩昕的手机传来微信提示音。他放下笔，点开群聊，赫然发现群里多了一个人。马主任发了一条文字信息，介绍刚进群的是区监察委第一纪检监察室的蔡海勇副主任，并让汇报最新情况。

"报告二位领导，他正在二楼会议室开会。"

"盯紧了，他等会儿可能会有异动。"

"明白。"

二楼会议室里的白黑板上，贴上了十三张分局情报中心转来的照片。看着最上面那两张照片里的熟悉面孔，听着情报中队民警范子瑜介绍的情况，陈国平的心紧张得怦怦直跳，真叫个如坐针毡。

黄大敲敲桌子，严肃地说："同志们，这么猖狂的一个涉黑团伙，整整活动了两年才发现，而且是情报中心那几个天天坐在电脑前的情报民警发现的，这说明什么问题？"

这是灵魂拷问……巡察组正在巡察分局，就算现在重拳出击打掉这个团伙，巡察组知道之后肯定会问怎么到现在才打，以前做什么去了？参加会议的十几个刑警耷拉着脑袋，谁也不敢吱声。

黄大越想越窝火，侧身问："陈国平，你是扫黑专业队的队长，你先说！"

陈国平缓过神，连忙道："黄大，从情报中心转来的线索上看，这个……这个团伙的活动比较隐蔽，有些犯罪行为甚至是在外地实施的……"

黄大对这个解释不满意，再次敲敲桌子："有人在网上举报过，而且不止一次，现在搜都能搜到，你们平时难道不上网吗？"

范子瑜点点鼠标，看着刚查询的页面大吃一惊。

黄大抬头问："小范，是不是有什么发现？"

"报告黄大，不但有人在网上发帖举报过，还有人报过案。"

"向哪个单位报案的，有没有受理？"

"有人打过110，城西派出所和西塘中队都受理过，由于证据不足，当时只对他们进行治安处罚，但线索都归口到了我们专业队。"

"这么说早有线索！"

陈国平忐忑地说："这几个嫌疑人我有点印象，主要是证据不足……"

涉黑案件具有一定特殊性，具体在某一件事甚至某一个时间段，他们可能只是涉嫌违法，只能对他们进行治安处罚，也就是常说的大事不犯、小事不断。只有累积到一定程度，搞清楚他们内部的组织架构，收集固定到足够证据，才能将他们连根拔起，也就是群众常说的秋后算账。

黄大深吸了口气，阴沉着脸说："没证据就赶紧收集证据，局领导要求立即成立专班，我兼任专班班长，国平，你担任副班长，由你负责具体侦办，争取在最短的时间内，把这个涉黑团伙打掉！"

"是！"

"现在研究下侦办方案，还是你先说。"

真是怕什么来什么！陈国平都不知道这两个小时是怎么熬下来的，直到黄大宣布散会，他才缓过神合上笔记本。巡察组正在巡察，很难说有没有人去向巡察组反映。何况局领导正盯着这个案子，黄大更是要求每天开一次碰头会，每天都要听汇报了解侦办进展。他不敢再犹豫，走出会议室，悄悄发了一条微信。回到办公室，见对方没有回复，赶紧带上门打电话，让那两个混蛋赶紧跑，跑得越远越好。结果姓吴的混蛋不当回事，竟在电话里笑道："陈队，有你在我有什么好担心的，再说我既没偷也没抢。"

陈国平气得咬牙切齿："巡察组来了，你以为巡察组是做什么的？"

"我知道巡察组来了，他们是巡察你们局长副局长的，跟你有什么关系？"

"你……"

"陈队，我又没催你还钱，更没跟你算利息，你为什么非让我跑路？"

电话里说不通，陈国平急了："你这会儿在哪儿，我现在就去找你。"

"我在王府打牌，过来吧，等会儿正好一起吃饭。"

"还有心情打牌吃饭，我看你是想吃牢饭！"

……

时机成熟了。马主任不想拖泥带水，一接到汇报就赶紧给韩昕打电话。韩昕一刻不敢耽误，先给李菜鸟打了个电话，然后拉开门走出技术中队办公室。李亦军刚跑到门口，陈国平正好换上了便服，夹着个包下楼了，径直往他的车走去。他的别克停在两辆警车中间，因为两侧的车距比较小，开门都要小心翼翼，后面正好是院墙。监察委的人马上就到，马主任要求不能让他离开。韩昕岂能错过这个机会，快步迎上去把他堵在两辆车中间。

"陈队，去哪儿？"

"你是……"

"四中队韩昕。"

原来他就是连坑了城东派出所三次的韩昕，陈国平反应过来，见又来了一个穿着便服的小伙子，猛然发现不对劲，下意识地伸手拉车门。韩昕怎么可能让他上车，一把抓住他的手腕，顺势把他推到墙根处。李亦军想帮忙又挤不进去，赶紧从警车边上往里绕。陈国平没想到大名鼎鼎的坑货个子不高，看上去也不是很壮，可手劲儿却不小，想甩都甩不开。他正想用左手将韩昕推开，韩昕突然发力，用右手抓他的肩膀一扭，把他死死地摁在院墙上。

"你想做什么，你疯了你！"

"不是我想做什么，而是你做了什么？"

"韩哥，铐子！"李亦军从警车后面挤了过来。

韩昕用肩膀顶住吓得魂飞魄散的陈国平，松开右手接过手铐，飞快地把已经不敢挣扎的陈国平反铐上。刚从洗手间出来的范子瑜，发现他把陈国平从两辆车中间拖了出来，下意识地打开窗户问："老韩，你在做什么？那是陈队！"

"没你的事，回去！"

"怎么就没我的事？你小子是不是吃错药了……"

游耀星等刚参加过会议的民警和老唐、田墨等值班辅警全被惊动了，纷纷走出办公室。这么大动静自然瞒不过黄大，他和余教刚走出办公室，刚打开窗户，正准备质问韩昕到底在做什么，见陈国平不但耷拉着头一声不吭，而且双腿都在瑟瑟发抖，一时间竟问不出来了。

在大队院子里抓同事，韩昕正不知道该怎么解释，刚攥住陈国平左臂的李菜鸟竟然来了句："监察委办案，请各位配合！"

108. 最好别回来

还"监察委办案"，还让黄大、余教配合……你小子以为这是什么地方，遇上这种事就算你们那个总喜欢跟刑警大队叫板的杨所在，也不会跟黄大、余教这么说！韩昕不但很后悔让李菜鸟参加行动，而且很想给李菜鸟一拳。

黄大认出了李菜鸟是城南派出所的新警，脸色更难看了，怒视着他们问："韩昕，到底怎么回事？陈国平，给我把头抬起来！"

马主任刚才交代得很清楚，控制住陈国平之后不许他与别人接触，这个"别人"显然包括大队长教导员。

"黄大，对不起，我不能回答您的问题。"

韩昕回头看了看既不敢也不好意思抬头的陈国平，硬着头皮强调："他也不能回答您的问题。"

"我的部下，在我们大队，抓我手下的中队长，我还不能问了？"

"不能。"

人太多，影响不好。把人往值班室带不合适，往办案区带更不合适。韩昕干脆扔下句"宋书记马上到"，便同李菜鸟一起把陈国平架进技术中队办公室，顺手带上门。范子瑜惊呆了，不敢相信陈国平真有问题。游耀星等重案中队的民警辅警全蒙了，傻傻地看着紧闭着的技术中队办公室门不敢吭声。

技术中队的中队长傅礼头大了，赶紧跑到门边说："小韩，这是我们中队的办公室，不是办案的地方……"

抓贪污腐败分子，不是谁都有机会的。想到自己居然做成了杨所都做不到的事，李亦军激动得热血沸腾，紧攥着陈国平的胳膊，回头道："征用了，最多五分钟！"

"闭嘴，少说一句会死啊？"

韩昕狠瞪了他一眼，掏出手机点开群聊，赶紧发了一条语音："马主任蔡主任，陈国平已经控制住了，我把他带到了技术中队办公室，请指示。"

"看押好他，我们五分钟左右到。"

"是！"

黄大意识到大坑货不会无缘无故对陈国平采取强制措施，觉得城南派出所的那个菜鸟很可能说的是真的，连忙道："傅礼，回来！"

"黄大，真不关我们的事……"

"谁说关你们的事了？"

黄大一连深吸了几口气，转身呵斥道："都没事干了？有什么好看的？全给我回办公室！"

范子瑜吓一跳，急忙关上窗户和中队的几个战友跑进办公室。中队长居然被韩坑给抓了，游耀星欲言又止不想回去。

余教火了，指着他们咆哮道："看什么看，没听见黄大的话吗？全给我听清楚了，不许议论，不得打听，更不许发微信打电话！"

"是。"

黄大实在想不出陈国平能有什么问题，但有一点可以肯定，如果陈国平没问题，监察委绝不可能在巡察组来巡察分局的这个节骨眼上调查。他掏出手机，正准备给谌局打电话汇报，一辆警车开进了院子，谌局和宋书记到了。他连忙和教导员上前帮着开车门。

谌局的脸色很难看，宋书记的脸色不但难看而且看着很怕人，一下车就冷冷地问："人呢？"

"在里面。"

黄大连忙抬起胳膊，指指技术中队办公室。宋书记没有进去看，也没有再问，而是转过身去看着大门口。谌局看着他和余教轻叹了口气，什么都没说，也转过身去等监察委的人。就这么等了三四分钟，三辆公务车鱼贯开进刑警大队，带队的竟是前检察院反贪局副局长、现在的监察委第一纪检监察室副主任蔡海勇。

见宋书记指了指技术中队办公室，他连招呼都没跟众人打，就带着几个办案人员走了进去，能清楚地听到他在里面做自我介绍，然后宣读留置令。陈国平果然有问题，没喊冤叫屈，表现得很配合，交出了警务通、手机、手铐、车钥匙以及办公室钥匙、办公桌抽屉和文件柜钥匙。紧接着，韩坑和城南派出所的那个菜鸟，把垂头丧气的陈国平带出技术中队办公室，在监察委办案人员的带领下，把陈国平押上了第二辆公务车，然后就这么跟车走了。没走的监察委办案人员，出示搜查手续，兵分几路，开始搜陈国平的车，搜陈国平的办公桌抽屉，搜重案中队的文件柜……还有两个办案人员，在二楼会议室现场办公。从黄大、余教开始，挨个儿进去"过堂"！

宋书记和谌局都没说什么，别人更不敢发牢骚，只能配合，必须配合。曹娜不是公务员，没那么多顾忌，关上门偷偷拨通了蓝豆豆的电话。

"……真的，我亲眼看见的，他和城南派出所的那小子，不但抓了陈队，还把陈队押上监察委的车走了！监察委的人这会儿正在搜查，正在找黄大他们谈话呢！"

蓝豆豆有点蒙，愣了好一会儿才苦着脸说："这才安生了几天啊，就搞出这么大事，还是在巡察组来巡察的节骨眼上。"

"是啊，黄大很生气，余教的日子估计也不会好过。"

"何止黄大余教的日子不好过，我们全大队的日子都不会好过！"

曹娜低声问："豆豆姐，就算陈队真有问题，跟我们又有什么关系？"

蓝豆豆唉声叹气地说："关系大了，不信走着瞧，监察委是第一拨，检察院很快就会跟着来，巡察组肯定也会过问，再加上我们分局纪检监察室，询问、谈话、整顿，会一个接着一个。"

曹娜意识到问题的严重性，喃喃地说："早知道会这样，我还不如待在禁毒科普教育馆做讲解员呢。"

"你还好，我们的日子是真难过。"

与此同时，韩昕和李亦军已经协助监察委的办案人员，把陈国平带到了留置中心。留置中心也叫留置基地，之前虽然觉得神秘，但从未想过打听到底在哪儿。本以为设在区委，结果来了才知道就在分局的拘留所里。

留置中心是一栋二层楼的房子，装满了监控，门窗全用钢筋条封上了，里面的留置室、询问室、讯问室全是软包的，条件比拘留所、看守所的监室要好。监察委有工作人员在这儿办案，协助看押留置人员的辅警，是监察委以分局名义招聘的。虽然设在拘留所里，但拘留所的所长、教导员不能进来。

陈国平被几个工作人员带进了一间讯问室，蔡主任把刚打开的手铐交还给韩昕，笑道："韩昕同志，你们的任务完成了。"

"那我们先回去？"

"回去吧，以后说不定还有机会合作。"

韩昕正想说还是不合作的好，蔡主任又看着李菜鸟的脸问："小伙子，你的脸怎么了？"

"报告蔡主任，是牙龈炎。"

"我以为陈国平负隅顽抗，给了你一拳呢。"

"没有，他还算老实。"

"没有就好。"

蔡主任很欣赏这两个不怕虎的初生牛犊，也很同情这两个被他们局领导坑了的新人，拍拍李菜鸟的胳膊："回去之后别忘了把车送到区委，马主任说还有一辆摩托车。"

"是，我们这就回去还车。"

"辛苦了，你们的任务完成了，我们的工作才刚刚开始，就不送你们了。"

帮着盯了一天一夜，甚至帮着在自己单位抓自己的同事，事情办完了居然不安排辆车送一下，还要自己打车回去……韩昕发现监察委做事也不地道，走出拘留所，回头道："别忘了还有张手机卡也是人家的。"

刚才太刺激了！李亦军意犹未尽地掏出手机："忘不了。"

他们叫了辆网约车，回到大队附近，兵分两路，一个开摩托车，一个开帕萨特，把人家的车送到区委楼下，刚把钥匙交给监察委的一个小姐姐，范子瑜就打来电话。

韩昕拉开车门，爬上自己的车，点开车载蓝牙问："什么事？"

"老韩，原来你不只是治安大队安插在我们大队的线人，也是监察委安插在我们分局的卧底，你有三重身份，你是三重间谍！"

韩昕实在没心情跟他开玩笑，何况听口气他不是在开玩笑，系着安全带问："老范，你到底想说什么？"

范子瑜打开门偷看了一眼，带上门说："我刚刚才知道，你在技术中队待了一下午，原来是监视陈队的！"

"没什么事我先挂了。"

"有事。"

"有事说事，我正忙着呢。"

"老韩，我把你当兄弟才跟你说的，陈国平就算真有问题，也轮不着你来抓呀！监察委想抓让他们抓去，你抓算什么？你好好想想，搞成现在这样，以后谁敢跟你做朋友？！"

韩昕能听出这是肺腑之言，无奈地说："我要服从命令，我要执行任务，你以为我想亲手抓他？"

范子瑜好奇地问："服从谁的命令，执行谁给你下达的任务？"

有的锅可以甩，有的锅不能乱甩，不然传到领导耳里两面不是人，韩昕只能敷衍道："对不起，案件正在调查阶段，不能乱说。"

"那陈国平到底出了什么事？"

"别说我不知道，就算知道一样不能说。"

"好吧，你什么都不要说，你最好别回来了！"

"什么意思？"

"你打电话问问豆豆姐就知道了。"

109. 巨坑

城南派出所治安队一直想"干掉"重案中队和城区中队，这个"小目标"显然不太容易实现，但已经取得了阶段性胜利，至少把重案中队长送进了监察委的留置中心。

李亦军很激动很兴奋，很想给杨所打电话报喜，可又不知道这事要不要保密，捧着手机犹豫不决，真有种富贵不还乡如锦衣夜行之感。刚才的通话他听得清清楚楚，见韩昕快快不乐，不禁笑道："韩哥，你们大队的人也太小心眼了，思想觉悟也有待提高。发现害群之马当然要清理出队伍，难道视而不见姑息养奸？"

从接受任务的那一刻，韩昕就料到今后可能会没朋友，可以说早有心理准备。但一切真正成为现实，心里还是有些不是滋味儿。看着李菜鸟幸灾乐祸的样子，再想到李菜鸟刚才在大队那么嘚瑟，又是监察委办案要求黄大余教他们配合，又是要征用技术中队办公室的，突然意识到他不是猪队友，而是一个积极主动帮着背锅的好队友。

"你说得对，既然是害群之马，就要清理出队伍！"韩昕拍拍他肩膀，露出了笑容。

这也算并肩作战过，并且一起干了一件大事！李亦军发现跟着大坑货真能立功，觉得应该再接再厉，兴高采烈地问："韩哥，我们现在去哪儿，要不要继续暗访药店？"

大队这会儿一定很"热闹"，韩昕心想应该先避避风头，正准备采纳他的建议，马主任竟又打来电话。

"小韩，你们现在在哪儿？"

"报告马主任，我们刚把车送回区委，我们正在区委楼下。"

公安办案讲究快侦快破，纪委监委办案同样讲究效率。几个监察室的办案人员这会儿正兵分几路，在刑警大队、西塘中队和城西派出所等单位调查，留置中心那边正在讯问，人手有些调配不开了，有既免费又值得信任的劳动力为什么不用？马主任看着手边刚签发的留置令，笑道："韩昕同志，蔡海勇同志不太了解情况，没跟我商量就让你们回原单位，我已经批评他了，你们别急着回去。"

想到在局领导没发话之前，依然是纪委监委的临时工，韩昕下意识地问："马主任，是不是有任务？"

"城南派出所副所长杨千里同志你认不认识？"

"认识。"

"认识就好，他正在侦办一起涉黑案件，刚抓获两个嫌疑人，其中一个你见过。我们第二监察室的叶菲同志和李宗民同志马上下楼，你们跟他们一起去接收嫌疑人，然后帮着押送到留置中心。"

涉黑团伙的保护伞都抓了，涉黑团伙的成员当然也要抓！韩昕猛然意识到监察委和分局在下一盘大棋，很可能是同时收网的，好奇地问："潘友军？"

"还有吴光贤，他们是重要的涉案人员。我已经跟你们局领导协调过，这会儿杨千里同志应该接到了命令，你们直接过去，他会把嫌疑人移交给你们的。"

"杨所这会儿在哪儿，嫌疑人在哪儿？"

"叶菲同志会跟你交代。"

"是！"

韩昕连忙推门下车，同李菜鸟一起去区委大楼门厅等。又有活儿干了，又可以协助纪委监委办案，而且马上能见着杨所，李亦军激动得无以复加。等了三四分钟，刚才下楼拿钥匙的小姐姐，陪着一个戴着眼镜、穿着深蓝色西服的大姐和一个四十五六岁的老大哥提着公文包出来了。他们都很严肃，胸前都别着党徽。小姐姐简单介绍了一下，韩昕连忙立正敬礼。叶大姐微微点点头，算是打过招呼，然后指指刚开到门厅前的商务车，示意众人赶紧出发。

……

公安抓捕犯罪嫌疑人，就是"以多欺少"！为了在同一时间将涉黑团伙的十三个嫌疑人抓捕归案，杨千里经局领导同意，临时从城南、城东两个派出所抽调了十个民警和二十一个辅警，特巡警大队主要负责外围。行动很成功，十三个嫌疑人无一漏网，而且搂草打兔子抓了个赌，现场缴获赌资两万多元。

这会儿杨千里正按计划让各抓捕组，押着嫌疑人回其住所搜查。他亲自负责主犯吴光贤，没想到姓吴的很嚣张，不但声称认识陈国平，还嬉皮笑脸地套近乎、拉关系。不过这种人他见多了，甚至见过落网之后声称认识区领导的。

"套什么近乎，给我老实点！"杨千里警告了一句，指着刚搜出来的三把武士刀问，"这是什么，从哪儿买的？"

吴光贤心想一个派出所的副所长有什么了不起的，有恃无恐地说："这是工艺品，好多地方有的卖，摆在家里做装饰的！"

杨千里拔出刀，摸摸锋口，冷冷地问："装饰的为什么要开刃，磨这么锋利，你想做什么？"

"杨所，你如果认为这是管制刀具，你可以没收。"

"那这些镐把是用来做什么的？"

"我做工程啊，这些都是做工程的工具！"

杨千里意识到这小子是不到黄河心不死，见搜得差不多了，干脆回头道："把证据都编上号，一件不能少，全带回去。"

"是！"

"杨所，多大点事，我真认识陈队，真是自己人……"

杨千里正准备让他闭嘴，宋书记突然打来电话，干脆让王伟等人先把吴光贤押上车，走到一边接听。不接不知道，一接吓一跳。姓吴的说认识陈国平，声称跟陈国平关系不一般，很可能是真的。监察委的办案人员马上就到，让把姓吴的和姓潘的移交给监察委。

"宋书记，他们是主犯，把他们移交给监察委，这案子让我们怎么侦办？"

"服从命令听指挥，至于接下来如何侦办，我会帮你们与监察委协调，接下来可以相互配合。"

"那证物证据呢？"

"手机、银行卡等证物全部移交，其他证物证据人家不需要。"

"好吧，我在这儿等他们。"

杨千里很想问问是不是与陈国平有关，但听宋书记的语气，就知道宋书记心情不好，话到嘴边愣是没敢问出来。坦率地说他是有点瞧不上陈国平，不是羡慕陈国平年纪轻轻就做上中队长，而是觉得局里过去这些年的宣传有点过。那小子虽然有点能力，虽然也干出了不少成绩，但远没有宣传的那么夸张。但作为一个老民警，他真不希望陈国平跟这个涉黑团伙有牵连，只能暗叹了口气，走到车边让王伟等人先把手机、银行卡等证物分拣出来。

等了十来分钟，监察委的车到了。第二监察室的叶菲很熟悉，她以前是检察院的检察官，曾做过侦监科副科长，后来调到反贪局担任副局长。原本很有希望成为员额检察官，工资待遇能涨不少，结果随着反贪局转隶监察委，成了监察委的办案人员。工资待遇别说没有员额检察官高，甚至都不如工龄差不多的公安民警。

杨千里迎了上去，举手敬礼："叶局，好久不见。"

"反贪局都没了，哪有什么叶局？杨所，嫌疑人呢？"

"在车上……"

杨千里正准备问问她有没有留置手续，突然发现两个熟悉的面孔，一时间竟愣住了。

"杨所，师傅，你们都在啊！"看见所领导和师傅，李亦军乐得心花怒放，别提有多激动。

韩昕既不激动也笑不出来，像不认识他们似的，就这么静静地站在监察委的两个人身后。叶菲不明所以，从包里取出一张公文："杨所，这是留置令。"

"哦。"

杨千里接过留置令却没看，而是探头问："小韩，你们不是在暗访药店吗，怎么跟叶局跑这儿来了？"

韩昕正不知道该怎么解释，李菜鸟就咧嘴笑道："报告杨所，宋书记让我和韩队协助监察委办案。"

"让你们协助？"

"真的，不信你可以问叶局。"

"叶局，到底怎么回事？"

"我也不是很清楚，我只知道马主任让他俩协助我们把嫌疑人押解到留置中心。"

不该说的不能乱说，韩昕赶紧拉拉李菜鸟的袖子。李菜鸟反应过来，不敢说抓了陈国平的事，只能一个劲儿跟师傅、跟所里的师兄和辅警们挤眉弄眼。杨千里和王伟被搞得一头雾水，考虑到叶菲等会儿还要去接收潘友军，只能先办移交。

俩小子协助监察委把嫌疑人押解走了，杨千里越想越奇怪，正准备让部下收队，所长突然发来一条微信。点开一看，顿时蒙了。

王伟低声问："杨所，怎么了？"

杨千里把他拉到一边，捧着手机说："你看看。"

韩坑和李亦军居然在刑警大队院子里，当着黄旭和余锦泽等人的面，把重案中队长陈国平给抓了……王伟不敢相信这是真的，揉着眼睛说："怎么可能，他俩凭什么去抓陈国平？"

"你刚才又不是没看见，他们现在听监察委的，肯定是纪委监委让抓的。张区长和宋书记肯定知道，张区长和宋书记如果不发话，他们不会听纪委监委的。"

"这么说让小李帮着暗访药店是借口？"

"肯定是，"杨千里越想心越凉，放下手机叹道，"那就是个大坑货，我早该想到的，原来他在这儿等着我们，上当了，报应啊！"

"上什么当了，杨所，什么报应？"王伟低声问。

杨千里深吸口气，回头看向正等着收队的部下们，苦笑道："陈国平肯定跟我们正在侦办的这个案子有牵连，案子是我杨千里负责的，参战民警辅警主要来自我们城南派出所，连陈国平都是我们所的民警跟韩坑一起抓的，而且几乎是在同一时间抓的。老王，你想想，别人会怎么看我，会怎么看我们城南派出所？"

王伟猛然反应过来："个个都知道我们跟刑警大队不对付，他们肯定以为……肯定以为是我们使的坏。"

"我们坑过韩坑，现在被他坑回来了，所以说这就是报应！"

"他怎么能这么干？这让我们以后怎么见人。"

"他只是个帮凶，他也只能把小李忽悠上贼船，主谋应该另有其人。"

王伟哭笑不得："局领导？"

"如果没猜错，这锅本来是打算让韩坑背的。反正他本来就是个大坑货，坑谁不是坑。可韩坑多精明，发现不对劲，就找了个借口把小李拉上贼船。"杨千里想了想，接着道，"领导们发现他推荐的小李，是我们所里的民警，于是想到了我，干脆顺水推舟让我一起背。"

"这也太坑了！"

"谁让我名声在外呢，让我一起背正合适。"

110. 死道友不死贫道

张区长和宋书记真没想过让谁背锅,在领导们看来也不存在什么锅。之所以让杨千里负责侦办,主要是考虑到让刑警大队侦办不合适,毕竟陈国平在四个刑警中队干过,先后担任过副中队长、指导员、中队长。而让一直把刑警大队作为竞争对手,一向喜欢跟刑警大队叫板的杨千里组织侦办,完全不用担心会不会泄密。

陈国平被韩昕和城南派出所的新警送进了监察委的留置中心,局里"暗潮涌动",不过都是在私下里传来传去,不可能传到他们这些局领导耳里。就算听到一些传言,他们现在也顾不上辟谣,因为出这么大事要赶紧向巡察组汇报。

韩昕帮着把两个嫌疑人押送到留置中心,又被马主任派了一个活儿。陈国平交代出一个辅警,他和李菜鸟马不停蹄赶到城西派出所的一个警务室,协助监察委的办案人员把那个辅警带到留置中心调查。

下午在大队抓陈国平,晚上去抓城西派出所的辅警,消息传得很快,晚上在大队学习的刘海鹏和蓝豆豆很快就知道了。谌局和分局纪检监察室的江主任坐在台上,谁也不敢交头接耳,一样不敢在微信里议论。一直学到晚上十点,监察委的人走了,谌局才宣布今晚先到这儿,明天晚上继续学习。蓝豆豆收拾好学习资料和笔记,没急着回家,而是跟刘海鹏来到中队办公室,关上门翻看未接电话和微信。

"陈国平的老婆急得团团转,正在到处托人打听消息。"

"豆豆,她也给你发短信了?"

"也不知道是谁把我的手机号告诉她的,给我打了四个电话,发了六条短信。"

刘海鹏放下手机:"给我打了六个电话,发来三条短信。"

蓝豆豆苦笑着问:"回不回?"

刘海鹏端起茶杯,无奈地说:"这个电话怎么回?别说我们什么都不知道,就算知道也不能回。"

蓝豆豆紧盯着他问:"如果陈国平没什么大事,很快就被监察委放出来怎么办?"

"想想也是啊,不回是不太好。"

刘海鹏权衡了一番，再次拿起手机："电话就不打了，给她回个短信，就说我们也联系不上韩昕。"

"行，就这么回。"

二人给陈国平的老婆回完短信，开始翻看起微信。工作群里静悄悄，没有领导的小群炸了锅，几个小群的聊天记录加起来有几百条。蓝豆豆刚翻看了一半，搞出这么大动静的"孽徒"终于有了消息，终于打来了电话。

她按约定对完暗号，低声问："怎么想起给我打电话了，你现在可以打电话吗？"

"可以啊，我的任务完成了。"

韩昕坐在车里，没急着上楼，对着车载麦克风问："师傅，你现在在哪儿，单位晚上……晚上没什么事吧？"

蓝豆豆打开免提，托着下巴说："有人正满世界找你打探消息，我和刘队的手机都快被打爆了，没想到你居然反过来跟我打听单位的消息。"

"谁找我打探消息？"

"陈国平的老婆。"

"我什么都不知道！"

"知道也没关系，保密纪律我懂，我和刘队不会跟你打听。"

总给师傅和刘队惹麻烦，韩昕很歉疚，小心翼翼地问："师傅，单位没事吧？"

蓝豆豆一连深吸了几口气，故作淡定地说："单位能有什么事，就是学习、反思、整顿呗。对了，检察院明天要来检查台账、调阅档案卷宗。我们中队虽然没真正办过刑事案件，但一样要接受监督。"

"监察委的人走了没有？"

"刚走不大会儿，我和刘队也被叫去谈过话。"

"师傅，对不起。"

"这有什么对不起的，这又不关你的事，要怪只能怪陈国平。"

"你真是这么想的？"

蓝豆豆被问得很不高兴，敲敲桌子："你这话什么意思？我一样是党员，一样是人民警察，在大是大非的问题上，我的立场很坚定！"

想到至少没被师傅抛弃，韩昕不禁笑道："豆豆姐，你真通情达理，我为有你这样的师傅骄傲！"

刘海鹏冷不丁了句："我的态度也很明确，我的立场也很坚定。"

"刘队，你也在啊，我为有你这样的领导自豪！"

"少拍马屁。"

"我这不是恭维，我说的是心里话。"

四中队以前跟别的中队关系本来就很一般，蓝豆豆根本不在乎别人怎么看。而且就算"孽徒"不出手抓陈国平，一样会有别人抓。出了这种事，一样要学习、整顿。她抬头看了看刘海鹏，拿起手机说："小韩，我知道你身不由己，我和刘队都很理解你，别多想，没事的。"

"有你们理解就足够了，没朋友就没朋友，我不需要那么多朋友。"

"这话说在点子上，干我们这一行朋友太多不是什么好事。"

见刘海鹏拿起笔在纸上写了个"暗访"，蓝豆豆接着道："大队接下来几天事情比较多，不是谈话就是检查，不是检查就是学习，我们的工作不能受影响。你那边如果完事了别急着回来，先继续暗访药店。"

"明白！"

领导和师傅这是为自己着想，是担心自己回单位之后尴尬，韩昕打心眼里感激。

蓝豆豆生怕他胡思乱想，突然话锋一转："小韩，我刚才看了下微信，发现各种小道消息满天飞，加起来有五六个版本，你想不想听听？"

"想啊，别人是怎么议论的？"

"第一版本比较厉害，说你是上级专门从南云调回来反腐的。调回来之后秘密调查了三个多月，巡察组在明，你在暗，说得有鼻子有眼！"

韩昕忍不住笑道："这个可信度不高，如果我真有那么大来头，不可能只抓一个陈国平。在别人看来他是重案中队长，很厉害。但在上级眼里，他连领导干部都算不上。"

"所以相信的人不多。"

蓝豆豆顿了顿，又说道："第二个版本比较可信，你跟城南派出所关系好，跟杨千里走得很近，杨千里又跟我们大队一直不对付，就跟城南派出所里应外合，搜集陈国平知法犯法的证据，把陈国平送进了监察委的留置中心。"

刘海鹏淡淡地说："杨千里是醉翁之意不在酒，表面上看是收拾陈国平，但事实上想扳倒的是黄大。"

韩昕乐了，扶着方向盘笑道："这个版本有点意思，杨千里知道了一定会骂娘。"

"可他确实是跟你一起收网的，听说他还把下午抓获的嫌疑人，移交给了监察委。"

"跟我一起抓陈国平的李亦军，也是他的手下！"

"所以说杨千里这个人很可怕，跟他交往要慎重，不然被他卖了都不知道。"

"我被他利用了，被他当枪使了。"

蓝豆豆岂能听不出他们的言外之意，扑哧笑道："跟他友尽，跟他绝交，以后少往城南派出所跑。"

韩昕笑问道："师傅，刘队，这么干是不是有点不仗义？"

刘海鹏不假思索地说："别担心他，他名声在外，债多不愁，让他帮你分担点挺好，说不定他很愿意很高兴帮你分担。"

蓝豆豆哧哧笑道："对对对，就这么干，这就叫死道友不死贫道。再说他又不是什么好道友，他这是活该，谁让他整天在外面跟我们大队叫板呢！"

韩昕也觉得"分局第一所"的副所长不在乎别人怎么看，不禁笑道："刘队，师傅，如果再有人托你们找我打探消息，你们就让他们去找杨所打听。杨所是这起涉黑案件的负责人，他最了解情况。"

111. 撩妹高手

在自己单位抓同事虽然很闹心，但想想以前见过的那些事，又觉得算不上什么。韩昕很快就调整好心情，锁上车门乘电梯上楼。本以为晚上九点多，应该没什么人上下楼，没想到电梯在一楼停下了，一个看着二十六七岁的年轻男子，竟推着一个超市的购物车在等电梯。锅碗瓢勺、笤帚拖把、油盐酱醋，洗发水沐浴露洗衣液，把购物车堆得满满的，左手还提着一个大方便袋，脚边还放着几个摞在一起的垃圾桶。

"不好意思，东西有点多……"

"没关系，你先进来，这个我帮你拿。"

"谢谢啊。"

年轻男子很有礼貌，长得也很帅，穿得看似很随意，但从面料和做工上看应该是名牌，反正一身行头看着不便宜。也不知道是不是大晚上搬家，给人的感觉怪怪的。韩昕帮他把垃圾桶拿进电梯，等他刷完卡，看了一眼楼层，好奇地问："今天刚入住？"

年轻男子微微一笑："算是吧。"

"什么叫算是？"

"房子是租的，不是买的。"

韩昕突然想起前几天让小太妹送水果的那个神秘邻居，可想想又觉得年龄对不上，笑看着购物车问："这车可以推回家吗？"

429

年轻男子从裤袋里掏出一张纸条，笑道："交了押金的，等会儿要还回去。"

"长见识了，下次逛超市如果买的东西多，也交点押金借辆购物车。"

"你用不着这么麻烦。"

"为什么？"

"你是从地下室上来的，肯定有车，会开车。我没有车，也不会开车，东西太多不方便，只能管人家借购物车。"

"也是啊，后备厢里能装好多东西呢。"

正说着，电梯停下了。年轻男子又感谢了一番，这才把购物车推出电梯。韩昕帮他把垃圾桶放到外面，继续乘电梯上楼。

韩昕回到家，表妹居然在！他觉得很奇怪，一边换鞋一边笑问道："琳琳，今天怎么回来得这么早，是不是不用陪男朋友？"

许琳琳懒洋洋地躺在沙发上，正追剧追得入神，头也不回地说："他出差了，就算没出差也是他陪我，我怎么可能去陪他？"

韩昕不动声色地问："他去哪儿出差？"

"江城……"

许琳琳猛然缓过神，回头笑道："哥，你问这么多干吗？不是说好你别管我的事，我也不会管你的事吗？"

"不问这些，我不知道跟你说什么呀？"

"那就别说。"

"你住我这儿，还不让我跟你说话？"

"我不会住太久的，我马上就搬。"

韩昕坐到她身边，拿起她的零食："你新房子装修好了准备乔迁新居，还是打算搬男朋友那儿去？"

"新房子早装修好了，前段时间主要是各种安装。"

聊到新房子的装修进度，许琳琳又恨恨地说："蔡琪那个死丫头不好好做生意就知道玩，拖拖拉拉了这么长时间，所以房子不能让熟人装修，装修得不好、装修得慢，你都不好意思跟她说！"

"蔡琪是谁？"

"就是装修公司老板，也是个妹子，她爸是开饭店的，她去年在我们那儿学过几天拉丁舞。"

韩昕笑道："这就是杀熟。"

"不说她了，说了就来气。"许琳琳突然爬起身，嘿嘿笑道，"哥，晚上遇着你后妈了，你后妈让我问问你，上次跟你说的那几个妹子，你到底感觉怎么样。如果觉得合适，她就安排你们见面。"

"不合适，一个都不合适。"

"怎么不合适，是不是嫌人家不好看？"

"有两个挺不错的，但还是不合适。"

"让我看看，我帮你参谋参谋。"

韩昕没办法，只能拿起手机点开微信，翻出继母上次发来的几张照片。许琳琳点开一张，仔仔细细看了看，又放大了几倍，边看边问道："这个小姐姐挺好看的，正好符合你年轻漂亮的择偶标准，怎么就不合适了？"

"人家是从英国留学回来的，全家都生活在江城，她不可能来陵海，我一样不可能调到江城去。"

"调不过去就辞职，你爸有的是钱，这份工作要不要无所谓。"

"如果连工作都没有，人家会更瞧不上我。再说人家学历那么高，我跟她没共同语言。"

一个职中生跟一个留学回来的妹子，想想是很难聊到一块去。许琳琳点点头，又点开第二张。见第二个妹子相貌平平，直接忽略。发现第三个妹子长得可以，抬头问："哥，这个小姐姐挺好，怎么也不合适？"

"人家正在东海上大学，她爸刚帮她在东海买了套房，毕业之后肯定会留在东海工作。你想想人家怎么可能看得上我，所以根本不用谈。"

"不用谈，你后妈为什么帮你介绍？"

"我后妈认识她妈，说白了就是剃头挑子一头热，人家可能早有男朋友了，根本不需要家长介绍。"韩昕想了想，又感叹道，"我算明白了，我后妈在江城的社交圈，就是有钱人的社交圈。她帮着介绍的妹子，全是有钱人家的千金，而且不是出国留学，就是上名牌大学的。所以她介绍的，都不会合适。"

许琳琳猛然想起葛素兰在江城生活了那么多年，对陵海不熟悉，要介绍只能介绍江城的，不禁笑道："哥，人家是有钱人家的千金，你还是有钱人家的大少爷呢，你要对自己有信心。"

"谁说我没自信的，我喜欢现在的这份工作，我不想做一个混吃等死对这个世界没有用的人。而且我这份工作来之不易，多少人想考都考不上。"

"所以只能在陵海找？"

"必需的。"

韩昕话音刚落，手机突然响了。许琳琳看了看来电显示，把手机往他手里一塞："江城的，都不备注一下，你知道谁是谁吗？"

"知道啊。"

韩昕咧嘴一笑，滑开通话键把手机举到耳边："小悦，这么晚了，你怎么想起给我打电话的？"

姜悦穿着睡衣，站在宿舍走廊尽头的窗边问："韩昕哥，你是不是把重案中队的陈队抓了，还去城西派出所抓了个辅警？"

"你消息真灵通，下午和傍晚发生的事，你这么快就知道了。"

"刚才跟我爸我妈视频，我爸告诉我的。"

"你爸有没有说别的？"

姜悦回头看看身后，捂着手机道："我爸说抓得好，贪污腐败分子就应该抓。我只是觉得奇怪，你是刑警又不是督察，更不是纪检监察，你怎么会去抓他们的？"

韩昕没想到她会对这些感兴趣，微笑着说："我是协助人家办案。"

"只是协助？"

"只是协助，说了你可能不信，到底为什么要抓他们，我都不知道。"

"可我二姑奶奶不是这么说的。"

韩昕突然想起那个执掌城南派出所食堂十几年的老邻居，忍俊不禁问："你二姑奶奶说什么了？"

姜悦带着几分紧张、几分担心地说："她开始不告诉我，问了半天她才告诉我的，她说这事跟杨所有关系，说你和李亦军不应该出这个风头。"

"跟杨所有什么关系？"

"韩昕哥，我是担心你才打这个电话的，到底跟杨所有什么关系，连我二姑奶奶都知道，你自己心里难道没数？"

可怜的杨千里！连食堂做饭的阿姨都知道是他干的，并且这种事没法儿解释，就算解释也不会有人信。能想象到以后没人敢再跟他玩了，他估计也"嚣张"不起来了……韩昕真有些心疼他，但为了明哲保身，故作沉默了片刻才低声道："小悦，你放心，我没事。别人不知道，你最清楚啊，你哥我什么大风大浪没经历过？"

"我知道你天不怕地不怕，但以后能不能别再犯傻了，被人利用了都不知道。"

"谢谢啊，我以后会注意的。"

"韩昕哥，我没别的意思，我只是觉得你能有今天不容易。"

小丫头同情心泛滥，韩昕真有几分感动，很认真很诚恳地说："哥知道，小悦，你能在这个时候给哥打电话，这就是患难见真情！什么时候回来，哥请你吃饭。"

提醒了一下职场愣头青，姜悦充满成就感，嫣然一笑："我爸不是跟你说过吗？周五晚上回去。"

"瞧我这记性，差点忘了。"

"你忙着帮杨所的忙，哪记得这些。"

"不说他了，跟你说正事，说起来巧了，我不是还有个妹妹吗？她跟你一样在江城上大学，她打算周五放学之后坐火车来陵海看我。到时候我去火车站接你们，然后请你们去吃夜宵。"

姜悦下意识地问："韩昕哥，你是说你妈后来……后来生的那个女儿？"

许琳琳听出给他打电话的妹子是谁了，表情别提有多精彩。韩昕把她推到一边，举着手机确认："对，就是我那个同母异父的妹妹，我就见过她一次。"

"韩昕哥，你们兄妹团聚，我就不凑这个热闹了。"

"周五晚上，小韩露也来，还有我表妹，你一样是我妹妹，妹妹越多越好，人越多越热闹！"

"好吧，我到时候看看，韩昕哥，我先挂了。"

小丫头居然有点不好意思……韩昕觉得挺好玩，刚放下手机，许琳琳就窃笑道："哥，你可以呀，人家都嫌弃你了，都把你后妈送的见面礼退回来了，你还能把人家撩回来，你是撩妹高手！"

"不就是找女朋友吗？对你哥我而言真没什么挑战性。"

"瞧把你嘚瑟的，还你一样是我的妹妹，还妹妹越多越好，哥，你简直太肉麻太不要脸了！"

"就你可以找男朋友，我就不能找女朋友了？"韩昕反问一句，躺下来美滋滋地说，"小悦这丫头其实挺好的，知根知底，还有同情心，她爸她妈又喜欢我，我突然发现我跟她挺合适的。"

许琳琳捂嘴笑道："哥，既然喜欢就大胆地去撩！"

"什么撩啊？我对感情很认真的，我只会追不会撩。"

"那就去追。"

"嗯，我得好好想想，我要给她个惊喜，也要给大韩璐一个惊喜。"

112. 避避风头

张宇航昨天在市局开了一天会，直到散会时才知道韩坑帮监察委把陈国平给抓了。他的第一反应是打电话问问到底怎么回事，可想想又觉得不合适，干脆装作什么都不知道，一回来就去找区政府办的车主任，同车主任一起检查会场准备情况、看工作人员调试设备，为区禁毒委参加全省禁毒工作视频会议做最后准备，一直忙到晚上十点多才回家。

回去之后看了几个小群，赫然发现浓眉大眼的杨千里原来那么坏！就在他觉得韩坑不应该那么容易上当的时候，刘海鹏和蓝豆豆相继打来电话，他才意识到杨千里确实很坏，而且必须坏。可睡了一觉醒来，又觉得杨千里不管有多坏，也只是分散了一点火力，并不能从根本上解决问题。想到昨天在市局时肖支说过的那些话，他忙完手头上的工作，不动声色走出办公室，上楼找到正在给区禁毒委各成员单位挨个打电话的刘海鹏和蓝豆豆。

"张大，小韩正在暗访，下午的视频会，他不参加应该没事吧？"

"他能躲三五天，难道能躲三五个月？"张宇航反问一句，坐下道，"我知道你们是想给他打掩护，可这个掩护能帮他打几天？你们也不想想我们这是什么单位，我们是做什么工作的，尤其在现在这个节骨眼上，他如果连续两天不回来，就算余教不找，局里也会找！"

蓝豆豆嘀咕道："局里找……我们还要找局里呢，要不是局领导发话，他不可能帮监察委抓陈国平。"

"局领导考虑的跟我们考虑的不一样，再说局领导现在哪顾得上管这些？"

"局领导在忙什么？"刘海鹏好奇地问。

张宇航抬头看看外面，低声道："巡察组正在找局领导谈话，一个一个地谈。"

蓝豆豆追问道："会不会找黄大余教谈话，会不会来我们大队？"

"肯定会找黄大余教谈话，也肯定会来我们大队，但应该没那么快。因为对我们而言，陈国平被纪委监委留置调查是大事。可对巡察组来说，这算不上什么大事，至少人家的工作重点不是这个。"

"巡察组的工作重点是什么？"

这个一时半会儿也解释不清，张宇航只能说起刚才打听到的消息："今天一早，巡察组发了个通知，让局里准备好财务报表、预决算报告、记账凭证，要查会务费、培训费、考察费等支出和使用，还有'三公经费'开支和专项资金管理使用情况。"

刘海鹏下意识地问："巡察组要查账？"

"巡察组从市里调来两个查账小组，这会儿已经进驻分局了，紧盯专项资金拨付、大额发票报销，先查突出事项，查资金、查资产、查工程项目管理情况。"

高端大气上档次的执法办案中心和城南派出所，车管所办公楼和拘留所办公楼，交警城西中队办公楼……想到分局这两年新建的工程项目不少，刘海鹏和蓝豆豆意识到巡察组的工作重点在哪儿了。

看着二人若有所思的样子，张宇航接着道："党建和干部提拔选任也是重点，还有群众反映的情况，听说举报箱、举报电话要一日一清，每三天进行一次汇总分析。"

蓝豆豆缓过神，苦笑道："看来找局领导是没用，他们现在真顾不上。"

"老刘，豆豆，我知道你们担心小韩，其实放在台面上讲，他并没有做错什么。但这就不是台面上的事，如果处理不好，不但他会被兄弟单位疏远，而且会影响到中队的工作。"

张宇航不想让刘海鹏和蓝豆豆走到哪儿都被人家孤立，继续道："昨天在市局开会，遇到了肖支。肖支打算从各区县公安局，各借调一个民警，我觉得这是一个机会，想先听听你们的意见。"

"肖支想把小韩借调走？"

"点名借调小韩！"

刘海鹏急切地问："借调多长时间？"

张宇航笑道："他说是六个月，但我估计六个月肯定回不来，大概要借调一年。"

"孽徒"虽然很坑，但"孽徒"能干出成绩！中队好不容易打了个翻身仗，好不容易扬眉吐气了一回，蓝豆豆不想再跟之前那样被人家笑话，急切地说："张大，肖支把小韩借调走，我们的毒品案件侦办工作谁去做！"

"这你放心，肖支说了，这次借调不是让他们去坐办公室，而是充实毒品案件大队的力量，组织他们实战练兵。"

"怎么个实战练兵？"

"成立一支由借调民警构成的缉毒专业队，先参与'3·13'案侦办。如果发现新的毒案线索，再参与其他毒品案件的侦办。"

刘海鹏摸着下巴问："一年之后再换一批人？"

"肖支就是这么考虑的，不过就崇港分局和我们陵海分局有年轻的禁毒民警，可以从禁毒部门借调。其他几个区县公安局，可能只能从刑警大队借调。"

张宇航掏出手机看了一眼时间，又强调道："肖支说了，小韩的情况比较特殊，他就算被借调过去，也不会安排出差。我们中队的工作，他完全可以兼顾到。"

蓝豆豆茫然地问："小韩的情况怎么就特殊了，为什么不能安排他出差？"

张宇航想当然地说："他缉毒经验最丰富，不能把精力全投入在某一个案子上。就跟我们之前侦办'2·12'案一样，他不能加入某一个侦查抓捕小组，只能待在指挥部通过视频远程指导。"

"这么说肖支把他借调过去，但他人不用天天去支队上班？"

"可以跟肖支商量，问题应该不大。"

"人留在陵海，不用天天去支队，也不用天天回大队，甚至连分局都管不着他，但还是我们中队的人，还是我徒弟，还归我和刘队管？"

"嗯。"张宇航微笑着点点头。

蓝豆豆乐了，嘻嘻笑道："这么借调我没意见，让他先这么避避风头。时间会冲淡一切，只要不在眼前晃悠，一年之后谁还会记得他帮杨千里抓陈国平的事。"

刘海鹏也觉得这个主意不错，禁不住问："张大，局领导能同意吗？"

"肖支说了，张区长肯定会同意。"

"那就这么定，张大，你赶紧催催肖支，请他快点帮着办借调手续，只要借调手续一到，余教就不好再找他。"

"肖支那边好说，我等会儿就给他打电话。"

与此同时，杨千里简直郁闷到极点。以前局里只要发生点事，这些年加的大群小群都会很热闹。现在发生陈国平被监察委留置调查这么大的事，他加的几十个微信群居然静悄悄的，没人议论，仿佛什么事都没发生般沉寂。早上又看了下几个群的群聊，发现有一个城北派出所的兄弟好像说了什么，但很快就撤回了。他越想越不对劲，一走出办案中心，就抢过王伟的手机，问清楚锁屏密码，解锁点开王伟加的那些微信群一看，赫然发现最担心的事终于发生了，他竟在一夜之间成了没朋友的人！

"杨所，别生气，他们就会嚼舌头……"

"没生气，我怎么可能因为这点事生气。"杨千里深吸口气，把手机交还给王伟，带着几分自嘲地说，"我杨千里这堵墙还没倒呢，他们就开始推了。我这面鼓还没破呢，他们就开始捶了！"

王伟把手机揣进口袋，苦笑道："主要是这一连串事太巧了，我们作为案件的主要负责人又什么都不能说，只能吃这个哑巴亏。"

"吃亏，吃什么亏了？"

杨千里反问一句，冷冷地说："嘴长在他们脸上，他们想说让他们说去，我杨千里什么时候怕人说过，简直是天大的笑话！"

王伟连忙道："这倒是，我们城南派出所怕过谁啊？我倒要看看谁能笑到最后。"

不怕不等于喜欢被人家在背后戳脊梁骨……杨千里调整了下情绪，回头问："老王，李亦军呢？"

"他早上给我打过电话，说监委那边没他们什么事了，他正按原计划跟韩昕一起暗访药店。"

王伟很清楚这事很尴尬，想想又说道："他是我们所里的见习民警，又不是刑警大队的民警，暗什么访，我正准备打电话让他赶紧回来。"

杨千里可不是那种喜欢吃哑巴亏的人，权衡了一番，回头笑道："这个电话别打，让他接着跟韩坑一起暗访。"

"杨所，不能让他跟韩昕再搞在一起，不然我们跳进黄河也洗不清。"

"让他回来我们就能洗清？"

杨千里拍拍他胳膊，似笑非笑地说："韩坑那小子一肚子坏水，我们绝不能给他甩锅的机会，不但要让小李继续跟他一起暗访，我还要请他吃饭，一起庆祝庆祝。"

"庆祝什么？"

"庆祝清理掉警队的害群之马呀！"

王伟哭笑不得地问："这个时候庆祝不合适吧？"

"怎么就不合适，这个任务交给李亦军，今天下班之后去老地方。跟他说清楚，如果韩坑不去，他就不用回所里了。"

113. 恍如隔世

上午九点，丽瑞口岸。陵海分局出入境管理大队教导员赵素素和民警王晓慧，经丽瑞出入境边防检查站领导允许，和"陈红"一起在国门前合影。马璐璐班喜欢冯太林帮她取的这个名字，这一路上说过好几次，等到了周总的分厂就用这个名字，将来回中国也用这个名字，那个可怜的马璐璐班已经成为了过去。赵素素很支持，不但这一路上都叫她"陈红"，而且聊得很好，甚至互留手机号、互加微信，今后将保持联系。

再往前走就是缅甸，周总安排来接陈红的唐经理已经到了。朝夕相处了好几天，赵素素真有些舍不得让她走，等一起参与遣送的辅警小许拍完照，就拉着陈红的手说："我们只能送到这儿，孩子你放心，我们会经常去帮你看的。"

"没事，您回去吧，有太林在，孩子我没什么不放心的。"

"你先走，我要看着你过去。"

"好的，赵大姐再见，王警官再见。"

"再见，保重啊。"

遣送任务在别人看来很辛苦，但事实上这个任务完成得非常顺利，这一路上陈红很配合，几乎没什么好担心的。看着她背着双肩包，拖着一个大行李箱往对面走去，王晓慧不由想到她那远在陵海的丈夫和儿子，心中一酸，热泪夺眶而出。赵素素心里一样不是滋味儿，一个劲儿挥手，既想以此跟陈红道别，也想以此跟在对面等候的唐经理打招呼。边防检查站的民警把陈红带到两个缅甸军警前，抬起胳膊敬了个礼，简单说了几句。缅甸军警探头朝赵素素等人看了看，示意陈红过去。

每年不知道遣返多少"三非人员"，把"陈红"遣送出境就这么简单。赵素素遥望着陈红上了唐经理的车，回头道："任务完成，我们也该回去了。"

王晓慧掏出纸巾，擦着眼泪问："姐，她什么时候能回来？"

"最快也要三年之后，不过她老公可以带着孩子来看她，我们中国人过去很方便。"

"都是为了孩子……"

"谁让我们陵海的基础教育那么好呢，不说了，赶紧回去吧，待在这儿影响检查站的工作。"

尽管之前跟周总和唐经理通过好几次电话，但回到离开了好多年的缅甸，见到只在手机里通过话的唐经理，陈红依然很紧张。唐经理不但当过兵，而且也在丁政委手下干过，给她递上一瓶矿泉水："我也叫你陈红吧，不要害怕，等会儿到了厂里，就跟到了家一样。"

"谢谢唐经理。"

"不用谢，出门靠朋友，本来就应该互相帮助。"唐经理笑了笑，说起正事，"周总已经跟这边的朋友说好了，等你安顿下来之后，让我安排个时间带你去办理身份证和护照。"

这是头等大事！陈红缓过神，急切地说："唐经理，办证要多少钱？我带了两万块钱。如果不够，我让太林转给您。"

"用不着那么多，周总问过，这边的朋友也很帮忙，说身份证和护照全部办下来，有一万块钱应该差不多了。"

唐经理知道她很想丈夫和孩子，知道她因为非法入境短时间内很难回滨江与丈夫孩子团聚，也知道她为了孩子不让丈夫过来，觉得应该安排点事让她做做，不然闲着很容易胡思乱想。他掏出手机搜出公司的网页，举到她面前："小陈，我们是一家制糖企业，就是专门生产白砂糖的。这是我们公司总部的办公楼，这是在这边的厂区，去年刚建成投产的，离你老家不算远。"

"厂这么大……"

"投资了好几千万呢。"唐经理翻看着网页上的照片，微笑着说，"我们的设计产量很高，但投产之后的产量并不高，不是缺工人，也不是缺设备，而是缺原料，也就是缺甘蔗。"

陈红怯生生地问："那怎么办？"

"投资前我们来考察过，特区政府还跟我们签过推广种植甘蔗的协议，但这边的情况你是知道的，光靠特区政府帮着推广不够，想扩大蔗区、想扩大种植规模只能靠我们自己，你愿不愿做推广种植和收购方面的工作？"

"唐经理，我没怎么上过学，我……"

"没怎么上过学没关系，这本来就不是需要高学历的工作，就是跟本地人沟通，动员他们种植甘蔗。不是让你空口说白话，我们会提供甘蔗苗、农药、化肥和技术指导，等甘蔗生长成熟了再卖给我们。"

陈红只会干农活、干杂活，没做过这些，一时间真不敢点头。

唐经理跟赵素素通过好几次电话，了解过她的情况，知道她是没有自信，循循善诱地说："没你想的那么难，主要是跟本地农民打交道，你是本地人，沟通起来要比我们容易一些。而且只要他们愿意种植，只要接受我们的技术员指导，种植甘蔗的收益不会比偷偷种植罂粟少。"

想到种罂粟又不怎么赚钱，还害人，陈红连忙道："好的，我可以先试试……"

"那我们就这么说定了，还有就是工资待遇可能没滨江那边高，厂里那么多工人，一碗水要端平，所以现阶段一个月只能给你开一千，我说的是人民币。"

"工资没关系，只要有地方住就行。"

"住的地方有，就住厂里，宿舍条件还可以。吃也不用担心，厂里有食堂，我平时也在食堂吃。"

越野车沿着坑坑洼洼的公路，行驶了近两个半小时，终于抵达了建在一座山脚下的工厂。回到阔别已久的家乡，听着熟悉的乡音，陈红恍如隔世。她刚下车，正准备拿行李，只见两个保安把一个矮矮瘦瘦的中年男人拖出厂房，一路骂骂咧咧地把那个男的赶出了厂区。唐经理见怪不怪，等司机打开行李箱，抬起胳膊指指不远处的一排二层楼：

"小陈，你住二楼最西边的那间，我已经让人帮你打扫干净了，有床、有铺盖，有书桌，也可以上网。"

想到刚才那个男的是因为在厂里吸毒才被保安赶走的，陈红才真正意识到自己回到了什么地方，忍不住问："唐经理，吸粉的人还跟以前那么多吗？"

"吸粉的人少了，吸冰毒和麻黄素的人多了。"唐经理轻叹气，转身指指厂区外面，"外面的小店就有的卖，几块钱一小包，比买烟买糖都容易。周围的林子里，走几步就能看见一个窝棚，全是毒鬼搭的。他们没地方去，有好多地方又不让吸，他们就躲在林子里吸，死在林子里都没人知道。"

"我以为没人吸了呢。"

"你是在滨江待习惯了，那是国内经济最发达、治安最好的地方。但这儿不是滨江，有些事今后要注意，最好不要一个人出门，更不要随便借钱给别人。"

"我知道，谢谢唐经理。"

就在陈红在周总的工厂安顿下来，下楼去食堂吃回缅甸之后的第一顿饭时，韩昕在蓝豆豆的提醒下打开电子邮箱，看到了出入境大队教导员赵素素转发给蓝豆豆，蓝豆豆又转发给他的几张照片。

蓝豆豆举着警务通笑道："看到没有，马璐璐班挺好的，你现在可以放心了吧？"

有丁校长的老战友帮忙，韩昕实在没什么好担心的，相比马璐璐班回到缅甸之后怎么样，他对照片上的漂亮小姐姐更感兴趣。

"师傅，跟赵教一起送马璐璐班回去的这个小姐姐是谁？"

"你问这个做什么？"

韩昕笑道："我就是好奇。"

蓝豆豆没想到"孽徒"居然问起曾经暗恋过余文强的王晓慧，不快地说："对谁都可以好奇，对她用不着好奇。人家已经有老公了，她儿子比我家小雨还大一岁！"

"她也是出入境大队的？"

"你整天都在想什么呀，是不是一看见漂亮点的女人就想问问。我是造了什么孽，竟然收了你这么个徒弟……"

韩昕感受到了浓浓的醋意，连忙道："师傅，她没你好看。我去，她这是抹了多少粉，脸和脖子都不是一个色。"

"是吗？我看看。"

蓝豆豆歪着头夹着警务通，拿起手机点开赵素素转来的照片，放大了好几倍，边看边笑道："还真是，都已经三十出头的人了，还打扮得像个小姑娘，还想装嫩。"

韩昕意识到她跟照片上这个小姐姐的关系不太好，憋着笑说："师傅，论保养她比你差远了，你就是个小姑娘，你都不用装。"

"你师娘也是这么说的，不说这些了，说正事。"

"什么正事？"

"肖支要把你借调去支队，市局政治部已经同意了，借调函这会儿估计已经到了分局，张区长估计也会同意，但借调过去你还是我们中队的人，甚至都不用天天去支队上班。"

韩昕觉得很突然，下意识地问："不用天天去支队上班，不上班工资照拿，有这样的好事？"

"想得倒美！"

"那让我去哪儿？"

蓝豆豆回头看看身后，捂着嘴窃笑道："张大说肖支下午会把你拉进一个群，借调过去之后具体要做哪些工作，肖支会在群里跟你交代。支队那边要是没什么事，你依然要接受我和刘队的领导，服从我和刘队的指挥。"

韩昕追问道："大队呢？"

"你都被借调去市局了，大队管不到你，至少接下来一年管不到你！"蓝豆豆想想又笑道，"表面上看你像是失联脱管了，但是事实上不是。我和刘队会盯着你，你每天都要向我们汇报工作。"

韩昕觉得这个安排挺好，尤其在这个帮监察委抓了陈国平和巡察组巡察分局的敏感时期，不禁笑道："明白，我坚决服从组织安排，接受师傅你和刘队的指挥！"

……

今天的暗访跟前天一样，李菜鸟才是主角，韩昕只是个司机。挂断电话，等了三四分钟，李菜鸟背着包屁颠屁颠跑来了，一上车就兴奋地说："韩哥，又买了两盒，这家更黑，三十多块钱一盒的曲马多，他们居然卖八十！"

"让我看看。"

"哦。"

这家药店是成盒卖的，韩昕看了看外包装上的厂家和生产日期，若无其事地说："干得漂亮，走，去下一家。"

李亦军系上安全带，一边掏出笔记本做记录，一边问："韩哥，水上派出所的老杨你认识吗？"

"认识，他爱人开了个饭店，我去吃过好几次饭。"

"我以为你不认识，以为你没去他家吃过饭呢，晚上去他家，我请客。"

韩昕扶着方向盘问："有什么喜事，今天是你生日？"

李亦军自认为是职场百事通，事实上是个职场菜鸟。参加工作的时间又不长，没几个朋友，有些事王伟又不好跟他明说，以至于到现在依然蒙在鼓里，真以为所领导晚上是帮他俩庆功的。他觉得应该给韩坑个惊喜，得意地说："没事就不能吃饭啊？"

"当然可以，只是老杨家的菜不便宜。"

"没关系，不就是顿饭嘛，多大点事！"

114. 果然很坏

张文远既是副区长又兼着陵海公安分局局长，也是陵海区禁毒办主任，下午的全省禁毒工作视频会议，他和兼禁毒委主任的政法委黄书记一样必须参加。两个被巡察单位的负责人，也因此享受到了先谈话的待遇。唯一不同的是，雷组长跟黄书记谈，姜副组长跟他谈，不知不觉竟谈到下午一点多。张文远从老农业局出来，直奔区政府大楼，准备参加禁毒工作视频会。

张宇航知道他连饭都没顾上吃，不但送来了视频会议结束之后讲话的讲稿，还专门跑到一楼餐厅，请大师傅赶紧做了一份饭。张文远实在没什么胃口，吃了几口就放下筷子，抓紧时间看起讲稿。他掏出笔修改了几处，刚把讲稿塞进公文包，黄书记走进了休息室。张宇航知道两位领导有话要说，赶紧拿起餐盒和筷子，用肩膀顶开门，走出了休息室。

黄书记回头看了看，掏出香烟问："张区长，上午谈得怎么样？"

张文远苦笑道："光顾着检讨了。"

"陈国平的事？"

"也有别的，但姜副组长主要问的是陈国平的事。"

"他的问题有没有查清楚？"

就算黄书记不问，张文远也要汇报，连忙道："基本调查清楚了，他长期沉迷于各种网上赌博，贪图享乐、追求低级趣味，不但违反了生活纪律，还欠下两百多万外债。他和他爱人的工资不低，以他的家庭条件，想想办法肯定能还上。可他担心被爱人和父母知道，竟然在城西派出所辅警梁成亮的撺掇下，跟已落网的涉黑团伙主要嫌疑人吴光贤、潘友军借钱。"

黄书记低声问："涉嫌借用管理服务对象的钱款，影响公正执行公务，违反了廉洁纪律？"

"不只是涉嫌借用管理服务对象钱款，还多次给吴光贤、潘友军通风报信，致使以吴光贤、潘友军为首的涉黑团伙，多次逃避我们公安机关的侦查，涉嫌帮助犯罪分子逃避处罚。"

黄书记没想到问题这么严重，顿时皱起眉头："这么说不只是违纪，也涉嫌违法犯罪！"

"肯定要追究他的刑事责任。"张文远深吸口气，又揉着太阳穴说，"以前总是宣传他，把他夸得跟花儿似的。之前把他捧得有多高，现在摔得就有多疼。不但他疼，我们一样疼。"

"互联网是有记忆的，刚才忙里偷闲搜了下，那些宣传报道全在，想想是够丢人的。"

"黄书记，对不起，我检讨，我疏于管理，我要负领导责任。"

"跟我说这些有什么用，还是留着跟巡察组、区委和你们市局说吧。"

"开完会我就去向鲍书记检讨，明天一早去市局检讨。"

"亡羊补牢，为时未晚，队伍管理要加强，要整顿！"

"已经布置下去了，政委和老宋负责。"张文远话音刚落，手机突然响了。他拿起来看了看来电显示，犹豫了一下才接通举到耳边："肖支，是不是查岗的？我们这边一切准备就绪，各成员单位负责人这会儿应该已经全到了。黄书记就在我身边，我们等会儿就去会场。"

"张区长，我哪有资格查你的岗，我是想跟你商量件事。"

"什么事？"

"我想把韩昕借调过来，借调函已经发到你们分局了，江大姐给你们分局政治处打过电话，接电话的人说你忙，说没来得及向你汇报。"

张文远实在没心情谈这个，阴沉着脸说："把人往我这儿塞的是你，要把人借调走的又是你。肖支，你搞的这是哪一出，你这是把我们分局当什么地方了？"

肖云波是先给张宇航打过电话，再给他打这个电话的，知道他心情不好，连忙道："张区长，我把韩昕借调过来，不只是为了工作。"

"你到底想说什么？"

"我知道你们分局出了点事，越是艰难的时候越要出点成绩，'3·13'案的侦办已经进入攻坚阶段，只要把剩下的几个情况查实，别说申请省厅毒品目标案件，就是申请公安部毒品目标案件都没问题，在这个关键时刻，要让韩昕发挥出作用。"

"'3·13'案是我们分局跟你们支队联合侦办的，韩昕在分局一样可以参与侦办，而且他好像就是专案组成员！"

"你们分局刚出事，据我所知那个陈国平还是韩昕协助监察委抓的，他在分局能一心一意参与侦办吗？"肖云波探头看了一眼市政府这边的会场，接着道："我知道你让他抓，是想表明分局在清理害群之马上的态度，可具体负责执行的同志怎么办？他在单位的处境会不会很尴尬，以后跟同事们怎么相处？"

张文远猛然反应过来："我是欠考虑，但这也是没办法的办法。"

"张区长，其实我还有一层考虑，鉴于你们分局接下来可能需要整顿，各项工作肯定会多多少少受到一些影响，我打算把专案指挥部搬到警官培训中心，再从另外几个区县公安局借调一批精兵强将参与侦办。"

"那不成大联合了？"

"我把人借调过来主要是实战练兵，不存在与别的区县公安局联合侦办的事，说白了就是借调人帮我们支队，也帮你们分局办案。"

千军易得，一将难求。张文远可不想做赔本买卖，追问道："案件办结之后呢？"

肖云波知道他不会轻易放人，保证道："我只借用他一年，并且这一年里，他主要待在陵海，禁毒中队的工作他依然可以参与。"

"那跟不借调有什么区别？"

"区别大了，首先他主要接受我们领导。其次，他至少在短时间内不用担心被单位同事疏远甚至孤立，可以说我是在帮你擦屁股！"

谁也不喜欢身边有个打小报告的人，何况小伙子不是打小报告，而是把同事给抓了……张文远意识到是人才就要用，但不能把人才用寒心，带着几分尴尬地说："行，那就让他先去你们支队干一年，我这就给政治处打电话。"

与此同时，韩昕的微信被拉进了一个小群。这个群是新建的，包括群主和拉他进群的张宇航在内只有四个人。群主的名字叫程文明，另外两个群成员都备注了工作单位，一个是崇港分局禁毒大队的徐浩然，一个是思岗公安局刑警大队李政。

张宇航艾特群主，发了一条信息：程支，我们分局的韩昕同志进群了。小韩，从现在开始你接受程支指挥。

韩昕突然想起蓝豆豆曾提过的一级英模好像也叫程文明，连忙输入一个"是"。

张宇航发出"我先退群"四个字，然后就真退群了！韩昕正纳闷，思岗公安局的李政就发来一个欢迎的表情。紧接着，程支说话了，用一口思岗普通话发了一条语音："韩昕同志，我是警官培训中心的程文明，上次打靶时我们见过。"

原来是在靶场遇到的那个"白衬衫"……韩昕反应过来，连忙举起手机："程支好，陵海分局刑警大队四中队民警韩昕向您报到，请指示！"

"韩昕同志，我是受肖支委托给你们负责后勤的，请你明天上午八点，准时来警官培训中心东附楼203会议室报到。"

"是！"

"我还没说完呢，请你准备两张两寸免冠照片，办理新工作证用的。"

"好的，我正好有。"

"要着警服的。"

"明白。"

"记得修改下群名片，备注下姓名和工作单位。"

韩昕这才想起刚进群时思岗公安局同行转发的群公告，连忙修改群名片。没想到刚修改好，又有两个同行被拉进了群。一个是兴东公安局的，一个是开发区分局的，真有那么点"一支穿云箭，千军万马来相见"的意味。程支跟他们交代了一番，随即发来一张表格，让赶紧填写……

表格比较简单，韩昕很快就填好了，刚发到群里，找到厕所解完手的李菜鸟屁颠屁颠回来了。二人继续暗访，一下午转了四个乡镇的七个集市。他们回到城区，赶到老杨爱人开的饭店，天已经黑了。本以为就两个人，坐在大厅里，点两个菜一个汤就可以吃，没想到李菜鸟竟带着他直奔二楼包厢。韩昕看了看已端上桌的四个凉菜，回头问："还有谁，你到底请了几个人？"

"没几个人，就杨所，我师傅，汪队，你，我，一共五个人。"李亦军嘿嘿一笑，拉开椅子，坐下来捧着手机给杨千里发起微信。

杨千里今天有心情出来吃饭吗？韩昕意识到这顿饭没那么简单，走过去拍拍他肩膀："李亦军，这顿饭到底是你请的，还是你们杨所请的？"

"谁请都一样，韩哥，坐啊，先坐下喝口茶。"

李亦军看了一眼手机，又一脸歉意地说："杨所回复了，说他们正在学习，要等会儿才能过来。"

老杨同志果然很坏！居然能想到要倒霉一起倒霉，要没朋友一起没朋友的损招……韩昕乐了，坐下笑道："你们杨所真客气，跟他说晚点就晚点，不着急，没关系。"

115. 彪悍的人生不需要解释

可能因为巡察组正在巡察分局，今晚饭店的生意不是很好，下楼去洗手间时顺便看了看，不但没看见分局的同事，而且连老板今晚都没来。就算老板在也没用，他回来就要去厨房干活，不可能陪两个新人捣蛋。

李菜鸟捧着手机玩游戏，玩得不亦乐乎。韩昕研究过他玩的这款游戏，感觉很幼稚，不觉得好玩，实在想不通居然会有那么多人沉迷这个游戏，甚至不断往里充钱。一肚子坏水的杨千里不知道什么时候才能过来，韩昕百无聊赖，干脆刷起微信。三个小时没看群，下午被拉进的小群竟变成了大群。东州分局和皋如市局都有刑警被拉进来了，加上之前的崇港分局、思岗市局、兴东市局、开发区分局和自己这个陵海分局的民警，滨江市七个区县公安局的人都到齐了。

"白衬衫"想做什么？难道是想集齐七颗龙珠召唤神龙……韩昕正觉得好玩，突然发现群主已经不再是"白衬衫"，而是市局禁毒支队毒品案件侦查大队姜柏丞大队长。连支队政委恽伟霆和综合室的江大姐都进来了！恽政委对同志们被借调到支队工作表示祝贺和欢迎，说所有被借调到支队的民警都是程支推荐的，感谢程支对支队工作的支持。

被借调到支队的"七龙珠"，将全部编入毒品案件侦查大队！考虑到大队没有设教导员，并且接下来会在警官培训中心办公，经上级同意聘请程支兼任大队的荣誉教导员。只听说过名誉教授、荣誉主席，从来没听说荣誉教导员。再想到程支是二级高级警长，享受正处级待遇，警衔比肖支和恽政委都高，韩昕又觉得只能是荣誉的，如果真让人家做教导员，那是对人家的不尊重。

在区县公安局见着大队长教导员都怕怕，能被借调到市局工作，接受支队政委和赫赫有名的程支领导，几个"龙珠"受宠若惊，像打了鸡血似的向领导们问好，表示感谢。崇港分局的徐浩然和思岗公安局的李政最嘚瑟，数他俩话最多。一个来自"天子脚下"，可能跟支队领导比较熟。一个来自江大姐总挂在嘴边的"老支队长"的家乡，跟程支也是老乡，仔细想想，他俩是有资格嘚瑟！

该感谢的时候没感谢，现在感谢好像有点晚。韩昕干脆不凑这个热闹，对徐浩然和李政加好友的请求选择视而不见，就这么退出群聊点开"3·13"案的群。可能办案民警全在山城那边，也可能考虑到保密，案情在群里聊得不多。桂支下午五点左右，艾特了下张宇航和杨千里，让安排民警明天去山城把杨朝梅和林丽红两个嫌疑人押解回来，林丽红的女儿也要带回来。并让分局这边赶紧联系医院，因为杨朝梅全身都是病，必须住院治疗。与其说是押解回来，不如说是转院！韩昕正寻思到时候安排谁去看押护理，安排谁帮嫌疑人带娃，杨千里笑容满面地进来了。

"小韩，不好意思，让你久等了。"

"没事没事，杨所，汪队，你们怎么搞到这会儿？"

"一人生病，全家吃药，不但你们刑警大队日子不好过，我们派出所的日子一样不好过。从今天开始，每天都要学习！"

杨千里走到最里面，拉开椅子，当仁不让地坐到正对着包厢门的主位。汪宗义把韩昕推到里面，摁坐到杨千里身边，苦笑道："不只是学习，还要自查自纠。"

"汪队，你坐这儿，我坐那边。"

"就坐这儿！"杨千里一把拉住他，又用左手拍拍左侧的椅子，"小李，别站着了，过来，你坐这儿。"

汪队和师傅都在呢，李亦军可不敢往所领导身边凑，急忙道："杨所，我坐这边挺好。"

"让坐哪儿就坐哪儿，哪来这么多废话！"

"这不合适，这不成没大没小了嘛。"

"有什么不合适的，杨所的话你都敢不听，是不是不想混了！"汪宗义脸色一正，语气不容置疑。

王伟微笑着拍拍他肩膀："过去，别不识好歹，杨所就喜欢跟你们年轻人坐在一起。"

"师傅……"

"不许磨叽，我肚子都饿了。"

果然是宴无好宴……韩昕干脆抬起胳膊，搂着老杨同志的肩膀提议："杨所，要不我们三个先来个合影？"

杨千里求之不得，一把将李菜鸟拉到身边，搂着他们二人眉飞色舞："好啊，我最喜欢跟年轻人拍照，其实我的心理年龄跟你们差不多大。我们沟通起来无障碍，我们之间没有代沟！"

"杨所，你这话说的，好像我心理年龄很大，跟韩队和小李有代沟？"

"老汪，你不要不服老，你比我还差点意思。"

"好吧，我先帮你们三个年轻人拍照，朝这儿看，笑一笑，好，再来一张！"

"拍得怎么样？让我看看。"

"我的拍照技术你放心，我给你发过去。"

杨千里松开韩昕和李菜鸟，拿起手机："发到群里，发原图，省得一个一个发。"

汪宗义边发边笑道："行，哎哟，发错群了，小韩不在这个群里，我重新发。"

李菜鸟受宠若惊，连忙拿起手机看群。韩昕拿起手机，笑而不语。王伟有些看不下去，转身走出包厢，去让老板娘上菜。

杨千里点开群聊，点开照片："小韩，你看看，老汪拍照的技术还行！"

韩昕把原图下载下来，笑问道："拍得是挺好，杨所，要不要发个朋友圈？"

"没问题，要发一起发！"杨千里爽朗地哈哈一笑。

韩昕想想又问道："巡察组正在巡察，现在发朋友圈合适吗？"

"我们既不是公款吃喝，也没有喝酒，有什么好怕的！"

"真没有事，真发？"

"发！"

杨千里岂能错过这个机会，转身道："小李，你也发一个，等会儿我给你点赞。"

韩昕见他真准备发，提醒道："杨所，不能光发照片，得加上句话。"

杨千里笑看着他，心照不宣地问："说点什么呢？"

"彪悍的人生不需要解释，杨所，我觉得这句话用在你身上最合适。"

"可以，就这么发！"杨千里说发就发，发完之后监督韩昕和李亦军发，确认俩小子全发了朋友圈，挨个点了个赞，放下手机眉飞色舞："生活要有仪式感，拍完照，发完朋友圈，现在可以开吃了。可惜不能喝酒，如果能喝酒更好。"

汪宗义抬头问："杨所，要不来一瓶啤酒？"

"啤酒也不行，刚发朋友圈，我可不想被督察抓现行。"

"那我们就以茶代酒。"

"来来来，先走一个。"

杨所很高兴，气氛很热烈。可汪队笑得却有些勉强，给人的感觉他有点无奈而苦涩。师傅好像也有什么心思，刚才竟露出一抹无可奈何的神情。李亦军越看越不对劲，心里犯起嘀咕。韩昕毫无压力，每上一道菜都要尝尝，吃到七八成饱，放下筷子笑问道："杨所，我们这是互相伤害，还是抱团取暖？"

"做人不能真没朋友，既然老朋友不想跟我玩，只能跟你这个新朋友玩。"杨千里没想到他一直忍到这会儿才问，举着筷子，似笑非笑。

"这倒是，来，我敬你，为朋友干一杯。"

"好，我们走一个。"

"谢谢杨所。"

"这有什么好谢的，"杨千里放下茶杯，想想又忍不住问，"小韩，你后不后悔？"

韩昕帮他斟上茶，豪迈地说："我一向秉承除恶务尽的原则，不但不后悔，如果再有害群之马，只要有机会我照样抓！"

杨千里砰一声拍了下桌子，旋即端起茶杯："年轻人就应该这样，来，我敬你。"

他们到底在说什么？李亦军一时间有点跟不上他俩跳跃的思维，听得云里雾里的。

韩昕跟杨千里碰碰杯子，喝了一口茶，随即紧握着杨千里的手，看看杨千里，又回头看看汪宗义和王伟，感慨万千："杨所，汪队，王警长，我是从边防调回来的，对分局的情况不太了解，直到今天都没能真正转换角色，过去这几个月闹出不少笑话，但你们不但没笑过我，而且对我很关心很帮助。"

"说这些做什么，我们是朋友。"

"杨所，你让我说完。"韩昕拍拍他的手，接着道，"能交到你们这样的朋友，我真的很荣幸。以后我会常回来看你们的，你们以后如果去市区，一定要给我打电话。"

杨千里下意识地问："小韩，你这话什么意思？"

"我被借调去市局了，明天一早就要去市局禁毒支队报到。说是借调，但回来的可能性估计不大。"韩昕轻叹口气，又无奈地说，"滨江有什么好的，市区的人说话我都听不懂。杨所，我是真舍不得你们，真不想去，可不去又不行，既然吃这碗饭就要服从命令听指挥。"

汪宗义蒙了。王伟目瞪口呆。

杨千里愣了好一会儿才缓过神，松开他的手，紧盯着他问："你小子拍拍屁股走人，我们怎么办？"

韩昕再次端起茶杯，碰碰他的杯子："杨所，你是出了名的作风强硬，出了名的刚正不阿，你有什么好怕的？彪悍的人生不需要解释！"

"你个大坑货，你把老子坑惨了你……"杨千里后悔发那个朋友圈了，而且是捶胸顿足的后悔，忙不迭拿起手机删除。

见汪队和师傅一个揉着太阳穴，一个捂着脸不说话，再看看杨所急成那样，李亦军猛然反应过来，苦着脸嘟哝着："韩哥，你坑我，你居然坑我，你把我也坑惨了……"

116. 扫一圈

一团和气的单位不是好单位。你坑坑我，我坑坑你，这才是常态，不然科所队长们聚在一起，也不会自嘲他们是"塑料兄弟"。事实上城南派出所与刑警大队、治安大队横眉冷对，就是局领导默许甚至挑起的！毕竟城南派出所的规模跟一个分局差不多，那么多民警辅警，给他们那么好的条件，他们当然要干出点成绩。可城南派出所的辖区与刑警大队的重案中队和城区中队"重合"，而重案中队、城区中队都有任务，要侦办刑事案件，发现治安案件一样要查处，所以总是跟城南派出所"撞车"。治安大队同样有任务，也经常挖城南派出所的墙脚，刨城南派出所的线。作为分管办案的副所长，杨千里压力山大，必须要"单挑"治安大队和刑警大队的重案中队、城区中队。也正因为所里的民警、辅警够多，他这几年都是超额完成任务，吊打另外三家，有资格"嚣张"。其实他的"嚣张跋扈"，很大程度上是为了鼓舞弟兄们的士气，而且他也确实做到了。治安队的民警真叫个斗志昂扬，不但不羡慕重案中队和城区中队的刑警，甚至有些瞧不起重案中队和城区中队，连李菜鸟都对能加入城南派出所治安队这个光荣集体备感骄傲。

谦虚使人进步，骄傲使人落后。太骄傲了不好！就在韩昕觉得他们应该被坑坑，应该学会谦虚一点的时候，市局禁毒支队长肖云波和政委恽伟霆，正在望江阁酒店请警官培训中心二级高级警长程文明和崇港分局禁毒大队长任忠年吃饭。

这个饭店有历史，其历史能追溯到民国时期。几个开明的民族企业家共同出资，筹建滨江的第一家轮船公司，外面是码头，这里是公司总部。新中国成立之后公私合营，再后来收归国有，在此基础上成立了归交通部管的滨江港务局，而这栋楼也随之成为了滨江的第一家涉外酒店，当时叫海员俱乐部，专门接待外国海员的。再后来经过一轮又一轮改制，最终在十几年前被现在的老板和老板娘买下来了，其间装修过三次，改过三次店名。

程文明清楚地记得，第一次来时这里主要提供西餐和自助餐，当时觉得吃西餐和自助餐很上档次。没想到这才过去十几年，如果请客吃饭再去吃自助餐，会被人家笑话。他正唏嘘感叹，老板端着酒杯进来了。

"四位，不好意思，我刚知道你们来了，我敬四位，我干了你们随意！"

"又不是外人，搞这么客气干吗？"

"是啊张哥，干吗搞这么见外！"

"谁说不是外人的，"张老板喝完杯中酒，笑道，"程支，肖支，我不是告忠年的状，我是就事论事，我上个月刚被崇港分局的几个小兄弟给查了。"

眼前这位真不是外人，他不但上过老山前线、打过仗、负过伤，而且做过警察，后来因为种种原因主动辞职了。普通民警尤其现在的年轻民警对他不了解，但市局退休或退居二线的处级干部对他很了解，而且都佩服他是条汉子。

肖云波是做上支队长之后才知道眼前这位不简单，才知道眼前这位有故事的，禁不住问："张哥，崇港分局怎么会查你？"

张老板见他们都没喝酒，端起茶壶一边帮他们斟茶，一边笑道："战友聚会，天南海北的来了四五十个。都是出生入死的兄弟，这喝起来你们是知道的，又是唱军歌又是抱头痛哭的，也不知道是不是有人举报了，反正是惊动了派出所。"

程文明笑看着他问："人家以为你们这帮老兵想搞事情？"

"说起来也怪我，刷短视频刷到人家战友聚会，全穿着当年的军装，感觉很有意义很热闹，就提议跟人家一样穿军装。"

"后来呢？"

"后来来了十几个民警辅警，上来问了下情况，守在楼下等我们喝完散了他们才走的。"

肖支和恽政委不知道该如何评价，任忠年同样不知道该说点什么好。

程文明身份超然，百无禁忌，端起茶杯问："是不是打扰了你们的聚会，坏了你们的酒兴？"

张老板给自己斟满酒，碰碰他的茶杯："怎么可能？大家都不容易，我和我的那些战友都很理解。而且我们的老团长也来了，他虽然退休了，但依然是少将。"

任忠年大吃一惊："老张，你可以啊，居然把将军请来了！"

"对你而言他是将军，对我来说他就是老团长。"想到那天战友聚会的情景，张老板又回头笑道，"肖支、恽政委，差点忘了跟你们汇报，那天战友太多，我担心招呼不过来，就请周素英周政委过来作陪，她帮我跟派出所的那些小兄弟打招呼的，哈哈哈。"

已经退休的周政委不但跟老支队长搭过班子，而且跟老支队长一起做过眼前这位与老板娘的红娘，肖云波下意识地问："周政委现在在忙什么？我已经有好几年没见过她了。"

"她现在比没退休时都忙，既要带孙子，又要帮着带外孙女。"

"那你是怎么想到请周政委过来作陪的？"

不等张老板开口，程文明就笑道："肖支，周政委是真正的高干子弟，她父亲做过十几年我们滨江军分区司令员，她家就在军分区大院里面。"

"是吗？我真不知道。"

"这是多少年前的事，我调到市局的那会儿，她父亲都已经退休了好多年，你们不知道很正常。"

"程支，肖支，我再敬你们几位一杯，喝完就去陪孩子做作业……"

张老板敬完酒走了，老板娘又端着果盘进来了。他们两口子的经历很坎坷，能走到一起非常不容易，见他们过得很幸福，程文明打心眼里替他们高兴。跟老板娘聊了一会儿，目送走老板娘，说起正事。

"肖支，恽政委，人员是到位了，但想形成战斗力，尤其想把他们培养成韩昕那样的，我觉得很难。"程文明点上千年不换的红塔山，一连抽了两口，接着道，"一是环境不一样，这就跟学外语差不多，没那个语言环境，不管多认真也学不出那个味道；二是时间太短，一年一转眼就过去了，能学到什么东西？"

相比即将成立的缉毒专业队，任忠年对陵海分局的韩昕更感兴趣，紧盯着支队长问："肖支，那小子有你说的那么神吗？"

"他抓捕的毒贩，参与侦办过的毒案和缴获的毒品，比我们滨江公安系统过去十年加起来的还要多！"

"他今年才多大？"

"年纪不大，但工作时间不短，在边境干了八年。"

肖支跟程文明要了一根烟，又说道："程支，你刚才说的这些我想过，陵海分局的两个案子，我和政委也分析过。我们觉得以现在的办案条件，不管什么毒案，只要能打开突破口，侦办起来都不难。但我们现在存在一个问题，因为毒案少，导致基层办案单位缺乏缉毒经验，成立缉毒专业队就是让基层民警实战练兵，让他们参与侦办一年毒案，回原单位之后就能挑大梁。"

这些他之前说过……程文明不喜欢听官话套话，直言不讳地问："现在的问题是怎么打开突破口，说到底是怎么收集毒案线索！"

"这就是借调韩昕的原因，干这个他是专业的，我们不是借调了七个民警吗，加上姜柏丞一共八个人，我打算让他们二人一组，编成四个探组，先让其中三个探组参与'2·12'案和'3·13'案侦办。韩昕这一组不参与侦办，接下来的主要工作是收集线索，打开新的突破口！他在陵海干得很漂亮，开始突击抽检戒吸人员，现在在暗访药店，暗访完之后打算借踏查的机会再摸一遍辖区内化工企业的底。"肖支点上烟，微笑着补充道，"等他把陵海扫一遍，就让他来扫市区，把市区扫完去扫开发区，他的组员一个月一换，好好扫一年，肯定会有收获。跟他搭档的组员，也应该多多少少能学到点东西。"

原来眼前这位不但想锻炼队伍，也想扫出点成绩……程文明转身打趣道："忠年，你不是说市区你已经筛过好几遍了吗？如果让那个韩昕在你辖区扫出个贩毒团伙，那就有点意思了。"

"辖区是死的，人是活的，流窜过来的不能算！"

"流窜的不算，在那小子来之后输入的也不算，但如果扫到不是流窜，也不是他来之后输入的，你这个禁毒大队长就要请客了。"

什么要请客，其实是不称职……任忠年岂能听不出他的言外之意，不服气地说："老程，那小子真要是能在我辖区内，扫出我之前没发现的团伙，我请客！"

"肖支和恽政委坐在这儿呢，这话你是不是想好再说。"

"不用想，不就是缉毒吗，我又不是没缉过，我缉毒的时候，那小子还在穿开裆裤呢。"

117. 实战练兵

韩昕吃完饭回到小区，上楼时又遇到那个彬彬有礼的邻居。那小子居然跟上次送水果的小太妹在一起！不知道小太妹是脸盲，还是光顾着跟那小子打情骂俏，愣是没认出他这个帮着介绍谁知道有房源的邻居。

她一口一个"小叔叔"，但那小子怎么看怎么不像个"叔叔"，两个人的关系绝对有问题……韩昕很想给李菜鸟打个电话，让他摸摸那小子的底，可想到李菜鸟这会儿已经意识到他要为之前的嘚瑟付出代价，正一肚子怨念，只能作罢。反正那小子付了一年房租，短时间内应该不会跑，等忙完眼前这阵子，再抽点时间搞清楚他到底是何方神圣。

回到家，表妹又不在！女大不中留，说不定正在跟人家滚床单呢。韩昕有些酸溜溜的，鬼使神差想起了姜悦。也不知道是不是找女朋友的事不顺利，突然觉得姜悦那丫头挺好看，越想越好看！洗完澡，躺在床上，辗转反侧睡不着，竟然满脑子都是那丫头。想给她打电话，又担心吓坏她。想给她发微信，却不知道说什么。竟不自觉地翻看她、她妈、她爸和她二姑奶奶的微信朋友圈，一遍一遍地看她的照片，反复咀嚼她因为一杯奶茶、一份饭菜、图书馆里的一个位置，在朋友圈里说的那些奇奇怪怪的话，迫切地想了解有关她的一切。

他什么时候睡着的都不知道，只知道被闹铃吵醒之后的第一件事，就是拿起手机，点开微信，看看那丫头早上有没有发朋友圈。难道真喜欢上那丫头了？可太熟悉了，真的不合适……韩昕有点迷茫，想到要在八点前赶到市局警官培训中心报到，不敢再胡思乱想，手忙脚乱地洗脸刷牙换衣服。

就在他驱车赶往市区的时候，昨晚学习到十点多没回家的范子瑜，正在大队食堂吃早饭。王师傅炒的雪菜真好吃，他正准备去再夹点，昨晚值班同样没回家的余教，一边接着电话，一边走进了食堂。

"昨天下的借调函，今天就要去报到……知道了，走就走吧，我等会儿向黄大汇报。"

"余教，早啊。"

"早。"

范子瑜知道教导员心情不好，但还是忍不住问："余教，你刚才说谁借调，谁走了？"

余锦泽拿起碗盛了一勺粥，回头道："韩昕被市局禁毒支队借调走了。"

这个消息太震撼了。简直跟陈国平被纪委监委立案调查一样震撼！范子瑜不敢相信这是真的，可又不敢再问，赶紧喝完碗里的粥，把碗筷放进洗碗池边的不锈钢桶里，连嘴都顾不上擦，就一口气跑上三楼，狂摁禁毒中队防盗门上的门铃。

蓝豆豆不用接孩子放学，但要送孩子上学，所以跟往常一样来得比较早，走出办公室打开防盗门："什么事这么急，摁一次就行了，为什么要摁个不停？"

范子瑜急切地问："豆豆姐，老韩是不是被市局借调走了？"

"你怎么知道的？"

"刚才在食堂，听余教说的。"

"他是被借调走了，你找他有事？"

"豆豆姐，怎么事先一点风声都没有，再说他从南云调到你们中队才几天啊？"

范子瑜走进禁毒中队走廊，反带上防盗门。

蓝豆豆喝了一口牛奶，若无其事地说："禁毒支队临时决定借调的，这是工作需要，跟他来我们中队时间长不长没关系。"

"是不是跟陈国平的事有关系？"

"这我就不知道了。"

范子瑜想想又问道："豆豆姐，你和刘队有没有跟他说过什么？"

蓝豆豆转身走进办公室，不耐烦地说："你到底想问什么？我和刘队怎么可能说他！"

"张大有没有说过他什么？"

"张大更不可能了，我知道你想问什么了，他抓陈国平是执行局领导的命令，可以说是代表分局协助纪委监委办案的。谁会说他，谁又敢说他？"

范子瑜越想心里越不踏实，迟疑了一下，吞吞吐吐地说："我说他了……"

蓝豆豆回过头，紧盯着他问："你跟他说什么了？"

"我说……我说陈国平就算真有问题，也轮不着他来抓。我说搞成现在这样，以后没人敢再跟他做朋友。"

"范子瑜，你是不是昏头了，这些话能当面说吗？"

"我……我，我把他当兄弟才跟他说这些的。"

"你还说什么了？"

"我说他最好别回来……"

"原来韩昕是被你气跑的！"蓝豆豆装出一副很震惊很生气的样子，砰砰砰连拍桌子。

范子瑜苦着脸道："豆豆姐，我不是有意的，我是真把他当兄弟。"

"真把他当兄弟能说那样的话？还让他别再回来！气死我了，我收一个徒弟容易吗？就这么被你气跑了，你赔我一个徒弟！"

"豆豆姐……"

"别叫我姐，我不是你姐！"

"豆豆姐，我错了，我打电话跟他道歉。"

"道歉有什么用？要拿出点诚意！"

范子瑜别提有多内疚，哭丧着脸问："怎么才有诚意？"

蓝豆豆生怕忍不住笑出来，装出很生气的样子转过身去，一连做了好几个深呼吸，回头道："怎么也得请他吃顿饭吧，算了算了，你也不是有意的，我帮你约，到时候你买单就行了。"

"行，什么时候请都行。"

"先回去吧，该上班了。"

"那我先过去了，"范子瑜走到门边，想想还是不太放心，又转身道，"豆豆姐，我把你当姐才说这些的，你要帮我保密，千万别让刘队和张大知道。"

"放心吧，我不会跟他们说的。"

别看蓝豆豆是个女同志，但信誉却很坚挺。范子瑜终于松下口气，说出来之后心里也没之前那么内疚了。他前脚刚走，蓝豆豆就忍不住笑了，一个人在办公室里像傻子似的笑得前仰后合。

与此同时，韩昕已赶到警官培训中心，在一个辅警指引下，走进东附楼二楼的一间会议室。昨天通知的是八点报到，这才七点五十，另外六个"龙珠"竟然全到了，他离得不算远竟是最后一个到的。程支没穿警服，正坐在椭圆形会议桌对面的中央，跟两个一级警督和上次在支队见过的江大姐聊天。来自六个区县公安局的同行坐在这边，他们大多是三级警司，只有一个是二级警司。

"报告……"

"小韩，就等你了，坐。"

"是！"

韩昕敬了个礼，拉开椅子坐到最边上。身边的六个同行，腰杆挺得笔直，大檐帽摆在桌上，跟整理内务似的呈一条线，面前还摆着笔记本和笔，一看就知道他们等会儿要做记录。韩昕摘下帽子，跟他们一样摆好，可没带纸笔，觉得像少点什么，真有些尴尬。

"政委，这位就是陵海分局的韩昕同志。"

江大姐把简历放到一级警督面前，笑眯眯地介绍："小韩，这位是我们支队的恽政委，这位是一大队的姜大。"

韩昕连忙站起身："政委好，姜大好！"

"坐。"

"是！"

恽政委拿起手机看看时间，侧身问："程支，人都到齐了，要不我们现在就开始？"

程支微笑着说："大家都挺忙的，新同志下午还都有任务，开始吧。"

江大姐主持会议，先给来自七个区县公安局的新同志正式介绍三位领导，然后请姜大宣读市禁毒办和市局的文件。原来这次从各区县公安局借调民警，编入毒品案件侦查大队，是根据昨天刚召开的全省禁毒工作会议精神，经市禁毒办和市局研究决定，为进一步打击毒品犯罪，提升各区县公安局禁毒部门实战水平，增加各区县禁毒部门间学习交流，而组织开展的实战练兵！姜大宣读完文件，江大姐就请恽政委讲话。

肖支上午有一个重要会议来不了，恽政委先代肖支表示歉意，然后一条一条地讲起这次实战练兵的重大意义。说这次实战练兵是市禁毒办为深入贯彻落实全省禁毒工作会议精神，而做出的一项重要行动部署，市禁毒办和市局高度重视。领导们多次指示批示，要求全市禁毒部门务必高度重视，提升政治站位。上级要求支队精心组织谋划，将这次实战练兵作为锻炼队伍、提升全市禁毒工作水平的一项重要举措！要练出政治素质，要成立临时党支部，把战时思想政治工作做到最前沿、最末端，发挥党支部战斗堡垒作用，聘请程支兼任名誉教导员。要以战果为目标，加强信息研判，强化合成作战，注重延伸侦查，有效全链打击。力争查获一批毒品、抓获一批毒贩、破获一批案件、捣毁一批团伙、摧毁一批网络，以优异的战绩向市禁毒办和市局党委交上一张满意的答卷……

紧接着，宣布在毒品案件侦查大队下面，设立缉毒专业队。姜大兼任队长，任命韩昕同志为副队长！韩昕怎么也没想到借调到市局禁毒支队也能做副队长，觉得有些搞笑，因为这个专业队是临时拼凑的，一年之后就要散伙儿，组织人事部门肯定不会承认。徐浩然等人很意外，不约而同看向陵海分局的同行，发现他警衔不是最高的，心想他凭什么做副队长……

程文明知道这帮从各区县公安局挑选的骄兵悍将不服气，笑道："同志们，我没什么要讲的，接下来请大家自我介绍一下，你们相互之间还不认识呢，徐浩然，从你开始。"

"是！"

徐浩然定定心神，中气十足地说："各位领导，各位新同事，我叫徐浩然，来自崇港分局禁毒大队，毕业于省警官学院，学的是侦查专业，2015年参加工作，参与侦办过十九起毒案，缴获各类毒品三百多克，荣立三等功一次，嘉奖两次。"

程支带头鼓掌，众人跟着鼓掌。韩昕边鼓掌边心想，参与缴获了三百多克毒品就能荣立三等功，那缴获三十公斤岂不是要跟程支一样被评为一级英模！

他正觉得好笑，第二个同行一脸尴尬地说："大家好，我叫李政，来自思岗市公安局刑警大队良庄中队，我也是省警校毕业的，学的是治安专业，我们中队辖区只有三个戒吸人员，还都是在外地染上毒瘾的，我没有参与侦办过毒案……"

开发区分局和东州分局的两个同行倒是参与侦办过毒案，但缴获的毒品更少。唯一能跟崇港分局禁毒大队徐浩然一争高下的是兴东分局同行，他大前年曾参与侦办过一起毒案，缴获冰毒一点六公斤。

公斤级的，在滨江公安系统绝对是大毒案！这个案子蓝豆豆说过，韩昕也在平台上研究过这个案例。暗想这小子运气好，他那会儿刚参加工作就遇上了这案子，履历相比别人就显得很漂亮。

"韩昕，到你了。"

"哦。"

韩昕反应过来，连忙道："各位领导，各位同事，我叫韩昕，来自陵海分局刑警大队禁毒中队，我没上过警校，我……我2011年应征入伍，在边防部队干了八年，是今年一月份调回来的，请各位领导和同事多批评，多帮助。"

这小子，还真会"避重就轻"！程文明和恽政委笑了。

江大姐正不知道接下来该怎么主持，徐浩然忍不住问："你是军转干部？"

韩昕一脸不好意思地说："我不是严格意义上的军转干部，我以前是士官，我们部队今年整建制退出现役，加入人民警察编制。我是在部队转制时通过参加招录考试，成为正式民警的，然后就调回来了。"

他的情况，肖支私下里跟程文明说过。程文明知道他有许多事需要保密，立马岔开话题："恽政委，时间不早了，有些同志下午就要去出差，要不先进行下分工，布置下任务吧。"

"行。"

恽政委干咳了一声，敲敲桌子："同志们，这个会议室既是我们缉毒专业队的办公室，也是'3·13'毒品案件的专案指挥部，接下来我对大家进行下分工……"

118. 破防、踹门

分工很简单，两人一组，包括姜大在内一共编为四个小组。任务也很简单，第一、第二和第三小组赶紧熟悉案情，吃完午饭之后分头去抓捕杨朝梅和林丽红的下家。江大姐打了个电话，支队的一个老民警和两个辅警抱来几大箱案卷材料。程支举起对讲机说了几句，培训中心的工作人员搬来五个文件柜，一个小组一个，剩下的一个是留给专案组内勤的。网线会议室里本来就有，两个辅警又搬来四台电脑、一台打印机和一台复印机。他们正忙着连接内网，调试打印机和复印机好不好用，培训中心的工作人员又搬来一块白黑板。姜大对"3·13"案的案情很熟悉，把包括杨朝梅、林丽红的二十六张嫌疑人照片，按他们在整个贩毒网络中的层级，一张一张贴到白黑板上。然后与远在山城的桂支现场连线，向桂支报到，请桂支指示……

来自思岗公安局的李政，被编入韩昕兼小组长的第四小组。他等了半天都没等到任务，也没拿到案卷材料，正暗暗心焦，江大姐打开公文包，给众人分发紧急赶制的工作证，材质和式样看着跟警察证差不多，照片是昨天下午上传给程支的那张，照片下面是姓名，姓名下面是"滨江市公安局"和证件编号。背面的抬头是"工作证"，而不是"人民警察证"，然后是姓名、性别、血型、出生日期、职务、警衔、有效期限和监制单位。职务都是禁毒支队科员。

李政去年就领到了警察证，正纳闷这个工作证除了回思岗时跟同事们炫耀一下还能有什么用，江大姐就笑眯眯地说："同志们，工作证出差时用不上，但不出差时有大用。"

徐浩然胆子最大，抬头问："江大，这证有什么用？"

"这工作证既是培训中心的出入证，也是市局机关的出入证。你们出差回来之后，出示工作证可以在培训中心入住，也可以在培训中心食堂就餐。"江大姐又转身看向韩昕，"而且现阶段只有三个小组有出差任务，第四小组的主要工作是收集线索。大家借调到支队，接下来一年就是我们支队的民警，所以我们的辖区就是全市，有市局的工作证，今后工作起来会方便一些。"

收集毒品案件的线索，哪有那么容易……李政没想到会被编入第四小组，更没想到被安排做收集线索这让人头疼的工作，回头看向程支，苦着脸欲言又止。

程文明知道小老乡很不情愿，也知道另外几个臭小子对韩昕担任副队长不太服气，笑看着韩昕说："小韩，你们第四小组是我们专业队的杀手锏，你相当于我们专业队的歼-20！你的工作就是破防、踹门，'3·13'案办结之后大家伙儿有没有事干，就看你们第四小组的了。"

在分局被当作"人形缉毒犬"使，被借调到市局依然如此！韩昕苦笑道："程支，您对我的期望太高了，我们滨江的禁毒工作开展得那么好，毒案不多，吸毒人员很少，想收集线索太难了……"

"办法总比困难多，我们对你有信心。"程文明回头看看恽政委，又转身看了看崇港分局禁毒大队的徐浩然，掏出香烟半开玩笑地说，"韩昕同志，你先把陵海那个根据地扫一遍，扫完之后来市区扫。我和肖支跟崇港分局禁毒大队的任大打过赌，你如果扫不出他之前没发现的线索，我和肖支就要请他吃饭。"

"程支，我对市区不熟悉。"

"不熟悉没关系，到时候我让小徐配合你，你的组员会不断轮换。扫到市区，小徐做你的搭档。扫到思岗，李政做你的搭档。扫到开发区，小侯做你的搭档。"

请将不如激将！恽政委觉得这个主意不错，敲着桌子说："每扫到一个地方，除了安排熟悉辖区情况的同志做你的搭档之外，支队也会给你强有力的支持，比如要求相关办案单位予以配合，不会让你孤军作战。"

虽然陵海对滨江没什么归属感，但终究是一个滨江人。想到好几个区县都没去过，借这个机会转转也不错，韩昕笑道："好吧，我试试，我争取不让您和程支失望。"

"就像程支刚才所说，我们对你有信心，我们现在想知道的是，陵海需要多长时间才能扫完。"

"一个月。"

"行，那就给任大一个月时间做准备，省得他到时候输了还不服气。"恽

459

政委笑了笑，接着道，"支队给你准备了一辆车，吃完饭之后小李跟你一起把车开回去。我回头跟你们张大打个电话，请他给小李安排个住的地方。从今天开始，包括加油在内产生的费用，全部由支队报销。"

"谢谢政委。"

"别急着谢，还没说完呢。"恽政委回头看看程文明，补充道，"把你们借调过来，我们就要对你们负责，回陵海之后每天都要向程支汇报，工作日志肯定要写，每周二下午要回指挥部汇报工作进展。你是党员，队里的组织生活必须参加。"

"是！"

扫完陵海来市区扫，扫完市区去扫开发区，然后一个区县一个区县扫……两位领导甚至把他比喻成歼-20，主要任务是破防、踹门！徐浩然不敢相信其貌不扬的陵海分局同行这么厉害，都没心思再研究"3·13"案的材料了。兴东分局的侯文等民警同样震惊，时不时偷看一眼，想知道他到底厉害在哪儿。李政赫然发现第一个被安排到第四小组，不但不是什么苦差，而且很可能是程支对自己这个小老乡的照顾，连忙拿起手机，点开微信，用胳膊肘捅捅陵海同行。韩昕反应过来，掏出手机验证通过他的请加好友的申请。

午饭安排在培训中心食堂的一个包厢里，既是接风宴也是送行宴，直到另外几个"龙珠"去办理退房，韩昕才知道有人昨晚就来了，昨晚没来的今天一早也是带着行李来的。支队辅警开车送他们去机场、去火车站。恽政委回了支队，程支下午要去市局参加一个会议，专案指挥部转眼间就剩下江大姐一个内勤。韩昕问清楚接下来的费用到底是怎么报销的，并没有急着走，而是坐下来陪江大姐聊起天。

江大姐跟蓝豆豆的私交很好，笑看着他问："豆豆说你拜她为师，你是她徒弟，真的假的？"

"真的。"

"这也太搞笑了，她能教你什么，你做她师傅差不多！"

"江大，三人行必有我师，豆豆姐有许多优点值得我学习，而且我们中队您是知道的，就刘队和豆豆姐两个领导，我不拜豆豆为师，就要拜刘队为师。"

"那你为什么不拜刘海鹏为师？"

"我想拜的，可他太谦虚，说什么水平有限，教不了我。张大急了，让他和豆豆姐抓阄，豆豆姐运气好，抓到了。"

"哈哈哈哈，这么说豆豆本来也不想收你这个徒弟……"

"他们太谦虚。"

江大姐指着他笑骂道："他们不是太谦虚，而是你小子太能惹事，做你的师傅压力太大，搞不好就要给你背锅！"

韩昕一脸无辜："江大，我是党员，我是从部队调回来的，我服从命令听指挥，怎么可能惹事？"

"别装了，我打听过，你调回来时间不长，惹的事却不少。"八卦是女人的天性，江大姐看了看坐在门边等的李政，神神叨叨地问，"小韩，你是不是帮纪委监委，把你们刑警大队重案中队的中队长抓了？"

"我是服从命令，执行任务。"

"你们局领导也真是的，分局明明有纪检有督察，为什么非要让你去抓！"

"局领导可能是担心那小子是个老刑警，不太好对付。"

"看来把你借调过来是借调对了，好好干，肖支和政委对你期望很高。"

"行，我努力。"

"早点回去吧，有什么事给我打电话。"

原来接下来一个月的上司，不但擅长收集毒案线索，还把他们分局刑警大队重案中队的中队长给抓了！李政听得清清楚楚，暗暗心惊。

韩昕不知道他是怎么想的，同他一起走到停车场，看了看支队给的车，转身问道："兄弟，你的行李呢？"

"放在车上，韩队，你的车呢？"

"我的车停在对面。"

韩昕回头看了一眼，转身指指他的裤子："既然带了行李，也应该带了裤子，把裤子换了再走。"

李政意识到他不想让别人看出是警察，连忙道："是，我这就换。"

"别一口一个是，也别再喊我韩队。你今年多大？我二十七，如果没我大，就叫我韩哥。"

"我比你大一岁。"

"那……那你就叫我老韩吧，我叫你老李。"

他既是"白衬衫"的老乡，也是位高权重的"老支队长"的老乡，实在得罪不起，韩昕暗叹口气，掏出车钥匙："我也该上车换衣服了，换好衣服给你发个定位，万一路上车多跟丢了，你就去我们分局的城南派出所找我。"

119. 来头很大

让李政暂住在城南派出所是张宇航安排的，城南派出所对李政的到来表示欢迎。李所在分局开会，严教和老杨同志接待的。他们不但让辅警赶紧收拾出一间宿舍，给了一张能刷好几道防盗门的卡，甚至把警网融合大数据指挥中心隔壁的小会议室让出来作为办公室。城南派出所如此热情是有原因的，因为韩昕和李政既是市局禁毒支队缉毒专业队的队员，也是"3·13"专案组的成员，而城南派出所是"3·13"案的主要参与侦办单位。所里早上刚按桂支指示，安排汪宗义、王伟、李菜鸟、徐莉和王一娟等民警去山城押解嫌疑人，并且专案组今后抓捕别的嫌疑人也会押解到陵海，先在隔壁的办案中心体检、审讯，然后再送看守所。总之，城南派出所接下来就是"3·13"专案组办案人员在陵海的落脚点，后勤保障必须要跟上！

李政以为韩昕是在扯虎皮当大旗，看着高端大气上档次的办公环境，真有些忐忑不安。刚才所领导在不好问，现在所领导走了，他赶紧带上门问："韩队，我们不是去收集线索吗，我们要办公室做什么？"

韩昕打开杨千里让人搬进来的电脑，一边抓紧时间整理前几天暗访的材料，一边笑道："我们不能没落脚点，再说这办公室又不只是为我们准备的，等姜大和徐浩然他们抓获嫌疑人，押解到陵海，不但要在这儿落脚，可能还要在这儿办公。"

"为什么不去你们大队？"

"我们大队出了点事，不是迎接上级督查检查就是组织学习的，不适合我们办案。"

李政突然想起他刚抓了重案中队长，赶紧换了个话题："那我们什么时候办案，什么时候去收集线索？"

韩昕点点鼠标，抬头道："哪有那么多线索，我上午在警官培训中心说的扫一个月，相当于复查一下。如果出门转一圈就能收集到毒案线索，那我们滨江的禁毒形势该有多严峻？"

本以为能跟着他大展拳脚，却没想到是这个结果……李政很失望，正不知道该说点什么，老杨同志去而复返，还把老叶带来了！韩昕最害怕见到的就是叶警长，一见着叶警长就知道老杨没安好心，连忙站起身："杨所，叶警长，给你们添麻烦了，我把这份材料整理好就走。"

"着什么急，聊会儿呗。"

"杨所，你们今天不用学习？"

"晚上学习，这会儿不忙。"杨千里把他摁坐下来，转身笑道，"小李，坐啊，到了这儿就跟到了家一样，用不着拘束。"

相比韩昕被借调到市局禁毒支队，还做上了禁毒支队的缉毒专业队副队长，老叶对跟韩昕一起来的李政更感兴趣。

"小李，杨所说你是思岗公安局刑警大队良庄中队的民警？"

"是。"

"你们中队在哪儿办公，离良庄派出所远不远？"

"我们中队跟良庄派出所在一栋楼里办公，我们改革改了好多次，最开始是责任区刑警队，后来划归良庄分局管，再后来良庄分局变成了良庄派出所，我们又成了良庄派出所的刑警队，现在虽然在一栋楼里，但又变成了责任区刑警队，又归大队领导。"

韩昕好奇地问："叶警长，你去过良庄派出所？"

"去过，不但我去过，杨所以前也去参观学习过。"老叶放下茶杯，感叹道，"小韩，你有机会也要去学习学习，良庄派出所比我们城南派出所厉害，是我们滨江第一个被评选上一级所的农村派出所，是真正的模范单位。"

杨千里深以为然，笑看着李政说："模范单位出模范，小李，你们良庄出了好几个英模，走出了好多大领导，我们以前整天学你们的经验。"

聊到连续走了十几年下坡路的老单位，李政一脸不好意思："现在不行了，我们良庄派出所和刑警队的条件跟您这儿真没法儿比。"

"比硬件条件没意思，要比就比优良传统，比谁出的英模多，这方面我们比你们差远了，我们要向你们学习。"杨千里不是在开玩笑，更不是在炫耀，能听出他说的是肺腑之言。

韩昕备感意外，忍不住问："李政，你们良庄派出所和良庄刑警队，出了几个英模？"

"两个一级英模，六个二级英模，"见韩昕将信将疑，李政又带着几分尴尬地说，"但都是调走之后评选上的，真正在良庄工作时评选上的没有。"

韩昕正暗想这是不是跟传说中的"老支队长"提携有一定关系，叶警长又笑看着李政问："小李，你父母是做什么的？"

只要是从良庄派出所或良庄刑警队走出去的人，到哪儿都会被问这个……李政早习惯了，微笑着说："我爸我妈都是普通工人，我爷爷做过警察，不过他早去世了。"

"你爷爷叫什么名字？"

"我爷爷叫李顺承，以前做过良庄公安特派员。"

"韩打击也做过良庄公安特派员，这么说韩打击当年接的是你爷爷的班！"

"我爸说韩叔叔去良庄的时候，我爷爷已经生病住院了。"

我去！来头果然很大，居然叫老支队长"韩叔叔"！杨千里和叶警长更热情了，韩昕有点头大，干脆把整理好的资料用电子邮件发给蓝豆豆，关上电脑，起身问："李政，今天周五，明后两天休息，这个周末你是在陵海转转，还是回思岗？”

"韩队，周末不加班？”

"好好的加什么班，再说我周末有事。”

"那我等会儿回良庄。”

"你打算怎么回去？”

"坐汽车，挺方便的。”李政想想又笑道，"我星期天下午过来，到时候开车来，有辆车更方便。”

把人家带过来却不管不问，韩昕正觉得有点不好意思，杨千里就笑道："小韩，你忙你的，小李我安排人送。”

"杨所，用不着这么麻烦。”

"没关系，我找个人开我车送，又不是公车私用。”

杨千里说在嘴上就拿在手上，先给辅警老陈打了个电话，等老陈到了就掏出车钥匙，请老陈开车送李政回去。李政不想麻烦人家，可杨千里的语气不容置疑，只能恭敬不如从命。

韩昕没想到他如此势利，正不知道该说点什么好，老叶拍拍他肩膀："小韩，跟良庄人交朋友没坏处。”

"叶警长，我只是个小民警，我又不想攀什么高枝。”

"这跟攀不攀高枝没关系，你想想，要关系人家难道没关系？可人家还在良庄那个犄角旮旯做刑警，这样的人不值得交朋友吗？”

"良庄很偏吗？”

"良庄是思岗最偏僻的地方，离思岗县城比小李到城区还要远。”

"想想是有点……是有点那个啊，叶警长，我有点事，我先走了。”

"不去大队看看？”老叶似笑非笑地问。

韩昕苦笑道："不去了，没什么事我也不会再来所里了，今天主要是送李政过来安顿的，他在你们这儿待不了多久，最多一个月。”

……

星期五，放学早。姜悦匆匆赶到火车站，想到韩昕同母异父的妹妹今天也要坐火车去陵海，犹豫了一下还是拨通了韩昕的电话。

"小悦，你几点的车，大概几点到陵海？我去火车站接你。”

"韩昕哥，我已经到火车站了，我是六点二十的车，你妹妹是几点的车？我刚才上网搜了下，今天的票不紧张，如果不是一趟车我可以改签下。”

"她说八点左右到，应该也是六点二十的。”

姜悦环顾了下四周，举着手机说："她应该没怎么去过陵海，一个人坐火车肯定很闷，要不你把我微信推给她，把她微信推送给我也行，我问问她有没有到火车站，是不是同一趟车。"

韩昕真没想过妹妹可能需要一个旅伴，连忙道："好的，我这就把她的微信和手机号发给你。"

出门靠朋友，出门在外应该相互关照……姜悦觉得有责任有义务帮他把多少年没见过的妹妹安全带到陵海，一看到他发来的手机号就拨打。

电话很快就通了，那头也很吵，能听出对方已经到了火车站。姜悦微笑着问："你好，你是不是韩璐？"

刚看到哥哥微信的大韩璐，一边踮着脚四处张望，一边欣喜地说："我是韩璐，你是姜悦姐吗？我哥说你今天也回陵海。我到火车站了，我在二楼候车厅的按摩椅这儿，你在哪儿？"

"我也到火车站了，你站那儿别动，我去找你。"

"好的，谢谢姜悦姐。"

姜悦经常回家，没带行李箱，只背着一个小包，乘自动扶梯来到二楼候车厅，一眼就看到一个身材高挑、面容姣好，留着一头披肩长发的女孩儿，扶着拉杆箱，站在那排按摩椅边上四处张望。姜悦再次拨打电话，见女孩儿掏出手机准备接听，赶紧迎上去笑道："璐璐，我在这儿呢！"

一个人去陵海，韩璐真有点紧张。哥哥说有个警校的小姐姐可以做伴，韩璐别提多高兴，看着迎面而来的姜悦问："你就是姜悦姐，你怎么没穿警服？"

"出门穿什么警服。"姜悦放下手机，打量着她，"璐璐，你真漂亮！我小时候见过你妈，你跟你妈长得真像！"

韩璐没想到警花小姐姐这么直率，一脸不好意思："漂亮什么呀，姜悦姐，你真会开玩笑。"

"没开玩笑，你妈那会儿是我们村里最好看的……"姜悦猛然意识到说这些不合适，连忙问，"你是几点的车，在几号车厢？"

"六点二十的，十二号车厢。"

"我是十一号，等会儿上了车，我们跟人家商量商量，看能不能换下位置。"

"行，我听你的。"

人家刚上大学，自己都快毕业了。姜悦觉得要有点大姐姐的担当，跑过去买来两杯奶茶，笑看着她问："璐璐，你哥说你只见他一次，那会儿你还小。再过几个小时就能见着了，你紧不紧张？"

韩璐捧着奶茶，苦着脸道："有点，琳琳姐说我哥以前很凶很霸道，也不知道他怨不怨恨我妈。"

"以前是以前，现在是现在，你哥怎么会怨恨你妈？他的事我知道，那会儿是他奶奶不让你妈带他走的。"姜悦喝了一口奶茶，又笑道，"你哥知道你去看他，他别提有多高兴。担心你一个人不自在，还让我晚上作陪，陪你一起吃夜宵。"

"是吗？"

"真的，等到了陵海你就知道了，祝你们兄妹团聚。"

120. 心里难受

为迎接妹妹，韩昕从下午四点就开始忙碌，先回家收拾房间、打扫卫生。表妹完全指望不上，她不但懒而且总是夜不归宿，这些事只能亲自动手，幸亏当过兵的男人都会做家务。把家里收拾好赶紧去洗车店，在让洗车师傅洗车的同时，去隔壁的理发店理了个发，然后开着洗得干干净净的车，匆匆赶到城南中学接小韩露。晚饭早不了，要给她买点吃的先垫垫肚子。顺便买了一堆水果和女生喜欢吃的零食，把小韩露接回家，让她抓紧时间做一会儿作业！然后洗澡、刮胡子，换上继母上次买的新衣服，再把卫生间收拾干净，一切准备就绪已经是晚上七点多。

在早不想做作业、早等得不耐烦的小韩露催促下，赶紧去花店拿下午预订的花，一起驱车赶到火车站。他平时不修边幅，今天却一身光鲜，比过年时都讲究，手里还捧着两束花……小韩露越想越好玩，闻了闻他手里的花，坏笑着问："哥，你到底是接大韩璐的，还是接那个嫌弃你的姜悦的？"

"当然是接大韩璐的，接姜悦是顺便。"

"那为什么买两束花？"

"人家也是从江城回来的，而且大韩璐没怎么来过陵海，她一个人坐火车来我不放心，人家帮着做伴，后天下午还要跟大韩璐一起回江城，当然要买束花感谢一下。"想到这个借口没什么说服力，韩昕又强调道，"等会儿她俩一起出站，如果我只给大韩璐送花，表示欢迎，却不给姜悦准备一束，是不是不太好？"

听上去有点道理，但能看出肯定不是那么回事！小韩露搂着他胳膊，装作不高兴地说："哥，你都没给我买过花，也没给我买过礼物。"

"我们三天两头见面，跟生活在一起差不多，要买什么花呀！再说我给你送过盐水鸭，刚才还给了你好几千块钱！"韩昕想想又笑道，"上次给你送的盐水鸭，就是姜悦帮我从江城带回来的。"

"我不喜欢吃盐水鸭，我想要花。"

"好好好，明天给你买。"

"跟你开玩笑呢，加油！"

"加什么油？"

"哥，你就别装了，你打的什么主意谁看不出来？居然吃回头草，还是窝边的回头草，我妈要是知道了一定不会相信。"

"什么回头草、窝边草的，不许瞎说。"

这时候，有从江城过来的旅客出站了。兄妹俩顾不上再斗嘴，赶紧探头朝里望。等了四五分钟，姜悦和打扮得很时尚的大韩璐出来了！许家的颜值基因是真好，许琳琳很漂亮，大韩璐很漂亮，据说大韩璐的妈妈年轻时也很漂亮……看着跟许琳琳有几分神似，既漂亮身材又好的大韩璐，小韩露自惭形秽，心里突然有些酸溜溜的。

早知道小韩露会过来一起接站的大韩璐一样紧张，看着正笑眯眯打量她的韩昕，怯生生地说："哥，让你等了……"

"我们也是刚到，没等多大会儿，来，这是送你的！"

韩昕献上花，转身笑道："小悦，让你费心了，这是送你的，只要是妹妹都有份儿。"

姜悦没想到他会以这种方式迎接同母异父的妹妹，更没想到他居然也给自己准备了一束花，犹豫了一下，接过花闻了闻："真香，谢谢韩昕哥！"

"你们肚子饿了吧，走，我们先去吃饭。行李交给我，车在地下室。"

"哥，我帮璐璐姐拿吧。"

"行，这儿人多，不是说话的地方。"

大韩璐缓过神，跟着抢过拉杆箱的小韩露，一脸不好意思地说："露露，不好意思，我一放学就往火车站赶，什么都没给你和哥带。"

"不用带，我们什么都有！"想到物质条件比她不知道强多少倍，小韩露的心里稍稍平衡了一些。

姜悦知道她俩的关系比较微妙，连忙帮着岔开话题："韩昕哥，你不是说许老师也来吗，她人呢？"

大韩璐急切地问："是啊哥，琳琳姐呢？"

提到表妹韩昕就来气，回头道："她懒的时候比谁都懒，积极的时候比谁都积极，说什么今晚学员多，请不了假，让我们先去吃，她下了班再过去。"

"她几点下班？"

"九点。"

许琳琳不但是大韩璐在陵海最熟悉的人，也是大韩璐从小到大的偶像。

看不见许琳琳，她心里不踏实，小心翼翼问："哥，我和姜悦姐在车上吃了好多零食，我现在不饿，要不等琳琳姐下班再去吃夜宵吧。"

刚才在车上聊了整整两个小时，姜悦知道许琳琳不在她会不自在，不禁笑道："韩昕哥，你不是说人多点热闹嘛。如果你和小韩露妹妹不饿，那我们就等会儿再吃夜宵。"

这个哥哥做得太难了！不能因为同母异父的妹妹来了，就冷落同父异母的妹妹，韩昕笑问道："小韩露，你饿不饿？"

"我不饿，我没关系，好久没见琳琳姐了，我们一起等她。"

"行，那我们先把行李送回家。"

姜悦觉得这么晚了，回家之后再出来不好，跟老爸老妈撒谎又不合适，干脆给老妈发了个微信，直言不讳地说要帮韩昕陪多少年没见过的大韩璐，要晚点才能回去。不出所料，老妈不但没反对，而且让好好帮着陪，甚至说什么当年跟大韩璐的妈妈关系不错，让问问韩昕兄妹这两天有没有时间，她也想尽下地主之谊！

要说老邻居，那老三队的邻居多了，她对别的邻居为什么没这么好？姜悦岂能不知道老妈打的什么主意，正暗暗懊悔，老爸竟发来一条微信，说韩昕被借调去了市局，现在是市局禁毒支队缉毒队的副队长。他果然是缉毒警！而且是一个非常出色、非常厉害的缉毒警，不然怎么会被借调去市局……姜悦突然发现对当年的老陵海村"小霸王"并不了解，在巨大的好奇心驱使下，跟着一起上楼，在他家坐了一会儿，又跟着一起赶到饭店。

这家开在区政府后面的餐厅，是韩昕上网搜了好几个小时，看了无数评价才确定的。餐厅的名字古古怪怪，叫什么"兰雅·米其林"，装修看上去还行，但外面的卡座和有且仅有的几个包厢都很小。

饭前不掼蛋，等于没吃饭。

饭后不掼蛋，等于白吃饭！

包厢这么小，连掼蛋的桌子都没有，无论从哪个角度看，都不符合陵海人朋友聚会、家庭宴请的喜好。但这家餐厅的生意依然很火，可以说是陵海的网红餐厅。菜品很贵，味道据说也一般，但做得很精致、很漂亮，每道菜看着都像艺术品，来吃饭的都是年轻人，看到菜品端上桌，第一反应不是动筷子，而是举着手机拍照。

小韩露果然很喜欢，说早听说过这儿，早想来尝尝。大韩璐和姜悦的感觉也不错，捧着菜单兴高采烈地跟小韩露一起商量，到底点哪几个菜比较好。许琳琳是这儿的常客，人没到微信先发过来了，说这家有几个菜是必点的，三个丫头从善如流，在许琳琳的远程建议下，终于确定下晚上吃什么。

聊家庭、聊工作都不合适，只能跟久别重逢的妹妹和邻家小妹聊学习、聊在江城的生活。

"哥没出息，没上过大学，就羡慕你们这些大学生。"

"哥，你是警察，是公务员，你已经很厉害了，我大学毕业之后都不知道能不能考上公务员。"

"是啊哥，你是我们家最出息的。"小韩露深以为然。

姜悦则笑看着他，由衷地说："韩昕哥，你虽然没上过大学，也没上过警校，但你比大多警校生厉害。"

"哪有你们说的这么夸张，我是真觉得没文化不行，不说这些了，说说明天的安排。"

韩昕放下茶杯，提议道："大韩璐，你每次来陵海都住不了几天，对陵海不是很熟悉。小韩露，你是去年刚从江城回来的，一回来就上学，平时每天都要做那么多作业，我明天正好不忙，要不我明天陪你们好好转转。"

"好啊，去哪儿？"小韩露嬉笑着问。

大韩璐却苦着脸说："哥，舅舅舅妈知道我来了，不去看看他们不好。"

"没关系，我已经打电话跟他们说好了，他们明天下午过来，明天一起吃晚饭，你这次就不用去头墩了。"见她欲言又止，韩昕微笑着解释道，"主要是你表姐太忙，我们回去，她又不回去，她不在不但我们觉得缺点什么，舅舅舅妈一样觉得不热闹。"

去许琳琳家，许琳琳却不在，是没什么意思……大韩璐反应过来，不禁笑道："行，我听哥的。"

正说着，许琳琳推门进来了。她绝对是大韩璐和小韩露心目中的"大姐大"，俩丫头一看见她就是一阵惊叫……春节时，姜悦在小区里不止一次见过许琳琳，因为许琳琳太漂亮了，对许琳琳的印象非常深刻。再看看激动不已地搂着许琳琳的大韩璐，也跟小韩露刚见着大韩璐时一样，有股自惭形秽之感。暗暗感慨到底是艺校毕业的，自己这个警校校花跟人家真没办法比……

许琳琳松开大韩璐，摸摸小韩露的脸蛋，举起手跟她打了个招呼，然后拉开椅子，坐下调侃道："哥，这么多美女陪你，你真幸福！"

大韩璐难得来一次，她居然拖拖拉拉到现在。韩昕看到她就是一肚子气，端起鲜榨的果汁一边帮她倒，一边叹道："我是很幸福，今天可以说是我的高光时刻，但现在越幸福，将来就会越难受。"

许琳琳抬头问："什么意思，你怎么会难受？"

"其实我现在就很难受。"

"哥，你难受什么？"小韩露不解地问。

韩昕放下果汁,唉声叹气:"女大不中留,你们终究是要嫁人的,你琳琳姐现在都总是夜不归宿,你说我心里能好受?"

许琳琳扑哧笑道:"哥,你吃醋!"

"我是吃醋了,我心里是难受,所以我将来结婚生孩子,一定要生个儿子。如果生个女儿,长大了嫁给人家时,我心里肯定会更难受。"

"哥,男大当婚女大当嫁,我肯定是要嫁人的,你也要找女朋友娶老婆,但我们永远是兄妹,别难受,将来我们常走动就是了。"

聊到这个,许琳琳回头问:"大韩璐,老实交代,有没有男朋友?"

"姐,你问这个做什么……"

"看来肯定有了。"

许琳琳嘻嘻一笑,回头道:"哥,我觉得你是缺个女朋友,所以才有那些难受的想法。等找到女朋友,你就不会这么伤感了。姜悦,你说是不是?"

姜悦愣了愣,连忙道:"可能吧,其实这些我也不懂。"

小韩露很想来句我哥喜欢你,但又怕挨揍,只能一个劲儿做鬼脸。大韩璐也看出同母异父的哥哥对警花小姐姐有意思,觉得应该帮老妈做点什么弥补弥补哥哥,提议道:"姜悦姐,你不是说明天没什么事吗?明天我们一起转转好不好,人多点热闹!"

姜悦哪里好意思,下意识地说:"明天我有事……"

小韩露反应过来,摇晃着她的胳膊哀求:"有什么事啊?一起呗。"

121. 术业有专攻

吃完饭,小韩露嚷嚷着要看电影。许琳琳本来就是个夜猫子,不但举手赞成还让韩昕赶紧上网订票。大韩璐原本有些不好意思,见表姐都点头了,干脆转身做姜悦的工作。姜悦不想扫她们的兴,只能硬着头皮跟着去。取票、买饮料、买爆米花,韩昕忙得不亦乐乎,一直看到快凌晨一点才回小区。许琳琳带着大韩璐小韩露上楼,非让韩昕送送姜悦,还不忘提醒姜悦把花带上。从B区到A区就几步路,姜悦再傻也知道她们是在变着法撮合,几分不好意思、几分忐忑地走到电梯口,摁了下电梯,用蚊子般的声音说:"没想到从地下室走这么近。"

韩昕回头看了一眼,笑道:"是啊,从地下室走是挺近的。"

"韩昕哥,谢谢你的花,我上去了。"

"应该是我谢谢你，帮我照顾大韩璐。"

姜悦没急着进电梯，忍俊不禁地问："韩昕哥，大韩璐小韩露叫着是不是有点别扭？"

韩昕无奈地说："是有点，可不这么叫没法儿区分。"

"你可以把名字拆开啊，大韩璐拆开叫王路，小韩露拆开叫雨路，这样多好。"

"还真是，我明天跟她们商量商量。"

"我说着玩的。"

"说得挺好，到底是大学生！对了，明天的活动，你能不能参加？"韩昕满是期待地看着她。

姜悦被看得脸颊发烫，连忙低下头："明天什么活动，韩昕哥，你到底想给琳琳姐和大韩璐、小韩露什么惊喜？"

"我不只是想给她们一个惊喜，也想给你一个惊喜。"

"韩昕哥，你又欺负我！"

"我这不是欺负你，我是说真的。"

他到底什么意思……姜悦心跳加速得厉害，心中紧张得犹如小兔在乱撞，犹豫了好一会儿，带着几分期待、几分羞于出口似的轻声问："明天几点？"

这是答应了！韩昕一阵狂喜，连忙道："我原来打算八点半出发的，可看样子她们应该起不来，你估计也起不来，我们十点半集合怎么样？把活动分成上半场和下半场，上半场结束吃饭，吃完饭去下一站！"

"好的，我等你电话。"

"行，晚安。"

姜悦走进电梯，想想又情不自禁地伸手挡住门："韩昕哥，听说你被借调去市局了？"

韩昕没想到她消息如此灵通，干脆从怀里掏出上午刚领的工作证："今天刚去报到的，说起来巧了，我们的办公室不是在市局，而是在警官培训中心。等你来分局报到之后，肯定要去警官培训中心参加新民警培训，到时候我们就能天天见着了。"

"还真巧！"姜悦看着他的新工作证，微笑里满溢分量得当的娇羞。

韩昕一阵悸动，会心地说："这就是缘分！"

"什么缘分啊，不许瞎说。"姜悦羞答答地嗔怪了一句，又问道，"借调好像是有期限的，借调期满之后回不回陵海？"

"肯定要回，就算支队的编制不紧张，能办理正式调动，我也不想调过去。"

"为什么？"

"因为我的家在这儿，我的妹妹也在这儿，市区一个朋友都没有，市区的人说话我都听不懂，好好的调市区去做什么。"

他的眼神直勾勾的，烁烁放光！姜悦真真切切地感受到了某种异样的情绪，觉得不能再像之前那般温婉恬静，不然真会被他欺负，鼓起勇气像只天鹅般高仰起头，不甘示弱地看着他问："韩昕哥，你究竟有几个好妹妹？"

"就你们这四个，不过很快就剩三个了。"

"怎么会越来越少？"

"女大不中留，琳琳不知道被哪个臭小子迷得神魂颠倒，下周就要搬走，说不定过不了多久就要去跟人家领证了。"

韩昕是真舍不得，心里真有些苦涩，连语气中都带着几分悲怆！姜悦知道许琳琳是他童年中最重要的人之一，能理解他此时此刻的感受，劝道："要说心疼琳琳姐，那你舅舅舅妈更心疼，但不能因为心疼不让她嫁人。"

"我知道，所以我从来不管她的事，天要下雨，妹妹要嫁人，由她去吧。"

"什么天要下雨，妹妹要嫁人？明明是天要下雨，娘要嫁人好不好！"

"是啊，天要下雨，娘要嫁人，所以有了大韩璐。"

姜悦意识到说错话了，急忙道："韩昕哥，对不起，我不是有意的……"

韩昕微微一笑："没什么，我没那么脆弱。太晚了，早点上楼休息吧，做个好梦。"

"好的，明天见。"

……

有妻子、有孩子，有家庭的人，大多不喜欢出差，李政就是属于比较恋家的大多数。虽然早在结婚时就在思岗买了房，但结婚之后一直住在良庄。他在良庄中队上班，妻子马薇在良中做英语老师，小家安在良庄派出所和良庄刑警中队马路对面的良庄新村。上下班很方便，回家看父母同样方便，骑电动车十来分钟就能转一圈。

镇里的人越来越少，村里甚至看不见几个年轻人，柳下河畔的良庄工业园白天也看不见几个人走动。但他已经习惯了这种宁静的小镇生活，要不是孩子明年就要上幼儿园，真没想过往思岗城区调。良庄人对思岗真没什么归属感，去思岗有什么意思？一想到借调期满之后就要被调到重案中队或思岗中队，而妻子想调到城区的中学却很难，他心里就有些七上八下。

回来之后一夜没睡好，吃完早饭，又忍不住跟妻子分析起调动的利弊。现在跟以前不一样，良庄的教育真不如思岗！马薇宁可每天开车往返，也不想让孩子输在起跑线上，见丈夫又打起了退堂鼓，干脆拿起手机拨通了爷爷的电话。

"爷爷，我薇薇，你在哪儿，你那边怎么那么吵？"

"我在老干部局，今天有个活动，什么事？"

"李政又不想调了，你跟他说吧。"

曾做过十几年老良庄乡人大主席的老马，不快地说："让他接电话，让他跟我说。"

李政最怕老爷子，接过手机苦着脸说："爷爷，我知道孩子不用我们担心，你们会帮着接送，我主要是舍不得薇薇，每天开车来回那么远……"

"每天开车来回的又不是薇薇一个人，她想调动很难，你如果再不调，你们两个想调思岗来更难！再说这不是你想不来思岗就不来的事，上次你们王局说得很清楚，上级有规定，你就算不调到思岗来，也会被调到其他地方去。"老马知道良庄人宁可去新庵也不喜欢来思岗，又强调道，"时代不一样，你不可能像你爷爷当年那样，能一直在良庄干几十年。"

"爷爷，能不能帮我跟王局说说，把我从刑警队调到派出所？"

"从良庄中队调到良庄派出所？"

"不行吗？"

"你说呢，这跟没调有什么区别？而且这关系到孩子的成长，我们只能帮着接送接送，只能帮着做做饭，给不了孩子父爱母爱，能给的只有溺爱！"

"好吧，我听您的。"

怎么找了这么个不求上进的孙女婿……老马越想越郁闷，又摸着鼻子说："不想当将军的兵不是好兵，总窝在良庄能有什么出息，既然吃公家饭就要有点追求！"

"爷爷，我工作很努力。"

"我知道你很努力，但干工作光努力不行，要有点上进心。你好好想想，你都已经二十八了！我不拿韩博比，就说王解放，跟你差不多大的时候，都已经做上了副大队长，连王燕都做上副教导员！"

良庄走出过太多领导，作为老良庄的干部子弟，压力真的很大。李政被搞得焦头烂额，正无言以对，老马话锋一转："今天是周六，程疯子肯定回来了。他既是你们刑警队的老队长，也是你现在的领导，如果没什么事，就和薇薇一起去丁湖看看。"

"爷爷，您这不是让我走后门，搞歪门邪道吗？"

"我让你们去看看是瞧得起他，这算什么走后门！"

"今天丁丁要去新庵学跳舞。"

"丁丁要学跳舞，什么时候报的班，我怎么不知道？"

"上个月报的，忘了跟您说。"

"那就让薇薇送丁丁去，你去丁湖。"

老爷子说"瞧得起"程支真不是吹牛，韩叔叔跟他的私交非常好，对他很敬重。逢年过节，都会给他老人家打电话。每到年底，韩叔叔的爱人李阿姨都会托王局准备一份年礼。他前年去首都旅游，李阿姨全程陪同，韩叔叔那么忙还抽时间陪他老人家吃了两顿饭。老爷子的语气不容置疑，说不定等会儿真会给程支打电话查岗。

李政没办法，只能先把妻子和女儿送到新庵，然后驱车赶到丁湖。程支果然在老家，正拄着拐杖站在田头，看自留地里的油菜花。李政停好车，迎上去尴尬地问："程支，你什么时候回来的？"

"昨晚回来的，你什么时候回来的？"

"我是昨天下午回来的，本来不想这么快就回来，可韩队说周末休息，我一个人待在陵海不知道做什么，就……就先回来了。"

"回来就好好陪陪老婆孩子，跑我这儿来做什么？"

"老爷子让来的，不来他不高兴。"

老卢不在了，老马成了老良庄老干部的头儿，一大把年纪了还去上什么老年大学，时不时回良庄搞个聚会，据说有一次在富贵大酒店摆了四桌！想到老马为了眼前这位不止一次找过王燕，程文明调侃道："人家是望子成龙、望夫成龙，他是望孙女婿成龙啊！"

李政苦笑道："程支，老爷子是越老越糊涂，我这个做晚辈的是实在没办法，只能他说什么就是什么。但你别放在心上，千万别当真。"

"什么叫别放在心上？"程文明反问一句，感叹道，"我不但跟你爷爷做过同事，也在马主席领导下干过。虽然你爷爷那会儿跟局里的关系比较紧张，但对我们非常好，到现在都记得每次去良庄办案，你爷爷不管多忙，都要带着几个联防队员协助，正事办完就带我们去富嫂酒家吃饭。我们中队那会儿穷，平时哪舍得大鱼大肉，所以队里的几个兄弟最喜欢去良庄办案。想想你爷爷那会儿真威风，一个人管一个乡，管那么多年，一直管到生病住院。"

李政好奇地问："薇薇爷爷呢，他那会儿对我们中队好不好？"

程文明点上支烟，回忆起当年："他那会儿是人大主席，我们跟他打交道不多。这是在这儿说的，他当年没什么主见，老卢说什么就是什么。我们最怕看见的就是老卢，每次去良庄找你爷爷，都要先问问老卢在不在办公室。"

"卢书记在办公室，你们就不去找我爷爷？"

"正事还是要办的，我们一般是先在乡政府外面躲会儿，等老卢出去了再去找你爷爷。"聊到这些往事，程文明不禁笑问道，"李政，你知道我最佩服你韩叔叔什么吗？"

李政下意识地问："是什么？"

"他确实有许多地方值得我们学习，但我最佩服他的是能搞定老卢。"程文明拄着拐杖，一瘸一拐地边走边叹道，"时代不一样了，像老卢那样的领导不可能再有，想像你韩叔叔那样平步青云一样不太可能。要说学历，现在谁没学历？没有个本科学历，都没资格报考公务员。"

李政点点头："所以我从来没想过要做领导，从来没想过要当官。"

"但也不能没一技之长。"

"程支，我正在自学法律……"

"法律当然是要学的，但学法律只能算充电，你学得再好，还能有法制大队的那些秀才精通？"程文明停住脚步，紧盯着他，很认真很严肃地说，"我知道你可能对韩昕不太服气，他是没上过警校，文化程度也确实不高，但术业有专攻，过去这八年你可能学到了许多东西，做了许多事，但他只学只做了一件事。"

"缉毒？"

"嗯。"程文明微微点点头，意味深长地说，"昨天在培训中心，他是不忍心打击崇港分局的徐浩然和兴东市局的侯文。如果比侦办过的毒案和缴获过的毒品，十个徐浩然和十个侯文，加起来可能没有他的零头多。"

李政惊问道："这么厉害？"

程文明拍拍他肩膀："所以要好好跟他学，只要能从他那儿学到几招，等借调期满回到思岗，你就是缉毒业务上的大拿！"

122. 惊喜

韩昕早料到三个妹妹要睡懒觉，但他之前的估计还是太保守了。原计划九点五十喊她们起床，四十分钟洗漱打扮，十点半先去参观陵海博物馆。因为蓝豆豆不止一次说过，博物馆搞得不错，非常值得一去。结果她们拖拖拉拉到十点半才起来，等洗完漱，梳妆打扮好，已经十一点多了。上半场活动只能取消，打电话叫上姜悦，一起去小区东门边的"蛙知道"吃饭。没想到姜悦和大韩璐跟许琳琳一样无辣不欢，一条麻辣烤鱼，一大份麻辣牛蛙和一锅麻辣虾，连同手撕包菜等炒菜，她们跟风卷残云般吃得干干净净！

小韩露吃饱喝足，一个劲儿问是什么惊喜。韩昕担心人家没上班，先给曹娜打电话。曹娜说她"徒弟"中午在馆里，让直接过去。韩昕不想浪费时间，就这么带着她们赶往禁毒科普教育馆。许琳琳今天请了一天假，借口要跟两个妹妹好好聊聊，非要坐在后排。姜悦没办法，只能硬着头皮坐副驾驶位。三个女人一台戏，何况车上有四个妹子。叽叽喳喳，说说笑笑，一会儿就到了禁毒科普教育馆门口。

许琳琳发现不对劲，探头看了看站在教育馆门口等她们的一个辅警小姐姐，拍拍韩昕肩膀："哥，来这儿做什么，你不是要给我们惊喜吗？"

小韩露急切地说："是啊哥，我要惊喜，这儿能有什么惊喜？"

韩昕解开安全带，回头笑道："这就是惊喜。"

"这算什么惊喜？"小韩露眉头都要拧成疙瘩了，噘起胖嘟嘟的嘴，"哥，你骗人，怎么能这样！我天天被教育，好不容易休息一天，我不要再接受教育！"

大韩璐同样不想进去接受教育，苦着脸欲言又止。姜悦看着他那双充满"慈爱"的眼眸，再想他所从事的工作，有所领悟地浮现出一抹微笑。

"来都来了，进去看看。"韩昕推门下车，举手跟辅警小姐姐打了个招呼，又转过身来探头道，"人家为了等我们，中午都没回去休息。赶紧下来，别辜负人家的一番好意。"

小韩露很不情愿地说："好吧，就进去看一眼。"

"就看一眼，快点啊。"

韩昕话音刚落，辅警小姐姐就迎上来笑盈盈地说："韩队是吧，娜娜姐刚给我打过电话。"

"给你添麻烦了。"

"不麻烦，再说这本来就是我的工作。"辅警小姐姐低头检查了下挂在腰间的小音响，戴上挂在脖子里的小麦克风，很礼貌地伸出左手："大家中午好，我是陵海禁毒科普教育馆的司小敏，请大家跟我来。"小姑娘落落大方，普通话也很标准，韩昕不敢相信她才做了十几天讲解员。

禁毒科普教育馆比想象中要大，布展也比想象中更好，确切地说是更先进，更高大上。

"我们首先看到的是'毒祸肆虐'，近代中国，祸起鸦片，一场鸦片灾难，成为百年国耻！回首这段历史，让人触目惊心，从十八世纪上半叶，鸦片输入我国，也就输入了深重的灾难，国人从此也开始了绵绵不断的抗毒、禁毒斗争！中国近代社会的彻底沦丧，与鸦片有'不解之缘'，毒品曾让中华民族走向危险边缘。那场屈辱的战争，就是大国为毒品而开战，正是英、法等国用鸦片加大炮打开了中国的大门，毒品祸国，毒品辱国！民族英雄林则徐，一八三九年十二月在虎门销烟，用二十三天的时间烧毁了危害民众健康的鸦片几万箱，顺民意、得人心、壮国威，是近代史上大快人心的一件大事……"

在如此严肃的场合，人家又如此敬业，如此认真，小韩露不敢再有怨言，老老实实看图片，听讲解。许琳琳实在不想听这些，可又不好意思掉头走，只能硬着头皮听。相比墙上的图片和辅警小姐姐的讲解，大韩璐对哥哥现在的身份更感兴趣，人家居然叫他韩队，对他很客气，甚至加班来讲解！姜悦虽然是上了近四年警校，但禁毒科普教育馆却是第一次进，不但很感兴趣，而且觉得许琳琳、大韩璐和小韩露是应该来接受下禁毒教育。因为她们要么很漂亮，要么家里非常有钱，像她们这样的女生很容易上当受骗，一旦染上毒品，这一辈子就完了！

展览的图片和辅警小姐姐的介绍，真让人触目惊心。不出韩昕所料，许琳琳、大韩璐和小韩露很快就沉浸进馆内的氛围。她们看到了各种毒品和精神类药物，特别是展厅拐角处的那一片罂粟园，远看红绿相间，茂密的绿色叶茎中冒出许多漂亮的花朵，还有不少乒乓球大小的果实。走近细看，所有的果实都被涂上了骷髅标志，十分生动地揭示了它们危险的本质！花圃边上的标语更是触目惊心，吸毒：害己、毁家、祸国！

沾上毒品＝通向坟墓。

毒品＝死亡！

这些警示，发人深省。

这些教育，动人心魄。

紧接着是人体模型，辅警小姐姐按下一个个电源开关，可以看到吸食毒品之后，毒品在身体内部的运行经过。鼻吸，毒品经由鼻腔到肺部，通过血液流经全身，长期吸食对呼吸道系统造成恶性刺激，轻者易患气管炎，重者导致肺炎、肺气肿和肺癌！然后是口服、肌肉注射、静脉注射……很直观，很可怕，让人胆战心惊。

最可怕的是那一幅幅图片，如泣如诉，讲述了一个个悲惨故事。卖儿卖女的、逼妻卖淫的、抢劫偷窃的、杀人越货的、谋财害命的……一例例丧心病狂的罪案，不知道导致了多少家庭从此遭受灭顶之灾，倾家荡产，还祸及后代。左面展示的图片太震撼了，是一张相当完美的全家福照片，老夫妻坐在前、小夫妻站在后，面貌都比较和善，可以说是一个幸福家庭，但沾染毒品后所做的事却可恶可憎。父子吸毒后，父亲卖了儿媳妇以筹毒资，儿子筹资则把母亲卖了，还说你卖我的老婆，我也卖你的老婆！人伦何在？天理何在？一旦人世的善被毒魔的恶所控制，什么人间惨剧都可能制造出来。

都是悲剧故事，惨不忍闻！

都是亲情丧失、人伦不再！

都是自取其祸、走向毁灭！

都是悔恨交加、永劫不复！

都是名誉扫地、家破人亡……

各类忏悔视频、毒瘾发作视频和痛苦自残的图片，让人不寒而栗，真能感受到毒品的无比恶果。尤其听到一个吸毒人员说，'在他的心目里，第一是毒品，第二是老婆，第三才是父母'，由此能想象到毒瘾何其大，依赖何其重！小韩露看得汗毛竖起，不由自主地紧搂着哥哥的胳膊。大韩璐紧挽着许琳琳的左臂，许琳琳则紧攥着姜悦的手，紧张害怕得不敢再听再看，可又忍不住想看……

辅警小姐姐知道她们被吓坏了，但不想就这么让她们走，带着众人走进体验区。

"这是互动环节，大家如果感兴趣，可以戴上这个，看看'吸毒后的我'，感受一下假如你吸了毒，数年后容貌会发生怎样的变化。"

"我试试。"

小韩露觉得这个应该没之前看到的、听到的那么可怕，下意识地松开哥哥的胳膊。许琳琳和大韩璐不想被姜悦小瞧，也松开手接过辅警小姐姐递上的 VR 眼罩。不看不知道，一看吓一跳。吸毒之后的影像太可怕，太触目惊心了！

见她们忙不迭摘下眼罩，韩昕主动当起讲解，指着后面区域的毒品图片说："现在像冰毒、摇头丸等人工合成的致幻剂、兴奋剂类新型毒品种类繁多，许多人只知道海洛因的危害，对这些新型毒品了解不多，对新型毒品的警惕性和防范意识不足，很容易因好奇等因素染上毒瘾。还有一些毒品披着糖果、巧克力等食品的'外衣'，以减肥、尝鲜等虚假由头，诱惑像你们这样的女生吸食。琳琳，我记得跟你说过，如果遇上坏人，一根烟、一杯酒、一杯奶茶甚至一杯水，都有可能被下了毒品！而当一个人第一口毒品下去之后，那这个人就不存在了！"

辅警小姐姐点点头，很认真很严肃地强调道："禁毒就是千万不要吸第一口！"

"哥，我知道了，陌生人给的饮料，我打死也不会喝！"

"太可怕了，哥，我们晚上不去唱歌了吧，谁知道有没有人在 KTV 里下毒！"

"哥，你放心，我以后肯定会注意的……"

三个妹妹都表态了，教育目的达到了，韩昕很欣慰很高兴，感谢了一番辅警小姐姐，走出教育馆问："感觉这个惊喜怎么样，这儿没白来吧？"

许琳琳直到此刻仍感觉浑身冷，紧抱着双臂恨恨地说："什么惊喜，这是惊吓好不好！"

刚才当着辅警小姐姐面不好兴师问罪，现在没外人，小韩露也气呼呼地说："哥，你想吓死我啊，我今天晚上肯定会做噩梦！"

大韩璐回头看了一眼身后，嘀咕道："我以后都不敢点奶茶了。"

123. 这才是惊喜

把四个妹妹吓坏了，要赶紧弥补。韩昕正准备陪她们去逛万达，突然发现一个人蹲在马路对面，他抽着烟，时不时抬头朝科普教育馆这边张望。

"哥，看什么呢？赶紧走啊！"小韩露等得有些不耐烦。

"马上。"

韩昕想起那家伙是谁了，系上安全带，点着引擎，把车缓缓开出停车场。这时候，一辆大巴车打着转向灯开了过来。韩昕轻打方向盘，把车靠到边上，大巴车停到科普教育馆门口，两个老师和几个穿着红马甲的社区工作人员，带着一群小朋友下车整队。刚才讲解的辅警小姐姐迎了出来，热情地跟众人打招呼。

想到馆里那么恐怖，许琳琳趴在车窗边笑道："可怜的小朋友，今晚要跟我们一样做噩梦了！"

小韩露窃笑道："小朋友是应该接受下禁毒教育。"

姜悦探头说："没想到教育馆这么偏，还有那么多人来参观学习。"

韩昕看着那些兴高采烈的小朋友，但余光却一直留意着马路对面的男子。只见那家伙突然扔掉烟头，站起身，飞快地穿过马路，竟跟着小朋友们一起进了科普教育馆！韩昕很想跟进去看看，但小韩露又催促起来，只能先陪她们去逛商场。

女生一到商场就会变得很疯狂！看看这个，试试那个，就算不买也要在人家店里逗留好久。对韩昕而言简直是折磨，干脆坐在店外的长凳上"玩手机"，直到曹娜发微信说洋港社区组织的小朋友们都安全离开了科普教育馆，才收起手机过去陪妹妹们继续逛。一直逛到舅舅打电话说他和舅妈已经到了饭店，才带着都已经逛了一下午还意犹未尽的妹妹赶到花园湖畔酒店，围坐在大落地玻璃窗的湖景包厢里，吃起团圆饭。

跟老妈视频是必需的，见儿子女儿相处得很好，老妈又喜极而泣，舅妈跟着抹眼泪。舅舅最见不得别人哭，说了几句就让赶紧挂。相比大韩璐，他和缓过来的舅妈对姜悦更感兴趣！不断招呼姜悦吃菜，不断问这问那，要不是韩昕不断打岔，他们真会去取现金给姜悦包红包。至于"不听话"的许琳琳，简直像捡来的，直接被他们给无视了。

姜悦既尴尬又感动，确切地说应该是被这个复杂家庭的亲情感染了。哪个母亲不爱自己的孩子，哪个孩子不想跟妈妈在一起？又有几个舅舅舅妈能对外甥这么好？胜似亲兄妹的表兄妹，同父异母的兄妹，同母异父的兄妹，没有血缘关系的姐妹，他们谈笑风生，相处融洽，真能感受到浓浓的亲情，最好的导演也导不出这感人的亲情剧！

吃完饭，舅舅舅妈打车回头墩。许琳琳要赶紧去"舞之星"上班，大韩璐要回去帮小韩露"辅导"作业，不然星期一老师检查发现她没做作业，到时候会死得很惨。韩昕跟昨晚一样，在两个妹妹的强烈要求下送姜悦回家。二人依然是从地下室走的，都没想好该说点什么，就已经到了电梯口。

"韩昕哥，别送了，回去陪陪大韩璐吧，她都来一天了，你们兄妹还没好好聊过呢。"

"她要'辅导'小韩露做作业，再说我不知道跟她聊什么。"

想到他们兄妹从来没一起生活过，是没什么共同话题。如果聊各自的家庭，搞不好会伤感情，姜悦轻声道："想想也是，聊太多反而不好。"

韩昕不觉得自己有多可怜，不希望也不需要别人的同情，更不想就这么看着她上楼，笑看着她问："小悦，家里有没有作训服或警服？"

"有啊，韩昕哥，你问这个做什么？"

"有没有兴趣跟我出去转转，如果运气好，说不定能抓个贼。"

"你晚上有行动？"

"也不是什么正式行动，就是觉得一个家伙比较可疑，想去看看他到底想做什么。"

上了近四年警校，不就是为了除暴安良嘛！姜悦很想跟着去看看，可想到这么晚了又忐忑地说："我现在是学员，又不是正式民警，我跟你一起去执行任务，合适吗？"

"你又不是没去派出所实习过，而且这不是正式任务。"

"就我们两个人？"

"怕了？"韩昕掏出手机看看时间，似笑非笑地看着她，"是怕我心怀不轨，还是怕我对付不了嫌疑人？"

姜悦不想被他小瞧，抬头道："等我，我上去换衣服。"

"我也去准备下，我在车上等你。"

"行，我马上就下来！"

韩昕目送她走进电梯，回到车边打开汽车行李箱，取出执法记录仪、手铐和警棍，想想又翻出一瓶辣椒水。打开车门，坐在车里等了五六分钟，姜悦穿着一身作训服过来了。她英姿飒爽，整个人的气质都变了。

韩昕傻傻盯着她看，一时间竟忘了开车。姜悦被看得很不好意思，下意识地低下头，表情神态又变成一副小家碧玉模样，贝齿咬着嫣红的下唇，提醒道："韩昕哥，走啊。"

"哦，"韩昕缓过神，连忙扶着方向盘说，"后座上有一个执法记录仪和一瓶辣椒水，怎么用不需要我教你吧？"

"你也太瞧不起人了，我好歹也上三年多警校。"

姜悦嘟哝了一句，转身从后座上拿起执法记录仪，检查了一下，别到肩上。然后拿起辣椒水，揣进口袋。

韩昕把车开出地下停车场，叮嘱道："也可能是我疑神疑鬼，如果不是，那行动时你跟在我后面，千万别冲在前面。"

"知道了，我是女生，我力气没你大，我才不会傻到往前冲呢。"

"这我就放心了。"

姜悦越想越激动，兴奋地问："韩昕哥，到底什么行动，我们到底去哪儿？"

韩昕轻描淡写地说："禁毒科普教育馆，不过现在还早，到了之后可能需要蹲守。"

"禁毒科普教育馆能有什么事？"

"下午我们从那儿走时，有个戒吸人员跟着洋港社区组织的小朋友进去了。"

"他去接受禁毒教育不是挺好的吗？"

"可我这么多年没见过几个会主动以这种方式，告诫自己不能再吸的吸毒人员，所以他下午应该不是积极主动去接受禁毒教育的。"

姜悦紧盯着他问："那他去科普教育馆做什么？教育馆里值钱的东西是不少，但他就算能偷走也很难销赃。再说教育馆里装了那么多摄像头，他就算能得手，早晚也会被抓到。"

韩昕笑问道："小悦，你再想想，教育馆除了互动的 VR 设备还有什么，或者说他会对什么感兴趣？"

姜悦闭上眼想了一会儿，惊呼道："教育馆里有海洛因、有冰毒、有 K 粉，有各种毒品的展品！他是冲毒品去的，他想去偷毒品！"

"假的，但他不一定知道是假的，估计误以为真。"

"下午看的那些毒品是假的？"

"当然是假的，我们对毒品管理多严格，怎么会展示真毒品？就算展示真毒品也要先申请，展示完要及时称重交还。"

姜悦反应过来："就跟一些饭店展示的假菜一样？"

韩昕微微点点头："嗯，白粉可能是面粉，冰毒可能是白糖，麻古和 K 粉到底是用什么替换的我不知道，但在馆内展示的肯定不会是真的。"

"连我都不知道，那家伙肯定也不知道。这么说他白天是去踩点，是去观察地形的！"

"应该是。"

"太可怕了，一旦染上毒瘾，为了毒品真是什么事都干得出来。"

"所以我下午才给琳琳和大韩璐小韩露那个'惊喜'，禁毒宣传先从身边的人开始。"

姜悦忍俊不禁："你也给了我个惊喜，我一样被教育了。"

"我哪有资格教育你？"

"有资格，你现在是领导。"

"副中队长算什么领导？何况我这个副中队长手下一个兵都没有。"

"没兵也是韩队，韩昕哥，说真的，你变化好大。现在的你，跟以前的你，我都快对不上号了。"

陵海一到晚上八点，路上就没什么车。正说着，已经到了禁毒教育科普馆附近。韩昕没把车开进白天的停车场，而是停在路边的车位上，解开安全带，爬到后座，拍拍她肩膀："小悦，坐后面，坐在前面容易暴露。"

"好的。"

姜悦连忙解开安全带，也爬到后排。她刚坐下就有些后悔了，车里黑漆漆的，车外一样没什么人，孤男寡女躲在车里，气氛太暧昧……韩昕真想好好感谢下午无意中见着的那个戒吸人员，贪婪地闻着她身上那淡淡的香味，感叹道："你刚才说我变化好大，其实你变化也不小。现在的你，跟小时候的你，我一样对不上号。"

"我有什么变化。"姜悦看着车外嘀咕道。

"女大十八变，变得更漂亮了。"

"我小时候很丑？"

"没有，小时候也很漂亮，现在更漂亮。"

姜悦的心紧张得怦怦直跳，紧攥着口袋里的辣椒水，故作镇定地说："再漂亮也没许琳琳和大韩璐漂亮，就知道花言巧语，就知道骗人……"

"真不是花言巧语，真没骗你，你跟她们不一样，你们各有特点。"

"什么特点？"

"你的眼睛比她们好看，气质更好。"

"就这些，没词儿了？"

韩昕咧嘴笑道："我没什么文化，不会形容，反正很好看。"

姜悦从未像现在这般跟男生单独待在一起，也从来没被男生如此笨拙地赞美过，既紧张又想笑。见他没动手动脚耍流氓，也不太可能耍流氓，松开紧攥着的辣椒水，鬼使神差地嘟囔道："韩昕哥，你自己都说过我们不合适，这次我是帮你陪大韩璐的，你千万别误会。"

追女生要大胆，韩昕不想绕圈子："那会儿觉得不合适，现在觉得挺合适的。其实那会儿也不是觉得不合适，而是……而是……"

姜悦忍不住问："而是什么？"

"好吧，我承认我那会儿觉得配不上你，其实现在一样觉得配不上你。"韩昕能感觉到她非常紧张，不想吓坏她，又说道，"小悦，你别害怕，我不会强人所难，我只是想把心里话说出来，如果你觉得不合适，我还可以做你哥哥，能做你哥哥也挺好的。"

这算表白吗？姜悦昨天就感觉到他想追自己，想过他有可能采用的表白方式，唯独没想到他会这么表白，正不知道该说什么好，一个人影从一辆货车后面钻了出来。

韩昕也注意到了，轻轻抓住她的胳膊，凑到她耳边："别着急，看看他到底想做什么。"

一阵热气从耳边袭来，姜悦打了个激灵，魂不守舍地说："知道。"

韩昕刚松开手，就见那个黑影钻进科普教育馆后面的小巷。地图显示那是条死胡同，想到那家伙很可能打算从里面翻院墙，翻进去之后估计会砸门，抓现行很简单，可公物被毁坏了怎么办？他肯定没钱赔偿，真要是有钱，也不至于来偷禁毒科普教育馆里的"毒品"。韩昕不想再等，拿起警棍，轻轻推门下车。姜悦反应过来，连忙打开执法记录仪，掏出辣椒水下车跟了上去。

二人走到巷子口一看，那家伙果然在爬墙，只是没想到院墙有点高，没有地方借力很难爬过去，竟不知道从哪儿搬了几块砖头垫脚，但依然够不着墙头。

从来没遇到过这么笨这么蠢的贼！韩昕不禁笑道："崔玉成，要不要帮忙？"

姜悦没想到真被他给料中了，更没想到他竟有心情跟嫌疑人开玩笑，一时间竟愣住了。崔玉成同样没想到被人发现了，而且被叫出了名字！恐惧惶然，双腿一软，竟从本来就不稳的砖头堆上摔坐下来。韩昕快步走到他身边，一脚踩住他的右手，蹲下来抓住他的左手，放下警棍掏出手铐。

"疼，你是谁啊？你踩着我的手了……"

"别叫了，马上就好。"

韩昕把他反铐上，就这么把他摁趴在地上，从他的腰间摸出一把插在皮带里的铁锤，轻轻拍拍他套着丝袜的头："套丝袜，戴手套，还带锤子，准备得这么充分，你应该去抢银行啊，说说，来禁毒科普教育馆做什么？"

双手被铐得生疼，崔玉成再蠢也知道被公安抓了现行，趴在地上吓得浑身颤抖。

韩昕不想让他看见自己的样子，也懒得审这个没出息到来禁毒科普教育馆偷"毒品"的笨贼，回头笑道："这儿是城北派出所的辖区，给城北派出所打电话，让他们安排几个人来接手。"

姜悦没想到嫌疑人这么容易对付，意识到这才是他给自己的惊喜，禁不住问："给我爸打电话，让我爸汇报行吗？"

"行，快点。"

"好咧！"

124. 城北派出所的女婿

刑警大队的民警、辅警每天晚上都要学习，城北派出所同样如此。唯一不同的是，局领导和纪检督察会盯着刑警大队学习，城北派出所主要是自己组织，顶多被查查岗。所长、教导员组织民警在二楼会议室学习条令条例。副所长和副教导员组织晚上不值班的辅警在食堂学习，姜成贵跟平时开会一样坐在最后一排，托着下巴神游千里。

女儿这次回来像是养在韩昕家，这是一个好兆头。只是不知道两个孩子要自谈到什么时候，不确定下来，不定个亲，这心里总不踏实。同桌老柳发现他的呼吸声比较重，以为他睡着了，赶紧用胳膊肘捅了捅。他连忙坐直身体，见徐所还在前面念文件，正准备再打会儿瞌睡，揣在怀里的手机突然嗡嗡振动起来。掏出来看看来电显示，犹豫了一下滑开通话键，俯身捂着手机问："小悦，我在开会呢，什么事？"

"爸，我和韩昕哥抓了个嫌疑人！我给你发定位，你赶紧向所领导汇报，赶紧过来接手！"

"你妈不是说你跟昕昕一起出去吃饭了吗，抓什么嫌疑人？"

"我不骗你，真的，赶紧汇报吧。"

姜成贵正将信将疑，徐所发现有人躲在后面窃窃私语，立马敲敲桌子：

"谁在后面说话，有没有点组织纪律性？给我把头都抬起来！"

"徐所，我没说话，我有个情况要汇报。"

"什么情况？"

"我家小悦打电话说抓了个嫌疑人，让赶紧向你汇报，让我们赶紧过去接手。"

徐所放下文件站起身："小悦有没有说是什么嫌疑人，她一个女孩子……她没事吧？"

姜成贵也不知道该怎么解释，干脆在众人诧异的目光注视下，挤到"主席台"前点开微信："徐所，她跟昕昕在一起，她应该不会有什么事，她说他们在这儿。"

"哪个昕昕？"

"刑警大队的韩昕，我们老陵海三队的，我看着他长大的！"

徐所猛然想起他女儿上次曾跟韩坑一起来过所里，说不定正在跟韩坑谈恋爱。再想到韩坑是比较坑，但只是不出手，一出手肯定不会搞错，不禁笑道："那还等什么，赶紧去！"

作为一个辅警，姜成贵从未奢望过能升职加薪，事实上既不可能他也不在乎，现在需要的只是面子。他突然意识到这是个扬眉吐气的机会，装出一副无奈的样子说："徐所，我只是个辅警，我去有什么用？"

"值班室不是有人值班吗，警情就是命令，搞快点，别延误战机！"

"我去跟他们说？"

"你不去难道我去，你替我组织大家伙儿学习？"

"哦，我这就去！"

可以"带队"，还能给民警下命令！老姜同志从来没这么风光过，转身指指老朋友："老柳，帮我把帽子拿过来，还有茶杯，我们一起去。"

老柳早学习怕了，连忙笑道："好的，来了。"

在座的几十个辅警面面相觑，不敢相信他这个窝囊了几十年的老家伙竟如此嘚瑟。老姜同志要的就是这个效果，同老柳一起跑到值班室，传达所领导的命令，跟值班民警老梁一起乘警车火急火燎赶到现场。

不来不知道，用手电一照吓一跳。嫌疑人整个一标准的劫匪，头上套着丝袜，手上戴着劳保手套，作案工器（铁锤）被搜出来了，放在边上。梁警长正准备跟韩昕打招呼，见韩昕竖起手指，猛然想起他每次去所里看抽检都不跟戒吸人员打照面，干脆不打招呼了，同老姜、老柳一起把嫌疑人从地上架起来，先押出乌漆墨黑的小巷，塞进警车。

驾驶员小陈是个年轻的辅警，他让小陈和老柳先看着嫌疑人，关上车门同老姜同志一起迎了上来。

"韩队，小悦，到底怎么回事？"

"昕昕，你们怎么跑这儿来了？"

"爸，你让梁叔先问，让韩昕哥先说。"姜悦赶紧把老爸拉到一边，摘下肩上的执法记录仪，转身交给梁警长。

韩昕探头看看巷口，介绍道："梁叔，嫌疑人叫崔玉成，你们应该很熟悉。下午我和小悦来禁毒科普教育馆参观学习时，无意中发现他先是鬼鬼祟祟在附近观察，后来又跟着一群孩子进了馆。我们觉得他很可疑，吃完晚饭就过来蹲守，没想到真逮着了。"

"他是来做什么的？"

"应该是打算入馆行窃展示的毒品，我不想让他记住我的声音，也就没仔细问。"

"你们抓捕时他在做什么？"

"正在翻墙，垫脚的砖头还在那儿呢，执法记录仪全拍下来了，明天一早你们可以来调看下馆里和馆外的监控。"

梁警长正想打电话问问所领导，是先把嫌疑人带往办案中心，还是先带回所里，老姜同志竟带着几分遗憾地问："昕昕，这应该算未遂吧？"

韩昕知道他真正想问的是什么，微笑着解释："姜叔，嫌疑人的情况比较特殊，他是个吸毒人员，没有正当职业，家里穷得叮当响，身上连个手机都没有。如果让他翻墙进去，把教育馆的门和里面的东西砸坏了，到时候都找不到人赔偿。"

梁警长对嫌疑人确实比较了解，不认为韩昕这么处置有什么问题。毕竟嫌疑人是携带凶器在翻墙时被抓获的，不管既遂未遂都要追究其刑事责任！他正准备向所领导汇报一下，等会儿直接把嫌疑人押往执法办案中心，韩昕提醒道："梁叔，别忘了给他做个尿检和毛发检验，我姜叔有我的手机号，检验结果出来之后请姜叔转告我。"

"行，那我们先走了？"

"走吧，我们也该回去了。"

什么都没干，白捡了一个嫌疑人！梁警长看着正激动的姜悦，不禁调侃道："老姜，你是先跟孩子们回去，还是跟我们的车走？"

别的年轻人谈恋爱，不是去看电影就是去逛商场什么的。这俩孩子谈恋爱，居然一起出来抓贼。老姜同志既高兴又觉得好笑，拍拍韩昕胳膊："昕昕，你和小悦先回去吧，我帮梁警长把嫌疑人押回去。你不是让给他做尿检吗？我还要帮你等检测结果呢。"

"那我和小悦先回去了……"

"回去吧，路上开慢点啊。"

"差点忘了，手铐是我的。"

"把钥匙给我，完事了我把手铐和执法记录仪带回家。"

"也好，省得换来换去麻烦。"

老姜同志意气风发地钻进警车，跟梁警长一起押着嫌疑人走了。

姜悦掩嘴笑道："我爸估计从来没这么风光过！"

"谁说的？"

韩昕走到巷口，遥望着越来越远的警车，感叹道："你考上警校时我虽然不在家，但我能想象到你爸当时有多高兴，摆谢师宴时有多风光！"

姜悦愣了愣，一脸不好意思地说："他不光请老师，还请所里的人。老师和亲戚加起来都没所里去的人多，整整摆了十六桌。"

"你是他的骄傲，也是我们老三队的骄傲。"韩昕凝眸注视着她，漆黑如星的眸子里闪过一丝温柔。

姜悦羞得面红耳赤，连呼吸都有些局促，连忙拉开车门："韩昕哥，我们该回去了。"

"哦，走。"

回小区的这一路上，姜悦心乱如麻。心想他真的跟以前不一样，本来应该很讨厌他的，可现在也不知道怎么了，竟找不到一丝讨厌的理由。老爸老妈真的很喜欢他，老爸刚才甚至当着梁警长面说什么完事之后帮着把手铐"带回家"，真把他当女婿、当自己家人了。再想想他在车里曾说过的那些话，心中蹿升起万般感受，一会儿甜滋滋的，一会儿又觉得有些不甘心……

韩昕知道今晚可能吓着她了，甚至有些后悔表白，一路上没再说什么，直到把她送上电梯，都没再提喜不喜欢、合不合适的事。回到家，大韩璐仍在辅导小韩露做作业。说是辅导，其实是一个在做，一个在抄！在学习方面，大韩璐比他这个学渣不知道强多少倍，也比许琳琳强。上次小韩露来时曾请教过许琳琳，许琳琳刚开始还想显摆显摆，结果看了看小韩露的作业，发现一道题都不会做，之前学的全还给了老师，再也没提过辅导小韩露做作业的事。

正想提醒大韩璐这么辅导不行，大韩璐放下笔，伸着懒腰说："好了，你们的卷子比我们上高中时难多了，最后这几道我也不知道对不对，错了你千万别怪我。"

"没事，只要做上就行！"小韩露忙不迭拿起大韩璐面前的草稿纸，准备接着抄。

韩昕不想说她了，也没资格说她，走到门边笑问道："你们饿不饿？饿了我帮你们点外卖。"

"哥，你什么时候回来的？"

"刚回来。"

"姜悦姐呢？"

"回家了。"

韩昕正准备问问许琳琳有没有给她们打电话，姜爸突然打来电话，连忙歉意地笑了笑，转身走到阳台上，带上移门接听。没想到说话的不是姜爸，而是城北派出所的徐所。

"韩队，老梁担心办案中心没尿检试剂板，就把嫌疑人先带回来了，我们给他验了下尿，简单问了问，发现一个新情况！"

"什么新情况？"

"尿检阳性，他说他去福康大药房买过四次曲马多，挺贵的，八十一盒。他没钱了，毒瘾又上来了，于是想到禁毒科普教育馆里有毒品，才跟邻居借了把锤子去行窃的。"

徐所很高兴，不只是白捡了一个涉嫌刑事犯罪的嫌疑人，并且白捡一个在社区戒毒期间复吸的吸毒人员。甚至拔出萝卜带出泥，发现福康大药房多次卖管制药品给戒吸人员。这可不是违规，也不是一般的违法，而是涉嫌贩卖毒品！

他们想破一起毒案太难了，韩昕能理解他此时此刻的心情，笑道："徐所，其实福康大药房未经备案许可卖曲马多的事，我们中队早暗访到了，掌握了确凿证据，甚至知道他们把曲马多藏在哪儿，只是没来得及去查处。"

在徐所看来，只要是害群之马就要抓，韩坑虽然有点坑，但只是奉命行事。更重要的是，韩坑又不是城北派出所的民警，别说已经被借调去了市局禁毒支队，就算没被借调去市局，城北派出所也没什么好担心的。真正阴险的是城南派出所副所长杨千里，不但在那件事上表现得很积极，而且事成之后还很嚣张地发朋友圈庆祝！还说什么"彪悍的人生不需要解释"，现在没人再叫他杨千里了，私下里都叫他杨彪悍。总之，韩坑不管有多坑跟城北派出所没任何关系，完全可以跟韩坑交朋友，毕竟他也算城北派出所的女婿！

徐所越想越有意思，笑问道："既然禁毒中队已经掌握了，那福康大药房涉嫌贩毒的问题，是我们立案侦查，还是让刘队蓝指立案侦查？"

"他们哪有时间办案，我建议你给他们打个电话，跟他们商量下，联合侦办。"

"你呢？"

"这个案子并不复杂，我就不参与了。"

想到现在虽然被借调到了禁毒支队，但依然是刑警大队的人，韩昕不想再次被人骂"吃里爬外"，连忙道："再就是今晚的事，千万别提我。我什么都不知道，跟我没任何关系。"

徐所岂能不知道他担心什么，哈哈笑道："韩队，我们办事你放心，绝对不会让你难做。嫌疑人是你老丈人和小悦抓的，我已经下了封口令，如果传出去我负责！"

"谢谢徐所。"

"应该是我谢谢你，再说我们是自己人，是一家人。"

有个缉毒经验丰富的"女婿"，城北派出所今后还用担心禁毒任务完成不了吗？想到这些，徐所又笑道："韩队，小悦是个好姑娘，你真有眼光。我和我们鲁所刚才还在说，应该请你们吃顿饭的，可巡察组正在巡察，这段时间比较敏感。等巡察组走了，我来安排！"

125. 我爸没喝过茅台

刑警大队不能光学习整顿，有案子一样要办，并且越是在这个敏感时期越要干出点成绩。星期天一早，副大队长张宇航组织禁毒中队和重案中队的民警辅警，兵分三路，同时对辖区内违法违规销售管制药品和涉嫌贩卖毒品的药房进行打击。

福康大药房是打击重点！禁毒中队与城北派出所联合行动，现场缴获二类管制药品曲马多缓释片两百六十八盒。药店店长陈某和店员许某，在铁的证据面前，对多次销售曲马多给吸毒人员的违法犯罪行为供认不讳。另外两路收获也不小，共查获曲马多等管制药品一百二十二盒。虽然案件正在侦办中，但消息却传得很快，全区的药店经营者几乎都知道了，赶紧自查自纠。谁也不想跟福康大药房的店长店员那样，为了点利润变成毒贩。

不过这一切，韩昕这个禁毒民警是中午给姜悦打电话，喊她一起去土豪金吃自助餐时才知道的。已经连续吃了好几顿，姜悦本来是不好意思再蹭饭的，可老爸把手铐和执法记录仪带回来了，不能总搁在家里，只能硬着头皮下楼，然后被大韩璐和小韩露拉上了车。

土豪金是陵海最高档的酒店，真正的名字叫金砖酒店。因为里里外外的装修金碧辉煌，被陵海人戏称为"土豪金"。一楼餐厅大堂的大水族箱里，养了包括河豚在内的各种名贵鱼类。大韩璐从未见过一生气就变得鼓鼓的、看上去非常可爱的河豚，一吃完饭就跟小韩露一起跑来围观拍照。

韩昕知道两个丫头是在为自己创造单独与姜悦相处的机会，站在通往自助餐厅的拐角处，笑看着姜悦问："清明节回不回来？"

"清明节放好几天假，肯定要回来。"

"回来前记得给我发个微信，或者打个电话，我好去火车站接你。"

"用不着这么麻烦。"

"不麻烦，又不远。"

姜悦见他那两个古灵精怪的妹妹正偷偷拍照，赶紧转过身，沿着金碧辉煌的走廊一边往酒店大堂走去，一边羞答答地说："我爸刚才在电话里说，他以后不用再去明道小学站岗，也不用再值班备勤。"

民警在一个地方不能干太久，辅警在一个执勤点同样干不了多久，每隔一段时间就要轮换。而且派出所的辅警其实很累，经常 24 小时备勤。尤其是冬天的时候，下半夜要爬起来跟民警一起出警，那滋味儿真不好受。

韩昕实在想不出城北派出所有什么比较轻松的辅警岗位，低声问："那以后做什么？"

"食堂阿姨要回家带孙子，过年时就跟所领导说不想干了。因为工资低，不是知根知底的还不敢用，所以招了两个月都没招到人。所领导就让我爸先去食堂帮厨，说是帮厨，其实就是让他做饭。"

"做饭也很累！"

"做饭不累，城北派出所的人没城南派出所多，每天只要做中午和晚上两顿饭，平时只要保持厨房清洁。连菜都不用择，现在那些卖菜的，都会帮着把菜择好。"

"拿辅警的工资，干厨师的活儿，上班用不着那么早，下午可以回家休息会儿，晚上做完饭就可以下班，不用值班也不用熬夜？"

"嗯。"姜悦抬头看他一眼，又一脸不好意思地说，"如果我爸有什么事，我妈还可以去帮着做。"

韩昕意识到相比值班备勤，做饭真是个比较轻松的活，不禁笑道："这样挺好，你爸不年轻了，不能跟那些年轻人比，总熬夜哪受得了？"

"韩昕哥，谢谢啊。"

"谢什么？"

"所领导这是给你面子，才这么安排的。"

"你太瞧得起我了，我的面子没那么大。你爸在所里干多少年了，就算没功劳也有苦劳。民警干到一定年龄，还退居二线，还安排个比较轻松的岗位，像你爸这样的资深辅警，也应该享受点待遇。"

前面是一个用落地玻璃隔成的礼品店，四壁摆满 53 度飞天茅台。一层一层，密密麻麻，估计有上千瓶，很震撼，很壮观。韩昕停住脚步，又回头笑道："小悦，我发现所领导这么安排，可能有更长远的考虑。"

"什么考虑？"

"辅警干到一定年龄要退休，但所里的主厨没有退休年龄，等你爸退休时就可以无缝衔接，退休手续照办，活儿照干，到时候就能拿两份工资。"

姜悦嬉笑着问："一份退休工资，一份做饭的工资？"

"你二姑奶奶不就拿两份工资嘛，话说你们姜家好厉害，一个执掌城南派出所食堂，一个执掌城北派出所食堂。等你到了分局，谁要是敢欺负你，就让你二姑奶奶和你爸少给他们打一勺菜，哈哈哈。"

"做饭很光荣吗，你是不是在笑话我爸没出息？"

"小悦，你别误会，我怎么可能会笑话你爸！"

看着他急切的样子，姜悦心中一热。再想到他昨晚已经把话说到那份上了，行还是不行要给个回复，不然总这么下去，假的也会变成真的。成真了也不是不好，但她不喜欢半推半就，毕竟这终究是两个人的事。她不想再拖，一样不想被人包办或被人促成，一连深吸了两口气，转身看着蔚为壮观的"茅台墙"，咬着嘴唇说："我爸从来没喝过茅台。"

韩昕愣了愣，旋即反应过来，顿时一阵狂喜："这事交给我，想喝多少都没问题。"

姜悦涨红着脸，轻声道："让他尝尝就行了，用不着那么多。"

"我也想喝，我陪他喝！"

"我……我，我有点后悔了，我可以收回刚才那句话吗？"

"你现在是警校学员，很快就是人民警察，说出来的话哪能随便收回。"韩昕乐得心花怒放，看着正迎面而来的两个妹妹，不动声色补充道，"而且我保证你不会后悔！"

姜悦不想让他那两个妹妹看出端倪，连忙道："该回去了，我们是一点半的车，再不回去拿东西就来不及了。"

"你们在大堂门口等，我去要张停车券，我去地下室开车。"

韩昕感觉整个世界都明亮了，跟两个妹妹打了个招呼，就飞奔去前台，拿上停车券赶紧去地下停车场。他由衷地感谢党，感谢人民。感谢三个好妹妹，感谢姜爸、姜妈、叶警长和执掌城南派出所食堂十几年的二姑奶奶。感谢城北派出所，甚至很想感谢昨晚准备去禁毒科普教育馆偷"毒品"的那个笨贼！

韩昕回到家，等大韩璐拿上行李，接上刚确定关系的女友，直奔火车站。

不能有了女朋友就忘了妹妹，赶到火车站地下停车场，见离检票还有近半个小时，掏出手机说："璐璐，哥这两天都没给你买什么，也不知道你喜欢什么，只能给你点零花钱，到了江城想买什么自己买。"

"哥，我不用你的钱，我有钱！"

"我知道你有钱，但这是哥给你的，你不点，不收下，哥不高兴。"

大韩璐哪里肯要他的钱，正不知道怎么婉拒，小韩露搂着她笑道："姐，我哥有的是钱，你不要这钱，你就吃亏了！"

"吃什么亏，我真不能要。"

"琳琳姐上大学时就经常跟我哥要钱，我也经常跟我哥要钱，你如果不要，你不就吃亏了吗？"

"我跟你们不一样……"

"有什么不一样的，我帮你点。"

小韩露抢过手机，帮她点开韩昕转账的大红包，轻轻推开车门："姐，陪我去洗手间，我不知道在哪儿，我一个人怕。"

大韩璐知道她打的什么主意，连忙道："好的，哥，姜悦，你们等会儿我，我先陪小韩露去找洗手间。"

"去吧，快点啊。"

"知道，误不了车。"

俩丫头说跑就跑，车里又剩下两个人。姜悦看着她俩嬉笑打闹的背影，感慨地说："韩昕哥，你对妹妹真好。"

时间紧急，再不趁热打铁做点什么就要等到清明节放假，韩昕情不自禁地抓住她的手："我就这么几个妹妹。"

"做什么呀，不许动手动脚！"姜悦像触电般地浑身一颤，赶紧抽出手。

她的手柔软细腻，只是摸了一下就让人心荡神摇……韩昕正意犹未尽，姜悦突然道："韩昕哥，缉毒不是干别的，那些毒贩什么事都干得出来，我可以帮你保密，不告诉琳琳姐和大韩璐小韩露，但你自己也要小心点。"

"担心我？"

"我才不担心你呢，我是担心……我是担心我爸喝不成茅台。"

"放心，我会注意的。"

韩昕一阵悸动，再次握着她的手。姜悦没再挣脱，也没再责怪，反而用右手轻轻抚摸着他的手背，噙着泪喃喃地说："你就知道欺负人，小时候欺负我，现在还欺负我，你们一家都欺负我，连我爸我妈都帮着你欺负我……"

韩昕虽然知道她这番话应该反过来理解，可一时间又不知道该如何作答。干脆抽出手，轻轻搂住她的肩膀，闻着她那淡淡的发香，感受着她微微的颤抖，沉默了好一会儿才深情地说："我要欺负一辈子，谁也不能从我身边把你抢走！"

126. 知人善任

论社会治安，思岗在滨江七区县中应该是最好的。正因为治安好，毒案极少，所以不但没有禁毒大队，甚至连禁毒中队都没有。易制毒化学品管理和相应的行政审批，主要由一位即将退居二线的刑警大队副大队长和大队综合室的内勤大姐负责。禁毒宣传教育工作是局办公室在做，毒品案件都是包括派出所、刑警中队在内的办案单位侦办。禁毒工作一直在开展，但没什么特色，更不会有什么新意。陵海分局虽然一样没有设禁毒大队，但在刑警大队内设了禁毒中队，并且人员都比较年轻，充满干劲儿，禁毒工作开展得非常好，可以说走在了各区县公安局前列。

肖支和程支让李政第一个加入第四小组，从时间上看能比别人多学一个月，也是基于思岗公安局在禁毒工作上没什么建树的考虑。希望李政能利用这个宝贵机会，在跟韩昕学习缉毒的同时，学学陵海分局是怎么开展禁毒工作的。思岗公安局王燕副局长同样希望李政能学有所成，将来回思岗能够挑起缉毒乃至禁毒的大梁！

李政不想辜负领导和长辈们的期望，下午两点就赶到了陵海。听说城南派出所的同行把"3·13"案的两个嫌疑人从山城押解回来了，就主动协助陵海同行帮着把其中一个嫌疑人，送到了高新区医院。

值得一提的是，杨彪悍知道刑警大队的日子不好过，体现出"分局第一所"副所长的担当！没再跟黄大提轮流看押护理和帮嫌疑人带孩子的事，经所长、教导员同意，主动承担了这两个棘手任务。

作为陵海禁毒工作的实际带头人和"3·13"专案组的副组长，张宇航不能没点表示，赶紧给蓝豆豆打电话，让蓝豆豆买了点牛奶和零食，过来看看林丽红的女儿。蓝豆豆过来一看才知道，之前的担心是多余的。徐莉、王一娟等城南派出所的女警把孩子照顾得很好，专门收拾了一个房间，从家里带来许多自家孩子嫌小的衣服、鞋袜，以及自己家孩子不玩了的毛绒玩具……

蓝豆豆跟她们聊了一会儿天，正准备回去，竟遇上刚从医院回来的李政。支队综合室的江大姐之前打过招呼，她知道李政不只是被借调到支队的民警，而且来自"老支队长"曾工作过的良庄。作为陵海分局刑警大队禁毒中队指导员，她必须要表示欢迎。在"3·13"案陵海分指挥部跟李政聊了一会儿，发现"孽徒"竟然对人家不管不问，一走出城南派出所就打电话兴师问罪。

"你既是缉毒队的副队长，也是第四小组的副组长，能不能有点副队长和组长的样子？"

"他来这么早做什么？"

"人家工作积极，这是好事！"

韩昕也是刚回到家，正回味刚才在火车站那短暂的"缠绵"，不耐烦地说："师傅，今天是星期天，他不要休息我要休息。"

蓝豆豆走进办公室，没好气地说："今天是星期天，但你可以来单位看看，有谁在家休息，今天谁不用上班？"

巡察组正在巡察，大队又出了陈国平被纪委监委立案调查那档子事，个个要加班，休息是不可能的，估计下个周末也休息不成……韩昕很同情正处于水深火热中的老单位同事，笑道："可我已经借调到市局禁毒支队了，老单位要不要加班，跟我有什么关系？再说我很忙！"

"我知道你很忙，你现在美女环绕，不知道有多幸福。"

"师傅，你怎么知道的？"

"科普教育馆的小司是曹娜的徒弟，小司告诉曹娜，曹娜告诉我。我不但知道，还有你带着一群妹子去参观的照片。别人是重色轻友，你是重色轻师傅！"

"师傅，你也不想看着我总打光棍吧，我都二十七了。而且昨天那四个女生都是我妹妹，一个表妹，一个同父异母的妹妹，一个同母异父的妹妹，还有一个邻家妹妹。"

韩昕想想又笑道："再说带她们去参观学习也是工作，禁毒宣传教育要从身边人开始，这还是你教我的。"

想到"孽徒"是不能总单着，蓝豆豆扑哧笑道："邻家妹妹怎么回事，是不是短头发、穿牛仔裤的那个女生？"

"师傅，你怎么看出来的？"

"我看过照片，有两个女生不但特别漂亮，而且长得有点像，应该就是你的表妹和跟你有血缘关系的妹妹，那个小胖墩不可能是你女朋友，所以只能是那个短头发的。"

韩昕惊叹道："厉害啊，这都能分析出来！"

蓝豆豆笑道："这有什么看不出来的，老实交代，你是不是喜欢那个短头发的女生？"

"不只是喜欢。"

"什么意思？"

"她是我女朋友，师傅，以后不用再帮我留意了，我已经正式脱离了单身狗的行列！"

"真的假的，那个女生也挺漂亮的，她怎么会看得上你？"

"豆豆姐，你到底是不是我师傅，有你这么说徒弟的吗？而且除了没什么文化，我各方面的条件还是可以的！"

"跟你开玩笑呢，说说，那个女生今年多大，做什么工作的？"

人逢喜事精神爽，何况这不是一般的喜事。韩昕本就非常想跟别人分享，眉飞色舞地说起姜悦的情况。

蓝豆豆乐了，关上门咻咻笑道："不愧是我徒弟，下手够快的。范子瑜、张浩和周科洪他们，还在眼巴巴地等师妹来分局报到，你竟然不声不响截和了。不给他们机会，干得漂亮！"

"就算给他们机会，他们一样没戏。"

"别嘚瑟了，这事要保密，不告诉他们，给他们点念想，让他们接着做白日梦。"

"给他们希望，然后让他们绝望……师傅，这么干是不是有点太残忍？"

"不残忍，你是不知道范子瑜这两天有多嘚瑟。"

韩昕好奇地问："他凭什么嘚瑟？"

蓝豆豆解释道："这事跟你有关系，跟我也有点关系。抓陈国平那天，他不是跟你说过要抓也应该让纪委监委来抓，说过让你最好不要回来的话吗？结果你第二天就被借调走了，他以为你是被他气跑的。"

"然后呢？"

"他就跟我一个人说了，让我帮着保密。这事太搞笑，我没忍住就告诉了曹娜，曹娜又告诉了许文静，文静又告诉她们中队的人，结果个个都知道了。"

韩昕不解地问："他不是应该很内疚吗，怎么又嘚瑟起来了？"

蓝豆豆哭笑不得地说："就算真对你有看法，那些话也只能放在心里，怎么能说出来？结果他说出来了，还是跟你说的，个个都觉得他耿直、敞亮，敢说真话，敢说大实话，个个都夸他！"

"所以他现在很嘚瑟，踩着我赢得大家伙儿的尊重甚至敬佩？"

"不只是尊重和敬佩，还有实打实的好处。"

"什么好处？"

"很快就是五四青年节，团市委在搞评选，市局团委和团区委也在搞评选活动，就是市级五四青年奖章和优秀青年、杰出青年之类的。我们大队以前报推的是陈国平，现在肯定要把陈国平撤下来，"蓝豆豆顿了顿，接着道，"撤下来就要有人顶上，黄大和余教不想再跟以前那样直接拍板报推谁，就开会，搞民主评议，我、游耀星和范子瑜都是候选人，结果范子瑜高票当选！"

韩昕下意识地问："这么说我们大队的'明星'以后就是老范了？"

"就是他了，局领导也觉得他挺好，政治处让郭大姐赶紧整理他的事迹材料。他比对出一个杀人犯，比对出一个通缉犯，这些都是事迹！"

"师傅，论成绩，你不比他少，我要是在，我肯定投你一票。"

"我就是陪跑的，我真不在乎这些，我自己投的都是游耀星。论成绩，游耀星这些年干得也不错，而且现在主持重案中队工作。"

韩昕感觉这事没她说的那么简单。十有八九是局领导一朝被蛇咬十年怕井绳，对主持重案中队工作、即将成为中队长的游耀星不太放心，干脆宣传无官无职的范子瑜，一个天天坐在电脑前的情报民警，就算犯错误又能犯多大错误……

但被人踩着上位的滋味儿真不爽！韩昕正觉得蓝豆豆刚才对于先给范子瑜希望，再让范子瑜绝望的提议非常有道理，蓝豆豆突然话锋一转："小韩，李政既是你的新同事也是禁毒同行，人家来陵海，我们不能没点表示。"

"怎么表示，请他吃个饭？"

"你晚上如果不忙，我就给张大刘队打电话，一起喊他出来吃个饭。"

"行啊，晚上不忙。"

"还有件事。"

"什么事？"

蓝豆豆回头看看身后，捂着手机说："陈国平把黄大余教害惨了，你师娘说上级肯定要追责，黄大可能要被处分，我二叔这个教导员估计做不了几天。"

部下犯事，领导被追责，以前可能会觉得被追责的领导很冤，但现在已经很正常了。出这么大事，别说处分黄大，把余教调离，就是分管刑警大队的谌局被追责，韩昕都不觉得意外。用上级的话说，这就是履行全面从严治党主体责任不力，事实上大队领导之前对陈国平也确实太过信任。

韩昕正不知道该如何评价，蓝豆豆又说道："听说局领导找杨千里谈话了，估计最多两三天，他就会被调到我们大队来做副教导员。"

"他肯定不想来，何况只是个副教！"

"这不是他想不想来的事，局党委真要是研究决定了，他不想来也要来。至于职务，副教应该只是过渡，等我二叔被调离，局里就会让他顺势上位。"

"哈哈哈哈，局领导还真是知人善任！"韩昕眼泪都快笑出来了。

蓝豆豆也忍俊不禁地说："彪悍的人生不需要解释，再说做上领导他就会有朋友。"

127. 陵海禁毒！

可能水上派出所民警老杨爱人开的饭店"树大招风"，在被巡察期间去吃饭很容易被督察"查岗"。也可能是去的次数太多了，想换换口味，晚饭安排在一个非常隐蔽的饭店。外面看就是一个民宅，门口挂了块"阿嫂私房菜"的小牌子。里面别有洞天，小院儿收拾得很干净，几个包厢装修得很上档次。

韩昕接上李政赶到饭店时，张宇航、刘海鹏正同蓝豆豆、曹娜一起掼蛋。蓝豆豆放下牌，起身介绍，众人表示欢迎，李政受宠若惊，赶紧敬礼问好。寒暄了一番，众人洗手吃饭。

虽然这地方比较隐蔽，不太可能被纪检督察"查岗"，但酒依然是不能喝的，只能以饮料代酒，敬来敬去，感觉怪怪的。不过这家的菜确实极具陵海特色，韩昕夹起一块沙岗猪头肉，好奇地问："张大，你们是怎么找到这个饭店的？我在地图上搜都搜不到，来时在外面转了好几圈，才看到门口的那块小牌子。"

"我也是第一次来，这儿是豆豆推荐的。"

"这儿离看守所近，你师娘经常来，我也跟着来过几次。"

蓝豆豆嘻嘻一笑，又举着筷子招呼思岗同行吃菜。

韩昕吃完嘴里的菜，坏笑道："师傅，原来师娘这么腐败，专门挑这种隐蔽的饭店吃饭。"

"什么腐败啊，主要是这儿清静，想想干我们这一行真可怜，吃个饭都跟做贼似的。"蓝豆豆唉声叹气。

李政深有感触，不禁笑道："我们一样，良庄镇上有个饭店挺好的，可我们谁都不敢去，每次聚会或家里有什么事全去新庵，钱都被新庵的饭店赚走了。"

"主要是担心影响不好。"

张宇航笑了笑，举起饮料："小韩，祝贺你脱单，我们几家再聚会，记得把女朋友带上。"

"没问题，谢谢张大。"韩昕的心情从未如此好过，喝了一口饮料，下意识地拿起手机看了看姜悦刚才发的微信，豪情万丈地说，"张大，刘队，今天谁也别跟我抢，今天我买单！"

李政急忙道："让我来吧，给各位添麻烦了，一定要给我个机会。"

不等张宇航开口，蓝豆豆就笑道：“这是给你接风的，哪能让你买单？小韩，你这顿饭肯定是要请的，但要等你女朋友回来时再请，今晚是中队聚餐，等会儿娜娜去要发票。”

“中队聚餐，公款吃喝，我们有小金库吗？”韩昕倍感意外。

“我们哪有小金库，这也算不上公款吃喝。”

“那怎么报销？”

“我们有奖金！”

韩昕笑问道：“什么奖金？”

蓝豆豆正不知道该怎么解释，刘海鹏就笑道：“区里早在好几年前就设立了缉毒执法工作综合成效奖和侦破毒品案件奖，综合成效奖一年评一次，第一名奖励一万，第二名奖励八千，第三名奖励五千。文件上说是奖励给单位和个人的，以前批下来可以作为奖金发给个人，现在谁敢发给个人，就作为工会费用或者活动费用，反正是要赶紧花掉，不花掉就没了。”

“一年评一次，刘队，你是说我们中队去年评上了？”

“过去我们都是给人家评，帮他们整理材料送警务保障室、纪委、法制审核，再报主管领导审批，最后送财政局备案，这奖励城南派出所拿得最多，我们一次都没拿过。”

“那这奖励是从哪儿来的？”

“这是侦破‘2·12’案的毒品案件奖，每季度评一次，线索是我们中队发现的，前期也是我们中队侦办的，肯定有我们的份儿，黄大、余教和谌局都说了，奖励批下来大队一半，我们中队一半。”

“这么好啊，还有奖励！”

“当然有。”

“知不知道多少钱？”

具体多少刘海鹏也不知道，下意识地看向蓝豆豆。蓝豆豆拿起手机搜了搜，看着区政府三年前发布的文件，眉飞色舞地说：“每查处一家涉毒娱乐场所，并对场所责任人员依法予以刑事处罚的，奖励三千元；每侦破一起缴获毒品五十克以下的毒品刑事案件，奖励一千元；每侦破一起缴获毒品五十克以上、两百克以下的毒品刑事案件，奖励两千元……每侦破一起缴获毒品十公斤以上的毒品刑事案件，奖励两万，并以十公斤为基数，缴获量每增加十公斤奖励一万元，最高不超过六万！”

涉及实实在在的利益，连曹娜都忍不住问：“豆豆姐，‘2·12’案一共缴获了多少毒品？”

“按公安部的标准折算下来，应该有十公斤。”

"奖励两万，大队一半，我们一半，这么说我们一万块钱！"

"不止一万。"

"折算下来超过十公斤？"

"就算超过也超过不了多少，我说不止一万是下面还有条款。"蓝豆豆看着手机，嘻嘻笑道，"我给你们念啊，侦破省公安厅毒品目标案件，凡抓获毒品犯罪嫌疑人员，括弧，刑拘以上，达十人以上或摧毁犯罪网络层级三级以上五级以下的，给予一点五倍奖励！凡抓获毒品犯罪嫌疑人达二十人以上，或摧毁犯罪网络层级五级以上的，给予两倍奖励；抓获毒品犯罪嫌疑人员达三十人以上，或摧毁犯罪网络层级七级以上的，给予三倍奖励！"

韩昕反应过来："'2·12'案不但端掉了制毒工厂，而且在追查原药源头，加起来不止打掉七个层级，抓获的嫌疑人也不止三十个！"

蓝豆豆放下手机，咴咴笑道："所以我们符合三倍的标准，总奖励是六万，我们中队能拿到三万！"

"够我们吃好多顿了。"

"你就知道吃，这钱批下来之后有大用。"

"师傅，你准备怎么花？"

"下午我跟刘队商量过，正准备跟张大汇报呢。"

禁毒中队太不容易了，这是头一次拿奖励。张宇航放下筷子，笑看着她和刘海鹏问："你们打算怎么花？"

刘海鹏放下饮料，微笑着说："张大，我们的禁毒经费少，可各方面的工作还要开展，这些年全靠各单位和义工联等社会团体帮忙，以前连请人家吃顿饭的钱都没有，现在有钱了，我们想请人家吃顿饭，好好感谢下。"

张宇航作为老中队长，很清楚这些年全靠相关单位和团体帮衬，微微点点头："应该的，王美琴等禁毒志愿者和各街道、各乡镇的禁毒专干也要请。"

"肯定要请，我和豆豆估算了下，包括几个学校的领导在内，大概一百个人，算上饮料一万两千块钱左右应该够了。"刘海鹏顿了顿，接着道，"以前总是蹭人家的活动，这次禁毒月，我们打算自己搞几场活动，一万多块钱肯定不够，到时候再请人家帮帮忙。"

"你们打算搞什么活动？"

"前天开会遇到高新区的陈书记，高新区也想搞点宣传，我跟他商量了下，看能不能在他们那儿搞个'禁毒健康跑'，这是户外的。室内活动我们想去文化艺术中心，搞一场禁毒文艺演出，到时候请歌唱家协会、舞蹈家协会和义工联帮帮忙。禁毒月期间，各街道都要搞活动，连洋港社区都要搞，回头跟他们商量商量，能不能跟以前一样把我们也带上，争取搞得丰富多彩点……"

刘海鹏话音刚落,蓝豆豆就放下筷子,补充道:"还有一件大事要办,我们陵海有好几个戒吸人员在首都打工,今年是新中国成立 70 周年大庆,这涉及首都的安保,检测的事要赶紧想办法。"

张宇航低声问:"他们不愿意回来接受检测?"

"来回一趟的车旅费上千,他们找份工作不容易,我跟几个禁毒专干商量了下,看能不能请在首都或去首都出差的禁毒志愿者,带着档案和尿板去帮着检测下,然后拍个照发回来。"

"你不说我差点忘了,这件事确实很重要。"

人家这禁毒工作开展得也太好了!

李政真正意识到了差距,忍不住问:"不是可以委托当地派出所帮着检测吗?"

这涉及工作积极性,有些地方的同行可能觉得多一事不如少一事,不是他们监管的吸毒人员主动去申请尿检,他们都不理睬。蓝豆豆暗叹口气,无奈地说:"吸毒人员在异地是可以进行社区戒毒的,不过要按规定申请吸毒人员异地委托书,委托当地公安部门或中心戒毒社区,帮忙做吸毒尿检,开尿检证明,但衔接起来很麻烦。"

刘海鹏笑道:"我们能自己解决的问题,就尽可能不麻烦人家。"

李政反应过来,由衷地说:"张大,刘队,蓝指,你们的禁毒工作开展得真好,我们思岗要向你们学习。"

"我们还要向你们学习,我们还很羡慕你们呢。"

"我们有什么好学习的,又有什么好羡慕的?"

"你们的禁毒经费比我们多,如果没记错,你们去年是一百六十多万,我们陵海只有五十六万!"

"真的假的?我都不知道。"李政觉得不可思议。

蓝豆豆再次拿起手机,搜出区政府关于禁毒办经费预算的公示:"你看看,我们只有五十六万,其中三十五万用于禁毒办社工工资支出。利用春节、禁毒宣传月、中小学开学等节点,开展禁毒宣传教育的费用只有二十万。'三公'经费,也就是公务接待费,去年是一万四千七,为了严格执行'八项规定',压缩公务接待费支出,今年只有一万,并且这一万是分局接待的,跟我们中队没关系。"

李政看着蓝豆豆刚搜出的思岗禁毒办的预决算公示,微皱起眉头:"我们思岗有一百六十多万,这钱到底花哪儿去了,禁毒办平时好像没搞过什么活动。"

肯定是被挪用到别的地方去了呗，比如以招聘禁毒社工的名义招聘辅警，把钱给辅警发工资了……张宇航不好点破，赶紧招呼他吃菜。

韩昕则不解地问："师傅，刚才的公示上说，我们区禁毒办没有固定资产，也没有公车，可我们有车啊，那辆车的维护费用从哪儿出的？"

"那辆车是市禁毒办统一采购，配给基层禁毒单位的，也就是给街道，给禁毒专干用的。可我们陵海有那么多街道，有好几个禁毒专干，上面只给了一辆车，不好分配，就一直留在局里，维护费用是局里出的。"

"这算不算挪用？"

刚显摆了一番，刚笑话完思岗，没想到这么快被打脸了。真是个孽徒，真是个大坑货……蓝豆豆恨得牙痒痒，不快地说："你哪儿来这么多问题？吃菜！"

128.　"威胁"

经过短暂的相处，李政发现陵海分局的禁毒民警都很年轻，对干工作充满激情，为人也都非常好。唯一有一点捉摸不透的是接下来一个月的顶头上司韩昕，不但不像副中队长，甚至不像警察也不像当兵的，而且有点"善变"！上次从警官培训中心来陵海时，他不让穿警服，今天又要求着警服，带上执法记录仪，甚至让佩戴市局的工作证。按照他的要求，带上他昨晚让打印的厚厚一沓资料，在导航提示下驱车赶到如意嘉园南门，赫然发现他居然没穿警服。

"韩队，我们去哪儿？"

"你坐副驾驶，我来开车。"

"我开吧，又不是没导航。"

韩昕拉开车门，微笑着催促道："从现在开始，你是市局禁毒支队下来督查易制毒化学品管理的民警，我是司机，所以只能让我来开车。"

李政解开安全带问："督查？"

"说你是你就是，我们刘队已经通知过各街道了。"韩昕不想搞得新搭档一头雾水，钻进驾驶室，解释道，"想收集毒案线索，首先要把基础工作做好，在此之前，我们刚对戒吸人员展开了一次突击检测，对辖区内的药店进行了一次暗访，接下来就是明查了，对全区的化工企业，进行一次检查。"

李政坐到副驾驶位，不解地问："刘队不是负责易制毒化学品管理？各辖区派出所也有民警负责这项工作。"

"刘队负责的是易制毒化学品管理，我们要查的是所有与化工沾边的企业，包括一些小作坊。"韩昕捧着手机连接车里的蓝牙，接着道，"至于辖区派出所是有人管，社区民警要管的事多了，企业安全、监控设施安装、消防安全、食药环、易制毒化学品，但他们并不精通，可能都不知道反应釜是用来做什么的，所以我们要扫一遍。"

李政苦笑道："我也不懂。"

"上网查查，不是很难。"

"行，我回头好好学习下。"

韩昕接过他递上的化工企业名单看了看，俯身点点中控大屏，拨通中队办公室的固定电话。曹娜接的电话，一接通就问："韩队，刘队和豆豆姐在楼下开会，你第一站去哪儿，豆豆姐交代过，让我帮你联系。"

"第一站去新坝港，帮我跟滨海新区和新坝港边境派出所联系下。"

"好的，我这就给他们打电话。"

韩昕没急着挂，好奇地问："娜娜，今天开什么会？"

提起这个，曹娜禁不住笑道："谌局和徐主任都来了，送杨所来上任的。说了你肯定不相信，杨所不是一个人来的，把跟你一起抓陈国平的那个李亦军也带来了。"

"他把李菜鸟带来做什么？"

"调过来的，豆豆姐刚偷偷给我发了个微信，说杨所，不，现在应该叫杨教，在会上说什么你借调去了市局，借调期满之后到底能不能回来谁也不知道，说不能因为你被借调走影响中队工作，要把李菜鸟安排到我们中队。"

韩昕大吃一惊："我勒个去，杨彪悍到底想做什么？"

曹娜也不喜欢李菜鸟，苦笑道："杨教还说什么支队把你借调过去带新人，我们自己却想不到培养新人，这就是耕了别人的田，荒了自己的地。他打算让李菜鸟以后跟着你，估计散会之后张大和刘队就会给你打电话。"

"明白了，不愧是杨彪悍，果然牛！"

"你明白什么了？"

"他这是想告诉所有人，跟着他干有前途！毕竟在别的所队看来，我们中队跟机关差不多，能调到我们中队是一件非常不容易的事。"

曹娜似懂非懂地问："韩队，你是说他担心调过来之后，城南派出所的人会不待见李菜鸟？"

"有这个因素，毕竟人走茶凉。但更多的是想以此告诉所有人，他杨彪悍有担当，跟着他干，只要好好干，没什么好担心的，该考虑的他会帮着考虑，该背锅的他会帮着背锅。"

"这么说杨教这人挺好的……"

"你看看，连你都被忽悠了，我估计范子瑜他们也会这么想，我估计范子瑜他们很快就会跟城南派出所治安队的那些哥们一样，像打了鸡血似的跟着他往前冲。"

"厉害啊。"

"他这也算临危受命，跟局领导提点要求，局领导肯定会同意。只是把李菜鸟调过来，就把一盘烂棋下成了活棋，仔细想想杨彪悍真的很彪悍。我真的很想看看他接下来怎么带着弟兄们，去反攻他的老单位，哈哈哈。"

有担当的领导谁不喜欢……曹娜不但不觉得好笑，甚至都没那么讨厌即将到来的李菜鸟了，沉吟道："韩队，我先帮你联系滨海新区和新坝港边防派出所。"

"等等，还有件事。"

"什么事？"

"帮我问问刘队，能不能跟电力公司沟通下，看看我们陵海有没有废弃的企业、学校或以前的供销社等场所，过去两年内用电比较多的。主要是位置比较偏僻的，懂不懂？"

"懂了，如果有人制毒，肯定会选择那些地方。"

韩昕设置好导航，提醒道："再就是我上次列的那几个地方的外来人口，别忘了提醒豆豆姐，让范子瑜搞快点！"

曹娜连忙道："知道了，豆豆姐一散会我就提醒她催催范子瑜。"

"好，我出发了。"

李政终于知道顶头上司的工作方向了。先查场所，再查从毒品问题比较严重地区来陵海的人员。加上之前做的那些工作，扫一圈下来，他在短时间内就不用担心"根据地"会出问题。仔细想想其实没什么诀窍，这些工作本来就要干。但像这么让专业的人干，而不是发发文件、下下通知，让各辖区派出所安排不太懂禁毒的社区民警和辅警去摸查，其效果是完全不一样的。

说到底还是要专业，要有经验……他意识到接下来是要在禁毒上下点功夫，要好好学学，电话一个接着一个打了进来。有滨海新区的干部，有新坝港边境派出所的民警，问在哪个地方集合，上午先督查哪几个企业。正在说话的领导，应该是刚调到刑警大队的前城南派出所杨所，并且说的果然是安排一个新警加入禁毒中队的事。

"小韩，我早说我们有缘，你小子还不信。你这会儿在什么位置？我这就让小李去找你！"

"杨教，用不着这么麻烦，中队的事那么多，先让小李给我们蓝指打打下手吧。"

说好的一起背锅，你小子居然跑了！杨千里岂能吃这个哑巴亏，拍着桌子笑道："事有轻重缓急，我跟黄大、余教，还有你们张大刚研究过，小李必须要赶紧跟班学习。"

韩昕实在不想跟他混，确切地说不想又被他拉上"贼船"，扶着方向盘问："为什么？"

"张大说你巩固好根据地，就要去市区、开发区等兄弟区县扫。据说崇港分局禁毒大队这两天很疯狂，又是联合交警查毒驾，又是联合治安大队、辖区派出所突击检查娱乐场所的，还跟我们学着突击抽检戒吸人员。"

杨千里抬头看看黄骁和张宇航，接着道："小韩，你虽然被借调去了市局，但你依然是我们陵海分局的民警，要有集体荣誉感，等他们扫完之后必须想办法扫出点成绩！"

"人家辖区如果没毒品，没毒贩，你让我怎么扫？"

"怎么可能没有，到时候带小李一起去扫，我们做你的坚强后盾，干出点成绩，让他们知道在禁毒上，他们比我们陵海差远了！"

"杨教，这事没你想得这么简单。"

"对你来说也没那么难。"

刑警大队现在最需要的是士气……既然有机会，当然要拿兄弟区县公安局开开刀，杨千里想想又笑道："小韩，我现在是副教，专门协助余教负责思想工作和政治学习的，你现在虽然被借调去了市局，现在不需要参加大队组织的学习，但回来之后肯定是要学习的。"

韩昕愣了愣，拍着方向盘问："杨教，你这是威胁我？"

"我给你准备了十个笔记本，等你借调期满回来之后，肯定能用上。"

"做人不能这样，你不能公报私仇！"

"谁公报私仇了，我们有仇吗？组织你们学习是我的工作！"

"好吧，让李亦军来新坝港找我。至于市区和开发区那边，我到时候努力努力，争取收集点线索，干出点成绩。"

"这就对了嘛，小李不知道有多崇拜你，一定要好好教，你是副中队长，要有点副中队长的样子，要发扬'传帮带'的优良传统。"

"明白。"

刚挂断电话，李政就忍不住问："韩队，你跟杨教有仇？"

"没有。"

韩昕挠挠头，嘿嘿笑道："他就是喜欢开玩笑，我也喜欢跟他开玩笑。你见过他的，没发现他是一个很有意思的人吗？"

"可能只聊了一会儿，没有觉得，他到底怎么个有意思？"

"很彪悍，是我们分局最彪悍的人。"

"彪悍……"

"一时半会儿也解释不清楚，等相处一段时间你就知道了。"

129. "督查"

陵海在撤市建区前为了发展经济，在行政设置上"积极探索"，搞出了三个"怪胎"。比如最早成立的陵海经济开发区，国家级的，管委会一把手是副厅级，所以前些年的陵海市委书记和现在的陵海区委书记，介绍起来首先是经济开发区工委书记，然后才是市委书记或区委书记。又比如现在的滨海新区和高新区，都是副处级编制的机构，管好几个街道或乡镇，搞得一个区像一个地级市。

不过这确实有利于招商引资，可以集中几个乡镇的力量办大事，走出去介绍起来也好听，但既不符合国家政策，也影响工作效率。比如区里要传达什么精神，布置什么任务，既要通知几个管委会，也要通知各街道和各乡镇。明明已经传达布置下来了，结果几个管委会还要再开会，再传达、再布置一遍。要上报什么材料，同样增加了一个环节。

虽然去年改革了，街道和乡镇直接对区里负责，几个管委会只负责经济发展，但只要这三个副处级的机构不撤销，许多工作还是绕不开它们，不然就是不尊重上级。正因为如此，在滨海新区管委会干部的提议下，先在管委会大楼与分管综治的领导、新坝港边境派出所的副所长，以及王堡派出所的同志，一起开了个碰头会。

考虑到海边有几个大型养殖场，有些犯罪分子常常利用污染比较严重、味道比较大的养殖场为掩护制毒，并且只要是养殖场都采购管制类兽药，韩昕悄悄给李政发了个微信，让他把滨海新区的所有养殖场也纳入督查范围。

确定要督查的企业和养殖场名单，制订接下来两天的督查计划，规划督查路线……一切准备妥当，李菜鸟也到了。他不但是开着警车来的，而且帮韩昕把"刑事现场勘查"的全套装备都带来了。从见习的治安民警变成了见习刑警，并且调到了跟机关差不多的禁毒中队，还能跟"缉毒神探"学本事，他兴高采烈，喜形于色。

当着管委会干部和边境派出所、王堡派出所的同行，他不好说什么，一上车就急切地问："韩哥，等会儿怎么检查？"

"是啊韩队，我什么都不懂，我都快装不下去了！"李政愁眉苦脸，刚才装了半个小时领导，在会议室里时真是如坐针毡。

韩昕刚才就看出他很紧张，半开玩笑地说："装不下去也要装，不然就你这心理素质，怎么缉毒？"

李政抬头看了看正等着他们出发的同行和社区工作人员，苦着脸道："韩队，让我干别的行，干这个真不行。"

"装装就习惯了。"

韩昕不想让人家久等，从背包里取出一个文件夹："等会儿你负责检查登记企业名称，生产销售什么的，所用的是什么原料，从什么地方进的货，还有企业负责人的姓名、身份证地址和联系方式。"

李亦军迫不及待地问："我呢？"

"你负责拍照，企业负责人、车间、设备、原料、成品、进货单全要拍！"

"那你呢？"

"我是司机，我跟着你们转转。别磨蹭了，出发吧。"

随着韩昕一声令下，由四辆车组成的督查车队出发。先去的是新坝港边境派出所辖区的企业，边境派出所是改制之后的名称，之前叫边防派出所。作为一个老边防，韩昕对边防派出所太熟悉了。与地方公安局的派出所其实没什么不同，一样负责辖区内的治安、户籍，一样要负责侦办辖区内发生的小刑事案件。只不过新坝港边境派出所的陆地辖区比较小，只负责海岸线内五公里范围。海岸线外的辖区比较大，外东二十四海里的毗连区都归他们管。相比岸上的人口管理和治安维护，海上的工作比较多，比如检查出境渔船的出境证件，办理停靠内地渔港的台湾渔民临时登陆证，等等。

他们赶到一家企业，社区工作人员找到负责人，李政和李菜鸟一个捧着文件夹，开始像模像样地询问登记，一个举着手机到处拍照。韩昕里里外外转了一圈，回到车边问："段所，你们辖区的渔民渔船，跟境外的货轮接触得多不多？"

新坝港边境派出所的段副所长是外地人，他早从王堡派出所同行的反应上，看出韩昕这个司机才是领队，用一口标准的普通话说道："这你尽管放心，我们新坝港的渔民全是民兵团的民兵，他们经常去钓鱼岛、去南海的。在海上发现外国军舰不但会第一时间报告，甚至会主动跟上去，发现外国军舰布设的声呐，会毫不犹豫捞上来。政治方面绝对可靠，不会违法犯罪，更不会贩毒。"

"声呐无铜，捞去没用，说的就是他们？"

"嗯，人家也是国防后备力量。"

"明白了，谢谢。"

陵海民兵出了名地爱国，是受过中央军委表彰的，不知道多少将军来看过他们，这小子居然连这都不知道……段所觉得很奇怪，低声问："你是刚参加工作的？"

遇到边防的兄弟，韩昕别提有多高兴，回头看看身后，笑道："我是从彩云公司刚调回来的，当兵之前又没来过这边，对这边的情况不太了解。"

"原来张大和城南派出所的老顾，跟我打听的就是你！"

"段所，我们张大跟你打听过我？"

"韩昕是吧，彩云公司的执法士官，哈哈哈哈，真是大水冲了龙王庙，一家人不认识一家人。"

"您真知道我！"

能在这儿遇到同行段所也很高兴，伸手拍拍他胳膊："好几个人打听过，你小子可以啊，竟然能调回来，我想转业都转不成。以前总说以驻地为家，现在真要以驻地为家了。"

韩昕感觉自己像是当了逃兵，一脸不好意思地说："其实我没想过调回来……"

"别身在福中不知福，能调回老家多好，你现在起码是三司吧，我们所里的几个士官，现在全是两道拐，等见习期满只能授个一级警员，没满八年的只能授二级警员。"

段所想想又笑道："不过相比你们彩云公司的兄弟，我们已经很幸福了，虽然一样回不了家，但至少陵海的经济发达，各方面条件都不错。"

想到那些老部队的兄弟，韩昕感叹道："他们确实不容易，有的边防派出所的警务室在深山老林里，方圆十几里都没个人。人多的所还好，人少的所只能安排一个人去警务室坚守，去年有一个兄弟在山里的警务室整整守了五个月，才等到有人去轮换。"

相比坚守在边远贫困地区的兄弟，新坝港边境派出所简直是天堂。段所不想再抱怨，觉得也没什么好抱怨的，立马换了个话题："小韩，这一家又不是易制毒企业，你们为什么要来督查？"

韩昕解释道："这家确实不是易制毒企业，但我刚才看了看他们的生产设备和生产所需的原料，完全可以用来生产易制毒化学品。"

"能生产制毒原料的原料？"

"嗯。"

"是什么？看来我以后也要注意。"

韩昕转过身，看向不远处的车间："刚才我注意到有纯碱、液氯和锌，这些都是生产溴素的上游原料，而溴素不但可以用来合成氯胺酮，也就是我们常说的K粉，也可以用来合成冰毒。"

段所禁不住问："那这家有问题吗？"

"看着没什么问题。"

"吓我一跳。"段所松下口气，想想又问道，"小韩，照你这么说，只要是化工企业都要提防？"

韩昕摸摸鼻角，无奈地说："化学是个好东西，我们生活的方方面面都离不开它，同时也很可怕。比如我们刚才说的那些原料，在那些懂行的不法之徒手里，就会变成制毒原料的原料，所以我们不能因为不是易制毒化学品企业就疏于管理。"

"这方面我们不懂，回头有时间，去我们所里好好讲讲！"

"段所，其实我也不是很懂。"

"你是从彩云公司回来的，你如果不懂就没人懂了。再说我们什么关系，我们是战友，以后我们派出所就是你的家，如果看得起老哥，如果不嫌远，以后有时间多过来坐坐。"

"没问题，只要有时间就来。"

"以后是以后的事，先说今天，中午去我们所里吃饭，我先给所长教导员打个电话。"

"段所，用不着这么客气。"

"你小子怎么调回来就变得婆婆妈妈的，咱当兵的人应该爽快，到了家门口必须吃顿饭，这事就这么定了！"

盛情难却，韩昕只能答应。正聊着，李政把该登记的全登记好了，李菜鸟把该拍的也全拍了。韩昕拉开车门，跟迎面而来的李菜鸟说："把刚登记的信息和照片全发给曹娜，请她补录进禁毒综合信息系统。"

"是！"

"好，去下一家。"

130. 知己知彼

都说清明时节雨纷纷，这还没到清明节，就下起了绵绵细雨。现在清明

508

节放三天假，等到放假时路上肯定人多车多。也不知道是不是堵怕了，许多人与时俱进，选择错峰回乡祭奠先人。

良庄中心小学后面是一条小河，河边原来只有十几座坟，后来随着良庄镇区不断扩大，这里成了老良庄村的"公墓"。曾经的老良庄乡党委委员、公安特派员李顺承葬在这里，良小的老校长、老良庄水利站的老站长也葬在这里。

在良庄工作生活了几十年的老卢，弥留之时只有一个心愿，要求死了之后把骨灰葬在良庄。时间过得真快，一转眼老卢已去世六年了。见坟前的杂草被清理得干干净净，墓碑前有水果和烧纸留下的灰烬，王燕喃喃地说："卢笋和卢荟回来过？"

"不一定是卢笋卢荟，"程文明转身看看周围的坟，拄着拐杖感叹，"在良庄，卢书记永远不会寂寞。"

"这倒是，不管谁来扫墓，不管扫谁的墓，既然来了都得给他鞠个躬。"

王燕放下鲜花，往后退了两步。任忠年掏出早准备好的软中华，弹出三根点上，倒插在坟前，随即打开早准备好的酒轻轻倒在坟头。程文明在妻子的搀扶下，领着众人三鞠躬。

鞠完躬，他看着墓碑上那栩栩如生的照片，笑道："卢书记，我们受你一手提拔的韩打击委托来看你了，李特派的孙子李政和马主席的孙女薇薇也来了，我知道你不喜欢我，还是让王燕跟你说吧。"

"哪有这么跟卢书记说话的，能不能严肃点？"

王燕瞪了他一眼，恭恭敬敬地说："卢书记，先跟你汇报件事，酒本来应该是茅台的，韩博和晓蕾给我转的也是茅台的钱。可我担心买到假的，就给你带了一瓶良庄企业自己生产的酒。良庄人要照顾良庄的生意，钱不能被外人赚走，这还是你教我们的。再说现在要落实'八项规定'精神，要厉行节约，你是老领导老干部，你肯定能理解。"

想到老卢生前的做派，程文明忍不住来了句："这酒挺不错，我们中午也喝这个。"

"忠年，到你了。"王燕提醒道。

任忠年反应过来，连忙道："卢书记，你一手提拔的干部，官越做越大，忙得都顾不上回来看你，不过我知道你不在乎这些，而且很高兴很欣慰。他挺好的，我们都挺好的，良庄也挺好的，你放心吧。"

程文明不禁笑道："他天天待在良庄，他对良庄有什么不放心的。"

江山易改本性难移。王燕已经懒得说程文明了，转身道："李政，薇薇，你们两口子也跟卢书记说几句。"

"哦。"

李政缓过神，连忙拉住妻子走到前面。"卢书记，我……我没出息，我让您老失望了，您天天跟我爷爷在一起，我的事您肯定都知道，我给您鞠躬了。"当着领导和长辈们的面，李政实在不知道说什么，干脆又鞠了三躬。

马薇薇小时候被老良庄的老干部当作小公主，没那么多顾忌，看着墓碑上的照片说："卢书记，对不起，我让您失望了，我们良中的教学质量，这几年确实不如思中。离城区太远，好多教师不愿意来，连我都不知道能坚持多久……"

良庄出人才，教育搞不好怎么出人才？程文明突然意识到这才是老卢最关心的问题，如果他健在，发现良中、良小的教学质量大不如以前，肯定会暴跳如雷……

雨越下越大。王燕可不想全身湿透，又领着众人去拜祭李顺承等老领导。在墓地里转了一圈，留下十二束鲜花，掏出手机拍了十几张照，发给远在首都的那两位，然后招呼众人一起走。

程文明一瘸一拐地走到车边，调侃道："王局，看来工作留痕深入骨髓，连扫个墓都要拍照！"

"不拍几张照，首都的那两口子怎么知道我们来过了。"王燕看了一眼手机，扶着车门问，"老程，忠年，中午是去富嫂那儿，还是去新庵？"

"刚跟老卢说过钱不能被外人赚走，当然是去富嫂那儿了。"

"行，去富贵大酒店。"

回良庄扫墓是私事，来之前没跟良庄派出所和良庄刑警中队的人说。富嫂知道他们不希望被打扰，不但帮着保密，而且安排了一个特别清静的包厢。本来想叙叙旧，回忆回忆当年。结果坐下来吃了几口菜，喝了几杯酒，就被任忠年把话题带到了工作上。

李政没办法，只能"出卖"顶头上司，放下筷子说："陵海分局刑警大队刚出了事，连领导班子都调整了，现在特别想干出点成绩，所以大队领导对韩昕的期望很大，希望他下个月能去市区抓几个毒贩。"

王燕忍不住笑了。程文明也笑而不语。

任忠年很不爽，紧攥着拳头说："黄骁也太不是东西了，竟然想让那小子去我辖区搞事！"

"这个主意不是黄大出的。"

"那是谁出的？"

"刚调到刑警大队的副教导员杨千里，以前是城南派出所的副所长。"李政见程文明并没有打断他的话，继续道，"'3·13'案取得突破性进展，前天上午，被公安部列为毒品目标案件。这个案子是支队和陵海分局联合侦办的，具体到陵海分局，主要是刑警大队和城南派出所参与侦办，也就是说需要一个牵头人。"

"张文远让那个想打我脸的杨千里牵头？"

"不是杨教，是让刑警大队教导员余锦泽牵头，余教已经坐镇城南派出所的分指挥部了，杨教虽然是副教导员，但其实跟教导员差不多。"

王燕沉吟道："重案中队长被纪委监委立案调查，上级肯定要追究领导责任，这个时候让余锦泽去负责'3·13'案侦办，对上能有个交代，对余锦泽而言也是个翻身的机会。"

任忠年对陵海分局怎么收拾刑警大队那个烂摊子不感兴趣，而是追问道："李政，你已经跟那个韩昕干了好几天，你觉得那小子到底怎么样？"

"任大，什么怎么样？"

"肖支对他很器重，你程叔叔对他能不能打我的脸也很有信心，连那个姓杨的教导员都想让他去我辖区搞事情，我就想知道他到底有多神！"

程文明敲敲桌子："犯规了。"

任忠年回头问："什么犯规了？"

"已经给了你一个月时间，让你笨鸟先飞。你还在打听，这不是犯规是什么？"

"刚开始又没说不许打听，还笨鸟先飞，我有那么笨吗？"

王燕扑哧笑道："不笨能叫任大傻？"

李政和马薇薇也想笑，但他们两口子是晚辈，不能笑话长辈。

任忠年被搞得很没面子，再想到现在丢点小面子，总比将来丢大面子好，干咳了一声，理直气壮地说："李政，你只是被借调去了支队，说到底你依然是思岗分局的民警。我现在面临的挑战，就是思岗接下来要面临的挑战，懂不懂？"

王燕猛然反应过来，顿时微皱起眉头："也是啊，那小子扫完市区和开发区，就该扫各区县了。如果让他在我们思岗扫出几个毒贩，我们的脸到时候往哪儿搁？"

程文明幸灾乐祸地笑道："有危机感是好事。"

"什么好事，这儿没你的事。李政，别理你程叔叔，好好跟我们说说，这几天跟那个韩昕都学到了点什么。"王燕一脸严肃。

李政敢跟任忠年打马虎眼，却不敢跟自己的局领导打马虎眼，连忙道："这几天主要是检查化工企业和养殖场，检查得很细致，昨天下午从乡镇回城区时，他还带着我们去物流园转了一圈。"

"检查化工企业很正常，毕竟涉及易制毒化学品管理，他为什么要检查养殖场？"

"养殖场会采购使用管制类兽药，而且有些犯罪分子会以养殖场为掩护制毒。"

"物流园呢？"

"他说看看大车，看看司机。他对来自毒品问题比较严重地区的人员也很上心，特意让情报中队帮着整理了一份外来人员名单，接下来会一边检查一边留意那些外来人员。"

任忠年将信将疑地问："就这些？"

"就这些，因为有些工作他们之前已经做过了。比如对吸毒人员进行突击检测，又比如暗访辖区内的药店有没有未经备案许可，销售管制类药品。"

李政想了想，又补充道："暗访还是有成效的，发现两家违法违规销售管制药品，发现一家竟把曲马多卖给了吸毒人员，涉嫌贩毒的店长店员已经被刑拘了。"

王燕对禁毒不是很了解，下意识地问："曲马多是什么毒品？"

"曲马多是一种镇痛药，可以缓解普通到严重的疼痛，主要作用于中枢神经系统，用药过量会产生依赖，对人体的作用类似吗啡。如果被滥用，如果销售给吸毒人员，那就是贩毒。"

"看来没白让你去学，回头把他们的经验好好整理下，向你们罗局汇报。"

王燕话音刚落，任忠年就抬头道："到时候别忘了发一份给我。"

程文明实在看不下去了，举着筷子指指他和王燕："你们也太没自信了，竟然当着我面搞小动作！"

131. 感谢信

刚刚过去的几天，韩昕的工作生活发生了巨大变化。工作上，"3·13"案取得突破性进展，徐浩然、侯文等缉毒队员抓获好几个嫌疑人，押解到陵海之后又奉命去了北湖省。张浩、周科洪把一个嫌疑人押解回来之后，也在余教的率领下和汪宗义、王伟等城南派出所的民警出发了，并且是开着三辆局里不知道从哪儿找的北湖牌照的车出去的。能想象到他们这是要去跟踪监视，等搞清楚"制毒工厂"在哪儿，就会统一收网！在这个节骨眼上，他居然被踢出了专案组。领导说这是不想让他分心，今后的主要工作是一心一意收集线索，同时带带新人。

不就是一起制贩 K 粉案嘛。韩昕真没放在心上，带着思岗同行李政和刚加入禁毒中队的李菜鸟，每天早出晚归，踏踏实实巩固"根据地"。值得一提的是，星期一上班之后，"督查队"的阵容会比现在更强大。全省禁毒工作视频会议开完之后，分局也开了一个禁毒工作会议，不但成立了一个由谌局亲自兼任班长，刑警大队、情报中心和各派出所都有人参加的禁毒专班，而且明确规定只要是毒品案件，今后全部提一级管辖！同时，正式拉开了今年禁种铲毒工作的帷幕。特巡警大队的无人机特勤分队，从下周一开始就要投入实战，加入"督查队"展开航空踏查。

韩昕无奈地发现，从支队到分局都把他当作"人形缉毒犬"，甚至都希望他能带出几个"人形缉毒犬"。什么"禁毒督查队"，分明是"汪汪队"……

至于生活上的变化，那就更大了！首先是表妹乔迁新居，搬到她装修了近一年的新房子，至于她晚上究竟会不会住在新家，那就不知道了。但他并没有因此而寂寞，因为也拥有了一个新家。大前天下午，从继母那儿拿了两瓶茅台和两条好烟送给老姜同志。老姜不在家，姜妈看到礼物很高兴很激动，可又不敢真收，等到老姜下班回来，老两口一起跟女儿视频。姜悦羞得俏脸通红，实在不好意思正面回答，东拉西扯了好一会儿，最后才跟老姜说了句"你想喝就喝，想抽就抽"。

这就是同意了！老两口别提有多高兴，虽然舍不得真打开喝，但那感觉比喝了还要痛快。第二天一早，姜妈就打电话让韩昕晚上去家吃饭，说总吃食堂、总点外卖没营养。韩昕自然不会客气，从昨晚开始正式把姜家当作食堂，甚至拥有了姜家的门卡！

今天的菜比昨晚更丰盛，韩昕边吃边跟远在江城的姜悦视频。

"你怎么又跑我家去了？"

"什么叫又啊，这一样是我家！"韩昕放下筷子，掏出门卡在手机前晃了晃。

姜悦彻底服了，哭笑不得地问："我爸我妈呢，怎么就你一个人？"

韩昕放下门卡，再次拿起筷子："今晚文化艺术中心有文艺演出，琳琳给我带了两张票，七点二十准时开始，你妈吃了几口就赶紧去了，你爸直接从所里过去。"

"真是琳琳给的，不是你买的？"

"真是她给的，今晚也有她的节目，票是非卖品，有钱都买不到。"

"什么演出？"

"好像是哪个单位庆祝新中国成立 70 周年的，我们分局今年也要搞，城南派出所不是女警多吗？听李亦军说城南派出所正在组织女警拍快闪，唱《我和我的祖国》。"

聊到这个，姜悦不禁笑道："我们学校也在拍，我也参加了。"

韩昕笑道："你是校花，你是你们学校的颜值担当，肯定要参加。就算不会唱，也要站那儿对对口型。"

"什么校花，真要是校花，还能让你去我家吃饭！"

"我这是癞蛤蟆吃天鹅肉。"

"知道就好。"姜悦粲然一笑，提醒道："饭你可以去我家吃，但我房间你不许进！"

"你怎么不早说？"

"怎么，你已经进去过了？"

韩昕探头看看她的闺房，苦着脸道："刚才有点困，你妈见我总打哈欠，就让我去房间睡会儿，我总不能去他们房间吧，就去你房间躺了会儿。"

姜悦气呼呼地问："你怎么能这样？我妈也真是的，怎么能让你随便进我的房间……"

"跟你开玩笑呢，还当真了。"

"真没进？"

"我只是进去参观了下，没在你床上躺。"

"参观也不行！"

"好好好，我错了。"

老爸老妈"引狼入室"，姜悦实在拿他没办法，赶紧换了个话题："韩昕哥，徐所他们这次把事搞大了，搞得我都不好意思。"

韩昕糊涂了："徐所他们搞什么了？"

姜悦回头看看身后，一脸不好意思地说："他们给我们学校寄了一份感谢信，说什么我在关键时刻挺身而出，协助他们成功抓获一名企图入室行窃的嫌疑人，就是那个崔玉成。"

韩昕没想到城北派出所这么会玩，忍不住笑道："徐所他们没说错，你确实协助抓获了一个嫌疑人。"

"我就是跟你一起去看看的，哪有他们说的那么夸张。"

姜悦捂着发烫的脸颊，苦笑道："他们在感谢信里还说，通过审讯崔玉成，发现一条毒案线索，联合刑警大队抓获了两名涉嫌贩卖毒品的嫌疑人，缴获了一批毒品。"

"没毛病，是刑拘了两个人，是缴获了一批毒品！"

"可这些跟我有什么关系，而且学校领导当真了。"

"本来就是真人真事，什么叫当真。"韩昕理直气壮。

姜悦可不敢贪天之功，嘬着嘴嘟哝道："这明明是你的功劳，跟我有什么关系，我就是个打酱油的。"

荣誉有时候也会给人带来压力，韩昕连忙道："小悦，你应该这么想，首先你确实参与了抓捕，办案民警也确确实实通过审讯嫌疑人，发现了福康大药房涉嫌贩毒的线索。如果非认为这是我的功劳，那你更应该坦然面对这份荣誉。"

"什么叫更应该？"

"上级不可能因为这点小事，就给我评功评奖，更不可能宣传我。这明明是咱家的荣誉，如果你不要，那这份荣誉就没了！"

"什么叫咱家的荣誉……"

"我的不就是你的，你的不就是我的嘛，军功章有我一半也有你的一半。"

听上去似乎有点道理，可仔细想想，姜悦的脸更红了。韩昕越想越好笑，又忍不住问："收到感谢信之后，你们学校领导表扬你了？"

姜悦涨红着脸，无奈地说："表扬了，还叫我去开个座谈会，还在学校的公众号上发了新闻。"

"转给我看看。"

"别看了，丢死人了。"

"丢什么人，这是一件很光荣的事好不好。"

今天真被表扬了，上了近四年警校，从来没这么风光过。姜悦嘻嘻一笑："我可以给你转，但你不许发朋友圈，也不能让分局的人知道。"

"局里那么多你们的校友，如果有人关注了你们学校的公众号怎么办？"

"他们不一定会关注的，再说他们又不认识我。"

"明白，我会保密的。"

"等等啊。"

姜悦很快就把新闻链接转发过来了，点开一看，韩昕禁不住笑了。城北派出所寄去的感谢信，是在大红纸上用毛笔字写的，先是感谢学校培养了姜悦这个好学生，然后讲述了事情的经过，关键时刻挺身而出，协助城北派出所成功抓获嫌疑人。同时寄了几张照片，一看就知道是从执法视频里截的图。嫌疑人头上套着丝袜、只露出两只眼睛，双手戴着手套，还有铁锤，看上去很危险！新闻上配的第二张图是两位穿着白衬衫的学校领导，一起展示城北派出所的感谢信。第三张图是开座谈会的，姜悦一脸不好意思地坐在椭圆形会议桌边上，面前放着一个话筒。

下面是关于这件事的详细介绍，然后是学校领导的讲话内容。

姜悦同学是警院学子的优秀代表，展现了作为一名预备警官的社会责任感和历史使命感，彰显了警校学生过硬的思想素质和克敌本领！

　　同时，也是学院一直以来致力于培养理论扎实、实践能力强、综合素质高的应用型、复合型公安高级专门人才的结果，突显了学院长期以来强化警察意识培养的丰硕成果。

　　最后希望同学们要以姜悦同学为榜样，继续发扬这种大无畏的精神，努力提高警察职业道德和职业技能，苦练本领，为社会治安的和平稳定做出更大的贡献。

　　正寻思是不是转发给老丈人看看，大队值班室的固定电话突然打了进来。

　　"你好，我是韩昕……"

　　"韩队，我一中队顾程，汽车站刚发生一起命案，黄大知道你在陵海，让你赶紧去现场！"

　　"知道了，我这就过去！"

　　人命关天，只要发生命案，刑警大队就要上，不管你是禁毒民警还是情报民警。韩昕顾不上再看女友的新闻，立马放下碗筷，拿起手机，掏出车钥匙，开门乘电梯下楼。

132. 没侦就破的命案

　　之前曾跟肖支和谌局说过命案比毒案难破，但这个命案主要针对的是发生在荒郊野岭，或被害人身份搞不清楚的那种。

　　陵海不是偏远贫困的边境地区，没有荒无人烟的深山老林。不但城区和各乡镇、各行政村的大小路口有监控，甚至连许多老百姓的家里都装了摄像头。正因为如此，韩昕不认为刚发生的命案有多难破，觉得大队领导让赶紧去现场，很可能是嫌疑人作完案之后跑了，需要组织警力展开围捕。

　　韩昕驱车赶到文峰商场附近，两辆警车拉着警笛，闯红灯往汽车站方向呼啸而去。紧接着，特巡警大队的几辆黑色防爆警车过来了，路过的群众纷纷停下来拍照，拍视频，能想象到今晚的微信群会有多热闹。

　　韩昕距汽车站仅两公里，这一路上有四个红绿灯。闯红灯很麻烦，并且前面的车太多了，这会儿就算想闯也闯不过去。韩昕正暗暗心焦，李菜鸟突然打来电话。

"韩哥，汽车站发生命案，你有没有接到通知？"

"接到了，马上到现场。"

"我也接到了，我正在往城区赶，最快也要二十分钟，现在什么情况？"

"我跟你一样，什么都不知道。"

正说着，前面的车动了。韩昕果断结束通话，点了下电子手刹，轻踩油门跟了上去。前面的车和围观的行人更多，尽管有六七个交警和辅警在疏导交通、维持秩序，但双向六车道的马路，依然被堵得只剩下两车道能勉强通行。韩昕摁下车窗缓缓开到一个交警身边，亮出证件："哥，我刑警大队的韩昕，现场在哪儿？"

人的名，树的影。分局的大多民警不认识他，但对韩坑的大名却如雷贯耳。交警看了看他的工作证，连忙道："原来是韩队，现场在车站东门南边的小旅馆门口，黄大和杨教他们刚过去。"

"好的，谢谢。"

"等等，我帮你开道。"

后面又来了一辆警车和一辆救护车，交警干脆跨上摩托车，不断摁着喇叭，在前面引导。有交警帮忙就是不一样，连车停在哪儿都不用担心。韩昕就这么在交警兄弟示意下，把车停在特巡警大队的警车后面。马路对面的人更多，就这么过去很容易被看热闹的群众拍到。他赶紧打开汽车行李箱，取出头套、眼罩、口罩戴上，然后飞快地穿上"现场勘查"的马甲，锁好车小跑着横穿马路。

"让一下，给救护车让一下路，有什么好看的，再不让就是妨碍公务！"

"说你呢，就知道拍，有什么好拍的，往后退一退。"

"老陈，警戒带呢，从这儿到那边，拉起来！"

自行车道、人行道完全被堵死了，车站东门附近人山人海，被挤得水泄不通。城南派出所的民警、辅警和特巡警大队的民警、特勤，被围观的群众搞得焦头烂额，声嘶力竭地维持秩序。前面不只是人，还有电动车。韩昕想挤也挤不进去，出示证件、表明身份，估计也没什么用，只能挤到边上，等救护车过来之后，跟在救护车后面慢慢往里走。维持秩序的民警辅警以为他是勘查现场的技术民警，往里指了指，示意他赶快进去，然后赶紧拉上警戒带，堵住好不容易打开的缺口，防止好奇心爆棚的群众跟着涌进去。

不进来不知道，进来一看吓一跳。一个女子蜷缩着倒在小旅馆门口，身上地上全是血。法医老陈估计也是刚到的，正蹲在女子身边检查伤势。一个男子倒在花坛里，同样全身都是血，老陈的徒弟正在检查。还有一个男子刚被游耀星等人塞进了警车，许文静打开勘查箱，取出一个证物袋，用戴着手套的手，从一棵树下捡起一把匕首，小心翼翼地塞进袋里。

范子瑜看着像是在询问小旅馆的负责人，一边做记录，一边时不时抬头看看门口的摄像头。城区中队的兄弟正忙着询问围观的群众，两人一组，一个做记录，一个加群众的微信，跟目击者要当时拍的照片和视频……

韩昕好不容易找到正在角落里打电话的黄大，法医老陈就跑过来汇报："黄大，两个人身上多处锐器伤，失血过多，都没有生命体征，急救中心的医生建议我们联系殡仪馆。"

"不用抢救？"

"没呼吸，没心跳，没脉搏，双瞳散大，角膜反射消失，压眶无反射，人都已经死了，怎么抢救！"

"联系殡仪馆吧。"

黄大见韩昕欲言又止，一边接着拨打电话，一边命令道："小韩，你先去看看两个被害人和嫌疑人，然后上楼看看两个被害人住过的房间，确认下他们涉不涉毒，如果不涉毒就回去休息。"

韩昕下意识地问："嫌疑人落网了？"

"嫌疑人就没跑，不说这些了，赶紧干活吧。"

"是。"

不用问都知道，肯定是情感纠纷引发的命案。韩昕暗叹口气，快步走到警车边，敲敲车窗。游耀星正在抓紧时间审讯嫌疑人，以为技术中队又收集到了什么物证，摁下车窗竟发现是韩昕，不解地问："韩队，你来做什么？"

"黄大让来的，让我看看嫌疑人。"

"看吧。"

游耀星这才想起大队接到指挥中心命令之后，黄大和杨教让值班通知了大队所有人员，立马伸手打开车顶灯。

嫌疑人三十三四岁，国字脸，头发乱糟糟的，脸色苍白，被铐着的双手正微微颤抖，看样子他后悔了，害怕了。

韩昕低声道："把脸转过来。"

"他不是本地人，跟他说普通话。"

"哦。"

韩昕不敢耽误同事们的时间，连忙用普通话让嫌疑人抬起头，转过来张开嘴。请游耀星举起嫌疑人的双手，看看嫌疑人的手指尤其是指甲。然后转身去看两个倒在血泊中的被害人。看完被害人上楼，杨千里和刚勘查完第一现场的许文静正在房间里检查。

房间有点乱，气味有点怪。床头柜上的烟灰缸里有几个烟头，地板上扔着一坨坨卫生纸，垃圾桶里有几个外卖餐盒……

韩昕仔仔细细看了看，抬头道："杨教，嫌疑人不像吸毒人员，两个被害人看着也不像。"

刚上任就遇上一起死亡二人的命案，虽然嫌疑人已落网，但杨千里心里依旧不是滋味儿，转身问："文静，你这边呢？"

"第一现场在楼下，这儿没什么好勘查的。"

"楼下勘查得怎么样？"

"该勘查的都勘查了，该询问的邢队他们正在询问。外面有摄像头，而且嫌疑人是跟两个被害人先吵先推搡了一会儿才动刀的，整个过程有好几个目击者，被好几个围观的群众拍到了。"

"那就先下去吧。"

"是！"

许文静刚提着勘查箱走出房间，张宇航和刘海鹏到了。不等他们开口，杨千里就凝重地说："三十好几的人还学年轻人网恋，花了点钱，觉得上当受骗了，明明不是夫妻还学人家抓奸，抓奸就算了还行凶杀人！"

张宇航低声问："杨教，听说嫌疑人是外地人？"

"两个被害人也不是本地人。"

"不管什么地方的人，嫌疑人落网了就行。"

"只能这么想了。"

杨千里走到门边，转身拍拍韩昕肩膀："小韩，不好意思，发生命案就要启动预案，大晚上让你都休息不好。"

"没什么。"

"老张，老刘，你们也回去吧，明天还有一大堆事呢。"

"行，我们下去跟黄大打个招呼就走。"

三人走到楼下，嫌疑人已经被押解去了执法办案中心。殡仪馆的车也到了，正在把两个被害人往车上抬。围观的群众有增无减，个个举着手机在拍，也不知道他们在拍什么，韩昕赶紧戴上口罩，同张宇航、刘海鹏一起跟黄大打了个招呼，挤出了人群。

陵海今年发生的第一起命案，来得就是如此突然，破得也是如此迅速……回家的路上，韩昕正感慨像这样的命案，或者说这样的悲剧完全可以避免，一个似曾相识的女孩坐在电动车上，搂着一个年轻男子，说说笑笑地从车边过去了。他轻踩油门，开到他们身边，赫然发现真是那个小太妹！只是她的变化有点大，不再像之前那般浓妆艳抹，穿得也没之前那么暴露，给人的感觉比之前舒服多了。而她搂着的正是她那个所谓的"小叔叔"，两个人的关系绝对不一般。韩昕越想越奇怪，可在路上又不方便问，一样不方便查询，干脆先回小区。没想到停好车，上楼时，又在电梯里遇到了他们！

"小叔叔，你明天还去社区吗？"

"去啊，上午去社区，下午去区委开会。"

小太妹不是健忘就是脸盲，依然没认出给她介绍谁知道有房源的邻居。她的"小叔叔"记性倒挺好，不但一眼认出了韩昕，而且很礼貌地微笑着打招呼。

小太妹也不管电梯里有没有外人，竟又挽着他胳膊问："你刚应聘上就要去区里开会？"

年轻男子被问得有点尴尬，一脸歉意地跟韩昕笑了笑，没有再回答她的问题。

"你在哪个社区上班，是不是我们陵海社区？如果是陵海社区，以后有什么事就可以请你帮忙了。"韩昕笑看着他，一脸好奇。

年轻男子笑道："不是陵海社区，是小区斜对面的洋港社区。"

"洋港社区也不错，离家近。"

韩昕嘴上这么说，心里却觉得更奇怪。因为社区就相当于以前的村办公室或大城市的居委会，工资待遇不高，要做的事却不少，社区的工作比较适合家庭条件不错的女同志，小伙子去社区上班，不但会被人笑话，可能连女朋友都找不到。眼前这位彬彬有礼，看上去应该有点文化，怎么会想到去社区上班，那点工资可能连房租都不够……

有问题。肯定有问题！一回到家，韩昕就给蓝豆豆打电话。蓝豆豆以为是命案的事，一对完暗号就紧张地问："小韩，什么事？"

韩昕换上拖鞋，走到洗脸池边说："师傅，你跟洋港社区很熟，能不能帮我打听个人？"

"你不是有女朋友了吗，打听社区的人做什么？社区全是女的！"

"我打听一个男的，应该是刚去洋港社区的，好像也姓韩，二十六七岁。"

"打听这个人做什么？"

"他租住在我们小区，跟我一栋楼，神神秘秘的，有点可疑，这些你知道就行了，悄悄帮我打听下，帮我摸摸他的底。"

"孽徒"从来不会无缘无故怀疑一个人，蓝豆豆一口答应道："行，明天十点前给你消息。"

（第 1 部完）

图书在版编目（CIP）数据

老兵新警.1 / 卓牧闲著 .—北京：作家出版社，2021.6

ISBN 978-7-5212-1448-2

Ⅰ.①老… Ⅱ.①卓… Ⅲ.①长篇小说－中国－当代

Ⅳ.① I247.5

中国版本图书馆 CIP 数据核字（2021）第 109076 号

老兵新警

作　　者：卓牧闲

责任编辑：袁艺方

装帧设计：天行云翼·宋晓亮

出版发行：作家出版社有限公司

社　　址：北京农展馆南里 10 号　　　邮　　编：100125

电话传真：86-10-65067186（发行中心及邮购部）

　　　　　86-10-65004079（总编室）

E-mail:zuojia @ zuojia.net.cn

http://www.zuojiachubanshe.com

印　　刷：唐山嘉德印刷有限公司

成品尺寸：165×240

字　　数：420 千

印　　张：33.25

版　　次：2021 年 6 月第 1 版

印　　次：2021 年 6 月第 2 次印刷

ISBN 978-7-5212-1448-2

定　　价：59.00 元